D1722331

SCIENCE FICTION

Herausgegeben
von Wolfgang Jeschke

Von Mária Szepes erschienen in der Reihe
HEYNE SCIENCE FICTION & FANTASY:

Spiegeltür in der See · 06/3872
Der Rote Löwe · 06/4043

Das Buch Raguel:

Der Berg der Adepten · 06/4997
Weltendämmerung · 06/4998

In der ALLGEMEINEN REIHE:

Der Rote Löwe · 06/8457

MÁRIA SZEPES

DER BERG
DER ADEPTEN

Das erste Buch Raguel

Roman

Deutsche Erstausgabe

WILHELM HEYNE VERLAG
MÜNCHEN

HEYNE SCIENCE FICTION & FANTASY
Band 06/4997

Titel der ungarischen Originalausgabe
RAGUEL 7 TANITVÁNYA
(I. Teil)
Deutsche Übersetzung von Gottfried Feidel
Das Umschlagbild malten Boros Zoltán
und Szikszai Gábor

Redaktion: E. Senftbauer
Copyright © 1991 by Mária Szepes
Die ungarische Originalausgabe erschien 1991
in acht kleinen Bänden in gekürzter Fassung
beim Verlag Háttér Lap-és Könyvkiadó, Budapest
Copyright © 1993 der deutschen Ausgabe und der Übersetzung
by Wilhelm Heyne Verlag GmbH & Co. KG, München
Printed in Germany 1993
Umschlaggestaltung: Atelier Ingrid Schütz, München
Technische Betreuung: Manfred Spinola
Satz: Schaber Satz- und Datentechnik, Wels
Druck und Bindung: Elsnerdruck, Berlin

ISBN 3-453-06240-X

Inhalt

IM HERBST 1948 HABE ICH BEGONNEN, dieses Buch zu schreiben. Ich schreibe stets mit der Hand. Die sieben Teile wurden in etwa zwei Jahren fertiggestellt, doch habe ich nur etwa die Hälfte in die Maschine geschrieben. An dem Rest habe ich mit Unterbrechungen bis zum heutigen Tag gearbeitet. Mit dem achten Teil habe ich aufgrund meiner bereits vorhandenen Notizen 1977 begonnen. Den Ausblick auf die Zukunft habe ich während dieser Wochen in eine endgültige Form gebracht und im Juli 1977 in Szigliget im Alkotóház (Haus der Schöpfung) beendet.

›Raguel‹ betrachte ich als das Hauptwerk und als das letzte große Opus meines Lebens. Einige Teile würde ich heute sicher anders schreiben, dennoch habe ich nichts daran geändert, weil jedes Kapitel mit dem Stadium meiner geistigen Entwicklung und mit meinen Studien, die immer weitere Kreise zogen, eng verknüpft ist. Dazu war es nötig, drei Science Fiction/Fantasy-Bücher zu schreiben sowie verschiedene Bände, Studien, Mysterienbeispiele und Gedichte, die sich mit diesem Themenkreis befassen; selbst mein Ausflug in die Literaturgattung der Kinderbücher hatte damit zu tun. An dieser Stelle möchte ich auch auf jene großartigen Inspirationen hinweisen, die ich W. Charon, meinem Oheim, zu verdanken habe, der auf dem Gebiet der hermetischen Philosophie mein Meister war. Ich bin froh, daß ich beim Verfassen einiger wichtiger, grundlegender Werke seine Mitarbeiterin sein durfte. Freilich ist unsere Beziehung heute noch lebendig, obwohl er im Oktober 1976 in ein anderes Leben eingegangen ist.

Ich bin der festen Überzeugung, daß alle diejenigen

das Buch lesen werden, an die diese wichtige und dringende Botschaft gerichtet ist, sobald die Zeit dafür gekommen ist. Selbst die Tatsache, daß vielleicht bis zu jenem Zeitpunkt die Person, die sich hinter meinem Namen verbirgt, entschwunden sein wird, dürfte an der nie erlöschenden Kontinuität meines Lebens und meines Wirkens nichts ändern.

Mária Szepes-Orsi

VORSPIEL

Mythenburg

DER ZUG RASTE DURCH EINE FLUT von Licht und Farben dahin, die so intensiv war, daß György Baráth verzweifelt versuchte, sich dagegen abzuschirmen. Seine Nerven konnten diesen heftigen Angriff all der Schönheit kaum ertragen, die auf ihn einstürmte und sich über ihn ergoß. Bergmassive, die aus schimmernden azurblauen Seen emporwuchsen, tauchten rosafarben in seinem Blickfeld auf. Weiter oben verdüsterte sich das pastellgrüne Sternengeflimmer des Frühlingsrasens zu einem finsteren pflaumenblauen Waldkamm, der dann in Gipfelnähe zu schneeigem Weiß erstarrte. Zwischen den Tannenhainen lugten die roten Kirchdächer, die gelben Mauern der Rathäuser, die weißen Villen und die prächtigen Fassaden der Nobelhotels in all den modischen Kurorten der Zentralschweiz hervor. Durch das Wasser der Seen, deren von leichten Wellen gekräuselte Oberfläche dem Rücken goldschuppiger Fische glich, zogen Dämpfe wie Pflüge unter flockigen pausbäckigen Wolken dahin.

Baráth schloß für eine Sekunde die Augen und spürte, wie sie unter dem Deckel seiner Lider feucht wurden. Die Luft, die in seine Lungen drang, war scharf, prickelnd und irgendwie herausfordernd, ein Umstand, der seine namenlose Erregung nur noch steigerte.

Eine hochgewachsene blonde Dame mit einem kleinen Jungen betrat das Abteil, eine Frau von archaischer Schönheit und Schlichtheit. Ihr dichter festgeflochtener Knoten, ihr klassisches, edles Profil, ihr gerafftes blaues Kleid ließen sie wie eine schöne antike Statue erscheinen.

Der Junge — er mochte etwa vier Jahre alt sein — schaute dem Fremden direkt in die Augen, während sich sein Blick vor ängstlicher Neugier verfinsterte. Baráth schenkte ihm ein zaghaftes Lächeln, doch das Kind erschrak, zog sich zurück und wandte sich hilfesuchend der Landschaft zu, die am Zug vorbeiflog.

»Schau, Mutti ... Kühe!« rief er selbstvergessen und deutete auf eine Herde rotscheckiger Kühe mit geschwollenen Eutern, die friedlich an einem Hang graste.

Baráths Blick streifte erneut die zarte quirlige Gestalt des Jungen. Hinter seiner naiven, gierigen, schier krankhaften Neugier war deutlich eine dekadente, überfeinerte Empfindsamkeit zu spüren. Dieses hyperkinetische Kind beschwor das Bild eines anderen gleichaltrigen Buben in ihm, in dessen dunklen Augen sich sein verborgenes sensibles Wesen spiegelte, das dauernd gegen namenlose Ahnungen ankämpfen mußte.

Auch Gyurka war vier Jahre alt, als er starb. Hinter seiner Gestalt tauchten auch Lidias Züge in schwachen Konturen auf, doch bei dieser Erscheinung klangen Entsetzen und Schmerzen nicht mehr in seiner Seele auf. Er mußte vielmehr mit Staunen feststellen, daß seine Nervenbahnen diesen seltsamen unterirdischen Klopfrhythmus nicht mehr übertrugen — jenen Rhythmus, der ihn schon seit fast zwei Jahren im Wachen, im Halbschlaf und in seinen Träumen verfolgt hatte. Der Inhalt dieser Morsezeichen war dazu angetan gewesen, eine blinde Panik zu entfachen, die ihn immer wieder überwältigte. Der Rhythmus hatte jedesmal eine andere Bedeutung, doch stets war er wie eine Geißel, die ein angekettetes Tier in seinem Körper kasteite: Hilfe! Erbarmen! Luft! Luft! Wir ersticken!

Jetzt, wo dieses Klopfen in ihm aufgehört hatte, hier in diesem Zug, der durch die Frühlingslandschaft der Schweiz seinem Ziel entgegenraste, wurde ihm klar: Lidia hatte aus jenen Dimensionen, die jenseits alles Menschlichen liegen, eine andere Botschaft vermitteln wollen, eine Botschaft, die sie ständig wiederholte, seitdem man sie, die während der Belagerung von Budapest im letzten Kriegsjahr bei lebendigem Leib verschüttet worden war, aus ihrem Kellergrab tot geborgen hatte. Ihre Botschaft war ein untrügliches Zeichen, ja ein Beweis, der mehr sagte als alle Worte: Lidia lebt! Das Klopfen im Dreivierteltakt war nichts anderes als ein pulsierendes Lebenszeichen.

Während er sich in seinen Sitz zurücklehnte, fielen allmählich all die drückenden, dornenreichen, unbarmherzigen Fesseln von seiner Seele ab. Der Rhythmus kehrte wieder, stieg aus den metallenen Klickgeräuschen der Räder auf — doch diesmal klang es wie ein Psalter, wie eine jubelnde, unüberwindliche Antithese des Todes.

Der Zug lief in Brunnen ein. Es war früher Nachmittag. Also konnte er nicht damit rechnen, daß ihn jemand abholte. Der kleine Kurort mit seinen über das Seeufer verstreuten Spielzeughäusern und Hotelbauten, der Doppelgipfel des Mythen, die launischen Konturen des Uri Rotstock in seinem verschneiten, schattenblauen Rahmen empfingen ihn mit wohlwollender Zurückhaltung, wie ein verständnisvoller Wirt, der die Privatsphäre seines Gastes respektiert.

Für wenige Augenblicke stand er wie betäubt inmitten des unpersönlichen Trubels bei all dem Getöse und Getrappel auf dem Bahnsteig, umgeben von rufenden, suchenden, hastenden Menschen. Ein Dienstmann, der die Situation erfaßte, näherte sich der ratlosen Gestalt, die unschlüssig neben ihren Koffern stand, doch jemand anderer kam ihm zuvor. Ein kleiner, hagerer, älterer Mann trat an Baráth heran. Unter seiner Mütze quollen dichte elfenbeinfarbene Locken hervor. In seinem rotbraunen Gesicht blitzte ein stahlblaues Augenpaar.

»Monsieur möchten nach Mythenburg?« fragte er auf französisch. Baráth bejahte, der Mann aber bückte sich und hob den schweren Koffer und das Necessaire wie eine Feder hoch.

»Draußen wartet der Wagen. Ich heiße Vincent«, sagte der Mann freundlich.

Auf dem Bahnhofsplatz stand eine komfortable, dunkelblaue englische Limousine. Die hochrädrige, altmodische Karosserie sah zwar aus wie ein Zylinder, doch dank des starken Motors konnte das altertümliche Vehikel mühelos die steile Bergstraße erklimmen. Es ging über Serpentinen hinauf und immer weiter hinauf. Die Straße führte streckenweise an steilen Abgründen vorbei. Senkrecht abfallende Felswände säumten den Weg, taten sich gähnend auf, wie offene Wunden. In der Tiefe rauschte ein Gebirgsbach.

Baráth versuchte in seltsamer Verwirrung die Ereignisse zu ordnen. Er hatte dem Gastgeber den Zeitpunkt seiner Ankunft nicht mitgeteilt. Vielleicht ging Vincent jedesmal zum Bahnhof, wenn ein Zug ankam. Also fragte er, ob dies in ihrem Hause üblich sei.

»Nein«, erwiderte Vincent höflich. »Ich gehe nur zum Bahnhof, wenn wir einen Gast erwarten.«

Also wurde er erwartet?

»Jawohl!« Vincent drehte sich halb um und schenkte ihm einen leicht verwunderten Blick. »Monsieur Raguel hat mich zum Bahnhof geschickt und mir gesagt, daß heute nachmittag unser sechster Gast eintrifft.«

Baráth wäre gern weiter in ihn gedrungen, um zu erfahren, wieso ihn Vincent im Gewühl des Bahnsteigs unter all den Leuten erkannt hatte, zumal es Monsieur Raguel kaum möglich war, eine Personenbeschreibung zu geben. Doch nach Vincents überraschter Reaktion schreckte er vor weiteren Fragen zurück. Er hatte das Gefühl, daß ihn vielversprechende Dinge und Ereignisse erwarteten, daß er einer Zukunft entgegenfuhr, deren Rätsel nicht durch Gemeinplätze zu lösen waren. Ferner konnte er auch nicht mehr daran zweifeln, daß er nach seinem unsteten Leben, nach seinen vielen Reisen und seinen stets wechselnden provisorischen Wohnungen nunmehr eine ganz andere Ankunft erlebte — vielleicht sogar *die* Ankunft überhaupt.

Dichte schwere Wellen einer Musik von bizarrer Schönheit durchzogen sein Gemüt und seine Gedanken, wobei unwillkürlich die Frage in ihm auftauchte: War es möglich, daß Monsieur Raguel das Aussehen seines Gastes genau beschreiben konnte?

Hinter einer Kurve tauchte plötzlich die Mythenburg vor ihnen auf. Ihre geschlossenen Konturen — Symbol des asketischen Mittelalters —, die himmelwärts strebten, ihre von Efeu umrankten, bemoosten Steine verbreiteten eine introvertierte, nostalgische Melancholie. Doch die breite Zugbrücke glich einer offenen Hand, die sich dem Ankömmling entgegenstreckte.

Bärtige Tannen, uralte knorrige Eichen und zottige Birken standen zu Füßen der hohen Wälle Spalier. Der Bau dürfte aus dem 13. oder 14. Jahrhundert stammen, doch zwischen den alten Mauern pulsierte bereits der Kreislauf einer modernen Zeit. Es gab elektrisches Licht, Telefonmasten und Antennen auf den Dächern; alle miteinander Zeugen des Fortschritts. Auch die Fenster der Burg entsprachen nicht mehr dem ehemaligen introvertierten Baustil. Sie waren weit, hell und hoch, so daß das Licht in breiten Schwaden in die einst so düsteren Räume fiel.

Beide Flügel des schweren, geschnitzten, mit Eisen beschlagenen Eichentors der Mythenburg standen sperrangelweit offen. Das bucklige Steinpflaster war von samtigem, tiefgrünem Moos umsäumt.

Nun fuhr das Auto hinein in die seltsame Atmosphäre der Burg, und durch diese Ankunft, durch dieses Eindringen wurde die Ausstrahlung geheimer Sinnhaftigkeit noch potenziert.

Aus einer der offenen Türen, die unter einem Rundbogen hervorlugten und hinter denen sich weitverzweigte Gänge verbargen, drangen Blumenduft und der bittere Geruch von frischem Kaffee. Aus einer Tordurchfahrt trottete ein großer, zottiger, braunscheckiger Bernhardiner mit traurigem Blick und großen, blutunterlaufenen Augen, einen Troß von rundlichen Welpen im Schlepptau, die kläffend und fiepend wie kleine Clowns

hinter ihm herkollerten. Der Meute folgte eine wohlge-
nährte Frau auf dem Fuße, offensichtlich die Quelle des
duftenden Kaffees, da sie eine Kaffeemühle in Händen
hielt.

»Weit dr ächt! D'Schnurre! Houets ab! Dir wärdit üs
süsch no z'Bode keiä!« Ihr heiteres Schwyzerdütsch verbreitete ein heimeliges, heimatliches Fluidum, das
Schutz und Geborgenheit zugleich versprach.

»Emma, meine Frau«, stellte Vincent vor, und sogleich wurde er zu einem Teil dieser robusten Frau, die
aussah wie eine Känguruh-Mutter, vor deren Bauch sich
ein umfangreicher Beutel wölbt.

»Die Jause kommt sofort. Ich werde sie gleich nach
oben schicken.« Emmas Gesicht mit den roten Bäckchen
strahlte vor freundlicher, zuvorkommender Dienstbe-
reitschaft. Ihr breiter Dialekt war plötzlich wie wegge-
fegt.

In diesem Augenblick drang aus einem fernen Fenster
Musik hervor. Jemand spielte dort oben Klavier. Die Töne rollten wie elektrisch geladene Kristallperlen durch
Baráths Sinne. Zwar kannte er das Stück nicht, dennoch
war ihm die Musik irgendwie vertraut. Transzendente
Musik, dachte er wie betäubt, weil er unvermutet und
unbewußt in jenen geheimnisvollen, rätselhaften Zustand hinübergewechselt war, der seit seiner Ankunft
bereits auf der Schwelle seines Bewußtseins gelauert
hatte.

Aus einem Fenster im Hochparterre beugte sich eine
schwarzhaarige schlanke Frau. Ihr klassisch schönes
Gesicht mit den hochintelligenten Zügen, ihre Miene
drückte freudige Erwartung und heitere Neugier aus.
Daß sie da war und daß sie aus dem Fenster schaute,
um den Ankömmling zu begrüßen, gehörte ebenso zum
Gesamtbild, das den neuen Gast beeindruckt hatte, wie
diese transzendente Sphärenmusik. Auch wußte Baráth
genau, daß er im nächsten Augenblick hören würde,
wie irgendwo eine Tür zuschlägt, und daß danach so-

fort ein weißes Kätzchen unter den Arkaden auftauchen würde, mit gesträubtem Fell, weil die Hunde in der Nähe waren.

»Das ist es«, stellte Baráth objektiv fest. »Déjà vu.«

Die Frau am Fenster rief ihm etwas auf französisch zu, vermutlich einen Gruß, den er höflich erwiderte. Nun war der Zauber verflogen, und übrig blieb nur ein heftiges Herzklopfen. Das weiße Kätzchen schmiegte sich an seine Beine. Vincent stand mit dem Gepäck vor der Tür und wartete. Baráth aber betrat endlich das Haus.

In der großen Halle, auf dem Flur und im Treppenhaus kam ihm kein Mensch entgegen. Die Atmosphäre aber und das Ambiente entsprachen genau jener Vorstellung, die er sich ganz unbewußt von Mythenburg gemacht hatte.

Der glänzende, helle Parkettboden, die Teppiche mit ihrem seidigen Schimmer, die den Boden bedeckten, die tiefen Perspektiven der Gemälde, die in die elfenbeinfarbenen Wände oberhalb der warmbraunen Holzverkleidung eingelassen waren, die glatten, schweren Möbel, der gemauerte rote Ziegelkamin, die Sonnenstrahlen, welche in dicken Bündeln durch die Fenster fielen, erfüllten ihn mit schier schmerzlicher Freude.

Auf sein Zimmer und auf dessen Wirkung war er allerdings nicht vorbereitet. Als er wenig später den Raum betrat, mußte er sich zusammennehmen, damit ihm kein Jubelschrei entfuhr, wie einem Kind zu Weihnachten. Dieses Zimmer paßte haargenau in *seinen* Rahmen. Es war seine Welt, eine Projektion seiner subjektiven, persönlichen Sehnsüchte. Denn bisher war es ihm noch nicht gelungen, solche Wünsche durchzusetzen, vielleicht aber hatte er sie auch noch nie genau formuliert. Viel eher hatte er irgendwo im Nebeldunst seiner Phantasie darauf gewartet, daß sie sich in irgendeiner Form manifestierten, um eines Tages Wirklichkeit zu werden. Nun war ihm ein anderer zuvorgekommen, hatte seine Wünsche und Träume verwirklicht.

Es war ein großes zweigeteiltes Erkerzimmer mit rauchblauen Tapeten über einer Holztäfelung, die in gedecktem Braun gehalten war. Diese Pastell-Schattierung wiederholte sich auf dem seidigen Pergament der Lampenschirme, auf den Vorhängen, Tischdecken, Bilderrahmen, auf den Bezügen der Sessel und Ottomanen. Die Bilder und Gemälde an den Wänden dagegen strahlten in markantem Rot. Ein kleines Aquarell, das über einer bauchigen Barockkommode mit silbernen Beschlägen hing, zeigte eine visionäre Landschaft im fahlen Licht der Morgendämmerung, die von seltsamen Wesen und Symbolen bevölkert war. Zu beiden Seiten einer über Eck gestellten Ottomane hing je eine chinesische Seidenmalerei. Die eine zeigte einen künstlerisch vollkommenen roten Skorpion, die andere einen Schützen mit gespanntem Bogen am Ufer eines Sees, von fein gezeichneten, schütteren Bambusgruppen flankiert.

Das Bild des Schützen und des Skorpions über der Bettstatt dieses Zimmers, das der Herr der Mythenburg zu Baráths Zuhause bestimmt hatte, war für den Gast keine wirkliche Überraschung. Das Wort »Zufall« war schon längst aus seinem Vokabular getilgt, spätestens seit jener Zeit, wo er sich eines unsichtbaren Dramaturgen bewußt geworden war, der hinter allen Ereignissen seines Lebens waltete. Wie alle empfindsamen Kinder dieser seltsamen, merkwürdigen Zeit hatte auch er so manches erlebt, so manche Erschütterung erfahren. Doch das, was ihm jetzt widerfuhr, war bedeutender als alles, was er bisher durchgemacht hatte. Denn diese beiden Tierkreiszeichen hatten stets sein Leben beherrscht. Diese rätselhaften Sternenquellen waren es, aus denen all seine Inspirationen sprudelten, aus denen aber auch alle seine Hemmungen und Zweifel hervorgegangen waren.

Jemand klopfte an seine Tür. Und im selben Augenblick schoß eine Art Lampenfieber wie eine Stichflamme in ihm empor, eine seltsame Angst, eine Beklemmung, die er seit der ersten Begegnung mit Lidia nicht mehr empfunden hatte.

»Herein!« rief er mit heiserer Stimme. Doch wer da zur Tür hereinkam, war nur die Bedienung: ein schüchternes, verwachsenes weibliches Wesen mit einem kleinen Höcker auf der Schulter, das ihm die Jause brachte. Das welke, häßliche Gesicht war von bitterer Traurigkeit, doch unter den schweren Lidern schaute ein seltsam schönes Augenpaar hervor.

»Kann ich beim Auspacken helfen?« fragte sie leise.

»Nein, vielen Dank. Das mache ich immer selbst«, meinte er ablehnend, weil er jetzt angesichts all jener rätselhaften Gegenstände, die ihn umgaben, mit sich und seinen Gedanken allein sein wollte. Gleichzeitig aber spürte er auch die Schwingungen des Unmuts, die dieser seltsame, ältliche Körper aussandte. Nun tat sie ihm leid. Und um sie zu versöhnen, fragte er sie nach ihrem Namen.

»Hedda«, erwiderte die alte Jungfer verschämt und errötend, gleichzeitig aber auch etwas feierlich, als hätte sie ein kleines Fenster geöffnet, das den Blick auf das Geheimnis ihrer Beziehung zu sich selbst freigab.

»Hedda«, wiederholte er. »Ein reizender Name, und nicht alltäglich. Ich habe ihn immer schon gemocht. Da ist etwas Heldenhaftes drin.«

Hedda schaute ihn nicht an, aber ihre Hand zitterte, als sie den Tisch vor dem Fenster deckte.

»Bitte sehr«, sagte die Frau und rückte den Stuhl zurecht. »Da ist die Klingel. Sie können mich jederzeit rufen.« Jetzt hob sie den Blick zu ihm empor und deutete für einen Augenblick ein Lächeln an.

In Ordnung, dachte Baráth. Nun weiß sie, daß sie mich entwaffnet hat.

Als die Frau gegangen war, beschworen die Düfte, die vom Tisch aufstiegen, den Dämon seines Hungers, doch er aß hastig und nur wenig. Auf sein Klingeln huschte Heddas schwereloses, negatives Geisterwesen wieder durchs Zimmer, räumte den Tisch ab und löste sich dann in Nebel auf.

Baráth begann mit dem Auspacken. Und während er seine Sachen ordnete, beobachtete er, wie sich der Sonnenfleck, der sich auf dem Parkett breitgemacht hatte, Schritt für Schritt aus dem Zimmer stahl und schließlich vom Balkon verschwand.

Als er dann endlich ausgepackt und seine Habseligkeiten untergebracht hatte, war die Luft draußen so rauchblau geworden wie an der Zimmerwand. Dunst stieg vom See auf und hüllte die Berge ein. Es war empfindlich kühl, und Schneegeruch lag in der Luft.

Er spürte wieder Lidias Gegenwart, doch diesmal war sie nicht von einem Strudel der Leidenschaft oder des Schmerzes umgeben. Sie lebte in ihm, von allem entrückt, von stummem, schwerem Inhalt erfüllt, und erfüllte ihn bis in die tiefsten Tiefen seiner Gedanken. Er aber vergrub sich in diese rätselhafte Vereinigung, tauchte darin unter, war eins mit jener Frau, die er liebte, die aber zeit ihres Lebens körperlich nie die seine gewesen war.

Die Landschaft verschwamm allmählich vor seinen Augen. Die Konturen wurden von der Dunkelheit aufgesogen, und die winzigen Sternenpunkte des Himmelszeltes durchbohrten den gigantischen Vorhang der Nacht mit ihren Strahlen. Ihm war schwindlig, und er hatte das Gefühl, irgendwo im Raum zu schweben. Das Gefühl für Raum und Zeit entschwand, so wie seinerzeit, an jenem Abend in der Villa auf dem Gellértberg im Jahre 1943. Er und Lidia ruhten in Liegestühlen Seite an Seite auf der breiten Gartenterrasse. In ihrer Nähe saß Zoltán, wortlos und unbedeutend, eine Zigarette rauchend — Zoltán, sein jüngerer Bruder, Lidias Mann.

Er aber wußte, daß er nicht mehr zu Besuch kommen konnte, nachdem er Lidias fünfzehn Monate alten Sohn gesehen hatte. Das Kind glich ihm aufs Haar, es trug seine Züge, hatte seine Augen, seine Statur, als hätte ihn die durstige Sehnsucht der Frau gewissermaßen fotografiert und ihn, *ihn* selbst in der geheimnisvollen Dunkelkammer ihres Leibes entwickelt. Die Nacht in Rom, an die er sich erinnerte, stimmte mit dem Datum überein, zu dem Lidia in Budapest das Kind empfangen hatte. In jener Nacht hatten sie sich trotz aller moralischen Verbote in mystischer Glut über alle Entfernungen hinweg vereint.

»Vor genau einundzwanzig Monaten«, sagte Lidia in der Villa auf dem Gellértberg mit der visionären Stimme der Sterne, des Abends, der samtweichen Dunkelheit, »habe ich von dir geträumt, György.«

Und wie die körperlose Drohung der Verdammten hatte bitterer Zigarettenrauch sie umweht.

»Lidias Träume sind stets von tieferer Bedeutung«, meinte Zoltán, eine armselige, hilflose Randbemerkung, um das zu erklären, was gar nicht mehr gutzumachen war.

»Ja, natürlich«, stimmte er eifrig zu, von der marternden Hilflosigkeit des Mitgefühls übermannt.

»Es war Vollmond, wie heute«, sagte Lidia mit einem leisen, seltsamen Lächeln. »Wir hatten die Rolläden nicht heruntergelassen, weil es sehr warm war. Eigentlich habe ich nicht geschlafen, sondern ...«

In der Dunkelheit legte er die Hand auf Lidias Hand, um sie zum Schweigen zu bringen. Es war dies die erste und einzige vertrauliche Geste zwischen beiden. Die heiße, schmale Hand der Frau erbebte, dann drehte sie sich hastig um, mit der Handfläche nach oben. Ihre Finger verkrampften sich in die seinen und drückten sie für einen Moment so heftig, so fest und so verzweifelt, daß im geschlossenen Stromkreis ihres Körpers das gewaltige, intensive, leidenschaftliche Gefühl jenes Ehebruchs über Raum und Zeit mit wilder, stürmischer Macht aufbrauste.

Diese Nacht in den Bergen, die jeder Stütze, jeden Halts entbehrte, die seltsame Fremde, die ihm dennoch so vertraut vorkam, tauchten ihn immer tiefer ins Unwahrscheinliche ein, wo das Unsichtbare sichtbar wird und die Wunder näherrücken.

In diesem überspannten Zustand, in dem er mit anderen, fremden Sinnen lauschte und empfand, wurde ihm plötzlich bewußt, daß er nicht mehr allein war. Wie Knotenpunkte in einem pulsierenden Blutstrom spürte er deutlich, daß er mit den physisch noch unbekannten Bewohnern Mythenburgs im Kontakt stand, und daß diese Beziehung innerlicher und enger war als jede andere denkbare Verbindung von Mensch zu Mensch. Es kam ihm vor, als wären sie alle miteinander Organe eines einzigen Organismus, die sich gegenseitig ergänzten. Ströme und Gedankeninhalte, abstrakter als rationale Gedanken, stürmten auf ihn ein, durchströmten ihn wellengleich wie eine Flut, die ihn erschütterte und mit sich riß. Dann aber wurde der Strom von dem *Einzigen* unterdrückt: durch die Gegenwart des Großen Zentrums, durch die feurige, imperative Gegenwart des Herrschers. Und plötzlich wurde ihm bewußt, daß seine Begegnung mit Raguel nur so und nicht anders stattfinden konnte. Die freudige Überraschung, die in ihm aufstieg, wurde durch eine weitere Flutwelle der Erinnerung hinweggespült, und der Nebel begann sich allmählich zu lichten. Die Morsezeichen transzendenter Ahnungen, wiederkehrender Träume, verschmolzen zu einer einzigen glühenden Grundlinie. Überall, in jedem Ereignis, in den Tiefen seiner Gefühle und Gedanken leuchtete und strahlte Raguel als unsichtbare Wirkung sichtbarer Ursachen — das einzig Beständige, der allein kontinuierliche Prozeß unter all den zerfallenden Dingen, die nur wenig Bestand hatten. Jegliche Beziehung, die er bisher mit Menschen gepflegt hatte, kam ihm im

Vergleich zu diesem inneren Kontakt als Täuschung und unwirklich vor. Worte, die er gewechselt hatte, erwiesen sich als leere Hülsen, die das Wesentliche verdeckten, angesichts dieses Kristalls der Identität, der jedes Mißverständnis ausschloß, sie beide umfing und fest miteinander vereinte. Nun wußte er alles über ihn, konnte sich deutlich erinnern. Hinter der Männergestalt, die durch seine wiederkehrenden Träume geisterte, erkannte er, wie hinter den zahllosen Erscheinungsformen zwischen zwei sich zugekehrten Spiegeln, stets den *Einen:* den Meister, den Inspirator seines Geistes, die Kraft, die führende Macht, welche sein Schicksal auf seinem Weg durch Leben und Tod bestimmte.

Jetzt, nachdem die Wahrheit ans Licht gekommen war, schwand auch seine ungeduldige Erregung dahin. Jetzt war es gleichgültig, wann und in welchen physischen Formen und Gestalten er seinem Gastgeber begegnen würde. Denn sein inneres Gleichgewicht trug ihn empor wie die Schwingen eines Vogels, der regungslos in schwindelnder Höhe über den beängstigenden Strömen der Tiefe schwebt.

Ich suche nichts in der Zukunft, das war der erste, noch nebelhafte Gedanke, der in ihm aufstieg und Gestalt gewann. Nirgendwo werde ich erwartet, keiner erwartet mich. Ich bin am Ziel.

Begegnung der Sterne

IN DEM RECHTECKIGEN SPEISEZIMMER warfen die hellen Glühbirnen-Girlanden eines gewaltigen schmiedeeisernen Lüsters ihr gleißendes Licht auf den ovalen Eßtisch, an dem die Gäste von Mythenburg bereits vollzählig versammelt waren, als György Baráth eintrat: Vier Herren und jene Dame, die sich bei seiner Ankunft aus dem

Fenster gebeugt und ihn in französischer Sprache begrüßt hatte.

Die Spannung, das Lampenfieber, das sich seiner stets bemächtigte, bevor er in eine neue Umgebung trat, war sofort verflogen, sobald er diesen fünf Menschen Auge in Auge gegenüberstand, obwohl sie sich markant voneinander unterschieden, und auch von ihm selbst, dennoch umfing sie alle jenes unaussprechliche Geheimnis, dessen Erleben immer noch in ihren Nerven pulsierte. Ihr Äußeres reflektierte eine fast grundlegend gegensätzliche Mentalität. Doch in seinem Innern lauschte er, tastete er mit Hilfe eines außermenschlichen, übermenschlichen, übersinnlichen Instinkts alles ab, worin sie sich ähnlich, worin sie so gut wie identisch waren. So etwa, daß sie alle irgendwie entwurzelt und schutzlos, machtlos waren. Vor allem aber in ihrer Sehnsucht, die sie durch alle Krisen ihres Lebens mit untrüglicher Sicherheit zu Raguel geführt hatte.

Er begegnete forschenden, neugierigen, freundlichen und kühl abschätzenden Blicken, die ihn wie Tentakel, wie Fühler abtasteten. Dann war es die Frau, die ihm eine Brücke baute.

»Kommen Sie nur! Treten Sie näher! Ich habe schon so viel über Sie erzählt!«

Sie vermittelt, wie der Mond, dachte Baráth, während er sich über ihre Hand beugte. Ihre Augen, ihr Teint, die ziselierte Empfindlichkeit ihres Antlitzes — lauter Mondstoffe.

»Es tut mir leid, daß ich mich verspätet habe. Aber seitdem ich in Mythenburg angekommen bin, habe ich jedes Zeitgefühl verloren«, entschuldigte er sich, während er den übrigen Anwesenden noch die Hand schüttelte.

»Das haben wir hier alle erlebt«, sagte der hagere Brillenträger mit dem schmalen Asketengesicht, der zur Rechten der Dame Platz genommen hatte. Seine Stimme hörte sich samtweich, einlullend und fehlerlos an, wie die Stimme eines Menschen, der es gewohnt war, mit Worten aufzubauen, zu lösen und zu binden. »Vielleicht sollten wir klingeln, Madelaine.«

Alle sprachen Französisch.

Auf dem Tisch lagen nur sechs Gedecke. Also würde Raguel nicht mit ihnen speisen.

Während Heddas ängstlicher Schatten die Vorspeise geschickt herumreichte, nahm Baráth hinter den konventionellen Fragen seine Tischgenossen genauer unter die Lupe.

Der kahlköpfige untersetzte Mann mit dem Stiernakken, der ihm gegenübersaß, war zweifellos der älteste in der Runde. Seine große, gebrochene, gebogene Nase wies eindeutig auf eine jüdische Abstammung hin, obwohl seine tiefliegenden hellblauen Augen, sein verschlossener, schmaler Mund, von tiefen, bitteren Kerben umrahmt, diesen Eindruck verwischten. Seine zerstreute, abwesende, eher düstere Miene wurde gelegentlich durch ein Lächeln erhellt, wobei sich um seine Augen die freundlichen Fältchen und Runzeln vertieften.

Steinbock — stellte Baráth fest, während er die dominierende Sternenkraft analysierte, die ihm aus seinem Gegenüber entgegenstrahlte. Das war eine Gewohnheit, die er seinen langjährigen astrologischen und astrophysischen Studien zu verdanken hatte. Die Menschen verwandelten sich vor und in seinen Augen zu mehrschichtigen, lebendigen Symbolbildern, die ohne Worte ihr wahres Wesen enthüllten. Seine Haut und das Weiß seiner Augen sind geblieben, stellte er fest, während er die Symbole weiter las und deutete. Seine Verdauung läßt zu wünschen übrig. Auch hat er Probleme mit der Leber.

Das nun folgende Gespräch brachte ihn wieder in die Wirklichkeit zurück. Sein Zustand war dabei leicht exaltiert, als würde irgendein Stimulans, irgendeine Droge seine Nerven, sein Blut in Wallung bringen. Manchmal kam es ihm vor, als würde er all dies nur träumen, als würde er im Traum mit sich selbst, mit seiner Person, seiner Persönlichkeit, die in fünf Teile gespalten war und in fünf verschiedenen Kostümen steckte, eine Art Selbstgespräch führen. Dennoch schien das Erlebnis dieser Minuten deutlicher und klarer zu sein als selbst ein hellwacher Zustand. Das Bizarre an diesem Augenblick war der kaum verdeckte Gedankenkontakt, Ideeninhalte, die ineinander flossen, sich vereinigten und die nicht derjenige, der sie gedacht hatte, sondern ein anderer in Worte kleidete.

Und wieder war es Madelaine, die den Grundton dieser Unterhaltung anschlug. Er aber lauschte ihr verwirrt und erstaunt, als hätte ein surrealistischer Magier seinen Intellekt mit den Lippen der Frau verbunden, welche die Worte bildeten.

»Ich weiß, daß Sie mir die Frage nicht übelnehmen«, wandte sich Madelaine an ihn. »Die Visitenkarten der Bewohner von Mythenburg werden in Sternzeichen geschrieben. Ich frage mich, ob ich mich wohl irre: Sie strahlen etwas Jupiterisches aus ...«

»Freilich ... ja ... ich bin am zehnten Dezember geboren. Meine ganze physische und psychische Konstitution ist vom Schützen bestimmt.« Bei der Berührung, die unvermutet bis in sein Innerstes, in sein inneres Wesen vordrang, geriet er fast ins Stottern. »Doch warum haben Sie gerade jetzt diese Frage gestellt?«

Über Madelaines Gesicht huschte ein Schatten, als würde sie blitzschnell in sich hineinhorchen.

»Ich weiß es nicht«, versetzte sie kopfschüttelnd. »Vielleicht haben Sie selbst daran gedacht. Oder ich bin einfach jener Intuition gefolgt, welche die Menschen, die sich füreinander interessieren, hinter den Formen zum Wesentlichen führt. Das Tierkreiszeichen, das Ihren Geist beherrscht, Ihr Aszendent, es ist etwas Rotes, nicht wahr?«

»Der Skorpion. Mein Zeichen lautet also: Schütze

und Skorpion. Feuer und Wasser gleichzeitig, ein ewiges Zischen und Brodeln innerlich.«

»Und strudelnde, wilde Bilder im heißen Dampf der Vorstellung«, setzte der bisher schweigsame Gast zu seiner Linken hinzu. Als er sich diesem Nachbarn zuwandte und ihm in die Augen schaute, wurde er von dem klassischen Gleichgewicht seines Wesens ergriffen. Die Kultur, die er ausstrahlte, war weder modern noch zeitgemäß. Trotz seiner langen, fast weißen Mähne war sein glattes, sonnengebräuntes Gesicht sehr jung. Doch aus seinen freundlichen, nußbraunen Augen strahlte die Reife der Jahre, eine melancholische, sanfte, aus früheren Leidenschaften destillierte Selbstironie. Jene anrüchige und zweifelhafte Aura aber, die sonst die sogenannten schönen Männer umweht, war bei ihm nicht zu entdecken. Die Schönheit war nicht nur eine Maske, ein geborgtes Kostüm, sondern ein verinnerlichter Inhalt, an den sich die Form wie ein zeitloses Kunstwerk schmiegte: die gewölbte Stirn, die kühne, sensible Nase, der beherrschte Mund und das energische Kinn. Seine muskulösen, knochigen, unruhigen Finger schienen überlang. Trotz seiner etwas nachlässigen, individualistischen Kleidung wirkte er äußerst elegant. Selbst im Sitzen war festzustellen, wie hager und hochgewachsen er war. In seiner melodiösen, tiefen Stimme schwang eine sinnliche Musik.

Welch tiefe Leidenschaften, welche Sehnsucht mochte er bei Frauen erwecken, dachte Baráth. Er dürfte ein Spanier oder ein Italiener sein — ein Künstler.

»Haben Sie am Nachmittag Klavier gespielt?« fragte er ihn.

»Ja, ich.«

»Sind Sie Italiener?«

»Ja. Sind Sie Ungar?«

Wie war er nur darauf gekommen?

»Ich habe in Ungarn gelebt. Fragen Sie mich nicht, zu welcher Zeit. Die Jahreszahl ist ungewiß. Die Erinnerung dagegen gewiß. Ich hatte auch einen ungarischen Schüler, doch dies allein hätte mich nicht auf die Spur gebracht.«

Sie setzten sich über konventionelle Hürden und über das geistige Distanzbedürfnis der Vernunft hinweg, als würden sie in Luftlinie aufeinander zufliegen. Hinter den Worten aber taten sich gewaltige Landschaften auf, und gemeinsame Erinnerungen begannen zu brodeln.

»Verzeihen Sie, doch außer Monsieur Carter habe ich bei der Vorstellung kaum einen Namen verstanden.«

»Ich heiße Angelo Vitelli. Ich bin 1896 in Florenz geboren.«

»Ich spüre den Planeten Venus in Ihrem Zenith.«

»Richtig. Dort steht er auch.«

»Sie sind nicht nur Pianist, sondern auch Komponist?« fuhr Baráth fort.

»Gewesen«, erwiderte Vitelli. »Die letzte Haut, die ich abgestreift habe. Nur gelegentlich schlüpfe ich wieder hinein, wenn mich der Anachronismus meiner ehemaligen Persönlichkeit überwältigt.«

Sie lachten, und aus diesem Lachen war die Freude vor der Vertreibung aus dem Paradies herauszuhören.

Zu welchem Mann mag sie wohl gehören? dachte Baráth bei sich, während er Madelaines Gesicht betrachtete. Sie kann kaum älter als dreißig Jahre sein, obwohl dieser Typ stets seine kindlichen Züge bewahrt.

Die Frau beugte sich vor, und im Lampenlicht schimmerten ein paar Silbersträhnen in ihrem dunklen Haar.

Höchstens fünfunddreißig, überlegte Baráth. Und sie kann nicht allein sein. Sie ist von Lebensdurst und Erotik erfüllt. In ihrem Leben durfte der Mann niemals fehlen. Wäre vielleicht der italienische Musiker *der andere*? Doch plötzlich spürte er, daß dem nicht so war.

Madelaines dunkelgraue Augen mit dem asiatischen Schnitt erwiderten lächelnd seinen Blick.

»Woran denken Sie? Was wollen Sie ergründen?« fragte sie.

»Das läßt sich kaum verbergen, nicht wahr?«

»So ist es.«

»Werden Sie meine Frage beantworten?«

»Lieber ich als jemand anderer. Ich bin in Liège geboren, am 5. Juli 1913. Auch die Minute meiner Geburt wurde vom Mond bestrahlt. Ich bin Historikerin. Mein Mann ist André Morel, ein Franzose.« Dabei legte sie ihre Hand auf den Arm des bebrillten Mannes, der zu ihrer Rechten saß. »Ein Psychologe. Er stammt aus dem Zeichen der Jungfrau. Früher oder später würden Sie dahinterkommen, warum er an meiner Seite ist, also ist es besser, wenn ich es Ihnen sage. André ist meine Zuflucht, meine Polsterzelle. Ich brauche nämlich so etwas wie eine leichte Zwangsjacke.«

»Weswegen und gegen was?«

»Um sie vor den Sabbat-Orgien zu beschützen«, lachte Morel.

»Also — was wollen Sie eigentlich wissen?« lachte nun auch Madelaine.

»Eine ganze Menge.«

»Aber erst sind wir an der Reihe!« schaltete sich ein Mann in die Unterhaltung ein, der aussah wie ein Römer im modernen Gewand. An seinen Namen konnte sich Baráth erinnern: Dr. John Carter. Seine gerade Nase, die nahtlos in eine breite Stirn überging, seine bronzefarbene Mähne, deren Locken sich wie Flammen kringelten, seine grünen Augen mit dem seltsamen Blick, seine untersetzte muskulöse Gestalt ließen gewaltige psychische und physische Kräfte ahnen. Baráth empfand die magische Anziehungskraft, die ihm entgegenschlug. Die Luft um ihn herum schien zu vibrieren — und Baráth spürte deutlich, daß die Dynamik dieses Menschen jede Art von Schwäche durchbrach. Sein Wille war eine Waffe, gegen die man nicht ankommen konnte. Steinbock und Magie, beendete er seine Gedankenkette.

»Bitte sehr!« sagte Baráth einladend und sich den

Gedanken und Absichten des anderen öffnend. »Das Haus des Jupiter hat keine Schlösser. Bitte einzutreten!«

»Sind Sie Schriftsteller?«

»Jawohl.«

»Schriftsteller, aber gleichzeitig auch Arzt und Priester, nicht wahr?«

»Diese Zusammensetzung ist zwar etwas verwirrend, wenn man sie so formuliert ... Vielleicht stimmt sie aber doch.«

»Diese uralten und utopischen Figuren gehören zu den wichtigsten unserer Zeit. Zusammen mit dem Neandertaler sind auch Vertreter vergangener und zukünftiger psychischer Kulturen erschienen, in deren seelisch-geistiger Aura die Synthese wieder einmal zustande kam. Welch eine Aussperrung, welch eine Verpflichtung, unter all den anderen genormten Geschöpfen solch ein heiliges Monster zu sein. Meinen Sie nicht auch?«

Das scharfe Leuchten in Carters grünen Augen verdüsterte sich für einen Augenblick, als wäre der Schatten von Schwingen eines dunklen Vogels darauf gefallen. Die Qualen von Carters schier mythischer Einsamkeit sprangen plötzlich wie ein Funken in Baráths Seele über.

»Nicht ganz«, erwiderte er. »Wenn es mir manchmal auch entsetzlich und bedrohlich vorkommt, so empfinde ich diesen Zustand doch eher als Auszeichnung, der mich mit verborgener, tiefer Freude erfüllt und mich über die gewöhnlichen Sterblichen erhebt, die von blinder Furcht getrieben an ihrem Schicksal verzweifeln und an ihm zugrunde gehen. Das hilflose Mitleid hat mich oft beschämt, weil ich wußte, daß, ganz gleich in welche Schrecknisse ich eintauche, ein Teil meines Wesens dennoch in Licht und Sicherheit verharrt und niemals betäubt wird. Und Sie ... was tun Sie?«

»Ich ... ich bin Gehirnchirurg, das heißt, ich war es«,

sagte Carter. »Obwohl ich mich außerdem noch mit einer Menge anderer Dinge beschäftigt habe.«

»Zum Beispiel mit der Magie?«

»Ja. Vor allem anderen und mit allen Mitteln.«

»Sind Sie Steinbock?«

»Ja. 1902, London.«

»Vielen Dank.«

»Nun können Sie sich auch nicht mehr verstecken«, wandte sich Madelaine freundlich dem alten kahlköpfigen Mann zu.

»Mein Saturn ist ein alter, eingeschworener Verbrecher. Eine absolut nicht salonfähige Figur.«

»Da tun Sie ihm aber Unrecht!« meinte Vitelli. »Wir alle haben ihm viel zu verdanken. Er tut weh, zwingt und bremst. Die heilsamste Bindung unseres Wesens.«

»Vorausgesetzt, daß er nicht wie ein Alptraum auf unserer Brust hockt«, meinte der Kahlkopf mit bitterem Lachen.

»Sie sind im Zeichen des Steinbocks geboren, doch der Inspirator Ihres Geistes ist der Wassermann. Also ist Ihr Kopf frei, Monsieur Bernstein«, sagte Carter.

»Ich kriege nur gelegentlich Ausgang, und auch diesen ausschließlich nach oben. Doch der Schuh drückt mich tief unten in der Materie.«

»Darum sind Sie Atomphysiker geworden, nicht wahr?« Madelaines rasche Frage war eher eine Behauptung.

»Um die Materie um mich herum in die Luft zu sprengen?«

»Ja. Ebenso wie ich Archäologin geworden bin, um meine Geschichte auszugraben, die in meinem Unterbewußtsein, in den tiefen Schichten des Unterbewußtseins, versunken war. Haben Sie noch nicht gemerkt, daß die Berufswahl stets eine Suche nach dem Schlüssel ist, um uns selbst zu befreien?«

Bernstein schaute die Frau aus den tiefen Falten seiner Augen nachdenklich an.

»Jetzt kommt es mir so vor, als hätte ich es gewußt. Aber ich möchte Sie nicht in die Irre führen. Ich habe das noch nie auf diese Weise definiert«, setzte er hinzu, und seine Miene verdüsterte sich. »Vorerst würde ich viel darum geben, wenn ich den Geist, den wir auf die Welt losgelassen haben, wieder in seine Flasche zaubern könnte«, murmelte er vor sich hin.

Die Tafel wurde aufgehoben, und die Gäste begaben sich in die Bibliothek, wo Hedda in bitteren Dünsten schwebend Kaffee kochte.

»Mein Gott ... so viele Bücher!« rief Baráth unwillkürlich aus.

»Einem Schriftsteller mag diese Fülle bedrückend vorkommen«, meinte Madelaine. »Die meisten Werke sind Produkte größter Anstrengung, Sorge und Leidenschaft.«

»Kaum bedrückender als eine stadtvoll wimmelnder Menschen für ein Elternpaar. Denn durch jenes schöpferische Geheimnis, das in uns wie eine Spannung lebt, haben die Eltern die Gewißheit, daß ihr eigenes Kind eine unvergleichliche Variante des Lebens ist«, hielt Baráth dagegen. »Sind Sie schon lange in Mythenburg?«

»André und ich sind vor anderthalb Monaten als erste eingetroffen«, erwiderte Madelaine. »Zehn Tage lang waren wir allein. Dann kam Mr. Carter und zwei Tage später der Maestro.«

»Seltsam, daß ich als erster abgereist und dennoch als letzter in Mythenburg angekommen bin«, warf Bernstein ein.

»Sie kamen aus Übersee!« beschwichtigte ihn Madelaine.

»Und wenn schon, dann bin doch ich endgültig der letzte!« erklärte Baráth.

»Das glaube ich nicht«, meinte Madelaine kopfschüttelnd. »Die Zahl ist noch nicht vollständig. Wir erwarten noch jemanden.«

»Wen, wenn ich fragen darf?«

»Wir haben vorher auch Ihren Namen nicht gekannt ...«

»Nun wissen wir aber, daß dies in gewisser Hinsicht ein Irrtum war«, ergänzte Morel die Worte seiner Frau. »Haben Sie Raguel schon getroffen?«

»Ja.« Als ihm das Wort entfuhr, schreckte er davor zurück. Das war gelogen, zumindest formal. Baráth nahm verstört, in peinlicher Verwirrung all die Blicke wahr, die sich auf ihn richteten. »Ich habe unwillkürlich eine solche positive Antwort gegeben«, gestand er einen Moment später. »Die Wahrheit ist, daß ich ihm noch nicht in jener Weise begegnet bin, wie Ihnen. Nicht hier und nicht jetzt.«

»Ich verstehe«, meinte Morel beruhigend, indem er mit seinen Worten Baráth eine Stütze bot. »Auch wir sind ihm noch nicht begegnet ... so jedenfalls nicht.«

Dies war eine deutliche Zäsur, ein Schlußpunkt. Und die stille Vereinbarung, dieses Thema vorerst fallen zu lassen, kam wieder einmal aufgrund ihrer inneren Verbundenheit zustande.

Madelaine verschränkte die Hände hinter ihrem Nakken und lehnte sich weit in ihren tiefen Sessel zurück.

»Wir haben noch so viel Zeit«, sagte sie mit leiser, nachdenklicher Stimme. »Wir haben nichts in der Zukunft zu suchen. Niemand erwartet uns. Wir sind am Ziel.«

Mondspiegel

MADELAINE LAG IM BETT und unterhielt sich durch die offene Tür mit ihrem Mann. Neben Morel, auf einem niedrigen Tischchen, lag ein Haufen Bücher. Über seinem Bett hing ein Ölgemälde, das fast die ganze Wand bedeckte. Es zeigte einen geflügelten, behelmten Merkur, der eine schlafende nackte Jungfrau in den Armen hielt. Die beiden Gestalten schwebten irgendwo in einem bodenlosen Raum zwischen den Lichtpunkten von Sternbildern.

Im Licht ihrer Nachtlampe schwamm Madelaines Zimmer in einer silberfarbenen Dämmerung, und das Zimmer wurde von einem einzigen Gemälde beherrscht: einer verschleierten Isis, die in einer Mondsichel-Barke dahinglitt.

Madelaines Stimme hörte sich verschlafen an.

»Als ich ihn im Hof erblickte, mußte ich denken: ›Welch ein glückliches Gespenst!‹ Das hört sich zwar seltsam an, aber du wirst es gleich begreifen. Er sah aus wie das Abbild eines Menschen, der aus sich selbst herausgestiegen war. Ich hatte das Gefühl, daß sein Körper leer und zusammengesunken irgendwo liegt, unter Ruinen und Schutt von Horror und Leidenschaft begraben. Dann aber, wie es mir schon oft ergangen ist, habe ich mich plötzlich bei ihm eingeklinkt, als würde ich mit seinem Geist fühlen und empfinden. Ich wußte, daß er in eine andere Dimension verschoben war. Die Zeitkulissen waren verschwunden — er konnte gleichzeitig in die Vergangenheit und in die Zukunft sehen und horchen . . .«

Morel lag schweigend auf dem Rücken. Er hatte seine Brille abgelegt. Seine grauen Augen, die hinter den Gläsern manchmal scharf und forschend aussahen — der Blick dieser Augen war ohne diese schimmernde Rüstung dunkler und sanfter. Das Licht fiel auf seine weiße Haut, auf seine schön geformte Stirn, auf sein schütteres schwarzes Haar, auf seine kräftige Sattelnase. Von seinen sehnigen, blaugeäderten Armen waren die Ärmel seiner Schlafanzugjacke zurückgeglitten. Auf seinen schmalen, empfindsamen Lippen lag ein Lächeln.

»Sollte man jemanden steckbrieflich suchen, und wärst du die einzige Zeugin des Verbrechens, würdest du die Fahnder arg in Verlegenheit bringen.«

»Warum? Kann ich denn so schlecht beobachten?«

»Im Gegenteil. Deine Beobachtungsgabe ist hervorragend. Deine Personenbeschreibung trifft immer den Punkt. Doch nur insofern, als es sich um den Astralleib des Delinquenten handelt.«

Madelaine lachte.

»Wie findest du den sechsten Gast?«

»Jede oberflächliche Definition würde meine Beziehung zu ihm falsch interpretieren, eine Beziehung, die von einem inneren Interesse gesteuert und dennoch neutral ist.«

»Siehst du?« sagte Madelaine triumphierend. »Auch du bedienst dich diesmal keiner scharfen Konturen.«

»Dieser Fall ist eine Ausnahme.«

Madelaine schloß die Augen.

»Ich habe Mitleid mit ihm. Darum zieht er mich an.« Ihre Stimme wurde ganz leise. »Ja ... er tut mir leid.« Vor ihrem inneren Gesichtskreis wurde Baráths kreolisches, fast indisch anmutendes Gesicht immer lebendiger. Seine braunen Augen unter den schweren Lidern schauten sie mit traurigem, selbstvergessenem, dennoch feurigem Blick an. Über seiner breiten, geraden Stirn kringelte sich eine schwere Locke, seine Schläfen waren bereits grau meliert. Sein Lächeln war offen, entwaffnend und schön, erhellte sein ganzes Gesicht. Anziehend — sehr attraktiv ..., dachte sie auf der Schwelle zwischen Träumen und Wachen. Er besitzt einige verborgene feminine Züge, besonders auf dem Gebiet der Gefühle. Er denkt nicht an sich, sondern geht in dem anderen auf. So etwas bringen nur Frauen fertig. Ansonsten ist er durchaus männlich, kräftig, fest und muskulös ...

Im betäubenden Strudel der Träume, aus den dunklen orkanischen Wassern der Vergangenheit tauchte die Gestalt Léon Tessiers auf, nach all den vielen, endlos langen Jahren, als hätte György Baráth ihn gewissermaßen als Gegenstück seiner selbst heraufbeschworen —

Léon mit seiner langen blonden Künstlermähne, seinem hochgewachsenen, biegsamen jungen Leib, zeitlos und unauflöslich. Durch Madelaines halbbewußtes Traum-Ich huschte der Schatten eines wunderlichen Gedankens: Darum hat er mir leidgetan. Denn hinter ihm stand, hinter ihm schwebte stets Léon ... mein armer kleiner Sohn. Tränen rannen über ihr Gesicht, doch sie wußte nichts mehr davon, nahm sie nicht mehr wahr. Ihr Traum war so tief, daß keine Blase seiner Bilder in ihr Wachbewußtsein aufstieg.

Der siebte Gast

AM NÄCHSTEN MORGEN erwachte Baráth schon sehr früh und machte sich nach dem Frühstück zu einem Spaziergang auf. Während er den Hof überquerte, gesellte sich der große Bernhardiner zu ihm. Vincent aber rief ihm von irgendwo aus der Tiefe des Hofes zu: »Rolli, hierher!«

Rolli blieb stehen und schaute zu Baráth auf. Seine traurigen Hundeaugen flehten: ›Wenn ich dich vielleicht begleiten dürfte ...‹ Dabei wedelte er leicht und unaufdringlich mit dem Schwanz.

Baráth verstand diese subtile Hundesprache. Er beugte sich zu dem Tier nieder und legte seine Hand auf das warme Fell. »Du darfst mich begleiten. Es soll mir eine Ehre sein.«

»Ich gehe mit Rolli Gassi«, sagte er zu Vincent.

Nun schritten sie nebeneinander dahin, im freundlichen Gefühl des Gleichklangs vereint. Sie gehörten zwar zusammen, aber keiner fiel dem anderen zur Last. Rolli jagte gelegentlich Käfer und Eidechsen im Gras oder verschwand zwischen den Felsen, um dann atemlos mit hängender Zunge wieder aufzutauchen und seine Schnauze freundlich an Baráths Knie zu reiben, bevor er sich wieder seinen eigenen Angelegenheiten widmete.

Ohne auch nur die geringste Müdigkeit zu spüren, stieg Baráth leichtfüßig hinauf. Dann, in einer Kurve tief unter ihm, tauchte das Massiv der Mythenburg auf. Er konnte die Dächer der eckigen Türme deutlich erkennen, sah auf die Terrassen, die Höfe, die Arkadengänge und die verwinkelten, versteckten Hofnischen hinab. Von hier aus gab sich auch der hintere Trakt der Burg mit seinen Gemüsegärten und seinem Hühnerhof dem neugierigen Blick bereitwillig preis. Aus einem der Kamine stieg Rauch auf. Er schaute auf die Uhr. Seit er Mythenburg verlassen hatte, waren zweieinhalb Stunden vergangen.

›Welches Fenster wird wohl zu Raguels Zimmer gehören?‹ fragte er sich und wandte den Blick dem Westturm zu. ›Dort... ja, dort.‹ Und diese Gewißheit war aufregend und gefühlsintensiv wie die prophetischen Träume, welche in den Wachzustand hinüberstrahlen. Als er ohne Übergang weiterging, mußte er plötzlich an Morel denken. Er sah sein ruhiges, neutrales Gesicht deutlich vor sich. Der Geschmack seines Wesens drang wie ein seltsamer Luftzug in sein Bewußtsein. ›Seine Stimme ist einzigartig‹, sagte er im aufmerksamen Rückblick zu sich. Doch diese Stimme, die in seiner Erinnerung erklang, wurde plötzlich von Morels Gruß überdeckt, der hier und jetzt an sein Ohr drang: »Guten Morgen!«

Er saß auf einer windgeschützten Lichtung im Schatten eines Felsens auf einem tragbaren Stuhl und hielt ein geschlossenes Notizbuch in der Hand.

»Störe ich?« fragte Baráth unruhig.

»Keineswegs. Sie befreien mich von meinen Gewissensbissen, weil ich jetzt einen Grund habe, nicht zu arbeiten. Den ganzen Morgen habe ich bereits nach Ausflüchten gesucht und machte mir vor, daß mich heute der Schreibtisch faszinieren würde. Ich bin hier herauf-gekommen, und erst hier wurde mir klar, worum es ging. Nämlich um den Vorsatz, dem lieben Gott den Tag zu stehlen und meinen Gedanken freien Lauf zu lassen.«

»Einer Ihrer Gedanken hat mich vorhin erreicht«, lächelte Baráth. »Ich habe mich mit Ihnen beschäftigt, bevor ich Sie erblickte.«

»Die Sache würde erst dann interessant werden, wenn Sie mir verraten würden, was Sie über mich dachten.«

»Ich bin ohne Übergang und ohne Vorwarnung in Ihre Aura eingedrungen. Ich habe mich an Sie erinnert. Ich habe Ihr Gesicht vor mir gesehen und Ihre Stimme beschworen. Ich mußte daran denken, daß Ihre Stimme einmalig klingt. Alle Menschen, die sich fürchten, warten auf diese Stimme. Man kann sich richtig an ihr festhalten. Sie ist ein Stützpunkt und weckt den Glauben und die Hoffnung, daß alles wieder gut wird.«

»Solche Spiegelfechtereien, solches Blendwerk gehört nun mal zu meinem Handwerk.«

»Woran arbeiten Sie?«

»An einem psychotherapeutischen Werk.«

Morel erhob sich, suchte seine Siebensachen zusammen, und die beiden wanderten miteinander bergab.

»Sie haben einen schweren Weg gewählt«, sagte Baráth nach kurzem Schweigen. »Ich kenne das, weil ich selbst auf einem solchen Weg wandle.«

»Der Weg hat mich gewählt«, lächelte Morel. »Und Ihnen dürfte es auch nicht anders ergangen sein. Jeder Mensch wird mit irgendeinem Mantra geboren, welches den unsichtbaren Gefangenen in ihm zur Offenbarung zwingt. Der Gefangene freilich klopft ständig an ...«

Baráth fuhr zusammen und schaute Morel mit seltsamem Blick an.

»... er sendet pausenlos Morsezeichen«, fuhr Morel fort. »Doch nur derjenige kann diesen SOS-Ruf empfangen, der über genügend Mitleid und Interesse für den anderen verfügt.«

Eines Tages werde ich es ihm sagen, dachte Baráth, während er in sich wieder einmal jene Wunde betastete, die eine schmerzliche, entzündete Hitze ausstrahlte. Er hatte das seltsame Gefühl, daß Morel durch seine Gegenwart kühlende und erleichternde Heilungsenergien in ihm freigesetzt hatte. Doch er brach sein Schweigen nicht. Bis jetzt hatte er noch nicht die Kraft dazu. Die Ereignisse waren eingetreten, aber er wagte es nicht, sie zu durchleben. Sie steckten in ihm, durch den Schock gelähmt, mit verborgenem Gesicht. Jetzt aber ...

Das ist ein gequälter Mensch, dachte Morel, während er Baráth, der an seiner Seite dahinschritt, heimlich beobachtete. Die Stille, die Wortlosigkeit, die zwischen sie gestürzt war, störte sie nicht, weil sie beieinander waren und sich besser verstanden, als wenn sie gesprochen hätten. Morels empfindliche Nerven erklangen wie Saiten, die man leise berührt, und gleichzeitig fielen ihm auch Madelaines Worte ein: ›Es tut mir leid.‹ Ja, da hatte sie recht. Denn er hatte viel durchgemacht, so manches erlebt, sich so sehr angestrengt, daß er jetzt total erschöpft war.

Nun tauchte Mythenburg wieder zu ihren Füßen auf. Aus der östlichen Fensterfront beugte sich eine Gestalt und schüttelte einen Teppich aus. Morel blieb stehen.

»Sie machen das freie Zimmer neben dem meinen sauber«, sagte er.

»Dann vielleicht ...« Baráth beendete den Satz nicht.

Carter kam ihnen entgegen. Seine bronzefarbene Mähne wehte wie eine Fackel im Wind. Schon von weitem lächelte er den beiden mit seinem gewaltigen, schneeweißen Raubtiergebiß zu. Rolli rannte ihm fröhlich entgegen und hätte ihn in seiner Freude um ein Haar umgeworfen. Carter hob die Rechte abwehrend hoch: »Hallo ... immer sachte, Kumpel! Sind die Herren bereits zurück? Ich will gerade aufbrechen!« Dabei wehrte er den Hund ab, der an seiner rechten Seite hochsprang.

»Was haben Sie da in der Hand?« fragte Morel.

»Ein Amselkind. Das arme Ding sieht ziemlich lädiert aus. Ich befürchte, daß es von den Tarpejischen Felsen hinuntergeworfen wurde. Wenn ich das kleine Ding zurück ins Nest lege, wird es vermutlich wieder hinausgeworfen.«

Sie standen alle um das Vogelkind herum, während Rolli sich winselnd bemerkbar machte.

»Willst du wohl still sein?« sagten sie sorgenvoll.

»Ich werde es Hedda geben«, meinte Carter, während er mit einem Finger das strubbelige, erschrockene Wesen streichelte.

»Gott behüte!« protestierte Morel. »Sie würde sich mit dem kleinen Ding identifizieren, und würde ihm etwas zustoßen, dann wäre ein Nervenzusammenbruch fällig. Ich würde eher Emma vorschlagen. Denn Emma ist wie die Mutter Erde, welche das sich stets erneuernde Leben in jedem Wesen nährt, ohne sein individuelles Leben und Sterben wahrzunehmen.«

»Wollen wir ihr den Vogel bringen?« fragte Baráth und streckte die Hand nach dem kleinen Wesen aus. Und als er die Wärme des winzigen, zitternden Vogelkörpers in seiner Hand spürte, mußte er an Lidias Hand denken, die sich einst in seine Hand geschmiegt hatte. ›Ein Seelenvogel‹, dachte er, einer flüchtigen Eingebung folgend, und schloß die Finger zärtlich um den winzigen Leib.

Carter grüßte, ging weiter, doch nach einigen Schritten blieb er stehen und drehte sich noch einmal um.

»Ich glaube, das kleine Wesen ist tot«, sagte er mit seltsamer, starrer Miene. »Bitte, schauen Sie mal nach.«

In Baráths Hand lag nur noch ein lebloser, kleiner grauer Federball.

»Ich habe es gar nicht gemerkt«, sagte er verblüfft.

»Es war Betrug.« Carters Miene wirkte gequält. »Ich

wollte, daß es lebt, als ich es unter dem Baum fand. Freilich vergebens, wieder einmal ... und immer wieder. Das Marionettenspiel des Mitleids. Gelegentlich falle ich noch drauf rein.« Er winkte auf eine entschlossene, fast gewaltsame Weise ab, als wollte er unsichtbare Dinge abwehren, die ihn bestürmten. »Egal. Begraben Sie das kleine Wesen, dort unter dem Laub. Die Tiere schämen sich ihrer Leichen.«

»Das ist bei ihm wie der Bart, der bei den Toten sprießt«, meinte Morel, nachdem Carters Schritte verklungen waren. »Das Leben ist bereits erfüllt und abgeschlossen in einer Richtung, doch die Kräfte wirken im Körper noch weiter, freilich nur für eine kurze Zeit.«

»Carter muß entsetzliche Erfahrungen gemacht haben.«

»Ja. An seiner eigenen Haut. Darum ist er hier.«

Hinter der nächsten Kurve tauchte wieder Mythenburg vor ihnen auf, diesmal auf gleicher Ebene. Vor dem Tor stand ein buttergelber Sportwagen, unter dem zwei Beine in Flanellhosen hervorragten. Nicht weit davon tauchte Madelaines zarte Kindfrau-Gestalt auf. Mit ihrer ausdrucksvollen, beweglichen Hand, die sie hoch in die Luft erhoben hatte, gab sie den Ankömmlingen fröhliche Warnzeichen. Unter dem Auto kroch ein hochgewachsener, hellblonder, sommersprossiger Mann in Hemdsärmeln hervor, bis zu den Ellbogen mit Öl verschmiert. Sein Gesicht aber war nicht von Zorn, sondern von der Höhenluft gerötet.

»Was ist los?« fragte Morel und trat zu ihm.

»Keine Ahnung. Wenn ein Wagen den Dienst versagt, lasse ich ihn am liebsten auf der Straße stehen und steige in einen anderen um. Ich habe nichts mit Motoren am Hut«, meinte er lachend.

»Vincent ist ein leidenschaftlicher Automechaniker«, sagte Madelaine, während sie zu ihnen trat. »Wir könnten ihn rufen.«

»Vielen Dank, Madame!«

Nun wurde jeder jedem vorgestellt. Der Fremde sprach ein etwas lispelndes Französisch, wie die nordischen Völker allgemein. Sein Name war Kjell Björnson, und Baráth glaubte dem Namen nach zu wissen, daß es sich um einen Norweger handelte.

Morel war schon auf dem Weg zum Tor, doch Vincent eilte bereits ungerufen herbei, trat direkt zu dem Fremden und begrüßte ihn.

»Monsieur Raguel heißt Sie in Mythenburg willkommen. Um den Wagen werde ich mich kümmern«, setzte er bereitwillig hinzu.

Alle drei starrten den Mann aus dem Norden an, der durch diese Einladung einiges an Bedeutung und Gewicht gewonnen hatte. Es war, als wäre auf das Netzwerk feiner Kapillaren ein Licht gefallen, welches eine Zirkulation rätselhafter Säfte zwischen ihnen in Gang brachte.

»Sie machen sich meinetwegen zu viele Umstände«, entschuldigte sich Björnson. Er wischte sich die Hände ab und griff nach seiner Jacke, die auf dem Sitz lag. »Mein Freund ist inzwischen sicherlich in Brunnen angekommen.« Alle miteinander brachen auf, um ins Haus zu gehen. »Während ich auf ihn wartete, konnte ich dieser Höhe einfach nicht widerstehen. Ich wollte diesen Berg bezwingen . . .«, sagte er und brach plötzlich ab.

Mythenburgs unsichtbare Atmosphäre legte sich plötzlich über ihn und schloß ihn mit den anderen ein. Alle wußten, was in ihm vorging, als der transzendente Inhalt in seine Sinne, in seine Seele eindrang und namenlose Erinnerungen aufriß. Sie standen da und warteten. Und kein Wort wurde über das gesprochen, was über alle Worte hinaus wesentlich war.

Vincent hatte inzwischen den Wagen geprüft und rief ihnen seine Diagnose zu.

»Achsenbruch! Das Auto muß in die Werkstatt geschleppt werden!«

»Wenn Sie in Brunnen anrufen wollen — es steht ein Telefon in der Halle«, sagte Morel nach einer Weile.

»Ja ... vielen Dank.« Björnsons Erregung pulsierte wie ein heftiger Strom in seiner Stimme. »Diese Burg ... sie heißt Mythenburg, nicht wahr?«

»Genau.«

»Sie ist unerhört ... bizarr. Der Burgherr ist ein gewisser Monsieur Raguel, wenn ich richtig verstanden habe. Was ist das für ein Name?«

»Zuletzt bin ich ihm im Buch Henoch begegnet«, lächelte Baráth.

Björnsons Auge haftete mit unruhigem, forschendem Blick auf ihm.

»Auf jeden Fall muß ich ihn sprechen!«

»Auf alle Fälle.«

Baráth aß in seinem Zimmer zu Mittag.

Am Nachmittag ließ sich Björnson weder in der Bibliothek noch im Hof blicken. Abends aber, beim Abendessen, tauchte er wieder auf. Er trug einen dunklen Anzug, also hatte er sein Gepäck von Vincent bringen lassen, der den Wagen nach Brunnen gefahren hatte.

»Haben Sie heute morgen geahnt, daß Sie in Mythenburg zu Abend essen würden?« wandte sich Madelaine lächelnd an ihn, als sie am Tisch Platz genommen hatten.

»Diese Frage läßt sich nur schwer präzise beantworten. Wer so viel gereist ist wie ich und stets sonderbare Ziele ansteuerte, der ahnt stets mit an Sicherheit grenzender Wahrscheinlichkeit, daß ein solches Ereignis eintreffen wird. Ich weiß schon lange, daß man meistens woanders ankommt, als da wohin man aufgebrochen ist.«

»Und was war diesmal Ihr Ziel?« fragte Madelaine.

»Ich wollte einen Freund in Brunnen treffen, um unsere Pläne zu koordinieren. Ich war seinerzeit mit ihm in Tibet. Er war ein unpersönlicher, angenehmer Reisegefährte. Der Portier gab mir ein Telegramm telefonisch durch, das an seiner Stelle angekommen ist. Er sei erkrankt, hieß es, und er stecke in Zürich fest. Eine Reise käme für lange Zeit nicht in Frage. Am Morgen hatte mich diese Nachricht noch todtraurig gestimmt. Jetzt sehe ich, daß es nichts weiter war als eine Ausrede, ein Vorwand. Also habe ich die Klostersiedlung in Rungbuk verlassen, um nach Mythenburg zu gelangen. Darüber besteht seit der Einladung des Monsieur Raguel kein Zweifel mehr.«

»Und ... hat Ihre Begegnung mit Raguel Ihre Erwartungen erfüllt?« Madelaine beugte sich mit gespannter Miene vor.

Baráth bewunderte ohne jedes noch so heimliche Verlangen Madelaines nervöse, pikante Nase, den Bogen ihrer schwellenden, erotischen, empfindsamen Lippen wie ein Kunstwerk.

Björnson betrachtete die Frau schweigend und musterte anschließend mit einem strengen Blick seiner blauen Augen, aus denen die Kraft der Sonne strahlte, die Gesichter seiner sechs Tischgenossen, die ihn unverwandt und gespannt anschauten. Dann fuhr er fort: »Die Art der Begegnung, an der ich teilhatte, erregte meine Erwartungen, trieb sie auf den Höhepunkt. Übrigens habe ich Mythenburg bereits im ersten Moment als die Erfüllung meiner Erwartung empfunden, die bereits ihren Höhepunkt erreicht hatte. Mir kam es vor, als hätte ich in mir selbst ein ekstatisches Fieber entdeckt, die Hitze eines Organismus, zu dem auch ich gehöre.«

Björnsons Persönlichkeit strahlte einen unwiderstehlichen Schwung und eine positive Anziehungskraft aus. Baráth spürte deutlich, wie sich seine Kräfte dem anderen zuwandten und sich ihm öffneten. ›Er besitzt eine gewisse Würde‹, dachte er.

»Welches Zeichen beherrscht Ihr Zimmer, Monsieur Björnson?« fragte Morel.

»Ein tibetisches Mandala mit einer flammenden Sonnenscheibe im Zentrum, von geflügelten, gekrönten Löwendämonen umflattert.«

Die Sonnenwärme, welche der siebte Gast ausstrahlte, durchfuhr und erhitzte sie alle wie ein Feuer. In ihnen erklang feierliche Freude, als hätte eine unsichtbare Hand die Saiten eines imaginären Instruments angeschlagen und mit flinken Fingern eine fröhliche Melodie angestimmt.

»Gut, daß Sie da sind«, sagte Madelaine still. »Jetzt sind wir endlich alle versammelt.«

Die Harfe mit den sieben Saiten

DIE HOHE, SCHMALE TÜR aus Eichenholz, durch die sie am Abend des nächsten Tages traten, führte in den Westflügel von Mythenburg, in einen großen kreisrunden Saal mit hoher Decke. Die Atmosphäre dieses seltsam anmutenden Raums mit seinem unbestimmbaren Charakter wirkte wie ein elektrischer Schlag, weil sie genau den Gipfelpunkt jener sich steigernden Erregung bildete, mit dem sich die Gäste dem Sperrgebiet, den verschlossenen Wohnräumen, der »verbotenen Stadt«, genähert hatten. Ihr Zustand schwankte zwischen Erschütterung, Staunen und heftiger, fast fieberhafter Exaltation. Die Kraftfelder, die aus dem Westturm strahlten, erfüllten ganz Mythenburg, und als sie jetzt zu dessen Kern vordrangen, rauschte ihr Lebensgefühl mit Macht auf, hob sie über ihre gegenwärtige Persönlichkeit hinaus. Ihre Namen, der enge Rahmen ihrer Erinnerungen zerschmolzen gleich einer dünnen Glasmembrane in dieser lodernden inneren Hitze. Jenseits der Schwelle fühlten, sahen und bewegten sie sich wie Wesen, die nicht mehr durch einen Körper und das Gesetz der drei Dimensionen eingegrenzt waren. Es war, als würde eine ganze Reihe schwerer, bedrückender Draperien nacheinander und hintereinander hochgezogen, um die dunklen Pforten der Vergangenheit freizugeben, die in bodenlose Tiefen führten — während die Säle in festlichem Glanz erstrahlten. Das Bewußtsein früherer Inkarnationen strömte durch befreite Adern in ihr Wesen zurück, so daß ihre Erinnerung zu einem Ozean anschwoll. Sie wußten, daß dieses seltsame Heiligtum, im Feuersturm der unsterblichen Gegenwart eingeschlossen, durch die Zeit reist, und daß sie immer wieder dort landen würden — Jahrtausend um Jahrtausend, immer wieder an der gleichen Stelle. Aus dem Labyrinth verschiedener Kostüme und Verkleidungen, verschiedener Namen, Milieus und Zeitalter würden sie, aufgereiht wie Perlen auf einer glühenden Schnur, immer wieder zum *Altar* zurückkehren, um gewogen und bewertet zu werden.

Und während sie in den Sesseln Platz nahmen, die im Halbkreis um jenes gestufte Podium standen, wo der schimmernde goldene Kelch mit den drei Säulen aufgebaut war, mischten jenseits der Schwelle die gleichzeitig anwesenden Erinnerungen den Strudel der verschiedensten Ereignisse auf, welche sich in jeweils anderen Schichten der Vergangenheit abgespielt hatten, jetzt aber mit Macht rauschten und dröhnten gleich dem Schlußsatz einer dämonischen Symphonie, Schlachtenlärm und Trauermarsch zugleich. Das heisere Raunen von Menschenmassen, Schmerzensschreie, silberne Kinderstimmen, betrunkenes Grölen. Babylonisches Sprachgewirr, hundertfacher Aufschrei von Lust und Leid. Aufpeitschende Revolutionslieder, Kirchenlieder, Psalmen, erstickendes, schweres, peinsames Bereuen — *mea culpa*. Schließlich ertönte die elementare Kataklysmenstimme, die alle anderen Stimmen unterdrückte und durchdrang: das Gebrüll der losgelassenen Wasser. Dieses Bild, dieses Gleichnis überflutete ihr Wesen, sie identifizierten sich mit ihm und wurden eins mit ihm.

Ihr Schiff schaukelte wieder auf den stürmischen Wellen des Ozeans, zwischen Feuerpfeilen zischender Blitze, auf Wellenbergen reitend, in Höllentiefen gerissen. Sie fürchteten sich. Der entsetzliche Strom der Angst war erneut in sie gefahren und ließ sie erbeben. Und sie wußten genau, daß dieser bisher so zahme Riese, das Große Wasser, sie in seiner Wut unbarmherzig mit seinen gewaltigen Pranken erwürgen würde, wären sie nicht vom *Heiligtum* umgeben, von magischen Kräften geschützt.

Die sieben Verbannten, die versucht hatten, sich aus den Trümmern des einstürzenden Tempels zu retten, tauschten Blicke aus, welche die Last von Jahrtausenden in sich bargen und erkannten sich wieder vor dem Altar des Ideodroms, der über Äonen hinweggerettet worden war.

Die Priesterin erhob sich, um die Sieben Flammen, die beschwörenden Feuertore der heiligen Kräfte, anzuzünden. Das flackernde Licht der Kerzen erweckte die bunten Mosaiken an der Decke zu neuem Leben. Dort bäumte sich die siebenköpfige Naga-Schlange auf, mit ihrem zusammengewachsenen, verschmolzenen Rumpf, die sieben verflochtenen, sich gegenseitig ergänzenden, miteinander verbündeten Planetenkräfte symbolisierend, welche im Reich der Sonne alles Leben regierten.

Alles, was namenlos war, wurde in diesem Licht offenbar.

Die todtraurige Ahnung ihrer Deportation verfolgte sie von Körper zu Körper, an jeder Station ihres Daseins. Seitdem waren sie nur rastlose Flüchtlinge, von Heimweh erfüllt, himmelhoch jauchzend, zu Tode betrübt, sich in ekstatische Höhen schwingend und in tiefste Abgründe stürzend auf diesem Schiff, das ins uferlose Wasser geschleudert worden war. Sie waren die sieben Verantwortlichen, die ausgebluteten, kraftlosen Schöpfer, der Mittelpunkt, das magische Zentrum in der siebenzackigen Krone der Naga-Schlange. Die Macht aber, welche sich über den Strudel der Tiefen gehoben hatte, war in Millionen von Bruchstücken zerborsten, und sie waren im wilden Chaos ihrer eigenen Schöpfung untergegangen.

Ihre grenzenlose Verzweiflung hatten sie im Laufe von hundert und aberhundert flammenden Jahren überwunden. Denn wenn auch alles verloren war, so war ihnen doch das *Heiligtum* geblieben, und der Weg der Weihe führte unbeirrbar zu ihm. Dort war jemand, der das *Heiligtum* schützte, hegte und pflegte, jemand, der größer war als sie, dessen Kraft und Macht ihr zerbrechliches Schiff, diese Nußschale, der Gewalt der tobenden Elemente entrissen hatte: der Hohepriester, der das Feuer bewahrt. Das unheilverkündende Geistergeschrei verstummte plötzlich, als das Öl majestätischer Hoffnungen über sie ausgegossen wurde.

Raguel stand in der Mitte neben dem *Kelch.* Und sie wußten, daß er tatsächlich in jedem Moment ihres Daseins nicht fern von ihnen war. Manchmal wurde er von der Zeit verdeckt, doch er war trotzdem eines jeden Moments anwesend, nahe, stets sehr nahe, jenseits aller Düsternis im Licht, das aus den Kristallkräften strahlt, die sich im Kelch versammeln.

In diesem Kelch wurden ihre verstreuten Kräfte gesammelt und destilliert, im Feuer der Leidenschaft und des Schmerzes gekocht, gegoren und filtriert, bis das Konglomerat zur Essenz jener *Macht* herangereift war, welches die tobenden, außer Rand und Band geratenen Dämonen in ihre Schranken verwies.

Die Form, die Gestalt, die der Meister aus der Materie des aktuellen Zeitalters angenommen hatte, war wie ein Gewand aus durchsichtigem Plasma. Aus seinen dunklen Augen leuchtete die prophetische Kraft, die Kraft eines *Sehers,* auf seinen geschlossenen Lippen schwebte das *Wort,* und sein weißes Haar, das seine breite Stirn umflatterte, ließ die *Synthese* erkennen, so wie lodernde Flammen durch ein gläsernes Gefäß sichtbar werden.

Die erste Phase des Einweihungsrituals, das sich Jahrhundert für Jahrhundert wiederholte, wurde in ihnen wie ein tiefer Glockenschlag offenbar. Die Stille, das unberührte Schweigen bildete den Hintergrund brennender transzendenter Gedanken. Denn kein Wort durfte die empfindliche Materie der Offenbarung antasten. Der Magier hatte ihr verborgenes Wesen berührt, und ihr geheimer Name glühte in der Stille. Jenseits aller Tragödien und Freuden, jenseits allen Scheiterns, losgelöst von den berauschenden Träumen der Jugend waren sie wieder im Zentrum ihres Daseins angekommen. Nun konnten sie mit dem Werk beginnen, für das sie oft gestorben, ins Fegefeuer getaucht waren, um im ewigen Wellenschlag des sich stets erneuernden Lebens wiedergeboren zu werden.

Die brodelnde Materie der Inspiration wuchs und stieg in ihnen empor — doch in Raguels Gegenwart, im gleißenden, sprühenden Licht des *Kelches* konnten sie sich noch nicht konzentrieren, nicht zu Gedanken formen.

Sie verließen den Westturm lange nach Mitternacht und gingen auf ihre Zimmer, ohne sich voneinander zu verabschieden. Ihre Körper trennten sich, wiewohl der Rumpf der Naga-Schlange erneut zu einer Einheit verschmolz. Die sieben Köpfe aber, die sieben Kraftzentren der magischen Krone, wirkten weiter, so daß sich noch in dieser spannungsgeladenen stillen Nacht Raguels Anweisungen zu Worten formten.

Sobald Madelaine zu schreiben begann, schwang auch in ihrer Feder der gewaltige Strom der Exaltation mit. Ihre Buchstaben brachen aus den Zeilen aus. Die Oberlängen dehnten sich, wurden überlang, sehnsüchtig hochkletternd wie Schlingpflanzen an einer Stange. Ihre geflügelten Akzente flogen wie Vögel empor, die sich nach dem Unendlichen sehnen.

›... als ich mein dunkles Zimmer betrat, hatte ich den

Eindruck, als würde meine Haut in der Finsternis leuchten, ein blasses, bläuliches Licht ausstrahlend, wie Menschen, deren Blut von radioaktiver Strahlung zersetzt wird. Ich aber will diese Auflösung, ich rufe sie und biete mich mit offener Seele den heiligen Kräften dar. Wikkelt mich wie ein Wollknäuel ab, legt den Tod frei, der in mir wohnt. Spinnt das verdorbene Werk zu einem glitzernden Faden. In dieser entsetzlichen Konstruktion gibt es nichts, dem ich nachtrauern würde. Ich habe es eilig. Ich gebe alles her. Ich gehe euch entgegen ...‹

Carter geriet in fiebrige Glut, während er dem wütenden Protest seines eigenen atavistischen Ichs lauschte, das sich mit aller Kraft gegen die erste Übung der Einweihung wehrte. Es wand sich in erratischen Krämpfen, es röchelte, es überflutete sein Inneres mit seinem giftigen, roten Schleim gleich einem besiegten Saurier, den man zu Boden gezwungen hatte. ›Warum zurückblikken? Warum die entsetzliche Vergangenheit aufrühren? Warum all die Kadaver, all das Grauen, das schon ein einziges Mal kaum zu ertragen war, wieder ans Licht zerren? Weiter, los, weiter! Weg von hier! Weg von ihnen! Nichts wie weg!‹ tobte der Verdammte in ihm.

Doch dieses Urwesen war schon längst an die Kette gelegt, rüttelte mit seinen fürchterlichen Proportionen an den Gitterstäben eines Käfigs, aus dem es kein Entkommen gab. Er ließ es nicht mehr los. Doch es lebte noch, und es wirkte noch. Jetzt war die Zeit gekommen, um diesem Biest endgültig den Todesstoß zu versetzen. Er beobachtete das Tier ohne jede Regung, ohne Mitleid. Denn er wußte nur zu gut, daß sein Getobe in Wirklichkeit nichts weiter war als ein letztes Aufbäumen, ein Gewinsel in Todesangst, weil es spürte, daß diese Operation sein Jahrtausende altes, störrisches, bitteres Dasein unabwendbar in Nichts auflösen würde.

›So soll es sein!‹ schrieb er in seiner kräftigen, weit ausladenden Schrift.

›Die erste Phase der Praxis ist ein analytisches Werk.‹ Morels Feder flog leicht über das Papier dahin. Seine Schrift war feingliedrig, eine Kette von Wörtern, die auf seltsame Weise verknüpft waren.

›Wir müssen die entscheidenden Momente unseres Lebens, vom Augenblick der Geburt an bis in die Gegenwart, aufsuchen und verfolgen, um daraus die Konsequenzen zu ziehen. Diese Essenz wird dann gewogen. Dieses Destillat ist der Spiegel, der aufzeigt, inwiefern das große Negativum der Vergangenheit sich bereits zum Positiven gewandelt hat.

Sobald der moderne Mensch aus dem eisigen Labyrinth der Ratio zu den unbegrenzten Möglichkeiten der Psychosynthese zurückgekehrt ist, wird sich die Gerichtsstätte wieder auf die Szene des Alltags verlagern, die von wimmelndem Leben erfüllt ist, wo sich die Erkenntnis unverzüglich in die Tat, die Diagnose in Therapie umsetzen läßt. Im Banne der unterirdischen Hallen der Gerichtsstätte jenseits des Todes projiziert die Seele dämonische Fieberphantasien auf brodelnden Traumnebel.

Und diese wilden Visionen sind es, die ich zu den determinierenden Voraussetzungen einer neuen Inkarnation verdichte. Daraus ergibt sich die Formel eines fest umrissenen Milieus, eines Knochengerüsts, gewisser organischer Merkmale, eines charakteristischen Blutbildes, einer Nervenkonstruktion, einer Gehirnkapazität und einer abgeschlossenen Physiognomie. Die Methoden der Tiefenpsychologie dringen bereits in dieses determinierte Physikum und in das feine Auswahlsystem des dort eingebauten Psychikums ein, mit Hilfe des erleuchteten Geistes, der das Bewußtsein weckt und neue Ideen zeugt. Sie geben den instinktiven Abläufen eine neue Richtung und verändern das Verhältnis des Individuums zu sich selbst und zur Welt, auch das Verhältnis zu allen Erscheinungen dieses Lebens. In den psychischen Zentren rufen sie entscheidende Wandlungen hervor, welche Schicksale, Bedingungen, Umstände und Möglichkeiten bereits inmitten des tätigen und intensiven Lebensstroms projizieren, ebenso wie früher nur die Kräfte des Rausches, der Benommenheit, des Bardo*, der Daseinsnacht.«

›Der moderne Mensch, der zwischen die unbarmherzigen Mühlsteine der Geschichte geraten ist, die ihn, aus Kitsch und Horror gewoben, bedrohen, ist instinktiv stets auf der Flucht vor der Vergangenheit‹, schrieb Baráth. ›Er läuft vor ihr davon, wie der biblische Loth, flieht dahin, von Grauen erfüllt, ohne sich umzudrehen, ohne zurückzublicken. Obwohl es noch nie so brennend notwendig gewesen wäre wie jetzt, diesen Rückblick zu wagen. Wir, die heimatlosen Emigranten Europas, haben keine sentimentalen Erinnerungen, von Operettenmelodien durchwoben. Anstatt Lorbeerkränzen hüten wir nur feuchte, verwelkte Grabkränze in den versiegelten Krypten der vergangenen Jahre. Dennoch: Die Ernte dieser blutigen Zeiten ist nicht nur eine melancholische Klage über die verlorene Jugend, die unwiederbringlich dahin ist und die den Menschen mit Nostalgie erfüllt, sondern eine mystische Erkenntnis, die durch die bittere Pille tragischer, tödlicher Verstrickungen gegen das Emporwuchern vernichtender Krisen immunisiert. Wer diese Welt heilen will, muß den Menschen heilen, weil der wirre, kranke Weltkörper, der in ausweglosen Krisen schmort, ein Spiegelbild des Menschen ist. Wer aber die Zukunft ändern will, muß erst in der Vergangenheit Ordnung schaffen ...‹

Vor Angelo Vitelli lag ein unbeschriebenes Blatt. Er hatte die Stirn auf seine gefalteten Hände gelegt. In seinem Inneren rauschte eine gewalttätige Springflut aus Musik

---

* Bardo: Das Zwischenstadium einer Seele zwischen zwei Inkarnationen.

und Tönen, die sich über ihm auftürmte und seine Worte verwischte.

Es ist schier unglaublich, was der Mensch ertragen kann, dachte er wie ein Ertrinkender kurz vor dem Untergang, als die hybride Materie der einst so majestätischen und vergänglichen Formenwelt plötzlich in ihm aufkochte und zum Sprengstoff wurde. Er setzte sich ans Klavier und begann zu spielen. Die Töne drangen durch die Poren der Wände und ergossen sich in pulsierendem Strom durch jene seltsamen Adern, welche die sieben Menschen verbanden, die von den verschiedenen Peripherien des Kosmos nach Mythenburg gekommen waren.

Anton Bernsteins Manuskript war deutlich gegliedert, die Absätze mit geometrischer Präzision getrennt. Einige Absätze wurden durch Nummern, Abbildungen, Notizen und Bemerkungen mit Rotschrift besonders hervorgehoben.

›Diese Form der Meditation führt auf bekanntes Gebiet. In meinem Verhältnis zur Zeit habe ich stets den Frieden der Gegenwart vermißt, der in sich selbst ruht. Ich bin stets ziellos in der Vergangenheit herumgeirrt oder habe mich vor der Zukunft gefürchtet.

Der Moment, da die Früchte der Vergangenheit geerntet werden und die Zukunft geboren wird — dieser Moment hatte sich lange Zeit vor mir verborgen. Erst heute nacht hat er mir sein wahres, vollkommenes Gesicht gezeigt.

Raguel ist die Beständigkeit, die mystische Gegenwart, das Zünglein an der Waage. Wo er ist, dort ist das Zentrum, das Maß aller Dinge, das Wesentliche aller Erscheinungen.

Erst jetzt habe ich begriffen, warum meine okkulten Übungen bisher ergebnislos geblieben sind: weil ich meine Erlebnisse nie zum kristallenen Lösungspunkt erheben konnte. Ich bin niemals neutral gewesen. Ich habe die Ereignisse nicht als göttliche Botschaft erkannt, als ein Symbolspiel, wo die Summe mehr ist als die Addition ihrer Teile. Ich habe mich selbst bemitleidet, habe gestöhnt, angeklagt und mich empört. Ich war verzagt, hatte den Mut verloren. Dann war ich wieder fröhlich, bis mich die Angst übermannte und ich mich mit Gewalt durchzusetzen versuchte. Vor allem aber habe ich gefragt, immer wieder gefragt, habe stur und steif und fordernd versucht, die Wahrheit jenseits aller Logik kausal zu erfassen. Das ›Warum und Weshalb‹, dieses Gehirngitter aus Ursache und Wirkung, trübte meinen Blick, so daß ich die Formel für den Sinn meines Lebens nicht entdecken konnte. Die majestätische Schlichtheit der Wahrheit wurde stets durch die komplizierten Vorstellungen meiner subjektiven Interessen verdeckt. Nun aber hat sich der Nebel gelichtet.

Die Großartigkeit der Übung, die an diesem Tag ihren Anfang nahm, hat mich noch mehr erschüttert als Zoteks Offenbarung. Ich hatte stets geglaubt, daß jene Konzeption, die mir der ›Überjude‹ geboten hatte, nicht zu erweitern und nicht zu übertreffen sei. Ich habe mich geirrt — und dieser Irrtum macht mich über die Maßen glücklich, entschädigt mich für all das Unglück, das dem Menschen in seiner Egozentrik auf dieser Erde widerfahren kann. Der Umstand, daß ich Raguels Plan *erkannt* habe, ist für mich das erhebendste Wunder, da ja bisher vor allem mein Blick getrübt war. Nun könnte ich gleichzeitig schreien, weinen und lachen, wie ein Krüppel, den die Hand Christi berührt hat, oder wie der Blinde, den er wieder sehend machte. Die Worte aber, in welche ich die Bilder verwandle, sind die Worte eines inbrünstigen Gebets, das wie Feuer in meinem ganzen Wesen brennt.

Raguels Hand schlägt immer wieder im wiederkehrenden Ritual der Weihe den Grundton an — den disharmonischen Akkord, der in den Tiefen der Äonen entstanden ist und in uns die Harmonie der Gegenwart erklingen läßt, damit offenbar wird, ob sich bereits etwas im Urkern der Bindungen gelöst hat.

Für diese Operation muß zunächst das Lebenswerk unserer jetzigen Inkarnation aus dem Chaos der Details herausgehoben werden. Dieser Prozeß ist ein Rückblick, ein konzentrativ-meditatives Werk.

Vor allem aber müssen die Begriffe geklärt werden, ebenso wie ein Arzt die Präzisionsinstrumente sterilisiert und ausprobiert, die er bei seiner delikaten Arbeit verwenden will.

1. Was versteht man unter Konzentration?

Konzentration ist die Ausrichtung der Aufmerksamkeit, der Kraft, des Willens oder des Gefühls auf ein einziges Ziel. Es ist ein maskuliner Vorgang, bei dem versucht wird, den jeweiligen Gegenstand im positiven Sinne kennenzulernen. Er ist von Natur aus aggressiv und stürmisch, dringt in das Wesen der Erscheinungen ein.

2. Was versteht man unter Meditation?

Meditation heißt Identifizierung — ein feminines Verhalten, wobei man die Emanationen seines Gegenstandes in sich aufnimmt, sie wie ein Löschblatt aufsaugt, von ihnen geschwängert wird und so den Charakter und die Züge seines Gegenstandes annimmt und die geheimen Eingebungen von innen heraus durch das eigene Selbst abhört.

3. Was versteht man unter Kontemplation?

Dies ist der Kristall der Neutralität, in dem sich die Wirklichkeit offenbart.

Das Werk der gegenwärtigen Inkarnation wird nur durch eine dreifache Verarbeitung vollendet. Das heißt: alles genau ins Auge zu fassen, was man erlebt hat (Konzentration), den Gefühlsinhalt bis hin zur höchsten Intensivität abzustimmen (Meditation) und die Konsequenzen in einer neutralen Schau zu verarbeiten, zu einer Synthese zu konzentrieren, die nichts weiter ist als das singende, klingende, tönende *Werk*, der lebendige, magische Akkord (Kontemplation).‹

›Kehren wir also auf dem ersten schwingenden Strahl des erwachenden Bewußtseins um.‹ Björnsons Feder hielt auf dem Papier inne. Sein Blick ruhte auf einem seltsamen Briefbeschwerer, der auf dem Schreibtisch stand — ein steigender Bronzelöwe, der eine Kugel aus Bergkristall in den Klauen hielt. ›Ein Wahrsager-Kristall‹, ging es ihm durch den Kopf. Und bei diesem Gedanken kam zwischen ihm und der glitzernden Kugel ein fast zwanghafter Kontakt zustande. Sie hielt seinen Blick gefangen, betäubte seine Sinne und versetzte ihn in einen seltsamen halbwachen Zustand. Im Mittelpunkt der Kugel erglühte ein orangefarbener Feuerkern, wobei er dieses Feuer gleichzeitig auch im Brennpunkt seines eigenen Wesens spürte.

›Der Tumo‹, schwang ein nebulöser, ferner Kommentar in ihm. ›Die innere Hitzeübung der Tibeter.‹

Der Feuerkern begann sich im Kristall und auch in ihm auszubreiten. Glühende Hitze, die sich immer mehr steigerte, durchströmte sein ganzes Sein, während der Kristall flammendes Licht verbreitete, wie die Sonnenscheibe, bevor sie untergeht. In diesem Glanz, der sein Bewußtsein überflutete, spürte er, daß die Lichtenergie, die er ausstrahlte, mit unendlicher Zärtlichkeit alle Erscheinungen der Welt und des Kosmos umfing, sie umarmte und sie mit pulsierendem, heißem Leben erfüllte. Ein majestätisches Machtgefühl nahm von ihm Besitz, wie ein Rausch, der ihn umfing. ›Kin!‹ tönte es mit jubelndem, feurigem, sonnengoldenem Glockenklang in sein Ohr. ›Der auf dem Throne sitzt!‹

Dann, wie plötzlich an die Kandare genommen, stürzte das Verbot auf ihn ein. ›Nein, das noch nicht!‹

Licht und Hitze erloschen. Die Aura der Buchstaben schwang orangefarben, als er seine Aufmerksamkeit wieder auf sie konzentrierte. Der kurze Blick aber, den er in das verborgene Land geworfen hatte, ließ die besondere Freude einer überwältigenden Begeisterung in ihm zurück.

I

DIE BARKE
DER ISIS

Neumond

MADELAINE ERWACHTE VON ALLEIN, bevor noch ihr kleiner Reisewecker klingelte. Draußen in der kühlen jungen Landschaft schmetterten die Vögel aus voller Kehle ihr Morgenlied. In den Senken des schneebedeckten Gipfels lagen tiefblaue Schatten, und vom Körper der Bäume sanken die letzten Schleier der Dunkelheit herab. Die Scheibe der neugeborenen Sonne war noch etwas rötlich, so wie sie aus dem Mutterleib der Nacht gestiegen war.

Die Atemübungen spülten alle Mattigkeit aus ihrem Körper hinaus, und die lauwarme Dusche steigerte ihre geistige Frische, so daß sie wie ein Bogen gespannt war.

Sie setzte sich in Meditationshaltung hin, mit geradem Rücken, wobei ihre Hände auf ihren Knien ruhten. Dann schloß sie die Augen. In ihrer Vorstellung zog sie mit grüner Kreide einen leuchtenden Kreis um sich.

Jenseits dieses strahlenden hellgrünen Kreises wurde alles verwischt. Das Bewußtsein ihres Körpers störte sie nicht mehr. Ihr Herzschlag war langsam und gleichmäßig. Der Punkt, auf den sie ihre Aufmerksamkeit konzentrierte, näherte sich mit großer Geschwindigkeit, als würde ihr Bewußtsein wie ein abgeschossener Pfeil auf ihn zufliegen, zwischen bunten, strahlenden, blitzenden Dingen, die an ihr vorbeirauschten. In ihren Ohren dröhnte es, und ihr war etwas schwindlig.

In einem hellen, großen Zimmer hielt sie an. Zwischen ihren geschlossenen Augen, mitten auf ihrer Stirn, erblickte sie, bunter und schärfer als in Wirklichkeit, durch ein rosiges Wollnetz die pfirsichfarbene Tapete, wo zwischen roten Rosen puttenähnliche, rundliche Kinder Ball spielten.

Aber es gibt auch Erinnerungen, die noch tiefer liegen, dachte sie und versuchte noch weiter in die Vergangenheit vorzudringen.

Die Farben verblassen, und die Konturen verschwimmen. Die Gegenstände um sie herum wachsen und werden immer größer. Ein Schleier der Benommenheit senkt sich über jenen Ort, wo ihr Bewußtsein in angenehmer Dämmerung ruht. Manchmal blitzt ein Licht auf. Die Dinge um sie herum lassen noch keinen Zusammenhang erkennen: Bruchstücke von Tönen, Gerüchen, von Duft und Geschmack. Der Geruch und der Geschmack kommen wieder und vereinigen sich zu etwas Undefinierbarem. Ein Schatten fällt auf sie: die Quelle des Geruchs, des Geschmacks, der Wärme, der Befriedigung. Wellenschlag, Erinnerung, dann wieder ein Ruhepunkt. Finsternis — Dunkelheit, über welche Lichter hinwegschweben. Weiter hinaus aus diesem engen und dunklen Bewußtseinssumpf.

In dem pfirsichfarbenen Zimmer nehmen die Dinge jetzt konkrete Gestalt an. Sie liegt in einem Kinderbett mit einem Wollnetz. Hélène sitzt am Fenster und näht. Ihre Gestalt ist groß, unermeßlich groß. Manchmal dringen irgendwelche Dinge von außen ein. Ein harmloses fremdes Wesen mit tiefer Stimme, breit und groß, beugt sich über ihr Bett, bringt seltsame, bittere Düfte mit sich, die es wie Rauch umschweben. Seine Hand fühlt sich rauh an. Nicht unangenehm, aber fremd. Dann fällt ein anderer Schatten auf sie, der Schatten einer beunruhigenden Gestalt. Sie duftet, doch sie stößt ab. Ihre Stimme ist schrill und stürmisch. Das Kind versucht, sich gegen diese Gestalt zu wehren und bricht in Tränen aus. Auf diese Weise nimmt es Vater und Mutter wahr. Hélène aber ist anders. Hélène ist kühl, samtweich, schmeckt und riecht gut.

Weiter. Allmählich werden ihr auch die übrigen Räume der Villa in Liège bewußt. Das große, schwüle, süßliche Schlafzimmer ihrer Mutter, mit Spiegeln, Spitzen und Nippes vollgestopft. Die einsame, düstere Behausung ihres Vaters, in der es nach Zigarren riecht. Das Speisezimmer, wo er manchmal zwischen den schwarz schimmernden Möbeln, glänzendem Silber und Porzellan hindurchschreitet. Der blaue Salon mit dem mächtigen roten Flügel und den Glasvitrinen, die mit Nippes überladen sind. Dann der Garten. Sonnenschein, der durch smaragdgrünes Laub fällt. Seidiges Gras und ein gelber Pfad, über den ein roter Ball rollt.

Ihr Vater kommt. Seine schwerfällige Gestalt strahlt träge Lustlosigkeit aus. Es gibt da etwas, weswegen man ihn bedauern muß. Er läuft immer ganz allein herum.

Ihre Mutter eilt über den gelben Pfad. Sie hat es immer eilig. Um ihre hohe, harte Gestalt weht ein geblümtes Kleid. Ihre Stimme durchbricht jede Stille, und die Gegenstände fangen zu schwingen an. Aus irgendwelchen Gründen ruft ihre Mutter stets eine gewisse Beklemmung hervor.

Und da ist Berthe, die traumwandlerische Köchin in ihrem dunklen Kleid, die immer nur flüstert und plötzlich über die Schultern zurückblickt. Ihr Gesicht ist gelb und langgezogen. Berthe ist faszinierend, Berthe ist interessant.

Sie liegt in ihrem Kinderbettchen mit dem Wollnetz. Der Tag dämmert herauf. Durch die Ritzen der Rolläden fallen goldgepunktete Sonnenstreifen. Sie ist bereits ganz munter und schaut den kleinen Mann unverwandt an, der sich am Netz festhält und vor ihr steht. Er schiebt seine winzigen Füße, die in Ledersandalen stecken, durch die Maschen des Netzes und biegt seine Finger, um sich festzuhalten. Seine Haut ist rötlich, sein schwarzes Haar fällt ihm auf die Schulter. Sein langes blaues Gewand ist mit seltsamen roten Zeichen bestickt. Seine schmalen Augen sind dunkel und glänzen, schauen sie an, ohne mit der Wimper zu zucken. Der Blick ist nicht drohend, enthält eher eine seltsame Spannung, hält ihren Blick fest, obwohl sie sich die Symbole auf seinem Gewand anschauen möchte. Hélène kommt herein, stapft durchs Zimmer, tritt ans Fenster und zieht die Rolläden hoch. Der kleine Mann aber verschwindet stufenweise, so wie sich der Rolladen hebt: zunächst seine Füße, dann seine Knie, dann seine Taille, seine Brust, schließlich sein Kopf mit den dunklen Augen, die sie unverwandt anschauen.

Hélène tritt ans Bett.

»Ein kleiner Mann war da«, berichtet das Kind unverzüglich.

»Wo?«

»Da stand er«, sagt sie und deutet auf das Netz.

»Das war ein Traum. Das hast du geträumt.«

»Nein. Jetzt.«

»Ach, Unsinn!« Hélène schnieft und wischt sich die Augen. Aus unerfindlichen Gründen weint Hélène stets. Dies war bisher selbstverständlich und natürlich, doch heute kann das Kind die Tränen nicht ertragen, diese Weinerlichkeit, die es von Hélène trennt.

»Wo ist er hin?« ruft das Kind aus.

»Wer denn?«

»Der kleine Mann.«

»Sei endlich still, sonst kriegst du einen Klaps!«

»Warum?« Dann schweigt das kleine Mädchen resigniert. Dies ist die erste unüberwindliche Mauer zwischen ihm und der Welt.

Nun ist sie sechs Jahre alt. Céline, die Tochter des Hausmeisters mit dem Mausgesicht, ist drei Jahre älter. Von ihr erfährt sie unten im Garten, daß die Familie wohlhabend, ja fast reich ist, daß die Mutter wunderschön ist, daß sie aber Liebhaber hat.

»Was heißt das, sie hat Liebhaber?« fragt das Kind.

»Sie liegt mit fremden Männern im Bett und setzt deinem Vater Hörner auf.«

»Warum muß sie mit fremden Männern im Bett liegen?«

»Weil das gut für sie ist.«

Das Mädchen denkt an den rauhen, behaarten Balg ihres Teddybären, und wie es ist, wenn es das Spielzeug mit ins Bett nimmt.

»Blödsinn«, sagt es. »Warum ist es gut, wenn ...«

Céline verrät es ihr, wenn auch etwas verschwommen. Erregung, Erschrecken, Scham und Neugier ergreifen von ihr Besitz. Der Schock ist so groß, daß sie am ganzen Leib zittert.

»Das ist nicht wahr — du Ferkel!« ruft sie aus und rennt davon.

In der Küche unterhalten sich Berthe und Hélène. Die Tür steht offen, und das Kind horcht. Seitdem das kleine Mädchen mit Céline gesprochen hat, ist es stets aufmerksam, hellwach, lauscht und horcht.

»Der arme, gute Herr Rougemont ...« so sprechen sie oft über ihn. Hélène spricht feucht schniefend und unter Tränen, Berthe aber flüstert in scharfem Ton vor sich hin. Was ihre Mutter angeht, so wird sie nur als Hure bezeichnet. Jetzt weiß sie bereits, daß ein gewisser Armand Belgrand, ihr Rechtsanwalt, aber auch Maurice Chaumont, der Hausarzt, zu den Liebhabern ihrer Mutter zählen.

Die Mutter macht sich vor dem Spiegel zurecht. Sie steht da in einem dünnen Spitzenhemd und betrachtet sich gedankenverloren, als wäre das Kind gar nicht da. Ihre rotbraunen Brustwarzen schimmern durch die Spitzen hindurch, ihre weiße Haut strahlt. Ihr Haar ist lasziv kupferfarben, ihr Mund hellrot. Auf ihren Schultern, auf ihrem Gesicht und rund um ihre Nase blühen blasse Sommersprossen. Ihre Nase ist gerade, scharf, und ihre Augen sind grün wie Tang. Das Kind aber muß an Célines Worte denken: ›Deine Mutter ist wunderschön!‹ Ist das also wunderschön? Es schaut sie nachdenklich an und ist voller Protest. Es weiß nicht, warum es innerlich widerspricht. Die Mutter zieht ein mattgrünes Seidenkleid über den Kopf. Und bei dieser Bewegung steigt ein starker, süßer Parfümduft wie eine Wolke auf.

»Nun, wie gefalle ich meinem kleinen Mädchen?« fragt sie und baut sich vor dem Kind auf, während ihre langen, spitzen weißen Finger die spinnenähnliche Brosche an ihrer Brust feststecken. Madelaine schaut sie ernst an.

»Ich weiß nicht«, sagt das Kind grübelnd.

»Du bist ein seltsames Wesen«, meint die Mutter und wendet sich beleidigt ab. »Manchmal glaube ich, man hat dich im Sanatorium vertauscht. Du bist mir überhaupt nicht ähnlich.«

Das Kind fragt den Vater: »Kann es sein, daß man mich im Sanatorium vertauscht hat?«

»Wer sagt denn sowas?«

»Mutter.«

»Und warum?«

»Weil ... weil ich ihr nicht ähnlich bin.«

Vaters gepolsterte, schlaffe Haut schmiegt sich zärtlich an ihre Schulter.

»Unsinn. Du bist mein kleines Mädchen, Mutter hat nur gescherzt.«

»Aber ...« Sie betrachtet Vaters kleine, schwerfällige, untersetzte Gestalt, seinen kahlen Kopf, sein schlaffes, aufgedunsenes Gesicht und möchte sagen, daß sie auch ihm nicht ähnlich ist. Doch da ist etwas, was sie zurückhält. Sie bemitleidet den ›armen, guten Herrn Rougemont‹, spürt aber gleichzeitig, daß sie nicht viel mit ihm gemein hat. Jetzt ist sie sicher, daß die Mutter die Wahrheit gesagt hat. Wenn man sie aber vertauscht hat, dann ... dann müßte sie woanders sein. Wo?

Mit diesem Gedanken begann ihr zweites Leben auf der Ebene der Vorstellung, parallel zu ihrem wirklichen Leben. Das war wie ein Trost, eine Entschädigung für alles, was in der Wirklichkeit nicht vollkommen war.

Dieses unvollkommene Leben wurde durch Émile Viliot noch unvollkommener, durch diesen Mann, der eine trockene, aufdringliche Langeweile in ihr Leben brachte. Er bestand darauf, daß ihm Madelaine ihre ganze Aufmerksamkeit schenkte, während er ihr mit seiner monotonen, näselnden Stimme vorlas. Er klopfte ihr auf die Hand, wenn sie beim Hinmalen der Buchstaben kleckste oder wenn sich der Wanst eines runden Buchstabens mit einem glänzenden, gewölbten Tintentropfen füllte. Émile Viliots Ohren glichen roten, ausgebreiteten, ungeduldigen Schwingen, als wollte sein großer, lächerlicher Melonenkopf von seinem mageren Hals wegfliegen. Sein Adamsapfel erinnerte Madelaine an jenen Aufzug, der in der Nachbarschaft zwischen den Stockwerken auf und ab stieg. Dies war das einzig Lustige an Viliot. Doch wenn sie sich zu sehr in diesen Anblick vertiefte, während sie in ihrer Vorstellung kleine Männchen mit dem ewig laufenden Paternoster dieses Adamsapfels auf und ab transportierte, konnte es vorkommen, daß Viliot heimtückisch seine Vorlesung abbrach, was sie leider nicht sofort bemerkte. Nach langem Schweigen, nach einer langen Pause — dies wurde ihr erst später blitzartig klar — einer Pause, die ihr Lehrer genüßlich, mit ruchloser Freundlichkeit abwartete, beugte er sich zu ihr und tippte mit seinem feuchten, knochigen Finger gegen ihren nackten Arm.

»Wiederholen Sie den letzten Satz, Mademoiselle.«

Natürlich konnte sie ihm nicht antworten, und einmal, in ihrer Panik, begann sie etwas von einem Aufzug zu stottern.

»Leider«, pflegte dann Émile Viliot leise und feierlich zu sagen, »scheinen Sie von Tag zu Tag auf seltsame Weise immer mehr zu verdummen, mein Kind!«

In diesem Sinn gab er auch Hélène Bescheid, die diese Nachricht mit lauem Genuß gründlich beweinte.

Ihr Vater war durch die Anschuldigungen verwirrt und zunehmend verlegen, weil die Mutter darauf bestand, daß er Madelaine in ihrer Gegenwart zurechtwies und ermahnte. Während dieser Prozedur hörte sich die Stimme des ›armen, guten Herrn Rougemont‹ an wie das Geraschel von Trockenerbsen in einer aufgeblasenen Papiertüte.

»Du nichtsnutziges Ding, du! Du wirst noch was erleben! Wenn ich nur noch einmal höre, daß du unaufmerksam und faul bist! Du wirst schon sehen! Du wirst es noch erleben!«

Doch Madelaine sah und erlebte gar nichts. Und nach diesem Auftritt steckte ihr der Vater heimlich gezuckerte Kastanien zu.

Trotz Émile Viliot lernte sie lesen und schreiben. Als sie neun Jahre alt war, entdeckte sie die Bibliothek ihres Vaters und begann den Zauberberg der Buchstaben zu erklimmen. Das Haus, das sie bewohnten, nannte sie insgeheim schaudernd ›das fremde Haus‹, die Mutter aber ›Madame Rougemont‹. Und sooft sie an Hélènes Hand von ihrem Morgenspaziergang zurückkehrte und das imposante, doch kalte, vom Ruß der Fabriken angegraute Gebäude vor ihr auftauchte, pflegte sie Hélène mit näselnder Stimme zu fragen:

»Wer wohnt denn da, Hélène? Die Rougemonts? Wer sind diese Rougemonts? Ach so! Herr Rougemont stellt Messer her? Und Madame Rougemont?«

Manchmal machte Hélène den Unsinn mit, meistens dann, wenn sie all ihre Kraft im Weinen verausgabt hatte und also einigermaßen zufrieden war.

»Madame Rougemont führt ein reges gesellschaftliches Leben«, sagte sie ernst. »Sie besucht Abendgesellschaften und ist in der Wohlfahrt tätig. Das wird als ›caritative Tätigkeit‹ bezeichnet. So ist sie zum Beispiel Schirmherrin verlassener Kinder ...«

»Hat sie denn keine Kinder?«

»Sie hat ein kleines Mädchen: Madelaine.«

»Ach, von dem habe ich schon etwas gehört, etwas

ganz Seltsames. Es wurde im Sanatorium vertauscht. Eine alte Frau hat sich bei Nacht ins Zimmer geschlichen, hat von irgendwoher ein kleines Mädchen mitgebracht. Sie war nicht wirklich eine alte Frau, sondern eine Hexe. Sie hat das kleine Mädchen geraubt, von ganz weit her, aus … aus einem schneeweißen, großen Marmorpalast. Sie wollte sich an der Königin rächen, hat ihr Kind geraubt und durch ein häßliches, quengelndes, schreiendes Mädchen mit einem Kartoffelgesicht ersetzt. Das war Madelaine Rougemont. Dann legte sie die arme Königstochter neben Madame Rougemont, die …«

»Und das warst natürlich du«, lachte Hélène. »Die Rougemont-Werke sind dir wohl nicht gut genug. Du bist ein Dummchen, Madelaine.«

»Die Fabrik stinkt und ist laut. Was soll ich denn damit?«

»Das Geld aber, das aus der Fabrik fließt, stinkt nicht. Du wirst schon sehen. Wer Geld hat, dem gehört die Welt.«

»Und wem die Welt gehört, geht es dem gut?«

»Aber sicher!«

»Vater hat Geld, nicht wahr?«

»Eine ganze Menge!«

»Vater geht es aber nicht gut«, stellte das kleine Mädchen entschieden fest.

Hélène starrte Madelaine an: »Dieses Kind! Was sagt man denn dazu?«

Sobald sie zu Hause angekommen waren, wurde Berthe unverzüglich unterrichtet. Und Berthe, die bereits sehr alt und unverschämt war, weil sie schon bei den Eltern des Herrn Rougemont gedient und angeblich auch ihren jetzigen Brötchengeber schon oft ›ermahnt‹ hatte, gab den Bericht umgehend an Monsieur Rougemont weiter. Dieser aber war wiederum verwirrt und ratlos, weil er aufgerufen war, im Zusammenhang mit dem Kind etwas zu unternehmen. Also machte sich

Rougemont widerstrebend und gegen seine Gewohnheit auf, seine Tochter in ihrem Zimmer zu besuchen.

Madelaine lag bereits im Bett. In dieser neuen Situation waren beide unruhig und verlegen. Der Vater setzte sich auf einen Stuhl, mit einigem Abstand vom Bett, und räusperte sich. Dann begann er, von etwas anderem zu reden. So etwa über seine Erinnerungen an Weihnachten, als er noch ein Kind war und sah, wie der Engel vom Fenstersims wegflog. Das Fenster stand noch offen, als er nach dem Klingelzeichen ins Zimmer trat, und im Schnee, der auf dem Fenstersims lag, konnte er den Fußabdruck nackter Engelfüße deutlich erkennen.

»Das muß wunderschön gewesen sein«, sagte Madelaine staunend, weil sie durch dieses Bild plötzlich in das andere, das ›vollkommene‹ Leben hinüberwechselte. Die Weihnachten des unvollkommenen Lebens hier in der Villa Rougemont waren nichts weiter als übertriebener, kalter Lärm, leerer Glanz und dichte, nüchterne Realität. Großes Diner, festliche Kleidung, Gäste, der aufdringliche Geruch von Speisen, ein Baum, der bis an die Decke reichte, vom Hausmeister und von Hélène geschmückt, Geschenke, sorgfältig etikettiert, damit man auch genau wußte, von wem sie stammten. Mit solchen Weihnachten hatte der Engel nichts zu tun.

Dann begann der Vater, furchtsam und zögernd, Tante Christine zu entschuldigen, die jüngere Schwester seiner verstorbenen Mutter, die in Paris lebte und in den Augen der Familie als Irre galt. Bei Tisch wagte er es nie, sich für Tante Christine einzusetzen, wenn Madelaines Mutter sie den Gästen zum Fraß vorwarf. Der Erfolg war ihr stets gewiß, wenn sie von Tante Christines Marotten berichtete. Sie wohnte im Quartier Latin in der Rue St. Severin. Sie hatte diese Wohnung bezogen, als ihr Sohn auf die Universität kam. Sie war verwitwet. Ihr Sohn Pierre war unter seltsamen Umständen in der Seine ertrunken, sie aber wollte seinen Tod nicht wahrhaben. Den Leichnam, den das Wasser an jener Stelle freigab, wo sie es erwartet hatte, ließ sie bestatten, doch sie blieb in der Nähe der Sorbonne und lebte weiter mit ihrem Sohn zusammen, noch enger als früher. Den Friedhof besuchte sie nie. »Warum auch?« meinte sie. »Pierre ist nicht dort. Pierre ist bei mir. Ich habe jeden Augenblick Kontakt mit ihm. Wir besprechen alles. Wenn ich will, kann ich ihn auch sehen. So kann ihn mir niemand nehmen.«

Madame Rougemont trug den Gästen mit schriller Stimme vor, wie Tante Christine ihren Sohn über einen klopfenden Tisch oder schriftlich, gelegentlich sogar durch ein Medium befragte, wann sie Obst für den Winter einkochen sollte, damit es auch haltbar war, ob sie zum Kirchgang einen Mantel anziehen sollte, ob es regnen würde und in welcher Richtung sie ihr Bett in ihrem Schlafzimmer aufstellen sollte. Als Tante Christine einmal bei ihnen zu Besuch war, war Madelaines Mutter der Anlaß, daß sie schon nach zwei Tagen wieder abreiste. Sie konnten sich einfach nicht vertragen. Madelaine war traurig, weil sie dieser kleinen, seltsamen alten Dame zärtlich zugetan war, um die geheimnisvolle Schatten und Lichter schwebten. Vor ihrer Abreise führte sie ein langes, ernstes Gespräch mit Madelaine. »Deine Mutter ist eine sehr unglückliche Frau, mein Kind. Darum müßte man ihr alles verzeihen, aber ich bin nicht so vollkommen. Mich stört es, daß sie mich hinter meinem Rücken verspottet. Pierre schimpft mich deswegen oft ziemlich aus. Du aber sollst ihr nicht gram sein, weil sie so manche Tragödie in sich trägt. Sie stützt sich ausschließlich auf Dinge, die in ein paar Jahren mit Sicherheit zusammenbrechen müssen. Sie glaubt an Lügen. Der Zusammenbruch ist absehbar, aber schwerwiegend und unausweichlich. Aus der Ferne werde ich sie sogar bedauern können. Was dich betrifft, bist du Pierre und mir stets willkommen. Du wirst zu uns kommen, wirst schon sehen. Das hat Pierre gesagt. Du gehörst eher zu uns.«

»Tante Christine hat stets den großen Weihnachtszauber inszeniert«, sagte ihr Vater, in seinen Erinnerungen verloren, während er im Strom seiner geheimen Gefühle immer näher an Madelaine herantrieb.

»Ach … welchen Zauber?«

»Zwischen den Zweigen des Weihnachtsbaums waren Briefe mit unsichtbarer Schrift verborgen. Man mußte sie über eine Kerzenflamme halten, dann wurden wunderbare Märchen und Ermahnungen offenbar.«

»Tante Christine … sie ist … sie ist … sie ist so großartig, so wunderbar!« brach es aus Madelaine hervor. »Und wenn Tante Christine verrückt ist, dann liebe ich die Verrückten!«

»Tante Christine ist nicht verrückt … sie ist nur eben anders als wir«, meinte ihr Vater still. »Vielleicht ist sie weiser als wir alle, weil sie heiter und gelassen ist.«

Er stand auf, trat an Madelaines Bett, legte seine schwere, weiche Hand auf ihre Stirn und wünschte ihr eine gute Nacht. Madelaines Seele aber wurde von Zärtlichkeit überflutet, die sie ihm gegenüber empfand. Sie zog ihn zu sich herab und gab ihm einen Kuß. Der Vater war gerührt, aber auch tief traurig.

Nach diesem Gespräch brannte das Mitleid in ihr gleich einem unstillbaren Schmerz. Sie lag noch lange wach, von unruhigen Gefühlen hin und her gerissen, die in ihr eine besondere Empfindlichkeit hervorriefen. Ihr war, als wären sämtliche Trennwände zwischen ihr und den Bewohnern dieses Hauses verschwunden: Sie konnte jeden einzelnen sehen, im Strudel seines unnennbaren Wesens verstrickt. Sie wußte, daß keiner von ihnen in seinem Schicksal, in sich selbst zu Hause war, daß jeder nur in seiner eigenen Geschichte hinweggerissen wurde wie ein Stück Papier im Wind. Die Villa Rougemont war nicht nur für Madelaine ein fremdes Haus, sondern auch für alle anderen, die in ihr wohnten und lebten.

Léon Tessier war zwei Jahre älter als sie. Sybill Tessier, Lehrerin und Freundin ihrer Mutter, kam allwöchentlich zum Tee und brachte manchmal auch ihren Sohn mit. Trotz ihrer Bekanntschaft, die bis in den Sandkasten, ja bis in die Wiege zurückreichte, hatten sich die beiden Kinder erst im Alter von acht beziehungsweise zehn Jahren richtig wahrgenommen.

Die Freundschaft zwischen Sybill Tessier und Madame Rougemont glich dem anmutigen, nervösen, feindlichen Ringkampf weiblicher Katzen. Funken sprühten, Stromstöße zischten und entluden sich, und manchmal war der blitzartige Trost weicher Samtpfoten zu vernehmen, wenn die beiden Damen beieinander saßen. Gelegentlich gab es auch ernsthafte Verletzungen, blutige Spuren von Krallen und Kratzern, wenn auch nicht im physischen Sinn — dennoch suchte die eine der anderen Gesellschaft. Psychische Perversion und uralte animalische Kampfeslust — das waren die hervorstechenden Merkmale dieser seltsamen Freundschaft. Sie lauerten ohne Unterlaß, um die Schwäche des Gegners aufzudecken und jene Punkte zu ergründen, wo die Kontrahentin gescheitert war. Sie setzten ätzenden Klatsch übereinander in Umlauf und spannten sich gegenseitig ihre Liebhaber aus. Sobald ein Mann um eine von ihnen warb, wurde er sofort von der anderen begehrt.

Sybill Tessier war eine schöne, blonde, geschiedene Frau, der Sproß einer Generation von Textilfabrikanten aus Liège, behütet, maßlos verwöhnt und verhätschelt — ein seelischer Krüppel, obwohl hohe Werte in ihr schlummerten. Sie spielte meisterhaft Geige. Auf ihre Konzerte wurden selbst ernsthafte Musikkreise aufmerksam, doch ihr Ehrgeiz wurde durch die prostituierende Magie ihres Vermögens behindert.

»Ich kann einfach nicht glauben, daß der Erfolg mir zuzuschreiben ist. Das Publikum applaudiert den Wollballen!« sagte sie verbittert im Kinderzimmer der Rougemonts, wo sie mit Madelaines Mutter aus unerfindlichen Gründen eines Nachmittags hängengeblieben war. Madame Rougemont lächelte kühl. »Was kümmert dich das? Du solltest dein Hobby ausleben. Sicher sind nur die Geschäfte, die auf einer finanziellen Basis beruhen. Für andere Dinge zahlt man einen hohen Preis.«

»Das kannst du nicht verstehen. Dies ist mehr als nur mein eigenes Spiegelbild. Das ist eine hoffnungslose Liebe. Die einzige. Hunger und Durst an der Grenze der Agonie. Ich kann ohne sie nicht leben, dennoch bleibt sie unerreichbar.«

»Ich bin fest davon überzeugt: Würde der Teufel plötzlich vor dir stehen und dich fragen, ob du diese Wollballen gegen deine nackte Geige eintauschen würdest, dann würdest du es dir zumindest überlegen ...« Und in den Augen von Madelaines Mutter war dieser sarkastische Teufel in diesem Moment leibhaftig erschienen.

Madame Tessiers Miene war jetzt offen und voll bitterer Resignation.

»Ich bin nicht so sentimental, es zu leugnen, doch diese Tatsache ist tödlich und ekelhaft für mich. Ich bin eine Nixe und hasse das niedrige Geheimnis meines Körpers, das Tier, das stark ist und das nach seiner eigenen Façon in mir leben will. Aber ich habe zumindest einen Menschenkopf!« In ihrem Blick blitzte eine scharfe Messerklinge auf, und Madelaine mußte sich beklommen eingestehen, daß sie bei diesem Duell auf der Seite Sybill Tessiers war.

In Gegenwart eines Mannes schien ihre Mutter wie elektrisiert. Sie bewegte sich anders, sie sprach anders, und vor allem — sie lachte ganz anders als sonst. Dieses heiße, leise, verräterische Gelächter war es, das Madelaine am meisten abstieß. Sie hätte sich am liebsten die Ohren zugehalten, sooft sie es hörte, oder vielleicht auch die Mutter in barschem Ton zurechtgewiesen. Und sie wunderte sich darüber, daß ihr Vater nichts bemerkte; denn im Familienkreis hörte sich Mutters Lachen kalt und schneidend an. Doch selbst durch geschlossene Türen konnte man feststellen, ob sich unter den Besuchern ein Mann befand, weil ihr aufreizendes, erregtes Lachen sich wie ein Wellenschlag über das allgemeine Gemurmel erhob. Denn Mutter lachte auf die gleiche Weise, ob nun der Milchmann oder der Postbote kam, oder auch in Anwesenheit des unmöglichen Émile Viliot.

Viliot hatte es schließlich fertiggebracht, daß Madelaine zwischen dem Lernen und den angenehmen Dingen, die ihr Spaß machten, eine Mauer aufrichtete, welche die beiden Gebiete komplett voneinander trennte. Die Prüfungen, die ihr bevorstanden, kamen ihr wie heraufziehende dunkle Gewitterwolken vor. Und daß sie bestanden werden mußten, war für sie wie ein Alptraum in einer Folterkammer. Was die ersten Lehrjahre betraf, hatte sich Madelaine recht und schlecht durchgeschlagen, bis sie — erstaunt und erfreut zugleich — dahinterkam, daß man auch auf der Linie der eigenen Interessen vorankommen konnte, und daß es keine heimliche, etwas anrüchige Lust sein mußte, den geistigen Durst zu stillen. Dieses alles aber geschah offensichtlich gegen den Willen und die Absichten des Monsieur Viliot.

Zunehmender Mond

LÉON TESSIER WAR ein hochaufgeschossener blonder Junge, cholerisch, empfindlich und starrsinnig. Doch Madelaine konnte auf wundersame Weise auf ihn einwirken. Einige Jahre lang beherrschten zwei Personen die Seele dieses unglücklichen genialen Knaben, der verloren durch das Labyrinth seiner zwiespältigen Gefühle irrte:

Abbé Vézelay und Madelaine. Diese gleich starken Einflüsse machten Léon krank und rieben ihn schließlich auf. Denn die beiden gewannen Macht über ihn: der Geistliche auf dem Weg über seine tiefe, fanatische, bußfertige Religiosität, Madelaine aber über seine künstlerische Ader, seine Phantasie und schließlich über seine Sinne.

Léon hatte zu zeichnen begonnen, bevor er überhaupt schreiben konnte. Die Welt erschloß sich ihm wie eine visuelle Offenbarung. Er begriff den Zusammenhang der Symbole und Bilder eher als das gesprochene Wort. Seine Begabung war so überwältigend und so elementar, daß man ihre Bedeutung nicht leugnen konnte, obwohl seine Großmutter mit Hilfe ihres Vertrauten, des Abbé Vézelay, dies zu unterdrücken versuchte. Denn Léon war der letzte männliche Nachkomme der Familie, während Sybill nur eine unbedeutende Frau war. Das Vermögen wurde von der puritanischen, entschlossenen Witwe Marais verwaltet, und Léon sollte ihr Nachfolger sein. Er aber konnte nicht mehr der Hüter eines so gewaltigen Vermögens sein. Seine Seele beschwor andere Kräfte. Er sehnte sich nach Schönheit und nährte andere, abstrakte Ideale.

Der Abbé war klug genug, dies einzusehen. Also demontierte er die Großmutter, die ihre Verbitterung zu ihren sonstigen Kümmernissen legte und ihren Enkel dieser ›verdammten familiären Exaltation‹ überließ. Der Abbé selbst war von der Auffassungsgabe seines Schülers überrascht und beobachtete ebenso erstaunt wie beunruhigt, wie seine sanften Worte, seine schäbigen Trivialitäten in diesem Kind, das von Sehnsucht nach Leiden und Schmerzen erfüllt war, zu einem Großbrand wurden, der auf alles übergriff, was ihn umgab. Der Abbé war kein Fanatiker, er hatte mit Himmel und Erde seinen Frieden gemacht. Als heiterer, gutmütiger — und, wie er selbst glaubte — weiser Mann, der stets den Weg des geringsten Widerstandes wählte, im Grunde genommen einfach ein Durchschnittsmensch war, erklärte er sich stets gern bereit, den Armen und Elenden zu helfen, noch lieber aber war er am reich gedeckten Tisch wohlhabender Häuser zu Gast. Er opferte ›Gott und dem Kaiser‹ gleichermaßen. Deshalb behauptete die scharfzüngige, zynische Sybill Tessier, daß er jener ›Laue‹ zwischen heiß und kalt sei, den selbst Christus ausspeien würde. Seltsamerweise war er durch die merkwürdigen Umstände dazu ausersehen worden, den Mystizismus des Knaben zu vertiefen, ebenso sein Schuldbewußtsein. Über ihn strömte die Ekstase, die Unbarmherzigkeit der Selbstkasteiung, die durstige Gottessuche der Heiligen in die Adern dieses jungen Menschen. Und über den fast gleichgültigen Mund des Abbés wurden die ausgekühlten Gebote der Religion zum verbietenden Flammenschwert. Auf dem Folterbett dieser Verbote aber sollte Léon später zugrunde gehen, weil er wegen seiner Leidenschaft für alles Schöne und wegen seiner Sinnlichkeit gezwungen war, gegen sie zu verstoßen.

Léon wollte Priester werden. Im Alter von zehn Jahren beschloß er, ins Kloster zu gehen, wo er fern von allen Versuchungen zum Lob Gottes malen würde. Seine Skizzenbücher waren voll von schmalen gotischen Engeln, fiebernden Asketen mit eingefallenen Wangen, dem gefolterten Christus und den Gestalten der Maria und Magdalena, die sich am Fuße des Kreuzes vor Schmerz verzehrten. Jede Seite war mit Skizzen, mit unvollendeten Bruchstücken gefüllt. Die Füße der Seligen, die zum Licht emporschwebten, berührten die entsetzten Gesichter der Verdammten, die vergeblich versuchten, sich aus der Umschlingung gewaltiger Reptilien zu befreien. Hinter dem sterbenden Heiligen Sebastian grinste eine hämische Teufelsfratze. Sein Blut aber, das zu Boden tropfte, wurde von einer durstigen Kröte gierig aufgeleckt.

An jenem Tag, als die Wende eintrat, war Madelaine

bei den Tessiers zu Besuch. Es war bereits früher Herbst, und die Rougemonts waren erst kürzlich aus Ostende eingetroffen. Doch das launische Wetter nahm keine Rücksicht auf die Jahreszeit und überflutete die Stadt mit sommerlicher Hitze. Im Garten der nahegelegenen Villa der Tessiers gab es ein flaches blaugekacheltes Schwimmbecken, und Sybill hatte Madelaine zum Sonnen und Baden eingeladen. Bei dieser Gelegenheit lernte sie die verwitwete Madame Marais, Léons Großmutter kennen, die wie ein dunkler Rabe über dem Haus der Tessiers thronte. Sie verließ das Haus nur, um in die Fabrik oder in die Kirche zu gehen. Es war schier unglaublich, daß aus dieser sehnigen, dürren Gestalt Sybilles weiche, blonde Schönheit hervorgegangen war. Madame Marais war das personifizierte, beleidigte, verbitterte Mißtrauen par excellence, weil jeder, hungrig und vom Durst ihres Geldes berauscht, sie um irgend etwas bat oder etwas von ihr wollte. Sie hatte ein Leben lang gekämpft, gefochten und jenen großen Brocken verteidigt, den ihr Mann und sie in das zwielichtige Heiligtum des Gottes Besitz gebracht hatten. Wenn sie ihre Tochter und ihren Enkel betrachtete, so sah sie das Schicksal dieses Götzen nicht gesichert. Und Gott gegenüber nährte sie ein verschwommenes Gefühl des Beleidigtseins, weil sie der Ansicht war, daß der himmlische Direktor ihr beiderseitiges Abkommen verletzt hatte, das sie ihrerseits stets peinlich genau einhielt.

Madelaine küßte die vertrocknete Krallenhand der alten Frau, die diese ihr entgegenstreckte und sofort wieder habgierig zurückzog. Die dünnen, bläulichen Lippen der Madame Marais waren tief eingesunken. Ihre weißlichen Fischaugen lugten zwischen zerknitterten Hautfalten hervor. Auf ihrem gelben, langgezogenen Gesicht waren die Spuren des Alters deutlich zu erkennen. Sie wirkte bedeutend älter als ihre Jahre. Doch ihr Rücken war nach wie vor kerzengerade und steif wie ein Brett.

»Nun sieh einer an«, sagte sie mit rauher Stimme, während sie die verlegene Madelaine, die am liebsten im Boden versunken wäre, musterte wie ein Huhn, das gerupft werden sollte. »Wen haben wir denn da? Die kleine Madelaine Rougemont. Ich kann mir vorstellen, was das für ein Schlag für deine Mutter war, daß ihr ein Mädchen geboren wurde. Ihr werdet bald Feinde sein, weil sie selbst mit einer weiblichen Küchenschabe rivalisiert.« Die alte Frau ließ ein häßliches, heiseres Lachen hören. »Da hat sie sich etwas eingehandelt. Du wirst hübscher sein als deine Mutter und weitaus bedeutender, was ihr noch mehr Kummer schafft. Jetzt geh, mein Kind, zieh dich im Badehaus um. Léon wartet im Garten auf dich. Versuche ihn von Jesus Christus wegzulocken. Damit würdest du mir einen Gefallen erweisen.«

Der zehnjährige Léon war zu dieser Zeit hochgeschossen und entsetzlich mager. Er legte sich in seinem gelben Bademantel rücklings in den Schatten und starrte zum Himmel empor. Er bemerkte Madelaine erst, als sich das Mädchen an seiner Seite im Gras niederließ. Beim leisen Geraschel, das sie verursachte, fuhr er zusammen, und über seine traumverhangenen Augen huschte ein unwilliger Schatten.

»Ach ... du bist es? Sei still. Ich schaue dem Spiel der Wolken zu.«

Madelaine legte sich zu ihm und schaute der dichten weißgoldenen Prozession pausbäckiger Wolken zu, die über den tiefblauen Himmel dahinzog.

»Was spielen sie denn?« fragte sie flüsternd.

»Jetzt das Abendmahl. Vorhin war Golgotha mit dem gekreuzigten Christus zu sehen. Das Volk gestikulierte und schrie. Eine ganze Menge Leute, ein Meer von Menschen.«

»Ach was, dort tanzen Frauen mit langem Haar und nackt. Sie werfen den Kopf hoch ... siehst du? Jetzt hüpft ein seltsamer Bär... hopp! Schon verschlungen! Ich bin es, die auf diesem großen Hai reitet... ein geflügelter Fisch, er schwimmt genauso wie im Meer...«

»Das ist nicht wahr!« stieß Léon heftig hervor. »Das sind heidnische Bilder. Dir gaukelt der Teufel etwas vor. Sowas will ich nicht.«

»Warum? Gehört Gott nur das, was häßlich, traurig und entsetzlich ist?«

»Nein, Gott gehört alles, was gut und heilig ist.«

Madelaine stützte sich auf den Ellenbogen.

»Woher weißt du, was gut und heilig ist? Was die Wolken für mich gespielt haben, war gut und heilig. Du bist auf viele Dinge böse und sagst dann, daß sie des Teufels sind. Gott kann nicht so sein... so ein zorniger, schadenfroher Greis sein.«

Auch Léon setzte sich auf und starrte sie aus seinen großen, von dunklen Fieberringen umschatteten Augen unruhig an: »Du... das ist Gotteslästerung!«

»Du hast Gott gelästert, weil du ihm solche Dinge unterstellst. Ich habe zu Gott ein sehr gutes Verhältnis. Ich fürchte mich nicht vor ihm. Ich fürchte mich nur vor den Menschen. Vor meiner Mutter. Und vor meiner Großmutter.«

»Du wirst verdammt werden«, sagte Léon mit erstickter Stimme und rückte etwas von ihr ab.

Madelaine. aber begann die Situation zu genießen. Und sie konnte dem Reiz nicht widerstehen, ihn noch mehr zu schockieren.

»Du wirst verdammt sein, weil du dauernd Hölle und Teufel malst und weil du dich darüber freust, daß die Heiligen gebrannt und gefoltert werden.«

»Das ist nicht wahr! Dadurch werden sie rein! So kommen sie in den Himmel.« Tränen traten in Léons Augen. »Warum sagst du mir solche Dinge? Habe ich dir etwas getan?«

Nun tat er Madelaine plötzlich leid.

»Sei mir nicht böse«, sagte sie. »Ich habe nur ge-

scherzt. Ich wollte nicht ... Bitte, weine doch nicht!«
Doch Léon hatte sich bereits aufs Gesicht geworfen und
schluchzte herzzerreißend. »Jungens weinen nicht.
Wirklich, das ... das ist entsetzlich ...«

Madelaine war außer sich. Sie streichelte Léon, versuchte ihn zu beruhigen, beugte sich zu ihm nieder und
schmiegte ihre Wange an die seine.

»Ich werde nie wieder sowas sagen. Wir werden immer das spielen, was du willst. Und ich werde nicht verdammt sein, weil auch ich gut sein will. Ich werde immer beten und ...«

Léon hörte auf zu weinen. Er hob sein tränennasses
Gesicht, auf dem sich bereits Freude und Überraschung
spiegelten.

»Madelaine, ist das wahr? Willst du das versprechen?«

»Es ist wahr. Ich schwöre es.«

Léon richtete sich auf, voll fieberhafter Begeisterung.
»Wir werden einen Bund schließen, wir beide. Gegen
den Teufel. Wir wollen ein Leben lang rein bleiben.«

»Gut.«

»Du kennst keinen Mann und ich keine Frau. Du
gehst ins Kloster.«

»Würde es nicht ohne das gehen?«

»Doch. Aber es ist sehr schwer. Deine Mutter wird
dich verheiraten wollen.«

»Ich werde niemals heiraten!«

»Man wird dich zwingen.«

»Dann wirst du mich heiraten, und keiner kann was
dagegen tun, daß wir das Gelübde einhalten.«

Léon schaute sie verblüfft an.

»Das ... das stimmt ... aber ich möchte Priester werden.«

»Dann darf es nicht sein. Denn du würdest auch im
Kloster nur malen. So aber wird es ein großes Verdienst
sein, rein in dieser Welt zu leben.«

»Das ... das ist aber nicht dasselbe.«

»Nein. Es ist viel schwerer. Und eben deswegen … ist es viel mehr wert. Ich meine, für den lieben Gott.«

Léon versank in grübelndes Schweigen. Madelaine wurde es allmählich zu dumm. Sie sprang auf und watete ins Becken. Léon aber blieb weiter wie festgenagelt sitzen, obwohl sie ihn immer wieder zum Spielen aufforderte.

Auf diese Weise gewann die Witwe Marais eine ›Schlacht gegen Jesus Christus‹ — einen wahren Pyrrhus-Sieg.

Nach diesem Gespräch wurde Madelaine erstmals gewahr, welch lebendigen Zauber das Wort in sich birgt. Dieser Bund, den die beiden mit Kindermund und heißem Kinderherzen geschlossen hatten, wurde zu einer engen Gemeinschaft. Ihre Interessen, ihre Vorstellungen wandten sich einander zu und wurden immer mehr fixiert. Léon malte jetzt nicht mehr nur Heilige, Engel und Teufel — er hatte Madelaine entdeckt. Auf jeder Seite seines Skizzenblocks war sie zu finden, wie sie sich bog, wie sie tänzerisch hüpfte, wie sie lag, lachte, schlief und Ball spielte — doch seltsamerweise gesellten sich eine ganze Reihe anderer Dinge hinzu. Gelegentlich tauchte ein seltsames Säulenkapitell, geschwungen und gedreht, hinter ihrem Gesicht auf, dann eine Männergestalt mit Kapuze. Die Schwingen eines großen Vogels mit Menschenkopf bedeckten sie zur Hälfte. Eine Hexe jagte sie bergauf. Sie stand auf einem flammenden, lohenden Scheiterhaufen. Sie wandelte unter großen, kahlen Bäumen, deren Äste wie Skelettarme aussahen und einen schmalen Schatten vor ihre Füße warfen.

»Warum hast du das alles neben mich hingemalt?« fragte Madelaine.

»Weil es sein muß. Weil sie dorthin gehören.«

»Doch sie sind nicht wirklich dort.«

»Sie sind schon dort. Aber anders.«

»Kannst du sie sehen?«

»Ja.«

»Ist das wirklich wahr, Leon? Bei Gott?«

»Du sollst nicht immer schwören. Du weißt, daß ich dich nicht belüge. Ich kann das nicht so gut erklären, darum glaubst du es mir nicht. Aber es ist wahr, es ist wahr, Madelaine, bei unserem Bund.«

»Dann will ich es glauben, wenn ich es auch nicht verstehe.«

Einer suchte die Gesellschaft des anderen. Léons Großmutter aber förderte diese Treffen mit hämischer Lust. Sybill Tessier kümmerte sich nicht darum, und Madelaines Eltern woben heimliche Pläne.

Jeder versuchte, die Welt und die Dinge mit den Augen des anderen zu sehen. Sie verrieten einander ihre geheimsten Gedanken, ihre zarten, schüchternen kleinen Geheimnisse. Sie hatten bereits so etwas wie einen Geheimcode entwickelt, benutzten Zeichen und Worte, die außer ihnen niemand verstand. Dann begannen sie allmählich, gegenseitig ihre Gedanken zu lesen. Jeder von ihnen spürte die Gefühle und die Stimmungen des anderen auch aus der Ferne. Sie bedienten sich der gleichen Worte, der gleichen Mienen, der gleichen Bewegungen, obwohl sie sich jeweils gemäß ihrer diametral entgegengesetzten Persönlichkeiten entwickelten. Léons Religiosität und seine Schwärmerei vertieften sich immer mehr und wurden immer leidenschaftlicher, sobald die Pubertät heranrückte. Madelaine aber tolerierte, ertrug und schonte seinen Fanatismus, ohne daran teilzunehmen. Sie liebte ihn abgöttisch, bedauerte ihn und machte sich Sorgen um ihn. Léon stützte sich mit ganzer Seele auf sie. Zwei empfindsame, sehnsüchtige Kinder unter all diesen verschlossenen, unruhigen, krankhaft egoistischen Menschen: wahrlich eine tragische Begegnung.

Sechs Jahre lang woben unsichtbare Geisterfinger die Fäden ihres Schicksals, welches die beiden immer fester zusammenschnürte und sie unauflöslich miteinander verstrickte. Es gab keinen Tag, an dem sie sich nicht trafen. Den Sommer verbrachten sie zusammen in Ostende, wo auch die Tessiers ein Ferienhaus besaßen.

Léon hatte einen Zeichenlehrer, der ihm Privatstunden gab — ein begeisterter, strebsamer Handwerker, aber kein Künstler. Seine Unvoreingenommenheit gehörte zu seinen charmantesten Eigenschaften.

»Dies ist mehr, als meine Hände fassen können«, gestand er. »Das ist nicht einfach eine Ader, sondern eine Sintflut, die mich mitreißt. Léon müßte unbedingt nach Paris.«

Léon war sechzehn, als seine Mutter einige seiner Zeichnungen nach Paris zu einem Freund schickte, der damals ein Modemaler war — und dessen begeisterter, dringender Brief entschied Léons Schicksal. Sybilles Eitelkeit, ihre unbefriedigte künstlerische Nostalgie flammte mit aller Kraft auf: Léon ist ein Genie! Léon ist besessen und rein wie ein Erzengel, kein Zwitterwesen. Sie hatte in ihm ihr vollkommeneres Abbild zur Welt gebracht. Und sie mußte seinetwegen mit ihrer Mutter harte Kämpfe ausfechten: Denn nicht ein Strohhalm durfte den künstlerischen Bestrebungen des Jungen in den Weg gelegt werden. Also setzte sie es durch, daß Léon nach Paris ging.

Die beiden Kinder wußten gar nicht, wie ihnen geschah. Sie freuten sich sogar, bis die blutige Wunde der Trennung in ihnen zu schmerzen begann. Die Katastrophe, die über sie hereinbrach, war entsetzlich und unerträglich. Dieses Gefühl ließ sich nicht in Tränen auflösen. Sie konnten es keinen Moment loswerden. In Madelaine stand der entsetzliche Gedanke wie ein eiskalter Felsblock: Was sollte ohne Léon aus ihr werden? Es würden Tage, Wochen, ja Monate vergehen, und sie würden sich nicht sehen. Léon würde das sicher nicht überleben.

Lange Briefe wechselten von Liège nach Paris. Léon

war ein geduldiger, miserabler Briefeschreiber, der sich am liebsten in graphischer Form ausdrückte, das heißt, lieber zeichnete als schrieb. Sein erster Brief war mit den bärtigen Porträts seines Lehrers und den Innenansichten seines Ateliers übersät. Lucien Recroys Persönlichkeit faszinierte Léon zutiefst, weniger aber seine Kunst.

›Er weiß viel, vielleicht sogar alles, was man wissen kann‹, schrieb er unter eine seiner Zeichnungen, die eine Skizze von Recroys großer Leinwand darstellte, ›aber er sieht nur wenig. Dabei weiß er genau, daß das *Sehen* der Schlüssel aller Dinge ist. Recroy ahnt und läßt geschickt ahnen, und vielleicht ... Vor allem aber muß ich akademisch zeichnen und malen lernen, um etwas zu besitzen, wovon ich mich später in meine eigene Richtung entfernen kann. Er ist dafür geeignet, er will keinen Recroy aus mir machen ...‹

Dann folgte Madelaines Porträt, ihr feiner, schmaler, kleiner Hexenkopf mit sehnsüchtigen, schrägstehenden Augen und offenem Mund.

›Heute habe ich geträumt, daß auch du nach Paris gekommen bist, und so wird es auch geschehen. Du wirst sehen. Gott verläßt mich nicht.‹

Und Madelaine kam tatsächlich zu Tante Christine nach Paris, gleich nach der ersten Auseinandersetzung, die sie mit ihrer Mutter wegen Armand Belgrand hatte.

Belgrand war der Anwalt der Familie, und als Freund des Hauses kam er oft zu Besuch. Er begleitete Madelaines Mutter beim Einkaufen, ins Theater und ins Konzert. Er entwarf Kleider für sie und tauchte auch jeden Sommer in Ostende ›rein zufällig‹ auf. Ihre Umgebung aber war bereits jenseits aller Skandale, hatte sich daran gewöhnt und halb offiziell Belgrand als ›treuen Liebhaber der schönen Amelie Rougemont‹ akzeptiert.

Belgrand aber begann eine ebenso rührende und bedauernswerte Rolle in dieser Affäre zu spielen wie der gehörnte Ehemann. Denn die Frau betrog beide mit dem

Hausarzt, und diesen wiederum mit den vorbeihuschenden Kometen ihrer gesellschaftlichen Ebene — mit allen und jedem, den sie Sybill abspenstig machen konnte. Belgrand wartete oft stundenlang auf seine unpünktliche Geliebte, die ein Rendezvous oft und gern vergaß, während er in ihrem Salon am Klavier saß, gelegentlich eine Taste berührte, seufzend und kochend vor Wut, ohne die Kraft zu finden, endlich nach Hause zu gehen.

Hélène tat er von Herzen leid — also beweinte sie Armand Belgrand. »Was für ein wackerer, gutaussehender junger Mann«, sagte sie zu Berthe. »Wird schon bald vierzig Jahre alt. Könnte schon Familie haben, doch dieses rothaarige Biest läßt ihn nicht heiraten. Hat sein Leben total verdorben. Gott wird sie noch dafür strafen!«

»Hoffentlich«, flüsterte Berthe im Pfeifton und wandte ihr langes, unheilverkündendes Gesicht gen Himmel wie jemand, der erwartet, daß Gottes Zornesblitz unverzüglich herniederfährt.

Belgrand aber, während er wartete, ging manchmal in Madelaines Zimmer. Er stellte viele Fragen, dehnte die Zeit, um einen Vorwand zu haben, noch länger zu verweilen. Madelaine mochte ihn einigermaßen. Er war ein hochgewachsener, braunhaariger Mann mit tiefer Stimme — gutmütig, gefühlvoll und ratlos. Allmählich wurden sie Freunde. Auch Belgrand liebte Bücher und interessierte sich für Geschichte. Eigentlich hatte er Archäologe werden wollen, doch auf Wunsch seines Vaters war er Rechtsanwalt geworden, damit die jahrzehntealte, sorgsam aufgebaute Klientel nicht verlorenging. Wenn jemand bei Belgrand unbedingt etwas erreichen wollte, konnte er es in den meisten Fällen auch durchsetzen, weil Belgrand nichts und niemandem auf die Dauer widerstehen konnte. Madelaine hörte ihm dankbar und interessiert zu. Sie lernte von ihm, ohne daß er es merkte. Belgrand verstand es, die historischen Werke hübsch und gefällig zu illustrieren, und brachte ihr Biographien mit, die amüsant und lehrreich zugleich waren. Er erzählte von der Vergangenheit, die tief im Boden vergraben lag, von spannenden Ausgrabungen, von untergegangenen uralten Kulturen, von Hieroglyphen, die enträtselt worden waren, von geheimnisvollen Tafeln und Säulen, von Felsen mit eingemeißelten Zeichen, von Höhlen, die bis heute noch ihr Geheimnis bewahren.

Madelaines Wesen aber tat sich gegenüber den fremden, dennoch rätselhaft vertrauten Ideen auf. Sie blickte durch den Spalt, der durch die Dämmerung hindurchschimmerte und der den Blick in vorgeschichtliche Zeiten freigab. Da gab es wirbelnde Formen, verschwommene Konturen: Dort, dort ... dachte sie jubelnd, und der gewaltige Strom des vollkommenen, unsichtbaren Lebens ihrer Vorstellung sauste und brauste, sang und klang, erfüllte ihr ganzes Sein. Ihr Lebensziel materialisierte sich, wurde sichtbar.

›Ich werde Archäologin‹, schrieb sie an Léon. ›Belgrand hat mir diese Botschaft von Gott gebracht. Ich habe nie gewußt, was Heimweh ist. Hélène hat mir erzählt, daß ihr jüngerer Bruder daheim etwas Schlimmes angestellt hat, sich der Justiz entzog, in die Fremdenlegion ging und dort vor Heimweh zugrunde ging. Ich fragte mich, was ist das für eine Krankheit? Wird irgendein Organ gereizt, verwundet oder entzündet? Nein, sagte Hélène, es gibt keine sichtbare Veränderung, weder außen noch innen. Dennoch geht der Mensch an dieser Krankheit zugrunde. Nun weiß ich, was sie gemeint hat. Denn auch ich habe Heimweh, Léon, und das ist der Grund, warum ich mich im Hause des ›armen, guten Herrn Rougemont‹ nicht wohl fühle. Ich muß heimkehren, in die vorgeschichtliche Vergangenheit. Tante Christine sagt, daß der Mensch oft auf Erden lebt, um seine Sehnsüchte auszuleben und seine Sünden zu büßen. Ich habe eine große Sünde begangen, dort in der versunkenen Welt, die nach Belgrand viel vollkommener und ganz anders war als die unsere.

Wenn ich abends daran denke, bin ich so aufgeregt, daß ich die ganze Nacht nicht schlafen kann. Ich stelle mir vor, daß wir beide eines Tages dorthin reisen werden, zu jenen Orten, wo wir die Spuren meiner Heimat finden können. Ich werde viel, sehr viel lernen, um die unbekannten Zeichen der alten Steintafeln zu enträtseln. Ach, Léon, ich glaube, ich fühle, daß es mir gelingen wird!‹

Belgrands Freundschaft bedeutete Madelaine sehr viel, vor allem seit Léon nicht mehr bei ihr war. Aber auch Belgrand war vom Wissensdurst, von der lodernden Phantasie und von der Intelligenz dieses jungen Mädchens fasziniert. Die Prähistorie war ein Teil seines jugendlichen Ehrgeizes, eine liebe Verstorbene, der er allzeit in einem geheimen Kult sein Opfer dargebracht hatte. Nun aber hatte er eine Priesterin gefunden, die mit ihrem glühenden Glauben die Scheintote wieder zum Leben erweckte. Sie lasen, lernten, studierten und schwärmten miteinander. Jetzt kam auch eine Zeit, da Belgrand berechnend und bewußt zu Besuch kam, wenn seine Geliebte nicht zu Hause war.

Ein paar Monate lang genossen die beiden ungestört dieses geistige Idyll, über welches Madelaine ihrem Freund Léon ausführlich berichtete, worauf sie Belgrand ganze Passagen aus Léons Antwortbriefen vorlas. Léon verfolgte Madelaines Studien mit großem Interesse, freute sich darüber und trug zu ihren Ideen seinerseits farbenfrohe Pläne bei. Madelaines Begeisterung hatte auch seine Phantasie entzündet, obwohl er aus Überzeugung immer wieder religiöse Vorbehalte anführte.

›Der Gedanke der Reinkarnation ist mir zwar sehr sympathisch‹, schrieb er, ›doch ich kann ihn nicht als Dogma anerkennen. Ich sehe ein, daß diese heidnische Idee durchaus dazu angetan ist, dem Leben einen Hintergrund tieferer Wahrheit zu verleihen als die ungleichen Möglichkeiten der einmaligen Geburt. Abbé Vézelay, den ich auf dieses Thema brieflich angesprochen habe, erwiderte, daß es auch ohne Reinkarnation viele Möglichkeiten für die Entwicklung der Seele gibt. Christus sagt: ,In meines Vaters Haus gibt es viele Wohnungen', und spricht zu Nikodemus nur über die Wiedergeburt der Seele. Christus sagt nichts über die Reinkarnation, und für mich ist dies allein maßgebend, weil ich nur seinem Weg folgen kann. Was deinen Glauben betrifft, bin ich tolerant, ich finde ihn sogar gut und sehr schön. Nun fürchte ich nicht mehr, daß du verdammt wirst, weil doch ›für den Reinen alles rein ist‹. Ich weiß, daß Gott nicht nach dem Buchstaben, sondern nach der Seele urteilt.‹

Dann, eines Nachmittags, geriet alles zur Katastrophe. Belgrand hielt sich in Madelaines Zimmer auf, wie stets während der verflossenen Monate. Hélène aber ließ die beiden mit ruhigem Gewissen allein. Belgrand las Madeleine gerade aus Platons ›Timaios‹ vor. Sie saßen auf dem Sofa ziemlich dicht beieinander. Belgrand lehnte sich gegen die Kissen, die er sich hinter den Rücken gestopft hatte, Madelaine aber hockte neben ihm mit angezogenen Knien.

Plötzlich ging die Tür auf, und Madelaines Mutter trat ein, aufgebracht, erregt, leichenblaß, wie ein entsetzliches Gespenst. Ihr wirres rotes Haar ließ ihr Antlitz wie ein Gorgonenhaupt erscheinen. Unter ihren Augen lagen dunkle Ringe, ihr Mund zuckte. Eine gewaltige Hitze, eine Flamme schlug ihnen entgegen, so daß die beiden auf ihrem Sofa erstarrten. Dann umfing sie ein schleimiger, unglaublicher Argwohn, unvorstellbar, niederträchtig.

Diese böse Ausstrahlung belastete Madelaines empfindliche Nerven so sehr, daß sie am ganzen Leib zu zittern begann, ohne begriffen zu haben, worum es eigentlich ging. Der unglückliche Belgrand aber wurde feuerrot.

»Amélie, ich dachte...«, stotterte er hilflos und sprang auf die Füße.

»Ich weiß. Sie haben wahrscheinlich geglaubt, daß Sie auch diesmal mit Madelaine den ganzen Nachmittag bis hin zum Abend gurrend und schnäbelnd verbringen können, bis Amélie wieder nach Hause kommt?! Die gute Hélène, die für alles Verständnis hat, macht sich nur zu gern unsichtbar, wenn man ihr ein paar Franken zusteckt.« Madelaine konnte die heisere, erregte Stimme ihrer Mutter nicht mehr wiedererkennen. Sie war unfähig, die Situation zu begreifen. Das Mädchen kämpfte gegen eine Ohnmacht an.

»Amélie! Sind Sie noch bei Sinnen? Sie erschrecken ja das Kind zu Tode!« sagte Belgrand heftig.

»Das Kind? O ja! Warum wollen Sie nicht gleich behaupten, daß Sie das Kind mit seinen fünfzehn Jahren trockengelegt haben? Ich beobachte schon seit Wochen, was hinter meinem Rücken geschieht! Ich wollte es nicht glauben, aber jetzt ...« Ein verzweifeltes Schluchzen entrang sich ihrer Kehle, das plötzlich in ein krampfhaftes, hysterisches Lachen umschlug.

Hinter ihr standen bereits die erschrockene, aufgelöste Hélène, die ewig lauernde Berthe, Céline und die Hausmeistersleute.

»Madame, ich bitte Sie, ich flehe Sie an! Ich bin erst vor einem Moment aus dem Zimmer gegangen. Sie bringen Madelaine noch um mit dieser ... Bitte, beruhigen Sie sich! Armes Kind, sie weiß nicht einmal, was Sie ihm unterstellen. Das Mädchen ist unschuldig wie ein neugeborenes Kind. Das schwöre ich auf mein Leben!«

In ihrer wilden Wut, aufgebracht wie sie war, vergaß Hélène sogar zu weinen. Ihre krumme, linkische, geschlechtslose Gestalt wirbelte um die Herrin herum, so daß es ihr schließlich gelang, deren Zorn auf ihr Haupt herabzubeschwören.

»Verschwinden Sie! Sofort! Packen Sie Ihre Sachen und gehen Sie! Sie sind für alles verantwortlich. Und das nach so vielen Jahren! In meinem Haus. Häßliche alte Viper. Nur, um gegen mich ...«

In Madelaine erlosch plötzlich das Bewußtsein.

Dann sickerte all das, was geschehen war, allmählich wie stinkendes Abwasser in ihr Gehirn zurück, doch nur in seinen äußeren Konturen, in seinem zusammenhanglosen Gefühlsgehalt. Sie zitterte und bebte, ihr war übel, ein würgender Brechreiz stieg in ihr hoch. Sie lag in ihrem Bett, das Licht der Nachttischlampe wurde durch ein rotes Tuch gedämpft.

Ihr Vater saß an ihrem Bett.

»Wo ist Hélène?« fragte sie zähneklappernd.

Ihre Glieder schmerzten, als hätte sie hohes Fieber.

»Sie ist gegangen.«

Vielleicht kann ich sterben, wenn ich die Luft lange genug anhalte, dachte Madelaine.

»Und was wird aus mir?« Diese Frage stellte sie sich eher selbst, weil sie sich daran gewöhnt hatte, daß sie auf diesen schlaffen, zerbrochenen Mann nicht zählen konnte, vor dessen Auge so gut wie alles geschehen konnte. Er bot den Ereignissen keinen Widerstand.

»Deine Mutter will, daß ich dich in ein strenges Internat schicke. Zu den Klosterfrauen, oder...«

In Madelaine begann etwas zu schreien. Sie hörte häßliche, wilde Schreie, doch sie ließ diese entsetzlichen Töne nicht über ihre Lippen. Sie sprach leise, sehr leise, und ließ ihren Gedanken nur einen schmalen Spalt, damit die ganze empörte, aufgebrachte, kreischende Legion nicht nach außen dringen konnte.

»Und was willst du, Vater? Was hast du mit mir vor?«

»Ich...«

Seine Lippen zitterten.

»Vater!...« rief sie aus, weil ihr doch noch ein Ton, ein einziger Schmerzensschrei aus jenem Chaos entwichen war, das ihr ganzes inneres Wesen erschütterte.

»Ich weiß, daß es dir nie leicht gefallen ist, mich auszuschimpfen, damals wegen Émile Viliot, weil Mutter es so befohlen hatte. Ich weiß, du glaubst, daß du auch jetzt tun mußt, was Mutter will, doch dies ist etwas ganz anderes!« Sie setzte sich auf, streckte ihre Hand krampfartig aus dem Bett und packte Vaters Knie. Ihr Körper war in Schweiß gebadet. »Wenn du mich in ein Internat schickst, oder zu den Nonnen, werde ich mich mit meinem Strumpf so lange am Hals würgen, bis ich ersticke!«

Ihr Vater erhob sich und legte sie ins Bett zurück. Er war außer sich, und Schweißtropfen standen auf seiner Stirn. »Beruhige dich, mein Liebling. Es ist alles gut, alles in Ordnung. Ich rufe den Doktor an. Du glühst ja vor Fieber.«

Madelaine lag erschöpft da, doch sie spürte, daß sie sich noch mehr anstrengen mußte — weil sie jetzt diese weiche Masse, die ihr Vater war, in den Griff bekommen hatte. Und wenn sie diese Masse losließ, würde sie ihr wegen der ihr innewohnenden Trägheit wieder entgleiten.

»Das läßt sich nicht mehr korrigieren, und das weißt du am besten, wegen Mutter. Ich will nirgendwo anders hin als zu Tante Christine nach Paris. Dort werde ich meine Studien fortsetzen.«

»Deine Mutter wird es nie erlauben.«

Madelaine streckte die Hand unter der Decke hervor, ergriff die Hand ihres Vaters und zog ihn näher zu sich heran.

»Aber du, du bist auch noch da, Vater!«

»Deine Mutter besteht darauf, daß ...«

»Mutter ... als sie plötzlich in mein Zimmer platzte, hat sie geweint und gelacht. Sie haßte mich, und sie war fürchterlich. Haßt du mich auch, Vater?«

»Mein Gott, was redest du da?«

»Glaubst du, daß ich mit Belgrand das getan habe, was ehrlose Frauen mit ihren Liebhabern im Bett tun?«

»Nein, nein ...«, sagte der Vater, peinlich berührt und abweisend.

Madelaine aber ließ die Hand ihres Vaters los und drehte sich zur Wand.

»Du weißt zwar, daß ich nichts Böses getan habe, aber dennoch wagst du es nicht, mir zu helfen? Ich verstehe.« Sie war so hilflos, so verzweifelt und so verbittert, daß ihr jetzt alles egal war.

»Geh und sag Mutter, daß du ihren Auftrag erledigt hast!« sagte sie und kniff die Augen zusammen.

Vielleicht tu' ich's noch heute, tauchte die blasse Absicht in ihr auf, doch sie war vor Erschöpfung wie gelähmt.

Vaters schlurfende Schritte entfernten sich vom Bett, dann wurde eine Tür geschlossen.

Nur gut, daß der Mensch sterblich ist, fuhr es durch Madelaines bleischweren Kopf. In den Tod kann man stets flüchten.

Am Morgen wurde sie von Berthe aus tiefem Schlaf geweckt. Die gute Frau war verwirrt und voller Teilnahme.

»Machen Sie sich zurecht, Herzchen. Sie reisen mit Ihrem Vater zu Tante Christine nach Paris.«

In Madelaine ging die Sonne auf.

»Léon! Ich werde Léon wiedersehen!« rief sie und begann vor Freude zu weinen.

Vollmond

ERST IN PARIS, in Tante Christines Wohnung in der Rue St. Severin, wurde sich Madelaine richtig bewußt, welch eiskaltes, leeres Haus die Villa Rougemont war. Dieser seltsame, chaotische kleine Kosmos war von einer merkwürdigen Geistigkeit erfüllt. Die Wohnung war weder schön noch pompös, eher etwas schäbig und voller abgestoßener Ecken, doch auf eine edle, patinierte, traute Weise, wie ein lieber, weiser Freund, den das Alter von Tag zu Tag rührender und attraktiver macht.

Wahrhaftig, selbst die Gegenstände besaßen bei Tante Christine eine Seele, weil sie nicht nur von den Menschen, sondern auch von den Bewohnern des Jenseits benutzt wurden. Nach Meinung der alten Dame wechselten sie auf geheimnisvolle Weise ihren Platz, knisterten, hoben sich vom Boden, stürzten herab, versteckten sich, wurden an anderen Stellen wiedergefunden, als dort, wo man sie hingelegt hatte. Sie füllten die vier großen, überladenen Zimmer mit geheimnisvollem Geraune, mit seufzendem, flüsterndem, rätselhaftem Leben. Die Räume waren vollgestopft mit Teppichen, Gardinen, schweren Diwandecken, zahllosen Fransen, Quasten, Bändern, Fotografien, bauchigen, buttergelben, blumigen Porzellanöfen und spanischen Wänden, die die Zimmer gegen die Außenwelt abschirmten. Düfte, Gerüche und Töne erreichten die Bewohner nur wie durch ein Sieb. In großen Majolikvasen welkten überall riesige Blumensträuße dahin, schwängerten die Luft mit angenehmen, aber müden, morbiden Düften. Einmal, während eines Spaziergangs, hatte Hélène ihren Schützling Madelaine auf den Friedhof geführt. Es ging bereits auf den Herbst zu, und der Altweibersommer spann seine Fäden zwischen Busch und Baum. Im gelblichen, blassen Sonnenschein schwammen Herbstfäden dahin, rotbraune Falter schwebten und schaukelten von Blatt zu Blatt, Gräber und Boden waren von einem weichen, feuchten Laubteppich bedeckt. Dort hatte sie zum erstenmal in ihrem Leben die wunderschöne Traurigkeit jenes Friedens erahnt, der jenseits aller Taten lag. Und diese Tristesse war gut, besser als jede aktive Unrast, besser als der spannungsgeladene, ermüdende Zauber der Freude. Tante Christines Wohnung erinnerte Madelaine lebhaft an diesen dunstverschleierten, schimmernden, stillen Friedhof mit seinem feuchten Teppich aus welkem Laub.

Die Tante gab sich ernst und feierlich, als sie Madelaine in Pierres Zimmer führte.

»Bis jetzt hat er sein Zimmer noch mit niemandem geteilt«, sagte sie. »Doch er hat mir schon vor Jahren mitgeteilt, daß du in diesem Zimmer wohnen wirst. Er mag dich, er liebt dich. In einem früheren Leben hast du ihm sehr viel bedeutet.«

Das Zusammensein mit Tante Christine war bezaubernd. Sie selbst und ihre ganze Atmosphäre gehörten zu diesem anderen, vollkommeneren Leben. Nichts geschah regelmäßig, langweilig und in engen Grenzen. Menschen und Ereignisse wuchsen aus unendlichen Vorgeschichten empor. Hinter den transzendenten Vorhängen der Vergangenheit eröffneten sich grenzenlose Perspektiven in eine ahnungsvolle Zukunft. Was auch immer geschah, es war jenseits aller grauen Vernunft, blühte aus banalen Ereignissen zu andersartigen, reichen, feenhaften Inhalten auf. Das prosaische Leben aber zog nur am Rande schemenhaft vorbei, gleich einem farblosen Strom, der die dichte, satte Wirklichkeit der Phantasie nicht berührte. Tante Christine hatte Sephirine, ihre alte Köchin und ihr Faktotum, zu einem glänzenden Medium ausgebildet. Sie sprach in Trance, schrieb automatisch, sie deutete Träume, sah an der Seite eines jeden dessen verstorbene Verwandte sitzen, und gelegentlich versuchte sie es sogar mit der Wahrsagerei.

Sie war eine hochgewachsene, rundliche Person mit mehlweißem Gesicht, die bis zum Platzen von bedeutenden, schier unaussprechlichen Inhalten erfüllt war, die sie zum Ausdruck bringen wollte. Der Blick ihrer dunklen, verschleierten, düsteren Augen ruhte auf allen Menschen und Gegenständen, als würde sie diese im Moment eines ungewöhnlichen, übernatürlichen Geschehens erschauen. Die breiten Nasenlöcher ihrer Stupsnase bebten, die Nüstern blähten sich. Sie preßte die Lippen zusammen, ihr großer Kopf mit dem grauen Struwwelhaar pendelte hin und her, oder sie nickte bedeutungsvoll vor sich hin. Oft geschah es, daß sie mitten unter dem Kochen, eine braune Zigarre im Mund, zu Tante Christine rannte, um ihr aufgeregt von irgendwelchem Klatsch aus dem Jenseits zu berichten, den sich Tante Christine gierig und wie elektrisiert anhörte und sofort für bare Münze nahm. Wenn sie wegen irgendwelcher Einzelheiten Zweifel hegte, bot sie Sépherine einen Platz an. Dann mußte sie unverzüglich, oft mit hochgekrempelten Ärmeln und Händen, an denen noch Teigreste hafteten, die Fragen schriftlich beantworten. Sobald ein Möbelstück ächzte oder das Glasgeschirr in der Anrichte rasselte, schauten sich die beiden Frauen an wie zwei Auguren, die genau wußten, worum es ging.

»Einmal kurz, einmal lang ... der kleine Rampillion ist wieder unruhig wegen seiner Mutter.« Oder auch: »Siehst du, Sépherine, du hättest für die arme Tante Martha doch drei Kerzen anzünden sollen. Jetzt ist Pierre verstimmt.« Solche und ähnliche Gedanken tauschten die beiden Frauen aus, doch sprachen sie oft auch zu den unsichtbaren Anwesenden, in freundlichem, unbefangenem Plauderton.

»Klopf noch einmal, mein Kleines ... so ... vielen Dank. Jetzt weiß ich, daß du es bist. Ich werde nicht vergessen, für dich zu beten. Zu wenig? Nun gut, dann zusätzlich noch ein Vaterunser ...« Diese arme Seele im Jenseits, die stets um weitere Gebete bettelte, war ihrer Meinung nach der Dauphin, der sich noch immer nicht stark genug fühlte, um neu geboren zu werden.

Madelaine genoß dieses freundliche Irrenhaus in vollen Zügen. Sie amüsierte sich, gruselte sich, nahm an allem teil und geriet allmählich in den Zauberbann ihrer Tante Christine, ohne auch nur für einen Augenblick ihre Wachsamkeit aufzugeben. Sie versank bewußt im Zauber dieser Wohnung in der Rue St. Severin.

Pierres Zimmer strahlte die Atmosphäre eines sehr freundlichen und umgänglichen Gespenstes aus. Es war von Leben erfüllt, als wäre der ehemalige Bewohner stets anwesend. Seine Fotografien, seine Zeichnungen, sein Tennisschläger, seine Bücher, seine Anzüge im Schrank, seine bebänderte Gitarre an der Wand schienen in eine andere, unendliche Dimension hinüberzudämmern und kühlten, berührt von der Astralhand eines körperlosen Besitzers, nie ganz aus.

Léon besuchte sie bei Tante Christine gleich am Nachmittag jenes Tages, als sie angekommen war. Beide waren unerwartet verlegen. Sie kamen sich irgendwie neu und viel bedeutungsvoller vor. Ihre Verwirrung und Spannung ließen bald nach, doch das Wiederschen nach längerer Zeit, die plötzlich zusammengeschrumpfte Entfernung ließen ihre Herzen hoher schlagen. Heiße, unruhige Wellen stiegen in ihnen auf.

Jetzt, zum allerersten Mal, erblickte sie Léon jenseits der Gewöhnung, jenseits aller Vertrautheit. Sie war erschüttert, weil sie erkannte, daß Léon kein kleiner Junge mehr war, der sein verweintes Gesicht im Gras verbirgt, sondern ein hochgewachsener Jugendlicher, der schon bald zum Mann heranreifen würde. Freude und eine kleine, fast traurige Erregung nahmen von ihr Besitz, während sie sein glattes, feingeschnittenes, nervöses Gesicht betrachtete.

Wie hübsch er ist, dachte sie verwundert. Sein Mund — wie ist er denn überhaupt?

Damals konnte sie es noch nicht beschreiben, weil sie nur über Gefühlserinnerungen, nicht aber über Worte verfügte — daß nämlich Léons großer voller Mund unendlich zart, gleichzeitig aber auch schmachtend und wollüstig war. Der Blick seiner grauen Augen war scheu und leidenschaftlich zugleich. Erst später, mit reiferem Sinn, gelang es ihr, die Symbole auf Léons Antlitz zu enträtseln. Das Haar des jungen Mannes war etwas dunkler geworden, seine Locken aber wichen immer noch wie die eines griechischen Schäferjungen aus seiner breiten Stirn.

Die beiden wagten es nicht, sich zu berühren. Früher hatten sie keine Ahnung von ihrem Körper, ihr Leib war ihnen nie bewußt geworden. Sie betrachteten ihren Körper stets nur als ein physisches Anhängsel ihrer Seele, ihrer Gedanken und ihrer Worte.

Während der Sommerferien, die sie seinerzeit gemeinsam in Ostende verbracht hatten, klammerten sie sich im Wasser unbefangen aneinander, ihre Arme und Beine legten sich um den Kameraden im fröhlichen Spiel. Léon zog Splitter aus Madelaines Knie und saugte nachher das Blut aus. Sie rieb Léons Rücken mit Sonnenöl ein, die zarte Haut auf seinen Schultern. Doch all dies war nicht von Bedeutung.

Jetzt aber, obwohl sie in einigem Abstand voneinander saßen, erzitterten sie vor der Nähe ihrer Körper. Von Wort zu Wort fortschreitend, die wie lockere Steine im Flußbett, im reißenden Strom ihrer Gefühle lagen, so näherten sie sich einander Schritt für Schritt.

Léon berichtete über seinen Alltag, wobei er ängstlich sein größtes Problem ansprach, über das er bisher nicht einmal zu schreiben gewagt hatte: all die nackten, schrecklichen Frauenspersonen im Atelier, die er zeichnen mußte.

»Das ist entsetzlich, Madelaine ... Ich wollte es schon längst erwähnen ...« Er wandte verwirrt und schamhaft den Blick ab. »Die Modelle bei Recroy ... ihre Körper sind wunderschön. Jetzt bin ich mir sogar sicher, daß die Formen des Fleisches schön sind und auch heilig sein könnten, sichtbare Noten einer göttlichen Melodie. Doch diese Weiber erfüllen sie mit einem teuflischen Inhalt. Sobald sie sich bewegen und zu sprechen beginnen, tut sich in ihrer Seele die Hölle auf. Sie werden durch das gereizt, was mir mehr bedeutet als mein Leben. Sie verspotten mich und wollen mich vor mir selbst zu Fall bringen.«

Ein eisiger Schreck durchfuhr Madelaine.

»Und ... du?«

»In dem Augenblick, da sie anfangen zu reden, wenn sie mich anfassen, mich mit zotigen Worten zu infizieren versuchen und dabei kreischen und lachen, in solchen Momenten hasse ich sie. Wenn sie aber unbeweglich und stumm dastehen, dann sind sie gefährlich. Ich werde diesem zweifachen Zauber niemals nachgeben, doch er quält mich bis aufs Blut. Wenn du wüßtest, welche Träume ich habe!«

»In deinen Träumen ... begehst du mit ihnen ... die Sünde?«

»Nicht mit ihnen, o nein!« Léon krümmte sich in seinem Sessel. »Ich träume von dir, Madelaine.« Er schlug plötzlich die Augen auf, in seinem Blick lagen dunkle Beklemmung und Verzweiflung. »Du wirst dich vor mir ekeln, ich weiß es. Dennoch muß ich dir gestehen, diese nackten Frauen in meinen Träumen ... sie tragen stets dein Gesicht. Nie könnte ich mit einer anderen Frau ... so ... nie könnte ich ihr so nahe und so mit ihr zusammen sein. Ich begehre sie nicht, diese Frauen sind mir fremd, aber du ... ach, Madelaine, ich habe gegen mein Gelöbnis gehandelt, mit dir ... Ich hätte niemals Priester werden können, weil ich ... weil ich dich auch auf eine ... eine andere Art liebe.«

Die wirre Erregung in Madelaine wurde von einem heißen, süßen Triumphgefühl weggewischt.

»Ich ekle mich deswegen nicht vor dir, Léon, ich lehne dich nicht ab. Ich habe nie gewollt, daß du Priester wirst. Denn insgeheim hatte ich stets gehofft, daß du mich eines Tages auch auf diese Weise lieben wirst ... wenn ich erst deine Frau bin. Dann ist unsere Beziehung nicht mehr sündhaft. Christus verbietet nicht die Liebe zwischen Mann und Frau in der Ehe, er verbietet nur die Unzucht.«

Léon schaute Madelaine ernst und still an. Sein Gesicht war leichenblaß. »Du bist die einzige«, sagte er leise. »Ich werde nie eine andere Frau berühren. Und wenn ich auch nicht Herr meiner Träume sein kann, sehne ich mich so sehr nach dir. Mein Körper wird sauber und rein zu dir gelangen, so wahr mir Gott helfe!«

Léon wohnte in der Rue Tourlaque in einem katholischen Männerheim. Recroys Atelier lag in einer Nebenstraße des Boulevard Montparnasse, unweit von Tante Christines Wohnung. Von dort kam Léon Tag für Tag in der Abenddämmerung zu Madelaine herauf, von großen Spannungen erschöpft, unruhig und zerfahren. Auch seine Vormittage verbrachte er mit Studien, ebenso wie Madelaine. Der Ort, wo er wohnte, war gleichzeitig ein Privatseminar, wo er sich auf die allgemeinen Prüfungen vorbereitete.

Madelaines Hauslehrer war ein freundlicher alter Herr, ein pensionierter Professor — ein alter Freund von Tante Christine, der mit seiner vorsichtigen Weisheit so manches zurechtrückte, was Émile Viliot in Madelaines Seele verdorben und durcheinandergebracht hatte. Gaston Argout war ein feiner, zerbrechlicher Greis, hochgebildet, doch geistig so frisch, so lebhaft und so heiter, daß im Vergleich zu ihm Léons müde Jugend wie Altersschwäche wirkte.

Er interessierte sich für alles, fand überraschende Zusammenhänge zwischen den Erscheinungen. Die Kraft seiner blitzgescheiten Gleichnisse faßte das Wesentliche der Dinge zusammen und legte es seinen Schülern parat auf die Hand. Nie kam es vor, daß er umständlich wirkte oder Langeweile verbreitete.

Ihre Stunden waren spannende, poetische Spiele, Ausflüge nach Utopia und Exkursionen in die Vergangenheit. Neben Gaston Argout wirkte Belgrand wie ein ahnungsloser Grünschnabel, unwissend und bedauernswert zugleich.

Madelaine fand, daß Argouts Geist unerschöpflich, sein Wissen grenzenlos und seltsamerweise nicht nur angelesen war. Da ihr Verhältnis sofort, von vornherein, herzlich und vertraut war, stellte sie ihm rückhaltlos all jene Fragen, welche ihr ihre gierige Neugier, ihr Wissensdurst zuflüsterten.

»Das Wissen, meine Liebe, ist kein Neuland, das es zu entdecken gilt, sondern eine Wiedereroberung«, sagte Argout zu ihr. »Alles, was bisher in allen Büchern dieser Welt über Wissenschaft, Kunst und Philosophie geschrieben und zusammengetragen wurde, das alles ist Stückwerk — nur ein Bruchteil dessen, was der Geist des Menschen enthält.«

»Ach, Monsieur Argout, die Menschen sind manchmal wirklich dumm.«

»Zweifellos. Die Unwissenheit wie der Tod haben sie unterjocht. Doch dies alles ist nur Schein. Paß gut auf, mein Kleines. Der Mensch, die Seele und der Geist eines jeden Menschen, sind göttlichen Ursprungs. Er besitzt zwar die tiefsten Geheimnisse des Daseins, das gewaltige Wissen und die Kraft des Alls, aber er schlummert in einem dunklen, benommenen Schlaf: im Rausche des Fleisches. Dies ist wie der tödliche Zwang einer bösen Schimäre, ein Alpdruck. Wenn aber der Mensch lernt, wenn er bereit ist zu lernen, wird er sich allmählich seiner eigenen Freiheit, seiner eigenen Macht bewußt. Eine Zeitlang wandelt er auf den Pfaden der Bücher, läßt sich von ihnen leiten, bis sich seine innere Quelle öffnet. Nun wird er, auf eigenen Füßen wandelnd, vom Leben, von den Menschen, von Ereignissen, von Formen, Linien und Farben weitergeführt, in sich hinein, hin zu den unerschöpflichen Quellen des Wissens. Dann aber gibt es nichts mehr, was ...« Madelaine wurde von Hoffnung und zweifelnder Erregung ergriffen.

»Was meinen Sie, Monsieur Argout. Wenn ich sehr, sehr fleißig lerne und zu meiner inneren Quelle vordringe — könnte ich dann die Hunderte von etruskischen und kretischen Tontafeln, die libyschen Texte und die Bilderschrift der Hethiter entziffern?«

»Warum nicht?«

»Und das Geheimnis der Pyramiden lüften? Das dreifache Rätsel des Kalenderfrieses über dem Sonnentor von Tiahuanaco lösen und die unbekannten Inschriften an den Säulen von Siriat deuten?«

»Alles, was Gestalt angenommen hat, ist eine Projektion des Geistes, meine Liebe. Auch Ihr Geist war in jedem Moment des Daseins anwesend und birgt die Geheimnisse Gottes, freilich nicht als Madelaine Rougemont. Ich könnte auch sagen, daß zwischen Ihnen und all diesen Geheimnissen nur eine einzige Trennwand liegt, und die heißt Madelaine Rougemont.« Madelaines Gehirn versuchte kraftlos, die Höhe dieses Gedankens zu erklimmen.

»Soll das heißen, daß mich mein eigenes Ich und mein Name am Wissen hindern?«

»Sie sind kein Hindernis, aber sie sind irreführend. Sie selbst sind unermeßlich mehr und größer als ihre jetzige Person. Persönlichkeiten sind wie Kostüme. Sie sind nur eine der vielen Masken, Namen und Adressen, die Ihr Geist im Lauf der Jahrtausende bereits innehatte — doch die äußeren Rahmen, aufs Wesentliche konzentriert, sind allesamt mit jenem Wesen verschmolzen, dessen Identität niemals endet. Die Persönlichkeit ist stets eine Beschränkung, ein Hindernis, eine Eingrenzung im Interesse einer gewissen Erfahrung, und als solche setzt sie dem Grenzenlosen Grenzen, wandelt sich vom Unendlichen ins Endliche, vom Ganzen zum Bruchteil.«

»Dann ... dann müssen wir also sterben, um zum Geist zu werden. Denn erst dann können wir hinter jene Geheimnisse kommen, die Sie vorhin ...«

Argout lachte.

»Aber davon kann doch keine Rede sein! An Ausdauer und Ehrgeiz fehlt es Ihnen bestimmt nicht, mein Kind. Wir müssen diese Geheimnisse bereits in unserem Leib beschaffen, sonst können wir mit diesem Schlüssel niemals jenes Tor aufschließen, das aus der Gefangenschaft des Fleisches in die Freiheit führt. Dies ist die schwere, großartige Aufgabe des Menschen. Darum führt ihn sein Schicksal vom Leben zum Tode, reißt ihn vom Wellenberg ins Wellental, von der Freude ins Leid, damit er diese einzige Tat erkennt, die er vollbringen muß.«

»Oh, ich habe sie bereits erkannt, Monsieur Argout. Sehen Sie ... ich ...«

»In Ihrem eigenen Interesse wünsche ich, daß Sie sich nicht so sehr beeilen.«

»Aber warum? Warum?«

»Weil der Mensch fehlbar und schwach ist. Den, den er liebt, möchte er am liebsten einbalsamieren und unter eine Glasglocke stellen, wo er geschützt und unberührbar ist. Diese Erkenntnis löst eine entsetzliche Gegenbewegung dem Leben gegenüber aus. Und das genau ist es, wovor ich das arglose, empfindliche, dreifache Wesen der kleinen Madelaine Rougemont bewahren möchte. Sie verstehen es nicht, meine Liebe? Macht nichts! Kümmern Sie sich nicht darum. Das nächste Mal werde ich Ihnen etwas über die Symbole erzählen ...«

Léon war ein leidenschaftlicher Kirchgänger. Madelaine folgte ihm, wenn er die Straßen durchstreifte und kostete nur zu gerne den Geschmack schwankender Stimmungen in der Seele des Jungen. Léon konnte sich nur in der Kirche beruhigen. »Ich habe das Gefühl«, sagte er zu Madelaine, »daß all die Gebete, all die reinen Worte mich umschlingen, eine Barrikade zwischen mir und dem Rest der Welt errichten. Dies ist mein einziger Schirm und Schutz, mein einziges Zuhause. Die Kunst in Recroys Atelier ist ein gefährliches Schlachtfeld. Doch der Zwang zur Offenbarung und der Ehrgeiz treiben mich an, diesen Kampf zu Ende zu führen. Im Haus in Liège, auf der Straße, in meinem Zimmer, im Hörsaal, im Kino und in der U-Bahn werde ich von bösen Ahnungen verfolgt, Versuchungen bedrängen mich — doch die Kirche ist tabu. Dort umfängt mich der Friede Gottes.«

»Und bei mir, findest du bei mir keinen Frieden?«
fragte Madelaine.

»Du bist von mir nicht getrennt, du bist in mir.«

Am nächsten Nachmittag standen sie vor dem hinreißenden Altar der Kirche Saint-Pierre de Montmartre.
Léons Gesicht war erschöpft, seine Miene aber ganz
sanft. Er stand hoch aufgerichtet und zerbrechlich da,
die Konturen seines Körpers folgten der andächtigen
Gotik der kleinen Kirche. Vor der Statue des Sankt Antonius kniete eine alte Bettlerin.

Ihre Hände berührten sich, doch diesmal zog Léon
seine Hand nicht zurück, als hätte er glühende Kohle
angefaßt. Er hängte sich bei Madelaine ein, und die beiden schmiegten sich eng aneinander.

»Hier ist auch die Berührung kühl ... kühl und rein,
wie das Säuseln eines Springbrunnens«, flüsterte er lächelnd, mit geschlossenen Augen.

Am Sonntagvormittag streiften sie durch die Museen.
Tante Christine aber fiel es nicht im Traum ein, ihr Beisammensein zu verhindern.

»Glaubt ja nicht, daß ich schon so alt und so dumm
bin, daß ich euch einfach vertraue«, meinte sie freundlich. »Die jungen Leute sind nicht immer voll für ihre
Taten verantwortlich, weil die Sehnsucht, die Leidenschaft sie oft mit Macht und sehr erfindungsreich überfällt. Ihr seid hübsch, verliebt, unschuldig und arglos.
Aber eine Anstandsdame kann man auf tausend Weisen
austricksen, weil die Leiber, die sich paaren wollen, vom
Teufel gefördert werden. Pierre jedoch wird schon auf
euch aufpassen. Er hat es mir versprochen. Und ich weiß,
daß ich ihm restlos vertrauen kann.«

Madelaine mußte lachen, Léon aber ärgerte sich maßlos.

»Das hätte sie nicht sagen dürfen. Sie weiß doch, daß
wir heiraten wollen. Sie glaubt doch nicht, daß sie mich
durch ihren Argwohn demütigen oder gar aus der Fassung bringen kann!«

Dennoch gab es einen Augenblick, der dieser lächerlichen und lästigen Tante Christine recht gab.

Léon hatte bereits am frühen Nachmittag Recroys Atelier verlassen, da er keine Stunde gab, weil er krank war. Tante Christine schlief tief und fest. Séphirine öffnete die Tür verschlafen, mit mondsüchtigem Gesicht, und verzog sich sofort wieder in ihr Zimmer. Auch Madelaine ruhte auf ihrem Bett, in einem leichten, duftigen Morgenrock, ohne Decke. Durch das spaltbreit geöffnete Fenster drang ein sonniger, nach Veilchen duftender März, doch auch der große Kachelofen verbreitete wohlige Wärme, weil Séphirine in der Kühle des Morgens das Feuer angefacht hatte. Die Luft war ermüdend. Madelaine war von bleischwerer Frühjahrsmüdigkeit umfangen. Schon als es klingelte, spürte sie, daß Léon gekommen war — und zu dieser ungewöhnlichen Stunde nahm eine seltsame Vorahnung mit beklemmender Erregung von ihr Besitz. Mit Léon kam immer eine heiße Unruhe an sie heran, doch diesmal war sie von einer erstickenden, starken Spannung begleitet.

»Bist du krank?« fragte sie erschrocken, als sie im Licht Léons eingefallenes Gesicht und seine Augen mit den dunklen Ringen erblickte.

»Nein, wieso?« Léon war sichtlich verwirrt und versuchte, ihrem Blick auszuweichen.

»Du hast abgenommen. Du mußt Fieber haben.«

»Ich habe keinen Appetit. Und ich schlafe schlecht.«

»Léon, hast du ein Problem? Tut dir etwas weh?«

Léon aber nahm weit entfernt von ihr Platz und vermied es, sie anzuschauen.

»Weißt du, da kann man irgendwie nichts machen. Man muß abwarten. Es gibt Tage und Wochen, die schlimmer sind als andere. So zum Beispiel jetzt im Frühling ...«

Madelaine wußte nicht, was in ihr stärker war: das Mitleid oder die neugierige, empörende Sehnsucht. Sie glitt von ihrem Bett und trat zu dem jungen Mann.

»Ist dir wirklich nicht zu helfen, Léon?« fragte sie leise. Léon schaute erschrocken auf und erblickte Madelaine in ihrem offenen, grünseidenden Morgenrock, nur eine Handbreit von ihm entfernt.

»Nein, nicht ...«, sagte er abweisend. »Bitte geh ...«

»Warum quälst du dich? Ich kümmere mich um nichts. Ich will, daß es gut für dich ist, weil wir ja doch ...«

Léon sprang auf, vielleicht, um davonzurennen, doch Madelaine hatte ihn bereits umarmt. Sie war die stärkere, die bewußtere, sie war die Heldin und die Freie von ihnen beiden. Der erste verzweifelte, schuldbewußte, hungrige Kuß des Jungen entfachte nur lodernde, feurige Freude und grenzenlose Bereitschaft in ihr — doch sie spürte sofort den Kurzschluß in Léons Nervensystem. Der Druck seiner Arme ließ nach. »Hörst du?« fragte er mit weit aufgerissenen Augen. In Madelaines Ohren brauste ein kochendes Meer.

»Nein, nichts. Was ist?«

»Paß auf!«

Durch ihren Rausch hindurch vernahm sie ein leises Tönen, und dieser leise Ton, dieser zarte Ton berührte sie, wie eine Nadelspitze eine Blase berührt. Der rote Luftballon des Begehrens platzte plötzlich und unerwartet — sie aber stand in einer seltsam kühlen, frostigen Atmosphäre da und horchte. Die Töne kamen von Pierres bebänderter Gitarre, die an der Wand hing. Sie schwang und resonierte wie eine Fensterscheibe, die der Ton eines Klaviers zum Schwingen bringt. Solche Töne hatte sie noch nie vernommen. Vielleicht habe ich nur nicht richtig hingehört, dachte sie flüchtig — doch schon hatte ein bedrückendes Gefühl sie überwältigt, ein drohendes Gefühl, als befände sich ein unsichtbarer Geist im Raum. Sie fürchtete sich, und die beiden ließen von einander ab.

»Pierre ...«, flüsterte Léon.

»Vielleicht ist auch ein schwerer Wagen unter dem Fenster vorbeigefahren, und drum ...«

»Nein. Du spürst es auch. Pierre paßt auf uns auf.«

Madelaine hielt es nicht mehr länger im Zimmer aus. »Ich will fort. Hinaus auf die Straße!« sagte sie mit trockener Kehle. »Warte im Salon auf mich.«

Sie suchten Recroy auf. Léon hatte ihm bereits vor längerer Zeit versprochen, Madelaine zu ihm zu bringen.

Auf dem Weg dorthin waren sie verwirrt. Madelaine schämte sich, weil sie erstaunt und qualvoll dauernd an die Analogie des Sündenfalls im Paradies denken mußte. Argout war es gewesen, der ihr beigebracht hatte, zu allen Dingen nach einer Analogie zu suchen. Doch sie konnte nichts Sündhaftes an dem finden, was vielleicht geschehen wäre.

Ihre Scham galt eher Léons Hemmungen. Sie versuchte, sich selbst vom schicksalhaften, gebundenen Standpunkt des Jungen zu betrachten. Dabei befürchtete sie, ihn für immer verloren zu haben. Vor lauter Wut und Ohnmacht hätte sie am liebsten weinen mögen.

»Magst du mich denn jetzt nicht mehr? Stoße ich dich ab?« fragte sie verbittert.

»Ich liebe dich nur noch mehr«, gab Léon still zurück. »Und ich glaube nur noch fester.«

Auf den jubelnden Ruf des ersten Satzes folgte sofort ein Ton, der sich anhörte, als würde jemand eine eiserne Tür zuschlagen.

»Léon, deiner Meinung nach wäre es wohl eine große Sünde gewesen, wenn ...«

»Mehr als das. Es wäre ein tiefer Fall gewesen, vor Gott und vor mir selbst. Etwas Schlimmeres könnte mir nicht passieren. Diese Probe ist das Rückgrat meines Lebens. Die Qualen sind dazu da, um mich zu reinigen und zu kräftigen. Das Ziel, um das ich kämpfe, das ich anstrebe, ist jedes Opfer wert. Denn dieses Ziel bist du. Doch nur auf diese Weise kann ich dich nach meinen inneren Gesetzen akzeptieren, Madelaine.«

»Du hast strenge Richter. Sie wohnen in deiner Bibel

und in deiner Kirche. Jetzt aber, jetzt leben andere Menschen auf der Erde.«

»Mag sein. Aber andersartige Menschen gehen mich nichts an. Du hast auch recht, wenn du sagst, daß meine Richter keine Gnade kennen. Und gerade deswegen muß ich sehr auf mich aufpassen.«

Madelaine spürte eine negative Spannung, die sich zwischen ihnen aufbaute, und dieses Gefühl veranlaßte sie, zu vermitteln und zu schlichten.

»Vielleicht wird es nicht mehr lange dauern. In zwei Jahren können wir heiraten.«

»So rechne ich auch. Zwei Jahre ... stell dir vor, das ist gar kein so hoher Preis für das, was dann kommt. Wie viel vollkommener, wie viel schöner wird alles sein, wenn wir uns in Geduld üben und uns unser Glück verdienen!«

Ob es wirklich so vollkommen wird? — durchfuhr es Madelaine, während ihr die müde Ahnung eines unbestimmten Vorgefühls entgegenschlug. »Jetzt wäre es schön, jetzt wäre es gut!« dachte sie empört. »Aber Léon spürt das nicht. Léon ist irgendwie ... irgendwie krank und seltsam. Die fanatischen, unsichtbaren Richter haben ihn seit seiner Geburt in ihr Joch gespannt.«

Er tat ihr leid, sie liebte ihn, aber sie war auch unzufrieden mit ihm.

Recroy wurde von rheumatischen Schmerzen geplagt. Er war düster und unlustig, doch bei ihrem Anblick hellte sich seine Miene auf.

»Immer herein mit euch, ihr kleinen Heiligen! Ich komme mir schon vor wie ein ausgesetzter Hund! Zu solchen Zeiten bezahle ich dafür, daß ich nicht geheiratet habe. Ich bin verdammt einsam.«

Er lag auf seiner breiten, überfüllten, schwülen Ottomane mit seinem bärtigen Löwenkopf, in einen rotsamtenen Hausmantel gehüllt. Der faltige Hals ragte aus einem offenen schneeweißen Seidenhemd empor. Das zerfurchte, aufgedunsene graue Gesicht mit den schweren Tränensäcken unter den Augen bildete einen schreienden Kontrast zu all den Bildern, die an den Wänden hingen, auf Staffeleien standen oder einfach an die Wand gelehnt waren. Sie stellten blühende, junge, rosige Leiber und Blumenstücke in glühenden Farben dar — Farben, die wie aus einem dichten Nebel heraufzudämmern schienen. Nur Recroys nußbraune Augen blickten gierig, zynisch und überraschend jung vor sich hin, wie eh und je.

Madelaine aber fürchtete sich vor diesen Augen, und die Umgebung machte sie befangen. Der Maler schaute sie wortlos und lange an, so daß sie sich am liebsten irgendwohin verkrochen und sich eine Decke über den Kopf gezogen hätte. Seine Miene verdüsterte sich, nahm bittere Züge an, und er schüttelte den Kopf.

»Eine Schande!« brach es dann besorgt und unverständlich aus ihm heraus. »Nur ein perverser Stümper kann die Dinge so erledigen.« Und dann setzte er stöhnend hinzu: »Sobald es mir wieder besser geht, werde ich dich malen! Wie alt bist du?«

»Sechzehn.«

»Ist das nicht entsetzlich? Als ich achtzehn war, wäre ich vielleicht genauso unbedarft, von blinder Leidenschaft gebeutelt bei dir gesessen wie jetzt mein junger Schüler an deiner Seite. Man muß eben zu einer alten, verbrauchten, verschlissenen Ruine werden, bevor man das lebendige Kunstwerk der Schönheit mit allen fünf — nein, mit sieben Sinnen begreifen und genießen kann!«

Léons Gesicht lief puterrot an.

»Das soll wohl heißen, Monsieur Recroy, daß Sie ... daß Sie Madelaine ohne Kleider malen wollen?«

»Das möchte ich nur zu gerne, mein Sohn! Es ist eine Sünde, einen solchen jungen Leib zu verhüllen. Man muß mit dem Pinsel alle Schattierungen und Zustände verfolgen, wie Licht und Schatten des Frühlings. Ihren Kopf, ihr Gesicht kenne ich von deinen Zeichnungen:

111

ein feines, körperloses kleines Juwel — einmalig und sonderbar, aber ... spürst du nicht auch, daß ohne den Akt da irgend etwas fehlt?«

»Monsieur, Madelaine ist kein Mädchen, das man so ... Madelaine ist ...«

»Ich weiß. Es gibt eine Menge hanebüchener Vorurteile, die sie daran hindern, der Unsterblichkeit mit dem zu dienen, was Gott ihr geschenkt hat. Kennst du das Gleichnis vom vergrabenen Schatz?«

»Das bezieht sich auf die Seele!«

»Es bezieht sich auf das göttliche Recht der Kunst und auf ihre Verpflichtung, mein Sohn. Spürst du denn nicht, daß dieses Mädchen, das bei dir sitzt — daß es nackt, wie er es erschaffen hat, unschuldiger ist als das heiligste Gebet?!«

Madelaine saß bereits seltsam gelöst, fast unpersönlich da und genoß dieses ungleiche Wortgefecht. Léon war zwar innerlich aufgewühlt, aber er hatte keine Argumente.

»Ich fühle es schon, doch es ist nicht dazu da, daß ...«

»Wozu denn sonst? Wozu soll sie denn gut sein? Damit du sie eines Tages schwängerst und die Geburten ihren Leib zerreißen? Sowas kann jedes Tier vollbringen. Die Schönheit aber ist mehr. Sie ist ein geheimnisvolles, mächtiges Rätsel — das Ewigwährende in der Vergänglichkeit. Auch du bist ein Künstler, mein Sohn. Trotz deiner Unreife, deiner Dogmen und deiner Hemmungen. Möchtest du sie nicht doch als Akt malen?«

Jetzt war Léon ganz blaß und scheinbar ruhig und gefaßt. »Ich werde sie malen, Monsieur, nur ich, und sonst kein anderer!«

Recroy lächelte.

»In Ordnung. Aber spute dich. Sie wird nie mehr so sein wie heute, und übermorgen wird sie ihrem Bild von morgen nicht mehr ähnlich sein!«

»Ein unmöglicher, niederträchtiger Mensch«, sagte Léon auf dem Heimweg. »Es tut mir leid, daß ich dich zu ihm gebracht habe.«

Mir aber nicht, mir tut es nicht leid, dachte Madelaine. Recroy mag niederträchtig und hinterhältig sein — dennoch ist er höchst interessant.

Im ersten Jahr reiste Madelaine im Sommer nicht nach Hause. Ihr Vater besuchte sie gelegentlich. Auch Léon hatte es durchgesetzt, daß sie in der Stadt blieb.

Sybill Tessier verbrachte jeden Monat eine Woche in Paris und schleppte die beiden Kinder überall mit sich. Gelegentlich tauchte auch Recroy in ihrer Gesellschaft auf.

Das Mittagessen wurde bei Prunier eingenommen, dann ging es gemeinsam in die Oper, ins Theater, ins Konzert. Sybill aber hatte keine Ahnung, wie wenig sich Madelaine und Léon an diesen chaotischen, lärmenden, bunten Tagen erfreuten. Sie waren viel zu empfindlich, ihre Nerven viel zu sehr belastet, um all die heftigen, ja oft drastischen Auswirkungen zu verkraften.

Sie mochten eher die kühle Ruhe der Museen und Kirchen und den Ort ihrer langen Spaziergänge: die schmalen, steilen Gassen des Cimetière Montmartre.

Madelaine korrespondierte nur mit ihrem Vater und mit Berthe. Gelegentlich erreichte sie auch ein tränenbefleckter Brief Hélènes aus Brüssel, wo sie eine neue Stelle angetreten hatte. Doch ihre Mutter schwieg.

Freilich versäumte es ihr Vater nie, am Ende seines Briefes zu vermerken: »Deine Mutter und ich senden Dir unsere besten Grüße.« Doch sie reagierte nicht auf diese fiktiven Botschaften. Sie verbrachte bereits das zweite Jahr in Tante Christines mit Geistern vollgestopfter Behausung, lebte in der latenten Spannung ihres Zusammenseins mit Léon, im magischen Bannkreis von Argouts Intellekt und Intuition, als ihr eines Morgens Séphirine begeistert mit tabakduftendem Atem zuflüsterte, daß sie einen Brief von ihrer Mutter erhalten würde. Es sei eine Botschaft von Pierre. Sie riet Madelaine, vorsichtig zu sein und nicht ihren Emotionen, sondern Christus zu gehorchen.

Madelaine kümmerte sich wenig um die sentimentale Vorhersage, da solche Tag für Tag haufenweise in der Wohnung in der Rue St. Severin auftauchten. Eine Woche später aber traf der seltsame, wirre Brief ihrer Mutter ein.

›Ich warte darauf, daß du mir schreibst. Ich warte ganz krank. Könntest du dich nicht deiner Mutter nähern? Aus welch einem fremden, geheimnisvollen, harten Stoff bist du geknetet? Hast du nie gespürt, daß ich mich schäme, daß ich mich gräme und daß ich mich nach dir sehne?!

Belgrand hat mich überzeugt, daß ich einen fatalen Irrtum begangen habe. Er durfte unser Haus monatelang nicht betreten. Er schrieb, lauerte mir auf, suchte Vermittler auf, die mich dann so lange beknieten, bis ich ihn anhörte. Er hatte es nicht leicht. Denn ich war vor Angst um dich verblendet.

Dies ist die einzige Entschuldigung dafür, daß ich dir einen solchen Schock versetzt habe, mein kleines, armes Kind. Ich hatte ganz einfach Angst um dich! Du bist ja noch ein Kind und weißt nicht, welch egoistische Bestien die Männer sind. Belgrand ist wirklich eine Ausnahme. Daran hätte ich denken müssen, aber ich war wie von Sinnen.

Verlange nicht von mir, daß ich um Verzeihung bitte. Sei großzügiger als ich. Demütige mich nicht noch mehr. Was auch geschehen ist, du bist und bleibst mein Kind. Madelaine, meine kleine Tochter, ich werde alt. Mir bleibt auf dieser Welt nichts mehr als du. Verlaß mich nicht!‹

In diesem Sommer fuhr Madelaine nach Hause und versöhnte sich mit ihrer Mutter.

Als sie nach Ostende reisten, war Léon in ihrer Begleitung, wie während all der früheren Sommer auch. Madelaines Mutter war etwas umgänglicher, weicher und menschlicher geworden. Im Laufe der Jahre war sie etwas aus der Kontur geraten. Sie war um Madelaine bemüht, war sich ihrer Schuld bewußt — doch ihr Verhältnis wurde dennoch nicht herzlicher und natürlicher, weil die Mutter alles übertrieb. Sie gab sich zwar Mühe, doch ihre Annäherungsversuche wirkten eher wie die schwüle Anhänglichkeit einer Klette, ihre Zärtlichkeit wie falsches Süßholzraspeln.

Madelaine tat sie zwar leid, aber sie brachte es nicht fertig, sich ihr gegenüber aufzuschließen. Die Mutter blieb allezeit irgendwie draußen vor der Tür.

Madelaine haderte mit sich, war sich selber gram. Sie suchte absichtlich die Gesellschaft der Mutter, tat alles, um durch einen luftleeren Raum zu ihr vorzudringen. Sie wollte ein geduldiges, zärtliches, gutes Kind sein, ›Pierre zuliebe‹.

Auch Léon hielt ihren Kampf für richtig. Die Mutter aber spielte die großzügige Patrona ihrer heimlichen Verlobung, gab sich als tränenreiche mütterliche Freundin, die von der eigenen Jugend Abschied nimmt. Léon war durch ihr Verhalten gerührt.

Auch Belgrand tauchte mitten im Sommer auf, mit beginnender Glatze, etwas füllig und in zahmer Treue. Er begrüßte Madelaine mit zurückhaltender Freude, während er einen scheuen Seitenblick auf seine Geliebte riskierte, ob er nicht vielleicht ungewollt erneut irgendeinen Sturm entfachen würde.

Madelaine aber wurde zunehmend kälter. Sie war verdrossen und hatte gute Lust, sich gegen dieses dumme Possenspiel zu wehren.

»Belgrand tut gerade so, als hätte er weiß Gott was für eine Sünde begangen«, dachte sie. »So ein feiger Schlappschwanz! Was sind denn das für Leute? Und wie bin ich unter sie geraten?«

Madelaines Mutter wurde durch Belgrands Auftauchen wieder sich selbst geschenkt. Auf einmal wirkte sie wieder frisch und jugendlich. Der heiße Lebensstrom schaltete sich in ihrem Körper ein.

Am Nachmittag saß sie Léon Modell, im Garten ihrer Villa auf einer Steinbank unter einer großen Linde, in malerischer Pose, zurechtgemacht und geschminkt bis zu den künstlichen Wimpern. Léon aber war an dem nicht interessiert, was sie künstlich zu sich selbst hinzufügte. Er versetzte sie in eine ganz andere Umgebung. Und vorerst machte er nur Skizzen.

»Irgend etwas von dir ist in ihrem Gesicht«, sagte er zu Madelaine. »Etwas Verborgenes, das sich immer wieder vor mir versteckt. Sobald ich mich darauf konzentriere, ist es auch schon verschwunden ...«

»Das bildest du dir ein!« erwiderte Madelaine, der dieser Vergleich peinlich war. Warum eigentlich, fragte sie sich und wandte sich gegen ihre eigene Erregung. Schließlich ist sie doch meine Mutter!

»Das kann ich besser sehen«, beharrte Léon. »Es blitzt auf und verschwimmt wieder ... als würdest du dich in einem Stück groben Stoffes vor mir verbergen. Ein seltsames Gefühl.«

Einige Tage vor ihrer Abreise näherte sich Madelaine jener Stelle, wo Léon am Porträt ihrer Mutter arbeitete. Durch den mannshohen lebenden Zaun, der aus gestutzten Büschen bestand, drang plötzlich das altbekannte Lachen ihrer Mutter an ihr Ohr, vor dem es ihr stets gegraut hatte. Sie blieb wie angewurzelt stehen, und das hieß, leises Gurren umschwebte sie jetzt ohne Unterlaß.

Dann ging sie langsam weiter. Und dort, um die Ecke, erblickte sie die beiden. Zunächst einmal betrachtete sie Léons Gesicht. Er malte versunken, ein Lächeln auf den Lippen, war völlig arglos.

Dann schaute sie auf ihre Mutter. Sie saß auf der Bank,

weit zurückgelehnt, mit ausgebreiteten Armen. Sie reckte ihren Busen vor, so daß er fast die dünne Seide ihres Kleides durchbrach. Sie plauderte und kicherte mit flammend rotem Gesicht, feuchten Lippen und glänzenden Augen.

Madelaine erstarrte. Es war ein ungutes, schier unerträgliches Gefühl, das sie lähmte.

Léon merkte, daß sie da war, und schaute von seiner Arbeit auf.

»Madelaine!« rief er ihr fröhlich zu. »Gut, daß du da bist. Ich habe das Bild gerade fertiggestellt.«

Seine Miene war heiter und ohne Schatten. Auch das Gespenst der Hetäre war von der Bank verschwunden, hatte sich in eine sanft lächelnde Frau verwandelt.

Doch Madelaines bedrückte Stimmung wollte nicht weichen. Während der letzten Tage lastete sie auf ihr wie ein Alpdruck und begleitete sie während der ganzen Reise nach Paris.

Erst in der vertrauten Atmosphäre von Pierres Zimmer wich der Alpdruck von ihr, ließ die Spannung nach, doch sie fühlte sich immer noch nicht ganz frei. In der Morgendämmerung zwischen Wachsein und Traum kam manchmal dieses beklemmende Gefühl, diese böse Ahnung zurück und durchfuhr sie wie ein eisiger Wind. Doch sie wagte es nicht, Léon auch nur ein Wort zu sagen.

»Diese uralten, unbekannten Schriftzeichen wurden von Wesen geschrieben, die anders sahen, die einen anderen Blick hatten als wir«, sagte Argout.

Sie spazierten zu dritt durch die Gärten von Versailles, an einem schönen Sonntag im Spätherbst.

Sie waren am frühen Morgen mit dem Bus zu ihrem Ausflug aufgebrochen. Argout trug einen hellgrauen Lüsteranzug, einen hohen, steifen Kragen und eine weiße Krawatte. Sein Haar war bereits silbergrau, seidig und etwas flaumig, wie das Haar eines Säuglings. Durch seine gelbliche, feine, welke Haut schienen blaue Adern hindurch. Der Blick seiner grauen Augen streichelte die Landschaft mit friedlicher Heiterkeit.

Madelaine war das Alter noch nie so reizvoll vorgekommen. »Seit jener Zeit«, fuhr Argout fort, »gilt die Nostalgie der Künstler diesem verlorenen Blick. Bei Künstlern taucht noch gelegentlich dieses unsichtbare Sinnesorgan als transzendentes Überbleibsel auf, eher in Form einer Ahnung. Um den Ausdruck ist es allerdings oft schlecht bestellt. Der Stoff, mit dem sie arbeiten, ist grob und unvollkommen. Je mehr sie sich aber dem geheimnisvollen Inspirationsinhalt nähern, um so stärker die Wirkung, die sie damit erzielen.

Die Wahrheit ist, daß dieser wunderbare Blick nicht für alle Zeiten verlorenging, sondern nur in die tiefen Schichten der Seele hinabsank und gelegentlich auf der Ebene des Traumes, im Mysterium der Trance und der Inspiration heraufdämmert. Bei Tage aber ist der kosmischen Seele, die wie ein durstiger stummer Sklave in ihrer engen Zelle dahinvegetiert, nur durch die Kunst etwas Licht und Luft beschieden. Sie atmet durch die Musik, wird von der Poesie und von der Philosophie ernährt, ruht in der bildenden Kunst — doch nicht in jeder beliebigen, sondern nur in jener, die ihre Muttersprache spricht.

Léons Zeichnungen und Gemälde zum Beispiel werden aus Astralstoff geformt. Er kann bereits auf zwei Ebenen sehen, und die dritte wird ihm allmählich nebelhaft bewußt.«

»Jetzt malt er gerade ein ganz seltsames Bild«, sagte Madelaine. »Wie hast du es wieder genannt, Léon?«

»Tiefsee-Landschaft.«

»Ich fürchte mich vor diesem Bild!« gestand Madelaine.

»Warum?«

»Ich weiß nicht recht. Dabei ist es schön. Doch da ist etwas Entsetzliches, Trauriges und Hoffnungsloses drin.

Als hätte er einen Alptraum festgehalten, aus dem es kein Erwachen gibt.«

»Was stellt dieses Bild dar? Wie sehen die Details aus?« fragte Argout.

»Das ist schwer zu sagen«, meinte Léon, nach Worten suchend. »Ich male dieses Bild, weil es keinen Ausdruck dafür gibt. Wie Sie vorhin gesagt haben, Monsieur, Worte sind ein rauher, grober Stoff und von ganz anderer Natur. Ich mag es auch nicht, aber es fasziniert mich. Es erlöst mich dadurch, daß ich es projiziere. Ja, in Wirklichkeit graut mir davor. Zwischen Dämonengesichtern phantastischer Pflanzen, die mit züngelnden Ranken auf Beute lauern, schwimmen Riesensaurier dahin.«

»Ich werde mir das Bild anschauen. Dies scheint mir ein Teil der astralen Wirklichkeit zu sein.«

»Monsieur Argout, was verstehen Sie unter ›astral‹?«

»Jeder Mensch ist in Wirklichkeit ein dreischichtiges Wesen, das gleichzeitig in drei Welten lebt, weil er aus Körper, Seele und Geist besteht. Die Seele ist die Brücke zwischen Körper und Geist: Herrscherin eines gewaltigen Astralreiches und Untertanin zugleich.

Auch im Astralreich hat der Mensch einen Leib, der aber aus einer feineren Materie mit höherer Schwingungszahl besteht und für das Menschenauge unsichtbar ist. Doch auch dieser ist eine sterbliche Hülle. Nach dem Erlöschen des physischen Körpers irrt er als Larve in dem Gewimmel zwischen Traum und Vorstellung dahin, wobei er das Erinnerungsgut seiner ehemaligen Persönlichkeit nach Möglichkeit hegt und pflegt, bis ihn der zweite Tod ereilt.

Die Astralwelt ist die Ebene der Gefühle, die von der Unterwelt der brutalen Emotionen und Instinkte bis zu den abstrakten Feinheiten der künstlerischen Exaltation reicht. Erzeuger, Diktator und Ernährer ist die Phantasie. Instinkt, Emotion und Sehnsucht sind die Quellen des Lebens.

All das, was mit Leidenschaft oder Wut im Menschen

aufsteigt, ohne eine Befriedigung auf materieller Ebene zu finden, nimmt in der Astralwelt Gestalt an. Diese imaginären Wesen aber sind dort ebenso real wie die Menschen, die Tiere und Pflanzen in dieser unserer Welt.«

»Wo ist diese Welt, Monsieur Argout?« rief Madelaine sehnsüchtig aus. »Wie kann man sie empfinden? Wie kann man dorthin gelangen?«

»Sie sind Tag für Tag Gast in dieser Welt.«

»Monsieur Argout ... das ist nur ein Wortspiel!«

»Da irren Sie sich, meine Liebe. Zwischen Astralebene und physischer Ebene gibt es keine materiellen Grenzen. Ihr Wesen und die in ihr pulsierende Energie kommt und geht, dringt in uns ein, geht durch uns hindurch. Doch wir beachten sie nicht, bemerken sie nicht.

Die Seele verläßt selbst bei der Geburt ihren Stammplatz für keinen Moment. Doch infolge der Unzulänglichkeit des menschlichen Bewußtseins vergißt sie in jener Benommenheit des Alltagslebens, die vom Standpunkt der Seele aus ein biologischer Vorgang ist, ihre ursprüngliche Bestimmung.

Aber im Traum, wenn das parasympathische Nervensystem die Kontrolle über den Organismus übernimmt, kehrt die Seele auf die psychische Ebene zurück, um dort ihr altes siderisches Leben fortzusetzen.

Also hält sich der Mensch jede Nacht im Astralreich und damit im Jenseits auf. Darum wird der Schlaf im Osten als ›der kleine Tod‹ bezeichnet.«

»Man erinnert sich nur selten an seine Träume«, warf Léon ein. »Oder man schläft einfach traumlos.«

»Niemand schläft traumlos. Höchstens, daß durch einen biologischen Vorgang im Augenblick des Erwachens die Erinnerungen ausgesperrt werden. Doch mit Hilfe der Hypnose lassen sich diese Erinnerungen jederzeit problemlos wieder wachrufen.

Im Traum empfindet der Mensch ähnlich wie unsere vorgeschichtlichen Vorfahren: Er sieht die Gegensätze und nimmt das Wesentliche, das dahintersteht, gleichzeitig in Form von Bildern wahr. Bei der Traumdeutung handelt es sich ebenso wie bei der Deutung der Hieroglyphen um das Enträtseln von Symbolen auf drei Ebenen. Diese Fähigkeit ist es, die Sie in sich wachrufen müssen, Madelaine.«

»Und wie, auf welche Weise?«

»Die Symbologie läßt sich lernen. Um aber diese Symbole zu erkennen, bedarf es allerdings schon einer transzendenten Begabung.«

»Wodurch kann der Mensch erkennen, ob er eine solche Begabung besitzt?« fragte Léon.

»Dadurch, daß jemand so sensitiv und durstig ist, was die okkulte Wissenschaft betrifft, wie Madelaine.«

»Monsieur Argout — Sie haben mir soeben ein großes Geschenk gemacht.«

»Dieser Schatz gehört Ihnen, meine Liebe, schon seit langer Zeit.«

»Und wann wollen wir mit der Symbologie beginnen?«

»Gleich morgen.«

An diesen Stunden nahm auch Léon mit Interesse und Spannung teil. Es war für ihn ein unerschöpfliches Erlebnis, all dem außen und prägnant formuliert zu begegnen, was in ihm ständig wirkte, doch ihm bislang als unaussprechlich und nicht formulierbar gegolten hatte. Ihm war, als würde er mit seinen Traumgestalten im realen Leben konfrontiert. All die sprechenden, rufenden, von lebendigen Formen zeugenden Linien, Farben und Töne verloren bei Argouts meisterhafter Interpretation ihre nebelhaften Konturen, wurden zu greifbaren, anwendbaren Gesetzen.

»Die Tragödie des Menschen liegt in seinem bruchstückhaften Wesen, weil ihm die Details den Blick für das Ganze verstellen«, sagte Argout. »Er tappt im Dunkeln, zieht Schlüsse. Aber er *sieht* nicht. Der Grundsatz der Kausalität ist der physischen Welt ein notwendiger und ausgezeichneter Leitfaden. Doch sobald die Probleme der Psyche auftauchen, versagt diese Methode.

In den kommenden Jahrhunderten muß der Mensch eine neue Sprache lernen, weil seine seelischen Probleme immer mehr an Dringlichkeit zugenommen haben: Es ist die Sprache der Symbole. Wenn ich allerdings ›neue Sprache‹ sage, so stimmt das nicht ganz. Denn diese Sprache ist uralt. Das Leben kann keine Variationen hervorbringen, die nicht schon in ferner Vergangenheit irgendwann, irgendwo vorhanden gewesen wären. Nichts hat einen Anfang, die Dinge wiederholen sich endlos, die Symbole aber beinhalten die harmonische Wahrheit. Das Wort kann verschleiern, der Gedanke kann sich irren, das Gefühl kann lügen — doch das Symbol ist mit der Wahrheit identisch.

Sämtliche Erscheinungen des Lebens sind in Wirklichkeit nichts weiter als ein Symbol, das in der Materie seinen Niederschlag gefunden hat und in ihr konzentriert ist. Selbst heute ist die Symbologie die Grundlage jeder Charakterkunde, auch wenn ihre Synthese verlorengegangen ist. Man spricht getrennt von Graphologie, Gestikologie, Phrenologie und Astrologie, obwohl all diese Zweige nur einem einzigen Gesetz gehorchen: dem Gesetz der Kraftlinien.

Mit Hilfe der Lehre von den Kraftlinien lassen sich die stummen, fernen Hieroglyphen des Sternenhimmels ebenso enträtseln wie die Schriftzeichen auf den Säulen von Siriat, die Geheimnisse der Pyramiden und die Kalenderfriese des Sonnentors von Tiahuanaco.«

»Monsieur Argout«, Madelaine war leichenblaß, zitterte vor Aufregung und befürchtete, daß sie wieder einmal nur bis zu den Vorhallen jener Mysterien vorgedrungen sei, die in den inneren Sälen wohnten. »Diese Kraftlinien . . .«

»Nehmen Sie einen Bleistift, meine Liebe, wir werden jetzt zeichnen. Bei geschriebenen oder in Stein gemeißelten Symbolen müssen wir zunächst einmal die Raumaufteilung des Bildes beachten. Die Fläche wird in vier gleich große Teile unterteilt. Am besten läßt sich dies durch ein Kreuz im Quadrat ausdrücken:

Demnach besitzt das Bild einen unteren, oberen, rechten und linken Bildraum.

Der untere Teil steht für das Triebleben, für die sexuelle, emotionale Ebene des Unterbewußtseins, der obere für die intelligente, geistige Ebene. Die rechte Seite für Dynamik, Energieeinwirkung und Tempo, die linke für die Abkehr von der Welt, für Hemmungen und Hindernisse.

Jede Art menschlichen Strebens oder menschlicher Eigenschaften läßt sich in einer dieser vier Raumkategorien unterbringen. Und jede Eigenschaft besitzt auch ihr charakteristisches Symbol, das sich etwa in der Graphologie genau in der entsprechenden Raumzone meldet.

Eine Kraftlinie zeigt stets nach oben oder nach unten, steigt oder sinkt, strebt schwungvoll nach rechts oder krümmt sich nach links zurück.

Außer in der Schrift sind diese vier Tendenzen auch in der Statur, der Schädelform, in den Gesichtszügen, in den Handlinien und den Bewegungen eines Menschen zu erkennen. Das gilt aber auch für die Tier- und Pflanzenwelt, für die Steine, die Jahreszeiten, für die ganze Welt und für den Kosmos.

So bedeutet der Punkt zum Beispiel nicht nur den Beginn aller Energieeinflüsse, sondern Gott, in Gestalt des Menschen, des Geistes, des Tiers oder des Dämons — je nachdem, an welchem Ort des Raumes er erscheint.

Versucht jetzt, in diesen singenden, klingenden, reichen Inhalt hineinzuhorchen, der sich in einem einzigen Punkt konzentriert. Im höheren Sinne ist dieser Punkt jene Tür, durch welche die Kräfte der unsichtbaren Welt in die sichtbare Welt eintreten.

Darum ist der Punkt auch das Symbol des Samens. Alles, was sich später entwickelt, geht vom Punkt aus. Der Punkt ist jene Ureinheit, deren Vervielfältigung und Bewegung all die sichtbaren Dinge erzeugt.

Dabei ist der Punkt noch lange keine Kraftlinie, nur das Tor für den Durchbruch schlummernder Kräfte.

Der Strich, die Linie, zeigt bereits den Weg, den die losgelassenen Kräfte eingeschlagen haben.

Je nachdem, in welche Richtung des Raumes sich der Strich ausdehnt, je nachdem, ob er gerade, im Zickzack oder wellenförmig verläuft, weist er auf ungehinderte Energiestrahlung, auf Hindernisse oder auf eine stetige rhythmische Entwicklung in Richtung seines Zieles hin — mag es unten, oben, rechts oder links liegen.

Jetzt können wir zu den Variationen der Linien, zum dreifachen Sinn der geometrischen Formen übergehen.«

Madelaine fieberte atemlos und beklommen diesen Unterrichtsstunden entgegen. Sie befürchtete stets, daß etwas dazwischenkommen könnte, daß Argout vielleicht stürbe, und daß sie dann mit halbem Wissen sitzenbliebe.

»Warum hat man darüber keine Bücher geschrieben?« fragte sie erregt und ungeduldig, um wirklich ganz sicherzugehen.

»Solche Bücher sind geschrieben worden. Doch sie gehören zum größten Teil zu den behüteten, wohlverwahrten Schätzen geheimer Bibliotheken.«

»Monsieur Argout ... Haben auch Sie diese Dinge in Büchern gelesen?«

»Nein. Ich habe es von jemandem gelernt, der mehr weiß als das, was in diesen Büchern steht.«

»Freilich ... der Betreffende muß schon sehr alt sein ... Vielleicht lebt er nicht mehr?«

»Er ist uralt und dennoch jünger als wir alle. Er lebt. Ich korrespondiere auch heute noch mit ihm.«

»Oh — ich dachte, keiner kann mehr wissen als Sie.«

»Ich bin nichts weiter als der Abglanz einer Strahlenquelle, meine Liebe.«

»Monsieur Argout, bitte nicht böse sein, aber ich bin sehr neugierig, wer das sein könnte. Ist es ein Geheimnis?«

»Ein Geheimnis, das sich selbst bewahrt. Selbst dann, wenn ich seinen Namen nenne.«

»Könnten Sie diesen Namen nennen?«

»Ja. Er heißt Raguel. Er lebt in der Schweiz.«

»Seltsam. Was ist das für ein Name?«

»Ich weiß es nicht. Habe nie danach gefragt.«

»Waren Sie nicht neugierig?«

»Ich war nur neugierig, was sich hinter seinem Namen verbirgt. Zeichnen wir weiter, mein Kind.«

»Was kommt jetzt?«

»Das Kreuz. Der Schnittpunkt der beiden Kraftlinien. Eine Kraftlinie, die von links nach rechts, und eine, die von oben nach unten strebt.

Zwei gegenläufige Kraftlinien aber binden und hemmen sich gegenseitig. Das Gesetz lautet: Im Schnittpunkt zweier entgegenwirkender Kraftlinien entsteht eine Rotation, und dieser Wirbel erzeugt eine Verdichtung, so daß dort Materie entsteht. Das Kreuz aber ist gleichzeitig auch das Zeichen der Ungültigkeit. Die linksdrehende Rotation ist nicht positiv, sondern negativ, sie baut keine Materie auf, im Gegenteil, sie zerstört die Materie. Darum ist das Kreuz auch der Schlüssel zur Vernichtung des Karmas.«

»Karma? Ich habe bereits darüber gelesen, doch der Sinn ist mir nicht ganz klargeworden. Was bedeutet das Wort eigentlich?«

»Es ist ein Wort, das aus dem Sanskrit stammt. Es bezeichnet die Tat, aber auch das Schicksal, weil das Schicksal aus Taten gewoben wird. Demnach ist das Karma das Gesetz der schicksalhaften Konsequenz. Übrigens ist das Kreuz Ihr persönliches transzendentes Zeichen, mein Sohn.«

»Wieso können Sie das erkennen? Wie ... wie können Sie das sehen?« fragte Madelaine elektrisiert.

»Es gibt gewisse Übungen in dieser Richtung«, wich Argout aus.

»Sie sind noch viel zu jung dazu. Begnügen Sie sich damit, meine Liebe, daß die Urahnen mit dem kosmischen Blick, hätten sie Léon darstellen wollen, auf jeden Fall ein Kreuz neben seiner Gestalt angebracht hätten.«

»Aber das Kreuz ist doch ein Symbol, das aus jüngeren Zeiten stammt. Es ist das Symbol der Kultur der letzten zweitausend Jahre«, sagte Léon.

»Es ist dies ein uraltes Symbol, mein Sohn. Und daß es durch das grausame und erhebende Mysterium Christi zum Leitmotiv dieses Zeitalters wurde, hat ebenfalls eine besondere Bedeutung.

Das Zeitalter der Fische, das Zeitalter Jesu Christi, ist das Äon der tiefsten Sünden, der größten und schwersten Leiden, der heißesten Gefühle und Emotionen, der allersubtilsten Exaltation und des dichtesten Materialismus. Nur das Kreuz allein kann jene Pforte öffnen, die aus diesen extremen Krisen in die Freiheit führt.«

»Und mein Symbol«, fragte Madelaine gierig, »können Sie auch mein Symbol sehen, Monsieur Argout?«

»Ihr Zeichen ist der offene Kreis, die Mondsichel, der Kelch. Das Symbol der grenzenlosen Möglichkeiten, das Zeichen der Sehnsucht, der mystischen Einflüsse, der Vermittlung.«

Madelaine hielt den Atem an.

»Wie seltsam das ist, Monsieur Argout. Sag du es, Léon!«

»Die Mondsichel ist seit unserer Kindheit unser geheimes Symbol. Es bedeutet Madelaine, das heißt, all das in ihr, was niemand außer uns gewußt hat. Ich könnte auch sagen, daß es ein Abbild ihrer Stimmungslage war. Wenn in ihren Briefen die Mondsichel mit Tinte schraffiert war, dann war sie von Ungeduld und Traurigkeit erfüllt. War die Sichel leer, dann wollte sie gemeinsame Dinge mit mir träumen. Gingen Strahlen von der Mondsichel aus, dann hoffte sie auf ein baldiges Wiedersehen.«

Auf Argouts sanftem Greisengesicht erschien ein feines Lächeln.

Gegen Ende März reiste Recroy nach Pötyén, um sein Rheuma zu kurieren. Die Schlüssel seines Ateliers vertraute er Léon an, der auch in Abwesenheit seines Meisters treu und brav dorthin pilgerte, um zu arbeiten. So hütete er die Wohnung und sandte Recroy seine Post nach.

Argouts Symbologie-Stunden hatten seine Phantasie befruchtet und eine fieberhafte Schaffensfreude ausgelöst. Seine Kompositionen überschrieb er mit seltsamen Titeln, wie zum Beispiel: ›Das triptische Kreuz der Welt‹. Auf diesen Bildern drängten sich von rechts nach links rotierende Scheiben, Kreuze aus strahlenden und dunklen Menschenleibern, Strohgarben, Golgatha mit düsterem Hintergrund, Schatten, die auf Himmel und Erde fielen, kreuzförmige Lichter in wirrem Durcheinander.

»Vorerst noch etwas kompliziert«, meinte Argout, den Léon zusammen mit Madelaine ins Atelier eingeladen hatte, »aber durchaus verständlich. Ein solches Symbol, wenn es in der eigenen Sprache beschworen wird, offenbart sich mit gewaltiger Energie.«

Ein weiteres Werk nannte er ›Himmelwärts strebendes Dreieck‹. Das Bild zeigte Pyramiden, gotische Kirchtürme und zum Gebet gefaltete schmale Hände in drei Blauschattierungen mit strahlend weißem Licht zwischen weichen Wolkenfetzen, die an Engelsflügel erinnerten. Es war ein hinreißendes, faszinierendes Bild, das reine Ekstase und jubelnden Glauben ausstrahlte. Argout betrachtete das Gemälde lange und eingehend.

»Ich glaube«, sagte er nach einer langen Pause, »dies ist bereits eine sehr ernste Sache, mein Sohn. Es bedeutet, daß du deine eigene Ausdrucksweise gefunden hast.«

Léon war durch die Arbeit gelöst, beruhigt und unpersönlich geworden. Madelaine aber ruhte sich an seiner Seite aus, weil die Spannung, die sich in dem jungen Mann gelöst hatte, auch ihr Erleichterung brachte.

Léon arbeitete an einem neuen Bild, das er ›Die Allianz der Kreise‹ nannte. Die beiden Kreise, die ineinander verschlungen waren, sollten das Mysterium der Dualität ausdrücken, die positiven und negativen Zwillingskräfte: die Zwei, die Eins sind.

Madelaine saß ihm bei dieser Arbeit Modell. All die biegsamen, zarten Frauengestalten trugen ihren auf verschiedene Weise stilisierten Kopf. Doch für das Paar, das sich in paradiesischer Nacktheit zwischen den ineinander verstrickten schwarzen, weißen, gelben, roten und braunen menschlichen Extremitäten, all den Tierleibern und Ranken eng umschlungen hielt, wäre ebenfalls ein Modell nötig gewesen. Für die männliche Gestalt stand Léon selbst Modell, indem er sie nach seinem Spiegelbild malte. Die Sehnsucht und die Eile, das Bild zu vollenden, hatten alle seine Bedenken ausgelöscht. Seine Besessenheit, seine Arbeitswut hatten ihn über all seine Hemmungen und inneren Zwänge erhoben.

An einem Freitagnachmittag stiegen sie zusammen von San Pierre de Montmartre zum Atelier hinauf. Beide wurden von erregten, heftigen, unentschlossenen Gefühlen hin und her gerissen. In Léons Gesicht spiegelte sich noch die blasse Erhabenheit der Kirche. Er nahm die Decke von seinem Bild und versenkte sich in die Arbeit.

Madelaines Herz klopfte in der Umkleidekammer so

heftig, während sie mit zitternder Hand die Kleider vom Leib streifte, daß sie befürchtete, das Bewußtsein zu verlieren.

»Ich darf nicht ohnmächtig werden!« ermahnte sie sich verzweifelt. »Wenn Léon jetzt erschrickt und zurückweicht, werden seine inneren Richter wieder die Oberhand gewinnen.«

Ihr weißer, schmaler Körper in dem großen Spiegel, der bis zum Boden reichte, kam ihr seltsam verschwommen und fremd vor. Sie versuchte, sich mit Léons Augen zu sehen, doch bei dieser Betrachtung nahm Beklemmung von ihr Besitz.

»Ist das nicht zu wenig?« grübelte sie, von Unsicherheit befangen, während sie ihre schmale Hütte, ihre langen Schenkel und ihre kleinen knospenden Brüste betrachtete.

»Madelaine!« In Léons Stimme schwang kühle, unpersönliche Ungeduld mit.

»Ich komme!« Sie schlüpfte in einen weiten Seidenkimono, den sie an einem Kleiderständer entdeckt hatte, und trat ins Atelier. Léon schaute nicht auf. Er betrachtete das Bild aus schmalen Augen, während er mit dem Pinsel aufs Fenster zeigte.

»Stell dich dorthin, auf das höhere Podest!«

Madelaine stieg die zwei Treppenstufen hinauf und ließ den Kimono zu ihren Füßen sinken. Sie zitterte, und sie bekam eine Gänsehaut. Sie schaute krampfhaft vor sich hin und horchte dem Schlag ihres Herzens in ihrer Brust, der sich wie ein dröhnendes Hämmern anhörte.

»Schaut er mich schon an? Wenn er mich anschaut, werde ich ohnmächtig!« dachte sie hastig. »Warum sagt er nichts? Er findet mich abstoßend und wagt es nicht zu sagen. Ein kalter Luftstrom, ein eisiger Hauch geht von ihm aus. Mich friert ... ach ... das Bewußtsein müßte man jetzt für alle Zeiten entlassen ... sterben ... nur sterben!«

»Schau nach oben, Madelaine, und breite die Arme aus«, vernahm sie Léons weiche, seltsam zarte Stimme durch all die rasenden, betäubenden Geräusche, die wie ein Orkan in ihren Ohren dröhnten. Der Boden unter ihren Füßen, der sich anfühlte wie die wogende See, wurde plötzlich fest. Sie schaute auf und begegnete Léons Blick, der erstaunt, befangen, ja fast andächtig auf ihr ruhte.

»Was war ich nur für ein Narr, Madelaine!«

Madelaines Nacktheit wurde jetzt von lauen, angenehmen, guten Strömen gestreichelt. Ihre Haut spannte sich.

»Recroy hatte den richtigen Blick. Dein Körper ist rein und wahr, wie ein Gebet. Dich, nur dich allein stellt er in allen seinen Kurven dar. Zwischen dir und ihm gibt es keinen Gegensatz. Deine Kleider waren die Quelle aller Mißverständnisse. Sie haben mich glauben lassen, daß zwischen dir und jenen lüsternen Weibern etwas Gemeinsames bestünde.«

Madelaine aber sagte kein Wort, weil Freudentränen ihr die Sprache verschlugen.

Während der langen Stunden nahm Madelaine die brennende Müdigkeit ihres Körpers mit seltsamer Freude wahr. Sie rührte sich nicht. Denn es war gut, diesen unvergleichlichen Nachmittag auszudehnen und ihn durch den Schmerz zu einem Opfer werden zu lassen.

Als der Tag sich neigte, die Formen und Farben verschwammen, legte Léon den Pinsel aus der Hand. Madelaine aber verschwand in der Umkleidekabine.

Auf dem Heimweg sprachen sie nicht miteinander, weil die Intensität ihrer Gemeinschaft keine Worte zuließ.

Abnehmender Mond

Léon wurde telegraphisch ans Sterbebett seiner Großmutter gerufen.

Der schnelle, hastige Abschied ließ in beiden ein ungutes, unruhiges Gefühl zurück.

Auch die bevorstehenden Prüfungen gingen ihr an die Nerven, obwohl sie unter Argouts Führung diesmal nicht in einen dichten, nebelhaften Dschungel starrte wie zu Viliots Zeiten, sondern in der Lage war, den Lernstoff deutlich zu erkennen und zu durchdringen.

Was ihre Unruhe betraf, so suchte sie nach verschiedenen Ursachen und Motiven: eine durch den Frühling bedingte Neurasthenie, Blutarmut oder die Prüfungsvorbereitungen, die sie total erschöpft hatten.

Wenn sie am Morgen erwachte, fühlte sie sich müder als am Abend zuvor, bevor sie sich schlafen legte. Schemenhafte Gestalten verfolgten sie in bleischwerer Luft im Traum. Morgens aber fuhr sie mit schweren Kopfschmerzen hoch.

Léons Briefe kamen in regelmäßigen Abständen. Sie berichteten über den Zustand der Großmutter und darüber, wie diese Greisin um ihr Leben kämpfte. Sie konnte und wollte nicht sterben, trotz der entsetzlichen Schmerzen, die sie plagten. Ihre Leber war vom Krebs befallen, ihre Nieren funktionierten nicht mehr. Nach den Gesetzen des Körpers hätte sie gar nicht mehr am Leben sein dürfen, ihr Herz aber pochte trotz ihrer Angina pectoris unbarmherzig in ihrer Brust.

Léon aber saß an ihrem Bett, verzweifelt, hilflos, und litt Höllenqualen. Er sehnte sich nach Madelaine, kam sich ohne sie verloren vor.

Madelaine legte ihre Prüfung mit Erfolg ab, doch sie spürte hinterher nicht die gewohnte Erleichterung. Ihr kam es vor, als würde eine unsichtbare Hand sie immer noch in dunkles Meerwasser drücken.

Sie bereitete sich fieberhaft auf die Reise nach Liège vor. Am frühen Morgen mußte sie abreisen. Sie ging früh zu Bett, doch sie schlief erst gegen Mitternacht ein.

Im Halbschlaf noch, mit gelähmten Sinnen, versank sie in einer dichten, klebrigen Welt des Schreckens. Schleimige Leichen trieben an ihr vorbei, geronnene, weiße Glupschaugen starrten sie an. Ein aufgetriebener, toter Kopf schwamm herbei, dem sie nicht ausweichen konnte — und dieser Kopf prallte wie ein Ballon mehrmals gegen ihr Gesicht. Der Kopf kam ihr auf unheimliche Weise bekannt vor, doch sie wagte es nicht, sich den Namen jener Person bewußt zu machen, zu der dieser Kopf gehörte. Sie wollte laut aufschreien, doch kein Ton entrang sich ihrer Kehle. Also mußte sie das Unerträgliche, das unermeßlich Entsetzliche stumm und wortlos ertragen.

Der Kopf legte sich auf ihre Brust, wurde immer schwerer und schwerer, bis ihr der Atem stockte und sie nur noch röchelte wie am Rande des Erstickens.

Tante Christine war es, die sie wachrüttelte. Und während sie geschüttelt wurde, konnte sie endlich ihr unartikuliertes Stöhnen vernehmen. Sie war ganz benommen, und ihre Zunge war schwer. »Habe ich geschrieen?« fragte sie heiser.

»Nein, nein, mein Liebling. Pierre hat mich geweckt. Ich mußte zu dir hereinkommen.«

Im grünlichen Licht der Nachttischlampe kam ihr Tante Christines Gesicht seltsam blaß und erschrocken vor.

Plötzlich durchschnitt ein langer, scharfer Klingelton die lauernde, lastende Stille. Madelaine zuckte zusammen wie unter einem Peitschenhieb. In ihren Nerven wühlte dieser ungewohnte, schrille Ton ein wildes, drohendes Hexengekreisch auf. Sie sprang aus dem Bett und eilte hinter Tante Christine her. Séphirine stand bereits in der Vorzimmertür und nahm vom Telegrammboten eine Depesche entgegen. Das Telgramm kam von Madelaines Vater.

»Bleib, wo du bist. Brief folgt.«

Die drei Frauen standen ratlos im Vorzimmer.

»Ich reise gleich in der Frühe«, sagte Madelaine fröstelnd, mit einem heftigen, nervösen Krampf in der Magengegend. Zu dieser Zeit wußte sie bereits viel mehr, als ihre eigenen Gedanken wahrhaben wollten.

Und dann, am Morgen der Abreise, gesellte sich Tante Christine trotz aller Widersprüche zu ihr.

Am Bahnhof gab Madelaine dem Taxifahrer die Adresse der Tessiers an

»Um Gottes willen, Madelaine, fahren wir erst einmal nach Hause!« flehte die aufgescheuchte Tante Christine.

»Ich muß zu Léon!« gab Madelaine hartnäckig zurück.

Vor der Villa der Tessiers stand ein Leichenwagen, stand da und wartete still, stumm und verschlossen.

»Die alte Dame ...«, sagte Tante Christine schnell, als müßte sie etwas erklären. Sie hängte sich bei Madelaine ein. »Laß uns gehen, wir sind hier fehl am Platz ...«

Sie möchte irgend etwas verheimlichen, das sie weiß, durchzuckte es Madelaine.

Sie läuteten. Im Türspalt tauchte das sommersprossige Pudelgesicht der alten Hausmeisterin der Tessiers auf. Sie starrte Madelaine an, als sei sie ein Gespenst. Ihr Blick war von ratloser Panik erfüllt.

»Die alte Gnädige wird gleich heruntergebracht«, stotterte sie mit vom Weinen zitternder Stimme. »Den jungen Herrn Léon hat man bereits am Morgen weggeschafft ...«

Sie war der Meinung, daß die Besucher aus dem Haus Rougemont kämen und schon über alles Bescheid wüßten.

Madelaine fiel nicht in Ohnmacht. Eine seltsame Ruhe ergriff von ihr Besitz, wie bei jemandem, der nach einem langen, betäubenden Sturz in die Tiefe, wenn auch zerschunden und verschrammt, endlich wieder festen Boden unter den Füßen hatte. Sie empfand auch keinen Schmerz — sie war betäubt durch den gewaltigen Schlag. Steif und scheinbar gefaßt stellte sie ihre Fragen.

Tante Christine aber hing immer noch verkrampft und ratlos an ihrem Arm.

»Es ist gestern geschehen. Léon hat sich am Fensterkreuz erhängt ... Er war bereits tot, als man ihn fand ... Madame Tessier ist in einem Sanatorium ... seitdem ist sie bewußtlos ... ja ...«

»Madelaine, komm ... komm endlich ... laß uns hier fortgehen!« flehte Tante Christine.

Sie stiegen wieder ins Taxi, und Tante Christine nannte die Adresse von Haus Rougemont.

In Madelaines Innerem aber, in der bleiernen Finsternis, wurden fremde Stimmen laut.

»Paß auf!« sagte jemand. »Jetzt, da sich das Gewicht verlagert hat, mußt du wachsam sein, damit kein Ungleichgewicht entsteht ...«

An ihrer Seite wimmerte Tante Christine.

»Ja. Ja, mein Sohn. Pierre sagt, ich soll aufpassen, daß nicht ...«

»Ich kann es hören!« warf Madelaine tonlos ein. Doch beim Klang ihrer eigenen Stimme fuhr sie zusammen. Und während sie dem Sinn ihrer Worte lauschte, erfüllte sie plötzlich eine wilde Verzweiflung.

»Tante Christine!« wandte sie sich wild an die alte Dame, die am ganzen Leib zitterte. »Warum hat Pierre dies nicht schon früher ... *damals* gesagt?«

Sie sah, daß der Mund der alten Frau, die sie aufgewühlt anstarrte, sich bewegte, doch sie konnte nicht hören, was sie sagte, weil in ihrem Inneren ein vielstimmiges Orchester tobte.

Sie hatte das Gefühl, als wären diese Töne schon immer in ihrer Seele, in ihrem Gehirn vorhanden gewesen. Vielleicht waren sie seit ewigen Zeiten da, doch sie hatte nicht darauf geachtet, verloren in einer Art Rausch und Benommenheit. Jetzt konnte sie ihre Wirkung spüren. Sie fror, und sie fürchtete sich.

»Warum hätte er es sagen sollen?«

Auch du hast es gewußt! Du hast es auch gewußt!, erklang es in allen Tonarten, in allen Stimmlagen, hoch und tief, aus unendlichen Räumen, als Echo unermeßlicher Fernen. Du hast es vom ersten Augenblick an gewußt, hast gewußt, daß es geschehen wird, daß es geschehen muß!

Der Wagen hielt an. Benommen und in sich selbst versunken folgte sie Tante Christine ins Haus.

Das weiche, verdutzte Gesicht ihres Vaters tauchte auf. Seine Augen — wie die eines Tieres, das in die Falle gegangen ist — suchten beklommen nach einem Ausweg. Er sprach, doch seine Stimme erreichte sie nicht. Er küßte sie, aber seine Berührung hatte kein Gewicht.

Eine Phantasie, ein Traumbild, dachte Madelaine verträumt. Ein muffiger Geruch schlug ihr entgegen. Es war Berthe, die sie umarmte.

»Wo ist Mutter?« fragte sie mechanisch.

Berthe blickte zu ihrem Herrn zurück, der sich aber irgendwie in Luft aufgelöst hatte und verschwunden war.

»Sie hat sich in ihr Zimmer eingeschlossen«, flüsterte Berthe zischelnd. »Sie hat ihre Tür verrammelt, mit all ihrem Mobiliar, mit Stuhl, Tisch, Spiegel und Bett — und sie verweigert jede Nahrung.«

Berthe tippte sich an die Stirn.

»Sie heult, jammert und schreit pausenlos: ›Nein, nein, nein!‹ Belgrand kniet seit gestern vor ihrer Tür und fleht sie an ...«

Ein scharfkantiger Brief wurde ihr in die Hand gedrückt, und Berthes Stimme geriet zu einem Flüstern.

»Der Ärmste hat es mir durch den Hausmeister geschickt ... bevor ...«

Nun war Madelaine endlich in ihrem Zimmer allein. Léon hatte ein paar flüchtige Worte auf dem Umschlag für Berthe vermerkt.

»Übergeben Sie bitte diesen Brief Madelaine, und beten Sie für Léon Tessier!«

Die Buchstaben seines Briefes glichen eingestürzten Ruinen, die Zeilen fielen in tiefe Schluchten hinab.

»Kraftlinien«, dachte Madelaine mit fast irrem, innerem Abstand von all dem, was mit ihr geschehen, was ihr widerfahren war.

›Ich hätte noch gern gelebt, so oder irgendwie‹, schrieb Léon, ›aber es ist mir nicht gelungen. Obwohl ich es wollte, obwohl ich es will.

Ich möchte dir nicht weh tun, Madelaine, möchte dich nicht zerbrechen — dennoch kann ich nicht weiter mit mir selbst leben.

Alle Worte sind wieder einmal nichtssagend, und mir fehlt auch die Kraft zum Zeichnen, weil ich meine Hand hasse. Ich hasse meinen ganzen Körper so sehr, daß ich ihn töten muß.

Seit ich wieder daheim bin, kam deine Mutter jeden Tag zu uns herüber. Sie war zärtlich und lieb, sie gehörte zu dir, und durch sie habe ich mich stets an dich geklammert.

Ich habe mich nicht gewehrt, weil ich arglos war. Gestern war ich allein zu Hause. Meine Mutter hatte einen Termin beim Rechtsanwalt, meine Großmutter war eingeschlafen. Ich ging auf mein Zimmer. Ich fühlte mich schwach, und in meiner Schwäche mußte ich wieder einmal an dich denken — seit langer Zeit allerdings wieder so wie in meinen früheren erotischen Träumen.

Ich litt darunter und konnte dieses Gefühl nicht loswerden. Jenen heiligen und glücklichen Nachmittag sah ich jetzt in einem anderen Licht. Deine nackte Schönheit brannte wie Feuer in mir, drohte mich zu versengen, so daß ich vor Schmerz laut aufschrie.

Deine Mutter folgte mir in mein Zimmer, und ich freute mich über ihren Besuch. Denn ich glaubte, daß sie alles neutralisieren würde, daß sie alles wieder ins Lot brächte. Ich hoffte auf Hilfe gegen mich selbst, durch sie, die Mutter, von der Tochter. Ich fieberte und bebte, konnte meinen Zustand nicht vor ihr verbergen.

Sie aber zeigte Mitgefühl, setzte sich zu mir aufs Bett und begann zu sprechen. Zunächst sprach sie leise, mild und mitleidig; dann schlug ihre Stimme um, doch ich merkte noch nichts. Ihr Tonfall betäubte mich. Ich überließ mich diesem zweifelhaften Rausch, dachte, es wäre Medizin, aber es war das reinste Gift.

Sie streichelte mich, als wollte sie mich beruhigen — dann aber berührte sie mich plötzlich so sicher und unabwendbar, als hätte sie mir ein glühendes Messer in den Leib gerannt. Sie küßte mich, sie umschlang mich ...

Mir fehlt die Kraft, dies zu schildern.

Als ich wieder zu mir kam, empfand ich nicht nur Ekel und Entsetzen, sondern auch einen solchen physischen Schmerz in meinem Körper, in meinen Nerven, daß ich zu zucken und zu schreien begann.

Auch deine Mutter erschrak und begann zu weinen. Sie hatte wohl gemerkt, daß es sich hier um mehr als eine heimliche, alltägliche Affäre handelte, sich hinter den Kulissen abspielte, sondern um etwas, was nicht mehr gutzumachen war.

Sie flehte mich an, sie beschwor mich zu schweigen — und selbst wenn ich auch nur einen Funken der Entschuldigung für meine Tat gefunden hätte, so hätte mich die Niedertracht ihrer Argumente vernichtet. Sie sagte, wir beide könnten ihr dankbar sein, weil ich ein bedauernswerter Bursche gewesen sei und mich in der Hochzeitsnacht lächerlich gemacht hätte. Sie aber hätte Mitleid mit mir gehabt und hätte mir geholfen. Junge Männer hätten schon immer reifere

Frauen als Lehrmeisterin gehabt — das sei nun einmal die Ordnung der Natur. Sie haben diese undankbare Rolle einzig und allein im Interesse der eigenen Tochter übernommen, auf daß sie später glücklich werde.

Ich bat sie, mich allein zu lassen, und als sie nicht weichen wollte, schlug ich sie.

Da aber begann sie zu lachen. ,Na endlich!' sagte sie. ,Jetzt bist du endlich wieder ein Mann und kein gefallener Erzengel. Wenn aber ein Mann eine Frau schlägt, die er noch vor kurzem geliebt hat, dann ist das ein Zeichen dafür, daß er sie immer noch begehrt', meinte sie und präsentierte mir ihren Leib.

Also ging ich aus dem Zimmer und wartete, bis sie gegangen war.

So ist es geschehen, Madelaine.‹

»Madelaine!«

Tante Christines furchtsame Stimme drang durch die Tür.

»Es ist besser, wenn wir fortgehen, nach Hause.«

»Ja, so ist es.«

Sie stand folgsam auf, nahm ihre Handtasche und öffnete die Tür.

»Willst du dich nicht von deinem Vater verabschieden?« fragte die Tante. Madelaine verabschiedete sich von ihm, und auch von Berthe, hastig und in Eile.

»Die Tür deiner Mutter wurde aufgebrochen«, sagte Tante Christine, als sie im Zug saßen. »Man hat sie in eine Heilanstalt gebracht.«

Madelaine nickte und horchte auf die Stimmen in sich. Nein, Madelaine. Nein. Um Himmels willen. So kann ich niemals frei werden. Hilf mir, bitte, hilf mir, bleib da!

Seltsam, dachte sie benommen. *Sie* hat man ins Irrenhaus gebracht, dabei bin *ich* wahnsinnig geworden. Doch bei mir wird es wohl nicht so offensichtlich werden, weil ich unter lauter sanften, harmlosen Irren lebe.

Sie dagegen nützt ihren Zustand nur aus, um sich zu verteidigen. Nichts weiter als eine Szene, ein großer Auftritt.

Und wieder war es Tante Christines Stimme, die sie umflatterte, ganz weit weg, jenseits der tauben Ferne, außerhalb der Klausur.

»Sobald wir angekommen sind, werde ich sofort Argout zu uns bitten.«

»Wozu?« Selbst Argout war in ihr nichts als Vergangenheit, nichts als ein verlorenes Paradies. Was sollte sie allein mit ihm anfangen?

»Meine Liebe, meine Gute, laß dich nicht treiben, laß dich nicht hinreißen. Überlaß dich nicht all diesen schrecklichen Dingen! Weine, heule, tobe meinetwegen, schrei deinen Schmerz hinaus, aber bleib bei mir!«

»Ich kann nicht bei dir bleiben«, sagte sie still. »Ich bin schon gar nicht mehr bei dir. Ich bin bei niemandem und nirgendwo — auch nicht bei mir und mit mir. Dies muß ein Ende haben. Etwas anderes bleibt mir nicht übrig. Kein Mensch kann mich daran hindern.«

»Pierre sagt, daß du leben mußt.«

»Léon auch … ja. Ich kann es hören. Ich höre alles, Tante Christine. Ich bin wahnsinnig geworden. Du freilich würdest behaupten, ich sei ein glänzendes Medium geworden. Doch mir kommt es eher so vor, als wäre ich ein Schiff, das ein Leck hat, durch das schmutziges Meerwasser eindringt. Das ist eine Krankheit. Ich will denen nicht glauben, die in diesem Meer dahintreiben — denn auch diese träumen sich nur selbst, wie ich. Sie wissen nicht mehr. Auch Pierre wußte es nicht, damals im März, als er nicht zuließ, daß ich mich Léon hingab … wußte nicht, welches Unheil er auf uns herabbeschwor. Er wollte helfen, und er hat Léon getötet.«

»Bist du sicher, daß diese Tragödie dann nicht eingetreten wäre, die diesem Büßer innewohnte, der bereits sein Kreuz trug? Du könntest ebensogut sagen, daß es Abbé Vézelay war, der ihn umgebracht hat, oder auch du. Dabei wurde Léon einzig und allein durch sein und dein Karma getötet.«

Jetzt sah sie plötzlich, scharf und deutlich, Léons Gemälde vor sich, das er ›Das triptische Kreuz der Welt‹ genannt hatte. Seine Symbole waren von schwerer, tödlicher Trauer erfüllt, und Léons Stimme erschallte aus ihnen körperlos: »Madelaine, hilf ... hilf mir ...«

Argout war gekommen und sprach wie durch eine dicke Glaswand zu ihr. Sie nickte, antwortete, doch beide wußten, daß sie sich einander nicht nähern konnten.

Tante Christine hatte ein Lager neben Madelaines Bett aufgeschlagen. Schon gut, dachte sie. Ich werde abwarten.

Madelaine lag mit offenen Augen in der Dunkelheit. Sie wußte, daß Tante Christine lauschte, daß sie es nicht wagte, einzuschlafen.

Doch der Übergang, der Wechsel, ließ sich nicht überwachen. Der Vorhang ihrer Lider senkte sich heimlich und langsam — sie aber versank in einem Meer, sank ganz tief hinab, mit bleischweren Gewichten auf ihrer Seele, hinab in das Verließ von Lianenarmen, die wie Schlangenleiber zuckten, sie umschlangen, sie drückten und mit winzigen Saugnäpfen ihr die letzte Kraft entzogen.

Léons toter Körper umschwankte sie mit phosphoreszierendem Licht, mit entsetzten, gebrochenen Augen in seinem aufgedunsenen, verzerrten Gesicht. Ein abgeschnittener Strick baumelte von seinem Hals und schwebte im Wasser. Diese schwammige Leiche wedelte pausenlos um sie herum, wollte nicht von ihr weichen, drehte und wälzte sich träge und scheinbar körperlos im Wasser, Arme und Beine gespreizt. Manchmal lag sie auch kopfunter, wurde von einer kräftigen Strömung herangetrieben, prallte immer wieder gegen Madelaine und bedrängte alle ihre Sinne mit süßlichem Verwesungsgeruch. Léons Stimme aber klang wie aus der Tiefe, weit von dem Leichnam entfernt. Sie war von seltsamer, entsetzlicher Schwere, als käme sie aus den Sandschichten eines geschlossenen Grabes.

»Madelaine, hilf mir! Befreie mich von dieser Larve...«

»Wie?« Diese Frage war nichts als pure Energie, ohne Ton, und sie rührte das Meer um ihn herum auf.

»Du mußt leben.«

»Ich kann nicht.«

»Dann wirst auch du hier landen, im Gravitationsfeld des zweiten Todes, jenseits allen Seins. Ich ziehe dich an wie ein Magnet, ich sauge an dir. Wehr dich! Ich bin schwach. Du würdest die Tore des Verließes hinter uns beiden schließen. Bleib, Madelaine. Du hast den Schlüssel! Dort ist der Schlüssel!«

»Wo?«

»Lebe weiter... Lebe für mich. Lebe an meiner Statt.« Die Leiche wälzte und drehte sich im Wasser. Ihre gespreizten Finger glichen dem Gerippe eines Fächers.

Madelaine öffnete die Augen in der Dunkelheit. Nun lauerte das entsetzliche Bild unter dem dünnen Schleier der Finsternis, doch sie spürte die tödliche Kälte des Wassers auf ihrer Haut, den Druck der Lianenarme, das Saugen ihrer gierigen Tentakel, und der durchdringende Verwesungsgeruch drang in ihre Nase. Ihr Körper war starr, steif und eiskalt vor lauter Furcht und Entsetzen.

»Tante Christine!« wollte sie rufen, doch ihre Stimme versagte. Sie wollte aufspringen, aber sie konnte sich nicht rühren.

»Ich bin gestorben«, durchfuhr es sie, und bei diesem Gedanken brach das Entsetzen wieder über sie herein.

»Das Gravitationsfeld des zweiten Todes jenseits allen Seins...«

Nun konnte sie die Stimme deutlich vernehmen, weil jetzt die Sandschichten des Grabes auf ihrer Brust lasteten.

»Hilfe!« rief sie stimmlos, wobei ihre Stimmbänder nicht resonierten. »Ich will hier raus! Egal wohin, aber hier will ich nicht bleiben! Dieses nicht ... Ich werde das andere Tor suchen, den anderen Eingang. Léon ...«

»Lebe! Lebe! Lebe!«

Hoffnungslose, verzweifelte Verdammte bodenloser Höllen riefen, kreischten, röchelten diese Worte. Die Macht von tausend und abertausend Stimmen brach über sie herein. Ihre ganze Gefühlswelt vibrierte und bebte. Dieses innere Beben erfaßte auch ihren Körper, flößte ihm neues Leben ein, rüttelte und schüttelte ihn wach. Sie verfiel in erratische Zuckungen, zitterte am ganzen Leib.

Allmählich begannen auch ihre Stimmbänder wieder zu schwingen und die innere Erregung zu vermitteln, all dies aber noch formlos und undifferenziert. Erst wimmerte sie, doch dann begann sie laut und haltlos zu weinen und zu schluchzen, zum erstenmal seit Léons Tod.

Tante Christine machte Licht und setzte sich auf ihre Bettkante.

»Madelaine, mein liebes Kind. Es ist gut! Es ist alles wieder gut! Weine nur, weine dich aus ...« Und sie weinte mit ihr.

Ein ganzes Meer von Tränen stürzte durch das Tor der Schmerzen, und die Fluten brachten diesmal auch Bruchstücke von Worten mit sich.

»Tante Christine, ach, Tante Christine, ich muß am Leben bleiben!«

Leben ... aber wie?

Sie wollte leben und hatte keine Kraft dazu. Wenn sie am Abend die Augen zumachte, versank sie im Ozean des zweiten Todes, aus dem sie dann am Morgen ausgelaugt, von bleischwerer Müdigkeit geplagt wieder auftauchte. Das Gehen fiel ihr schwer, sie konnte kaum laufen.

»Ist dies eine mediale Entwicklung?« fragte sie Argout, der sie jeden Tag besuchte.

»Auf jeden Fall eine ihrer krankhaften Formen. Ein

psychischer Unfall, sozusagen. Wenn ich bei Ihnen noch einigermaßen glaubwürdig bin, Madelaine, hoffe ich, daß Sie einen Rat von mir akzeptieren.«

»Tante Christine und Sie, Monsieur Argout, stehen mir auf dieser Welt am nächsten, doch die Welt ist sehr weit von mir weggerückt. Meine Krankheit liegt höchstwahrscheinlich in der Tatsache begründet, daß ich einfach nichts tun, nichts unternehmen kann«, meinte Madelaine müde. »Selbst wenn ich Ihren Rat befolgen wollte, ist es immer noch fraglich, ob ich ihn auch verwirklichen kann. Ich sitze nur da und warte. Ich gehöre nirgendwohin, und das ist schlimmer als alles andere.«

»Ich will ja gar nicht, daß Sie etwas tun. Dazu fehlt Ihnen die Kraft. Sie brauchen einen Arzt.«

Madelaines müde Gleichgültigkeit steigerte sich zum Überdruß.

»Was kann denn ein Arzt schon gegen das Unsichtbare tun? Dorthin, wo mein Krankheitsherd liegt, kann niemand vordringen. Schlafmittel sind keine Abhilfe gegen meine Träume, und die Kurbäder erschöpfen mich.«

»Ich denke nicht an einen solchen Arzt, sondern an einen meiner Schüler, der sich gerade mit dem Unsichtbaren befaßt und damit experimentiert — weil auch er dahintergekommen ist, daß die Wurzeln der sichtbaren Dinge stets im Unsichtbaren liegen.«

»Also ein Psychoanalytiker?«

»Etwas Ähnliches, aber etwas ungewöhnlich im uralten und transzendenten Sinne des Wortes, weil er ein Okkultist ist.«

Vor Madelaines Augen begannen langsam dunkle Ringe zu kreisen.

»Meinetwegen«, sagte sie leise. »Irgend etwas muß kommen ...«

Das Beruhigende an André Morel war, daß er sich niemandem mit wilder Entschlossenheit näherte. Er gehörte vielmehr von Anfang an zum Objekt seiner Untersuchung, wie ein freundlicher, mitfühlender guter Bekannter.

Wer sein neutrales Gesicht erblickte, seine glatte, ruhige Stimme vernahm, dem kam er nicht fremd vor, sondern eher als einer, der inmitten der ermüdenden Strömungen all dieser verworrenen, feindlichen, aggressiven Dinge herbeigeeilt war, um als rettender Engel Beistand in der Not zu leisten.

Sein nie nachlassendes, unpersönliches Mitgefühl und sein Interesse verliehen ihm grenzenlosen Mut und Entschlossenheit. Kein Fall konnte so kompliziert, so schmerzlich und so offensichtlich hoffnungslos sein, daß er ihn nicht mit all seiner Kraft und all seinem Glauben in Angriff genommen hätte.

Gleich bei seinem ersten Besuch gelang es ihm, Madelaine, die verkrampft und verspannt über einem bodenlosen Abgrund hing, auf einen Ruhesteg zu stellen, wenn auch nur vorübergehend, nur für einen Moment.

Er erzählte von Pierre, den er von der Universität her kannte, und von den hypnotischen Versuchen, welche die beiden miteinander durchgeführt hatten. Sie hatten seinerzeit die sogenannte Rochas-Methode unter die Lupe genommen und ausprobiert. Dabei wurde das Medium über die Schwelle seiner Geburt zurückgeführt, so daß man in sein früheres Leben eindringen konnte.

»Und ist dieser Versuch gelungen?« fragte Madelaine, lebhafter geworden als irgendwann während der vergangenen Wochen, ohne an sich oder an Léon zu denken.

»Nur teilweise. Wir konnten nur einen einzigen Fall nachvollziehen — dort aber stimmten die Daten frappant überein.

Das Medium war ein Kommilitone von vierundzwanzig Jahren, der an Platzangst litt. Während der Hypnose, nachdem er den ganzen Weg durch den Schock der Geburt zurückgegangen war und schließlich auch den mit seltsamen, quälenden, phantastischen Vorstellungen erfüllten Bardo-Zustand überwunden hatte, manifestierte er plötzlich die Anzeichen eines gewaltsamen Todes. Ein schmerzliches Stöhnen, ein lauter Schrei erstickten in seiner Kehle.

Da aber der ganze Prozeß rückwärts ablief, wurde seine Stimme zu einem betrunkenen Gestammel, aus dem wir schließlich mühsam nach vielen Fragen und vielem Suchen endlich seinen Namen, seinen Beruf und die Umstände seines Todes herausschälten.

Irgendwann zu Beginn des 17. Jahrhunderts war er der Glöckner der Kathedrale von Chartres gewesen. Er hieß Tolbiac. Im Alter von zweiunddreißig Jahren stürzte er eines Abends betrunken von einem der Kirchtürme und brach sich das Genick.

Es gelang uns, die Spuren dieses Tolbiac in Chartres zu finden.

Das zweite unerwartete Resultat dieses Falles, das uns nachdenklich machte, war die Tatsache, daß die Platzangst unseres Mediums hinterher erheblich nachließ.

Dies führte uns zu der Annahme, daß das bewußte Durchleben eines solchen Ablaufs gewisse Bindungen lösen kann, die nicht aus diesem Leben stammen, also auch fixe Ideen der Vergangenheit, nicht nur Phobien der Gegenwart.

Was die Hypnose betrifft, hielt ich sie nicht für besonders günstig, weil das Medium ohne Bewußtsein daran teilnimmt.

Dies ist auch der tiefere Grund dafür, warum ich etwa den Spiritismus als allererste Elementarstufe der okkulten Entwicklung betrachte, auch wenn er für so manchen notwendig, ja unerläßlich sein mag. Denn solange sich ein Medium passiv den verschiedensten Einwirkungen überläßt und nur aus zweiter Hand durch die Mitglieder des Kreises, also gewissermaßen von außerhalb, von den Dingen erfährt, findet nichts weiter als eine rein theoretische Orientierung aufgrund einer Erzählung statt.

Das echte Werk aber beginnt erst an jenem Punkt, wo der Mensch, das Individuum, also jeder einzelne Mensch, zum *bewußten* Medium wird.

Dies läßt sich dadurch erreichen, daß jeder nach dem theoretischen Studium seine transzendenten Fähigkeiten mit Hilfe des Übungssystems entwickelt, das ihm am meisten zusagt. Allerdings setzt diese Methode beim Experimentator stetige Aktivität, geistige Wachsamkeit und Kritikfähigkeit voraus.«

Madelaine wurde von einer Welle der Erregung erfaßt. Sie spürte, daß Morel ihre unsichtbare Krankheit einzukreisen versuchte und sich mit traumwandlerischer Sicherheit der Diagnose näherte, ohne auch nur ein Wort darüber zu verlieren. Und noch bevor er zum Sprechen ansetzte, konnte sie bereits die schwerwiegende Bedeutung seiner nächsten Sätze empfinden.

»Argout hat mir von Ihrem Fall berichtet, Mademoiselle, von den Ereignissen und davon, was dahintersteckt. Freilich hat er auch Ihre geistige Kapazität definiert — doch was dies betrifft, reicht es voll und ganz, daß Sie Argouts Schülerin sind. Deswegen habe ich die berechtigte Hoffnung, daß Sie wieder gesund werden. Und ich bin davon überzeugt, daß Sie den einzigen Weg zu Ende gehen werden, der Sie zur Befreiung führt.«

»Sie meinen also, daß ich experimentieren muß, auf jene Weise, wie ...«

»Es bleibt nichts weiter übrig, Mademoiselle. Ihr seltsames Schicksal hat Sie mitten in den transzendenten Ozean geworfen. Infolge eines Unfalls sind Sie zum ausgelieferten, hilflosen, passiven Medium gewisser destruktiver Einwirkungen geworden, die Ihren Körper und Ihren Geist beherrschen.

Sie werden genesen, sobald Ihr Geist mit Hilfe der von mir empfohlenen Übungen Macht über die physischen und astralen Kräfte gewinnt und die destruktiven

Faktoren in konstruktive umwandelt. Dann wird Ihnen jene Tragödie, die Ihr Leben um ein Haar vernichtet hätte, den größten Gewinn Ihres Lebens bescheren.

Bitte, glauben Sie mir: Diese Methode wird Sie nicht mit größeren Aufgaben konfrontieren als mit solchen, die Sie gerade noch schaffen. Zunächst werden Sie etwas Kraft schöpfen und einen gewissen Schutz gewinnen. Dann wollen wir uns weiter unterhalten.«

Morel ergriff Madelaines schlaff herabhängende Hand und hielt sie eine Weile mit beiden Händen fest. Auf diese Weise wurde ein angenehmer, beruhigender, positiver Stromkreis geschlossen, der Madelaine mit konzentrierter Heilkraft erfüllte. Während dieser transzendenten ›Bluttransfusion‹ konnte sie deutlich spüren, wie sehr sie seelisch bereits ausgeblutet gewesen war.

Sie schloß die Augen, doch ihr innerer Raum blieb leer — keine Monster einer ›Tiefseelandschaft‹ attackierten sie mehr. Sie ruhte.

Dann spürte sie allmählich eine nebelhafte Bewegung hinter ihren geschlossenen Augen.

Um ihren Körper rotierten zwei Scheiben, die bläuliches Licht ausstrahlten: die eine quer, die andere längs, in Gegenbewegung zueinander. Und sie wußte, daß diese Scheiben an ihren Rändern scharf waren wie Sägeblätter und daß sie alle negativen Einflüsse, die sich ihr näherten, zerhackten und abstießen.

»Schutz, das ist mein Schutz, mein Schutzengel«, dachte sie benommen. Dann sank sie erleichtert in den erlösenden Schlaf, der diesmal tief und traumlos war.

Als erstes ging Morel der ›Affäre Léon‹ auf den Grund. Er ließ Madelaine erzählen und über jede Schattierung ihrer Beziehung berichten. Die Sitzung endete stets mit einer psychischen Bluttransfusion, und nachher rotierten wieder die beiden ›Sägeblätter‹ um Madelaines offenen, zerschmetterten Astralleib.

»Dies aber ist noch keine Lösung«, sagte Morel. »Der

Vorgang dient dem Zweck, die Dinge hinauszuschieben, bis Sie wieder zu Kräften kommen, um sie zu bewältigen. Bei solchen Krankheiten kann der äußere, der physische Arzt kaum mehr tun. Die letzten Operationen muß stets der innere Arzt durchführen.«

Und Madelaine spürte tatsächlich, daß jenseits dieser ›Sägeblätter‹ all ihre Probleme unerledigt und ungelöst lauerten. Bei ihrer unbewußten Suche nach Analogien mußte sie unwillkürlich an die rituellen Gesetze eines blutrünstigen, primitiven Negerstammes denken. Wenn es dem todgeweihten Opfer gelang, in den Tempel zu flüchten und die Götzenstatue zu berühren, durfte es niemand wagen, ihm ein Leid anzutun. Also blieb der Delinquent am Leben, solange er sich an der Statue festklammerte — aber eben nur so lange und keine Sekunde länger.

Wenn sie im Lauf ihrer Gespräche an irgendeinem Detail anlangten, das in Madelaine qualvolle Erinnerungen oder zu heftige Gefühle wachrief, nahm der Druck gegen die ›Sägeblätter‹ deutlich zu. Sie wurde blitzartig von dem entsetzlichen Astralinhalt durchwogt und duckte sich zitternd in ihren Schutzkäfig.

Ihre Genesung machte Fortschritte, ihre Kräfte kehrten allmählich zurück. Nun machte sie Tag für Tag einen Spaziergang, nahm die Stunden bei Argout wieder auf und ließ sich an der Universität immatrikulieren.

Alle Einzelheiten ihres Lebens mit Léon waren bereits gründlich analysiert. Der nächste Schritt ihrer Kur bestand darin, daß Morel Léons Horoskop erstellte, zusammen mit Madelaine, die in wenigen Monaten die Grundzüge der Astrologie soweit gelernt hatte, um zu begreifen, worum es ging.

Morel aber betrachtete das Horoskop dieses unglücklichen jungen Mannes als eine Ansammlung von Hieroglyphen, die von einer lauten Symbolsprache erfüllt waren. Er lenkte Madelaines Blick auf all die Anzeichen schwerster Bindungen, lähmender Einflüsse und unverletzbarer Verbote, die sich wie eine schier unüberwindliche Mauer auftürmten. Der Planet Venus aber, von seinen transzendenten Richtern »verhaftet«, wurde von furchtbaren Henkersknechten in Form düsterer Konstellationen bewacht.

»Das eigene Schicksal ist das Gefängnis und das Krankenhaus der unsterblichen Seele«, sagte Morel. »Sie muß dort so lange büßen und vegetieren, bis auch der letzte Krankheitskeim in ihr verbrannt ist.

Ihr Freund hätte weder in seinem Leben, noch in einer Ehe, noch außerehelich seine sexuellen Spannungen abreagieren können. Hätten ihn auch seine ausgeprägte Sinnlichkeit und seine Liebe dazu gebracht, verzweifelte Ausbruchsversuche zu wagen, so hätte er sich auf jeden Fall den Kopf an den Mauern seines Gefängnisses blutig geschlagen und wäre auf diese Weise zu Tode gekommen. Es wollte ihm nicht gelingen, eine Ausrede, eine plausible Erklärung, eine Absolution für seine Lustgefühle zu finden — und er hätte es auch niemals gekonnt. Seine ›Richter‹, wie er zu sagen pflegte, hätten ihn selbst dann exekutiert, wenn er sich diesen Genuß durch das Sakrament der Ehe und durch seine einzige Liebe beschafft hätte.

Doch in diesem Fall wäre die Strafe noch entsetzlicher und noch langwieriger ausgefallen: eine Manie, die sich allmählich gesteigert hätte, selbstquälerische Zweifel und Halluzinationen bis hin zur totalen Klausur des Wahnsinns.

Léon Tessier war ein kranker Gefangener, Madelaine, und Sie haben das gespürt. Sie haben vergebens versucht, ihn zu erlösen, ihn zu befreien — die Zeit der Amnestie war noch nicht gekommen.

Er hat Sie über tiefe Schluchten hinweg zu sich gerufen. Und wäre Pierres Gitarre an jenem Märznachmittag nicht erklungen, wäre es schon früher zur Katastrophe gekommen, mit bedeutend schwereren psychischen Folgen.«

»Ich weiß nicht ...« Madelaine wurde zwischen unklaren, zwiespältigen Gefühlen hin und her gerissen. »Was Sie da sagen, ist nur in der Formulierung neu. Der Inhalt war irgendwie stets in mir vorhanden — dennoch lehne ich mich dagegen auf. Ich möchte leugnen, ich möchte Gegenargumente finden, weil das Ganze so nur ein unverständlicher, gnadenloser Bruchteil ist.

Léon war unschuldig, in die Güte und in die Schönheit verliebt. Er betete so viel und so oft, daß er hätte Steine erweichen können, wieviel mehr dann einen lebendigen, mächtigen Gott. Was mich betrifft, ich bin alles andere als religiös. Zumindest war ich es niemals im gleichen Sinn wie Léon. Und seit seinem Tod rücke ich immer mehr von all diesen qualvollen tyrannischen Idealen ab.

Ich hasse Léons Richter. Sie sind voreingenommen, dogmatisch und grausam. Diese Richter haben nie ein Fleisch besessen, konnten nicht von innen heraus die Schwächen und Versuchungen des Leibes erfahren. Sie sind dem Menschen ganz und gar fremd.

Manchmal glaube ich, daß Léon von einem überheblichen, eiskalten, sadistischen Erzengel als Versuchsobjekt mißbraucht wurde, der ihn schließlich mit kühler Neugier zu Tode folterte, wie ein armseliges, wehrloses Insekt. Dieser Engel hat ihn auf die Nadel eines moralischen Zwanges aufgespießt, der seinem ganzen Wesen widersprach.«

»Freilich kann man es auch so sehen, Madelaine. Aber ich glaube nicht, daß Sie mit dieser Anschauung weiterkommen.

Was mich betrifft — ich folge meinem Faden nicht, weil dieser tröstlich ist, sondern weil er den Ariadne-Faden der Wirklichkeit darstellt.

Ich gebe zu, daß uns dieser Faden zunächst durch ein chaotisches Labyrinth führt, aber ich weiß auch, daß wir früher oder später zum Ziel gelangen.

Gehen wir jetzt einen Schritt weiter. Léons heutiges

Horoskop ist bereits die dramatische Konsequenz irgendwelcher Ereignisse. Ein schweres Urteil, das nach einer schwerwiegenden Tat rechtskräftig wird. Versuchen wir also dahinterzukommen, an welchem Punkt der Fehler liegt. Das gegenwärtige Leben bietet uns keine Stütze. Also blättern wir zurück.«

»Wie das?«

»Wir werden Léons Inkarnations-Horoskop stellen.«

»Ist ... ist dies denn möglich?«

»Ja. Es kann natürlich sein, daß sich die Ursache viel tiefer verbirgt als im vergangenen Leben. Auf jeden Fall wollen wir den Versuch wagen. Die Ereignisse nämlich, die sich aufgrund der Zahlengesetze offenbaren, sind stets ebenso überraschend wie logisch.«

»Doch wie heißt die Methode?«

»Soweit ich weiß, stammt das System aus Indien. Das Haus, welches aus karmischer Sicht Aufschluß über das frühere Leben gibt, ist in einem Fall das fünfte Haus. Das Horoskop wird nicht vom Aszendenten aus berechnet, sondern vom Sonnenstand zum Zeitpunkt der Geburt.

Das gegenwärtige Radixhoroskop gilt als das Todeshoroskop des vergangenen Lebens. Wenn wir es so auffassen, daß seine Entwicklung als Konklusion der vorhergehenden Inkarnation gilt, dann können wir Rückschlüsse auf das frühere Leben ziehen, indem wir die hier auftretenden Planeten in die entsprechende Reihenfolge bringen.«

Morel nahm das fünfte Haus von Léons Sonnenhoroskop als Aszendenten eines früheren Lebens an, und davon ausgehend setzte er die Planeten der gegenwärtigen Nativität in die Häuser ein.

Dies ergab ein überraschendes Bild. Klausur. Tiefe Religiosität. Vielleicht das verborgene, erstickte, reduzierte Leben eines Mönchs. Wahrscheinlich Epilepsie. Gewaltige Spannungen künstlerischer Energie, die keinen Abflußkanal finden. Verzweifelte, heftige, eingekerkerte Sinnlichkeit. Ekstatische Zustände und fürchterliche Wutanfälle. Rauschartige Zustände und Benommenheit am laufenden Band. Mord, Mordgelüste, wahrscheinlich in der Spannung vor epileptischen Anfällen. Gewaltsamer Tod.

Aus all diesen verschlüsselten Details wehte der eiskalte Hauch der Vergangenheit.

Madelaine erschauerte.

»Mein Gott, wie entsetzlich!«

»Ergänzen Sie nun mit diesen Details jenen Léon, der verschreckt und vorbelastet in sein jetziges Leben getreten ist. Waren es nicht vielleicht namenlose Erinnerungen, die ihn quälten? Stellen Sie sich einmal vor, daß er keinen Moment ohne Schuldbewußtsein war«, sagte Morel.

»Ja ... aber wenn er schon damals krank geboren wurde, dann verbirgt sich die Ursache, nach der wir suchen, nicht hier ...«

»Nein. Sie liegt viel tiefer.«

Léons Schicksal ließ sich nur noch von außen weiter erforschen, doch bei Madelaine konnte man bereits zur inneren Übung übergehen. Sie selbst mußte zu den Wurzeln vordringen, die im Unbewußten versunken waren und aus denen die giftigen Früchte ihres Schicksals wuchsen.

Nach Morels Anweisungen tauchte sie bewußt in ihre Vergangenheit, den latenten Tendenzen früherer Leben folgend. Sie analysierte alle ihre Beklemmungen und Ängste, ihre Tugend und ihre Schwäche, ihre Sympathien und ihre unbegreiflichen Abneigungen — ebenso die spezifische Ausformung ihres Charakters, ihren geschliffenen Geschmack, ihre unüberwindlichen Neigungen, das Maß ihres Mitgefühls und ihrer geistigen Interessen.

Dies waren die Maßstäbe für Qualität und Menge ihrer Erfahrungen. Dadurch war sie auch in der Lage, eine

Diagnose ihres Entwicklungszustandes zu stellen und herauszufinden, welche latenten Erlebnisse sich hinter ihrer Erinnerung verbargen. Sie spürte die Narben ihrer Wunden. Sie war sich sicher, daß sie eine ›alte Seele‹ in einem jungen Körper war, die durch ihre Empfindlichkeit und ihre seelisch-geistige Kultur über die pubertäre, kämpferische Trotzphase dieser Erde hinausgewachsen war: müde und wehrlos.

Am Anfang ließ sie sich noch mit Morel auf Debatten ein, sobald die Argumente ihrer weltlichen Studien mit den für sie neuen, revolutionären, an sich aber uralten Thesen und Methoden in Widerspruch gerieten.

»Die experimentellen Resultate der Vererbungslehre sind über jeden Zweifel erhaben«, sagte sie. »Wie lassen sich körperliche und seelische Konstitutionen, durch Vorfahren, Eltern und Rasse geprägt und vererbt, und all die materiellen Belastungen des Nervensystems mit der Lehre von der Reinkarnation vereinbaren?«

»Da gibt es überhaupt keinen Widerspruch«, erwiderte Morel. »Alles ist eine Frage der Reihenfolge. Heutzutage wird nicht nur von den Okkultisten behauptet, daß die materiellen Faktoren zweitrangig sind. Nach einer gewissen neuen wissenschaftlichen Tendenz ist das geistige Prinzip das Wesentliche, das Primäre — jene intelligente Lebenskraft, welche die Materie organisiert.

Demnach also ist es der Geist, der seine Bedingungen auswählt und bestimmt. Das soll heißen, daß sich die ihm innewohnenden Begabungen jeweils die entsprechenden Voraussetzungen aussuchen, wie sie durch Rasse, Vorfahren und Eltern vorgegeben sind.

Das Gesamtergebnis früherer Leben ist eine Wirklichkeit, die in den Körperzellen des Menschen, in den Schichten seiner Seele und in seinem Geist vorhanden ist.

Sie liegt nicht außen, sie ist nicht weit entfernt, ist kein Märchen oder ein nebulöser Glaubenssatz. In der rückführenden Meditation kann jeder zu den Erinnerungen seines früheren Lebens gelangen, vorausgesetzt, daß die richtigen Übungen mit entsprechender Fähigkeit und Ausdauer durchgeführt werden.«

Bereits nach den ersten Versuchen schwanden in Madelaine alle Zweifel dahin. Schwere, dunkle, aber gut geölte Türen taten sich vor ihr auf, ohne Vorbehalt, wie auf einen Zauberspruch.

Die Fähigkeit zur Meditation war eine Begabung, die ihr in die Wiege gelegt worden war, eine Begabung wie etwa das absolute Gehör. Ohne besondere Anstrengung brachte sie es fertig, die ›mystische Stille‹, die Grundvoraussetzung für die Meditation, in sich herzustellen, wobei die Sinne, der Verstand, die Neigung zur Kritik und die Umwelt zum Schweigen gebracht werden.

Auch die Barrieren, die sie aus geistigen Kräften um sich aufbaute, waren sofort stark und lebendig. Sie wurden zu einem Schutzwall, den keine materielle Strömung durchbrechen konnte.

In dieser vom Willen gewobenen Ruhezone saß sie wie in einer unsichtbaren Taucherglocke, an welcher jede Art dämonischer, physischer Strudel abprallten und in der sie in die tiefen Schichten ihrer Vergangenheit hinabtauchte.

Sie schritt über die Schwelle ihrer gegenwärtigen Geburt und wanderte durch die lebendige Symbollandschaft des Jenseits bei klarem Bewußtsein, unter siderischen Emblemen, die sich pausenlos veränderten und glühende Inhalte auf sie projizierten.

Plötzlich und unerwartet war sie in dieser Astralzone heimisch geworden. All die begeisternden beweglichen Symbole zogen sie an, stießen sie ab, riefen Angst und Zärtlichkeit hervor, gleich den Tieren und Pflanzen auf Erden. Sie empfand einen Raum, wo ihr die Gesetze der Zeit ganz anders und dennoch auf bewegende Weise vertraut vorkamen.

Sie kämpfte, um ihre Erlebnisse durch das Labyrinth

ihres Gehirns in ihr körperliches Empfinden hinüberzuretten, doch die Beute der Astralebene entglitt ihr immer wieder, wurde ungreifbar, so daß es unmöglich schien, diese zu einem kausalen Gedanken zusammenzufassen. Die jenseitige Astralzeit hatte eine unbestimmbare Tiefe. In eine einzige Sekunde waren schwindelnde, endlose Möglichkeiten hineingepackt, Synchronizitäten in verschiedenen Schichten. Erlebnisse und Ereignisse von Jahrhunderten lagen dicht bei dicht. Gerade deswegen konnte sie nicht feststellen, wie lange es dauerte, diese mystische Zone zu durchqueren. Fünfhundert, fünftausend Jahre, oder vielleicht nur fünf Minuten? Ihr Inhalt hätte wohl ein ganzes Jahrtausend der physischen Ebene gefüllt.

Schwankende Gestalten schwammen durch ihr Bewußtsein, solche, denen sie im Leben, bei Tage niemals begegnet war. Dennoch weckten sie jetzt Sehnsucht, Traurigkeit, Freude und Furcht in ihr. Jede dynamische Kombination, jedes erstarrte Symbol, auf die sie ihre Aufmerksamkeit richtete, erwachte zum Leben und begann unverzüglich, die eigenen Erinnerungsbilder auszustrahlen. Es waren gewaltige Romane, aus einem breiten Fluß lebendiger Gefühlsmaterie geschöpft, die nur eine einzige Heldin kannten: eine Heldin, die gleich Sisyphus immer wieder versuchte, einen imaginären Stein auf einen imaginären Berg zu rollen, der dann mit ihr zusammen immer wieder in den Abgrund stürzte.

»Warum tut sie das?« rief Madelaine verzweifelt aus. »Was will sie mit diesem Stein? Warum kann sie sich nicht von ihm befreien? Dieser Stein existiert nicht!« signalisierte sie mit konzentrierter Energie dieser Besessenen ihrer eigenen Phantasie. »Wach auf! Paß auf! Sei wachsam!«

Das Phantom blieb stehen, wandte sich ihr zu, drängte sich dicht an sie, wie ein Spiegelbild ihrer selbst, mit ihrem Gesicht, in dessen Zügen die verzerrte Verstocktheit eines schweren Traumes lag.

»Dies ist so wirklich wie das Leben«, sagte das Phantom artikuliert und mechanisch. »Es ist so wahr und so wirklich wie der Körper. So stark wie der Schmerz. Das ist mein Schicksal, mein Kreuz, meine Freude, mein Glück. Was kannst du gegen das tun, was geschehen ist, was immer schon beschlossen war?«

»Es wäre besser für dich, wenn du dich nicht mit diesem Stein abmühen würdest«, versuchte ihr gegenwärtiges Bewußtsein ihrer eigenen Vergangenheit Paroli zu bieten. Doch diese Absicht prallte ab wie von einer gläsernen Wand.

»Nichts verändern! Was war, wird ewig sein, ewig, für alle Zeiten ...«, murmelte ihr zweites, astrales Ich und begann wieder den Stein bergauf zu rollen.

Jetzt konzentrierte sich Madelaine auf den Stein, der sich plötzlich als feste, pulsierende Masse, als ein unheilverkündendes lebendes Geschwür entpuppte. Dabei wurden seine bisher unsichtbaren Saugfäden sichtbar, die ihn mit diesem bedauernswerten Wesen verbanden, das immer wieder versuchte, den Stein bergauf zu rollen.

Das ist ja wie ein Krebsgeschwür, dachte Madelaine erschrocken. Was ist das für eine Krankheit, die mich befallen hat, die mich plagt?

Und als Antwort begann sich jenseits des Todes das erste, dunkle, schwere Tor des Seins zu öffnen: das unmittelbare Gestern ihres Schicksals, ein gespenstisches Abbild der Gegenwart, in etwas gedeckteren, düstereren Farbschattierungen als das Heute.

Seltsamerweise war aber diesmal nicht Léon der Gegenstand ihrer Leidenschaft, sondern jemand anderer. Ihre heftige, impulsive Empfindsamkeit, ihre nervöse, instinktive Zärtlichkeit suchte auch jetzt wider alle Vernunft nach einem schwachen, gefährlichen Partner, sinnlich und kränklich, der sie in den mystischen Strudel, in sein eigenes Chaos hineinriß. Es gab noch keinen Argout und keinen Morel, die ihr auf festen Boden geholfen hätten. Allerdings hatten ihre Intelligenz und ihre transzendenten Ahnungen auch damals schon funktioniert. Sie wußte, daß sie flüchten mußte, und wußte auch schon wohin: zu den Quellen heller, reiner, heilender Einflüsse.

Doch ihr fehlte die Kraft, noch war sie nicht reif genug dafür — für eine feurige, großzügige Entfaltung auf Phaetons Wagen. Literarische Erfolge, äußerer Zenit und innere Tragödie, Zusammenbruch und früher Tod: Das war alles, was sie aus diesem Leben zusammenraffen konnte.

Die Wiederbegegnung mit Léon fand eine Schicht tiefer statt, nach einem Bardo-Zustand von endloser Zeitentiefe, im Vorgestern ihrer Vergangenheit. Diese Inkarnation wurde durch die frostige Atmosphäre des Saturns gekühlt.

Erschrocken und mit einem zärtlichen Gefühl zugleich erkannte sie in ihrem Leib dieses leidvolle, durstige Muttergefühl, die Hoffnungslosigkeit einer Beziehung zu einem kranken, schuldigen, manischen jungen Mann. Hier wurde ihr plötzlich bewußt, daß sie Léon stets auf diese Weise geliebt hatte: mit beklommenem Mitleid, mit fast rebellischer Zuneigung und in einer Panik, die nichts Gutes verhieß. Diese ausgeklügelte Tragödie lag ihr wie ein unerträglicher Druck auf Leib und Seele, ein Druck, der kein Ende nehmen wollte. Ihr ganzes Wesen war auf diesen ›Sohn‹ fixiert, dessen Doppelwesen sie allmählich zermürbte. Sie kämpfte den verzweifelten Kampf um die ersehnte Höhe und gegen die unüberwindliche Tiefe, hoffnungslos, durch ihren Sohn, für ihren Sohn, manchmal auch gegen ihn — obwohl er sich an sie gewandt, sich auf sie gestützt und zu ihr um Schutz vor seinem eigenen finsteren Ich gefleht hatte.

Aber auch in dieser Etappe war Léon bei Tage von den Kirchen, bei Nacht von düsteren Kneipen, Freudenhäusern, vom Alkohol und vom Glücksspiel besessen. In seinem Körper herrschten zwei Wesen, zwei fürchterliche Feinde, die einander fremd waren. Doch sein Ich, das nach dem Licht strebte, war schwach, hilflos und unentschlossen, während sein zweites, sein finsteres Ich äußerst stark und aktiv war.

Aus den Kneipen, aus den Freudenhäusern zweigten gefährliche Nebenwege ab. Diese entsetzlichen Lustbarkeiten wurden weder von seiner Herkunft noch durch ein Vermögen gestützt oder wettgemacht. Dazu bedurfte es der Gewalt, und damit mußte er auch das Schicksal eines gesetzlosen Raubtiers akzeptieren.

Wie sehr aber fürchtete sich Léon, wie sehr graute ihm vor den Taten des *anderen*, die langsam, aber sicher die Schlinge an seinem Hals zuzogen.

Madelaine jedoch wußte bereits, spürte mit ihrem mütterlichen Instinkt, ahnte tief in ihrer Seele, die über Dimensionen hinwegreichte, daß sich diese Schlinge unbarmherzig um seinen Hals legen und ihn erdrosseln würde. Und sie wußte ebenso, daß ihre Beziehung zu Léon niemals zu einer glücklichen Erfüllung führen würde.

Immer tiefer und tiefer versank sie in die inneren Schichten ihres Wesens. Einzelheiten. Gesichter. Farben. Körper und Gestalten. Namen. Liebesbeziehungen. Haß und Eifersucht. Léon und immer wieder Léon.

Léon in stets wechselnden Beziehungen, wie in den kalten und perversen Kombinationen eines furchtbaren Schachspielers, stets in der Glut des Leidens, der Schuld, der Krankheit und des Todes, sehnsüchtig und unbefriedigt. Diese Lebenskette, die sich tief in die Vergangenheit senkte, kam ihr vor wie ein dichter, schwerer Traum, in dessen Irrgängen sie mit bleiernen Füßen aufeinander zustrebten und sich dennoch niemals treffen, niemals zusammenkommen konnten.

Jedes Leben war nichts weiter als Übergang und Konsequenz, Schicht für Schicht immer komplizierter und immer unlösbarer, doch stets die gleichen Grundmotive, die gleichen Hauptdarsteller, Variationen verschiedener bizarrer Kostüme, Namen, Milieus, Situationen. Und in dem Maße, in dem sie sich dem uralten Knotenpunkt näherte, der durch die Zeitschichten brannte, nahm auch ihre Bemerkung immer mehr zu. Namenlose Drohungen, Verbotsschilder unsichtbarer Wächter signalisierten ›Halt‹. Ein bedrohliches, atemberaubendes Vorgefühl, hektische Anfälle, die sie erzittern ließen und ihr den Schweiß auf die Stirn trieben, hielten sie davon ab, jener Ursache auf den Grund zu gehen, die der eigentliche Anlaß für dieses Spießrutenlaufen war. All jene Türen, die sich bisher bereitwillig vor ihr aufgetan hatten, starrten ihr jetzt wie störrische Felswände entgegen.

Als sie aber nicht wankte und nicht wich, als sie ihre ganze Kraft zusammennahm und weiter die Vergangenheit bestürmte, geriet sie urplötzlich in einen Trancezustand, in dem ihr der Boden unter den Füßen schwand — in eine Welt, die nur von Schwingungen erfüllt war, in der diese Schwingungen als ein einziges Verbot um sie herumkreisten.

Alles das, was bei ihr in Leib und Seele verneinte, rauschte wie ein Chor mit lauter Stimme auf. *Nicht! Noch nicht! Warte! Kehr um!*

Madelaine lehnte sich gegen die innere Revolution auf, die gegen ihre Absicht ausgebrochen war. Ihr Verstand kämpfte heftig mit der Waffe der Argumente. Warum all die Bemühungen, hierher zu gelangen, wenn sie jetzt ausgerechnet an den Wurzeln der Dinge ohne Ergebnis umkehren mußte?

Doch plötzlich erblickte sie vor sich die Symbole der sieben Planeten in einem samtenen, dunklen, inneren Raum und empfing eine kühle Botschaft — keine Stimme, sondern ein inneres Urteil, gegen das es keinen Einspruch gab:

Durch die letzte Tür kannst du erst gehen, wenn du einen gewissen Punkt der Zukunft erreicht hast. Der Schlüssel der letzten Tür ist die Zahl sieben, jenseits der

Erlebnisse, die zu erleben waren. Kehr um! Selbst von hier aus nimmst du bereits Genesung und Heil mit.

Und dann stand plötzlich eine Gestalt vor ihr, ein lebendiger Mensch, scharf umrissen bis ins Detail: ein grauäugiger, altersloser Mann in einer seltsamen Umgebung. Diesen Mann sollte sie im Westturm von Mythenburg wiedersehen.

Die Entscheidung löste die Spannung in ihr. Die Ruhe tat ihr wohl, selbst ohne eine endgültige Lösung. Sie ruhte, wurde physisch gefestigt, ihre Nervenkraft nahm zu, ihre Abwehrkräfte stiegen an. Sie kehrte in die Gegenwart zurück und entdeckte wieder die Farben, den Geschmack, die Intensität der äußeren Dinge.

Sie kam sich vor wie ein fremder Staatsbürger, wie ein Fremdling, ein Studienreisender, der zwischen zwei wichtigen Angelegenheiten pendelte. So trat die Bedeutung ihres jetzigen Zustandes etwas in den Hintergrund, während ihr Interesse geweckt wurde — und dies nicht etwa in Form einer krankhaften Identifizierung. Sie beobachtete vielmehr ihr sanfteres Leben, ihre freundlichere Umgebung aus gebührendem Abstand, gewissermaßen von einer neutralen Warte aus.

Ich bin im Urlaub, dachte sie mit fast dankbarer Freude. Und dies nicht verstoßen und allein, sondern unter netten Reisegenossen.

Ihre Gefühle für Tante Christine, Argout und Morel erklangen in ihr wie zärtliche Weisen. Und in diesem harmonischen Gleichklang wurde Morels Tonart allmählich zum stärksten Leitmotiv. Die Stunden der Behandlung, der Therapie, der Sitzungen wandelten sich allmählich zu einem freundschaftlichen Beisammensein. Morel kam regelmäßig zu Besuch. Sie versuchten, ihre Freizeit zu koordinieren. Der eine wuchs in den Alltag des anderen hinein, wurde zum festen Bestandteil, zum organischen Teil eines gemeinsamen Lebens.

Und was ihre Beziehung betraf, versuchte jeder, so leise wie nur möglich aufzutreten und ihre Kreise nicht zu stören. Kein Wort wurde darüber verloren, keine Anspielung gewagt. Diese Beziehung wurde nahezu abergläubisch gehütet — damit jener Vogel, der den Schlüssel des Lebens im Schnabel hielt, dieser zarte Seelenvogel, nicht durch eine unbedachte Bewegung aufgescheucht würde und für immer davonflöge.

Das letzte Mondviertel

MADELAINE WURDE WIEDER GESUND. Ihr tiefer, heilsamer Schlaf und ihr Appetit kehrten zurück — doch immer hatte sie das Gefühl, daß ihr Urteil, ihre Probleme nur auf Bewährung ausgesetzt waren und daß sie nur vorläufig ein freier Mensch war.

Léons Gespenst war allgegenwärtig, umschwebte sie, zwar nur zu einem leeren Bild geschrumpft, einer konturlosen Ahnung, doch stets und ständig, ohne Unterlaß.

Wenn sie mit Morel spazierenging, führte sie ihn ungewollt über alte Pfade. Und dabei wußte und fühlte sie, daß sie eigentlich zu dritt über die Wege wandelten, still, gedankenverloren — und daß die Pausen zwischen ihren Worten von Léons Gedanken erfüllt waren.

Was Morel betraf, hatte er sich bereits so sehr an dieses Gespenst gewöhnt, daß er jeden Satz auch ohne Subjekt sofort verstand und begriff.

»Sein verzweifeltes Drängen läßt mich keinen Moment in Ruhe«, sagte sie, als sie vor einem alten Haus standen, wo sie auch mit Léon immer gestanden hatte, weil er in den Rissen der alten Mauer die herrliche Madonnenzeichnung seines Freundes zu erkennen glaubte, und wo er so lange auf Madelaine eingeredet hatte, bis auch sie dasselbe zu sehen glaubte wie er. »Wenn ich nur wüßte, wie ich ihm helfen kann und warum mein Leben hier für ihn so wichtig ist.«

Dann aber tauchten allmählich Bruchstücke von Léons Absichten auf, wenn sie auch nicht ganz erkennen konnte, in welche Richtung sie gingen.

In ihr begann ein geheimnisvolles, paralleles Leben zu erwachen. Wenn sie sich allein auf einen Spaziergang begab, kam sie nicht dort an, wohin sie eigentlich wollte, sondern landete stets in Léons Kirchen. Sie begann sich für Ausstellungen und Museen zu interessieren und pilgerte in den Louvre zu Léons Lieblingsbildern und Skulpturen.

Sie besuchte den dahinsiechenden Recroy und sprach lange mit ihm. Worte strömten aus ihrem Mund, solche, die sie früher nicht auszusprechen gewagt hätte. Sie erdreistete sich sogar, mit Recroy zu streiten, sie widersprach ihm dort, wo sie, Madelaine Rougemont, nicht einverstanden war, aber früher sofort eingeschüchtert und feige den Rückzug angetreten hätte.

Léons Wesen wurde durch das ihre gefiltert, drang aus ihr hervor — die beiden Wesen wurden übereinander kopiert, wie zwei sich überlagernde Bilder. In den Zügen ihres Spiegelbildes glaubte sie manchmal Léons Gesicht zu erkennen.

Morel aber war durch diese neuen Symptome beunruhigt.

»Seelische Gravidität«, diagnostizierte er, doch dies allein war keine Lösung, weil er nicht wußte, nicht wissen konnte, in welche Krisen der Okkupant Madelaine hineintreiben würde. Er versuchte die beiden zu trennen, doch konnte er Madelaine nicht dazu bringen, Widerstand zu leisten.

»Es geht nicht«, sagte sie. »Ich kann ihn nicht mehr von mir trennen. Unsere Gedanken, unsere Gefühle haben sich vermischt. Wenn ich versuche, ihn auszusperren, schneide ich mir bei dieser Operation immer ins eigene Fleisch. Er und ich sind eins, es gibt keine Trennung mehr.«

Seltsamerweise ging dieser Zustand jetzt nicht mehr

mit Angst, sondern nur noch mit Warten und Beobachten einher. Es war, als müßte Madelaine mit aller Kraft eine nebelhafte Botschaft empfangen, welche die wichtigsten Anweisungen Léons enthielt.

Berthe schrieb ihr, daß ihre Mutter, Madame Rougemont, wieder zu Hause sei, obwohl sie noch nicht ganz genesen war. Sie sei sehr alt geworden und weine oft. In ihrem Zimmer brenne die ganze Nacht das Licht, weil sie sich vor der Dunkelheit fürchte. Mit ihren alten Freunden pflege sie keinen Umgang mehr. Dafür habe sie ihren Ehemann wiederentdeckt. ›Der gute, arme Monsieur Rougemont‹ habe am Interesse seiner Gemahlin schwer zu tragen, weil sie nur noch für ihn krank sein wolle. Sie wecke ihn bei Nacht und nehme tränenreich Abschied, weil sie fast im Sterben liege. Gegen Morgen schlafe sie tief ein, Monsieur Rougemont aber eile unausgeschlafen und übernächtigt in die Fabrik. Sie habe auch schon einige behutsame Selbstmordversuche unternommen, aber stets darauf geachtet, daß man sie rechtzeitig daran hinderte. Sie habe eine leicht erhöhte Dosis von Schlafmitteln genommen, sei dann jedoch erschrocken und entsetzt zu Berthe hinausgerannt und habe nach einem Arzt gerufen. Man habe ihr den Magen ausgepumpt, und Monsieur Rougemont sei bis zum Morgengrauen an ihrem Bett gestanden, obwohl die Dosis überhaupt nicht tödlich war. Sie würde sich auch mit einem Rasiermesser an den Pulsadern ein paar Kratzer beibringen, beim Anblick des Blutes aber erschrecken und mit irrem Gekreisch das ganze Haus zusammenrufen.

Madelaine spürte, daß diese komplizierte hysterische Pantomime ihr galt, nur ihr allein. Sie war es, Madelaine, die sie rief, mit der sie sich versöhnen wollte, die sie beschwor. Doch Madelaine dachte nicht daran, nach Hause zu fahren, obwohl sie ihrer Mutter nicht gram war. Jetzt betrachtete sie die Frau als unpersönliches

Werkzeug in dieser Tragödie, wie einen herabstürzenden Ziegelstein oder einen betrunkenen Autofahrer, der in seinem Rausch einen Passanten überfährt. Léon mußte sterben, daran bestand kein Zweifel. Wenn sie sich gelegentlich dennoch aufraffte und die Schwelle ihrer Gleichgültigkeit überschritt, geschah dies aus purem Mitleid.

Doch die Seele, mit der sie schwanger ging, schrie in wildem, bitterem Schmerz bei Berthes Nachrichten auf. Sie war haßerfüllt, sie klagte an, wurde von Abscheu und Ekel geschüttelt.

Madelaine aber betrachtete die Dinge und Ereignisse aus einem sicheren Winkel, in den sie sich zurückgezogen hatte. Dies waren zweifellos nicht ihre eigenen Gefühle.

Während sie Berthes Brief beantwortete, drängten sich unwillkürlich Wörter und Sätze zwischen ihre Zeilen, die sie nicht zu schreiben beabsichtigte — in einer Schrift, die einen ganz anderen Neigungswinkel aufwies als die ihre.

Diese zurückweichenden Buchstaben, die sich plötzlich in leidenschaftlichem Schwung rechts vornüber neigten, ausladend und dann wieder zusammenschrumpfend — das war zweifellos Léons Handschrift.

Die Mitteilungen, die sich wie fremde Hieroglyphen zwischen den filigranen Buchstaben ihres Briefes abzeichneten, rührten an Madelaines Gemüt, machten sie gleichzeitig bestürzt und betroffen.

»Morel! Morel«, las sie immer wieder im Rahmen ihres konventionellen Textes, stets mit großen Ausrufungszeichen. »Er ist's!«

»Du paßt ja überhaupt nicht auf!« hieß es im nächsten Satz wie ein Peitschenhieb. »Du merkst einfach gar nichts!« Und dann wieder: »Beeil dich! Worauf wartest du noch?! Wie lange muß ich hier noch leiden?!«

Madelaine zeigte Morel diesen Brief, um gemeinsam mit ihm seinen Sinn herauszufinden. Doch Morel wollte ihr diesmal nicht helfen. Dafür schaute er Madelaine nachdenklich und ernst an, und in seinem Schweigen verbarg sich Verschwiegenes.

Sie aber konnte Morels Verschlossenheit kaum ertragen — sie trieb sie in die Verzweiflung. Ihr kam es vor, als hätte sich der einzige Quell des Lichts und der Wärme vor ihr verschlossen. Sie fühlte sich verlassen, verbannt in eine eisige Atmosphäre.

Sie begann zu weinen, und angesichts ihrer Tränen verlor Morel erstmals die Fassung.

»Um Gottes willen, Madelaine ... Weinen Sie um mich?«

Er sprang auf, umfaßte ihre Schultern und hob sie von dem Stuhl hoch, auf dem sie gesessen hatte.

Und als Madelaine mit von seltsamer Erwartung gespannten Nerven zu ihm aufblickte, erkannte sie plötzlich den Sinn von Léons Worten in Morels Augen. Erst war sie verwundert, dann sofort hoch erfreut.

»Er liebt mich«, dachte sie dankbar. »Und Léon will es. Noch weiß er nicht, warum. Aber er wünscht es ungeduldig, drängt mich, daß ich ...«

Sie wirkte unschlüssig und etwas verwirrt. Morel aber ließ sie sofort los und setzte sich wieder hin.

»Sie müssen selbst dahinterkommen, Madelaine«, sagte er mit rauher Stimme. »Bis dahin kann und darf ich nicht darüber sprechen.«

Madelaine aber trat monatelang auf der Stelle — und trotz des fieberhaften Drängens, das sich in ihrem Körper und ihrer Seele immer mehr steigerte, wehrte sie sich gegen den Wunsch, Morel auszufragen. Sie schätzte ihn viel zu hoch ein, als daß sie ihm ihr Ich aufgedrängt hätte, das durch das Erlebnis mit Léon gefühlsmäßig ausgeblutet war.

Morel war ein intakter Mensch, sie aber nichts weiter als ein krankes unruhiges Wrack. Morel verdiente mehr, etwas Besseres, die vollkommene Hingabe und Liebe.

Sie konnte unmöglich mit ihrer komplizierten, quälenden Meute von Erinnerungen bei ihm einziehen, schwach, hilflos und psychisch angeschlagen.

Was konnte sie ihm schon bieten? Ihre durstige Neugier, die körperliche Sehnsucht, das Begehren waren durch den Schock, den ihr Léons Selbstmord versetzt hatte, offenbar gestorben.

Wenn sie Morel auch liebte, so doch auf eine ganz andere Art. Sie strebte keine körperliche Vereinigung mit ihm an. Noch nie hatte sie daran gedacht, daß sich sein Mund außer auf freundliche, kluge, beruhigende Worte auch auf das Küssen verstehen könnte. Vielleicht konnte sie mit ihm gar nicht als eine Frau mit einem Mann zusammensein. Vielleicht war sie überhaupt nicht mehr fähig, eine körperliche Beziehung einzugehen. Also durfte sie Morel nicht ermuntern und an sich binden, obwohl er der einzige Mensch war, ohne den sie nicht leben konnte. Wenn sich in ihrer Freundschaft etwas lockerte, wenn Schatten, Mißverständnisse oder leichte Nervosität ihre Beziehung trübten, mußte sie nach Luft schnappen, als könnte sie nicht mehr richtig atmen.

Nun war sie wieder in Abhängigkeit geraten, so wie sie stets von jemandem abhing, auf den sie sich stützte oder dem sie als Stütze diente. Ihre offene, durstige Seele, ihre Gefühle, die nach einem Gegenstand suchten, bedurften des anderen.

Auch dieses Problem blieb offen und ungelöst, ohne sie jedoch im Moment weiter zu belasten. Sie wußte, daß sie die Entscheidung nur hinausschieben konnte, daß der Tag der Wahrheit aber kommen würde.

Alle um sie herum hüllten sich in Schweigen. Morel schwieg, und Tante Christine schwieg, selbst die sonst so schwatzhafte Séphirine wagte keine Anspielung — und Argout vermied das Thema sorgfältig.

Der kleine scheue Seelenvogel aber umflatterte sie ständig. All dieses Taktgefühl, all diese Rücksichtnahme machten Madelaine allmählich nervös. Ihr wäre es lieber gewesen, wenn jemand jenes Wort endlich ausgesprochen hätte, das längst überfällig war, und sie damit gezwungen würde, hier und jetzt etwas zu tun. Morel vielleicht? Der aber sprach dauernd von anderen Dingen. Sein Mund sprach anderes, doch seine Augen ...

Dann vergingen Monate, lange Monate mit Studien, Spaziergängen oder langen Gesprächen im Zauberbann der Wohnung in der Rue St. Severin, wobei Madelaine dahinterkam, warum es besser war, daß Morel schwieg. Von all diesen Dingen wußte Morel viel mehr, hatte ein viel tieferes Wissen als sie. Er spürte deutlich, daß den Worten zahlreiche andere Dinge vorangehen mußten.

Die zärtlichen, höflichen Berührungen seiner Finger, seiner Blicke, all die heimlichen, verborgenen, heißen Andeutungen, die Magie der unausgesprochenen, spannend sich steigernden Gedanken begann allmählich zu wirken, das latente Feuer zu schüren und den längst erloschen geglaubten Durst wieder heraufzubeschwören und zu wecken.

Seit Léons Tod waren drei Jahre vergangen, doch in diesen drei Jahren hatte er in Madelaine mehr an Lebhaftigkeit, Ungeduld und Nähe gewonnen als jemals zu seinen Lebzeiten.

Es war wieder März, der gleiche März wie einst, der in Madelaines Blut und Nerven den alten, lauen, nervösen Frühlingsstrom pulsieren ließ. Sie war von einem Fieber ergriffen, ohne müde oder krank zu sein.

Jeder vertraute Ton hatte jetzt etwas Mystisches an sich: Die Uhr schlug den Auftakt zum ersehnten Unbekannten, und wenn irgendwo ein Glas erzitterte, war sein Klang voll eisklar klirrendem Gekicher, von heimlicher Erwartung erfüllt.

Am frühen Nachmittag, kurz nach dem Mittagessen, klingelte es wieder, und der Klingelton drang in die Benommenheit des Halbschlafes ein, weder schrill noch erschreckend, eher wie das Traumgeläut einer Traumglocke.

Madelaine spürte es, und in ihrer Seele, in ihrem Körper wußte und wollte es Léon, daß mit diesem Geklingel das Unabänderliche und alles Lösende endlich in ihr Leben trat. Die strahlende Wärme des Ofens und die laue Luft, die durch das offene Fenster hereinwehte, fesselten Madelaine benommen, mit klopfendem Herzen und ahnungsvollen, verwirrten Sinnen auch diesmal an ihr Bett.

Morel kam früher, viel früher als sonst. Seine Miene, sein Blick, sein Fluidum, das ihm ins Zimmer vorausgeeilt war, packten Madelaine mit solcher Kraft, daß sie aufstand und ihm entgegenging.

Sie ging einem verflossenen Moment entgegen, der zur Gegenwart und Zukunft zugleich geworden war. Ihr heißer, hingebungsvoller Durst, der alle ihre Sinne wie ein Strudel erfaßte, riß auch Léon mit sich — oder war er es, der sie antrieb?

Als Morel sie in die Arme nahm und ihr bebender Körper den seinen spürte, wurde ihr plötzlich der gewaltige Unterschied zwischen jenem und diesem Moment bewußt. Damals hielt sie einen halb Ohnmächtigen in den Armen, der dem Untergang geweiht war, und versuchte verzweifelt, den Unrettbaren zu retten, während sie gegen die krampfhaften Reflexe eines Sterbenden ankämpfte. Hier aber, in Morels Armen, konnte sie ruhen. Sie hatte Schirm und Stütze, hatte endlich ihre Heimat gefunden.

Pierres Gitarre an der Wand aber blieb stumm.

Die Verlobung wurde bereits am nächsten Tag in aller Stille zu viert gefeiert.

Trotz seiner schwindenden Kräfte, doch mit zärtlicher Teilnahme und im Vollbesitz seines kristallklaren Geistes, meisterte auch Argout die vielen Treppen, überwand dieses Hindernis und erschien in Tante Christines ›Trutzburg‹ an der Grenze zwischen physischer und astraler Ebene. Er war selbst schon fast ein körperloser

Geist. Als Verlobungsgeschenk brachte er Madelaine den Brief Raguels mit, eine Antwort auf Argouts Schreiben, in dem von ihr und Morel die Rede war.

›Ich glaube nicht, daß man irgend etwas tun sollte. Was geschieht, geschieht pünktlich und zeitgemäß, doch nach dem Zeitmaß der Seele. All die sehenden, hellwachen, aufmerksamen Menschen, die gereiften und alten Heimkehrer werden und können den Weg nicht mehr verfehlen. Wenn sie zögern, so mag es nur dem oberflächlichen Beobachter so scheinen, als würden sie sich weigern, den Befehlen ihres Schicksals zu gehorchen. Dort, wo sie noch zögern, mag ein Hindernis liegen, unsichtbar für andere — doch für sie eine Schwelle, die sie an diesem Punkt nicht überschreiten können.

Es gilt abzuwarten, Argout. Ihre Freunde werden stets und mit Sicherheit ihren Bestimmungsort erreichen. Sie werden zueinander finden, zu mir und schließlich zu sich selbst. Und das mit Gewißheit noch in diesem Leben.

Bitte, teilen Sie ihnen meine Adresse mit. Meine Einladung ist bereits älteren Datums, der Zeitpunkt ist ungewiß. Alles hängt von ihnen ab. Sie werden sich aber auch in diesem Zeitpunkt nicht irren.‹

Morel hatte es mit der Hochzeit nicht eilig.

»Gewöhne dich an mich«, sagte er zu Madelaine. »Mach dich mit dem Gedanken vertraut, daß wir miteinander leben werden.«

Madelaine aber wußte, daß er auch diesmal ein Opfer brachte, weil er selbst ungeduldig ihrer vollkommenen Vereinigung entgegenfieberte — doch sie fürchtete sich davor, den ›richtigen inneren Zeitpunkt‹ zu verpassen.

Und tatsächlich — bis zur Hochzeit legten beide noch einen unvorstellbar langen Weg zurück, um einander zu begegnen. Denn über Morel hatten sie bisher kaum ein Wort gesprochen.

Er hatte für Madelaine bereitwillig, freundlich und unpersönlich sein mannigfaltiges, schillerndes, inneres Reich aufgetan, das sich ins Uferlose verzweigte — sie aber war ihm geblendet und dankbar gefolgt, glücklich und erschrocken zugleich.

»André, ich ...« Manchmal mußte sie wirklich nach ihren Stützpunkten greifen, die ihr zu entgleiten drohten, »das hätte ich nie zu wollen gewagt. Vielleicht hast du dich in mir getäuscht. Es wäre schrecklich, wenn ich dein einziger großer Irrtum wäre.«

Morel aber lächelte.

»Hab keine Angst. Ich kaufe keine Katze im Sack. Ich kenne dich von außen und von innnen. Deine seelische Hingabe gehörte mir noch vor deiner körperlichen Nacktheit.«

»Aber André ... Léon lebt und ist in mir ... und ich kann nichts dafür ...«

»Ich weiß. Aber auch Léon will, daß wir heiraten.«

»Warum will er das, André, warum? Dies ist das einzige, was mich beunruhigt. Manchmal ist eine so bedrohliche Ahnung in mir, daß ich am liebsten meine Ohren verstopfen und davonlaufen möchte, rennen bis zur Bewußtlosigkeit.«

»Vielleicht ist das alles nichts weiter als dein untilgbares Schuldgefühl, das auch durch seine Sehnsucht nach Buße in dir genährt wird. Ein Wermutstropfen ist in jeder Freude. Das Gefühl an sich ist die Strafe, nämlich das Gefühl der Angst. Léon aber weiß, daß ich ... daß ich euer beider Verbündeter bin.«

Solche Gespräche waren dazu angetan, Madelaines Unruhe für eine Weile zu dämpfen und zu verjagen — doch dann kam sie wieder zurück, die Unrast senkte sich über sie herab wie Rauch, der bei diesigem Wetter träge und bedrückt herabsteigt.

Argout wartete die Hochzeit nicht ab. Wahrscheinlich wäre er schon aus purem Taktgefühl nicht erschienen, doch sein Körper schmolz einfach in eine andere Welt hinüber und ließ kaum etwas Materie zurück.

Madelaine beweinte ihn so sehr und trauerte ihm so sehr nach, daß Argouts Erinnerungsgestalt, welche tief in ihrer Seele lebte, die ganze Tristesse wahrscheinlich übelnahm. Durch den Strom ihrer Tränen meinte sie seine sanfte Stimme zu hören.

›Aber nicht doch, liebes Kind ... Sie werden doch nicht wegen einer Fiktion verzweifeln? Was man als Jenseits bezeichnet, ist nichts weiter als die Mentalebene, wohin sich die Seele zurückzieht, sobald sie den vergänglichen Leib verlassen hat. Sie gerät in ein Gebiet, wo sie auch früher Tag für Tag ein willkommener Gast war — in ihren Träumen. Also habe ich mich nicht entfernt, ich bin da. Ich lebe. Jemanden zu beweinen, weil er endlich sämtlichen physischen Gefahren entronnen ist? — Unerhört!‹

Madelaine aber weinte weiter, und mit ihr weinten Tante Christine und Séphirine.

»Ich habe selbst dieses liebe alte Körperkostüm gemocht, das er trug«, schluchzte Tante Christine entschuldigend. »Ich weiß, es ist Unsinn, aber ich hatte mich an seine schlurfenden Schritte und die drei kurzen Klingelzeichen gegen Abend gewöhnt. Mein Gott! Nichts schmerzt den Menschen so sehr wie seine eigene blinde Unwissenheit. Und seine Schuld liegt darin, daß er nicht lieben kann, ohne zu besitzen.«

Dann aber meldete sich Argout recht bald, freilich als schwacher Abglanz seiner selbst — mal durch Tante Christine, mal durch Séphirine. Madelaine aber konnte weder seinen sprühenden Geist noch seinen erfrischenden Einfallsreichtum oder seinen feinen Humor darin finden. Wie alte, vertrocknete Zuckerwürfel, die er in seinen Taschen vergessen hatte, kramte er seine längst überholten Weisheiten hervor, hinter denen nichts lag als gähnende Leere, wobei er das Manko durch eine salbungsvolle Art zu kaschieren versuchte — eine Praxis, die er zu Lebzeiten stets strikt abgelehnt hatte.

»Eine Larve«, sagte Morel zu Madelaine. »Der zweite vergängliche Körper. Eine Hülse ohne Geist, mit längst vergessenen Erinnerungen gefüllt. Argout wandelt bereits sehr weit von hier, durch freiere, schönere innere Fluren. Doch die beiden Damen mögen sich getrost weiterhin an dem ›liebgewordenen alten Körperkostüm‹ erfreuen, in welches sie abwechselnd auch ihre eigenen Gedanken hineinprojizieren.«

Bei ihrer Hochzeit war auch Madelaines Vater anwesend — alt, mit gebeugtem Rücken, abgemagert bis auf die Knochen. Unter seinem Kinn, unter den Augen war die Haut schlaff und faltig wie die einer alten Schildkröte. Sein Blick wanderte zerstreut und gehetzt von Gegenstand zu Gegenstand. Es gab kein Thema, auf das er sich konzentrieren, das ihn fesseln konnte.

Man hat ihn in die Ecke gedrängt, und er sucht verzweifelt nach einem Ausweg, dachte Madelaine. Dabei gibt es für ihn keine Fluchtmöglichkeit, keine Rettung. Jetzt ist er an der Reihe ...

Sie fragte ihn nach der Mutter, und der Vater berichtete mit angeregter Beredsamkeit über ihren Zustand, so daß Madelaine allmählich mißtrauisch wurde.

Er nannte seine Frau ›armes Wesen, die Ärmste‹. Und sie habe viel zu leiden, viel zu ertragen, sagte er immer wieder. Ihr Herz sei schlecht und ihr Blutdruck erschreckend hoch.

Madelaine konnte sich des Eindrucks nicht erwehren, daß ihr Vater einen vorgekauten Text von sich gab, gleich einem erschrockenen, eingeschüchterten kleinen Schüler, wobei er ihr gleichzeitig komisch und bedauernswert vorkam.

Mit jeder Bewegung, mit jeder Geste bat er Madelaine um Entschuldigung, überhäufte sie mit kostbaren Geschenken, auch im Namen seiner Gattin.

172

Er versuchte, Morel eine hohe Apanage aufzudrängen, die dieser jedoch zu Madelaines größter Freude und Erleichterung taktvoll, aber entschlossen ablehnte. Sie hätten es nicht nötig, meinte er. Seine Patienten brachten ihm jetzt schon mehr ein, als sie verbrauchen könnten. Ein unbedeutendes Teilergebnis, das nicht der Rede wert sei, habe eine Flut von Patienten ausgelöst, die er kaum bewältigen könne.

Über die Augen des ›armen guten Herrn Rougemont‹ legte sich ein Schleier.

»Ich weiß, mein Sohn ... Schließlich hatte es Madelaine dir zu verdanken, daß ...«

Plötzlich aber merkte er, daß er sich auf schwankenden Boden begeben, ein Tabu berührt hatte, und brach den Satz in panischer Verwirrung ab. Dann fragte er ziemlich ratlos und resigniert:

»Dann ... Warum habe ich dann ein Leben lang geschuftet?«

»Damit Sie etwas tun, Vater«, meinte Morel freundlich. »Uns aber sollten Sie kein Geld geben, sondern Liebe, und das in alle Zukunft.«

Darauf begann Madelaines Vater zu aller Entsetzen, auch zu seinem eigenen mit verzerrtem Gesicht haltlos zu weinen.

»Es ist furchtbar«, sagte Madelaine zu Morel, als sie am Abend zu zweit allein waren. »Er tut mir leid. Ich liebe ihn auch, aber ich kann nichts für ihn tun.«

»Du hast sehr viel für ihn getan — durch das, was er für dich zu tun versäumt hat. Es ist erstaunlich, wie oft es vorkommt, daß Kinder ihre Eltern erziehen.«

Vom ersten Tag ihrer Gemeinschaft an war Madelaine dahintergekommen, daß sie Morel bei weitem nicht so gut kannte wie angenommen. Das Zusammenleben mit ihm war von fast unvorstellbaren, neuen und spannenden Erfahrungen erfüllt. Es gab auch nicht den geringsten Kollisionspunkt zwischen ihnen, auch nicht in den unbedeutenden, kleinen Dingen des alltäglichen Lebens. Nie war ihr Mann kritisch, lustlos oder intolerant. Auch seine Leidenschaft hielt sich in Grenzen, und er näherte sich ihr nie, wenn er Zeit und Stunde nicht für geeignet hielt, auch wenn er gutgelaunt war, wenn er Sorgen hatte oder wenn er zärtlich werden wollte. Er kam zu ihr, wenn sie es wünschte, wenn sie sich offenbaren wollte, und umarmte sie stets nur dann, wenn sie ein Mangelgefühl überkam.

Wieso weiß er das, wie kann er diese Schwingungen nur ahnen, die zarter und feiner sind als jeder Gedanke, fragte sich Madelaine staunend.

Ihre Einsamkeit löste sich unbemerkt auf, verlor ihre Konturen in Morels gewaltlos strömender Kraft und Spiritualität. Was ihre körperliche Beziehung betraf, so verirrte sich keine linkische Geste, kein peinliches Wort zwischen sie. André beherrschte auch diesen Bereich vollkommen, ohne die Liebe zum Selbstzweck zu machen. Die Lust war für ihn keine unpersönliche Sache, eher ein erhabener Dienst, eine Hingabe, deren glückbringende Wirkung sich im Partner spiegelte. Man konnte sich dagegen nicht abschotten, nicht einigeln und in seinem Inneren kleine, unbedeutende Stellungen verteidigen und hüten. Madelaine hatte alle ihre Waffen gestreckt. Und nach dem ersten Ehejahr mußte sie sich gestehen, daß sie in ihren Mann grenzenlos verliebt war.

Sie wohnten in der Rue de Clignancourt, im ersten Stock eines alten Hauses. Madelaine hatte diese Wohnung komplett mit Morel übernommen und machte es sich dort ebenso unvoreingenommen bequem wie im Leben ihres Gatten.

Im Gegensatz zu der gespenstischen, überfüllten, verstaubten Behausung in der Rue St. Severin wurde sie hier von weiten, luftigen, sonnigen, fast leeren Räumen empfangen. Doch diese Leere war kein Vakuum, sie war

Freiheit. Die Gegenstände zogen sich diskret zurück, schmiegten sich an die Wand, verneigten sich vor dem Menschen. Dennoch fehlte nichts, und alles stand zur Verfügung: Schreibtisch, Sessel, kleiner, niedriger Tisch, Liege, Bücher, verborgene Lichtquellen.

Auch nach ihrer Heirat setzte Madelaine ihr Universitätsstudium fort. Sie hatten vor, nach Madelaines Examen eine Reise nach Mittel- und Südamerika anzutreten. Morel wurde zu einer Vortragsreihe in die USA eingeladen, von wo aus sie einen Abstecher in Madelaines Traumgefilde machen wollten.

Diese Reise aber wurde durch Madelaines häufige Unpäßlichkeit vereitelt. Nachts schlief sie wieder schlecht. Léons ›Tiefseelandschaft‹ mit dem verwesenden Leichnam und seinem vampirähnlichen Tanggewebe driftete wieder näher an sie heran, durchbrach ihre Verteidigung. Stimmen und Töne rauschten, klangen um sie herum wie Glockengeläut. Es war, als hätte sich die Zeit zwischen einst und jetzt spurlos aufgelöst — denn ihre Seele verharrte zögernd in der bleischweren, regungslosen Gegenwart.

Doch diesmal war dieses Verweilen von spannungsvoller Erwartung erfüllt, in der Regungslosigkeit lauerte eine undefinierbare Macht, die früher oder später zum Ausbruch kommen würde wie ein rumorender, rauchender Vulkan.

In einer warmen Septembernacht wurde Madelaine im Halbschlaf von einem Alptraum überfallen, der sie lähmte und ihr den Schweiß auf die Stirn trieb. Sie konnte deutlich spüren, wie ihre Abwehrkräfte dahinschwanden. Ihr Mann lag neben ihr in tiefem Schlaf — sie aber konnte sich nicht rühren, um ihn zu wecken.

Olivgrüne, dichte, kalte Wellen rollten auf sie zu, schwappten über ihren Kopf und rissen sie mit. Das Phantom-Meer sprudelte und strudelte und stürmte, zerfetzte Bruchstücke mürber Astralmaterie und riß amorphe Massen mit sich fort.

Dieser neptunische Hexentanz wurde vom tiefen Gedröhn unterirdischer Lavaströme untermalt. Aus dem aufsteigenden Strombett drang schwerer, öliger Schlamm hervor. Gewaltige Kräfte brachen aus der Tiefe herauf, spuckten Materie aus und begruben die erstarrten Formen unter sich, sogen sie einfach auf. Léons Leichnam versank im offenen Grab. Doch seine jubelnden Gedanken, die in wildem Triumph ausgesandt wurden, wirkten im Orkan des Kataklysmus wie eine Eruption:

»Endlich! Endlich! Madelaine!«

Ihr Bewußtsein ging plötzlich in dieser entsetzlichen Steigerung unter. Sie stürzte in Abgründe, versank in einen tiefen Schlaf, aus dem sie erst am späten Vormittag schwindlig, benommen und von Kopfschmerzen geplagt wieder erwachte. Sie hatte Schüttelfrost und Mühe, wach zu werden, während ihr ganzer Organismus rebellierte wie eine aufgewühlte See.

Als sie sich dann endlich aus ihrem Bett hochrappelte, wurde sie von heftigem Brechreiz erfaßt — ein Anfall, der einer Seekrankheit glich und durch nichts zu stillen war, ein schmerzlicher, ergebnisloser Magenkrampf. Sie ließ Morel per Telefon benachrichtigen. Dieser sagte dann unterwegs seinerseits einem Kollegen in der Klinik Bescheid. Die Symptome wiesen auf eine Schwangerschaft hin.

Madelaine setzte trotz ihrer Unpäßlichkeit ihre Studien fort, um das letzte Examen noch vor der Geburt ihres Kindes abzulegen. Jener Zustand, in dem sie am ersten Morgen ihrer Schwangerschaft erwacht war, wollte nicht von ihr weichen, grenzte sie aus ihrer bisherigen Welt aus. Stimmen und Töne aus unsichtbaren Quellen, Licht und Wärme umschlossen sie gleich einer gläsernen Wand, die alle Farben dämpfte, erfüllten ihre Klausur mit fremdartigen, befremdenden Gefühlen, mit Beklommenheit und Schmerzen.

Ihr Mann fragte sie oft, ob sie sich freue, ein Kind zu bekommen — doch sie fand keine Antwort auf seine Frage, weil sie es als unwirklich empfand. Ihr war, als würde dies alles nicht ihr geschehen, sondern einer fahlen Unbekannten, die neben ihr lebte, der sie nicht in die Augen zu schauen wagte, bei der sie aber die stufenweise Schwellung des Leibes miterlebte, mitvollzog und seltsamerweise diesen entsetzlichen Zustand teilte.

Ihre Träume entführten sie in dunkle, stille, stumme Gefilde, auf schwarze, ruhige Wasser, auf einen Fluß, der gemächlich dahinströmte, an Bord eines Floßes.

Wo werde ich wohl landen, wo vor Anker gehen, fragte sie sich manchmal bei Tage und im Traum bei Nacht. Wie wird er wohl sein, jener, der eines Tages geboren wird? Sie konnte sich das Kind nicht vorstellen, weder als Embryo, das in ihrem Leib heranwuchs, noch als lebendes Baby, das traut und warm in ihren Armen lag, auch nicht an ihrer Brust, obwohl ihre Milchdrüsen bereits schmerzlich spannten.

Trotz allem war der Arzt mit ihrem Zustand zufrieden und sprach ihr Mut zu, sagte ihr, daß sie zur richtigen Zeit problemlos alles hinter sich bringen würde. Morel gegenüber offenbarte er aber seine Bedenken. Wegen Madelaines kindlichem Körper war die Möglichkeit einer Frühgeburt nicht ausgeschlossen, weil ihre Gebärmutter noch unentwickelt und entsprechend schwach war.

Madelaines Sohn wurde in der Tat ein Siebenmonatskind. Eine plötzliche falsche Bewegung auf verschneiter Straße, ohne auszugleiten oder hinzufallen — und schon setzte der Geburtsvorgang in ihrem Körper ein. Die Gebärmutter begann sich zu öffnen und befreite sich von der Last, die immer schwerer geworden war.

Nach den fürchterlichen Kämpfen der Geburt, die über alle ihre Kräfte und Vorstellungen hinausgingen, reichte man ihr ein winziges, verschrumpeltes, immerhin lebendes Kind, während sie zerschlagen und entsetzt mit rauher, schmerzender, brennender Kehle darniederlag und ihr eigener häßlicher, wilder Schrei, den sie bei der Geburt ausgestoßen hatte, noch in ihren Ohren lag.

Das Kind sah aus wie ein tausend Jahre alter Greis, und sobald sie es erblickte, wußte sie sofort: Davor hatte sie sich die ganze Zeit gefürchtet, und genau dies hatte sie erwartet. Es war Léon, den sie zur Welt gebracht hatte.

Das Kind kam für sieben Wochen in den Brutkasten des Krankenhauses und wurde künstlich ernährt. Und im Lauf dieser Wochen wurde es um Jahrhunderte jünger, weil es mit aller Macht und entschlossen leben wollte.

Sooft Léon im Gesicht ihres Kindes seine blauen, noch blicklos verschleierten Augen aufschlug, wurde Madelaine von heißem Mitleid und von wilder Beklommenheit überwältigt und ihr Herz begann zu rasen. Mit diesem kleinen, hilflosen Wesen brach das ganze Problem, das sie bisher immer auf die lange Bank geschoben hatte, die zeitlose Last ihres Schicksals, mit voller Wucht über sie herein und drohte sie zu zerschmettern.

Wie sehr sie doch dieses Kind liebte! Wie sehr sie um dieses Kind bangte! Wie krampfhaft sie sich an dieses zarte Pflänzchen klammerte, das wie ein Moloch jeden Augenblick ihres Lebens, all ihren Ehrgeiz, all ihre Ideale und Gefühle verschlang! Sie war nicht mehr geistige Gefährtin, Freundin, Geliebte ihres Mannes: Sie war nur noch Mutter, ein vor Angst halb wahnsinniges, besessenes Muttertier.

Wie sollte sie ihr Kind erhalten und bewahren? Wie es sichern? Wie es abschotten und verbarrikadieren? Mit welchen Mitteln sollte sie es gegen Milliarden von Gefahren, gegen physische und astrale Angriffe verteidigen?

Am liebsten hätte sie die Zeit vorangetrieben, auf daß sie sich beeile, dahineile, um noch mehr Fleisch, noch mehr Muskeln, noch mehr Blut und Kraft für ihr Kind heranzuschaffen, damit es blühe und gedeihe, damit es heranreife, damit es groß und stark werde.

Das Auf und Ab von Gramm und Dekagramm, die auf der Kinderwaage schwankten, bestimmte die extremen Pole von Ekstase und Verzweiflung.

Das Kind ist lebensfähig! Es wird am Leben bleiben!

Mit dieser lauten Beschwörung verstopfte sie alle Ritzen, während sie den latenten Pessimismus dieser These wie einen Aussätzigen von der Schwelle ihres Bewußtseins verscheuchte.

Stunde um Stunde, Tag und Nacht saß sie am Bett ihres kleinen Sohnes oder neben seinem Kinderwagen, wagte einen verstohlenen Blick nur, wenn das Kind schlief, um es ja nicht mit ihren durstigen Augen zu behelligen. Doch wenn das Kind wach war, paßte sie auf wie eine Glucke auf ihr Küken.

Sie betrachtete sein rundliches Gesicht, sein seidiges Silberhaar, die Schatten seiner hohen Stirn, Léons empfindliche Nase und seinen bitteren, sinnlichen Mund.

Mein Gott, dachte sie, wenn er nur endlich anfangen würde zu sprechen, wenn er sie wahrnehmen würde, wenn er sie erkennen würde!

Gleichzeitig aber wurde ihr angst und bange bei dem Gedanken, daß sie sich ihren Sohn nicht als heranwachsendes, spielendes Kind mit wachen Augen und intelligentem Blick vorstellen konnte — ein Kind wie jedes andere, das irgendwo über Wege oder Rasen stolpernd dahinrannte.

Ich konnte mir ja auch nicht vorstellen, daß ich dieses Kind eines Tages in meinen Armen wiege, suchte sie ihre bösen Ahnungen zu verscheuchen. Dennoch ist er da, liegt greifbar vor mir, in meiner Nähe.

Alle weiteren Ereignisse und Gestalten seines Lebens rauschten jenseits von Nebelvorhängen, huschten vorbei wie Schatten. Was hatte das alles zu bedeuten? Sie aber ließ nicht locker, gab den Versuch nicht auf, Zukunftspläne für ihren Sohn zu schmieden. Sie versetzte ihn immer wieder in eine neue Umwelt, in ein anderes Milieu, erfand tausend Möglichkeiten, sprach ihm immer wieder neue Talente zu, schmückte ihn mit überraschenden Eigenschaften. Die Details solcher Träume arbeitete sie bis zur feinsten Schattierung, bis zur letzten Geste, bis zum letzten Wort minutiös aus. Nun fehlte nur noch der Hauch des Lebens, der Funke der Gewißheit, daß dies alles irgendwann irgendwo geschehen würde.

Doch trotz ihrer flammenden Phantasie, trotz ihres Kunstverstandes und ihres erlesenen Geschmacks waren dies nichts weiter als seichte, fadenscheinige Platitüden, hinter denen sich die rätselhafte, geheimnisvolle, elende Wirklichkeit verbarg.

Ihr kleiner Sohn schlief neben ihrem Bett, kaum eine Armlänge von ihr entfernt. Eines Nachts — das Kind war bereits sechs Monate alt — schreckte sie aus traumlosem Schlaf plötzlich auf wie von der Tarantel gestochen. Doch sie war nicht etwa bei Bewußtsein — es war vielmehr ein seltsames schlaftrunkenes Zwischenstadium. Sie öffnete die Augen, ohne dadurch richtig wachzuwerden.

Sie starrte in eine samtene, dichte Finsternis und wußte gleichzeitig, daß hinter ihrem Rücken etwas mit ihrem Kind geschah, etwas Unaussprechliches und Entsetzliches, während sie auf ihrer linken Seite liegend bei ihrem Kind geschlafen und ihm den Rücken zugekehrt hatte. Schlaftrunken wie sie war, drehte sie sich um und schaute auf das Kinderbett.

Über dem Bett aber schwebte eine bläuliche, rauchartige Masse, die sich horizontal ausbreitete. Und aus dieser Masse ging ein Faden hervor, ein Faden, der immer schmäler wurde und bis zum Körper des Kindes hinabreichte. Das Ding sah aus wie eine Nebelgestalt, die flach in der Luft lag, Gesicht nach unten, wie eine Wasserleiche, die an der Oberfläche schwebt.

Plötzlich raste etwas wie ein Blitzschlag durch sie, etwas Unbekanntes, das stärker war als der Mutterinstinkt. Sie war außerstande zu denken oder die Situation richtig einzuschätzen.

Also drehte sie sich um, warf sich wieder auf ihre linke Seite, kehrte dem Kind, das von einer unbekannten Gefahr bedroht wurde, den Rücken und zog die Decke über den Kopf.

Ihr zitternder Körper war in Schweiß gebadet, ihre Haut schmerzte. Sie fürchtete sich und wurde von blindem Grauen geschüttelt. Die Furcht wirkte wie ein tödlicher Strom, wie ein Verbot, das sie lähmte, das ihr die Sicht nahm, gleich einem Engel mit dem Flammenschwert. Sie konnte nicht hinschauen und nichts, aber auch gar nichts gegen das tun, was da soeben geschah.

Erst nach Stunden konnte sie sich wieder rühren, mit schmerzenden Gliedern, den ganzen Körper in Schweiß gebadet. Und wie von einem Zauberbann befreit sprang sie hoch und eilte an das Bett ihres Kindes. Das Gesicht des Kleinen, seine Miene wirkte im gedämpften Lampenlicht rosig und zufrieden. Die beiden Händchen zur Faust geballt, schlief es friedlich auf seinem Kissen.

»Was war denn das?« fragte sie ihren Mann, der durch das Lampenlicht ebenfalls wach geworden war. Vor Aufregung zitternd berichtete sie von ihrem Erlebnis.

»Ich denke, du hast über dem schlafenden Kind dessen Zweitkörper erblickt. Darauf weist auch die dünne astrale Nabelschnur hin, welche die beiden verband. Ein solcher Ausstieg im Traum kommt öfters vor, auch bei reiferen Menschen, im Babyalter aber fast ständig. Man könnte sagen, daß auf dieser primitiven Stufe des physischen Daseins die Seele im Körper zu Gast ist und sich mit diesem erst dann identifiziert, wenn die Organe dafür reif geworden sind. Ein Baby ist vom geistigen Standpunkt aus gesehen vorerst ein Embryo, dessen Vernunft noch ungeboren ist.«

»Ja. Das kann ich verstehen … Doch wie erklärst du dir jene Panik, die mich gezwungen hat, das Kind seinem Schicksal zu überlassen, ganz gleich, was mit ihm geschieht? Man hätte das Kind hinter meinem Rücken sogar ermorden können!«

»Es könnte irgendeine Art Verbot gewesen sein. Ein archaischer Pförtner, der dir den Weg verwehrte … Ich weiß es nicht.«

Madelaine aber war, wie auch Morel, mit dieser Erklärung nicht zufrieden. Eine wache, körperlose Unruhe schwang in ihnen, doch sie gaben die erfolglosen Versuche mit Worten und Formulierungen schließlich auf, saßen stumm am Bett ihres Kindes.

»Leg dich hin. Du wirst dich noch erkälten. Dir ist kalt, du zitterst am ganzen Leib«, sagte Morel, der sich als erster aus den Fängen dieser Lethargie befreite.

Madelaine legte sich wieder in ihr ausgekühltes Bett und deckte sich zu.

»André«, brach es nach einer Weile verzweifelt aus ihr hervor. »Dieses Kind entgleitet mir. So krampfhaft ich mich auch an den Kleinen klammere, wenn ich auch Seele und Geist für ihn opfere — es ist alles vergebens! Ich kann es deutlich spüren.«

Das kleine Wesen aber entwickelte sich während der nächsten Wochen prächtig. Die Waage zeigte fast sieben Kilogramm an, und zwei Tage vor der Vollendung des siebten Monats erreichte die Marke die Zahl sieben.

Dann machte sich ein geringes, kaum erwähnenswertes Fieber bemerkbar, gefolgt von Appetitlosigkeit und Erbrechen. Der Arzt vermutete eine fiebrige Magenverstimmung, verbot jede Nahrung und verschrieb einen Tee als Getränk. Der kleine Junge aber erbrach auch den Tee und weinte laut die ganze Nacht.

Madelaine wich nicht von seinem Bett. Sie mußte gegen die gleiche blinde Panik ankämpfen wie in jener Nacht, als sie die seltsame Nebelgestalt über dem Bett ihres Kindes erblickt hatte. Jetzt aber war sie nicht bereit, Léon seinem Schicksal zu überlassen. Sie konzentrierte all ihre Kraft, all ihre verzweifelte Anbetung, ihre Sorgen, ihre Ängste, die sie zu ersticken drohten, auf ihn — auf ihn allein.

Das Fieber stieg weiter an, ein trockenes Feuer, welches das arme Kind zu verzehren drohte. Innerhalb weniger Stunden tauchte der Arzt zweimal auf und ging dann nicht mehr fort.

Madelaine versuchte, die heißen Lippen des Kindes mit kaltem Tee zu kühlen. Nun wehrte sie sich nicht mehr gegen das Weinen, das immer schmerzlicher wurde. Sie ließ es in ihre offene Seele ein, ließ es ihre schutzlosen Nervenstränge überfluten, weil sie mit dem Leidenden mitleiden wollte.

André hatte auch seinen Freund, den Professor, zu sich gebeten. Während des Konsiliums ging Madelaine für einen Moment ins Badezimmer, um ihre brennenden Augen und ihre heiße Stirn zu kühlen, weil sie befürchtete, sie würde ohnmächtig werden, wenn sie mit den Ärzten sprechen müßte. Es war früher Morgen; durch das Milchglasfenster des Badezimmers fiel ein goldener Sonnenfleck auf den bunten Mosaikboden.

Dann, urplötzlich und unbegreiflich, gleich einer Hymne der Freiheit, ergoß sich ein erhabenes Gefühl mit ergreifender, erschütternder, hinreißender Macht in ihre Seele. Tränen traten in ihre Augen, ihr Atem stockte, und sie zitterte am ganzen Leib. Glocken erklangen, kleine Silberglöckchen, große schwere Glocken mit tiefen Tönen, ein einziges Geläut — und aus diesem Glockenspiel heraus rief eine jubelnde Stimme begeistert ihren Namen.

Madelaine! Madelaine! Ehre sei Gott in der Höhe! Dies ist der letzte Schritt ...!

Das Ganze dauerte nur einen Moment, vielleicht nur den Bruchteil eines Augenblicks — dann stürzte sie wieder steil in die finsteren Abgründe ihres Schicksals hinab.

Als sie wieder ins Zimmer zurückkehrte, erfuhr sie, daß ihr Söhnchen an Gehirnhautentzündung litt und alle fünf Minuten in einen Starrkrampf verfiel. Sein Rückgrat war mehrmals punktiert worden, die Auswertung wies auf Tuberkulose hin. Das hieß, daß es für das Kind keine Rettung mehr gab.

Der kleine Junge lebte nur noch ein paar Stunden. Sein Gesicht verwandelte sich unter all den Schmerzen in das Gesicht eines Greises, und Madelaines schmerzliche Züge verschmolzen in diesem Antlitz mit Léons Gesicht.

Madelaine aber, war erleichtert, als ihr Kind endlich kalt und still seine Ruhe gefunden hatte. Sie schrie nicht, sie tobte nicht. André nahm die kleine Wachspuppe aus ihren Armen und legte sie auf den Wickeltisch. Madelaine aber ließ zu, daß er sie wegführte und auf ihr Bett legte.

Heute war er sieben Monate alt geworden, dachte sie im Taumel ihrer tödlichen Erschöpfung. Dann nahm die Bewußtlosigkeit eines gnädigen, traumlosen Schlafes sie in die Arme.

Madelaine war innerlich so sehr ausgebrannt und erschlafft, daß sie gerade noch mitbekam, daß man ihren kleinen Sohn am siebenten Dezember in der Parzelle Nummer sieben beisetzte. Und sie wußte auch, daß im Tor der rätselhaften Nummer sieben etwas endgültig zu Ende gegangen war.

Dieses kleine Wesen, dieser winzige Körper eines Kindes hatte all ihren Ehrgeiz, ihre Lebensbejahung, ihren heimlichen Durst, ihre abenteuerliche, ausschweifende Phantasie in sich vereint und aufgesogen, und mit sich selbst der Vernichtung preisgegeben.

Was zurückblieb, war Stille und eiskalte Leere. Und Einsamkeit — eine unbeschreibliche innere Einsamkeit nach diesem spannungsvollen Beisammensein.

Madelaines seelische Gravidität war verschwunden.

Léon hatte sie verlassen. Seine Krisen, seine leidenschaftlichen Gedanken, seine qualvollen Gefühle durchströmten sie nicht mehr. Nur ihre Erinnerungen, ihre unauflöslichen Erinnerungen an ihn lebten wie Gespenster in dumpfen, zugigen, finsteren Hallen fort. Wohin war er geschwunden? Was war hier geschehen? Was sollte dieses geheimnisvolle Spiel mit der Zahl sieben? Sie grübelte über diese Frage nach, die sie in ihrer Gleichgültigkeit als einzige beschäftigte.

»Was weißt du über die Zahl sieben?« fragte sie ihren Mann.

»Ich weiß nur, daß sie die Schlüsselzahl des physischen Lebens, das Symbol der Einheit von Geist und Form ist und auch den Mikrokosmos sowie den Makrokosmos auf seltsame Weise durchzieht.

Die Zellen des Körpers erneuern sich alle sieben Jahre, bei Krankheiten tritt die Krise am siebten Tag ein. Der Mond wandelt sich alle sieben Tage. Die Mystik spricht von sieben Prinzipien, die Kabbala von sieben Planeten, sieben Metallen, sieben Engeln und sieben Edelsteinen. Doch ist die Sieben gleichzeitig auch die Zahl der Rache und der Befreiung.«

Alles, was Morel sagte, blieb für Madelaine ein Buch mit sieben Siegeln. Wie konnte sie diese Mauer durchdringen? Wie konnte sie eine Beziehung zu ihren persönlichen Problemen finden?

Wenn es sich um einen Schlüssel handelte, so war es ihr verwehrt, ihn zu benutzen. Es fehlte ihr einfach an der Kraft, an der Erkenntnis, um den Inhalt zu erfassen.

»Kannst du das verstehen? Weißt du, wie all dies mit ... mit uns zusammenhängt?« drängte sie André.

»Nein«, erwiderte ihr Mann leise und resigniert. »Zumindest jetzt noch nicht.«

Madelaines bleierne Lebensmüdigkeit wechselte mit heftigen körperlichen Gefühlen ab. Ihre Milchdrüsen schwollen immer bei Vollmond an, und jede Faser ihres

Körpers sehnte sich nach einem warmen, hilflosen, seidigen, anhänglichen Kinderleib. Sie hätte aufschreien mögen vor lauter Sehnsucht. Auch die Liebe hatte noch nie mit solch versengenden Flammen in ihr gebrannt. In solchen Stunden haßte sie ihr Fleisch, ihre tierischen, gierigen Instinkte, ihre Unterwerfung, ihre blinde, sklavische Ergebenheit gegenüber der Natur.

Das bin nicht ich, dachte sie empört. Es ist ein finsterer, verantwortungsloser Hetzer, dessen Ziel und Zweck dem meinen diagonal entgegengesetzt ist. Ich möchte den Lebensfaden nicht mehr weiterspinnen. Es ist genug.

In dieser Krise tauchte Argouts neutrale Gestalt wie eine kühle reine Insel in ihr auf — und hinter ihm jemand, zeitlos und von namenlosen Inspirationen durchwoben: Raguel. Es war, als hätte ihr Argout mit unsichtbaren Zeichen den Weg gewiesen: *Dort ... dort ... dorthin ...*

Madelaine suchte und fand Raguels Adresse. Als sie ihre Absicht André offenbarte, erfuhr sie, daß ihn dieser Gedanke bereits seit Wochen beschäftigte. Doch er hatte nichts einleiten, nichts beginnen wollen, bevor er nicht sicher war, daß der Wunsch in Madelaine reif geworden war. Sie nahmen sich vor, sofern Raguel lebte — und er mußte leben, dies war eine mystische Gewißheit, die sie beide erfüllte —'ihn in der Schweiz zu besuchen, falls er bereit war, sie zu empfangen.

Auf ihren Brief hin traf die Antwort Raguels am 30. August 1939 ein:

›Kommen Sie, sobald Sie reisebereit sind‹, schrieb er. ›Mythenburg erwartet Sie zu jenem Zeitpunkt, zu dem Sie eintreffen müssen!‹

Und in der Tat — sie trafen nach dem Krieg im Mai 1947 pünktlich ein.

Die Zeit zwischen der Korrespondenz mit Raguel und ihrer Ankunft in Mythenburg kam Madelaine wie eine entsetzliche Prüfung vor, in einer finsteren Unterwelt, in einer stickigen Atmosphäre, in der man die Dinge mit entsetzlicher Intensität nur spüren, tasten und ahnen konnte, während die Konturen unbekannt und verschwommen blieben.

Ihr persönliches Schicksal wurde in den Hintergrund gedrängt. Jene unpersönliche Pflicht, die ihnen ihr Verantwortungsgefühl zugeteilt hatte, hielt sie mit eisernen Klauen gefangen. Ihr zäher Kampf gegen die Übermacht der Finsternis war von einer düsteren Erhabenheit durchsetzt. Man konnte sich nicht einfach hinter dem Schutzwall der Passivität verstecken — man mußte allzeit und ohne Unterlaß aktiv sein, jede Gefahr, ja auch die Aussicht auf Untergang und Vernichtung in Kauf nehmen.

Im ersten Kriegsmonat wurde André an die Maginot-Linie versetzt, wo er sich eine Lungenentzündung holte. Diese Erkrankung war es, die ihn über einen schmalen Steg hart an der Grenze des Todes zu Madelaine nach Paris zurückführte. Dort überlebten sie die tragischen Jahre Frankreichs, hungernd und frierend, Tag und Nacht bereit, jenseits und außerhalb des Gesetzes.

André gab eine Zeitung heraus, betreute die Verwundeten der Untergrundbewegung. Sie versteckten Menschen und besorgten ihnen falsche Papiere.

Ihre Wohnung wurde zu einem überfüllten, sturmgepeitschten Lager mit bebender Atmosphäre. Die Lebensmittel wurden immer knapper, die Gäste dafür um so zahlreicher. Man lebte, von Nervenkrisen, aufglühenden Hoffnungen und resignierenden Zusammenbrüchen gebeutelt, auf engstem Raum zusammen.

Es gab immer welche, die sich hinter dieser dünnen Schutzmauer hervorwagten, sich heimlich davonmachten, über den Kanal oder irgendwo auf See die Alliierten erreichten. Es gab aber auch solche, die bereits nach dem ersten Schritt abstürzten. Sie wurden gefangen genommen, ins KZ gesteckt, erschossen oder gehängt.

Doch immer wieder kamen neue herbei. Und kein

einziger Gast verriet den Gastgeber, auch nicht unter der Folter.

Es grenzte fast an ein Wunder, wie diese Wohnung, dieses Asyl beschützt wurde, ein unbegreifliches Wunder, das ihnen geschah. Selbst der leiseste Verdacht, eine routinemäßige Razzia, wäre ihr Untergang gewesen — doch die Treibjagd, welche die ganze Stadt durchkämmte, ging seltsamerweise an diesem Haus, an dieser Wohnung vorbei.

Wenn Madelaine an diese Zeit zurückdachte, kam es ihr vor, als hätte sie trotz ihrer Angstanfälle stets gewußt und fanatisch daran geglaubt, daß ihnen kein Leid geschehen könnte.

Tante Christine wurde das Opfer eines eiskalten Winters und der Entbehrung. Entsetzt und beleidigt flüchtete sie aus dieser schnöden chaotischen Welt, zog um zu ihren Geisterfreunden, in eine größere, schönere Version ihrer Wohnung in der Rue St. Severin im Jenseits, dessen Bürgerin sie von Anbeginn gewesen war.

Séphirine vegetierte noch eine Weile in Madelaines Dienstbotenkammer dahin — bleich, entsetzlich abgemagert, wie ein Gespenst, in sich versunken, anscheinend nicht mehr ganz bei Trost — doch Madelaine und André fürchteten sich nicht vor ihr, wenn sie laut mit sich selbst redete, sich ärgerte und mit den Händen gestikulierte. Sie wußten, daß sie sich mit Tante Christine stritt, wie in alten Zeiten. Sie teilte ihr alles mit und erhielt seltsame Nachrichten von ihr.

Eines Morgens dann wollte sie nicht mehr aufstehen.

»Ich bin es leid, mich dauernd anzuziehen, herumzugehen und so zu tun, als ginge mich die ganze Geschichte etwas an. Auch Madame Christine habe ich gründlich Bescheid gesagt«, erklärte sie resolut. »Ich mag nicht mehr hier bleiben! Hier habe ich nichts mehr verloren. Was soll das alles? Wo sind wir denn? Man darf mich doch nicht einfach hier vergessen. Wir haben uns auch zerstritten, wie immer. Ich werde kurz nach

Mitternacht aufbrechen. Und bis dahin lohnt es sich wirklich nicht, aufzustehen.«

Und sie starb 30 Minuten nach Mitternacht.

Erst nach dem Waffenstillstand erfuhren sie, daß das Haus in Liège von Bomben getroffen und komplett zerstört worden war. Dort, wo es einst gestanden hatte, klaffte eine tiefe Grube, und selbst die Trümmer waren in alle Winde zerstreut.

»So schrecklich dies auch sein mag«, sagte André, »so sind sie irgendwie doch zur rechten Zeit gestorben. Sie hatten einen schönen, gemeinsamen Tod. Sie gehörten auch in ihrer Schwäche zusammen, obwohl ihnen das Gefühl für Gemeinsamkeit fehlte.«

Alle um uns herum sind tot, dachte Madelaine. Léon, ihr kleiner Sohn, Argout, Tante Christine, Séphirine, ihre Eltern — auch Berthes Erinnerungsgestalt war verschwunden. Wir zwei sind allein ... was wird wohl unser Schicksal sein?

Sie war bereits jenseits aller Dinge, die die Außenwelt ihr boten und die ihr irgendwann etwas bedeutet hatten. All das hatte sie nun hinter sich gebracht und überwunden. Sie hatte ihren Kampf gekämpft, hatte keine Tränen mehr. Sie hatte unter Liebe, Angst und Trauer gelitten. Sie hatte geliebt, geboren und Wesentliches erlebt.

Alle ihre Erlebnisse waren eine Essenz — nicht nur unmittelbare persönliche Erfahrung, sondern auch ein Symbol ihrer selbst: Liebe, Trauer, Krieg, Leiden.

Hinter diesen Ereignissen lagen der Geschmack, die Farben, die Höhen und Tiefen, all die Hoffnungslosigkeit der Erinnerungen und Leben jenseits des Todes in der Vergangenheit, Schicht auf Schicht. Sie wirkten wie gespannte, vertraute, tausendmal gespielte Saiten, die man nur noch einmal zu berühren brauchte, damit sie ein letztes Mal in vollen Tönen erklangen, und dann endgültig zu reißen.

Alles hatte sie von innen heraus erkannt, mit unaussprechlicher Gewißheit. Sie kannte alle Einzelheiten. Sie war mit glasklaren, reinen Details bis zum Rand gefüllt — doch das letzte Wort fehlte, jene Synthese, die alles in sich zusammenfaßte.

Dieses närrische, schmerzliche Marionettentheater, dieses Spiel mit der Leidenschaft, mit Léon, mit ihr, mit André, mit Mutter und Vater hatte seine Wurzeln und Konturen nicht offenbart.

Ihre nunmehr beruhigte, erschöpfte Seele wünschte sich nichts sehnlicher als den Schluß, den Abschluß und die totale Befreiung. Dies war die einzige Sehnsucht, die sie noch an diese Erde band.

Reisen, Abenteuer, die versunkene vorgeschichtliche Vergangenheit der Außenwelt hatten ihren Reiz und ihre Anziehungskraft verloren. Nur in ihrem Inneren, in sich selbst spürte sie noch die Sehnsucht nach den uralten geistigen Gefilden, die in einem Kataklysmus untergegangen waren.

Sie wußte, daß sich die äußeren Wege stets verzweigten, daß sie sich zu Labyrinthen verflochten oder zu einer engen Sackgasse wurden. Nur die inneren Wege führten zum Ausgang.

Und sie wußte auch, daß sie ohne die Prüfungen und Konsequenzen der vergangenen Jahre nicht nach Mythenburg hätte aufbrechen können.

II

DER WAGEN
DES MARS

Magische Morgendämmerung

BEREITS BEIM ERSTEN BESCHWÖRENDEN Gedanken brachen John D. Carters Erinnerungen eruptiv hervor, gleich einem glutroten, glühenden Lavastrom, der aus dem Krater eines Vulkans schießt. Konzentration war seine unschlagbare Waffe, eine Gabe, die ihm bereits in die Wiege gelegt worden war.

Diese Begabung hatte nie einer Entwicklung oder Schulung bedurft. Sie wirkte in ihm wie eine stählerne Kraft, soweit er zurückdenken konnte.

Doch seine Lebensbilder von der Kindheit bis zur Gegenwart konnte und wagte er nicht zum Mittelpunkt seiner Meditationen zu machen.

Gelegentlich wurde er von irgendeinem Bruchstück eines Ereignisses, das heiß oder schmerzlich in seiner Erinnerung auftauchte, heimgesucht — und in solchen Momenten spürte er, wie ihn ein schwindelerregender, süßer, aber auch bedrohlicher Strudel erfaßte. Zwar wankte er nicht, gleich einem Odysseus, der an den Mast seines Willens gefesselt war, doch brachte es ihm schier unerträgliches Leid, unerträgliche Schmerzen.

Dies war der Grund, warum er seine Erinnerungen ausschloß und versuchte, sich eher auf unpersönliche Dinge zu konzentrieren. Er löschte die Farben seiner Vergangenheit aus, verleugnete sich selbst in ihr.

Jetzt jedoch, da er sich entschlossen der vorher ausgegrenzten Materie seines Egos zuwandte, in welcher jedes Atom von seinen eigenen Nervensträngen durchwoben war, schreckte er fast vor der strotzenden, fordernden Lebensgier, vor diesem prallen Anspruch auf Leben zurück. Es bedurfte schon titanischer Kräfte, um diesen ganzen rebellischen, aggressiven Komplex im Zaum zu halten.

Du lieber Himmel, was war das für eine wilde, tragische Bande! In ihr tobte seine ganze Energie: Starrsinn, fester Wille und eine fast übermenschliche Fähigkeit zum Genuß und zur Qual.

Er lag ungeduldig in seiner Wiege und machte dieser Ungeduld durch schrilles, starrsinniges Geschrei Luft, posaunte sie lautstark in die Welt hinaus. Dabei erinnerte er sich an jene Aufmerksamkeit, die ihm stets zuteil wurde, gleichsam als Echo seines Gebrülls. Wann würde endlich jemand herbeieilen, um ihn aus seiner schmerzenden Hilflosigkeit zu befreien?

Er wollte, daß Bewegung, Geflüster, Geräusch um ihn sei. Er wollte sich freistrampeln und essen. Doch all sein Gebrüll war vergebens — denn zwischen ihm und seinem Ziel lagen taube, hohle, rötliche, unendliche Welten.

Nach einiger Zeit spürte er, daß er auf diese Weise keinen Kontakt mit dem Gegenstand seiner Sehnsucht herstellen konnte, mit diesem Ding, dessen Konturen verschwommen waren, das aber weich war, süß schmeckte und duftete — dieses Etwas, das ihm das ersehnte Wohlgefühl bescherte.

Also lag er still da, dachte fest und sehnsüchtig daran, so daß er allmählich den warmen, pulsierenden Körper zu spüren glaubte — den Körper dieses Wesens, das ihn an seine Brust drückte.

Und plötzlich wurde ihm bewußt, daß er dieses Wesen endlich erhascht hatte. Irgendwo in weiter Ferne, zwischen verschwommenen Dingen hatte er endlich zugefaßt, das Ziel seiner Wünsche gefunden und die Erfüllung herbeibeschworen. Ihm war klar, daß man Geister und Personen einfach zwingen mußte. Denn sie sind da, und sie müssen kommen, wenn es der Meister befiehlt. Und siehe da: Die gewünschte Person eilte prompt herbei, willig, liebevoll und untertänig, die erste Sklavin: seine Mutter.

Wie sehr er doch diese ängstliche, verhuschte, sanfte Frau liebte! Mit welcher Sorge, mit welch hilfloser Beklemmung! Sein Herz krampfte sich zusammen, wenn er sie nur anschaute — ausgeliefert, wie sie war.

Sie wurde vor seinen Augen durch die schwere, farblose, graue und unbarmherzige Persönlichkeit seines Vaters aufgerieben — durch die beherrschende Persönlichkeit eines Mannes, der alles niederwalzte, der in einem steifen Korsett zu leben schien. Sie hatte ihren Sohn zu ihrem eigenen Schutz als festen Stützpunkt gegen den Vater zur Welt gebracht — doch auch in diesem Kampf unterlag sie, war sie es schließlich, die tödliche Wunden davontrug und verblutete.

Wenn er an seinen Vater dachte, hatte er den Geschmack von Eisen auf der Zunge. Im Alter von etwa drei Jahren leckte er am schmiedeeisernen Zaun ihres Hauses, mitten im Winter, als die Stäbe von dickem Eis überkrustet waren und das herabtropfende Wasser zu Eiszapfen erstarrte. Seine warme Zunge entdeckte unter dem schmelzenden Eis einen feindlichen, doch interessanten, fremden Geschmack: Eisen, Rost, scharfe Kanten, ein Geschmack, der für ihn sofort mit der wuchtigen, bleischweren Gestalt seines Vaters verschmolz.

In Anwesenheit seines Vaters war die Mutter stets restlos verwirrt, hilflos, erschrocken und ratlos, wie ein verschrecktes, ängstliches Kind. Und die sanfte, pastellfarbene Heiterkeit ihres Wesens welkte sofort dahin. Sie war vom Zauberbann einer zwingenden, qualvollen Ungeschicktheit gelähmt. Meistens verlor sie den Kopf und machte alles verkehrt: sie stolperte, stieß gegen Möbel und ließ Gegenstände fallen.

Wenn ihr Mann das Zimmer betrat, während sie gerade mit Näharbeiten beschäftigt war, stach sie sich oder schnitt sich in den Finger. Er aber ließ nichts unerwähnt. Nicht aufgebracht, nicht laut, eher mit kühler Sachlichkeit brachte er die Sache stets auf den Punkt.

»Du hast schon wieder nicht aufgepaßt, wo du hintrittst. Paß gefälligst auf, Diana. Denk an nichts anderes, wenn du irgend etwas in die Hand nimmst. Du bist viel zu hastig. Du benimmst dich wie eine kleine, linkische Schülerin. Es wäre mir angenehm, wenn du endlich erwachsen würdest.«

Nie hob er die Stimme — dennoch war seine Frau stets am Boden zerstört, als hätte er aus der Festung seines kantigen Schädels ein Sperrfeuer eröffnet.

John hatte ihn niemals bewegt erlebt. Nie sprach er ein überflüssiges Wort, um die Atmosphäre zu mildern oder um sich freundlich jemandem zu nähern. Er war stets darauf bedacht, zu allen den gleichen Abstand zu halten, gleich einer stummen Geisterburg, von hohen Steinwällen umgeben, abgekapselt und in sich verschlossen. Da gab es keine Ritze, keinen Spalt. Kein Lichtstrahl drang hervor. Da war keine Wärme zu spüren, nur das finstere Geheimnis eines unmenschlichen Menschen — wohl gar kein Geheimnis, eher eine endlose Wüste.

Johns Vater war Offizier, ein großartiger, hervorragender Soldat — doch seine Vorgesetzten, seine Gefährten, seine Untergebenen konnten ihn nicht leiden. Niemand konnte ihn leiden, keiner mochte ihn. Er wurde nicht geliebt, weil er es nicht zuließ.

Ihm fehlte jene entscheidende menschliche Eigenschaft, die den gewöhnlichen Sterblichen zu Kompromissen, zur Demut zwingt, die ihn über sich selbst erhebt und oft auch zu scheinbar sinnlosen Opfern treibt — Johns Vater mangelte es am Bedürfnis nach Liebe. Alles, was er sich wünschte, war Macht, eine eisige konventionelle Ordnung der Dinge — all das, was erstarrt und zur freudlosen Pflicht geworden war.

John begriff erst später, daß sein Vater auf diese Weise gegen den Tod ankämpfte, zäh und verbittert, sein Leben auf den Gefrierpunkt reduzierend, mit Dogmen balsamiert, damit all das unverändert bestehen bliebe, woran er sich klammerte, was er habsüchtig und irrsinnig besaß und mit seiner Persönlichkeit durchtränkt hatte.

Alle fürchteten sich vor ihm — nur sein Sohn nicht. Selbst dann nicht, wenn ihn der Vater systematisch verprügelte und bestrafte — barg er doch eine Zauberformel in sich, über die er jederzeit verfügte. Er kannte ihn genau, und eins war ihm in wilder Ablehnung gewiß: Irgendwo in der transzendenten Vergangenheit hatte er ihn zurückgelassen. Vielleicht waren sie sich insofern ähnlich, als in den tiefen Schichten seiner Persönlichkeit ein prähistorischer Bruchteil mit dem Vater identisch war. Doch in John war bereits alles aufgetaut, geschmolzen und entflammt, was in seinem Vater nur als latenter, primitiver Rohstoff vorhanden war.

Die Gegensätze führten schon sehr früh zu gewaltigen Explosionen und Eruptionen, vor allem wegen der Mutter. Sie aber tat nichts weiter, als die beiden Energien, die stets miteinander kollidierten und sich gegeneinander stemmten, Tag für Tag in einem einzigen Brennpunkt zu vereinen.

Johns Vater war von der Fiktion der Zeit erfüllt. Aus der Tatsache, daß er früher geboren war als sein Sohn, leitete er eine absolute Hierarchie ab und wollte ihn beherrschen. Für ihn war der Sohn sein Besitz, der rechtmäßige Zins seines Körpers und seines Samens. Denn er hatte dieses Kind ins Fleisch, in den Humus seiner Ehefrau gelegt, und dieser Samen war gekeimt, wie die Salatköpfe in seinem Garten.

Vom ersten Augenblick an, da John auf diese Welt kam, kämpfte er stets gegen den Vater an — zunächst instinktiv, später bewußt und absichtlich mit unbarmherziger Strategie. Angesichts seiner magischen, präzisen Strategie erwiesen sich die Werkzeuge und Mittel seines Vaters als veraltete, wirkungslose Waffen. Denn er war weitaus erfahrener, raffinierter, besser ausgerüstet und Jahrtausende älter als sein Vater.

Die einseitige, rohe, elementare Gewalt, die auf ihn

zielte, donnerte wie eine Untergrundbahn unter seinen Füßen hinweg. Und letztlich blieb John immer der Sieger, weil er seinen Vater nicht fürchtete und ihn bis in die Tiefe durchschaute.

Johns einziger wunder Punkt war die Mutter, solange sie lebte. Über sie konnte ihn der Vater erreichen, foltern, empören und mit leidenschaftlichem Zorn erfüllen. Und über diesem zerbrechlichen, entsetzten Leib mußten sie einander bekriegen, indem sie beide diesen Körper beherrschten: sein Vater durch Furcht, Angst und Schrecken, er aber durch seine unendliche Liebe.

Die Mutter aber versuchte in blinder, erstickter Panik beiden gerecht zu werden. Sie war bestrebt, ihren Gatten als unterwürfige, gehorsame Sklavin zu bedienen und gleichzeitig in der Hand ihres Sohnes ein stolzes, flammendes Schwert gegen den Tyrannen zu sein.

John aber begriff erst zu der Zeit, als seine Mutter todkrank darniederlag, wie unglücklich er sie dadurch gemacht hatte, daß er, entgegen ihrer inneren Natur, von Zeit zu Zeit seinen eigenen wilden Willen in sie ergoß und sie zu einer Haltung zwang, die ihr Angst und Schrecken einjagte. Sie war nichts weiter als ein lebendes Schlachtfeld, von empfindsamen Nerven durchwoben, von Schmerzen geplagt — ein Schlachtfeld, auf dem er und sein Vater sich gegenseitig bekämpften.

Sie wohnten am Russell Square in ihrem eigenen, düsteren Haus, in dem sich die Bettwäsche selbst im Sommer klamm und feucht anfühlte, lebten vom Gehalt seines Vaters eher schlecht als recht, im ständigen Kampf mit unzufriedenen Zugehfrauen.

Eigentlich hätten sie sich nicht so sehr bescheiden müssen, doch sein Vater war maßlos geizig. Er kontrollierte höchstpersönlich selbst die geringsten Ausgaben für den Haushalt. Johns Mutter mußte auf Heller und Pfennig abrechnen, selbst was die kleinsten Kleinigkeiten betraf. Essen, Trinken, Bequemlichkeit, Heizung ließ er sich bis zur Grenze der Unvorstellbarkeit reduzieren — allein die Person des Hausherrn und das Ritual um ihn herum durften nicht darunter leiden. Seine Kleidung, seine Jagd- und Fischerausrüstung mußten stets tadellos in Ordnung sein, und auf seinem Frühstückstisch durften Schinken, Eier, Fisch, Butter und Marmelade nicht fehlen.

Das Haus wurde von einem Alptraum befreit, wenn er am Wochenende zur Jagd auf das Gut seines tauben, alten Onkels in der Nähe von Alton verreiste — zu diesem Onkel, der mit niemandem verkehrte außer ihm und der ihm in seiner Eigenschaft als Sonderling durchaus nicht nachstand. Jeder Wochenanfang glich einem finsteren, düsteren, unterirdischen Kanal, in dessen stinkendem Wasser die Familie kopfüber dem Ausgang am Wochenende entgegenschwamm. Johns Mutter, dieses traurige Gespenst, blühte dann auf und verwandelte sich in eine heitere, selbständige Person, greifbar und wirklich, aus Fleisch und Blut, von Leben und Begeisterung erfüllt. Ihre Haut begann zu schimmern, ihr Haar schwebte luftig und duftig um ihr Haupt. Es war, als wäre alles von einem schwarzen Plasma befreit, als hätte jemand einen dunklen Vorhang hochgezogen. Selbst die Farben wurden lebendiger und heller. Ein langer Sonnenstrahl tastete sich wie ein vorsichtiger Finger durchs Fenster, von lebendigen Düften umweht, von Vogelgezwitscher begleitet, und erhellte das düstere, kühle Zimmer. Auch das stumme braune Klavier, sonst stets verschlossen, tat sich auf, schien mit seinen Elfenbeinzähnen zu lachen. Die leichte, nervöse Hand der Mutter aber versuchte, die verspielten, schwermütigen Etüden, Notturni, Sonaten und Lieder ihrer Vergangenheit herbeizulocken, doch sie griff immer wieder daneben, weil ihre Finger von der Hausarbeit steif geworden waren.

John war ganz närrisch und begeistert, wenn sie spielte, weil sie trotz ihres Mangels an Übung die Musik mit zärtlicher und unendlich feiner Schattierung interpretieren konnte, als würde sie von unsagbaren Ahnungen erzählen, als würde sie mit tränenloser Traurigkeit weinen. In ihrer kindlichen, weichen Singstimme schwang ein klagender, elegischer Ton mit, so daß Johns Herz vor glücklicher Tristesse schier überlief.

Die Mutter malte auch. Die Wildwasser der Kunst brodelten in ihr, ohne jemals frei auszubrechen, sich frei zu entfalten. Nur winzige Funken, die manchmal sprühten — geheime Läufe auf dem Klavier, eine fieberhaft hingeworfene Skizze, Liedfragmente und ein paar Notizen — wiesen auf die strudelnden Wasser hin, die in ihrem Inneren tobten.

Wie nur hatte man sie eingefangen? Wie konnte sie zur Sklavin werden ... zur Sklavin ausgerechnet dieses Mannes? fragte sich John, bevor er zu den Wurzeln ihres Wesens, ihres Schicksals vorgedrungen war, als ihn noch nicht die sichere Erkenntnis getroffen hatte, daß diese beiden Menschen aufeinander angewiesen waren, daß sie sich gegenseitig brauchten, damit sich in diesen Extremen das totale Fiasko ihrer trägen, zögernden Schwäche und ihres Starrsinns offenbare.

Und auch zu dem Zweck, daß er, John, geboren werden konnte.

Nur diese beiden Körper und diese beiden Psychen konnten ihm den Weg, das Tor zu dieser Welt öffnen. Die offensichtliche Abhängigkeit seiner Mutter von allem und jedem und die eiskalte Unabhängigkeit, der eiserne, egoistische Wille seines Vaters verschmolzen in ihm zu einem gewaltigen, seltsamen Gemisch, das von grenzenloser Spannung erfüllt war.

Wie seine Mutter, so gehörte auch er zur Schönheit, zu den leidenschaftlichen Gefühlen, doch er hing nicht von den Gegenständen seiner Ideale ab — er versuchte vielmehr, sie in sich einzuschmelzen, sie zu besitzen, zu beherrschen und zu formen.

Der Wille seines Vaters war nichts als rohe Gewalt,

nichts als pure Aggression. Seine Macht aber, Johns Macht, hatte sich zur geistigen Freiheit sublimiert. Denn er hielt Macht in seinen Händen, von Kindheit an: Macht über Menschen und Tiere, Macht über Pflanzen, später auch über Gegenstände. Doch nichts und niemand fürchtete sich vor ihm, weil er seine Umgebung nicht durch Terror unterjochte. Lebewesen und Gegenstände waren seine freiwilligen Diener, die ihn liebten und die er wiederliebte.

Im Zimmer seiner Mutter, deren Möbel sie aus dem Haus mitgebracht hatte, wo sie ihre Jugendzeit verlebte, waren alle Linien und Konturen weich und abgerundet.

In den verschossenen, pfirsichfarbenen Bezügen, in den vergilbten Spitzendecken wohnte eine welke Anmut, ein morbider Charme, eine teilweise Anwesenheit, die fast um Vergebung flehte. In einer kleinen, perlmuttfarben schimmernden Vase, die auf ihrem Schreibtisch stand, waren stets ein paar Blumen, der Jahreszeit entsprechend, in einem seltsam tristen oder sehnsüchtigen Arrangement — selten mehr als zwei oder drei Blüten. Sie stellte sorgfältig die Farben, die entsprechenden Zweige oder das Grün zusammen und ordnete ihren kleinen Strauß, bis er schließlich zu einem präzisen Ausdruck ihrer gegenwärtigen Stimmung wurde.

John aber begann allmählich diese Geheimsprache zu begreifen, von den hochschwingenden Zweigen des Frühlings mit ihren Blütentrauben bis zum letzten verzweifelten Aufflackern todgeweihten Herbstlaubs.

Später, als er mit den Blumenritualen aus Ostasien vertraut wurde, kam er allmählich dahinter, daß seine Mutter diese Kunst höchstwahrscheinlich aus diesen Gefilden mitgebracht hatte. Denn auch ihr Antlitz, ihre Figur glichen einer geschliffenen, feinen, graziösen ostasiatischen Elfenbeinskulptur. Andererseits zeugten ihr aschblondes Haar, ihre weiße, blaugeäderte Haut, ihre schattigen grauen Augen zweifelsfrei von englischer Abstammung. Doch ihre aufgeworfenen Lippen, der abwärts weisende Bogen ihres Mundes, ihr kleines, fliehendes Kinn, die abfallenden Schultern, die verborgenen, knabenhaften Brüste, ihre geräuschlosen Bewegungen — vor allem aber ihre Lieblingspose, wenn sie mit angezogenen Beinen auf ihrer Ottomane lag — erinnerten an bizarre Blumenmädchen, an geheimnisvolle Geishas aus einem fremden, fernen Land.

Ihr Vater war Arzt in Alton gewesen, ihre Mutter war früh gestorben. Johns Mutter hatte ihren späteren Ehemann durch einen Jagdunfall kennengelernt, als er sich bei der Reinigung seiner Waffen versehentlich in den Arm geschossen hatte und seine Wunde von jenem Landarzt behandeln ließ, der gerade in der Nähe greifbar war, ihrem Vater.

Die Verlobungszeit war nur kurz. Bereits wenige Wochen nach ihrem Zusammentreffen fand die Hochzeit statt.

Seit dieser Zeit war Johns Mutter nicht mehr in Alton gewesen, obwohl sie stets rote Backen bekam und ihre Stimme freudig erregt klang, wenn sie von dort berichtete.

Am Wochenende, wenn Mutter und Sohn neben dem Klavier saßen, angeregt von der Musik, die Hände im Schoß, erzählte sie oft von dem Großvater in Alton, der in einem uralten, roten Ziegelbau lebte, der stets von Jodoformgeruch erfüllt war, dessen Fenster zum Teil zerbrochen waren, wo der Wind durch die Türen pfiff, wo im Keller die Mäuse wuselten — wo aber die Atmosphäre stets so heiter war, als würde man sich auf ein Fest vorbereiten.

»Dieser Großvater, ist das mein Großvater?« fragte der achtjährige John ernst.

»Er ist dein Großvater, Liebster.«

»Will er mich nicht sehen?«

»Warum sollte er nicht?«

»Weil er uns nie besucht.«

»Er ist alt und krank.«

»Dann wollen wir zu ihm fahren!« meinte der Knirps und blickte trotzig ins verwirrte, schmerzlich verwunderte Gesicht der Mutter, weil diese heftige Reaktion, dieser heftige Ausbruch einem unausgesprochenen, unberührbaren Tabu widersprach: dem Willen seines Vaters, dem Gesetz seiner Persönlichkeit.

»Jawohl«, fuhr er fort. »Ich möchte zum Großvater nach Alton. Dafür sind Großväter ja da«, setzte er linkisch hinzu, um seine leidenschaftlichen, sehnsüchtigen Gefühle auszudrücken.

»Das geht nicht. Und das weißt du.«

Die Mutter machte sich ganz klein, um diesem Konflikt aus dem Weg zu gehen, den sie nicht durch Argumente lösen konnte, weil sich keine solchen anboten. Sie hatte nur instinktive Motive: ihre bedingungslose Unterwerfung und die untertänigst akzeptierte Diktatur ihres Mannes.

»Warum? Ist der Großvater böse?«

»Nein. Aber nein ... er ist gütig. Der Beste auf dieser Welt!« brach es aus den tiefsten Tiefen ihrer Seele hervor. Und das Heimweh beschwor Erinnerungen herauf, die mit der Situation nichts zu tun hatten. Sie waren sogar eher dazu angetan, ihre Position ihrem Sohn gegenüber zu schwächen.

»Du solltest das Haus sehen, zu Weihnachten, wenn es weiße Weihnachten gibt! Die Fenster lugen unter einer dicken weichen Schicht aus Puderzucker hervor, und die roten Ziegel bekommen weiße Ränder. Alles ist still und geräuschlos. Neue Düfte ziehen durchs Haus, der Duft von Tannen, Vanille, Zitronenschalen und frischer Bratenduft. Hinter den Türen dringen leise, flüsternde Stimmen hervor. Seidenpapier raschelt, feines, hauchzartes Glas erklingt ... Doch wenn man die Tür öffnet, ist nichts und niemand zu sehen. Es waren wohl unsichtbare Engel am Werk ... mit Sicherheit.«

»Wir werden zum Großvater fahren, nach Alton, zu Weihnachten«, sagte John mit leiser, erstickter Stimme. Und er wußte genau, daß es geschehen würde, weil er es unbedingt wollte, weil er es so glühend wollte, wie Feuer, welches das Holz verbrennt und verzehrt, das man hineinwirft.

Die Mutter aber war stumm und starr vor Schrecken, zutiefst erschüttert von dem, was sie heraufbeschworen hatte.

»Dein Vater ... Er hat sich mit Großvater zerstritten, gleich nach unserer Hochzeit. Freilich haben sie sich nicht gestritten wie üblich, das nicht. Doch eben deswegen, seitdem ...« Und sie machte eine kleine, kraftlose, hilflose Geste.

John aber antwortete nicht, schaute sie nur an. Und er wußte genau, was er tun würde.

Gleich am Montagabend, als sein Vater mit steifem Rücken im Wohnzimmer vor dem Kamin saß und mit sorgfältigen, wohlabgewogenen, bedächtigen Bewegungen sein Jagdgewehr reinigte, baute sich John vor ihm auf, obwohl er den entsetzten, flehenden Blick der Mutter deutlich spürte, der auf ihm ruhte.

»Vater. Ich möchte gerne nach Alton. Zu meinem Großvater. Zu Weihnachten. Dann, wenn es schneit.«

Er schaute ernst und furchtlos zu diesen beiden eiskalten, finsteren Augenfenstern hinauf, die in den Mauern dieser kantigen Schädelburg saßen.

Der Vater schaute ihn eine Weile an, oder vielmehr schaute er durch ihn hindurch, wie stets, wenn er sein schweres Urteil fällte, gegen welches es keinen Widerspruch gab.

Doch er sprach nicht zu seinem Sohn, sondern zur Mutter seines Kindes.

»Es tut mir leid, daß du dem Jungen Flausen in den Kopf gesetzt hast, Diana. Das war verkehrt. Du kennst doch meine Prinzipien«, sagte er gefährlich ruhig.

In John glühte jener innere Knotenpunkt auf, der weder durch Angst noch durch Zweifel gedämpft werden konnte.

»An Weihnachten. Zum Großvater.« Seine Stimme hörte sich beharrlich und standhaft an.

»Geh in dein Zimmer!« Auch der Vater erhob seine Stimme nicht, doch seine Mutter stand bereits verzweifelt hinter ihm und legte ihm die bebende Hand auf die Schulter.

»Komm ... komm, Johnny ... Es ist schon spät ... Du mußt ins Bett.«

»An Weihnachten«, sagte der Knabe bockig und rührte sich nicht vom Fleck.

»Du fährst nicht. Du bleibst daheim. Ich will kein Wort mehr darüber hören!«

Die Worte des Vaters prasselten schwer wie Stockschläge auf den Jungen herab, konnten aber nicht bis zu jenem weißglühenden Knotenpunkt vordringen, der eine unüberwindliche Macht ausstrahlte.

»Das Haus liegt unter einer dicken, weißen Schicht aus Puderzucker. Ich werde auch zu Fuß dorthin gehen.«

Der Vater erhob sich. Seine fast zwei Meter hohe Gestalt ragte wie ein Kirchturm empor. Aber der Junge fürchtete sich nicht, und diese Furchtlosigkeit jubelte wie eine triumphierende Gewißheit in ihm.

»Ich tu' es nur ungern, aber ich muß dich züchtigen«, tönte es aus der Höhe. Eine gewaltige, muskulöse Hand streckte sich nach dem Jungen aus.

»Nein ... nicht doch!« schrie die Mutter auf, als hätte man sie mit einem Riemen geschlagen, der blutige Striemen in ihre Haut riß.

Doch der Vater achtete nicht auf sie. Er nahm den Jungen bei der Hand, schleifte ihn in sein Zimmer und schloß die Tür hinter sich ab.

Die Mutter eilte hinter den beiden her, weinte, keuchte und bettelte — doch ihre Stimme war nur wie ein leises Flüstern, als würde der Wind seidiges, feuchtes Laub gegen eine Mauer wehen.

In Vaters Zimmer angekommen wurde dessen Kraft und Macht vervielfacht und potenziert, als wäre er unter lauter Verbündete geraten, die Schulter an Schulter einen festen Wall bildeten und einen undurchdringlichen Kreis um ihn zogen. Kantige, dunkle, feindliche Möbel, schwere Bronzedekorationen, scharfe Schneiden und gefährliche Spitzen, Säbel, Gewehre, Geweihe an den Wänden, beißender Tabakgeruch … er war hier alles, und alles war er.

John mußte die Hosen ausziehen. Er legte sich bäuchlings auf einen klammen, klebrigen, kalten Lederstuhl, an dem gelbe Kupfernägel blitzten wie Knöpfe an einer Uniformjacke.

Der Vater prügelte mit einem langen, elastischen Haselstecken auf ihn ein, den er von seinem Jagdausflug aus Alton mitgebracht hatte.

Die Schläge prasselten hart und gleichmäßig auf den Jungen nieder, zwickten, brannten, zerbissen seinen nackten Körper — doch sie konnten nicht jenen flammenden Knotenpunkt erreichen, der bei den Schlägen, bei den Schmerzen, unter denen der gespannte Körper des Kindes zuckte, nur noch größere, noch intensivere Kraft ausstrahlte. Aus dem Mund des Knaben aber drang kein Laut.

»Steh auf!« sagte der Vater nach dem letzten Schlag.

»David!« drang eine schluchzende Stimme durch die Tür. »Warum sagt das Kind nichts? Die Schläge habe ich gehört, ihn aber nicht … Vielleicht ist er ohnmächtig geworden! Johnny! Johnny, mein Liebling!«

Der Vater antwortete nicht, dafür aber sprach der Knabe.

»Mir fehlt nichts, Mutter.«

Er knöpfte seine Hose zu und zog die Jacke ordentlich glatt. Die Spuren der Schläge schmerzten mehr und mehr. Der Junge schaute zu seinem Vater auf, der abwartend dabeistand. Der Vater war zwar etwas blasser, doch schien er ebenso gefaßt und ruhig wie sonst.

»Reichen diese Prügel schon aus, damit ich zum Großpapa nach Alton gehen kann?« fragte das Kind mit klingender Stimme.

Sein Vater schnaufte, aus seiner Kehle drangen unartikulierte Laute, fast ein Fluch, den er aber sofort unterdrückte. Seine Gesichtsmuskeln spannten sich, während er die Zähne zusammenbiß.

»Verschwinde! Aber sofort!« flüsterte er ganz leise.

»Bis dahin gibt es noch viele Tage«, meinte John. »Mutter hat gesagt, daß wir noch dreißigmal schlafen müssen, bis es Weihnachten wird. Wenn du willst, kannst du mich jeden Tag verprügeln, wenn dies nicht gereicht hat.«

Sein Vater aber packte ihn und warf ihn hinaus.

Die Spuren der Schläge schwollen häßlich an und wurden dann blau unter den Umschlägen, die seine Mutter die ganze Nacht fleißig auflegte und wechselte. Es war schlimm, im Bett auf dem Bauch zu liegen, obwohl es nun mal nicht anders ging. Dennoch — gleich am nächsten Abend baute er sich wieder vor seinem Vater auf, der im Wohnzimmer am Kamin saß.

»Es wäre besser, wenn du mich in deinem Zimmer verprügeln würdest, wie gestern, Vater«, sagte er mit einem Seitenblick auf seine Mutter.

Und dies war das erste Mal, daß er für einen Augenblick beobachten konnte, wie das starre Gesicht des Vaters für einen Moment zerfiel und auseinanderbrach. Er schien verblüfft und betroffen — doch dann kehrte der alte, gleichgültige Ausdruck wieder zurück.

»Nun gut«, nickte er. »Wir wollen sehen, wer den längeren Atem hat«, setzte er hinzu und erhob sich.

Die zitternde Mutter aber schob sich plötzlich zwischen die beiden Kontrahenten.

»David«, keuchte sie. »Der Körper des Kindes ist voller Wunden, die Haut entzündet! Du kannst, du darfst den Jungen nicht schlagen! Ich, nur ich allein bin an allem schuld!«

»Diesmal hast du recht, Diana«, erwiderte er schwer. »Du bist an allem schuld.«

»Dann schlage mich!« rief die Frau gequält aus.

»Ich muß mich für dich schämen, Diana! Ich würde nie eine Frau schlagen.«

»Doch er ist noch klein ... noch so klein, David ... viel schwächer als eine Frau ... Er ist noch ein Kind!«

»Er ist bockig wie der Teufel.«

»Wie du, David.«

»Diana!«

John eilte zur Tür und öffnete sie.

»Ich gehe schon vor, Vater.«

Nach der Prügelstrafe war seine Hose von Blut getränkt. In dieser Nacht schlief er schlecht, weil ihn das Wundfieber quälte. Am nächsten Abend aß sein Vater im Klub und kam erst sehr spät nach Hause. Doch am dritten Tag, nach dem Abendessen, meldete sich John wieder bei ihm, nachdem die Mutter in die Küche gegangen war.

»Vater!«

Der Vater blickte auf, und eine verborgene Spannung lag auf seinem Gesicht.

»Gehen wir in dein Zimmer!«

Die dunklen Augen mit dem stumpfen Blick schauten den Jungen forschend an.

»Was spürst du, wenn ich dich verhaue?«

»Daß es sehr weh tut.«

»Warum wünschst du dir also, daß ich dich schlage?«

»Weil ich zum Großvater will.«

Der große, steife Körper beugte sich vor. Der Kopf lief puterrot an. Seine Stimme, von der inneren Erregung angespannt, drang seltsam gepreßt aus seiner Kehle.

»Du wirst nicht reisen, und wenn ich dich totschlagen muß! Verzichte darauf!«

»Zu Weihnachten. Nach Alton.«

Sein Vater aber sprang mit einer ungewöhnlich heftigen Bewegung auf und packte den Jungen am Arm.

»Also los, gehen wir!«

John knöpfte seine Hose auf und entfernte die ungeschickten Verbände seiner Mutter, die auf seinen Wunden klebten, so daß sie wieder aufbrachen, als er sie ungeduldig abriß. Über seine nackten Beine, die mit einer Gänsehaut überzogen waren, rannen warme, blutige Bächlein.

Er legte sich auf den Ledersessel, dessen Tabak- und Tiergeruch ihm fast schon vertraut schien. Sein Körper spannte sich, und er spürte, daß seine Wunden weiter aufbrachen.

Er wartete, aber der Vater rührte sich nicht. In der Stille konnte John seine schweren Atemzüge hören. Er hörte auch die huschenden Schritte seiner Mutter, die durch das Nebenzimmer eilte. Dann, weil sie ihren Schwung nicht mehr bremsen konnte, prallte sie mit einem dumpfen Laut gegen die Tür und drückte die Klinke. Die Tür aber gab nicht nach.

»David!« drang ihre bebende Stimme durch die Tür, aber in einem Tonfall, der keinen Zweifel an ihrer Entschlossenheit ließ. »Wenn du das Kind schlägst, wenn du auch nur einen einzigen Streich auf seinen Körper wagst, bringe ich mich hier vor der Tür um. Das schwöre ich dir bei Christus und bei meinem Leben!«

Und beide wußten, daß sie es ernst meinte.

John stand vom Stuhl auf, reckte sich seinem leichenblassen Vater entgegen und flüsterte ihm zu:

»Erst wenn sie sich hingelegt hat. Sie braucht es gar nicht zu wissen.«

Im Bett bekam er Schüttelfrost. Die Mutter maß seine Temperatur — das Thermometer zeigte vierzig Grad. Die Mutter war erschrocken und zitterte am ganzen Leib, schluchzte verzweifelt vor sich hin. Sie wurde von Panik ergriffen.

»Ich rufe den Arzt!«

»Nicht — Mutter!« Seine dünne Kinderstimme beorderte sie an sein Bett zurück. »Das würde ihm sehr leid tun. Das darf man nicht machen. Ich werde auch ohne Arzt wieder gesund.«

»Was geht mich das an? Ich will, daß man ihn beschämt! Daß man ihn bestraft!«

»Dann können wir nicht nach Alton reisen, Mutter. Nur so ... nur so.«

»Ich will nicht nach Alton! Ich verfluche den Augenblick, in dem ich dir davon erzählt habe. O Gott, mein Gott!« schluchzte sie herzzerreißend.

Auch in Johns Augen traten bittere, beißende Tränen. Das Mitleid mit der Mutter pulsierte mit scharfem Schmerz in ihm — doch auch dieses Mitleid konnte nicht bis zu jenem Knotenpunkt in seinem Inneren vordringen, der über seine Tränen hinweg mit zwingender Energie seine Macht ausstrahlte.

»Du willst es, Mutter, und ich will es auch. Wir müssen dorthin. Wir müssen hin. Zu Weihnachten.«

»Du kennst ihn nicht. Du kennst deinen Vater nicht. Er wird es niemals erlauben.«

»Er hat es bereits erlaubt, Mutter. Er weiß es noch nicht, aber er hat es erlaubt.«

In der Nacht stand er auf und huschte in seinem langen Nachthemd in das Zimmer seines Vaters.

Als er die Tür öffnete, fiel ein Lichtstrahl auf ihn.

Sein Vater lag im Bett, ein Buch in der schlaffen Hand, das ihm halb entglitten war, weil er während der Lektüre eingeschlafen war. Aus dem offenen Nachthemd ragte sein dicker, nackter Hals hervor: weiß an der Stelle, wo sonst der Kragen saß, roh und fleischfarben weiter oben, als hätte man seinem Körper einen abgeschnittenen, fremden Kopf aufgepflanzt.

John berührte seinen Arm.

»Ich bin da, Vater!« flüsterte er ihm zu, während sich auf dem Gesicht des Vaters, der verwirrt aus dem Schlaf hochgeschreckt war, allmählich Furcht auszubreiten begann.

»Schon wieder?!« stotterte er heiser, und seine weißen Mundwinkel zuckten. »Geh fort! Fahr zur Hölle oder nach Alton — überall hin, wohin du magst, doch laß mich in Ruhe!«

Er streckte die Hand nach dem Schalter aus und löschte das Licht. Es wurde finster — weil er sich in die Dunkelheit geflüchtet hatte, wo er sich verbergen konnte.

John wandte sich ab und stolperte wortlos aus dem Zimmer. Zu Weihnachten aber reiste er mit seiner Mutter nach Alton.

Nach den widrigen Strömungen seines Zuhauses war er jetzt in eine weite, glänzende Welt geraten, die sich bereitwillig vor ihm auftat. Sein alter, winziger Großvater mit seinem weißen Walroßbart schaute ihn mit den ängstlichen, zärtlichen blauen Augen seiner Mutter an. Mrs. James, die dralle Haushälterin, bereitete ihm einen lärmenden Empfang mitsamt ihrer ganzen Tierschar, die aus einem Spaniel mit seidigem, schwarzem Fell und traurigen Augen, zwei rotscheckigen Katzenkindern, einem Kanarienpärchen und einem Igel bestand.

Dieses wilde, unordentliche Haus war bis unters Dach mit singendem, klingendem Frohsinn und gegenseitiger Zuneigung erfüllt, so daß man toben und schreien mußte, mit den buckelnden Kätzchen, die Sprünge machten, treppauf und treppab rennen, mit Puck, dem Spaniel, spielen, der stets über sein Ziel hinausschoß, während die Kanarienvögel heftig mit den Flügeln schlugen und frei im Raum umherflatterten. Vor den Fenstern, welche dick mit Schnee umrandet waren, schwebten große Schneeflocken herab, denn es schneite, wie er es sich gewünscht hatte. Alles war am rechten Platz.

»Sieh doch, Johnny!« sagte seine Mutter mit feuchten

Augen, hart an der Grenze zwischen Lachen und Weinen angesichts der Begegnung mit dem verlorenen Paradies. »Nicht der Schnee fällt herab — wir fahren nach oben! Rauf, rauf, immer hinauf!«

Johnny blieb plötzlich stehen und kniete sich auf einen Stuhl, der am Fenster stand.

»Ja!« sagte er erstaunt, nach Märchen dürstend. »Pfeilgrad hoch, hinauf! Immer nur hinauf! Wohin reisen wir, Mutter?«

»In die Stadt des Schönen, in den Palast, wo immer alles vollkommen ist, dahin.«

»Und das ganze Haus, das ganze Haus reist mit uns, nicht wahr?«

»Ja. Das ganze Haus ...«

»Auch Puck und die beiden Kätzchen, auch die Kanarienvögel und Simon, der Igel ...«

»Natürlich ...«

»Rauf ... rauf ... rauf ... immer hinauf ...«, sagte er mit unermeßlichem Wohlgefühl und berauscht. Dabei spürte er das seidige Fell des Kätzchens, das sich in seine Hand schmiegte, und ihm war, als würde sein Schnurren jetzt aus seiner Seele kommen. Alles war so, wie er es sich gewünscht hatte, nichts fehlte, alles entsprach seinen Erwartungen: Es war genau DAS — das war es genau.

Zu Großvater kamen dauernd irgendwelche Leute, die einen kalten, seltsamen, wenn auch nicht unangenehmen Geruch verbreiteten. Ihre Schuhe hinterließen feuchte Spuren auf dem Fußboden. Auf ihren Mänteln und Hüten, die sie im Vorzimmer an den Kleiderständer hängten, schmolz der Schnee zu winzigen, festen Perlen. Das waren die ›Kranken‹.

In John aber begann diese Gruppe als eine getrennte Kaste zu leben — er konnte sie sich in keiner anderen Beziehung vorstellen. Ihr Wesen, ihre Beschäftigung bestand darin, einfach krank zu sein.

Sie tauchten urplötzlich auf, aus der Dämmerung, sorgenvoll, freundlich und andächtig, mit ihren Krankheiten und Beschwerden. Sie standen herum, gingen hin und her, rückten auf ihren Stühlen, seufzten, räusperten sich und beobachteten unruhig die dicke Polstertür, hinter welcher sie der kleine Zauberer mit dem weißen Schnauzbart erwartete, um über ihr Schicksal zu bestimmen. Jeder von ihnen hing von ihm ab, hatte sein Leben in seine Hand gelegt, seiner Macht überantwortet. Jeder war bereit, unterwürfig zu ertragen, wenn man ihm heilende Schmerzen zufügte — denn nur er, der Meister allein, war fähig, ihre Beklemmungen zu mildern, ihre Leiden zu benennen und dadurch ihre Krankheiten zu besiegen.

John aber hatte mit fast väterlicher Zuneigung, mit überlegenem Mitgefühl diese Patienten ins Herz geschlossen, die er gleichzeitig liebte und bedauerte. Denn er wußte genau, daß er niemals auf diese ausgesperrte, blinde Weise erkranken würde, selbst dann nicht, wenn sein Körper wund wäre, wenn er verbluten oder von Fieberschauern geschüttelt wurde oder wenn Krämpfe wie Schlangen seinen Magen in die Zange nähmen — *weil er sich der Krankheit niemals unterwerfen, sondern über ihr stehen würde.*

Denn er war nicht als Kranker, sondern als Zauberer geboren. Sein Platz lag jenseits der weißen Tür zwischen blinkenden Pinzetten, durchsichtigen Glasscheiben, wolkigen Wattebäuschen, bunten Fläschchen, elektrischen Schaltern und Metallplatten im kühlen, sanften Heiligtum der Heilung.

Seinem Großvater sagte er, daß er Arzt werden wolle. Sie unterhielten sich im Sprechzimmer, an einem frühen Morgen, bevor noch die Prozession der Leidenden begann.

»Hast du dir das auch gut überlegt, Johnny?« fragte der Großvater und wandte ihm sein verwelktes Bubengesicht zu. Sein resigniertes, fragendes Lächeln berührte zwar eine ganze Menge komplizierter Dinge, doch er konnte und wollte keine Erinnerungen heraufbeschwören.

»Ich kann nicht anders. Auch du hast nicht anders gekonnt. Weißt du es nicht mehr?« fragte der Junge heftig und aufsässig. »Das ist eben so, das kommt einfach so, von selbst.«

»Dein Vater will, daß du Offizier wirst!«

»Nein, Großvater. Er versucht es nur, weil er meint ... Er weiß es nicht besser ...«

»Was denn?«

»Daß es nicht davon abhängt!«

»Nicht von ihm?«

»Nein, eben nicht.«

»Gott hat seltsame Tricks auf Lager, nicht?«

»Das verstehe ich nicht.«

»Macht nichts. Eines Tages wirst du es begreifen. Auch dein Vater muß sich über den eigenen Sohn sehr wundern.«

Dann kam der Heilige Abend, der Weihnachtsabend, wie eine gewaltige ekstatische Symphonie, die sich aus leisen Geräuschen, Farben und Duftmotiven zusammensetzte. Die Außenwelt war völlig ausgesperrt, das Haus aber stieg hoch, immer höher hinauf, hin zum Palast der Vollkommenheit.

Die Zimmer erstrahlten im Lichterglanz. Alle Lampen brannten. Die Möbel waren von ihren Schutzüberzügen befreit, die Tischdecken schneeweiß geworden. Alle Gegenstände schimmerten in kristallklarem, funkelndem Licht. In allen Lauten, in allen Tönen schwang ein beglückendes Geheimnis mit, in allen Düften war Verheißung verborgen.

Großvater aber, in seinem dunklen Anzug und mit seinem Vatermörderkragen, wirkte wie ein fröhlicher, aufgeregter himmlischer Famulus. Er schloß Türen ab, öffnete Schränke, schlich mit Paketen beladen davon, mit Gemurmel und Geklingel, mit wohlriechenden Düften im Schlepptau, die das ahnungsvolle Herz höher schlagen ließen.

Und natürlich mit Mrs. James, die ihm auf Schritt und Tritt folgte. Sie trug ein blaues Lüsterkleid mit schwarzen Paspeln und hatte sich eine schneeweiße Schürze vorgebunden. Im Bewußtsein der feierlichen Bedeutung ihres Amtes hatte sie nahezu furchterregende Dimensionen angenommen, während, sie den gewaltigen Bratspieß wie einen Taktstock schwenkte. Ihr Haar, das sich sonst wie ein stahlgrauer Helm an ihren Kopf schmiegte, hatte sie zu einer Löckchenfrisur aufgebauscht, ein Umstand, der sie selbst aus der Fassung brachte. Blutrote Wellen zogen in Abständen über ihr Gesicht, das hinterher mit Schweißperlen bedeckt war. Lange Haarsträhnen klebten an ihrer Stirn, und Vanillezucker hing in ihren Haaren wie eine Puderwolke.

Johns Mutter in ihrem schwarzen, bodenlangen Samtkleid sah aus wie eine Märchenfee. Der antike Spitzenkragen, den sie um den Hals trug, war mit einer goldenen Brosche befestigt. Sie war groß und schmal, mit angegrautem Haar und bleichem Gesicht. Ihre Stimme klang wie feine Kristallgläser.

Dann betraten sie ein Zimmer, das vorher nicht existiert hatte, nur dessen armseliges Alltags-Abbild. Dies aber war ein neues, ein ganz neues, ein einmaliges Zimmer.

Zwischen den beiden Fenstern stand der strahlende Weihnachtsbaum. An diesem Baum gab es eine Menge Dinge, die da zwischen lebendigen Kerzenflammen zitterten, rotierten und glänzten. Man konnte es auf einmal gar nicht fassen. John wurde fast schwindlig.

Nachdem sich der glühende Strudel gelegt hatte, erkannte er, was dort alles aufgestellt und aufgereiht war: eine kleine, gedrungene, kompakte Lokomotive mit angekoppelten Wagen in einer Berglandschaft. Die über Viadukte laufende komplizierte Gleisanlage war von

Weichen, Lampen, Schlagbäumen und Bahnhöfen flankiert. Auf den Bahnsteigen aber standen an kleinen Handwagen daumengroße Holzfiguren, die Zeitungen und Obst feilhielten. Sobald Großvater die Lokomotive laufen ließ, preschte sie los und zog schnaufend dahin, tauchte in dem Tunnel unter und tauchte wieder auf, fuhr über den Fluß und durch Wälder zwischen Bäumen dahin.

Ja, das war es. Das war ganz genau DAS.

Doch über den eigenen Genuß hinaus konnte man sich auch über die Geschenke der anderen freuen, mit ihrem Wohlgefühl randvoll gefühlt.

Mutter hatte eine schwarze Pelzstola bekommen, mit weißen Hermelinschwänzchen an beiden Enden, und einen passenden Muff. Großpapa probierte mit rotem Gesicht seine neuen Galoschen und liebkoste eine Riesenkiste voll goldbrauner Zigarren. Mrs. James umkreiste eine große, imposante, lacklederne Handtasche, vorsichtig und andächtig, wagte sie nicht zu berühren, damit sie ja keine Fettflecken bekam.

Die beiden Kätzchen balgten sich um die Rohlebertörtchen, zerrten sie weg, rissen sie von dem Tortenpapier und begannen dann, sie schmatzend zu verzehren. Puck schleppte seinen mit einer Seidenschleife geschmückten Knochen von einem Ort zum anderen. Simon, der Igel, hockte benommen über den Trümmern eines Mohnkuchens. Und die beiden Kanarienvögel stießen immer wieder im Sturzflug auf ihre mit Körnern gefüllten Glasschalen hinab.

Johns Mutter aber gab sich etwas wortkarg und befangen, fröhlich zwar, aber doch irgendwie zerstreut. Ihr Lächeln war wie ein Sonnenstrahl, der aus einem leicht bewölkten Himmel herniederscheint.

»Mein Gott ...«, sagte sie. »Diese Tage werden vergehen. Ich möchte die Zeit anhalten. Und dennoch, der Mensch ist doch ein seltsames Geschöpf. Er tut mir leid, mein armer Mann. Warum kann er nicht hier bei uns sein? Ausgesperrt und einsam wird er Weihnachten verbringen, wird in seinem Klub zu Abend essen und dann ins leere Haus zurückkehren.«

»Glaubst du, Diana, daß er nicht einsam ist, wenn ihr daheim seid?« fragte der Großvater still.

»Doch, ich weiß es. Aber warum ist es so?«

»Weil es nicht anders sein kann. Ich habe es dir bereits gesagt: Du hast auf einer unbewohnten Insel gesiedelt.«

»Ja, das hast du mir gesagt. Ich aber ...«

»Du hast gehofft.«

»Ja ...«

Jenes hilflose Bedauern, das sie füreinander empfanden, hatte jetzt einen Punkt erreicht, an dem sie es nicht mehr wagten, sich in die Augen zu schauen.

Großvater wandte sich ab und murmelte leise: »Bis zu einem gewissen Grad haben sich deine Hoffnungen erfüllt, Diana. Du hast deinen Johnny.«

»Das ist wahr.«

John, der den beiden versunken gelauscht hatte, fragte sie jetzt, ob es nicht möglich sei, die Zeit anzuhalten — alle Uhren im Haus anzuhalten, vielleicht auch in der ganzen Stadt. Es wäre doch für alle angenehmer, wenn Weihnachten länger dauern würde als der Rest des Jahres.

Die Erwachsenen brachen in lautes Lachen aus. Großpapa aber erklärte ihm, daß es nicht die Uhren sind, welche die Zeit machen. Denn die Zeit rast neben den stehenden Uhren dahin. »Dann werden wir bald zurückkehren. Jetzt werden wir öfter hier sein«, meinte John ernst. »Das eine Kätzchen nehme ich aber bis dahin mit nach Hause!«

Vergebens versuchte die Mutter, erschrocken zu protestieren. Der Vater würde kein Tier im Hause dulden.

»Mrs. James hat es mir geschenkt!« versetzte er beharrlich. »Auch das Kätzchen will mir gehören. Ich kann es rufen, und es kann bei mir schlafen. Was würde es denken, wenn ich es nicht mitnehme, obwohl ich es ihm fest versprochen habe?«

»Es wird maunzen und weinen und sich kummervoll nach seinem Geschwisterchen sehnen!«

»Das wird es nicht. Es wird das andere Kätzchen vergessen, wenn es bei mir ist. Es ist ein stilles, ruhiges kleines Tier. Du wirst schon sehen. Papa braucht es gar nicht zu wissen.«

»Das geht aber nicht, daß er nichts davon weiß. Das ist unmöglich, das kann ich nicht machen.«

Das Wortgeplänkel endete — scheinbar — unentschieden. Doch der Mutter gelang es, Großvater und Mrs. James als Verbündete zu gewinnen. Im letzten Augenblick ließen sie das Kätzchen verschwinden, obwohl John bereits ein hübsches kleines Transportkästchen für seinen kleinen Freund gebastelt hatte.

»Das Kätzchen ist weg«, wurde ihm bedauernd berichtet, als er fieberhaft nach ihm zu suchen begann. »Es hat das Haus verlassen, es will nicht mit dir gehen.«

»Das kann nicht sein!« brach es verzweifelt aus John heraus.

»Das müßte ich wissen! Man hat das Kätzchen gestohlen oder irgendwo eingesperrt!«

Sein ganzes Wesen war angespannt, sein Wille konzentrierte sich vor lauter Sehnsucht nach dem kleinen Tier in einem einzigen Brennpunkt — und die Macht dieses glühenden Zentrums drang durch alle Gegenstände, die sich ihm widersetzten, durch alle tauben Mauern, alle festen Widerstände und wirkte über verschwommene Fernen hinweg.

Mit geschlossenen Augen, leise, doch mit gewaltiger Anspannung, rief er, lockte er das Kätzchen herbei … bis er das Tierchen zwischen konturlosen Barrieren entdeckte.

Nun suchte er nach einem Schlupfloch, befahl das Tier zu sich, zog es, schleppte es, schubste es, wies ihm den Weg …

Und siehe da, das Kätzchen tauchte folgsam und lieb aus dem tiefen Keller auf, trotz der fest verschlossenen Tür. Wahrscheinlich war es durch ein viel zu enges Mauseloch gekrochen. Nun tapste es herbei, müde, erschöpft, mit zerschundenen, blutigen Pfötchen, die vor Anstrengung zitterten, jammerte und maunzte in fadendünnen Tönen. Dann aber lief es schnurstracks auf John zu, kletterte an ihm hoch wie über eine Leiter und legte sich keuchend um seinen Hals.

»Alsdann!« sagte Mrs. James und bekreuzigte sich. Johns Mutter griff sich mit zitternden Händen an die Brust. Der Großvater aber trat mit ernster Miene und wachsbleichem Gesicht zu ihm.

»Dann nimm das Kätzchen mit, Johnny. Es gehört dir. Ich danke dir, daß du mir deine Mutter wiedergebracht hast. Jetzt weiß ich sicher, daß ihr wiederkommt. Diana, fürchte dich nicht. Ich bin beruhigt. Ich gebe dich in die Obhut deines Sohnes.«

Noch am selben Tag, als sie zu Hause eintrafen, nahm Johns Vater von dem Kätzchen Kenntnis, weil er vor seiner Zimmertür ausglitt und weil man dieses Etwas, über das er gestolpert war, auf irgendeine Weise erklären mußte.

John war aufrichtig schuldbewußt und bestürzt.

»Ich bin schuld daran, Vater. Denn ich habe Archibald noch nicht gesagt, daß er hier nicht herumlaufen darf. Er wird es auch nicht mehr tun, das verspreche ich dir.«

»Hier geht es nicht darum, John, was das Tier tut oder unterläßt. Ich dulde keine Katze im Haus. Solche Tiere sind schädlich und ungesund. Am Wochenende werde ich das Tier mitnehmen und es in einer Umgebung unterbringen, wo es ihm bedeutend besser geht als bei dir.«

»Aber ...«

»Keine Widerrede!«

John öffnete den Mund, schloß ihn aber auch gleich wieder, weil er in das leidvolle Gesicht seiner Mutter schaute und weil sie ihm leid tat. Also gut, er wollte nicht weiter streiten, denn darunter hatte nur allein die Mutter zu leiden. Er beschloß, das Problem auf eine andere Art zu lösen. Denn daß dieses Tierchen bei ihm bleiben würde, daran bestand kein Zweifel.

Am nächsten Tag aber war das Kätzchen verschwunden.

»Archibald ist abgehauen«, sagte er am Abend ungefragt zu seinem Vater. Seine Mutter aber hörte unruhig zu und versuchte, unbeholfen Beistand zu leisten.

»Wir haben den ganzen Tag nach dem Kätzchen gesucht. Sicher hat es jemand gestohlen.«

Angesichts ihres verzweifelten Eifers wußte John sofort, daß es ihnen nicht gelungen war, den Vater zu täuschen. Er kümmerte sich jedoch nicht darum, daß sein Vater mißtrauisch war. Wichtig war nur eins, daß er nämlich keine Spur, keinen Nachweis finden konnte.

Am Abend dann, als es Zeit wurde, zu Bett zu gehen, hielt sich die Mutter unter irgendwelchen Vorwänden eine ganze Weile im Zimmer auf. Sie räumte auf, lugte verstohlen in jeden Winkel und war alles in allem mehr als ratlos. John hatte zwar Mitleid mit ihr, aber er sagte kein Wort, bis es soweit kam, daß die Mutter ihre Spannung und ihre grenzenlose Erregung nicht mehr beherrschen konnte.

»Johnny, um Gottes willen, tu das nicht, mein Junge! Wenn du wüßtest, wie sehr ich mich fürchte! Dauernd braut sich irgendein Unheil um uns zusammen. Ich spüre es sogar im Traum. Ich muß schwer darunter leiden, wenn ihr beide euch feindlich gegenübersteht. Könntest du es nicht meinetwegen fertigbringen, dich ihm anzupassen?«

Er wollte nicht lügen, wollte auch seine Mutter nicht belügen. Ihre Worte berührten ihn tief, stürzten ihn in eine Krise. Dennoch war er nicht fähig, seine bittere Empörung und seinen heftigen Wunsch niederzukämpfen.

»Ich habe ihn so lieb, Mutter. Ich habe Archibald so lieb! Warum erlaubt er mir nicht, daß das Kätzchen mir gehört?«

Er konnte seine traurigen Tränen nicht zurückhalten, und die Mutter weinte hilflos mit ihm.

»Er tut es nicht aus purer Bosheit, Johnny. Er meint, das Tier sei schädlich und ungesund ...«, wiederholte sie kraftlos.

»Doch — er tut es aus lauter Bosheit! Denn er will nicht, daß ich mich freue!«

»Sowas darfst du nicht sagen. Das ist nicht wahr.«

»Vater ist ungerecht und hat niemanden lieb!«

»Er liebt nichts und niemanden auf dieser Welt außer uns, Johnny. Ich weiß es. Nur kann er seine Gefühle nicht zeigen. Irgend etwas tief in ihm, das stärker ist als er, verbietet es ihm ... dabei ist er selbst unglücklich. Es ist dieselbe Kraft, die dich treibt und anstachelt, ihm stets zu widersprechen, alles ihm zum Trotz zu tun. Du bist ihm sehr ähnlich, Johnny, also mußt du ihn verstehen. Denn jeder von euch hat seinen eigenen, festen Willen, seinen Dickschädel.«

»Ich würde ihn ja lieben, Mutter, wenn man nicht dauernd mit ihm streiten müßte. Wenn er so wäre wie die Väter meiner Schulkameraden. Aber er ist ganz anders. Ein Kind hat einen Hund, ein anderes einen kleinen Vogel, andere haben eine Schwester oder einen Bruder. Das braucht man, das weißt du. Du hast mich. Archibald wurde für mich geboren. Stell dir vor, Vater würde zu dir sagen, daß er mich am Wochenende mitnimmt und einen guten Platz für mich sucht, weil ich hier zu Hause Schaden anrichte.«

»Johnny, wie kannst du so etwas sagen! Du bist ein Mensch, das Kätzchen aber nur ein dummes kleines Tier.«

»Das Kätzchen ist nicht dumm. Es versteht alles und ist folgsam.«

»Wo ist es?«

»Auf ... auf dem Speicher. In einer Tasche.«

»Das Tierchen wird ersticken.«

»An der Seite habe ich ein kleines Loch gebohrt.«

»In Vaters Koffer?«

»Kaum zu sehen. Nur wegen der Luft.«

»Du bist selbstsüchtig, Johnny. Wenn du das Kätzchen wirklich lieb hättest, würdest du es nicht quälen, sondern eher darauf achten, was für das Tier gut ist. Du aber kümmerst dich nur darum, daß dein Wunsch in Erfüllung geht.«

»Nachts kann es hier in meinem Zimmer herumtollen, wie ihm lustig ist. Tagsüber schläft es. Das gefällt ihm noch besser. Es kann im Dunkeln sehen und hat keine Angst.«

»Und wenn dein Vater nachts zufällig hereinkommt?«

»Dann findet er nichts. Archibald weiß, daß Vater ein riesiger Löwe mit feurigen Augen ist, der ihn verschlingt. Das haben wir schon besprochen. Nicht laut, weiß du, sondern so, wie es sich gehört. Katzen sind viel klüger als Menschen. Weil sie bereits hören, daß ihnen jemand etwas antun will, bevor sich dieser noch gerührt hat.«

»Johnny, du wirst sehen, es gibt eine Katastrophe. Das kann ich spüren. Es wird dir noch leid tun, daß du nicht auf mich gehört hast.«

Doch Johnny wollte es nicht glauben. Er freute sich, daß Mutter die Waffen gestreckt hatte und unwillkürlich zu seiner Verbündeten geworden war, ohne es auszusprechen. Abends brachte sie stumm und wortlos die geheimen Futterrationen für den kleinen Gesellen, der heimlich in Johns Zimmer huschte, damit er ja nicht zu kurz kam.

Doch Johns Tagesablauf geriet langsam aus dem Gleichgewicht, weil er bei Nacht nur wenig schlief. Still, doch mit grenzenloser Freude spielte und tollte er mit seinem Kätzchen herum, das während dieser glücklichen, wenn auch von düsteren Wolken umschatteten Wochen zu einem unschätzbaren Wert für ihn geworden war. Gleich einem wunderschönen Sklaven, untertänig und schmeichelnd, ohne jeden Vorbehalt seinem Herrn ergeben, nahm ihn das Kätzchen mit seiner täppischen Hilflosigkeit, dem seidigen Fell, der feuchten, kalten Schnauze und den glühenden Augen gefangen.

Dieses Geheimnis, dieser lebendige, lebende Besitz löste ein großes Gefühl der Freude aus, das den ganzen Tag über in John lebte. Die Tasche auf dem Speicher wurde sorgfältig mit einer alten Steppdecke gepolstert, damit Archibald ja nicht fror, und Leckerbissen wurden darin verstaut. Das kluge Tier konnte den Deckel der Tasche leicht aufschlagen, um dann zum nächtlichen Stelldichein zu eilen.

Das Kätzchen folgte Johns stummem Ruf, und niemals kam es zur unpassenden Zeit. Wenn Gefahr im Verzug war, hockte es mit gesträubtem Fell in der Tasche und wartete ab, bis Johns Gedankenbefehl grünes Licht signalisierte.

Doch dann, eines Abends, rief er vergebens nach dem Kätzchen. Jenseits der trennenden Mauern herrschte eisiges Schweigen an Stelle des sonst pulsierenden, heißen Lebensstroms.

»Was ist nur geschehen?« fragte er sich voller Angst. Er wollte sofort in den Speicher stürmen, doch dafür mußte er an der Zimmertür seines Vaters vorbeigehen, der einen leichten Schlaf hatte, und John wußte, daß der Fußboden und die Treppe so laut knarrten, daß der Vater bestimmt aufwachen würde. Johns Gedanken tasteten den Raum ab wie saugende Fühler.

»Wo bist du, Archibald?« rief er tonlos, wobei er unentwegt an sein schnurrendes Kätzchen denken mußte, an diesen kleinen, warmen Körper, der sich an ihn schmiegte. Die Sehnsucht, dieses kleine Wesen an sich zu drücken, zu schützen und zu streicheln, überkam ihn wie ein unstillbares Hungergefühl.

»Archibald!«

Nun entstand ein blasser und entsetzlicher Kontakt über endlose Weiten hinweg, ferner, viel weiter weg als die noch überschaubaren Entfernungen am Abendhimmel.

»Archibald, wo bist du?«

Er versuchte krampfhaft, dieses schwache, flüchtige Etwas zu fassen, mit all seinem angespannten Willen Kräfte zu übertragen, das Ding zu umschlingen, zu umfangen, zu zerren und zu ziehen — näher, immer näher, näher zu sich heran, nach Hause, in die Geborgenheit seines Zimmers, seiner vier Wände. Langsam nur, mit übermenschlicher Anstrengung zog er die fürchterliche Last immer näher herbei.

Dies war nicht mehr der kleine, leichte Körper Archibalds, sondern die Last des Todes.

Mit angehaltenem Atem öffnete er die Tür einen Spalt breit, wie er es stets zu tun pflegte. Er löschte die Lampe aus, damit kein Lichtschein nach außen drang, und zog keuchend die Luft ein, während er sein Zimmer betrat. Da war er nun. Er schloß die Tür hinter sich ab und machte Licht.

Dann aber stieß er einen entsetzten Schrei aus, fiel auf die Knie und preßte die Hände fest auf seinen Leib. Er wagte es nicht, die Hände oder die Arme nach diesem zerschundenen, blutigen, zuckenden Katzenkörper auszustrecken.

Das Tierchen mußte wohl von einer gewaltigen Ratte zerbissen worden sein, die es buchstäblich zerfetzt hatte — dennoch war es noch am Leben. Es kroch mit bebenden Flanken und weit aufgerissenem Maul im Zimmer herum — ein Leichnam bereits, doch John wollte es nicht sterben lassen.

»Nein! Nein tausendmal nein!« schrie er tonlos in wahnsinniger Empörung auf. »Archibald lebt noch! Er lebt und wird wieder genesen. Er wird sicherlich genesen!«

Dann kniete er neben dem Kätzchen die ganze Nacht bis zum Morgengrauen.

Das Nachthemd klebte an seinem schweißnassen Körper, seine Tränen hinterließen salzige, brennende Spuren auf seinem Gesicht. Doch er kämpfte weiter, ohne Unterlaß, ohne daß seine Spannung auch nur einen Augenblick nachließ. Denn das, was er liebte, wollte er nicht dem Tod preisgeben.

So fand ihn seine Mutter am nächsten Morgen, immer noch neben dem keuchenden kleinen Tier kniend.

All ihre Fragen, all ihre Bitten waren vergebens — denn John war wie besessen, taub und stumm.

Als sie dann voller Mitleid die Hand nach dem verendenden Tier ausstreckte, schrien John und das Kätzchen gleichzeitig auf. Diese Gleichzeitigkeit war so entsetzlich, daß die Mutter ihn fragte, was geschehen sei. Dann beugte sie sich zu ihm hinunter und schüttelte ihn.

»Laß doch das Tierchen sterben! Erbarme dich seiner, in Gottes Namen!«

Und dann plötzlich wurde der Willensstrom unterbrochen, und das Kätzchen fiel zusammen, wurde zu einem steifen, stummen Kadaver.

Auch John wurde plötzlich schwach, zitterte am ganzen Leib und brach in haltloses, lautes Schluchzen aus. Die Mutter aber drückte ihn an sich.

»Weine nicht, Johnny, weine nicht! Wir werden das andere Kätzchen von Großvater holen ...«

John konnte nichts sagen, schüttelte nur wild den Kopf. Er riß sich aus den Armen der Mutter, nahm den schmutzigen, blutigen Katzenkadaver in die Arme und legte sich ins Bett. Dann drehte er sich zur Wand wie einer, der nichts mehr von dieser Welt wissen will.

»Johnny!« klang die erschütterte Stimme der Mutter an sein Ohr. »Du darfst nie so sehr lieben! Du darfst nichts und niemanden so tief und bedingungslos lieben! Das ist schlimmer als jede Krankheit, schlimmer als der Tod.«

John wurde krank und klammerte sich an seine Krankheit, um alle Dinge des Lebens auszugrenzen. Er hatte Fieber, weil er es wollte. Er aß nichts. Der Gestank des verwesenden, blutigen Katzenkadavers raubte ihm den Appetit — dieser Gestank, den er auch dann noch riechen konnte, als man die schäbigen Reste des kleinen Wesens längst vergraben hatte.

Das ganze Ereignis gärte in ihm, gleich einem unentwirrbaren, dichten Gewebe, das auf undefinierbare Weise mehr war als die Summe seiner Teile. Archibalds Tragödie war nur wie ein enger Spalt, durch welchen er das Schattenspiel entsetzlicher, komplizierter, Schicht auf Schicht liegender Tragödien von unvorstellbarer Dimension erblickte. Hinter Archibalds Kadaver verbargen sich Erinnerungen, bildlose Erschütterungen, die alle mit seinem, Johns, Wesen zusammenhingen, aus ihm emporwuchsen und sich in ihm versteckten: Sehnsucht, Gewalt, Anhänglichkeit, Sieg und das Scheitern des Todes. Und immer wieder das Scheitern des Todes.

Das Entsetzen finsterer Konsequenzen durchströmte ihn wellengleich: nein. Nie mehr ein Tier, nie mehr. Man kann es nicht halten, nicht schützen und bewahren. Die Gefahr ist unermeßlich und unberechenbar.

Nein und nochmals nein. Er wollte sich all dem verschließen. Es gab anderes und andere, die er lieben konnte. Das einzige Wesen, das ihm ganz gehörte, war seine Mutter. Doch urplötzlich wußte er es gewiß — eine Erkenntnis und eine Gewißheit, die ihn zutiefst deprimierten — daß auch sie nicht jenseits der Gefahr war, auch wenn sie ihm von Kindesbeinen an als unerschütterliche Säule vorgekommen war. Archibalds Tod erfüllte einen bisher für ihn bedeutungslosen Gemeinplatz mit bedrohlichem Inhalt — daß nämlich alle Lebewesen sterblich sind, so auch seine Mutter. Dieser Gedanke war schier unerträglich.

Dann kamen ihm Katastrophennachrichten in den Sinn, Schlagzeilen, welche die Zeitungsverkäufer an den Straßenecken ausriefen oder die er aus den Zeitungen herausbuchstabiert hatte, ohne daß ihm dies bisher etwas bedeutet hätte. Passanten vom Auto überfahren. Straßenbahnunglück. Eisenbahnkatastrophe. Mord. Alles unüberwindliche, unbesiegbare Gefahren, die offenen Türen des heimtückischen Todes.

Schwere, grübelnde Sorge überkam ihn, gleichzeitig aber auch ungeduldiger Zorn.

»Mutter!« sagte er nach Tagen zu der Frau, die sich dauernd um ihn zu schaffen machte. »Wer hat diese Welt erschaffen?«

Die Mutter war sofort bei ihm, beugte sich mit ängstlicher Fürsorge zu ihm hinab und dämpfte ihre Stimme, um seine zarten, empfindlichen Nerven zu schonen.

»Der liebe Gott, mein Sohn.«

»Der liebe Gott kann gar nicht so lieb sein. Oder er wußte nicht, wie man's macht.«

Er setzte sich auf und starrte ins ratlose, entsetzte Gesicht der Mutter. Er strengte sich an, um etwas von dem, was er empfand, auf irgendeine Weise auszudrücken.

»So hat alles keinen Sinn!«

Sein Ausruf war so heftig, als würde er sich mit jemandem streiten.

»Wo ... Wo hast du denn sowas her?« fragte sie, doch dann erschrak sie plötzlich bei dem Gedanken, sie könnte Johnny aufregen, wenn sie widersprach, und daß er dann nur noch kränker würde. »Großvater wird dir schon erklären, wie es um diese Welt bestellt ist. Er ist sehr klug. Wenn du wieder gesund bist, werden wir für zwei Wochen hinfahren. Dein Vater hat es uns erlaubt.«

»Großvater?«

Johns beklommene Spannung, seine empörte Wut waren plötzlich wie durch Zauberschlag verschwunden, als hätte jemand ein Ventil geöffnet.

Großvater ist ein Zauberer. Er ist allzeit bereit, gegen die Krankheit, das Unglück und den Tod zu kämpfen. Er wird oft besiegt, aber manchmal trägt er auch den Sieg davon. Darum will auch John Arzt werden. Großvater wird es ihm schon erklären. Höchstwahrscheinlich ...

Ihm wurde leicht schwindlig, während er an das Haus in Alton dachte, das im herabrieselnden Schnee nach oben schwebte, lautlos immer weiter nach oben glitt.

In diese rätselhafte, jubelnde Bewegung versunken, begann er auf einmal zu ahnen, daß er bereits bis zum Tor aller Lösungen vorgedrungen war: der Arzt-Zauberer und die imaginäre Reise nach oben. Vielleicht bargen sie jenes Geheimnis, mit dessen Hilfe es möglich war, die Henker des Lebendigen auszutilgen: die Angst, den Schmerz und den Tod.

Sein Fieber verschwand, weil John es in sich ausgelöscht hatte, und der fordernde Hunger durchbrach den Damm des nervösen Ekels. Innerhalb eines Tages war er wieder genesen, wurde auf eine aufgeregte, gierige Art lebendig und drängte zur Abreise.

Eine Woche später brachen sie auf, doch sie fanden das Haus nicht mehr so vor, wie sie es in Erinnerung hatten.

Sobald John das Haus betrat, spürte er sofort: Hier war etwas ins Wanken geraten, hier war etwas am Zerfallen, verschwand allmählich, wie das Licht aus einem Zimmer, wenn der Tag sich neigt.

Großvater war krank. Nicht laut, leidend und lebhaft, eher wie das verblassende Licht einer Kerze, die am Erlöschen war. Und auf die gleiche Weise schien jedes Lebewesen, jeder Gegenstand um ihn herum zu erkalten und zu verblassen. All das, was bisher in trauter, fester

Gemeinschaft zusammengefügt war, zerfiel jetzt in herrenlose Bruchstücke, auf denen eine erschrockene, scheue, ziellose Beziehungslosigkeit lastete.

Mrs. James hatte der Kummer gebrochen, er hielt sie wie in einem Hexenkreis gefangen. Sie war zu einem fremden, finsteren Wesen geworden im Gefolge der Tränen und Seufzer, die dem Tod vorausgingen.

Die Tiere saßen oder streunten lustlos herum, mit struppigem Fell und Gefieder, wichen vor den Menschen aus, flogen von ihren Fingern davon.

Anstatt der früheren Wärme und des Glanzes waren nur Staub, Finsternis und Kälte geblieben, die alle Menschen verschreckten.

John fühlte sich so entsetzt und beraubt, daß er mit klappernden Zähnen zitterte und bebte.

Es regnete in Strömen, ein bleiernes, graues Wassergitter spannte sich vor dem Fenster und machte dieses traurige Haus zu einem Gefängnis.

Nur an einem einzigen Punkt schimmerte noch etwas Licht, wie ein letzter, vergessener Sonnenfleck: das Licht in Großvaters Augen. Sobald John in seine Augen schaute, wurde er ruhig. So schlimm konnte es wohl nicht sein. Großvater fürchtete sich nicht — nicht ein bißchen. Er war nur müde und traurig — aber auch das nicht so ganz, weil sich dahinter eine verborgene Heiterkeit versteckte. Er lächelte schon fast. Und er sprach so leise, weil er die Stille ehrte. Darum ...

»Ich höre, daß Archibald gestorben ist«, flüsterte Großvater fast unhörbar. Und diesmal lächelte er wirklich, kniff ein Auge zu und schaute ihn verschmitzt an. »Was soll ich ihm sagen, wenn ich ihn treffe?«

Diese Frage und dieses Lächeln verwirrten John sehr. Was sollte er damit anfangen? Er schaute hilflos und ratlos auf den Großvater hinab, dessen Kopf tief in seinen Kissen versunken war. Dabei achtete er darauf, nicht auf das graue, verschrumpelte Gesicht mit dem weißen Dreitagebart zu schauen, sondern in diese glänzenden Augen, in dieses Augenpaar, das wie Fenster aus diesem Antlitz leuchtete und ihn beruhigte.

»Du kannst ihm nicht begegnen. Er war voller Wunden, und sein Blut war vergossen. Mutter hat ihn eingegraben, weil er schon ...«

»Weil er schon stank, nicht wahr? Das hat nichts zu bedeuten, mein Sohn. Überhaupt nichts. Auch ich werde bald aus diesem lumpigen Gewand schlüpfen, werde aber dennoch bestehen bleiben. Auch du bist schon mal aus deinen Kleidern herausgewachsen, nicht wahr? Dennoch bist du noch da.«

»Das ... das ist etwas anderes.«

»Wieso denn?«

»Weil ich wirklich da bin. Aber wo ist Archibald? Und wo wirst du sein, wenn ...?«

»Ich werde dir näherkommen. Ich werde ganz nah bei dir sein. Der Unterschied besteht nur darin, daß du mich nicht mit deinen Augen sehen wirst, sondern in deinem Innern, hinter deinen geschlossenen Augen.«

»Ich will dich aber mit meinen Augen sehen, Großvater, und auch Archibald. Innen, das ist das Wahre ...«

»Das ist das einzig Wahre. Das da, ... mein Gott. Gestern noch war ich ein kleiner Junge wie du, jetzt aber hat mein letztes Stündlein geschlagen. Diese kurze Zeit zwischen den beiden Zuständen ist wie ein Augenblick, ein kurzes Nickerchen, bei dem ich schlecht geträumt habe. Nun aber werde ich erwachen und mein wirkliches Leben fortsetzen.«

»Das sagst du nur so, Großvater. Bisher hast du alle zu heilen versucht, damit deine Patienten nicht starben. Hast du das damals anders gewußt?«

»Nein. Auch damals habe ich es so gewußt wie heute. Es ist wichtig, daß die Menschen leben, um verschiedene Dinge zu lernen. Sie träumen, daß dies das echte Leben sei, weil sie sonst nicht die Kraft hätten, es durchzustehen. Dir kann ich es sagen. Du bist stark, und du wirst Arzt werden. Das da ist der Tod, mein Sohn. Un-

ser Leib, der kleine Archibald mit seinem zerschundenen Körper und mein ausgedörrtes Skelett. Das ist die
Wohnung des Todes, sein Versteck, seine uneinnehmbare Burg — die Zeit aber ist seine Verbündete, die alles
und jeden vor die Flinten des Todes treibt. Die geheime
Aufgabe eines wahren, echten Arztes lautet: Er muß mit
einer bestimmten Medizin den Menschen vom Tode
heilen. Merk dir das, mein Junge, auch wenn du es jetzt
noch nicht verstehst. Eines Tages wirst du es begreifen.
Der Tod ist nichts weiter als Blendwerk. Das Leben aber
beginnt genau an diesem Punkt, weil dort die Vergänglichkeit endet. Diana ...«

»Ja«, erwiderte Johns Mutter mit tränenerstickter
Stimme.

»Hast du es dir gemerkt?«

»Ja.«

»Dann schreib es auf ... für ihn.«

Dann redete der Großvater nicht mehr. Ein dicker fremder Arzt übernahm die Herrschaft über sein Bett und tat
so, als wäre Großvater noch vorhanden. Dabei war er
längst entschwunden, ganz entschwunden, zusammen
mit dem kleinen Sonnenfleck. Sein Auge erlosch. Aus
seinem Mund drang leeres Gemurmel, doch das war
nicht mehr er.

John spürte genau den Augenblick, als der dünne Faden riß. Staunend, mit jubelnder Erregung und Spannung spürte er, daß da etwas geschehen war: Der Lebende war dahingeschieden, dieses dichte, verwobene,
vernetzte Etwas, das einst sein Großvater gewesen war
— dort auf dem Bett aber war der Tod übriggeblieben.

Er spürte deutlich, daß von Großvater nichts verlorengegangen war. Er war ganz und intakt geblieben,
war nur vor ihm irgendwo hin weggeglitten, wohin man
ihm auf andere Weise folgen mußte.

Also war es wahr. Jetzt war es kein äußeres Wort
mehr, es waren nicht mehr nur Worte auf Großvaters

Lippen, weil ihm tief in seinem Inneren bewußt wurde: Großvater lebt. Dieses Erlebnis war unbeschreiblich, dennoch wahr wie der Sonnenschein. Es ließ sich nicht verbergen, weil es in ihm aufschien an Großvaters Totenbett. Er sah es in sich, wirklich und wahrhaftig: Alles ist wahr, wie Großvater es gesagt hat. Er war ihm näher gerückt. Er mußte die Augen nicht öffnen oder ein lautes Wort sagen, damit er ihn hörte.

»Großvater«, sagte er also bei sich mit geschlossenen Augen, ohne daß sich seine Lippen bewegten. »Bitte, sag Archibald, daß ich nie mehr ein anderes Tier halten werde.«

Auch die Schule, seine Mitschüler und seine Lehrer waren kein Problem für ihn, weil er bei ihnen kinderleicht alles erreichte, was er nur wollte. Sie waren wie Wachs in seinen Händen. Wenn er sich in einem Fach nicht vorbereitet hatte, dann wurde er nie aufgerufen. Doch wenn er seinen Stoff gelernt hatte, kam er mit Sicherheit an die Reihe. Dies beherrschte er so selbstverständlich, wie er sich seiner Hände, seiner Augen und seiner Beine bediente.

Erst später, als es ihm gelang, diese Fähigkeit bewußt zu erleben, sie zu analysieren, zu steuern und zu lenken, kam er dahinter, daß es bei den meisten Menschen eher umgekehrt war. Denn wollten sie etwas vermeiden, so zogen sie das Unheil durch ihre Furcht magisch an, während die Erfüllung ihrer Wünsche durch Zweifel und zögernde Schwäche vereitelt wurde.

Jüngere, kleinere, schwächere Buben hängten sich wie Kletten an ihn, stritten sich schier darum, ihm zu Gefallen zu sein. Man bewunderte ihn, ahmte ihn nach — und alle wären gern für ihn durchs Feuer gegangen.

Die größeren und stärkeren aber achteten ihn — selbst seine aufmüpfigsten Mitschüler gingen ihm aus dem Weg. Der erste Platz, die Führungsposition war stets ihm beschieden, die Zügel glitten wie von selbst in seine Hand.

Die Freundschaft mit George Dryer begann irgendwann in der Oberschule. George war ein nervöser, verschlossener, störrischer, fast krankhaft magerer Junge. Seine großen, blauen, runden Augen blickten durch die dicken Linsen einer Brille. Sein Blick wich meistens den Blicken anderer Menschen aus — nicht aus Hinterhältigkeit, sondern aus Angst vor Offenbarung. Er sprach leise, war wortkarg und hätte am liebsten all das, was er überhaupt zu sagen hatte, durch geschlossene Lippen geflustert.

Wenn er ausgefragt wurde, war sein Lehrer stets ungehalten. »Dryer! Sie murmeln wieder in Ihren imaginären Bart. Bitte, weihen Sie auch uns in Ihre Geheimnisse ein!«

Die ganze Klasse kicherte, Dryers Gesicht aber begann zu zucken und lief puterrot an. Diese Bloßstellung brachte ihn ganz aus dem Konzept, obwohl er zu den intelligentesten und fleißigsten Schülern gehörte. Die schlechten Noten, die er sich durch seine Introversion einhandelte, ließen ihn schier verzweifeln und erfüllten ihn mit Bitterkeit. Er fühlte sich verfolgt und unglücklich. Er hatte noch keinen Freund unter seinen Mitschülern gefunden, bis Johns Ansturm endlich sein ewig verletztes Wesen eroberte, seine Ängstlichkeit überwand. Da George als Sonderling und Eigenbrötler galt, war er den Sticheleien seiner Mitschüler hilflos ausgeliefert, und seine Verhaltensweise war dazu angetan, die anderen zu provozieren. Selbst die schmächtigsten, harmlosesten Bürschchen unter ihnen fühlten sich geradezu herausgefordert, ihn zu verspotten und zu demütigen. Die Stärkeren machten ihn zur Zielscheibe ihrer groben Späße, stießen ihn herum, stellten ihm ein Bein und verdroschen ihn, ohne daß er sich wehren konnte, weil er zu schwächlich war.

Einmal zerschlugen sie seine Brille. Er aber stolperte

ungeschickt, betäubt und schwindlig zwischen seinen Peinigern herum, keuchend, in seiner Qual den Tränen nahe. Er biß die Zähne zusammen, schlug mit seinen dünnen, langen Armen wie mit Windmühlenflügeln um sich und gestikulierte wild in der Luft herum, weil er ohne Brille seine grinsenden Angreifer nur als verschwommene Flecken sah. Dann plötzlich stellte ihm jemand ein Bein, und die ganze Meute kam über ihn.

John aber hatte trotz der scheinbaren Unterschiede das Gefühl, daß George das gleiche Schicksal erleiden mußte wie seine eigene Mutter. Und das allein genügte ihm, um sich mit George zu solidarisieren.

Er befreite den Jungen, der am Boden lag, von seinen Peinigern, und als er seine blutige Nase erblickte, geriet er vor Zorn fast außer sich. Die anderen aber, die gemeint hatten, John würde auf ihrer Seite stehen und ihnen helfen, den Schwächeren zu verprügeln, sahen sich einem rasenden Berserker gegenüber, bekamen seine Kräfte zu spüren und wurden so eines Besseren belehrt.

Ihre Kleider gingen in Fetzen, ihre Gesichter bluteten und schwollen an — doch als dann die Sache geklärt werden sollte, wagte es keiner, ihn zu verraten. Auch untereinander und im geheimen wurde nicht mehr darüber gesprochen. Sie bezahlten Dryers Brille und wagten es hinfort nicht mehr, ihn anzurühren, weil er jetzt zu John gehörte.

Zunächst schlich George nur um John herum. Er spürte deutlich die quälende Spannung in seinem eigenen Wesen, weil er es nicht fertigbrachte, sich zu offenbaren und zwischen sich und dem anderen eine Brücke zu schlagen. Manchmal war er schon nahe daran, seine Dankesworte überlaufen zu lassen, doch die gute Absicht wurde jedesmal von seinem wilden Herzklopfen zunichte gemacht. Und das armselige, heisere Geflüster, das er hervorbrachte, stürzte ihn in Verlegenheit, so daß der kalte Schweiß auf seiner Stirn ausbrach.

Eines Tages standen John und George am äußersten

Rand des Schulhofes, weit von den anderen Kricketspielern entfernt. John spürte deutlich die drängenden Gedanken, die ihm George zusandte. Seine blauen Augen hatten ihn so verzweifelt angeblitzt, daß er freiwillig auf das Spiel verzichtet hatte und aus der Mannschaft ausgeschieden war. Der Raum, der sich um ihn wie ein Schutzwall spannte, verwehrte jedem den Zutritt außer seinem neuen Schützling.

»Störe ich?« fragte Dryer mit erstickter Stimme, während er sich zu John gesellte.

»Nein.«

»Ich ...«

John hätte ihm gern geholfen, aber auch er fand nicht die richtigen Worte. Dryer aber konnte die entsetzliche Schwelle der Offenbarung nicht überwinden. So blieb John nichts weiter übrig, als den Kampf mit diesem hartnäckigen Ego-Zerberus auszufechten, der vor der Seelenpforte des Jungen wachte.

»Ich weiß«, meinte er abwehrend. »Ist auch nicht wichtig. Alles in Ordnung. Willst du, daß ich ... daß ich die Meute zügele?«

Dryers Gesicht lief rot an, und seine Augen versteckten sich fast ganz hinter dem Vorhang seiner Lider. John aber konnte eher ahnen als hören, was der Junge vor sich hinmurmelte.

»Warum tust du das, Carter?«

»Blödsinn!« brach es aus John heraus, weil ihn Befangenheit plagte. »Ich sehe etwas anderes als die. Auch das, was nur du allein von dir selbst weißt.«

»Was? Was denn?« Seine aufgeworfenen, empfindsamen Lippen bebten.

»Daß du mehr wert bist als alle anderen!«

Dryer schaute ihn durch schimmernde Brillengläser an, die seine erstaunten Augen mit dem dankbaren Blick unnatürlich verkleinerten.

John aber mußte schmerzerfüllt an Großvater denken, an Archibald — selbst die Erinnerung an das zärtliche Wesen seiner Mutter glühte in ihm auf, so, als hätte sich eine Geheimtür vor ihm geöffnet. Und mit diesem Blick zog Dryer in die Welt jener Wesen ein, die John am meisten liebte.

Die Astralschlinge

DRYER WAR VON BÜCHERN und Sprachen besessen. Am meisten schwärmte er für die toten Sprachen, deren sich selten ein Mensch auf dieser Welt bedient. Er war angetan von den geduldigen, scheinbar leblosen Buchstaben, deren stummer Inhalt ebenso grenzenlos war wie sein inneres Wesen.

Er pilgerte in die Bibliotheken wie ein andächtiger Gläubiger in die Kirche. Dort verbrachte er seine Freizeit und kehrte mit Büchern beladen heim, um dann oft die ganze Nacht hindurch zu lesen.

John nahm gern an diesem Wissenskult teil, weil auch er ein Büchernarr war und sich für Sprachen interessierte, doch niemals wurde er zu ihren Sklaven. Er schaute nicht kniefällig zu ihnen hinauf — er wollte sie vielmehr beherrschen. Er begleitete Dryer in die Bibliotheken. Die großen, stillen Säle aber, wo die Spannung der Gedankenpotentiale die Menschen faszinierte und sie veranlaßte, ihre Stimme, ihre Schritte zu dämpfen, ließen in ihm ganz andere Erregungen auflodern als in seinem Freund. In Dryer setzte sich die Welt der Bücher aristokratisch vom Leben ab. Sein Körper hatte gar nichts damit zu tun. John aber wurde vom Destillat des Lebens angezogen: das Auskosten des physischen und geistigen Abenteuers bis zur Neige, das starke Erlebnis, kondensiert zur Idee.

»Ich denke«, sprach er eines Tages zu seinem Freund in der Inner Temple Library, wo Dryer bereits als lieber

Bekannter begrüßt wurde, »daß in all diese Bücher Menschen hineingepreßt sind. Ich weiß nicht, ob du das verstehst. Alles, was scheinbar aus ihnen entschwunden ist, findet hier seinen Niederschlag, ähnlich wie in Balzacs ›Eselshaut‹. Denn sie mußten so stark und so tief empfinden und wünschen, damit diese Bücher zustande kamen, daß diese Anstrengungen ihr ganzes Leben verzehrten.

»Das glaube ich weniger«, erwiderte Dryer gedankenverloren, weil er sich zwischen diesen strengen Buchreihen tapferer und selbstsicherer fühlte, als würden ihn all die Geistesarme stützen, die aus den Regalen herausragten. »Diese Welt breitet sich nach innen aus. Und was dort geschieht, ist immer etwas anderes als draußen, selbst wenn ein Vorgang daran erinnert. Und dies, weil alles vom Joch des Leibes befreit ist, ganz wie im Traum.«

Beide hatten bereits ihr siebzehntes Lebensjahr vollendet. Der Erste Weltkrieg tobte schon seit drei Jahren. Ihre Freundschaft war jetzt etwa anderthalb Jahre alt, dennoch war John noch nie in Dryers Haus gewesen. Dryer dagegen kam oft zu Besuch in die Wohnung am Russell Square, aus dem sich die schwere, finstere Gestalt von Johns Vater für die Dauer des Krieges auskopiert hatte und nur gelegentlich für wenige kurze Tage anläßlich einer Verwundung, einer Beförderung, einer Krankheit oder Unpäßlichkeit auftauchte. Johns Mutter aber war dieser linkische, schweigsame Junge willkommen, weil er ihr unendlich leid tat.

»Seine Mutter hat sich das Leben genommen«, sagte sie zu ihrem Sohn, der bisher diese wunde Stelle seines Freundes taktvoll gemieden hatte. »Ich kann mich noch entfernt an den Dryer-Skandal erinnern. Es stand auch in allen Zeitungen. Sie war Kleptomanin und … nun ja, sie war auch in andere Sachen verwickelt. Eine unglückliche Familie. Dryers Vater stand im Ruf eines reichen, etwas exzentrischen Kunstmäzens. Er hatte eine Menge

Bilder und Skulpturen zusammengekauft, verfaßte reihenweise Artikel für verschiedene Fachzeitungen, Zeitschriften und okkulte Blätter, selbst über die abwegigsten Themen: so etwa über neue Kunstrichtungen, über Meisterwerke ostasiatischer Magier, über Yoga, Regeneration und Alchimie.«

Einmal wagte John die Frage, womit er sich nun eigentlich wirklich befaßte.

»Mit allem und jedem«, erwiderte George bitter, »nur nicht mit uns. Gestern ist meine jüngere Schwester nach zwei Jahren aus der Schweiz zurückgekehrt. Er hat sie nicht einmal am Bahnhof abgeholt. Er hat sie einfach vergessen.«

Anschließend bereute er diesen ungewöhnlichen Gefühlsausbruch, doch er veranlaßte ihn gleichzeitig zu einer weiteren Offenbarung. Denn hatte er nun bereits etwas verraten, so wollte er doch kein Teilbild, kein Bruchstück projizieren.

»Trotzdem, John — mein Vater ist ein hervorragender Mann. Und wenn er gerade wieder einmal an uns denkt, dann ist er gut zu uns. Am liebsten aber flüchtet er, setzt sich ab, genauso wie ich. Er will sich nicht gern erinnern. Ich kann es verstehen. Er hat gute Gründe. Allerdings ist es für uns manchmal schwer.«

»Dennoch möchte ich gern wissen«, kehrte John zum Ausgangspunkt ihres Gesprächs zurück, »was ihn am meisten interessiert.«

»Diese Frage ist schwer zu beantworten. Ich möchte dir nichts vormachen. Aber ich habe auch keinen Grund, mich dieser Dinge zu rühmen. Auch ich kann nicht alles verstehen, weil er uns doch nicht in seine Geheimnisse einweiht. Ich weiß nur das über ihn, was ich heimlich erfahren, was ich rein zufällig gehört habe, und … also … er beschäftigt sich mit der Magie. Und es gibt da einige Leute, die ihn regelmäßig aufsuchen und an seinen Studien teilnehmen. So etwa Paul Stepney — du hast sicher schon von ihm gehört —, der dieses seltsame Buch über die Strahlentiere verfaßt hat. Dann Virginia Tyburn, die Malerin, die aussieht wie ein Mann. Der Journalist Warwick Smith und der alte Lord Eltham. Sie treffen sich jede Woche und sitzen bis in die späte Nacht im oberen Zimmer beisammen. Mein Vater nennt es sein Labor. Sie manipulieren allerhand Gegenstände, die sie bewegen, ohne sie zu berühren ...«

Ein Wort rauschte in John auf wie Zauberklang: Magie! Der Sinn war bereits vorhanden, sein Inhalt lebendig, nur der Name hatte bisher noch gefehlt. Was Dryer furchtsam, beschämt und verständnislos einzugrenzen versuchte, leuchtete in John mit dunklem Glühen, mit heller Freude und fröhlicher Gewißheit auf.

Dies war das große DAS.

Er mußte Thomas Dryer unbedingt kennenlernen!

»Ich werde euch einmal besuchen, wenn diese Gesellschaft zusammentrifft«, sagte er fest und entschlossen.

George aber war sichtlich erschüttert und suchte verzweifelt nach Ausflüchten.

»Bitte, du darfst mich nicht mißverstehen, John. Ich habe dich noch nie eingeladen, weil ich selbst nur ungern zu Hause bin. Es gibt so viele Dinge, die ... Die Bibliotheken sind eher meine Heimat, und der Ort, wo du bist. Vielleicht wirst du es eines Tages begreifen. Ich bin von vielen schlimmen und entsetzlichen Dingen umgeben.«

»Also — an welchem Tag darf ich euch besuchen?«

George mußte die Waffen strecken.

»Dienstags. Sie versammeln sich am späten Nachmittag. Doch rechne nicht damit, daß du überhaupt ...«

»Es ist schon gut.«

Das hohe, verschlossene Backsteinhaus der Dryers stand auf dem Edgware Road, in der Nähe des Marble Arch. Unlustige graue Tannen standen vor dem Haus Spalier, das Gitter des schmiedeeisernen Tores war aus schwarzen Drachen gewunden.

John traf bereits am frühen Nachmittag ein, weil er seine Ungeduld nicht mehr zähmen konnte.

Er klingelte an der dunkelbraunen Eichentür, an der ein erzener Löwenkopf befestigt war, aus dessen Maul ein schwerer, uralter Klopfring baumelte.

Der schrille Ton der Klingel fand lange kein Echo, so als würde hinter diesem Tor kein Mensch leben. Dann hallten endlich ferne Schritte, kamen näher, doch es dauerte noch eine ganze Weile, bis sie angekommen waren. Als John eintrat, erkannte er auch sogleich den Grund für die Verzögerung. Eine riesige dunkle Halle tat sich hinter dem Vorplatz vor ihm auf, gerammelt voll, eiskalt, nicht zu heizen und zu beleuchten. Die Wände waren dicht mit verschwommenen Gemälden und Reliefs bedeckt. Auf Stellagen, in Ecken und Winkeln, auf Möbeln wurden die verwischten Konturen von Skulpturen und mannshohen Vasen sichtbar. Im Kamin brannten ein paar Holzscheite, und John hatte für einen Augenblick das Gefühl, als wäre es kein echtes Holz und kein echtes Feuer, sondern ein kaltes griechisches Feuer in einer Eiswüste.

Es war ein Novembernachmittag, und es wurde schnell dunkel. Der alte Mann mit dem gebeugten Rükken, der ihn hereingelassen hatte, zündete eine Wandleuchte neben dem Kamin an und ließ ihn dann allein.

Das Licht der Lampe, die wie eine Fackel geformt war, fiel auf das Gemälde, das über dem Kamin hing. Es stellte eine rothaarige junge Frau mit nervösem Gesicht dar, die in ein leichtes Gewand gehüllt war. Eine Brust leuchtete schneeweiß und nackt zwischen rauchartigen Schleiern. Eine Hand mit den spitz zulaufenden Fingern hielt ein Kreuz. Das spöttische, unbarmherzige Lächeln ihrer schmalen Lippen war verwirrend und unergründlich zugleich, löste Unruhe und Neugier in ihm aus. Wer mag das wohl sein? fragte er sich.

In seinen Sinnen gärte die Pubertät. In seiner Phantasie hatte er die Frauen bereits ausgezogen und war zur

Entdeckungsreise über die uralten Pfade der erogenen Zonen aufgebrochen. Der blanke Busen, das herausfordernde Lächeln und das Kreuz in ihrer Hand erregten und empörten ihn gleichermaßen. Ein seltsames Bild, hier, in dieser Umgebung.

Von der Treppenbiegung näherten sich leichte, rasche Schritte, trippelten die Stufen herab, die zu den oberen Räumen führten. Doch es war nicht George, der zwischen den fremden Schatten auftauchte, sondern ein kaum fünfzehnjähriges, hochgeschossenes, flachbusiges Mädchen mit Georges gewölbten blauen Augen und feiner Nase. Auf ihren schmalen Lippen schwebte das gleiche beunruhigende, spöttische Lächeln wie auf dem Gesicht der Gestalt über dem Kamin. Das Mädchen war nicht hübsch, das Antlitz versprach auch nicht spätere Schönheit — doch es war dazu angetan, zu reizen und Interesse zu wecken.

»John D. Carter?« fragte das Mädchen mit hoher, hochmütiger Stimme.

John spürte deutlich, daß sie durch ihr Verhalten ihre Nervosität überspielen wollte. Und in ihrem Lächeln erkannte er die Gestalt auf dem Bild: Es war ihre verstorbene Mutter. In John begann sich eine unangenehme Spannung aufzubauen. Das Mädchen strahlte gleichzeitig Anziehungskraft und Feindseligkeit aus, zwei Wesen in einer Brust: George, dem es ähnlich sah, und das Bild, das John so erregt hatte.

»Ja. Ich bin John Carter.«

»Und ich bin Ellen Dryer. George ist noch in der Bibliothek und tauscht Bücher um. Er hat Sie nicht so früh erwartet. Wir können in der Zwischenzeit Tee trinken, wenn Sie wollen.«

John nickte stumm, und Ellen läutete. Ihm war es peinlich, mit diesem Mädchen allein zu sein. Er wußte nicht, wie er sie ansprechen, wie er sich mit ihr unterhalten sollte. Denn sie war kein Knabe, kein Mädchen, aber auch noch keine junge Frau. Und ein solches Zwi-

schenwesen hatte er bisher noch nie näher kennengelernt.

Ellen glich ihrem schweigsamen Bruder in keiner
Weise. Ihre lauernde Neugier war aufdringlich und lä-
stig. Auch der Ausdruck ihrer Augen unterschied sich
von Georges Blick. Da war keine Spur, nicht die geringste Spur ängstlicher Zärtlichkeit vorhanden. Ihr Blick
durchbohrte hungrig und scharf ihr Gegenüber, und ihr
frühreifes Sehnen malte tiefe, dunkle, blaue Schatten
unter ihre Augen. Wahrscheinlich kaute sie an den Nä-
geln — die Spuren waren deutlich zu sehen. Sie schaukelte selbstvergessen hin und her, zuckte und ruckte,
rutschte nervös auf ihrem Sessel herum.

»George vergöttert Sie«, meinte Ellen aggressiv, als
würde sie es ihm übelnehmen. »Er glaubt, daß Sie alles
in der Welt fertigbringen können, wenn Sie nur wollen.
George ist einfach unberechenbar«, setzte sie lachend
hinzu.

Ihm wurde seltsam zumute, und plötzlich überkam
ihn ein Gefühl wie gegenüber einer lästigen kleinen
Mücke, die ohne jeden Grund sein Blut saugte.

»Ist das Ihre Mutter?« fragte John und deutete auf das
Bild über dem Kamin, weil er sie strafen wollte. Diese
Frage hätte er George niemals gestellt.

Ellens Gesicht verhärtete sich.

»Ja«, erwiderte sie, und in ihrer kalten Stimme klang
ein unerklärlicher Triumph mit. »Sie ist wunderschön,
nicht wahr?«

»Sie ist sehr schön, aber . . .« John brach plötzlich ab,
weil er seine Gedanken nicht ausdrücken konnte.

Ellen aber beugte sich vor und zischte wie ein wütendes Katzenweibchen:

»Kein Aber. Sie hat auf alles gepfiffen, auf alles und
jeden. Sie hätte auch auf Sie gepfiffen, John D. Carter!
Sie hat stets das getan, worauf sie Lust hatte. Und ich
werde dasselbe tun!«

»Hat sie Selbstmord begangen?«

»Warum auch nicht? Sie konnte nicht ertragen, daß man sie behinderte und einschränkte.«

Eine Wahnsinnige! Eine arme Irre! — schoß es John durch den Kopf.

Ellens Körper, der wie ein Bogen gespannt war, sank zurück und fiel in sich zusammen. John aber sah erschrocken und verblüfft, daß dieses Mädchen mit zuckendem, abweisendem, zornigem Gesicht weinte. Plötzlich wurde er von beschämtem, tiefem Mitleid übermannt. Er stand auf und trat an das Mädchen heran.

»Ellen ...«

»Gehen Sie! Gehen Sie doch! Sie sind nicht anders als die anderen ...«

Und schon war sie aus ihrem Sessel, aus der Halle verschwunden, wie ein Gespenst. Der Schall ihrer leichten Schritte drang bereits aus dem oberen Stockwerk herab — entfernte sich und erstarb.

Was war denn das? John kam es vor, als wäre er aus einem Alptraum erwacht.

Der alte Mann mit dem gebeugten Rücken brachte einen kleinen Wagen, auf dem eine Kanne mit lauwarmem, dunklem Tee stand. Lange Minuten schlichen wie Stunden dahin. Endlich traf dann George ein, der einen ganzen Stapel Bücher schleppte.

»Ich dachte, du kommst erst gegen Abend«, entschuldigte er sich. Er schien verwirrt, fast kopflos. »Hast du Tee getrunken? Ja? Wartest du schon lange? Es tut mir leid, tut mir ehrlich leid ...«

»Das macht nichts. Ich habe gern gewartet. Inzwischen habe ich deine Schwester kennengelernt. Ich befürchte, daß ich sie verletzt habe, weil sie plötzlich davonlief ...«

»Ach, Ellen ... Ellen ist so empfindlich. Das hat gar nichts zu bedeuten. Ihr werdet euch schon näherkommen und befreunden. Wenn du willst, werde ich sie wieder rufen.«

»Nein, nicht nötig!«

Dann aber brauste wegen ihrer schroffen Ablehnung der Zorn in ihm auf und erfüllte sein ganzes Wesen. Schließlich war sie Georges Schwester. Warum sollten sie nicht Freunde werden? Doch die heftige, prompte Ablehnung ließ sich nicht mehr zurücknehmen.

»Vielleicht habe ich mich geirrt, und sie wird von selbst wieder herunterkommen.«

Und sie wird kommen! dachte John. Sie würde kommen, damit er ihr wegen ihres verstockten, feindlichen Zynismus und ihres menschenverachtenden Wesens, das nichts weiter war als ein Schutzwall, Paroli bieten konnte.

Während er sich zerstreut mit seinem Freund unterhielt, der sich in seiner Befangenheit und bei dem Versuch, die Umstände zu verschleiern, weitaus gesprächiger gab als sonst, stieg John in Gedanken die Treppe hinauf und folgte den Spuren des Mädchens. Ein schier unübersehbares Chaos, ein tränenreicher, trotziger Strudel stemmte sich gegen seine Absicht — doch es gelang ihm, das Zentrum zu erfassen: ihre Neugier und ihr Bestreben, die Oberhand zu gewinnen. Er rief sie, er beschwor sie unentwegt. Dann, ganz plötzlich, geschah etwas Seltsames und Schreckliches: Der Strudel, der Sturm legte sich — und in dieser windstillen Erwartung loderte in der Seele des Mädchens ein nie gekanntes Feuer auf. Abgründe öffneten sich, endlose, bodenlose, feurige Tiefen, lockende, rufende, schwindelerregende Schluchten.

John aber wich zurück. Nein, das hatte er nicht gewollt. Er hätte in seiner Unachtsamkeit eine Katastrophe, einen Unfall heraufbeschwören können. Also ließ er das Mädchen los. Bleib, bleib, wo du bist!

»Fehlt dir was?« vernahm er Georges erschrockene Stimme. »Warum starrst du so vor dich hin?«

»Nein, nichts, ich war nur in Gedanken.«

Plötzlich hörte er Ellens Schritte im oberen Stockwerk. Sie kam langsam und zögernd näher. Ellen stieg die Treppe herunter, dann blieb sie im Lichtkreis der Wandleuchte stehen, mit einer völlig anderen Haltung. Sie wirkte ernst und feierlich. Ihr Gesicht war gerötet, wie vom Widerschein jenes inneren Feuers, vor dem John vorhin zurückgewichen war. Von George nahm sie überhaupt keine Notiz, trat zu John.

»Es tut mir leid«, sagte sie mit weicher Stimme. »Ich war ungerecht und wild. Dabei wollte ich Sie gern gewinnen. Im ersten Moment habe ich um George gebangt. Ich habe niemanden außer ihm. Dann, plötzlich, dort oben, bin ich dahintergekommen, daß Sie es sind, der uns beiden helfen kann. Wir sind so einsam und allein.«

Die Exaltiertheit der Situation bot keine Möglichkeit für einen Ausweg. Was sollte er erwidern? Er spürte Georges Ratlosigkeit und Ellens überspannten Rausch.

»Wir werden Freunde sein, Ellen, wir drei«, sagte er ungeschickt.

»Es ist mehr!« sagte Ellen mit erhobener Stimme. Sie lächelte, doch dieses Lächeln war frei von jedem zynischen Zweifel. Dann drehte sie sich um und stieg wieder die Treppe hinauf. »Kümmere dich nicht um sie«, stotterte George, nachdem ihre Schritte verklungen waren. »Ellen ist manchmal seltsam. Dennoch, sie und ich ...«

»Ich weiß. Ich verstehe«, lehnte er die Erklärungsversuche ab. In Wirklichkeit aber verstand er gar nichts, hatte nur eine undeutliche, trübe Ahnung — und diese Ahnung erfüllte ihn mit böser Unruhe.

Während des Dinners, das sie in einem tabakbraunen, düsteren, rechteckigen Speisezimmer zu zweit verzehrten, traf Georges Vater ein. John saß mit dem Rücken zur Halle und konnte ihn nicht sehen, nur seine heisere Stimme hören, die auf ihn zwar sympathisch, aber auf seltsame Weise unsicher wirkte.

Nach ein paar Worten mit dem Diener ging er in sein Zimmer hinauf. John hoffte, daß er wieder herunterkommen würde, doch auf der Treppe blieb es still. Beim Nachtisch konnte sich John nicht mehr beherrschen und fragte, ob der Vater mit ihnen speisen würde.

»Nein«, erwiderte George. »Am Dienstag vor den Versuchen niemals. An diesem Tag pflegt er in seinem Zimmer ein frugales Mahl aus Rohkost zu verzehren. Sonst nimmt er die Mahlzeiten in seinem Klub ein.«

»Und die Gäste?«

»Die gehen direkt ins Labor. Wie gesagt, John, rechne nicht damit, daß man dich akzeptiert. Du bist jung und ... du paßt nicht zu ihnen. Was mich angeht, so bin ich ehrlich froh darüber, weil ich das alles für eine krankhafte, verrückte Sache halte.«

»Du irrst, George. Da gibt es etwas, was sehr wertvoll ist und was ich genau kennenlernen möchte. Die Menschen mögen krank und irre sein, doch das Ziel dieser Versuche ... ist gewaltig!«

»Woher weißt du das?«

»Woher willst du das Gegenteil wissen?!«

»Ich ahne es. Ich ziehe Konsequenzen.«

»Ich auch, George.«

Sie gingen in die Halle. Es läutete. Eine hochgewachsene ältere Dame mit kurzgeschnittenem Haar erschien, in einem schwarzen Kostüm und mit hohen Schuhen. Ihr Gesicht war von roten Äderchen durchzogen, ihre Augen waren blau, und sie sprach mit tiefer Stimme. Obwohl sie wie ein Mann wirkte, der sich auf ungeschickte Weise verkleidet hat, wirkte sie nicht abstoßend, eher auf erheiternde Weise interessant. Intelligenz, Willenskraft und ein starkes Gefühl für Humor gingen von ihr aus. Sie begrüßte George freundlich, doch irgendwie zerstreut.

»Ist schon jemand da?«

»Nein, niemand.«

»Dann ist dieser schöne römische Krieger wahrscheinlich ein Geist«, lächelte sie John an, den dieses Lächeln angenehm berührte. Er erwiderte ihr Lächeln und stellte sich vor, nannte seinen Namen. Die alte Dame schüttelte ihm kräftig die Hand.

Nach einem weiteren Klingeln ließ der Diener zwei Herren ein, ein untersetztes, dickliches Männchen mit spöttischem Gesicht und einen hochgewachsenen, düsteren alten Herrn, dessen Gesicht aussah, als wollten seine Züge sogleich hinabfließen. Seine Augenwinkel, seine Brauen, sein Mund, all die Runzeln, die von seiner Nasenwurzel ausgingen — alles bog sich nach unten. Bei diesem Anblick mußte John unwillkürlich an einen traurigen, freundlichen Jagdhund denken.

Als letzter trat ein dürrer, magerer Mann ein, der eher einer Mumie glich — ein verrunzelter Kahlkopf mit zwei dichten weißen Bürsten über den Augen. Diese Brauen beschatteten seine tiefliegenden Augen und wuchsen über der Nasenwurzel zusammen. John hatte bereits Fotos in den Zeitungen gesehen, doch es waren wohl eher die Karikaturen, nach denen er Lord Eltham erkannte.

Er wußte nur soviel über ihn, daß er ein Abgeordneter der Tory war, ein Hobby-Orientalist und ein leidenschaftlicher Sammler von Geistergeschichten. Angeblich besaß er die größte Privatbibliothek mit okkulten Büchern in ganz England.

Was den Mann mit dem Jagdhundgesicht betraf, so vermutete John, daß es sich um Stepney, den Biologen, handelte. Demnach war der kleine, dicke Faun kein anderer als Smith.

Virginia Tyburn machte trotz ihrer Sonderbarkeiten einen guten Eindruck, und auch die drei Männer zogen ihn eher an, obwohl sie durch ihn hindurchschauten und, als sie alle versammelt waren, ins obere Stockwerk hinaufstiegen.

John gelang es, Virginia Tyburn unterwegs abzufangen. Sie aber drehte sich um, schaute ihn eine Weile unverwandt an und winkte dann den beiden jungen Männern fröhlich zu: »Alles Gute, ihr Boys!«

Dann eilte sie hinter den anderen her.

George beobachtete John neugierig.

»Nun, warum hast du nichts gesagt?«

»Weil man mich angestarrt hätte wie einen Narr.«

»Wie willst du dann an der Sitzung teilnehmen?«

»Ich werde zunächst abwarten, für alle Fälle.«

George lachte. »Wartest du vielleicht darauf, daß sie dich rufen?«

John aber erwiderte nach wie vor ernst: »Vielleicht.«

Die beiden stellten das Schachbrett auf, denn die konzentrierte Stille dieses Spiels kam ihnen gelegen. George grübelte zwischen den einzelnen Schritten bis zu einer Viertelstunde lang nach. Während dieser Zeit aber konnte John, der sich auf etwas anderes konzentrierte, Virginia Tyburn aufsuchen, an die er sich mit dünnen Fäden gebunden hatte und zu der er sich entlang dieser Fäden hintastete.

Sein Interesse kam an. Plötzlich stand er im lichten, schimmernden Raum eines fremden Bewußtseins, das ihn selbst erleuchtete und erhellte. Durch den Strom, der mit heftiger Intensität zwischen den beiden zu zirkulieren begann, ergossen sich seine drängende Sehnsucht, sein Wille, seine zündende Absicht in diese Frau. Und plötzlich spürte er, daß sie diese Absicht weitergab, daß sie für ihn kämpfte. Er konzentrierte, steigerte, verhundertfachte seine Kraft. Der Widerstand ließ allmählich nach. Er wußte daß er gesiegt hatte.

Jemand beugte sich über die Balustrade des oberen Stockwerks und rief. John erkannte Thomas Dryers Stimme.

»George! Ist dein Freund noch da?«

George aber schaute erschrocken vom Schachbrett auf und wurde blaß.

»Jawohl!« erwiderte John an seiner Stelle, weil George kein Wort herausbrachte.

»Würdet ihr mal raufkommen?«

»Aber gerne!«

John machte sich sogleich auf den Weg, doch George zögerte. Sein Gesichtsausdruck war so beklommen, daß er John leid tat.

»Fürchte dich nicht um mich«, sagte er leise. »Mir kann nichts passieren. Ich werde schon aufpassen. Du kannst hier unten auf mich warten, wenn ...«

George erhob sich, und John konnte deutlich sehen, daß er zitterte.

»Ich komme mit. Ich gehe mit dir nach oben.«

»John«, fragte er zähneklappernd, während sie die Treppe hinaufstiegen, »du hast es gewußt. Woher hast du es gewußt?«

»Erschrick nicht, George. Aus jenem Buch, das du mir aus der Bibliothek deines Vaters mitgebracht hast. Das ist Magie.«

Sie klopften an und traten in einen großen kahlen Raum, an dessen Fenstern schwere, blaue Samtvorhänge hingen. Auf dem Fußboden lag kein Teppich. An den Wänden entlang, auf Gestellen, Stellagen und Borden waren Bücher, ostasiatische Statuetten und Gegenstände mit unbekanntem Zweck aufgereiht.

John wurde zunächst von einem siebenarmigen Öl-leuchter fasziniert, der einen siebenköpfigen Drachen darstellte, sowie von einem seltsamen Gegenstand. Es handelte sich um einen kleinen Kasten, in welchen man offenbar irgendeinen elektrischen Mechanismus eingebaut hatte, denn zwei Drähte ragten aus ihm heraus. Auf großformatigen Kartons, die an der Wand befestigt waren, leuchteten verschiedene geometrische Formen in kräftigen Farben. Inmitten des Zimmers stand ein niedriger Tisch, von steiflehnigen, harten, geschnitzten Stühlen umgeben.

Doch dann wandte John seine Aufmerksamkeit sogleich Thomas Dryer zu. Er hatte sich diesen Mann anders vorgestellt, obwohl seine schlaffe, unsichere Stimme bereits ein ähnliches Bild heraufbeschworen hatte. Die Tatsache aber, daß er sich mit Magie befaßte, ließ diesen Eindruck unverständlich erscheinen — als hätte sich ein Beinamputierter vorgenommen, einen Hürdenlauf zu gewinnen.

Der Mann strahlte eine hohe Intelligenz und eine hochgradige Empfindsamkeit, gleichzeitig aber eine ungewöhnliche Beeinflußbarkeit aus. Er besaß eine etwas schiefe, hohe Stirn, schütteres dunkelblondes Haar und bernsteingelbe Augen, die zerstreut und kurzsichtig in die Welt blinzelten — genau wie Georges Augen. Sein unregelmäßiges Gebiß, seine schiefen Zähne zeugten von erblicher Belastung. Am verräterischsten aber war sein fliehendes Kinn. Dies, seine vorspringende, fleischige Nase und seine aufgeworfenen, dicken Lippen verzerrten sein Aussehen zu einer lächerlichen Karikatur.

John empfand plötzlich die tragische Behinderung, die Krüppelhaftigkeit seines Wesens. Der Mann tat ihm leid, und er fand ihn sympathisch — weil John jeden, mit dem er Mitleid empfand, auch sofort in sein Herz schloß.

Die Stimmung war gespannt und gereizt. Wahrscheinlich hatte man sich über sie beide unterhalten. Georges Vater meinte, sie sollten erst einmal Platz nehmen. Dann ging die Debatte in ihrer Gegenwart weiter, als wären sie Tiere oder Gegenstände.

»Ich sage Ihnen, warum. Nur noch einen Augenblick, Gin. Sie sind viel zu impulsiv!« meinte Thomas Dryer, während er sich auf dem Stuhl neben Virginia Tyburn niederließ. »Ich muß zugeben, daß Sie gute Einblicke gewonnen haben und auch Ihre Operationen erfolgreich sind. Doch manchmal, leider, gebrauchen Sie nicht Ihren Verstand oder Ihre Intuition, sondern urteilen eher aufgrund einer verschwommenen weiblichen Empfindsamkeit!«

»Ich übernehme die Verantwortung! Nun seien Sie

nicht so dogmatisch!« gab Virginia Tyburn zurück. Ihr graues Haar sträubte sich, ihr Gesicht war rot vor Erregung.

»Unglaublich, unglaublich.« Der kleine dicke Journalist plusterte sich giftig auf, seine Augen warfen einen tödlichen, zynischen Blick auf die beiden Jungen.

»Es gibt Regeln, die aus jahrtausendealter Erfahrung erstellt worden sind. Diese Regeln aber beruhen auf der Tatsache, daß gewisse Gesetze erkannt, anerkannt und geachtet werden«, warf Lord Eltham mit tiefer dumpfer Stimme ein.

Alle horchten auf.

John spürte, daß der Lord echtes Gewicht und großes Ansehen in dieser Gemeinde genoß — nicht wegen seines Rangs, sondern wegen seiner inneren Kräfte.

»Ein solches Gesetz besagt auch, daß es nicht ratsam sei, einen Menschen in okkulte Experimente einzubeziehen, bevor er ein gewisses Lebensalter erreicht hat«, fuhr Eltham fort. »Es ist nicht ratsam, weil es nicht erfolgversprechend ist. Diese beiden netten Burschen befinden sich noch im Zustand geistiger Embryos. Gemäß den Stufen ihrer früheren Leben müssen ihre Persönlichkeiten noch einige Übergangsstufen durchwandern. Keiner von ihnen ist bereits er selbst, sondern derjenige, der er in den verschiedenen Etappen der Jahrtausende einst gewesen ist — gleich dem Embryo, der im Mutterschoß verschiedene Phasen des Daseins erlebt und erst nach einer gewissen Zeit ein Mensch wird.«

»Alles gut, alles richtig. Ich weiß und will es akzeptieren«, sagte Virginia Tyburn ungeduldig. »Wozu so viel Worte? Wir werden sie prüfen, und dann will ich gern die Waffen strecken.«

»Was wollen Sie eigentlich prüfen oder versuchen?« fragte Dryer lustlos. »Die Zeit vergeht, und statt daß wir mit der ernsten Arbeit beginnen ...«

»Ich denke an elementare und harmlose Dinge«, meinte die Malerin nachdenklich.

»Also wollen wir es hinter uns bringen. Bei Virginia darf man sowas nicht unterdrücken, sonst wird sie für Wochen unbrauchbar«, sagte Eltham.

Dryer zuckte die Schultern und erhob sich. Er stellte ein Glas auf den Tisch, das zur Hälfte mit Wasser gefüllt war, bedeckte es mit einem Stückchen Karton, in dem eine Nähnadel stak, und setzte einen kleinen Papierpfeil auf die Nadelspitze. Dann bat er John an den Tisch und ließ ihn etwa einen halben Meter vom Glas Platz nehmen.

Er erklärte John genau, in welcher Haltung er sitzen sollte, hoch aufgerichtet, mit geradem Rücken, die Pfeilspitze fest im Blick, wobei er seinen Willen auf den Wunsch konzentrieren solle, daß der Pfeil nach rechts oder nach links ausschlage. Auch wurde ihm ein Papierschirm in die Hand gedrückt, den er vor Mund und Nase halten sollte, weil der Seismograph selbst auf den leisesten Lufthauch reagierte.

Dann nahm er wieder Platz und wartete mit unlustiger Miene. Smith, der Journalist, schaute zornig beiseite. Lord Elthams Mumienkopf beobachtete unbeweglich und gleichgültig den Papierzeiger, der auf dem Glas lag. Stepney studierte die Abbildungen an den Wänden. Nur Virginia Tyburn beugte sich mit instinktivem Lampenfieber vor. Johns Blick aber glitt über die ganze Gesellschaft hinweg, musterte einen nach dem anderen. Dem blassen George und Virginia Tyburn schenkte er ein leises Lächeln, dann richtete er den Blick auf den Pfeil.

Der Versuch kam ihm vor wie ein Kinderspiel. Er mußte ein Gewicht von wenigen Gramm bewegen — er, der bereits die tonnenschweren Gewichte des Todes gehoben hatte.

»In welche Richtung soll ich den Pfeil bewegen?« fragte er ruhig.

Dryer schaute ihn erstaunt an, dann meinte er lachend: »Uns reicht es, wenn du ihn überhaupt bewegst, mein Sohn.«

»Nach rechts!« erklang Virginias scharfe, erstickte Stimme. John konzentrierte sich auf den Papierpfeil, der unbeweglich auf der Nadelspitze ruhte. Dann begann er, seine konzentrierte Kraft, seinen festen Willen als eine Art strahlenförmige Stange zu empfinden, als einen Strahl, der aus seinen Augen trat, den Pfeil berührte und ihn leicht nach rechts schwenkte. Die Berührung war dennoch ziemlich heftig, so daß sich der kleine Papierzeiger mehrmals um die eigene Achse drehte.

Die Atmosphäre im Zimmer veränderte sich plötzlich. Das spürte er deutlich, ohne den Kontakt mit seinem Gegenstand zu unterbrechen. Die matte Gleichgültigkeit schlug in Spannung um. Der Papierzeiger drehte sich immer noch nach rechts, als Lord Elthams tiefe Stimme im Befehlston erklang: »Und jetzt nach links!«

Der Pfeil blieb sofort stehen, weil ihn der unsichtbare Strahl aus Johns Augen bremste. Er schwebte eine Weile, dann wandte er sich langsam nach links.

Smith, der kleine dicke Journalist, bellte wie ein wütender Köter: »Abwarten! Virginia beugt sich zu weit vor und schnauft vor Aufregung wie eine Dampflokomotive!«

»Dem können wir abhelfen«, sagte Stepney, der bisher noch kein Wort verloren hatte, schleppend. Er stand auf, holte eine Glasglocke von einem Bord und stülpte sie über den Seismographen.

»Nun, mein Sohn! Noch einmal mit Gefühl! Erst nach rechts, dann nach links!« sagte er und nahm wieder Platz.

John schaute sich um und sah, daß er von lauter Menschen umgeben war, die sich ihm geöffnet hatten. Alle Seelentore hatten sich in Neugier aufgetan. Er hätte in jeden einzelnen hineinschauen und eindringen können. Jetzt aber war dies nicht seine Aufgabe. Sein Blick streifte wieder den Seismographen, der unbeweglich unter der Glasglocke wartete.

Der Pfeil begann zu zittern, drehte sich langsam nach

rechts, drehte sich immer schneller dreimal im Kreis. Dann hielt er plötzlich, vollführte die gleichen Bewegungen nach links, um dann mitten im größten Schwung zu bremsen.

»Ist das genug?« fragte John und schaute auf.

Bleiche, aufgewühlte Gesichter starrten ihm entgegen. In Virginia Tyburns Augen leuchtete ein erstauntes Licht.

»Weiter! Nur weiter, um Gottes willen!« rief sie gierig aus.

»Bist du nicht müde, mein Sohn?« fragte Eltham.

»Warum sollte ich müde sein, Sir?«

Virginia lachte schrill und nervös auf.

»Unser geistiges Embryo will sich auf keine Weise regelmäßig verhalten, Fred! Bringen Sie den Gummiball und die Glaskugel!«

Anschließend gelang es John, sowohl den Ball als auch die schwere Glaskugel auf dem Tisch zu bewegen. Allein durch seinen Willen ließ er die Kugel rollen, stoppte sie dann mitten im Schwung.

Während dieses Experiments hatten sich bereits alle vorgebeugt. Dryer aber stellte mit zitternder Hand einen leichten Korken auf den Tisch.

»Das wird zuviel!« protestierte Eltham. »Mögen wir mit noch so außerordentlichen Fähigkeiten konfrontiert sein — wir dürfen den Jungen nicht ausnützen, Tom!«

»Was soll ich mit dem Korken tun?«

»Du sollst ihn senkrecht hochheben, ohne ihn zu berühren«, erwiderte Dryer mit erstickter Stimme. »Freilich nur ... nur wenn du nicht zu müde bist. Andere müssen monatelang, wohl auch jahrelang üben, und ...«

»Was dies angeht, waren auch die drei vorigen Experimente keinem in den Schoß gefallen, einfach so, innerhalb einer Stunde«, warf Virginia ein, weil sie befürchtete, daß Dryer den Probanden John von weiteren Experimenten ablenken oder abhalten würde.

254

»Auch dem Jungen ist dies nicht in den Schoß gefallen«, sagte Eltham schwer. »Aber wir kennen die Voraussetzungen nicht. Die Wurzeln reichen tief in die Vergangenheit, verzweigen sich unsichtbar, wie die Wurzeln von Wasserpflanzen unter der Oberfläche.«

»Ich will es versuchen«, warf John leise das ersehnte Wort ein und schnitt den Faden der Unterhaltung damit ab. Es wurde still.

In dem Raum herrschte Aufregung wie ein Strudel, und dies störte ihn einigermaßen. Der leuchtende Willensfühler, der aus seinem inneren Knotenpunkt durch seine Augen strahlte, verjüngte sich jetzt und wurde am Ende etwas breiter. Er versuchte, den Strahl unter den Korken zu schieben, doch der wich aus und wurde lediglich verschoben.

Also wandte er seine Aufmerksamkeit vom Korken ab und begann, den gehorsamen imaginären Fühler in eine Pinzette mit Haken zu verwandeln und dieses Instrument zu materialisieren. Als er dann spürte, daß sein Instrument aktiviert und betriebsbereit war, packte er den Korken. Die Pinzette aber war noch nicht fest genug, und der Korken entglitt ihr, als sie ihn zu greifen versuchte. Nun drückte John die Pinzette kräftig zusammen und begann sie anzuheben.

Der Korken stieg senkrecht auf und schwebte etwa zwanzig Zentimeter über der Tischplatte.

John hielt ihn eine Weile leicht mit seinem unsichtbaren Fühler in der Luft, dann setzte er den Korken vorsichtig und langsam wieder auf die Tischplatte.

Virginias Brust entwich ein langer, bebender Seufzer. Eltham aber räusperte sich.

»Hast du früher schon so etwas versucht, John?« fragte er.

»Nein, so etwas nicht.«

»Was sonst?«

»Nur, daß geschieht, was ich mir wünsche, was immer ich will.«

»Zum Beispiel?«

»Ich wollte auf diese Weise, daß man mich einlädt, hier heraufzukommen. Weil ich wußte, daß sonst alle Hoffnung vergebens war, daß ich keine Chance hatte.«

Smith beugte sich vor. In seiner Haltung, in seinem Gesichtsausdruck war etwas Feindliches zu lesen, wie bei einer sprungbereiten Raubkatze. John spürte, daß der Mann verwirrt und ratlos, aber ebenso neugierig war, und daß er sich selbst wegen seiner Unentschlossenheit verdammte.

»Sag doch endlich, wie du das machst!«

»Ich muß fest daran denken, mich konzentrieren.«

»Woran oder an wen?«

»In diesem Fall habe ich an Miss Virginia Tyburn gedacht.«

»Warum ausgerechnet an sie?«

»Weil sie am freundlichsten zu mir war und weil ich daher wußte, daß es mir bei ihr leichter fallen würde als bei den anderen.«

»Also hast du fest an sie gedacht ... und was weiter?«

»Das kann ich in Worten nicht ausdrücken. Ich tu's, und es gelingt.«

»Seit wann geht es dir so?« warf Dryer ein.

»Es war schon immer so.«

»Auch als du noch ein Kind warst?«

»Auch dann.«

»Wurzeln unter Wasser. Das ist es ...«, murmelte Eltham vor sich hin. »Dennoch müssen wir uns überlegen«, setzte er lauter hinzu, »ob wir uns weiter mit ihm befassen dürfen.«

»Sie sind wahnsinnig, Fred!« brach Virginia heftig aus.

»Kein Zweifel, daß man sich mit ihm befassen muß«, meinte Stepney gedehnt. »Er ist ein Versuchsobjekt, mit dem wir Operationen von unüberblickbarer Bedeutung durchführen können.«

»Er ist aber kein Versuchskaninchen, Stepney, sondern ein Mensch. Ein junger Mann, den wir in irgendwelche Dinge hineintreiben, für die sein Charakter vielleicht noch nicht fest genug ist. Wir müssen ihn erst einmal untersuchen. Auch ich sehe die gewaltige Bedeutung dieser Begabung und welche Möglichkeiten sie in sich birgt. Mir liegt die okkulte Wissenschaft ebenso am Herzen wie jedem von uns, doch nur in einem ethisch einwandfreien Rahmen. Und weil ich mich sehr viel mit dieser Wissenschaft beschäftigt habe, weiß ich auch, welche Gefahren sie in sich birgt. Ich kann den Experimenten nicht beipflichten, nicht zu ihnen beitragen, bevor ich mich nicht überzeugt habe, daß dieser junge Mensch weder sich noch anderen schadet.«

»Lächerlich!« sagte Virginia Tyburn. »Die magische Begabung, die Fähigkeiten sind vorhanden, ob wir nun dazu beitragen oder nicht. Wir werden ihn höchstens ausbilden und kontrollieren, wie . . .«

». . . wie die Zauberlehrlinge!« warf Eltham ein. »Sie dürfen nicht vergessen, Gin, daß wir nur theoretisch über die Dinge Bescheid wissen und seit Jahr und Tag mit ihnen experimentieren — mit sehr mageren Ergebnissen. Er aber ist fähig, sie sofort zu verwirklichen. Wir sind waffenlos und werden seine Waffe, die ihm in die Wiege gelegt wurde, fürchterlich scharf machen. Sie müssen zugeben, Sie müssen einsehen, daß wir erfahren müssen, welche Absichten, welche verborgenen Instinkte in seinem Wesen lauern.«

»Mit Sicherheit«, sagte Dryer. »Seltsam ist nur, daß wir ihn nicht fragen. Vielleicht möchte er sich keiner Untersuchung, keiner Ausbildung unterziehen!«

Virginia schaute John erschrocken an.

»Das ist wahr. Bitte, John, sprechen Sie . . .«

»Ja. Ich möchte alles wissen.«

»Eltham ist am besten dazu geeignet, Sie einzuführen«, sagte Dryer, während er in die Runde blickte.

»In Ordnung«, meinte Smith. »Doch wir wollen auch daran teilnehmen.«

»Später«, erklärte Eltham. »Wenn Experimente an der Reihe sind. Bis dahin allerdings ...«

John aber versprach, Eltham in seiner Wohnung aufzusuchen.

In der Halle wartete Ellen auf sie. Das Mädchen hatte sein wirres Haar adrett frisiert, ihre Augen glänzten — irgendwie sah Ellen fast hübsch und attraktiv aus. Sie lief ihnen entgegen und fragte stürmisch:

»Ich habe gehört, daß man euch nach oben gebeten hat! Warum hat man euch gerufen, George? Ich hatte solche Angst!« Doch ihr ganzes Gebaren zeugte eher von gieriger Neugier.

»John wurde aufgenommen ... in diesen Kreis ...«, erwiderte George, und in seiner Stimme klang etwas wie das Beleidigtsein eines Ausgegrenzten mit.

John aber wandte sich ihm zu. »George! Das, was dort mit mir geschieht, wird auch für dich gut sein.«

»Und wieso, wenn ich fragen darf?«

»Weil diese Kraft ... auch dich beschützen wird.«

»Was ist das für eine Kraft? Mir graut vor ihr.«

»Nur, weil du sie nicht kennst, weil du Vorurteile hegst.«

»Kein Mensch darf so etwas tun.«

»Ich aber bin sicher, George, daß jeder Mensch das tun muß, wozu er fähig ist.«

»Der Mensch kann auch töten.«

»Solange er es kann, wird er es auch tun. Man kann vor nichts davonlaufen. Wir müssen allen Dingen auf den Grund gehen, deren Möglichkeiten in uns verborgen sind.«

»John!« Georges Gesicht zuckte, und die Worte drangen widerstrebend aus ihm. »Ich habe Angst um dich. Nicht meinetwegen, glaube mir. Obwohl ich keinen Ausweg wüßte, wenn ich dich verliere. Doch das ist unwichtig, absolut unwichtig. Nur du ... Das ist die falsche Richtung!«

»Die Richtung hängt von mir ab. Es tut mir leid, daß du es nicht verstehst. Dies muß einfach sein! In mir ist etwas vorhanden, ein Mehr, das mich dazu verpflichtet. Ich muß mich ihm stellen. Darum geht es. Würdest du mich besser kennen, dann würdest du wissen, wie dies alles von Kindesbeinen an in mir lebt und wirkt, würdest begreifen, was ich sage, was ich meine.«

»Sag kein Wort, George! Wie könnten wir ihn von seinem Vorhaben abhalten?« sagte die neue, strahlende Ellen mit sanfter Stimme. »Wir können ihm höchstens folgen, wohin er auch gehen mag.«

George schaute seine Schwester verblüfft an.

»Was ist in dich gefahren? Was ist mit dir geschehen?«

»Eine ganze Menge.«

»Du hast dich verändert. So habe ich dich noch nie erlebt.«

»Auch du hast dich verändert, seit du es weißt, seit du es kennst.«

»Was denn?«

»John. Von innen. Auf unsagbare Weise.«

Die schwarze und die weiße Schlange

DIE HALLE IN LORD ELTHAMS HAUS in Great Marlborough Street war zwar verhältnismäßig eng und überfüllt, dennoch freundlich, anheimelnd und warm. Eine kleine, untersetzte, rundliche Hausdame rollte den Teetisch herein.

Als John jetzt Eltham Auge in Auge gegenübersaß, erkannte er einen gesunden, trockenen Humor in seinen Augen, die unter buschigen Brauen hervorblickten. Sein Gastgeber kam ihm auf seltsame Weise verwandt und vertraut vor.

Er wußte in den geheimsten Schichten seiner Seele, konnte sich ohne Bilder daran erinnern, daß es eine Art von Humor gibt, der die Brücke zur Weisheit darstellt. Diese lächelnde Weisheit hatte John bei Eltham sofort erkannt: sanfte Selbstironie, Erkenntnis der eigenen Schwächen, Vergebung, Verständnis — und nicht die geringste Spur einer hämischen Schadenfreude.

Während Eltham sich nach Johns Familienverhältnissen, seiner Beschäftigung, seinen Plänen erkundigte und John ihm Rede und Antwort stand, versuchte er, ihn zum Sprechen zu animieren. John aber hatte Elthams Absicht längst erkannt: Er versuchte, zwischen seinen Worten zu lesen, einen Schlüssel oder Geheimcode zu finden, um den Weg in sein Innerstes zu erschließen.

Es war ein seltsames, freundschaftliches Duell, frei von jeder Emotion, weil John bis zuletzt standhaft blieb und eine geschlossene, verschlossene Persönlichkeit zeigte. Diese Abgeschlossenheit war eins der Gesetze seiner Persönlichkeit: Er durfte nichts und niemanden in sich eindringen lassen, weil dies seine Kräfte mindern und dazu führen würde, daß er am Ende scheiterte.

Elthams Gedankenfühler glitten über eine harte, glatte, undurchdringliche Oberfläche. Also zog er seine Fühler wieder ein und verzichtete auf diese Methode.

»So kommen wir nicht weiter, John«, gab er lächelnd zu. »Ich kann dich mit keiner bewährten Methode ausloten.«

»Was möchten Sie über mich wissen, Sir?« fragte John.

»Das, was du selbst nicht genau weißt: dein wirkliches Alter. Den Entwicklungszustand deiner Seele. Die Tiefe deiner Erfahrungen. Deine moralische Kraft.«

John lauschte andächtig Elthams Worten. Vorerst konnte er zwischen diesen Worten und sich selbst keinen Zusammenhang finden. Er war weit entfernt, abgeschieden in seinen inneren Dimensionen, seinen geheimen Strömungen, Kräften und Fähigkeiten, auf welche noch nie der analysierende Schein der Gedanken gefallen war — draußen aber wirbelte und tobte die oberflächliche, ferne Welt der Worte.

»Ich verstehe nur sehr wenig davon«, gab er zu. »Aber ich beantworte alle Ihre Fragen.«

»Das schon. Aber ich stelle auch nicht die richtigen Fragen, mein Sohn. Ich will es einmal anders versuchen.«

Er führte John in sein Arbeitszimmer und begann mit seltsamen Vorbereitungen, während John in einem großen, roten, ledernen Klubsessel wartete. Eltham holte Kreide und Zeichenkohle aus einer Schublade seines Schreibtisches und zeichnete zwei parallel verlaufende Linien auf den Fußboden. Der Abstand zwischen den etwa drei Meter langen Linien betrug zirka einen Meter.

Am Ende der weißen Linie malte er mit Kreide ein Dreieck, am Ende der schwarzen Linie eine schwarze Schlange, dann einen Stern im gleichen Abstand seitlich zwischen die beiden Linien.

Dann stellte er sich ans Ende der schwarzen Linie und forderte John auf, sich seinerseits vor die beiden Linien zu stellen.

»Was muß ich tun?« fragte John, seltsam erregt.

»Du wirst auf eine der beiden Linien treten, auf die, die dich am meisten anzieht, und du wirst über diese Linie gehen.«

»Was hat das alles für einen Sinn?«

»Nach dem Experiment werde ich es dir erklären. Ich werde dir alles erklären, alles sagen, mein Sohn. Jetzt verhalte dich eine Weile still, betrachte die Linien und horche in dich hinein. Erst anschließend sollst du entscheiden.«

John stand stumm da, blickte mal auf die eine, mal auf die andere Linie. Seine Erregung steigerte sich so sehr, daß er von heftigem Zittern und Beben erfaßt wurde. Denn von beiden Linien ging eine gewaltige Energie und eine faszinierende Anziehungskraft aus.

Die schwarze Linie tat sich auf wie eine saugende, unendliche Tiefe, und die schwarze Schlange war von dunkel glühendem, prallem Leben erfüllt. Die weiße Linie aber war wie ein Spalt von silberner, atemberaubender Ferne: Licht und Ekstase strömten durch sie in Johns Seele, und die Spitze des Dreiecks deutete in unendliche Höhen.

Wohin John auch schaute, auf welche Linie er auch blickte, er wurde sofort von deren konzentriertem Inhalt überflutet. Und zwischen diesen beiden extremen Polen stand er da, gelähmt und hilflos, unfähig, sich zu rühren.

Ich muß mich entscheiden, dachte er benommen. Sein Beben ging in ein Zucken über. Er schaute auf die schwarze Linie, aus der jetzt die Glut triumphalen Wissens und Erinnerung strahlte. Das war ein tiefer, samtiger Schoß, lustvoll und berauschend.

Alles, was an Geschmack, Aroma, Leidenschaft, an finsterer Schönheit, an höchstem Genuß in ihm glühte, das zerrissene Gefühl und der bittere Nachgeschmack der Erfüllung, der sein Wesen erfüllte wie ein ferner Klang — all dies brodelte, strudelte und schlängelte sich auf dem gewundenen Pfad dieser schwarzen Linie.

Das! rief das Echo in ihm, während ihn eine tobende Flut von gewaltiger Kraft zu überschwemmen drohte. Nur dies! Nur dies allein!

John machte einen Schritt in Richtung der schwarzen Linie, doch dann blieb er wie angewurzelt stehen. Denn inmitten des Orkans, der um ihn herum tobte, tauchte ein Lichtlein auf, ein schwacher Schimmer, ein vibrierender Impuls, der ihm kategorisch befahl:

Das andere, das andere. Sei wachsam, warte, warte noch … warte ab …

Er trat einen Schritt zum Ausgangspunkt zurück, aber er konnte den Blick nicht von der schwarzen Linie lösen. Arme, wehende Schleier, schwebende Masken standen auf, hetzende Stimmen versuchten, ihn daran zu hindern, auf die weiße Linie zu schauen.

Nein! Nicht! Dort hört jede Wirklichkeit auf, dort lösen sich die Dinge auf, werden zu Schall und Rauch, verdampfen, verfliegen, zerfallen zu Staub. Alles, was du bist, was dein Wesen bedeutet, wird zu Dunst und Nebel. Tödliches weißes Licht, weißes, schneeweißes Vergehen. Hier, nur hier ist der Geschmack des Lebens dicht, heiß und kräftig, blutvoll, gewaltig, gewichtig, gesteigert. Hier, nur hier!

Dann riß er sich doch von diesem schwarzen Pfad los und schaute für einen kurzen Moment auf die weiße, schimmernde Linie. In diesem kurzen Augenblick durchfuhr ein klingender, silbriger Gefühlsstrom seine Seele, ein Strom voller Mitleid und unpersönlicher Nostalgie.

Doch dann zog ihn die schwarze Linie wieder magisch an. Dieser Impuls beschwingte ihn — er ging wieder auf die schwarze Linie zu, berührte sie mit seiner Schuhspitze.

Bei dieser Berührung fuhr ein Feuerstrom über seinen Fuß in seinen Körper. Seine Lebenskraft wurde tausendfach gesteigert. Er hatte das Gefühl, auf gigantische Art gewachsen zu sein. Sein Machtbewußtsein loderte wie eine Flamme, die bis in den Kosmos schlug.

Sein Fuß glitt vorsichtig über den schwarzen Boden, der Wellen schlug wie ein tiefer See. Damit aber beschwor er eine Invasion von Stimmen, Gerüchen, sentimentalen, süßen, lockenden, lasziven Rufen und berauschenden Düften voller Verheißung herauf — einen ganzen Komplex, welcher einem Erdrutsch, einem Steinschlag glich, der auf ihn herniederprasselte.

Und als er dann, schwankend und berauscht, den anderen Fuß nachzog, wehte ihm hinter dem schweren Vorhang dieser gärenden, dichten, schweren Düfte der Geruch der Verwesung entgegen. Sobald er dieses Motiv erfaßt hatte, wurde es übermächtig und unterdrückte, verdrängte alles andere.

Der Verwesungsgeruch drang in alle seine Sinne, süßlich und übelriechend zugleich. Die Hitze in seinem Körper wurde zu einem schier unerträglichen, hohen Fieber. Und der Gestank verriet ihm, welcher Art der weiche, glitschige Stoff war, der unter seinen Füßen pulsierte: Es war Blut, nichts als schwarzes, geronnenes Blut.

Ich verbrenne! rief er lautlos. Das ist das Ende. Der Ekel frißt mich auf!

Er schwankte und wankte, wäre um ein Haar gestürzt. Zurück, nur zurück! Aber wie? Sich irgendwo festhalten, sich an etwas klammern! In der Bodenlosigkeit der Auflösung, des Zerfalls, der Verwesung wieder festen Boden unter die Füße gewinnen.

Dann mußte er plötzlich an jenen kleinen Lichtpunkt denken, der im Kern des Orkans geschwebt war: ein heller Punkt — ein Fixpunkt.

Dieser Punkt vibrierte bereits vor seinen Augen. Er brauchte ihn nur zu rufen, herbeizulocken, ihm zu folgen ...

Und aus den Lavadämpfen, aus der Finsternis stieg der innere Sonnenaufgang empor. Jetzt stand er wieder fest auf den Beinen, hatte seine Souveränität wiedergewonnen. Der Leuchtpunkt wurde zu einer Leuchtscheibe, zu einem geflügelten Rad. Strahlen ragten wie weiß schimmernde Metallstäbe aus ihm hervor. Jetzt erblickte er erstmals den weißen Kreidestrich mit dem Dreieck in sich selbst, in seinem Inneren hell über dem finsteren, blutigen Abgrund strahlend.

Er drehte sich um, kehrte von der Mitte der schwarzen Linie zurück und trat auf die weiße Linie hinüber. Ohne zu schwanken, ging er den weißen Strich entlang, langsam und sicher — dann streckte er die Arme nach dem weißen Dreieck aus.

Dabei fühlte er sich immer leichter, kam sich immer

gewichtsloser vor, von unvorstellbaren Lasten befreit — wobei er jedoch seine Persönlichkeit völlig aufgeben mußte. Er schwamm in einem einzigen, leuchtenden, gewaltigen Energiestrom dahin. Und er wollte nicht gegen diesen Strom schwimmen, sondern in ihm, mit ihm und durch ihn ...

John wurde schwindlig. Er spürte Lord Elthams festen Griff an seinem Arm, während er schwankte und wankte. Eltham aber stützte ihn, damit er nicht umfiel, und führte ihn zu seinem Sessel. Erst jetzt, nachdem er sich gesetzt hatte, spürte er, daß seine Knie vor Müdigkeit und Erschöpfung zitterten. Alle seine Glieder schmerzten, als hätte er mit einem gewaltigen Gegner gerungen. Dann, allmählich, wich die Benommenheit von ihm.

»Alles in Ordnung, mein Sohn«, klangen Elthams Worte an sein Ohr, deren Sinn John allerdings erst etwas später begriff. »Du hast gewisse Gefahren überwunden, daran besteht kein Zweifel. Wir können mit dem Studium beginnen.«

Als John dann wieder einen einigermaßen klaren Kopf hatte, wollte er wissen, was denn nun mit ihm geschehen war. »Eigentlich handelt es sich hier im wesentlichen um du Potets Experiment«, erwiderte Eltham, »das er bei einem öffentlichen Vortrag im Jahr 1846 vorgeführt hat. Ich habe dieses Experiment weiterentwickelt, allerdings auf der gleichen Grundlage. Auch du Potet hat mit den beiden Linien das Prinzip des Guten und des Bösen symbolisiert. Zwischen den beiden Linien ist der Weg frei. Der Einfluß des Magnetismus wirkt nur auf den beiden Linien.

Als er seinerzeit die Linien zog, hat er diese mit einem kräftigen Potential an Willen, Ideen und Gedanken aufgeladen. Dabei hat er in die weiße Linie die Tugend, in die schwarze Linie aber die Sünde konzentriert.

Sein Medium war ein kräftiger, gesunder junger Mann von 24 Jahren. Nachdem du Potet die Linien gezogen hatte, trat er beiseite, wie auch ich es getan habe. Er bediente sich nicht der Hypnose, sondern verhielt sich eher passiv.

Zunächst war das Medium den gleichen Emotionen ausgesetzt wie du. Doch am Ende entschied es sich eindeutig für die schwarze Linie und fiel vor der Schlange in Ohnmacht. Meine Modifikation bestand lediglich darin, daß ich die Linien als Flußbetten der Weißen und Schwarzen Magie für dich erschlossen habe. Und diese Betten hast du mit Inhalt erfüllt, hast alles hineingegossen, was dir diese beiden Richtungen bedeuten. Freilich nicht an der Oberfläche, weil du da so gut wie nichts davon weißt, sondern in jenen Tiefen, wo sich die Erfahrungen deines früheren Lebens verbergen.

Wie schwerwiegend und wie gründlich diese Erfahrungen sind, konnte ich an jenem gigantischen Kampf erkennen, der in dir tobte, den du auszufechten hattest, bevor du von der schwarzen in die weiße Richtung umschwenktest.

So spielte sich die ganze Geschichte der Magie vor meinen Augen ab, die sich immer und immer wieder in denjenigen wiederholt, die den uralten Pfad wählen und betreten.«

»Was bedeutet das Wort Magie an sich?«

»Kraft. Gemeint ist die okkulte Energie, die in der Seele des Menschen schlummert, die gelöst und freigesetzt werden kann. Je nach der Richtung der Magie wird sie als weiß oder schwarz, als moralische Erkenntnis oder als finsteres Wissen definiert.«

»Demnach ist die Schwarze Magie der Weg der Sünde, die weiße dagegen der Weg der Tugend?«

»Ja. Doch ist dies eine sehr starre und kaum anwendbare Definition. Wenn es um Magie geht, trifft sie nur für den Durchschnittsmenschen zu, dessen okkulte Kräfte noch nicht aktiviert wurden.

Derjenige, der sich mit Magie beschäftigt, muß nicht allein nur tugendhaft sein, damit er nicht in den Strudel der Schwarzen Magie stürzt. Er muß vielmehr sein Wissen, sein kritisches Gefühl so präzise ausfeilen, daß er jede heimtückische Falle, jede geheime Strategie in diesem ewig währenden, erbitterten Krieg zwischen den weißen und schwarzen Kräften sofort entdeckt.

Der Magier ist ein Krieger. In welche Richtung er sich auch wendet, zieht er stets die aktive Gegenwirkung der anderen Richtung auf sich. Er ist Versuchungen und Angriffen ausgesetzt, in schier unvorstellbarer, unvorhersehbarer und überraschender Form.

Die Schwarze Magie ist die Richtung des Egoismus. Das ist die Macht, welche die Erfüllung aller Leidenschaften, aller Sehnsüchte für kurze Zeit ermöglicht — aber ein Sieg, ein Triumph auf Kosten anderer, der nur dem Selbstzweck dient.

Die weiße Magie dagegen ist der gewaltlose Weg der Unpersönlichkeit, der Pfad der Selbstlosigkeit, ein Kampf gegen unser unvollkommenes, vergängliches, egoistisches Ich, aber für das Ich, das mit Gott und allen Wesen vereint ist. Die weiße Magie mit ihren gewaltigen Energien sprengt die Barrikaden, die Fiktionen der Materie, welche uns von den anderen Wesen, von der Wahrheit, von der Unsterblichkeit trennen. Die weiße Magie ist ein Ringen in unserem eigenen Körper mit dem in der Materie kämpfenden Tod, für den Sieg der Geister.«

John wurde fast schwindlig von all den neuen Bildern und Begriffen, die er nicht mit seinen eigenen unaussprechlichen Wesensinhalten in Beziehung bringen konnte.

»Ich muß viel lernen«, meinte er grübelnd. »Ich muß ganz vorne beginnen und mich in die Materie versenken — bis ins letzte Detail.«

»Du brauchst nur zu memorieren, mein Sohn.«

»Was heißt das?«

»Du mußt dir alles ins Gedächtnis zurückrufen, was du besser weißt als wir alle.«

Später rückte der Sinn der Worte allmählich näher. Eine hauchdünne Membran der Erinnerung war gerissen, blätterte allmählich ab, so daß er sehen und erkennen konnte, was von den äußeren und inneren Dingen zusammengehörte.

Eltham war ein blendender Führer, der John mit Hilfe einer farbigen, interessanten Methode zu seinen längst vergessenen Schätzen zurückführte. Zunächst verhalf er seinem Schüler zu einer weiten Übersicht, zu einer skizzenhaften Anschauung. Er führte ihn in die ferne Vergangenheit zurück, in das mythische Atlantis, zu den Quellen der Magie.

»Du mußt dir das so vorstellen, John: Der magische Mensch vor der Sintflut existierte nicht nur als Körper, war kein blinder Maulwurf, sondern ein halb göttliches Wesen, das mit drei Augen in die Welt schaute und über reichere Sinne verfügte — und dessen körperlich-seelischer Organismus ganz anders gebaut war als bei den Menschen, die heute auf Erden leben«, sagte Eltham.

»Er konnte mit lebendigem Feuer, mit nackter Zauberkraft operieren, ohne sich dabei zu verbrennen. All das, was wir nur ahnen und fürchten, wonach wir uns sehnen, was wir in den Bildern wirrer Träume, beim wilden Aufblitzen unserer Vorstellung erblicken — all das gehörte zu der ihm eigenen Wirklichkeit.

Die elementaren Offenbarungen der Natur, die lebendige, flüsternde Kraft der Gestirne durchdrangen ihn mit voller Intensität — und er selbst, eingewoben in den Kosmos, pulsierte und agierte wie eine der zahlreichen Zellen dieses gigantischen Blutstroms. Die Sterne und er bildeten eine bewußte Einheit, waren miteinander verbunden. Die Pflanzen keimten auch in ihm. Und auch die Tiere paarten sich, vermehrten sich, kämpften und rangen in ihm.

Freilich tobten in ihm auch die Stürme. All die geflügelten Wesen der Traumwelt, der Welt der Triebe und Instinkte, all die Dämonen, Faune, Kentauren, Satyren,

Nymphen, Meerfrauen, Drachen, all die märchenhaften Ungeheuer der antiken Mythologie waren seine Brüder und Schwestern, seine Gefährten, auf der gleichen Nabelschnur aufgereiht, wie jene halb materialisierten Symbole, die sich hinter den Naturkräften verbargen.

Dieser Mensch, John, hat nicht nachgedacht und gegrübelt. Er sagte sich nicht: Dies geschieht deshalb, und folglich wird jenes geschehen. Vielmehr lebte er ständig in feurigen Gesichten, mit der Wirklichkeit eng verbunden. Er wußte alles, er verstand alles auf einmal, ohne jede Analyse, ohne Ursache und Wirkung zu kennen.«

»Und dies alles, weil er drei Augen hatte?« fragte John, die Skizze betrachtend, deren Ausstrahlung ihn erschauern ließ. »Dies war einer der Gründe. Das dritte Auge, das Zyklopenauge, ist ein viel feineres Instrument als die Hypophyse, die Hirnanhangdrüse des *Homo sapiens*. Die graue Rinde des Großhirns, wie sie beim heutigen Menschen zu finden ist, war damals noch nicht entwickelt. Das rationale Bewußtsein funktionierte noch nicht. Diese Lebewesen dämmerten in einem halbwachen Zustand dahin.

Doch sie sahen, sie fühlten, sie erfaßten ihre Welt nicht nur mit dem dritten Auge, sondern mit ihrem ganzen Wesen. Ihr Bewußtsein war nicht egozentrischer, sondern kosmozentrischer Art. Wie ich bereits gesagt habe, ist die Gestalt der Dämonen nichts weiter als die astrale Form der Naturgewalten ...«

»Was heißt das — astral?«

»Das ist die Welt der Gefühle, der Instinkte, der Leidenschaft, der Emotion, die Ebene der Sehnsucht und des Genusses, auf der alle physischen Dinge gleichzeitig einen zweiten Körper, ein zweites Leben besitzen. Eine Etage höher, auf einer dritten Ebene, in der mentalen Welt findet ebenfalls ein solcher synchron ablaufender Lebensprozeß statt.

Im rationalen Menschen ist — scheinbar zusammenhanglos ein Miteinander dieser drei Regionen seines Lebens vorhanden: seine physische, vom Willen geprägte und gesteuerte, seine gefühlsmäßig-astrale und seine intellektuelle, mentale Welt.

Doch den Atlantern waren diese drei Grundelemente völlig vertraut. Sie überlagerten sich bei ihnen, beleuchteten sich gegenseitig und galten als pure Einheit. Auf diese Weise war es dem atlantischen Magier möglich, seine Kräfte je nach Wunsch und Notwendigkeit zu aktivieren. Also ist die kosmische Symbologie ein wichtiger Bestandteil der antiken Magie und ebenso der zeremoniellen Magie, die aus ihr hervorging.«

»Ein Symbol ist ein Sinnbild, nicht wahr?«

»Richtig. In Wirklichkeit ist jede Lebenserscheinung ein Sinnbild mit dreifacher Bedeutung für unsere dreifache Wahrnehmung.«

»Wenn ich dies auch nicht ganz begreifen kann, nicht so, daß ich es in Worten ausdrücken könnte, so spüre ich es doch, ich weiß es«, sagte John grübelnd. »Sie haben von zeremonieller Magie gesprochen. Und diese möchte ich kennenlernen.«

»Du wirst jede Art der Magie kennenlernen — in Theorie und Praxis. Bei dir bilden beide sowieso eine Einheit. Du hast etwas von dem bewahrt, besser vielleicht wiedergewonnen, was diese Vorfahren besaßen. Für den Magier jener Welt genügte es, eine naturgegebene Hieroglyphe zu beschwören, damit der Astraldämon, der herbeigerufen wurde, eine bestimmte Aufgabe erledigt.«

»Ich habe noch nie sowas ...«

»Du hast es noch nie versucht.«

»Warum ist das alles vergangen und vorbei, Sir? Wenn es dies auf der Welt schon einmal gegeben hat ... Was ist geschehen, daß ...«

»Sie haben ihre Kräfte mißbraucht, John, und sie sind gefallen. Die Kreatoren-Magier haben eine ganze Reihe von Kataklysmen ausgelöst, die schließlich ihr Werk vernichteten. Denn die Früchte des Baumes der Erkenntnis enthalten auch das Gift der Schwarzen Magie, weil sie die Möglichkeit der Gewalt, die zu egoistischen Zwecken mißbraucht werden kann, in sich bergen.

Der unsterbliche Magier-Titan wurde durch das Flammenschwert einer elementaren Katastrophe aus dem Paradies vertrieben. Sie spielt sich auf drei Ebenen ab: auf Erden, in der Astralwelt und im mentalen Bereich. So ist er zu dem zweiäugigen, sterblichen, vergänglichen, unwissenden, kraftlosen Menschen geworden, der blind in dieser Welt herumirrt.

Über diese Katastrophe wird nicht nur in der Bibel, bei Plato, in den heiligen Büchern des Orients und in geheimen Überlieferungen, sondern auch in den Urmythen verschiedener Völker berichtet.

Nach dem Kataklysmus verfügten die Magier späterer Zeiten nicht mehr über jenes dritte Auge, welches die physische Welt mit dem Reich der Astralwesen organisch verband. So mußten sie ihr Bewußtsein allmählich und stufenweise durch magische Riten aus dem Dickicht der physischen Welt so weit hervorheben, daß der unsterbliche Teil in ihnen die Energien der unsichtbaren Welt unmittelbar berühren konnte.

Das Kennzeichen des atlantischen Magiers ist eine lebendige, steuerbare Naturkraft — das des antiken Magiers eine mathematische Gleichung, die, um zum Leben erweckt und steuerbar zu werden, an die inneren Stromquellen angeschlossen werden muß, welche bereits in die Tiefen des Unbewußten versunken sind. Die postatlantische Magie konnte diesen Kontakt nur noch mit gewissen Hilfsmitteln herstellen. Auf diese Weise haben sich dann die verschiedenen Zweige der Magie entwickelt.«

»Wie viele Magien gibt es überhaupt?«

»Es sind fünf an der Zahl. Jede stammt aus der gleichen Quelle, und die verschiedenen Bezeichnungen haben lediglich eine historische Bedeutung.

Die erste ist die zeremonielle Magie, die über die

Kraft des Geistes wirkt. Unter all den magischen Methoden verfügt sie über die pompösesten Äußerlichkeiten. Die zeremonielle Magie wirkt durch Dichtung, Literatur und Musik, durch die Macht der Stimmen und Töne und durch die Macht des Geistes in ekstatischen Zuständen. Selbst die unbewußten Magier, die Künstler, können elementare Wirkungen hervorrufen — doch diejenigen, die sich solcher Künste bewußt und erfolgreich bedienen, laufen zu höchster Machtposition und Machtentfaltung auf.

Die zweite Art ist die Magie des Willens, die du bereits mitgebracht hast und derer du dich bedienst, wie andere Menschen ihre Arme und Beine gebrauchen. Diese Magie operiert mit der Energie des Willens, die zur okkulten Macht verdichtet wurde. Die dritte Version der Magie — die Dämonomagie — stellt die personifizierte Energie der unsichtbaren Welt in ihre Dienste. Die vierte ist die Astralmagie, welche ihren Gegenstand durch den Magnet der Emotionen und feurigen Wunschbilder anzieht — und schließlich die fünfte, die atlantische Magie, welche die astronomischen Energiequellen des Makrokosmos dem Magier zur Verfügung stellt.«

Parallel zu den theoretischen Studien kam John auch zu den Dryers regelmäßig zu Besuch. Er kam stets am frühen Nachmittag, um ein paar Stunden mit George und Ellen zu verbringen.

Ellen hätte schon längst wieder ins Internat zurückkehren müssen, aber sie schützte Unpäßlichkeit und Krankheit vor, um den Tag ihrer Abreise immer wieder hinauszuschieben.

John aber wußte, daß sie seinetwegen blieb, und das junge Mädchen machte auch kein Geheimnis daraus. Ellen hing an ihm wie eine Klette, erbebte und entflammte in seiner Nähe. Diese feurige Schwärmerei berührte und beunruhigte George ebensosehr wie ihn selbst. George schämte sich seiner Schwester und bemitleidete sie — doch ihr Zustand machte ihn auch reizbar und eifersüchtig.

»Ich möchte wissen, was dir fehlt«, fragte er einmal, als sie wieder beieinander saßen.

»Blutarmut. Ich habe oft Kopfschmerzen.«

»Das steht aber einer Abreise nicht im Wege.«

»Freilich nicht. Aber ich will einfach nicht.«

»Und warum nicht, wenn ich fragen darf?«

»Dann könnte ich John nicht sehen.«

»Was hast du davon, wenn du ihn siehst?«

»Was hast *du* davon?«

»Er ist mein Freund.«

»Er ist auch mein Freund. Du bist einfach neidisch, George. Du weißt, daß das Zusammensein mit John ein Labsal ist, als würde man essen und trinken, wenn man Hunger und Durst hat. Ja, genau so ist es. Du aber möchtest ganz allein genießen. Es ist dir egal, ob ich dabei verhungere!«

Sie begann haltlos zu weinen, und angesichts ihrer Tränen geriet George wirklich in Verzweiflung.

»So war es nicht gemeint, Ellen. Du mußt weiter studieren und lernen. Außerdem ... diese Freundschaft zwischen einem Jungen und einen Mädchen ist etwas anderes als die Freundschaft zwischen zwei Jungs. Dir geht es anders mit ihm, das ist eine ganz andere Beziehung. Du entflammst und glühst. Das ist mißverständlich ... seltsam ... und erschreckend.«

»Was geht mich das an! Ich kümmere mich nicht darum!« sagte Ellen, während sie ihr tränenfeuchtes, glühendes Gesicht aus ihren schlanken Fingern löste und zu ihm erhob. »John ... Du verstehst es. Du begreifst doch, daß ich ... daß dies ...«

»Ja«, erwiderte John. Denn er hatte tatsächlich begriffen. Er spürte nur Gewissensbisse und Mitleid, und keines davon bereitete ihm große Freude.

Gegen Abend kam Dryer nach Hause, und auch Eltham traf ein. Nach einem leichten, frugalen Abendessen stiegen sie beide zum Laboratorium hinauf, eine Etage über die gärende, pubertäre Atmosphäre der beiden Kinder hinaus.

George blieb mit verwundeter Seele, schmollend und schwer beleidigt freiwillig zurück — John aber drängte ihn nicht, mitzukommen. Denn er wußte nur zu gut, daß George dort oben nichts zu suchen hatte.

Alles, was ihm in jenem Moment, als er diesen Raum zum erstenmal betrat, als unbekannte Hieroglyphe vorgekommen war, all die Geheimnisse begannen allmählich ihren tieferen Sinn zu enthüllen.

Der siebenarmige Leuchter auf der Konsole war für ihn nicht mehr ein stummer, toter Gegenstand, sondern das Symbol der Seele — ein wichtiges Instrument der zeremoniellen Magie, ebenso wie der Zauberstab, das Astralschwert, der magische Spiegel, das Pentagramm.

Eltham erklärte ihm, als er auch die verborgenen Gegenstände offenlegte, daß diese magischen Instrumente ein Sinnbild psychischer Fähigkeiten seien und dazu dienten, diese zu verstärken.

Bei dem Zauberstab handelte es sich um einen kerzengeraden, polierten Holzstab, 40 Zentimeter lang und 3 Zentimeter breit, an einem Ende zugespitzt, am anderen Ende stumpf. Am stumpfen Ende war ein Nagel eingesenkt, ein Nagel von einem Zoll Länge. Auf den vier Seiten des Stabes leuchteten, mit hellgrüner Tinte aufgemalt, die hermetischen Embleme des Wissens: der fünfzackige Stern, das ägyptische Kreuz mit der Schleife und die Schlange.

Eltham hatte den Stab mit einem Weihrauch aus den Ingredienzien von Jupiter, Mars und Merkur präpariert und bewahrte ihn sorgfältig in einem wohlverschlossenen Samtetui auf.

»Der Zauberstab. Das Symbol des Willens«, sagte Eltham. Das ebenfalls durch Rauch geweihte Astralschwert in seiner schlichten, fest geschlossenen Scheide war nichts weiter als eine einfache, etwa 50 Zentimeter lange Stahlklinge mit einem Horngriff, in den die gleichen Zeichen eingeschnitzt waren, die auch der Zauberstab aufwies.

»Dies ist das Symbol der Leidenschaft«, sagte Eltham zu seinem Schüler.

Der magische Spiegel war eine runde Glasscheibe in einem viereckigen Holzrahmen von der Größe eines Buches, bei dem die Spiegelfläche durch eine schwarze chinesische Lackierung ersetzt war. Der Rahmen aber wies ebenfalls ägyptische Hieroglyphen in grüner Tintenschrift auf.

»Dieser Spiegel symbolisiert das dritte Auge und bezieht sich auf die synthetische Sehfähigkeit«, erläuterte Eltham.

»Und was haben die Schriftzeichen am Rahmen zu bedeuten?« fragte John.

»Die kosmische These der Analogielehre: wie oben, so auch unten. Doch dieser Text kann ebensogut aus einem magischen Befehl bestehen, aus einem Wunsch, vielleicht auch dem Namen einer mythologischen Gottheit, dem unser Wunschobjekt unterliegt. Ebenso ließe er sich mit hebräischen, sanskritischen oder chinesischen Schriftzeichen schreiben.

Die allgemeine Regel lautet, daß man auf der Tafel, die den Spiegel umrahmt, Symbole unterbringt, die mit dem Objekt der magischen Operation in Beziehung stehen.

Es gibt Spiegel mit astrologischer Signatur. Diese Spiegel werden aus dem Metall eines Planeten hergestellt und mit den hermetischen Symbolen des entsprechenden Planeten geweiht. Solche Spiegel eignen sich jeweils nur für Operationen, die dem Charakter eines gewissen Planeten entsprechen.

So etwa ist der Venus-Spiegel in der Liebesmagie von Nutzen, der Mars-Spiegel in der Rache-Magie, während der Saturn außer für die destruktiven Wirkungen der Schwarzen Magie auch ein ausgezeichnetes Hilfsmittel in der philosophischen Meditation ist.«

In den kleinen, massiven Körper des siebenflammigen Leuchters waren die Zeichen der sieben Planeten und die stilisierten Gestalten der Emblemtiere aus der hermetischen Philosophie eingraviert.

»Dies ist das einzige magische Instrument«, sagte Eltham, »das nicht unbedingt notwendig ist und das man auch nicht selbst herstellen kann.«

Das Pentagramm war ein fünfzackiger Stern, auf ein zehn mal zehn Zentimeter großes Pergamentblatt in einen roten Feuerkreis gemalt. Das Blatt war auf einem steifen Karton befestigt. Auf der Rückseite des Kartons, in einen Kreis eingeschlossen, der ebenfalls mit roter Tusche gezogen war, befanden sich die Abbildungen der wichtigsten Instrumente der magischen Praxis: der Kelch, der Zauberstab und das ägyptische Kreuz mit der Schlinge, das Symbol des Lebens und der Ewigkeit.

Nun erläuterte Eltham seinem Schüler auch den Sinn des grünen Zauberkreises, der auf den Fußboden gemalt war.

»Eigentlich zeichnet man nicht nur einen Kreis, sondern stets drei Kreise, entsprechend den drei hermetischen Ebenen. Je nachdem, ob wir bei unseren Operationen auf der physischen, der astralen oder der mentalen Ebene wirken möchten, zeichnen wir einen der drei konzentrischen Kreise mit grüner Kreide, und dies bei einer Gedankenkonzentration, die der jeweiligen Idee angemessen ist: den innersten, physischen, den mittleren, astralen, oder den äußeren mentalen Kreis. Die beiden anderen Kreise können weiß oder rot sein. Übrigens ist Rot die Farbe der physischen, Grün die Farbe der astralen und Hellgelb oder Weiß die Farbe der mentalen Ebene.

Wenn der Magier den Zauberkreis zieht, muß er sich in Gedanken intensivst darauf konzentrieren, daß dieser Kreis jeweils auch den Damm gegen jene äußeren dämonischen Kräfte darstellt, die er symbolisiert. Der Kreis ist das Symbol der naturgebundenen Kräfte — eine der wichtigsten Formeln der ganzen Magie. Angefangen von den Elektronenteilchen der Welt über den Blutkreislauf der Lebewesen bis hin zu den makrokosmischen Sternennebel dreht sich alles, läuft alles, tanzt alles um ein mystisches Zentrum.

Und merke dir, John, merk es dir gut: Jede magische Aktion ruft eine Reaktion hervor, gegen welche sich der Magier von vornherein schützen muß. In der zeremoniellen Magie stellt der Kreis mit den drei Bedeutungen jenen symbolischen Panzer dar, von dem die Angriffe der elementaren Kräfte abprallen. Aber auch die übrigen magischen Richtungen verfügen über spezielle Methoden.

Die Herstellung der Zauberinstrumente ist eine verhältnismäßig einfache Aufgabe, doch ihre Einweihung ist schwierig, weil sie nicht weniger voraussetzt und verlangt, als jene Eigenschaften, welche sie symbolisieren, in magische Dimensionen zu steigern und diese Instrumente damit funktionsfähig zu machen. Eine gewaltige, flammende, doch kontrollierte Leidenschaft, Willenskraft, das zum Leben erweckte dritte Auge, die geistige Erfassung der Weisheiten der hermetischen Philosophie, die profunde Kenntnis der ewig gültigen kosmischen Gesetze: Das sind jene Dinge, das ist jenes Wissen, welches sich der Magier aneignen muß!«

Nun lernte John auch die Zusammensetzung sowie Ziel und Zweck jenes kleinen Elektrogeräts kennen, das auf einer Konsole stand.

»Es ist ein Ideoprojektor, eine magische Konstruktion, um die Ausstrahlungen des Willens zu stabilisieren und zu konservieren«, erläuterte Eltham. »Es handelt sich um ein elektrisches Gerät, das von einer langlebigen Batterie gespeist wird. Dieser Willensakkumulator füllt alle Ideeninhalte nach, wenn wir der Ruhe und Entspannung bedürfen, leistet Ersatz für jene Verluste, die wir erleiden, wenn uns der graue Alltag, der Beruf von unserer magischen Tätigkeit abhält. Vor allem aber ist dieses Gerät bei den höheren Operationen der Fernwirkung von Nutzen.«

John spürte zwar, wie sehr sein Freund George litt, doch er konnte die gegenwärtige Situation nicht ändern. Denn George war eine Brücke zwischen ihm und der Magie — ein verwundeter, unwilliger Vermittler, der sich nicht damit abfinden konnte, daß man ihn überging. Jedes Wort, das er sagte, war von dem ätzenden Gift bittersten Beleidigtseins erfüllt. Aus seinen Anspielungen war stets der Unterton eines Vorwurfs herauszuhören. Er erforschte und verschlang fieberhaft die Gegenliteratur des Okkultismus — und er, der früher so wortkarge und Verschlossene, provozierte endlose Debatten.

Dies war ein lästiger, schmerzlicher und unabwendbarer Zustand, hinter dem John stets jenes Geschwür erblickte, das er ungewollt und unbeabsichtigt verursacht hatte.

Durch seine regelmäßigen Studien war er an die Dryers gebunden. Doch in der Halle warteten zwei besessene Torhüter auf ihn, von reizbarer Unzufriedenheit und krankhafter Sehnsucht erfüllt: Ellen und George. Erst später, bei einer rückblickenden Analyse, wurde ihm bewußt, daß dies die erste Reaktion auf seine magischen Aktionen war.

Auch Ellens zunehmende Exaltation beunruhigte ihn in hohem Maß. Das Mädchen nahm ab, hatte Schwindelanfälle, war emporgeschossen und glich einer Bohnenstange. In ihren umschatteten Augen flackerte ein nervöses Irrlicht.

John mochte sie, weil er sie bemitleidete. Wenn er sie anschaute, war er von Gewissensbissen geplagt. Wenn er ihr aber helfen wollte, wurde mit jedem zärtlichen

Wort, mit jeder freundlichen Geste nur das krankhafte Feuer in ihr geschürt.

Er mußte sie also auf irgendeine Weise entfernen, damit die Distanz dieser fortlaufenden Infektion endlich Einhalt gebot. Er mußte sie wegschicken, ebenso wie er das Verhängnis heraufbeschworen hatte — von innen, kraft seines unbesiegbaren Willens, obwohl es ihm widerstrebte, erneut in Ellens schutzlose Seele einzudringen.

Dieser Widerwille war aus der Tiefe heraufgestiegen, gehörte seit uralter Zeit zu seinem Wesen. Er, der sonst vor nichts zurückschreckte, der sich vor nichts fürchtete — vor diesen Dingen hatte er Respekt, weil sie stets mit Gefahren verbunden waren, deren unheilverkündendes Grollen deutlich zu vernehmen war.

Dennoch tat er es, weil die Spannung schier unerträglich geworden war. Ellen und ihr Bruder zankten sich ständig. John aber begegnete Ellen an den unmöglichsten Orten und zu den ungewöhnlichsten Zeiten: auf der Straße vor ihrer Wohnung oder auch in der Nähe der Schule, wobei das Mädchen offen gestand, daß sie ihm aufgelauert, auf ihn gewartet, ihn gesucht und ihn absichtlich getroffen hatte.

»Was Sie angeht, kenne ich keine Scham«, sagte sie trotzig. »Die Tage sind lang, wenn ich Sie nicht sehen kann.«

»Ich ... ich freue mich darüber, Ellen, aber George tut es sehr weh, wenn Sie so allein ohne ihn ...«

»Sie freuen sich darüber?!« sagte Ellen berauscht, weil sie alle weiteren Worte aus ihrem Bewußtsein ausgegrenzt hatte. »Sie freuen sich ...« Sie versuchte zu lachen, doch aus ihrer Kehle drangen Töne, die eher wie ein Schluchzen klangen. Und Tränen traten in ihre Augen.

»John«, sagte sie dann, nachdem ihr seltsamer Anfall abgeklungen war. »Sie werden mich in etwa vier bis fünf Jahren heiraten, nicht wahr?« Sie schaute ihn mit ernstem, entspanntem Gesicht an. Und als sie sein verdutztes Zögern begriff, begann sie fieberhaft zu sprechen:

»Ich werde Sie als Ihre Frau in nichts behindern. Für mich ist es nur wichtig, zu Ihnen zu gehören. Sie dürfen meinetwegen auch eine oder mehrere Geliebte haben, ja, die schönsten Frauen. Ich will Sie aufmerksam machen, ich will Ihnen helfen, daß Sie alles erreichen, was Ihnen Freude macht, was Sie begehren und ...«

John wurde von der Peinlichkeit der Situation fast überwältigt.

»Ellen, ich bitte Sie, warten wir ab! In vier oder fünf Jahren könnten Sie ein ganz anderer Mensch sein, etwas ganz anderes wollen ...«

In Ellens Augen leuchtete ein Licht schmerzlicher Verwunderung.

»Sie tun so, als wüßten Sie nicht, was das in mir ist. Sie weichen mir aus. Dabei wünsche ich mir gar nicht, daß es Ihnen so geht wie mir, bestimmt nicht, ehrlich. Aber, nun gut, warten wir ab. Ganz, wie Sie wollen«, setzte sie untertänig hinzu.

In diesem Augenblick beschloß er, daß Ellen innerhalb einer Woche unbedingt abreisen mußte. Er entfernte sie, um das Problem auf die lange Bank zu schieben, wobei er hoffte, daß es sich von selbst lösen würde. Er hoffte es, aber er glaubte nicht ganz daran.

Dann saß nur noch George in der Halle, ein Häufchen Unglück, Mitleid heischend — ein dunkles Tanggeflecht, durch welches John jedesmal hindurchwaten mußte und in dem er manchmal bis zum Hals versank.

In der Schule merkte keiner diesen Abgrund, der sich zwischen den beiden aufgetan hatte. Der Zauberkreis von Johns Willen schützte George nach wie vor, doch im Dryer-Haus wurde die Wahrheit auf bedrückende Weise offenbar.

Was mich betrifft, hat sich ihm gegenüber nichts geändert, dachte John lustlos. Er ist es, der in ein Labyrinth geraten ist und sich den Weg aus diesem Irrgarten nicht zeigen läßt.

Während der Kriegsjahre, in Abwesenheit seines Vaters, lebte John mit seiner Mutter in einem seltsamen Zustand: einmal himmelhoch jauchzend, dann wieder zu Tode betrübt. Dieses Licht, diesen Schatten, dieses Zwielicht strahlte das Wesen seiner Mutter aus — John aber begann allmählich zu begreifen, daß sie unter der gleichen Nostalgie zu leiden hatte, die sie bereits seinerzeit beim Großvater überfallen hatte, in diesem himmelwärts fahrenden Weihnachtshaus: Sie vermißte ihren Mann. Nicht jenen Menschen zwar, der er in Wirklichkeit war, aber das positive Vorstellungsbild dieses groben, unharmonischen Negativs — eben ihren Mann, wie sie ihn gern gehabt hätte.

In seiner Abwesenheit wurde diese Sehnsucht stets gesteigert, doch wenn er sich zu Hause aufhielt, welkte sie wieder dahin, weil seine gewichtige, quälende leibliche Nähe die Phantasien zu toten Bildern erstarren ließ.

Die Briefe, die er schrieb, hatten stets den gleichen stereotypen Text, glichen sich wie ein Ei dem anderen, nur das Datum wechselte. Sie enthielten nichts weiter als einen trockenen, neutralen Bericht, der die Umstände betraf, verrieten aber nichts über den tatsächlichen Zustand des Schreibers. Auch die nach links geneigten, steifen, kantigen Buchstaben trugen einen Panzer und waren Johns Vater so ähnlich wie eine Fotografie.

Ellen aber schrieb aus der Schweiz:

›Lieber John, Sie müssen wissen, daß ich gegangen bin, um wiederkehren zu können und für immer dort zu bleiben, ohne daß es mir George übelnimmt. Er könnte mich verjagen, indem er sich auf Dinge beruft, die ich hasse, weil sie als Gesetz gelten.

Hier ist es jetzt sehr schwer — schwerer als früher,

bevor ich Sie kennengelernt hatte. Denn früher habe ich mich nicht darum gekümmert, daß es mich gibt, daß ich bin. Mir war alles egal, und überall habe ich mein Vergnügen gesucht, habe mich amüsiert. Ich habe heimlich all die Mädchen und die ganze Welt ausgelacht, weil ich außerhalb und über den Dingen stand.

Ich weiß nicht, ob Sie das verstehen, ob Sie das begreifen. Aber Sie werden sicher alles begreifen und verstehen.

Jetzt kann ich nicht mehr woanders sein, nur dort, wo auch Sie sind. Im Institut, im Internat bin ich einfach nicht mehr gern.

Ich werde wegen meiner Zerstreutheit verspottet. Nichts kann mich fesseln.

Die Direktorin hat bereits an meinen Vater geschrieben. Denn sie kann nicht wissen, daß Vater ein Leben lang ebenso zerstreut war wie ich. Gelegentlich scheint er nicht einmal zu wissen, daß er Kinder hat.

Vater wird sicher diesen Brief beantworten und höflich versprechen, daß er mir ein paar sehr ernste Zeilen schreiben wird — doch wird er auch dies schließlich vergessen, wie es seine Gewohnheit ist.

George wird mir wahrscheinlich eine Gardinenpredigt halten, die mindestens vier Seiten lang ist, und das wird mich schmerzen.

Aber es ist mir egal, alles ist mir egal, John. Ich bin dahintergekommen, daß ich von Ihnen träumen kann, wenn ich es nur sehr stark will. Ich denke mir seltsame, beglückende Spiele aus.

So etwa stelle ich mir vor, daß sich Schritte über den Flur nähern. ‚Er kommt!' — das sind Sie — glaube ich fest und sicher. Und für einige Augenblicke empfinde ich ein Glück, das mich noch stundenlang erregt.

Der Postbote kommt. Bis ich meine Post nicht empfangen habe, weiß ich und glaube ich ohne Zweifel, daß ich zwei Briefe von Ihnen erhalte, zwei dicke, schwere Briefe, prall gefüllt mit großartigen Nachrichten, etwa, daß Sie mich hier besuchen, weil Sie aus wichtigen Gründen als Durchreisender in diese Stadt kommen.

Wer mir dies übelnimmt, weiß nicht, daß ich auf diese Weise mein Leben friste, weil ich es sonst nicht ertragen könnte ...‹

John wurde stets von seelischer Übelkeit befallen, sooft er einen Brief von Ellen erhielt. Sein Mitleid, seine Abneigung, sein Schuldbewußtsein steigerten sich gleichzeitig und führten in ihm zu einer schier unerträglichen Spannung.

Im gleichen Maße, wie er Fortschritte bei seinen magischen Studien verzeichnete, sanken sein Mut und seine Überzeugung, daß er bei ihr eine erfolgreiche Gegensuggestion aus der Ferne anwenden könnte.

Eltham hatte Johns fast schon unverantwortlicher Aktionslust einen kühlen Dämpfer aufgesetzt, indem er auf jene Gefahren hinwies, die er möglicherweise auf sich selbst und auf andere herabbeschwören konnte. Der beste Beweis dafür war Ellen, die er entflammt, angesteckt und an sich gekettet hatte, ohne in der Lage zu sein, ihre Gefühle zu erwidern. Im Gegenteil: Er lehnte sie ab, und das um so mehr und um so heftiger, je stärker das Mädchen erglühte. Er konnte nichts, aber auch gar nichts dagegen tun. Das Grauen, die Ablehnung steckten in seinem Körper, unbarmherzig und unnachgiebig, während sein Geist dagegen ankämpfte und dieses Gefühl zu überwinden suchte.

John beantwortete Ellens Briefe treu und brav, doch er hütete sich davor, irgendwelche Hoffnungen zu wecken.

Was bin ich nur so niederträchtig, dachte er stets, wenn er einen seiner kalt-fröhlichen Berichte verfaßte. Ich habe sie verletzt, verwundet, habe sie zum Krüppel gemacht — und jetzt will ich sie loswerden.

Doch tief in ihm erklang ein zorniges, kicherndes Echo: Ja! Werde sie los! Um jeden Preis!

Gedankenzauber

NUN WURDE MIT DEN EXPERIMENTEN BEGONNEN, denen nicht nur theoretische, sondern auch praktische Studien vorausgegangen waren. John praktizierte fleißig nach Elthams Anweisungen auch daheim, wenn er allein war. Vor allem versuchte er, die Kraft seiner Phantasie zu entwickeln.

Seine Imaginationsübungen brachten ein seltsames Ergebnis. Er mußte sich vor die hellgelbe Wand seines Zimmers stellen und in seiner Phantasie verschiedene geometrische Formen in Schwarz, Rot, Grün, Blau und Gelb malen: Dreiecke, Quadrate, Kreise. Es gelang ihm mühelos, alle Konturen dieser Gebilde an der Wand scharf zu erkennen. Er zeichnete und malte von links unten nach oben, wobei die Farben wie glühende Raketen aufleuchteten.

Abends, im Bett sitzend, führte er die Operation auch im Dunkeln durch, wobei er den schwarzen Ton wegließ und ihn durch das transparente Weiß ersetzte. Die jeweilige Form aber, die er entsprechend ausrichtete, projizierte er auch in der Dunkelheit auf die Wand, auf den Hintergrund seiner Übungen.

Die Zeichen aber wurden derart lebendig, daß sie sich zu stabilisieren begannen. Nun konnte er sie auch ohne vorherige Konzentration an der Wand sehen. Und eine Weile glaubte er, daß nur er allein sie sehen konnte.

»Seltsam«, sagte seine Mutter eines Morgens, in der vierten Woche seiner Übungen, während sich ihr Blick auf die helle Wand von Johns Zimmer heftete. »Wie kommen diese Symbole an die Wand?«

»Was für Symbole?« fragte er in flammender Erregung.

»Nun ... dieses Dreieck, dieses Viereck und der Kreis. Sie sehen aus, als hätte man sie mit Farben an die Wand gesprüht.«

»Kannst du sie sehen? Kannst du sie wirklich sehen?« fragte John gierig.

Die Mutter aber schaute ihn verstört und beunruhigt an. »Ich kann dich nicht verstehen, Johnny. Sie sind doch da!«

John berichtete Eltham über diese unerwarteten Ergebnisse. Er fragte ihn, ob er sie besuchen wolle, um festzustellen, ob auch er die Zeichen an der Wand sehen könnte.

»Dies würde deine Mutter nur aufregen und erschrekken. Wir werden die Übung hier wiederholen, vielleicht mit Hilfe einer empfindlichen Fotoplatte.«

»Ich möchte gern wissen«, meinte John grübelnd, »ob diese Bilder tatsächlich auf der Wand vorhanden sind, oder ob meine Mutter sie sich aufgrund meiner unbewußten Suggestion nur eingebildet hat.«

»Sie sind wahrscheinlich auf dieser Wand vorhanden. Doch letztendlich ... vielleicht wirst du es eines Tages begreifen ... ist es gleich, ob sie vorhanden sind oder nicht. Hier sind die Grenzen zwischen Wirklichkeit und Vorstellung verwischt. Denn die ganze Welt ist nichts weiter als eine Vorstellung, welche durch eine Projektion von gewaltiger Intensität als Wirklichkeit erscheint, gleichsam wie eine kosmische Suggestion. Aber ob dies die Wirklichkeit ist? Die größten Weisen, Adepten, weiße Magier, die sich der Tyrannei einer Suggestion entziehen können, behaupten, diese Welt sei nicht Wirklichkeit, nur Illusion. Die Wirklichkeit sieht ganz anders aus.«

»Wissen Sie, Sir, wie es wirklich ist?«

»Manchmal, für wenige Augenblicke, ahne ich es,

John. Doch es läßt sich mit dem Verstand nicht begreifen, und sprechen kann man darüber nicht.«

Das Experiment, das in der Dunkelkammer mit einer großformatigen Fotoplatte durchgeführt wurde, gelang bereits innerhalb einer Woche. Auf der entwickelten Platte war deutlich jene Figur zu erkennen, die John im Dunkeln mit Hilfe seiner Phantasiekraft projiziert hatte.

John saß in einem niedrigen Armsessel inmitten des dreifachen Zauberkreises. Eltham hatte einen Blumentopf vor ihn hingestellt.

Dryer, Smith, Virginia Tyburn, Stepney und auch Eltham nahmen außerhalb des Kreises Platz. Im Blumentopf lag ein frisches Samenkorn.

John konzentrierte sich auf den Blumentopf und stellte sich vor, daß auf die feuchte, schwarze Erde ein heißer, belebender Sonnenstrahl fiel. Glänzende Hitze bohrte sich zwischen die Samenkörner. Die dampfende Gärung bewirkte eine Veränderung in den latent schlummernden Samen.

Zunächst ist dieser Prozeß nichts weiter als ein leises Ahnen. Dann aber erwacht das Leben, Säfte steigen hoch, drängende Kräfte werden freigesetzt, streben zur Entfaltung ... Der Keim droht seine Hülle zu sprengen. Die letzte Anspannung ist von fieberhafter Anstrengung, von Leid und Schmerzen, aber auch von Lust erfüllt.

Und dann bricht plötzlich etwas auf, macht den Weg frei. Ein gieriger junger Lebensarm reckt und streckt sich über die offenen Grenzen hinaus, wächst heran und greift sehnsüchtig nach dem Licht, kämpft sich, arbeitet sich mit bebender, sehnsuchtsvoller Gewalt durch die schwere Erdmasse. Er ist aus einem Grab emporgewachsen, hat seinen Sarg zertrümmert und schaufelt jetzt den Sand mit Macht weg, um auferstehen zu können.

Luft! Aber schnell!

Dieser Moment war schwer, so schwer wie der Körper seiner Katze Archibald, als sie in den letzten Zügen lag. Aber er war unter dieser Last nicht zusammengebrochen ... o nein! Diesmal nicht.

Endlich hatte das Leben den Tod besiegt. Sonnenkräfte strahlten herab, durch seine durstigen Poren konnte er freie Luft atmen ...

Es war gelungen!

Plötzlich ließen seine Kräfte nach — er spürte, wie er schlappmachte. Er schloß die Augen.

In der müden Stille aber konnte man Virginia Tyburn schluchzen hören.

»Es tut mir leid«, flüsterte sie leise. »Ich weiß, daß dies unverzeihlich ist. Doch es ist so wunderbar ... so wunderbar!«

John öffnete die Augen. Der junge, glanzgrüne Fuchsienstengel, der sich aus dem Blumentopf emporreckte, glänzte frisch und fröhlich im Lampenlicht.

Keiner rührte sich.

Jetzt bereitete sich John auf Übungen vor, um eine Fernwirkung zu erzielen. Virginia Tyburn wurde als Medium dieses Experiments gewählt, weil sie es war, mit der John zuallererst einen Kontakt zustandegebracht hatte.

John wurde ein Foto Virginias überreicht. Einige Tage lang betrachtete er das Bild jeweils für einige Minuten. Danach schloß er die Augen und beschwor das kluge, häßliche, markante Gesicht der alten Dame, bis ihr Bild in ihm porträtähnlich und klar erschien. Dann baute er die Gestalt allmählich auf, die zu diesem Gesicht gehörte, mit all ihren Details und charakteristischen Eigenschaften — um dann zu versuchen, dieses Gebilde zu bewegen.

Die Imago war fertig — eine plastische, genaue Konstruktion, die dem Original entsprach.

Am Tage des Experimentes blieb Virginia zu Hause,

wartete fertig und bereit in ihrer Wohnung. Weder sie noch John kannten die Befehle, die ausgeführt werden mußten. Sie wußten rein gar nichts, bevor der Prozeß begann.

Die anderen Mitglieder der Gesellschaft versammelten sich am Dienstagabend Punkt acht Uhr in Dryers Labor. John nahm in seinem niedrigen Sessel Platz. Ihm gegenüber wurde ein leerer Sessel aufgestellt.

Nun erklärte ihm Eltham, worin seine Aufgabe bestand. John sollte sich Virginias buntes, bewegliches, plastisches Abbild vorstellen, ihre Gestalt, die im Sessel ihm gegenübersaß. Dann sollte er sie veranlassen, Papier und Bleistift zu nehmen und folgenden Text aufzuschreiben: OM MANI PADME HUM. Dann sollte sie das Blatt falten, in einen Umschlag stecken und diesen an Dryer adressieren. Schließlich sollte sie den Brief an sich nehmen, ein paar okkulte Zeitschriften zusammenraffen, einen Handschuh auf dem Tisch in der Halle liegenlassen und auf dem kürzesten Weg ins Dryer-Haus eilen.

Das Experiment begann. Virginia saß John im Sessel gegenüber, starrte ihn bleich und beklommen an — doch der traumverlorene Ausdruck ihrer auf unendlich gestellten Augen verriet, daß sie ihn nicht körperlich wahrnahm, daß sie ihn nicht sah, sondern nur spürte.

Sie kramte folgsam das Papier hervor, schrieb den gewünschten Text auf, steckte das Blatt in einen Umschlag, adressierte ihn und nahm ihn an sich.

Dann erhob sie sich und suchte ihre Siebensachen zusammen. Alle anderen Gegenstände und Konturen um sie herum verschwanden. Doch während sie mit schnellen, ruckartigen Bewegungen die Befehle ausführte, welche aus der Ferne kamen, entstand in diesem seltsamen, weiten, konturlosen Raum plötzlich eine Art Kurzschluß. Das Bild zerplatzte wie eine Seifenblase, die Verbindung riß mit einem tiefen, finsteren Strudel ab, ging in diesem Strudel unter.

John meinte das Geräusch eines Sturzes zu hören, einen Schrei, so deutlich, daß er aufsprang und seinen Arm schützend und abwehrend ausstreckte.

»Irgend etwas ist mit Virginia passiert! Ihr ist etwas zugestoßen«, rief er. »Sie ist gestürzt, ohnmächtig geworden, oder gar ...«

Eltham drückte ihn in seinen Sessel zurück.

»Bleib da! Stepney kommt mit mir.«

Dann eilten die beiden davon.

Die anderthalb Stunden bis zu ihrer Rückkehr kamen John wie eine Ewigkeit vor. Eltham hatte auch den versiegelten, an Dryer gerichteten Brief mitgebracht.

»Virginia ist gestürzt«, erklärte er, während ihn alle mit Fragen bestürmten. »Der Schürhaken lag quer vor ihren Füßen, aber sie bemerkte ihn nicht. Sie schlug mit dem Kopf auf dem Ofenschirm auf und wurde ohnmächtig. Jetzt geht es ihr wieder besser. Als wir bei ihr eintrafen, hatte die Hausdame bereits einen Arzt gerufen.«

John aber, verdutzt, verwirrt und erschrocken, achtete auf jene unguten Gefühle, die in ihm aufstiegen. Und wie durch eine geheimnisvolle Assoziation tauchte der unheilverkündende Ellen-Komplex auf.

»Ja«, sagte er und nickte vor sich hin, als würde er auf ein inneres Echo antworten, das zwar unbegreiflich war, aber einen tieferen Sinn ahnen ließ. »Da gibt es etwas, womit wir nicht rechnen können. Irgendeine andere Macht ...« Dann wandte er sich an Eltham.

»Und wie denken Sie darüber, Sir?«

»Als Sterblicher zu leben bedeutet den sicheren Tod, mein Sohn. Der Magier aber will diese Tragödie, die sich pausenlos wiederholt, selbst bei größtem Risiko ausgrenzen. Fürchtest du dich?«

»Nein. Aber es fällt mir schwer, eine genaue Definition für mein Gefühl zu finden. Vielleicht so: Ich möchte nach Möglichkeit keinen Fehler begehen — nichts zerstören, was ich nie wieder gutmachen kann«, setzte er hinzu und mußte dabei mit schwerem Herzen an Ellen denken.

Phoebe Dryers Larve

BEI EINEM GELEGENTLICHEN BESUCH erwähnte Eltham, daß Dryer mit ihm eine Totenbeschwörung durchführen wolle, daß er sich aber diesem Wunsch widersetze.

»Warum?« fragte John, während Neugier und Erregung in ihm aufstiegen. »Ist das möglich?«

»Ja. Aber meistens handelt es sich um ein gefährliches Experiment mit zweifelhaftem Inhalt. Die entsprechenden Riten waren bereits im Altertum bekannt.«

»Ich habe oft darüber nachgedacht, was das wohl für eine Welt sein mag.«

»Das ist eine Welt, die dem Traum, aber auch einer lockeren, gefügigen Phantasiewelt ähnlich ist, die in unendlichen Variationen auftritt. Mythen, Dichter und Seher berichten auf symbolische Art über diesen Zustand. Tantalus, der nicht essen konnte, Sradanapla, der nicht lieben konnte, Midas, in dessen Händen alles zu Gold wurde, Sysiphus, dem es nicht gelingen wollte, seinen Felsbrocken auf dem Gipfel des Berges zu befestigen — alle sind sie Opfer der projizierten Vorstellungen einer dämonischen Natur.

All diese Erscheinungen und Vorstellungen geraten den niedrigeren, unwissenden Wesen zur Qual, während ihr Schuldbewußtsein sie mit den sich ständig erneuernden Schreckensbildern möglicherweise drohender Strafen verfolgt.

So wie die Gewohnheiten und Tugenden eines Menschen in diesem Leben sind, so wird er auch im Jenseits seinen Neigungen folgen. Allein dadurch, daß jemand stirbt, wird er nicht vom Dummkopf zum allwissenden Halbgott.

Bei spiritistischen Séancen kommen meist seelische Schmierenkomödianten und Astralganoven zu Wort. Es ist eine höllische Posse, in das Habit eines vornehmen großen Geistes zu schlüpfen, unverantwortlich, hinter der Person des Vermittlers verborgen. Darum ist man oft verdutzt, ja betroffen, zu welch stotternden Narren sich diese geistigen Größen drüben gewandelt haben, die im besten Fall in verdünnter Form sich selbst wiederholen, oder entsetzliche, schwülstige Gemeinplätze verkünden.

Freilich ist ein Teil jener ›leidenden Geister‹, die sich über ein Medium melden, nicht einmal eine Seele, sondern nur deren Hülle, ein abgestreifter Zweitkörper, eine sterbliche, verwesende Larve, woran Fetzen von Erinnerungsbildern haften geblieben sind, gleich den Rillen einer Schallplatte, welche den Ton fixieren.

Aus diesem Grunde ist die magische Totenbeschwörung bis zu einem gewissen Grad zuverlässiger und überzeugender, obwohl bei der Übernahme des Mediums gewisse Gefahren nicht auszuschließen sind, weil das beschworene Wesen sichtbar wird und man daher feststellen kann, ob es mit sich selbst identisch oder nur eine Larve ist.

»Dryer möchte sicher seine verstorbene Frau beschwören lassen, nicht wahr?« fragte John.

Elthams gelbes Mumiengesicht war für einen Moment überrascht und erstaunt, seine Augen blitzten — doch sofort erlosch der Glanz in seinen Augen, die er jetzt im Schatten der Markise seiner graumelierten Brauen verbarg.

»Wie kommst du darauf?« fragte er mit farbloser Stimme. »Ich habe keine Veranlassung … aber ich weiß es. Mir kommt es vor, als würde er sich nur deswegen für die ganze Magie interessieren. Ich denke nicht nur an die Totenbeschwörung, sondern …«

»Sondern an was?«

»An seine schwache Willenskraft. Sie wissen doch

selbst, wie wenig Willenskraft bei ihm vorhanden ist, als wäre er ...«

»Ja? Nur immer zu!«

»Als wäre er ein Krüppel. Zunächst habe ich mich darüber gewundert, daß ausgerechnet er sich mit der Magie beschäftigt. Doch dann bin ich dahintergekommen, daß die Hungrigen essen wollen und die Schwachen sich nach der Kraft sehnen.«

»Das siehst du alles richtig, auf überraschende, tragische Weise. Insbesondere, daß Dryer — obwohl es wenige Menschen gibt, die ich so sehr achte wie ihn —, jawohl, daß Dryer in seinem Inneren ein seelischer Krüppel ist. Dies war auch der Grund, warum er das einzige verlor, an das er sich in diesem Leben klammerte, das ihm mehr bedeutete als alles andere. Er hatte grausam gelitten und konnte sich nicht fügen, kann bis heute diesen Schicksalsschlag nicht hinnehmen. Im Gegenteil — er kämpft weiter.

Du weißt sicher, daß diejenigen, denen es an etwas mangelt, die ein Mangelgefühl mit sich herumtragen, mit zu den Strebsamsten gehören. Ich habe einst einen Geiger gekannt, der von Geburt an behindert war. Er hatte an der rechten Hand nur drei Finger, und auch sein Arm war verkrüppelt. Doch er setzte sich über alle physischen Hindernisse hinweg und produzierte mehr als so mancher Künstler, dessen Körper intakt war.«

»Und bei mir, wie sieht es bei mir aus? Ich bin so, wie ich geboren bin.«

»Du bist eine Ausnahme, John — in jeder Hinsicht: eine Ausnahme, welche die Regel bestätigt. Ein äußerst komplizierter, rätselhafter Fall. Vielleicht wird es dir eines Tages gelingen, dieses Rätsel zu lösen.«

Als Dryer nicht mehr locker ließ, gab Eltham schließlich nach und beschloß, das Experiment zu wagen.

Der Zeitpunkt der Beschwörung wurde mit Hilfe verschiedener astrologischer Berechnungen bestimmt.

Sieben Tage vor dem Datum mußte John eine salzlose, alkohol- und nikotinfreie Diät einhalten. Natürlich durfte er auch kein Fleisch essen, und Eltham bat ihn für diese Fastenzeit auch um sexuelle Enthaltsamkeit.

John fiel es nicht schwer, allen Forderungen gerecht zu werden, war doch sein Körper ein Instrument, das völlig von seinem Geist beherrscht wurde. Was die Sexualität betraf, so konnte er leicht verzichten, und dies trotz seiner wachsenden Sinnlichkeit, weil er dieses Problem vor allem seit Beginn seiner magischen Praxis beiseite geschoben hatte.

Die sexuelle Neugier — sobald sie mit der Pubertät in ihm erwachte — war befriedigt worden. Dieser Akt, der als Selbstzweck erfolgte, löste zwar keine Enttäuschung aus, weckte aber in ihm die Überzeugung, daß dies nur wenig einbrachte und mehr als dürftig war — nichts weiter als eine dilettantische Nachahmung, eine Parodie jenes großen Geheimnisses, das die heftigste Intensität und Ekstase in sich barg.

Frauen und Mädchen gegenüber, mit denen er zusammentraf, hegte er freundschaftliche Gefühle. Ihre Begeisterung für Mütterlichkeit und jugendliche Leidenschaft weckte Mitgefühl und Zärtlichkeit in ihm, doch solche Beziehungen waren niemals dominant, was seine Entwicklung betraf, so wie sich auch die Befriedigung seiner übrigen körperlichen Bedürfnisse auf einer niedrigeren Ebene mechanisch vollzog.

Die erste Frau in seinem Leben war die hübsche, adrette Putzfrau seiner Mutter. Sie bot sich ihm an, als er fünfzehn war, wie ein armer, mittelloser Mensch, der ein Geschenk machen möchte — mit linkischer Beklommenheit und dem Bemühen, den jungen Herrn nur nicht zu beleidigen.

Bei dieser einsamen, unterwürfigen und dankbaren Witwe stieß er auf Tugenden, nach denen er in seinen späteren, komplizierteren Affären vergebens suchte. Diese Frau war aufrichtig und taktvoll. Sie bediente ihn, lehrte ihn, war glücklich, ihm Freude bereiten zu können, wobei sie keinen Moment leugnete, daß sie durch ihn ebensoviel Lust und Freude empfand. Deswegen stellte sie auch keine Forderungen, blieb taktvoll auf dem ihr zugewiesenen Platz. Ihr Verhältnis wurde beendet, ohne einen bitteren Geschmack zu hinterlassen. Johns nüchtern denkende Freundin heiratete nämlich einen Kaufmann vom Lande.

Auch seine anderen, späteren Beziehungen und Freundschaften gingen niemals im Zorn auseinander. All diese Beziehungen lösten sich von selbst in Wohlgefallen auf, sobald er das Ende herbeiwünschte, ganz so, als hätte die Kraft dieses Wunsches einen unsichtbaren Wirbelsturm entfacht, der den jeweiligen Partner hinwegfegte, den schwachen Gefährten, der von seinem eigenen Schicksalsstrom ergriffen taumelnd, tastend und suchend wie ein Blinder durchs Leben irrte.

Die Sitzung wurde ausnahmsweise für einen Freitag anberaumt. Der Freitag war Phoebe Dryers Geburtstag und Todestag zugleich.

Das Laboratorium wurde entsprechend dieser seltsamen Zeremonie umgestaltet. Es wurde ein kleiner Altar errichtet, und der kabbalistische Leuchter wurde auf diesen Altar gestellt. Das dreibeinige Gestell für das Rauchgefäß und der Zelebriertisch wurden in Reichweite Johns aufgestellt, ebenfalls innerhalb des Zauberkreises. An der Seite des Gefäßes auf dem Tisch, neben Zauberstab und Schwert, glänzte das eingravierte Symbol des Pentagramms.

Das Kraut für den Weihrauch war entsprechend der Gelegenheit aus Pflanzen zusammengesetzt, welche die Signatur der Venus trugen.

Dann stellte Dryer die Gebrauchsgegenstände seiner verstorbenen Frau in der entsprechenden Reihenfolge auf. Ihr großes Foto, das sie in einem schulterfreien Abendkleid zeigte, kam auf den Altar, wurde an den kabbalistischen Leuchter zwischen zwei Kerzen gelehnt. Um dieses Foto herum wurden ein kleines, in rotes Leder gebundenes Notizbuch — wahrscheinlich Phoebe Dryers Tagebuch —, ein Paar lange Samthandschuhe, eine kleine Armbanduhr aus Platin mit Brillanten, eine Bernsteinkette und eine Zigarettenspitze aus Bernstein ausgelegt.

Neben den Altar hängte Dryer einen bodenlangen Kimono aus glänzender, grüner, schwerer Seide, in deren Muster phantastische Vögel schwebten. Schließlich öffnete er ein Samtetui, holte einen kugelförmigen Kristallbehälter hervor und versprühte ein schweres, süßliches Parfüm.

John aber spürte Dryers starke Rührung, seine Erregung, aber auch, daß er mit aller Macht versuchte, sich zusammenzunehmen. Sein Inneres vibrierte so gewaltig, daß er wahre psychische Strudel um sich aufrührte. In seinem blassen Gesicht leuchteten die Augen inmitten tiefer, dunkler Ringe hervor. Sein Mund war wie ein dünner, nach unten gezogener, bitterer Strich. Er hatte die Lippen fest zusammengepreßt.

»Es gibt ... es gibt eine Schallplatte mit ihrer Stimme ...«, sagte er unsicher und schaute zu Eltham auf. »Ich habe diese Aufnahme machen lassen, als ...«

»Ist es ein Lied?« fragte Eltham.

»Nein, ein Gedicht. Sie hat es selbst verfaßt. Es ist nicht besonders gut, aber irgendwie seltsam, wie alles, was sie ...«

»Wir würden es gern hören.«

Dryer brachte ein Koffergrammophon und legte eine Platte auf, die viel kleiner war als die üblichen. Dann erklang eine heisere, kraftlose Frauenstimme — eine Stimme, die John lebhaft und mitfühlend an Ellens herausfordernde, abwehrende Stimme erinnerte. Denn hinter all dieser Dreistigkeit war nichts weiter als eine innere Schwäche, eine unglückliche Sehnsucht verborgen.

Die Liebe — meine Lieben sind wie Fische,
wie Goldfischlein im schmucken Hochzeitskleid.
Sie tauchen auf, verbergen sich in Nischen.
Mal sind sie nahe, und mal sind sie weit.
Ein Narr, der glaubt, die Fischlein zu erwischen.
Ein Narr, der nichts in seinen Händen hält.

John hatte noch nie solche Freudlosigkeit in seiner Seele gespürt. Der Raum war, noch bevor die Kerzen und das Rauchgefäß angezündet worden waren, von einer derart intensiven Anwesenheit erfüllt, daß die Luft schwül und schwer geworden war.

»Es ist gut so«, sagte Eltham. »Wichtig ist, daß Phoebes persönlicher Magnetismus den ganzen Raum erfüllt.«

»Dies ... glaube ich ... ist bereits geschehen«, sagte Dryer, während er nervös und entschuldigend in die Runde blickte.

Jetzt versank das Zimmer in Dunkelheit, dann flammte das gelbe Licht der Kerzen auf.

Flammentore, dachte John, während er die Lichter betrachtete.

Auch die sieben Flammen der kabbalistischen Lampe leuchteten auf, und die Kräuter auf dem dreibeinigen Gestell begannen zu glühen. Die Luft wurde heiß und dicht, erwachte fast zum Leben, als wäre sie von nackten Nervensträngen, Trägern unaussprechlicher Gefühle durchwoben, die bis zum Zerreißen gespannt waren.

John stand hoch aufgerichtet im Zauberkreis. Er löste seinen Blick von den suggestiven Feueraugen und betrachtete Phoebe Dryers nervöses Gesicht, das zwischen den hochzüngelnden Flammen auftauchte und sich mit traurigem Lächeln darbot.

John konzentrierte sich auf dieses Gesicht. Er packte es und holte es aus dem Bild heraus, erfüllte es in seiner Vorstellung mit Blut und Wirklichkeit, Er heizte ihre Haut auf, bis sie rosafarben zu pulsieren begann. Und er lockte, beschwor, rief dieses Abbild mit jenem Mantra, das ihn Eltham gelehrt hatte.

»Der Weg ist jetzt frei!
Nun eilet herbei!
Hierher … hierher …
Von dort nach hier, von hier nach dort!
Der Weg ist frei, und auf die Pfort'!
Feuer und Flamme,
glühender Herd,
Magma, Vulkane —
jetzt fängt es an
Tore des Lebens,
Tore des Sterbens
tuen sich auf …
Kommet zuhauf!«

Der Dunst aus dem Räucherbecken schlängelte sich in dünnen Schwaden vor dem Bild. John hob den Zauberstab und richtete ihn auf den Altar aus. Und er spürte, wie seine ganze Kraft aus seinem Körper durch den rechten Arm in den Zauberstab strömte, welcher auf diese Weise einen gewaltigen Strom in sich vereinte und dann mit wilder Kraft aussandte.

Und wieder ertönte Phoebes tote Erinnerungsstimme:
Die Liebe — meine Lieben sind wie Fische,
wie Goldfischlein im schmucken Hochzeitskleid.
Sie tauchen auf, verbergen sich in Nischen.
Mal sind sie nahe, und mal sind sie weit.
Ein Narr, der glaubt, die Fischlein zu erwischen.
Ein Narr, der nichts in seinen Händen hält.

Aus dem Gefäß stieg dichter, milchweißer Rauch auf und hüllte das Bild ein. Dann war es auf einmal so, als wäre dieser dichte Rauch ein Rohstoff für etwas, das allmählich Gestalt annahm. Das Gefühl einer mystischen Anwesenheit hatte sich verstärkt. Der schwere Parfümduft und der süßliche, betäubende Geruch, der aus der Räucherpfanne aufstieg, wurden zum Träger und Überträger trister, sehnsüchtiger, resignierender Gefühle.

Das transzendente Wesen, das jetzt anwesend war, schickte auf diese Weise seinen psychischen Inhalt voraus, während sich jene Hülle — das astrale Abbild seines irdischen Körpers — im Feuerdampf allmählich abzuzeichnen begann.

Das Gesicht der Erscheinung war wachsbleich, die Augen waren zwei dumpfe, leere Höhlen. Auf ihren Lippen geisterte der Anflug eines Lächelns, ein seltsames Lächeln, als würde sie sich selbst nur träumen.

Eine Larve, dachte John, und er mußte an das Bild denken, das über dem Kamin hing. Der Oberkörper dieser Gestalt mit dem halbnackten Busen, die sich im Feuer materialisierte, nahm genau die Haltung ihres Abbilds auf dem Gemälde an.

Was ist das? Ist das eine Projektion, die von mir ausgeht, die sich in mir fixiert hat? fragte sich John.

Vom Phantom her ertönte ein leises, berauschtes Lachen.

»... Bring mir großen kalifornischen Mohn ... viel ... viel roten Mohn mit schwarzem Schoß ... Auch wenn er nur einen Tag lebt, was macht es schon ... einen Tag lang ... ganz ...« Die leise Schattenstimme verwehte wie Rauch im Wind.

»Phoebe ...«, fragte Dryer, wobei er die Worte mit Anstrengung hervorstieß. »Warum hast du das getan?«

Komm! deutete die magische, befehlende, beschwörende Spitze des Zauberstabes auf die schwankende Dunstgestalt. Trugbild, verschwinde! Phantom, mach den Weg frei! Komm und antworte Du ... Du selbst!

Die Gestalt im Feuer verdoppelte sich, als hätte sie eine gemalte Maske von ihrem eigenen, echten, blassen Gesicht abgenommen. Dieses unendlich bleiche, verschwommene Antlitz, das man kaum wahrnehmen konnte, war wach und aufgewühlt, in seinen Zügen war tödliche Verzweiflung zu lesen. Das Flüstern hörte sich stimmlos an, eine Stimme, die eher im Inneren, über Nervenbahnen und Sinne zu vernehmen war.

»Verwirrt ... unklar ... alles ist unerträglich ... Ach, Tom ... wenn wir noch einmal ... Wenn wir nur die Kraft eines einzigen Menschen besessen hätten ... Von wem sonst konnte ich Hilfe erwarten? Wehe denen, die nicht leben ... und nicht sterben können ...«

Dann schob sich die lächelnde Maske wieder vor dieses verzweifelte Gesicht. Die Gestalt wurde plastisch und farbig, blähte sich auf, wurde lebendig, die Lippen leuchteten lichtrot auf.

»Phoebe!« rief Dryer aus, der seine Selbstbeherrschung verloren hatte. Und bevor es sich noch verhindern ließ, stürzte er auf das Phantom zu und umarmte es.

Jetzt war das blubbernde, triumphierende Crescendo eines Gespensterlachens zu hören, das sich anhörte wie der Ruf eines Geiers, eine berauschte Stimme, als hätte der Geist Blut getrunken wie ein Vampir. »Offen ... offen! Aufgetan ... für mich ... ganz allein für mich!«

Eltham fing Dryer auf, der nach vorn gestürzt war, und schaffte ihn mit Smiths Hilfe aus dem Zimmer.

John aber war total verwirrt. Aufgewühlt und ratlos wartete er, verharrte in diesem Raum, der von süßen Düften erfüllt war und in dem es doch nach Tod und Verwesung roch — in diesem Zimmer, wo sich der bittere Duft, der aus dem erloschenen, qualmenden Rauchgefäß emporstieg und sich schwer auf seine Brust legte, mit dem Geruch der ausgelöschten Kerzen und dem schweren Parfümdunst vermischte.

Bei all dem Trubel hatte man ihn vergessen und allein gelassen. Alle begaben sich eilig in Dryers Schlafzimmer. Er aber, obwohl er den anderen gerne gefolgt wäre, wußte nicht, ob seine Anwesenheit dort erwünscht war.

Er hatte mit Schuldgefühlen zu kämpfen und ärgerte sich gleichzeitig, weil er dieses Experiment auf Dryers ausdrücklichen Wunsch und unter Elthams Leitung durchgeführt hatte — dieses Experiment, das zwar gelungen war, aber dennoch unter einem negativen Aspekt stand.

Im Laufe seiner Übungen hatte seine Beziehung zur Magie eine seltsame Veränderung erfahren. Während er immer tiefer in sie vordrang, die Magie in ihren Einzelheiten kennenlernte, die dort enthaltenen gespannten Saiten zum Klingen brachte, wurde die Ablehnung immer stärker, ebenso wie die Ahnung, daß er sich in verbotenen Regionen bewegte, daß er sich irgendwohin verirrt hatte, in ein Land, in dem er bereits einmal gewesen war und von dem er wußte, daß er dort nichts zu suchen hatte.

Das war die falsche Richtung. Aber welche Rolle sollten dann diese gewaltigen Kräfte, diese Begabung, die jede Hürde hinwegfegte, in seinem Leben spielen? Sollte er solche Strömungen unterdrücken? Sollte er dafür sorgen, daß diese Quellen versiegten? Sollte er sie begraben wie eine brennende Ölquelle?

Nein! Die ablehnende Reaktion in ihm war so stark, die Gewißheit von so blendendem Licht erfüllt, daß sie keinen Zweifel zuließ. Seine magischen Fähigkeiten hatten einen bestimmten Zweck, ein bestimmtes Ziel und einen Sinn. Er war auserkoren für eine Aufgabe, die er zu Ende bringen mußte. Er war ein unverzichtbares Instrument, ein Gerät, das bewußt für eine Mission eingesetzt wurde. Aber für was und warum?

Eltham kehrte ins Laboratorium zurück, und seine Haltung drückte seine Niedergeschlagenheit auch ohne Worte aus.

»Er ist schwach, sehr schwach«, erwiderte er auf Johns Frage.

»Was ist eigentlich mit ihm geschehen?«

»Er ist verblutet. Ausgeblutet. Ich hätte daran denken müssen. Für meine Unüberlegtheit, vor allem aber für meine Schwäche gibt es keine Entschuldigung. Es war unverantwortlich, dieses Experiment zu wagen. Dryer ist in diesem Punkt nicht zurechnungsfähig.«

»Er ist verblutet? Ich konnte nicht sehen, daß er verwundet war.«

»Nicht auf diese Weise. Aber dies ist noch viel schlimmer. Die Larve, der Astralvampir, hat seine Lebenskraft ausgesaugt. In seiner Sehnsucht hatte er sich ganz geöffnet, hatte sich diesen durstigen Tentakeln hingegeben, als hätte er seine Hauptschlagader aufgeschnitten.«

John wurde von kaltem Ekel überwältigt.

»Dort waren aber zwei. Welche von den beiden hat es getan?«

»Die Larve ist eine vergängliche Hülle, ein seelenloser Rahmen, ein Komplex von Reflexen, der aber fühlt und empfindet und weiterleben möchte, solange es möglich ist, in diesem fiktiven Zustand zu verharren. Sie fürchtet sich vor dem zweiten Tod — ebenso, wie der Körper trotz aller Vernunft gelegentlich von einem blinden Lebensinstinkt durchdrungen wird. Dies ist der Grund, der die Astrallarve zum Vampir werden läßt — weil sie nur auf diese Weise ihr Dasein verlängern kann. Also macht sie sich an die Schwächeren, an die Sehnsüchtigen, an die Kranken und Trauernden heran, geistert durch Krankenhäuser, durch Friedhöfe, durch Krankenzimmer und fordert ihren Zoll von den Arglosen, von denjenigen, die astral offen und jedem Zugriff hilflos ausgeliefert sind. Sie zapft deren Lebenskraft an, um weiter in ihrem sinnlosen Schattendasein vegetieren zu können.«

Jetzt trat Virginia ein, mit blassem Gesicht.

»Glauben Sie nicht, daß man einen Arzt rufen sollte?« fragte sie zerschmettert.

»Was meinen Sie, Gin? Was könnte ein Arzt hier schon beginnen? Zunächst ist es eine Frage der Diagnose, die ...«

Dann drang Smiths entsetzte Stimme an ihr Ohr.

»Kommen Sie schnell, sie bringt ihn um!«

Dryer lag auf dem Bett in seinem Schlafzimmer, mit

graublauem Gesicht und leise röchelnd. Aus seinem Nachthemd, das sich geöffnet hatte, schaute seine Haut hervor, aufgedunsen und von einer Farbe wie die einer Wasserleiche.

Der Anblick war entsetzlich, aber die Zeichen waren sofort zu erkennen: Dieser Leib, der scheinbar im Todeskampf, in den letzten Zügen lag, stöhnte unter einer unsichtbaren, entsetzlichen Last, von scheußlichen Polypenarmen umschlungen, die schlürfend das Leben aus ihm saugten.

Elthams Glatze war von Schweiß bedeckt, während er sich über diesen hilflosen Menschen beugte. Auf seiner Stirn waren die Adern angeschwollen, schlängelten und wanden sich wie reißende Flüsse.

»John!« sagte er mit erstickter Stimme. »Komm her, schnell! Hilf jetzt, hilf. Dazu bedarf es deiner Kraft.«

John trat dicht an ihn heran.

»Schütze ihn! Paß auf, paß gut auf: Stell dir zwei Stahlzylinder vor, dicht an seinem Körper, die mit unvorstellbarer Geschwindigkeit rotieren: die Astralsäge. Sie schneidet alle feindlichen Wellen auf, reißt den Körper der Larve in Stücke. Es sind Sägewalzen, John, und sie bewegen sich in zwei Richtungen um Dryer — längs und quer.«

John wurde ruhig, sobald er den Schlüssel in der Hand hielt. Er schaltete jeden anderen Gedanken, jeden Zweifel, jede Gefühlsbewegung in sich ab — und kraft seines Willens, seiner Konzentration ließ er um Dryers Körper herum eine schillernde, harte Schale entstehen.

Während er diesen Ring um Dryer legte, spürte er den trägen, wütenden Widerstand eines Dings, das sich nicht von seinem Opfer lösen wollte. Dieses Ding kämpfte, klammerte sich mit benommener, krampfhafter, berauschter Sehnsucht an ihn.

John empfand es als eine weiche, feuchte, stinkende Substanz, und so drang er mit seiner stabileren Kraft in sie ein. Er riß das Ding von Dryer ab, schob es beiseite und schloß dann den Astralring mit Hilfe der im Gegenlauf rotierenden Sägewalzen mit den scharfen Zähnen.

Jetzt aber strebte die verstoßene Substanz gleich einem hilfesuchenden, hungrigen Säugling zu seiner Nahrungsquelle zurück — was ihr Schicksal besiegelte und zur Katastrophe ihres Daseins führte. Der Schock seines Entsetzens, der es wie ein Blitz traf, war so heftig, daß er nicht nur John, der mit der blanken Waffe des Willens kämpfte, sondern auch die übrige Gesellschaft bis ins Mark erschütterte. Der Raum füllte sich mit stinkender, dichter Schwüle, aufgeladen durch die verspritzte Astralsubstanz.

Dryer lag bewußtlos in der Hülle der Astralsäge. Jetzt fiel ihm das Atmen leichter, seine Lungen sogen in kurzen, gierigen Zügen die Luft ein. Die Leichenblässe in seinem Gesicht machte einer gelblichen, bleichen Farbe Platz. Eltham legte die Hand auf sein Herz.

»Gin, bitte rufen Sie Dr. Morris an. Jetzt können wir ihn kommen lassen. Er braucht eine Spritze, um das Herz zu stützen. In dieser Nacht sollte die Schutzhülle noch bleiben, John. Dann hast du nichts mehr damit zu tun.«

»Nie wieder!« erklang in ihm die letzte, endgültige Entscheidung, der endgültige Entschluß, wie der satte Klang einer erzenen Glocke, während er durch die dunklen Straßen heimwärts schritt. »Das nicht! So nicht!«

Dryer kam nur langsam wieder zu Kräften, da er bereits mit einem Fuß im Grab gestanden hatte. George ahnte, daß der Zustand seines Vaters in irgendeinem Zusammenhang mit den magischen Experimenten stand, doch er stellte keine Fragen.

John hatte jetzt mehr Zeit für ihn, und an den Dienstagen ließ er ihn auf der tieferen Ebene des Dryer-Hauses nicht allein, sondern blieb auch am Abend bei ihm.

Johns fürchterliches Erlebnis kam dabei nicht zur Sprache. Auf diesem Gebiet war er zu weit von seinem Freund abgedriftet, um eine gemeinsame Basis zu finden.

Eltham aber, den er ebenfalls gelegentlich besuchte, weil er ihn aufrichtig achtete und sich zu ihm hingezogen fühlte, teilte er mit, daß er die Experimente nicht mehr weiterführen wollte.

»Wie sind deine Pläne?« fragte Eltham.

»Ich werde im Herbst nach Oxford gehen. Ich habe es meinem Vater bereits geschrieben, und schließlich hat er dann zugestimmt, daß ich Arzt werde.«

»Ja«, meinte Eltham nachdenklich. »Das ist wohl der beste Beruf für dich. Dort stehen dir sämtliche Möglichkeiten offen, um einen Kanal für deine Fähigkeiten zu finden. Und im Sommer?«

»Wir werden ein paar Wochen mit meiner Mutter in Oxford verbringen. Sie möchte den Ort kennenlernen, wo ich studieren werde.«

»Ich verstehe, John. Geh nur. Aber hoffentlich weißt du, daß alles, was du erlebt hast, notwendig und wichtig war.«

»Dessen bin ich mir sicher. Wenn Sie erlauben, Sir, möchte ich die Verbindung mit Ihnen aufrechterhalten. Sie ist für mich außerordentlich wichtig und wertvoll.«

»Das wollte ich auch hoffen, John.«

»Sie werden auch verstehen, Sir, daß ich mit der Magie Schluß mache, obwohl sie so organisch zu mir gehört wie mein eigener Körper. Aber ich möchte sie zu anderen Zwecken gebrauchen. Für Dinge, die kein Chaos hervorrufen.«

»Zum Heilen, John. Zur Überwindung des Todes. Du hast recht. Du hast vollkommen recht. Du kannst nicht mehr experimentieren — dazu bist du zu stark. Alle unsere Versuche sind trotz allen theoretischen Wissens nichts weiter als ein Schattenspiel. Deine magische Energie aber stellt eine lebendige Macht dar, die leibhaftig geworden ist.«

Prometheus

JOHN UND SEINE MUTTER belegten zwei Zimmer im Hotel Bishop's Head. Sie trafen Mitte Juni ein, bei feuchtem, wolkigem, lauem Wetter und unter einem bedeckten Himmel, der dazu beitrug, das Bild dieser uralten Universitätsstadt zu verfeinern und ihre Bedeutung hervorzuheben.

John empfand eine tiefe Freude darüber, daß er gerade im Sommer, während der Semesterferien, in aller Stille und Einsamkeit, dieses Lernzentrum, das von Gedanken und edlen Traditionen durchdrungen war, erblicken und erforschen durfte — diese Stätte, die ihn auf seltsame Weise an das heitere, kluge Wesen seines Großvaters erinnerte.

»Hat auch Großvater hier studiert und sein Examen gemacht?« fragte John seine Mutter, während sie über die High Street zwischen den kühlen, grauen Gebäuden der Kollegien entlangschritten.

Die Mutter aber wandte sich ihm zu, und ein leises Lächeln erhellte ihr Antlitz.

»Auch ich habe soeben an ihn gedacht. Wie oft mag er diesen Weg gegangen sein? Ich spüre seine Nähe, als wäre er noch da. Du wirst mich auslachen, Johnny, aber mir war, als hätte ich ihn soeben dort hinter dem Gartengitter erblickt, in dieser Art Klosterhof, dort, wo die roten Schwertlilien stehen. Siehst du es?«

John schaute mit beklommenem, zärtlichem Herzen in die angedeutete Richtung — doch auf diesem weiten, geräumigen, etwas düsteren Hof konnte er nichts als Schatten erkennen, die dort Wache und Spalier standen.

»Ja, ich kann es sehen«, sagte er und drückte die schmale Hand seiner Mutter, die auf seinem Arm ruhte.

Durch die Wolkendecke sickerte erst ein leises Licht, dann brach durch einen Spalt plötzlich ein Sonnenstrahl hervor, der das Bild für einen Moment in grelles Licht tauchte.

John aber, von einem irrealen und erstickenden Hochgefühl erfüllt, blickte verstohlen auf seine Mutter, die selbstvergessen vor sich hinschaute, in Wirklichkeit aber in die Vergangenheit zurückblickte. Und plötzlich wurde ihm bewußt, als hätte er sie lange nicht mehr gesehen — wie alt sie geworden war!

Und sie ist krank, sehr krank, dachte er erschrocken. Ohnmächtige, hilflose Verzweiflung schmetterte ihn nieder, als hätte ihm jemand mit der Faust ins Gesicht geschlagen. Er stand wie gelähmt da, bis seine Mutter, die an seiner Seite stand, zu ihm sprach.

»Gehen wir nach Hause. Ich habe schon wieder Kopfschmerzen.«

Diese Kopfschmerzen wurden allmählich zum Leitmotiv ihres Lebens. Stets mußte man sie berücksichtigen und sich ihnen anpassen. Sie durchkreuzten ihre Programme, störten ihre Ruhe und bedeckten den heiteren Himmel ihrer Vorhaben und Pläne mit aufdringlichem, düsterem Sorgengewölk.

Johns Mutter mußte immer schwerere Schmerzmittel schlucken, die schon bald nicht mehr wirkten. Von schweren Migräneanfällen geplagt lag sie wimmernd in ihrem verdunkelten Zimmer. Auch das leiseste Geräusch, selbst die geringste Bewegung waren für sie so schmerzhaft und leidvoll, als würde man ihr Nägel in den Schädel treiben.

Ihr Hausarzt, der trockene, verschlossene, einsilbige Dr. Higgins, schrieb diese Beschwerden den Wechseljahren zu und unterzog die Patientin einer entsprechenden Therapie, ohne daß sich ihr Zustand besserte.

Nervosität, Aufregungen oder auch nur ein Tropfen eines alkoholischen Getränks lösten unverzüglich diese rasenden Kopfschmerzen aus. Darum erhoffte sich John einiges von ihrem geruhsamen Urlaub auf dem Lande. Diese Hoffnung wurde zum Teil auch erfüllt, weil in Oxford die Anfälle seltener auftraten und bedeutend milder verliefen.

Außer ihnen wohnte nur ein Ehepaar für längere Zeit im Bishop's Head. Die übrigen Gäste tauchten auf und verschwanden nach ein bis zwei Tagen. Manchmal, wenn seine Mutter unpäßlich war, speiste John allein im Restaurant und begann sich unwillkürlich für das Ehepaar zu interessieren, weil es unmittelbar in seiner Nähe saß.

Es waren sehr junge Leute, vielleicht ein junges Paar auf der Hochzeitsreise, obwohl ihr Benehmen nichts über sie verriet, außer daß es sich um Engländer mit bester Erziehung aus bestem Hause handelte, die es verstanden, ihre Gefühle zu beherrschen. Nicht der geringste Reflex war zu spüren, kein einziger verräterischer Blick wurde getauscht, kein Funke eines unsichtbaren Gefühlsstroms sprang über — obwohl die junge Frau eine Schönheit und der junge Mann ein kraftstrotzendes, gutaussehendes Exemplar seines Geschlechts war, ein Mannsbild mit kantigem Kinn, das wohl so manches Mädchenherz höher schlagen ließ.

Die beiden waren ein ideales Paar, dennoch schienen sie wie das kalte Abbild ihrer selbst: Eingemauerte, traumverloren, die vor lauter Hemmungen, die sich auftürmten, einander nicht sehen, nicht spüren, nicht tasten konnten.

John war über die Gleichgültigkeit dieser jungen Frau mit der Perlmutthaut, mit dem nebelblonden Haar und den roten Lippen fast empört — über diese Frau, deren graue Augen in die Welt starrten wie die Glasaugen einer Schaufensterpuppe. Dabei lag in ihrer kantigen

Stirn, im Bogen ihrer schwellenden Unterlippe, in ihrem herrlichen, straffen, wiegenden Körper eine geheime Leidenschaft verborgen.

Diese Frau lebt gar nicht, dachte er mit klopfendem Herzen. Der Mann aber kann und will sie nicht zum Leben erwecken, obwohl ...

Hier hielt John in Gedanken inne, weil alle seine Sinne von einer schmerzlichen Sehnsucht überflutet wurden. Diese Sehnsucht hatte ihn nach langer Abstinenz plötzlich und unerwartet überfallen und war zur lodernden Feuersbrunst geworden. Er könnte, wenn er wollte. Hemmungen, Hindernisse, Konventionen: alles nur Projektionen, durch die er hindurchschreiten könnte, die er durchdringen könnte, als wären sie Luft. Dieses dröhnende, wirbelnde, sinnliche Machtbewußtsein erfüllte ihn mit berauschender, triumphierender Gewißheit — doch plötzlich stieß er gegen den düsteren Eisberg eines ungelösten Problems. Und dieses Problem hieß: Ellen.

Dieses Mädchen hatte er nicht einmal begehrt, hatte sie nur mit dem Strom seines schrecklichen Willens berührt — dennoch brannte Ellen seit diesem Augenblick lichterloh, verzehrte sich in einem Feuer, das nicht zu löschen war.

John wandte seinen forschenden, fordernden Blick von den eisglatten, glitzernden Formen dieser in Seide gehüllten Frauengestalt ab, um dann heimlich ihr Antlitz zu beobachten, ob auf diesem kühlen See nicht vielleicht doch verräterische Wellen zu entdecken wären.

Aber nein. Dieses Gesicht verriet keine Regung. Sie erwiderte seinen Blick, glitt aber dann über ihn hinweg wie über eine Kaffeekanne.

Wahrscheinlich schaut sie ihren Mann auch auf diese Weise an, betrachtet sich auch selbst so im Spiegel. Dieser Eisblock könnte zu einem heißen, kochenden Strudel zerschmelzen, wenn er ihn aufheizen würde ... doch wozu?

Es war besser, solche Komplikationen erst gar nicht in die Wege zu leiten. Der andere Weg war einfacher und bequemer.

Hinter seinen Erinnerungen vernahm er das dumpfe Dröhnen herabstürzender Lawinen. Doch dieses Dröhnen legte sich, seine Sehnsucht erlosch, und ein seltsamer, resignierter Friede kehrte bei ihm ein, der Friede des Alters, dessen sonderbare, nie gekannte, leidenschaftslos reine Freuden er tief in seinem Inneren genoß. War dies möglich? Konnte es so etwas geben? Welch ein geheimnisvoller, überirdischer Geschmack ...

Die junge Frau am Nebentisch lachte auf, und dieses Lachen hörte sich an wie das Geklirr von Glasperlen. Ihr Mann sog ein rotes Feuerauge ans Ende seiner Pfeife. Blauer Rauch, bitterer Tabakduft schlängelte sich ihm entgegen. John aber löste seinen Blick von dem Paar, ließ sie freundlich und sanft allein.

Am Nachmittag ging es seiner Mutter wieder besser. Sie mieteten ein Ruderboot und streiften stundenlang über die einsamen Gewässer zwischen grünenden Ufern. Sie sprachen nicht. Worte hätten nur die Vollkommenheit, die Harmonie ihres Beisammenseins gestört.

Am Abend zog sich John sehr früh in sein Zimmer zurück. Seine Mutter war durch ihr Beruhigungsmittel bereits in tiefen Schlaf versunken.

Er zog die Gardinen vor seinem Fenster beiseite, damit die Luft leichter in sein Zimmer dringen konnte, doch kein Lüftchen wehte. Nur das milchige Licht des Vollmondes fiel in sein Zimmer, vom silbrigen Mantra des monotonen Grillengezirps durchwoben.

John stand lange am Fenster, ließ seine Gedanken ziehen, offen bis zu den tiefsten Tiefen seines Wesens und mit einer Wachsamkeit, die fast einem Rausch glich. Er wurde eins mit den sprudelnden Quellen der Nacht, die sich aus kosmischen Tönen und Lichtern ergoß.

Er hörte nicht, daß die Tür aufging, nahm die Anwesenheit der Frau erst wahr, als ihr keuchendes Atemgeräusch an sein Ohr drang. Und dieses leise Geräusch brachte auch den bitteren, leidenschaftlichen Duft ihres Parfüms mit sich.

Dieser Duft aber weckte das Animalische in seinem Wesen. Seine aufgepeitschten Sinne trieben ihn mit Macht zu ihr hin, so, wie sich Bienen auf Blumen stürzen, deren Kelch einen lockenden, betäubenden Liebesduft verbreitet. Er spürte die heiße Nacktheit der Frau unter ihrem dünnen Morgenrock. Ihre Haut strahlte auch aus der Ferne eine sengende Hitze aus.

Doch dann nahm er plötzlich ihr Entsetzen, ihre Furcht, ihre Aufgewühltheit, ihr schockartiges Beben wahr.

Diese Panik, diese blinde, selbstmörderische Besessenheit war es, die ihn abstieß — und die ihn dazu veranlaßte, seinen Arm auszustrecken und das Licht anzuknipsen.

In dem blendenden Licht schaute er die junge Frau an, diese Frau mit den zusammengekniffenen Augen und dem kreidebleichen Gesicht, von deren zuckenden Lippen die Worte wie Scherben herabfielen.

»Was tun Sie denn da! Machen Sie sofort das Licht aus! Man kann uns ja aus dem Garten sehen!«

Als er das Licht wieder löschte, hörte er ein unterdrücktes Schluchzen, doch er rührte sich nicht. Von eisigen inneren Verboten gelähmt stand er da und wagte keinen Schritt in Richtung seiner Beute, die ihm entglitt und jetzt aus dem Zimmer schlich.

Dieses Ereignis hatte ihn so aufgewühlt, daß er nicht einschlafen konnte. Er konnte die tödliche Demütigung dieser Frau deutlich mitempfinden.

Noch nie hatte er eine Frau so begehrt wie in dieser Vollmondnacht. Er war kräftig und gesund, er hätte ihren ausgehungerten Körper und auch sich selbst voll befriedigen können. Dennoch hatte er es nicht getan, eben weil er es hätte tun können, weil er die Macht dazu besaß.

Diese Frau hatte wohl noch nie einen Mann auf diese Weise aufgesucht, wenn sie auch von so manchem begehrt worden war. John war sich sicher, daß sie diesen Teil ihres Wesens nicht einmal ihrem Mann geschenkt hatte. Es bedurfte schon einer magischen Kraft, um die Nymphe in ihr zu beschwören, die kopulierende Sklavin der Natur. Er aber hatte sie mit seiner Sehnsucht, mit seiner Begierde nur gestreift — und das hatte genügt, die Maske, das Kostüm eines Kulturwesens von ihr abzusengen. Sie war gekommen, an den Mondschein gekettet, weil er es für wenige Augenblicke so gewollt hatte.

Diese Erkenntnis, die wie ein Knüppel auf ihn herniedersauste, hätte ihn innerlich um ein Haar zertrümmert. Er fürchtete sich. Die Verantwortung lag wie eine unerträgliche Last auf ihm. Was war das für eine Waffe! Sie konnte siegen, sie konnte töten. Aber war sie auch fähig, Auferstehung zu bewirken, für Wiedergutmachung zu sorgen, zu ordnen und zu befreien?

Und plötzlich spürte er, daß es die erlösende, befreiende Zauberformel war, die er um jeden Preis erringen mußte.

Ein Telegramm rief sie wieder nach Hause. Der Vater war eingetroffen. Zu Hause erfuhren sie dann, was das wortkarge Telegramm nur hatte ahnen lassen.

Ein kranker Mann war zu ihnen zurückgekehrt, ein Invalide, der ein Bein verloren hatte und die Last seines schweren, düsteren Körpers auf zwei Krücken dahinschleppte.

Dieser Mensch, der mit sich selbst uneins geworden war, verbreitete eine eisige Atmosphäre, die sich gleich den Wellen eines Polarmeeres über seine Umgebung ergoß. Und jetzt stürzten die Gewaltsamkeit und der Starrsinn dieses unglücklichen, unbarmherzigen Wesens wie 'eine Lawine über sie herein, weil sie solches nicht mehr gewöhnt waren.

Der Krieg hatte die Nervenkraft seines Vaters aufgezehrt. Seine Knochen waren unterkühlt, er litt an Ischias und versuchte, seine Schmerzen durch heftige Ausbrüche zu lindern.

Seine mißtrauische, wütende, reizbare Aufmerksamkeit legte sich wie ein Netz über das ganze Haus. Jedes Wort, jede Bewegung kollidierte mit dieser krankhaften Tyrannei, und bei der leisesten Berührung fielen tobende, bittere, harte Worte wie Felsbrocken aus seinem Mund.

John war gegen diese Emotionen immun; die Steine prallten von seinem Schutzpanzer ab. Er brachte es auch jetzt noch fertig, über den Dingen zu stehen.

Doch seine Mutter wurde von diesem Steinschlag niedergestreckt. Ihre Kopfschmerzen, ihre Anfälle steigerten sich von Tag zu Tag, von Stunde zu Stunde. Sie magerte ab, konnte ihr Bett nicht mehr verlassen. Der Arzt pumpte sie mit Schmerzmitteln voll, doch er konnte gegen die titanische Flut ihres Leidens nichts ausrichten.

Ihr Mann bezichtigte sie der Hysterie. Er warf ihr vor, sie würde sich das alles nur einbilden und durch ihre eingebildete Krankheit sein Zuhause zur Hölle, sein Haus zu einem Krankenhaus machen. So etwas hätte er früher nie gesagt, selbst nicht zu seinen aggressivsten Zeiten.

John aber zürnte am meisten dem Hausarzt, der — weil er keine genaue Diagnose stellen konnte und sich keinen Rat wußte — den Zustand seiner Mutter einfach ihren Nerven und den Wechseljahren zuschrieb.

Wegen der Leidenden gerieten John und sein Vater immer öfter aneinander, wenn er auch seinen Vater bedauerte und ihn schonen wollte. Er warf sich wie eine Polsterwand zwischen die beiden, fing die Zornesausbrüche seines Vaters auf und saß stundenlang am Bett seiner Mutter, vernahm ihre Schreie und ihr Stöhnen, die sich oft innerhalb kürzester Zeit abwechselten.

Bei diesem entsetzlichen Kampf, der sie beide aufrieb, wurde John am meisten von seiner eigenen Hilflosigkeit gequält. Was sollte er nur tun? Ihr Hausarzt war ein ignoranter, starrköpfiger Scharlatan. Irgend etwas ging im Körper seiner Mutter vor, breitete sich im geheimen mit zerstörender Wirkung aus, und niemand war fähig, dieser rasanten Entwicklung Einhalt zu gebieten.

John betrachtete den in sich zusammengesunkenen, mageren kleinen Körper, der da auf dem Bett lag, von dem ein heimtückischer Feind allmählich alle Schönheit, alle Jugend abgewischt hatte. Im Moment war sie für einige Minuten von den schweren Narkotika eingeschlummert. Sein Blick aber haftete mit sorgenvoller, energiegeladener, neugieriger Zärtlichkeit auf ihr.

Wenn er nur in sie hineinschauen könnte! Wenn es ihm gelänge, diesen verschlossenen Mikrokosmos aufzubrechen, in welchem sich eine tödliche Katastrophe abspielte. Dann könnte er den Herd erblicken, von dem die Gefahr ausging, könnte ihn eingrenzen und isolieren.

Und plötzlich fand er sich von einem Erlebnis erschüttert, das sich in ihm mit einer Gewißheit auftat, die gleich einer Flamme sein ganzes Wesen durchdrang.

Dieser dahinsiechende, winzige Körper war nicht länger ein verschlossenes Geheimnis. Er drang in ihn ein, tief, auf geheimnisvolle Weise, ohne daß er vor seinem physischen Augenpaar durchsichtig geworden wäre. Er empfand seinen inneren Gehalt so, als hätte er ihn mit feineren als seinen fünf Sinnen abgetastet, analysiert und vermessen. Ja, er sah ihn mit seinem Gehirn, doch gleichzeitig auch mit jenem synthetischen Überblick, der über das kausale Gehirn hinausging.

Nun untersuchte er sämtliche Organe, sämtliche Drüsen, alle Adern und alle Nervenstränge. Und er konnte deutlich spüren, wie der gesamte Organismus unter dem gewaltigen Einfluß einer tödlichen Krankheit mehr und mehr verfiel.

Ganz langsam tastete er sich zum Kopf der Patientin vor, von dem eine Strahlung ausging, die den ganzen Körper erfaßte und nichts Gutes verhieß. Dann spürte er die entzündete, glutrote, eitrige Gruppierung, die zu einem feurigen Herd angeschwollene, lebensfeindliche, bedrohliche Zellenarmee.

Auf dem Gehirn lag ein schwerer Tumor. Er berührte entsetzt, fast reflexartig, diese Geschwulst mit den Fangarmen seines Willens, um sie zu packen und herauszuheben, doch seine Absicht wurde durch den wilden Schrei der Kranken vereitelt. Ihr Körper verschloß sich urplötzlich wieder, wurde zu einer undurchdringlichen Materiemasse. Johns Mutter preßte beide Hände an den Kopf, wand sich und schrie laut vor Schmerzen.

»Ooooh! Nein! Nicht! Johnny! Morphium ... viel Morphium! Schnell!«

Dann gingen ihre Schreie allmählich in ein Winseln über. Sie lag still da unter der Wirkung der gewaltigen Dosis, die ihr John mit zitternden Händen verabreicht hatte.

Sobald er sie allein lassen konnte, rannte er sofort zu Eltham, um ihm zu berichten. Lord Eltham aber leitete unverzüglich und bereitwillig die erforderlichen Maßnahmen ein.

Elthams Freund, ein berühmter Chirurg, der Hausarzt der Dryers, Dr. Morris, und der beleidigte und erstarrte Dr. Higgins hielten noch am selben Tag ein Konsilium am Krankenbett ab.

Da Eltham, der nicht an der Wirklichkeit von Johns Erlebnis zweifelte, den Ärzten die mögliche Diagnose andeutete, wurde die Untersuchung sogleich in dieser Richtung geführt. Die Symptome waren so eindeutig, daß kein Zweifel darüber bestand: Hier handelte es sich um einen Gehirntumor.

Als Johns Vater am Abend aus seinem Klub zurückkehrte, den er nun wieder täglich aufsuchte, seit er seine Beinprothese erhalten hatte, erwartete ihn Dr. Morris mit einem dringenden, fertigen Plan. In Johns Gegenwart unterrichtete er ihn über die Lage und sagte ihm, daß seine Frau umgehend operiert werden müßte und daß es selbst dann nicht sicher sei, ob sie am Leben bliebe.

Diese Nachricht hatte eine stärkere Wirkung auf seinen Vater, als John erwartet hatte. Er wurde wachsbleich und blieb für einen Moment stumm, um sich dann — wie die im Grunde primitiven Menschen allgemein — vor seinen Gefühlen in einen wirren, starrsinnigen Zorn zu flüchten.

»Und was, wenn ich die Operation nicht zulasse?« drangen die aufgebrachten Worte wie eine Explosion aus ihm hervor.

»Dann wird sie sterben, unter unmenschlichen Qualen verenden, ohne auch nur die leiseste Hoffnung zu haben«, gab der Professor gelassen zurück. Er war ein gewaltiger, großer Mann mit schlohweißem Haar, mit rosigem Gesicht, mit biegsamen, langen, muskulösen Fingern und gewölbter Stirn, die einer Domkuppel glich.

»Man wird sie quälen! Es wird schiefgehen! Und sie wird dennoch sterben! Dann ist es besser, wenn ...«, keuchte er.

John aber spürte, daß der Arzt dem Vater diese wahnsinnigen Grobheiten nicht übelnahm, weil er wußte, daß die blinden Abwehrschläge eines tief getroffenen Menschen auf ihn herniederprasselten.

»Der Herr Professor ist bereit, die Operation durchzuführen. Wir müssen es versuchen, Vater, so gering die Chancen auch sein mögen. Wir dürfen diese Möglichkeit nicht verpassen. Ihretwegen ... und auch unseretwegen«, sagte John leise.

Doch dadurch beschwor er nur den tobenden Zorn seines Vaters auf sich herab.

»Sei still!« fuhr er den Sohn an, während er mit seinem Knotenstock wie wild auf den Boden stampfte, weil er hoch aufgerichtet vor dem Arzt stand und jämmerlich versuchte, seine Stellung zu halten. »Hier hast du überhaupt nichts zu melden! Ich lasse es nicht zu, daß sie unters Messer kommt! Ich lasse nicht zu, daß man sie als Versuchskaninchen mißbraucht! Ich werde dieser Operation nur zustimmen, wenn der Herr Professor mit seinem Leben, jawohl mit seinem eigenen Leben, dafür bürgt, daß ...«

»Ich kann für nichts bürgen und nichts garantieren«, erwiderte der Professor ruhig. »Ich bin weder ein Scharlatan noch ein Heiliger, der Wunder bewirkt. Ich tue, was ich kann. Eine Gehirnoperation ist zwar heutzutage noch ein mehr als riskantes Unternehmen, doch beim Zustand Ihrer Gattin ist dies der einzige Ausweg, die einzige Möglichkeit und Hoffnung, die uns bleibt. Wenn Sie glauben, daß es einen anderen Ausweg gibt, so haben Sie die Situation falsch eingeschätzt. Trotzdem — Sie mögen entscheiden, wie Sie es für richtig halten. Die Vorbereitungen zu dieser Operation werden etwa zwei Wochen in Anspruch nehmen, und sie kann nicht weiter hinausgeschoben werden, wenn wir überhaupt wollen, daß ...«

»Wann wollen Sie die Patientin überführen, Herr Professor?« fragte John mit einer Bestimmtheit, die so hart und fest war wie Granit. Sein Vater öffnete den Mund, schloß ihn aber sogleich wieder. Sein Gesicht lief rot und blau an, aber er biß die Zähne zusammen und schwieg.

Die Fülle magischer Energie war so heftig und so überwältigend, daß selbst der Professor sie als Tatsache akzeptierte.

»Noch heute nacht.«

Also kam Johns Mutter in ein Sanatorium, und damit begann die entsetzliche Tortur, welche notwendig war, um den Eingriff vorzubereiten.

John verbrachte all seine Zeit an ihrem Bett. Er beobachtete mit konzentrierter Aufmerksamkeit, welche die ganze übrige Welt ausgrenzte, die verschiedenen Bewegungen und Momente, zwang sich dazu, auch auf Einzelheiten zu achten — eine Beschäftigung, die ihm dazu verhalf, das Unerträgliche zu ertragen. Er wollte fest an die Rettung seiner Mutter glauben, doch gegen die latenten Schatten des Zweifels kämpfte er vergebens. Der dichte Strom seines Willens drang durch sie hindurch, ohne sie vernichten zu können.

Seine Mutter lag hilflos und ausgeliefert auf einem karmischen Folterbett. Wer konnte wissen, was das Schicksal mit ihr vorhatte? Wer konnte an dem letzten, endgültigen Urteil etwas ändern?

An dieser Schwelle wich die nach außen wirkende Kraft des Magiers zurück. Denn wenn er einen Prozeß abbrach oder ihm einen Riegel vorschob, grub das Schicksal ein anderes Flußbett, einen anderen Kanal dafür.

Leid und Tod.

Er aber empfand seine Hilflosigkeit um so tiefer und schmerzlicher, weil er selbst eine gewisse Macht besaß und das auch wußte.

Auch die robuste Golemgestalt seines Vaters tauchte jeden Tag im Sanatorium auf. Seine Prothese trug noch zum Bild eines künstlichen Menschen bei, weil dieses Bein nicht aus Fleisch und Blut war, sondern aus Leder und Metall, das Requisit eines Frankensteinschen Monsters. Seine eckigen, abrupten, mechanischen Bewegungen wurden von jenen charakteristischen, metallischen, klickenden Klopfgeräuschen begleitet, die dann entstehen, wenn ein harter Stoff gegen eine steife Materie stößt. Manchmal saß er mit steifem Rücken auch eine Stunde im Wartezimmer, schaute durch die Tür, betrachtete die bewußtlose oder halb bewußtlose Patientin mit ihrem kahlgeschorenen Kopf, dann ging er aus dem Haus.

Während dieser stummen Besuche taute John seinem Vater gegenüber allmählich auf, löste in sich jede Ablehnung und alle Vorwürfe auf. Denn er tat ihm einfach leid, er bedauerte ihn zutiefst.

Mutter hat recht gehabt, dachte er. Vater liebt sie. Doch dieses Gefühl liegt tief in ihm verborgen, wie ein kleiner Flammenkern, der in einem Felsen eingeschlossen ist.

Während der Operation warteten beide im Sanatorium. In seiner Ausgeschlossenheit und Hilflosigkeit hatte John das Gefühl, daß er das Schlimmste verhüten könnte, wenn er im Operationssaal anwesend sein könnte, daß er mit seiner eigenen Kraft diesem kämpfenden Organismus Hilfe leisten könnte. Er wußte, daß auch die toten Gegenstände durch seinen Willen zu gehorsamen magischen Instrumenten werden konnten. Jetzt aber war er bereit, seine ganze Seele bei diesem Kampf mit dem Tod einzusetzen. Ohne seine Mutter würde sein Leben auskühlen und zur eisigen, finsteren Einsamkeit werden. Er konnte, er durfte sie nicht gehen lassen!

Das Wartezimmer wurde allmählich von der flüsternden Geschäftigkeit der Eingeweihten erfüllt, die hinter verschlossenen Türen agierten. Hier und da drangen geheimnisvolle Geräusche, seltsame Gerüche durch einen Türspalt, breiteten sich aus, wenn irgendwo eine Tür aufschwang. Ein Raunen und Knistern war in der Luft, Wasserrauschen und Metallgeklirr.

Warum nur, warum hielt man ihn hier fest, blind, in Watte gepackt, in unsichtbare Ketten gelegt, wo er doch dort drinnen sein müßte, um zu sehen, zu hören, zu wachen, aufmerksamer und wachsamer als jeder andere — um jenes schwache Herz wieder zum Schlagen zu bringen, das Stilett zu führen, die aufgetrennten Adern zu schließen und sie mit frischer, neuer Lebenskraft zu erfüllen?

Drinnen! Drinnen! Dort drin müßte er sein, im Operationssaal neben dem Operationstisch, müßte die Fangarme seines Willens auf die offene, blutende Wunde legen, damit das Leben durch diese Öffnung nicht entwiche!

Da saß er nun, steif und verloren in dieser Sehnsucht, die sich immer mehr steigerte. Er hob sich aus seinem Körper, verließ den Leib, der neben der erstarrten Gestalt seines Vaters sitzen blieb, drang durch die geschlossene Tür, eilte den Gang entlang und landete schließlich vor dem Operationsraum.

Nun war er endlich *drinnen*. Er sah all die Ärzte und Schwestern in ihren schneeweißen Kitteln, mit verhüllten Gesichtern. In dem Licht, das von der Decke herabstrahlte, bewegten sich Hände in Gummihandschuhen gleich astralen Fangarmen. Pinzetten blitzen auf, ihr Licht stach in seine Augen.

In einer Glasschüssel lag ein blutiger Tampon. Auf der Stirn des Professors, die wie eine Domkuppel aus seiner Gazemaske ragte, glitzerten Schweißtropfen. Seine muskulösen, langen Finger arbeiteten sorgfältig, locker und zauberhaft dicht an der Schwelle zwischen Leben und Tod.

Dann erblickte John den offenen Schädel, die Schädeldecke, aus der ein kreisrunder Teil von der Größe einer Untertasse herausgeschnitten war, ein Deckel, der nach hinten geneigt war wie ein gezogener Hut. Der Anblick war entsetzlich und unerwartet, obwohl er ihn in seiner Vorstellung kannte — und er hinderte John in seinem Handeln.

Er stand da, zur Salzsäule erstarrt, von Entsetzen gelähmt, bis er merkte, *daß eine Operationsschwester ihn anschaute*, ihn mit weit aufgerissenen Augen anstarrte.

Dann richteten auch andere ihre Blicke auf ihn. Auch der Professor schaute verblüfft und indigniert auf und winkte einer Krankenschwester, die auf ihn zugehen wollte ...

Diese Bewegung, diese Annäherung ließ plötzlich das Bild platzen wie eine Seifenblase. Nun saß er wieder neben seinem Vater im Wartezimmer, und sein Herz klopfte ihm bis zum Hals. Eilige Schritte näherten sich, und unter der Tür erschien die gleiche Krankenschwester, die vorhin im Operationsraum auf ihn zugeeilt war. Ihr blasses Gesicht starrte John verwirrt und ratlos an.

»Sie hätten nicht hereinkommen dürfen ...«, stotterte sie. Johns Vater aber, bei dem das plötzliche Auftauchen der Schwester beklommene Gefühle auslöste, weil er überspannt und übermüdet war, fuhr die Schwester ungeduldig an.

»Wer hätte nicht ... und wohin nicht?«

»Ihr ... Ihr Sohn. In den Operationssaal. Das ist streng verboten.«

»Er hat sich keinen Schritt von meiner Seite entfernt.«

»Aber ich habe ihn doch gesehen! Mit meinen eigenen Augen. Und auch der Herr Professor ...«

Johns Vater beugte sich erregt vor, an seiner Stirn schwollen die Adern wie schwere Seilstränge.

»Sagen Sie mir lieber, was dort drin vor sich geht!«

Die Schwester fuhr zusammen, während ihr Selbstbewußtsein vor all diesen unlösbaren Rätseln auseinanderzufallen drohte. »Noch ... noch nichts. Ich weiß ... ich weiß überhaupt nicht ...«, stotterte sie, während ihr Blick auf John haftete. Ihre Stimme aber, ihr Ausruf hörte sich selbst in dieser gedämpften Form an wie ein Schrei, ein Ausruf, der sie von ihrer schier unerträglichen Anspannung erlöste.

»Es ging keine Tür, keine Tür ging auf oder zu ... Dennoch verschwand er, das ist sicher! Ich habe es gesehen! Ich habe es gesehen!«

John antwortete nicht, schaute nur auf sie, doch er sah nicht diese verwirrte Schwester, sondern den Kopf ohne Schädeldecke auf dem Operationstisch im grellen Lampenlicht. Es war ein kaltes, hoffnungsloses Bild — tödlich und leer.

»Es ist egal, Schwester«, sagte er mit farbloser Stimme. »Es ist jetzt nicht mehr wichtig. Meine Mutter ist auf dem Operationstisch gestorben.«

Ellen

DANN ÜBERSTÜRZTEN SICH die Ereignisse, so, wie wenn man aus dem Fundament eines Hauses eine Menge Ziegelsteine herauszieht. Die Wohnung wurde nicht nur für John, sondern auch für seinen Vater unerträglich — für diesen Invaliden, der Tag für Tag durch das Haus geisterte und dessen Prothese auf den Fliesen ein hartes, ehernes Echo hervorrief.

Schon bald nach der Beerdigung kam es im Erbschaftsstreit zwischen Johns Vater und seinem Vetter zu einem Vergleich — ein Streit, der sich wegen der Kriegsereignisse in die Länge gezogen hatte. Der schwerhörige Onkel war bereits im zweiten Kriegsjahr verstorben, hatte aber kein Testament hinterlassen. Seine alte Hausdame berichtete, er sei so abergläubisch gewesen und hätte sich so sehr vor dem Tod gefürchtet, daß er nicht bereit war, auch nur daran zu denken, darüber zu reden oder ein schriftliches Testament aufzusetzen, um den Tod ja nicht zu beschwören. Das Gut fiel dem Vater zu, der nur zu gern aus dem sich auflösenden Zuhause flüchtete, vor allem aber vor sich selbst hinaus aufs Land, zum Geiste seines eigenbrötlerischen Verwandten, der in seiner kalten, tragischen Abgeschiedenheit ihm wohl am nächsten gestanden hatte.

Der Haushalt wurde aufgelöst. Der Vater zog nach Alton, John aber konnte endlich nach Oxford aufbrechen. John und George reisten miteinander. Es war nur natürlich, daß George seinen Spuren folgte. Dryer, obwohl er selbst in Cambridge studiert hatte, fiel es nicht im Traum ein, etwas einzuwenden, als John den Wunsch seines Freundes vortrug.

George bedurfte einer Stütze, John aber nahm die Last dieses Fliegengewichts gern auf sich. Wäre seine Beziehung zu Ellen ebenso leicht und locker gewesen wie die zu ihrem Bruder, hätte er auch ihr mit aufopfernder Dankbarkeit gedient: Doch aus Ellens Briefen wuchsen immer kompliziertere Probleme hervor, die sich gleich einem Wall vor ihm auftürmten.

In so manchem Antwortbrief versuchte er, ihre systematische Götzenverehrung und ihren schier grenzenlosen Fetischismus einzudämmen, doch das Mädchen wies solche Ratschläge mit eiskalter Selbstironie, mit selbstverachtendem, schadenfrohem Masochismus zurück. Sie erniedrigte sich vor ihm in allen Dingen, unterwarf sich ihm, doch in ihrer hartnäckigen, exaltierten Schwärmerei war sie ebenso geistreich wie ausdauernd, zäh und entschlossen. Ellen verteidigte ihre unglückliche, krankhafte Leidenschaft wie ein Tigerweibchen seine Jungen.

›Sie haben überhaupt keine Chance, John‹, schrieb sie. ›Hier findet Ihre Macht ihre Grenzen. Das können Sie mir einfach nicht nehmen. Dies ist mein göttliches oder dämonisches Recht. Jeder Augenblick meines Daseins ist von Ihnen durchglüht. Für mich ist es ein Fest, bei dem alle Glocken läuten. Ich lebe inmitten des Opferfeuers, ich schmore und brenne auf meinem eigenen Scheiterhaufen. Aber ich habe es so gewollt. Ich will diesen langsamen Tod, dieses lange Vergehen, weil ich in Trance leide, wie die Heiligen. Ich bete und weine auf die gleiche Weise, durchglüht von der gleichen Ekstase, die in mir lodert und brennt. Und mir ist es gleich, ob dies ein himmlisches oder ein höllisches Feuer ist. Ich will es auch nicht wissen.

Diese Liebe, diese Leidenschaft ist mehr als ich. Würde man mich von ihr trennen, dann würde ich wie ein Staubkorn von einer flammenden Sonnenscheibe ins Weltall stürzen.‹

Ja, dies war der Geist, der aus der Flasche gestiegen war und den man nicht mehr in seine Klausur zurückdrängen konnte. Der Zauberlehrling, der das Siegel Salomos aufgebrochen hatte, kannte noch nicht die Zauberformel, die dazugehörte.

Die Richtung seiner Studien wurde durch die erfolglose Gehirnoperation seiner Mutter bestimmt. Er spürte seine übermenschlichen Fähigkeiten, die ihn für diese Aufgabe prädestinierten. Dieses Gefecht, das in Dunst und Nebel ausgetragen wurde, war dazu angetan, seine Kampflust anzufachen und aufzupeitschen. Dieses Drama, das sich im nahezu unbekannten Labyrinth des Gehirns abspielte, wobei der tragische Held, der Arzt, immer scheiterte, erweckte einen glühenden Ehrgeiz in ihm. Er aber, John, mußte stets der Sieger sein, wenn er ein Stilett in die Hand nahm. Er mußte die Operation fortsetzen, die auf jenem Operationstisch unterbrochen worden war, als der Tod mit seiner trägen Pranke das Lebenslicht seiner Mutter auslöschte.

George belegte Kunstgeschichte, und erst am Abend begegneten sich die beiden Studenten in dem Zimmer, das sie miteinander teilten.

Später erinnerte er sich an die Jahre in Oxford wie an ein sanftes, kuscheliges Wohlgefühl, das alle seine Poren durchdrang, wie an eine seltsame, unpersönliche Ferienzeit, in der er eine nahezu problemlose Freiheit genoß.

Die ganze Welt um ihn war versunken, und er konzentrierte sich einzig und allein auf jenen Gegenstand, den er sich in all seinen theoretischen und praktischen Details zu eigen machen wollte.

Bei dieser Konzentration aber kamen ihm die Nächte, in denen er über aufgeschlagenen Büchern und Kolleghefen brütete, wie leuchtende Oasen und die Leichen in den Sektionssälen wie unbekannte Kontinente vor, die tausend Geheimnisse bargen, wie neue Welten, die es zu entdecken und zu kartographieren galt. Doch wo ihn seine Entdeckungsreisen auch hinführten, welch spannende Abenteuer er auch erlebte, immer dämmerten ferne Erinnerungen in ihm auf. Irgendwann war er schon einmal hier gewesen — und dieses transzendente Lichtspiel diente dazu, ihn immer mehr anzuspornen.

Er kannte keine Grenzen und keine Hindernisse, weder bei der Lösung von Aufgaben noch im Umgang mit Menschen. Obwohl die Auszeichnungen und Stipendien ihm nur so zufielen, hielt man ihn nicht für einen Streber, und er hatte keine Feinde. Er wurde als eine elementare Tatsache einfach zur Kenntnis genommen.

Türen taten sich vor ihm auf, und Barrieren öffneten sich, doch die kleinen Giftpfeile des Erfolgs prallten wirkungslos von ihm ab. Denn ihn interessierte wirklich nichts anderes als die Arbeit an sich, die Schwierigkeiten, die es zu meistern und zu überwinden galt, der Weg, den er noch zurückzulegen hatte, das tausendfach verzweigte Labyrinth des großen Unbekannten, wo hinter jeder Biegung Enttäuschungen, Pflichten, Tod oder auch Wunder auf ihn lauerten.

Später, auch jenseits von Oxford, funktionierte dieses Laufband weiter, das sich unter seine Füße schmiegte. Dort, wo andere im Kampf ihre Finger blutig schrammten und ihrer Seele unheilbare Wunden beibrachten, gab es für ihn kein Hindernis. Es war, als hätte er den Pfad, den er gehen wollte, den Weg seiner Laufbahn schon vor langer Zeit saubergefegt und die Toten bestattet.

In jener Richtung aber, die er einschlagen wollte,

ritt eine unsichtbare Schwadron, ein ganzes Heer als Vorhut voraus, eine unbesiegbare Truppe, die jeden Widerstand niedermähte. Nicht nur er strebte seinem Ziel entgegen, auch dieses Ziel kam auf ihn zu.

Der wahre Kampf aber begann unter den kalten Lichtaugen eines Reflektors, der an der Decke hing, in der Tiefe eines nach oben gebogenen Amphitheaters, im Kreuzfeuer eines sterblichen Leibes, Auge in Auge mit dem Tod.

John hatte gegen einen unergründlichen, unberechenbaren Gegner zu kämpfen, gegen ein Wesen, fürchterlich und wunderbar zugleich, das sein Geheimnis in finsterer Majestät hütete. Ein Wesen mit verschleiertem Antlitz, mit verhaltenem Schritt, fast unbeweglich, mit unhörbarer Stimme, gleich einem Herzen, das aufgehört hatte zu schlagen, mit eisigem Atem, der alles erstarren ließ, mit bläulichen Totenflecken übersät — ein Wesen, dessen Emanation nach Verwesung roch.

Dieses Wesen lehrte John das Fürchten, trieb ihm den Angstschweiß auf die Stirn, bereitete ihm schlaflose Nächte, in denen er gegen Windmühlen zu kämpfen hatte, brachte ihm die Zerrissenheit zwischen Zweifel und Hoffnung, den Taumel im Strudel himmelhoch jauchzender Freude und tödlicher Betrübnis bei — ebenso aber auch Demut und Unterwürfigkeit.

Denn vergebens konnte er die Diagnose deutlich erkennen, vergebens besaß er einen magischen Willen, der sich gegen den Tod stemmte und sein Stilett führte. Irgendwo, an einem unbewachten Punkt des Körpers, tat sich plötzlich ein Spalt auf, und sein Feind ließ den Bewohner dieses Leibes im Bruchteil einer Sekunde entschlüpfen.

Selbst die große Zahl gelungener Eingriffe und Operationen, all die Anerkennung, all die enthusiastische Dankbarkeit, die ihm entgegengebracht wurde, all der Goldregen an Honoraren, der auf ihn herniederprasselte, all dies bot keinen Schutz gegen seine Niederlagen, gegen seine inneren Kämpfe, konnte ihn weder betäuben noch ablenken noch vor seiner peinlichen Selbstanalyse bewahren, sooft seine Fähigkeiten versagten.

Während seiner Oxforder Jahre besuchte er seinen Vater lediglich zweimal in den Ferien. Beim erstenmal fand er ihn etwas frischer vor. Durch die Macht, die ihm über Bedienstete und Tiere in die Hand gegeben worden war, wirkt er wie ein Widerschein seines früheren Selbst. Er ging unruhig und getrieben hin und her, erteilte Befehle, traf Anordnungen, Verfügungen und Maßnahmen, werkelte in diesem roten Backsteinhaus, das eher einer Kaserne oder einer Scheune glich, mit all den düsteren, unbequemen Möbeln aus Ebenholz, mit seinen leblosen, verblichenen Ölgemälden, den mottenzerfressenen Teppichen, in eine Dunstwolke gehüllt, die stets nach Benzin, Gerbsäure und Leim roch.

Denn er war immer am Basteln und Werken, reinigte Waffen oder präparierte Tierhäute. Doch die Atmosphäre, die ihn umgab, war auch hier durch Ausgeschlossenheit und Furcht belastet.

Seine Diener und seine Pächter wechselten andauernd. Er wurde bestohlen, angezeigt, man fügte ihm absichtlich Schaden zu. Seltsamerweise begannen sogar die Gegenstände feindselig zu werden. Immer wieder schnitt er sich in den Finger, stach sich an scharfen nadelspitzen Dingen und holte sich Schürfwunden. Seine Kleidung, auf die er mit peinlicher Sorgfalt achtete, blieb an verborgenen Kanten hängen. Alle Tage waren eine Kette von Ärgernissen. Jetzt war er es, dem alles aus der Hand fiel. Er zerschlug Geschirr, fegte im Vorbeigehen Nippes und Porzellan zu Boden, und beim Reinigen seiner Waffen erschoß er durch ein Versehen seinen geschicktesten Jagdhund.

Als John seinen Vater zum zweitenmal wiedersah, waren die Symptome des Verfolgungswahns bereits deutlich zu erkennen. Zum erstenmal in seinem Leben beklagte er sich bei seinem Sohn, erklärte jedes Lebewesen und jeden toten Gegenstand für schuldig.

Alle Menschen, alle Dinge seien seine Feinde, seien ihm feindlich gesinnt, behauptete er. Was er auch anfaßte, es gehe schief. Bei allen seinen Nachbarn gedeihe das Obst prächtig, doch seine blühenden Apfelbäume würden vom Frost heimgesucht, und wenn es dennoch ein paar Äpfel gäbe, so würden sie vom Hagelschlag vernichtet. Wenn er eine Pflanze pfropfe, so keime sie nicht. Seine Bienen stächen. Seine Kühe gäben keine Milch, ihr Euter versiege. Seine Sauen verendeten beim Werfen oder behielten ihren Wurf bei sich.

Er versuchte nie, den Dingen auf den Grund zu gehen und für irgendein Ereignis eine plausible Erklärung zu finden. Er stellte lediglich fest, gleich einem Soldaten, einem Kämpfer, den man in die Ecke gedrängt hatte, daß ihn seine Feinde umzingelt hatten, daß er einsam und allein war auf weiter Flur, daß er in eine Falle geraten war.

Dieser gescheiterte Mensch war ein trauriger und faszinierender Anblick zugleich — ein Mensch, der alle Brücken abgebrochen hatte, die zu den lebenden und toten Dingen führten, der in die eisigen Fluten seiner Selbstsucht gestürzt war und dort einsam und verlassen um sein Leben kämpfte. John bedauerte ihn zutiefst und aufrichtig, obwohl das Zusammensein mit ihm schier unerträglich war.

Sein Gehör hatte schwer gelitten. Seine Gicht verschlimmerte sich in diesem feuchten Haus, in dem kaum ein Sonnenstrahl eindrang, so sehr, daß er oft wochenlang regungslos zwischen heißen Ziegelsteinen liegen mußte. Hätte die tief religiöse Hausdame seines verstorbenen Onkels, die zur Askese neigte, nicht bei ihm ausgeharrt, so hätte er in seinen eigenen Exkrementen liegen müssen. Doch diese seltsame Frau, die Tag für Tag ihren mühseligen Dienst versah, schien dabei eine besondere, rätselhafte Genugtuung zu empfinden.

Gleich einer steinernen Heiligenfigur hörte sie mit starrer Miene dem alten Mann zu, stets einen Rosenkranz in der Hand, ließ seine Haßtiraden, seine Verwünschungen, seine Zornesausbrüche, seine irren Beschuldigungen wortlos über sich ergehen. Dann versorgte, wickelte, wusch und fütterte sie ihn, wie einen brüllenden Säugling. Das übrige Personal aber machte einen großen Bogen um ihn oder besprach ungeniert die Möglichkeiten seines Ablebens lauthals unter seinem Fenster.

John wollte ihm helfen, doch der Hochmut, der Geiz und das Mißtrauen des alten Mannes umgaben ihn auch noch in seinem zerstörten Körper wie ein Stahlkorsett. Johns Vorschlag, mit ihm in einen der bekannten Badeorte zu reisen, wies er schroff zurück. Es würde ihm nicht im Traum einfallen, unter fremde Leute zu gehen und seinen Besitz im Stich zu lassen. Diese organisierte Räuberbande, die sein Brot aß, würde ihn während seiner Abwesenheit ausrauben.

So lebten sie miteinander und nebeneinander während der endlos langen Sommerwochen, in dieser qualvollen Atmosphäre eingeschlossen — John aber zerbrach sich den Kopf darüber, warum er wohl den Zustand seines Vaters nicht mildern konnte. Warum wollte es ihm nicht gelingen, an ihn heranzukommen, seine Schmerzen zu lindern, etwas Hoffnung, etwas Licht, für kurze Zeit ein angenehmes Gefühl in ihm zu wecken?

Dann, ganz plötzlich, während eines neutralen Gesprächs, ging ihm ein Licht auf — durch zwei Sätze, die für jeden von ihnen verschiedene Bedeutung hatten: Sie lebten nur scheinbar gleichzeitig und zur gleichen Zeit, doch im psychischen Sinn waren sie Lichtjahre voneinander entfernt. Sein Vater war ein atavistisches Wesen — nicht uralt und magisch wie John, sondern von unterirdischer, unwissender, blinder Natur.

Diese Erkenntnis steigerte nur noch sein Mitgefühl und führte ihn schließlich zu der einzig möglichen Lösung, die diesem Menschen noch einigermaßen zur Freude gereichen konnte.

John ließ den Leichnam seiner Mutter exhumieren und in die Krypta des Gutes überführen. Er reichte seinem Vater diesen Fetisch, wie man einem Kind ein Kästchen reicht, aus dem die Erwachsenen bereits alle Wertgegenstände entnommen haben. Mit einer Art transzendentalem Instinkt ahnte er, daß er dadurch einen neuen Prozeß von großer Bedeutung in Gang gesetzt hatte, daß er einen winzigen Spalt, nicht größer als eine Pupille, geöffnet hatte — für einen einsamen, blauen, fernen Stern: einen Weg, der in die Freiheit führte. Er gab ihm die Möglichkeit, einen Kult erstehen zu lassen, wenn vorerst auch nur tastend und blind, durch sich und für sich — ein Ritual, das in den unendlichen Fernen der Zeiten letztendlich zur Erlösung aus der Unterwelt führen würde.

Johns Vater starb im Alter von sechzig Jahren an einem Herzschlag, verlassen, einsam und allein.

Bevor John das Gut verkaufte, ordnete er noch die alten Papiere und Unterlagen, wobei er auch einige Briefe seiner Mutter fand, unter ihnen auch den ersten, den sie ihrem Mann geschrieben hatte.

Sehr geehrter Mr. Carter! Ich werde meine Entscheidung nicht ändern, ganz gleich, wieviel Zeit Sie mir dafür lassen. Der Wunsch, bei meinem Vater zu bleiben, ist mehr als nur Opferbereitschaft — er ist vielmehr purer Selbstschutz. Da Sie mich dazu zwingen, will ich aufrichtig sein, obwohl ich Sie nicht verletzen möchte. Sie machen mir Angst. Ich will auch zugeben, daß Sie mich interessieren, daß Sie auf mich wirken.

Doch noch nie war ich mir einer Sache so sicher wie der Tatsache, daß Sie mich unglücklich machen würden. Ich möchte nicht Ihre Frau werden. Diese Antwort ist wohl deutlich genug.

Darum bitte ich Sie, verzeihen Sie mir und gehen Sie!

Diana Davies

John schaute nach dem Datum des Briefes. Er war drei Wochen vor der Hochzeit geschrieben worden.

Während der Ferien verbrachte John zusammen mit George jedes Jahr mehrere Wochen in Elthams Sommersitz in Streatley. Dieses heitere Haus im klassizistischen Stil mit dem roten Dach und den weißen Fensterrahmen, die zwischen Fliederbüschen hervorlugten, dieses Haus, das inmitten eines smaragdgrünen Rasenteppichs stand, war der sommerliche Treffpunkt der alten Freunde.

Sooft er bei Eltham zu Besuch war, tauchte kurz nach seiner Ankunft auch Ellen auf, ohne sich anzumelden, mit blinder, doch untrüglicher Gewißheit. Sie trug ihre schlafwandlerische Leidenschaft, die alles andere ausschloß und ausgrenzte, wie ein grelles Plakat zur Schau und machte nicht den leisesten Versuch, sie zu verbergen. Sie folgte John wie ein Schatten. Ihr Blick haftete mit gespannter Aufmerksamkeit auf ihm, nahm jede seiner Bewegungen, jedes Wort, das er sprach in sich auf, trank aus ihm wie ein Verdurstender aus einer klaren Quelle.

Dieser Zustand war unerträglich und beschämend zugleich, bedauernswert, jämmerlich, lächerlich, dennoch erschütternd. Sie war so sehr auf ihn konzentriert, daß sie manchmal auf seine Gedanken reagierte. Sie brachte ihm irgendwelche Gegenstände, die er sich zerstreut wünschte, legte Bücher, Zeitschriften und Getränke für ihn bereit.

Eltham, der ein ebenso genauer Beobachter wie taktvoll war, sprach behutsam und vorsichtig das Thema bei John an. Der aber machte kein Geheimnis daraus, weil er allein unfähig war, eine Entscheidung zu fällen. Er deckte die moralische Krise auf, in die er durch Ellens

Leidenschaft geraten war, und verschwieg auch nicht, daß er sich für das Zustandekommen dieser Krise, dieses krankhaften Zustandes verantwortlich fühlte.

»Hast du nicht daran gedacht, daß du auch mit Virginia Tyburn eine Beziehung zustande gebracht hast, sie dazu gebracht hast, gewisse Dinge in deinem Sinne zu tun, ohne daß bei ihr eine solche gefühlsmäßige Katastrophe eingetreten wäre?« gab Eltham zu bedenken. »Ich habe den Eindruck, daß es bei Ellen nur eines einzigen Funkens bedurfte, um eine ganze Menge brennbaren Stoffs zu entzünden. Oder — und dies ist wahrscheinlicher — hättest du auf jeden Fall so auf sie gewirkt, selbst dann, wenn du dich ihr nicht auf magische Weise genähert hättest. Gegensätze ziehen sich an — so lautet das elementare Gesetz der Anziehung auf der physischen Ebene.«

»Warum aber ist mir das nicht gleichzeitig widerfahren?« fragte John. »Ich habe sie höchstens bedauert, sonst aber seltsam, beunruhigend und exaltiert gefunden. Ich würde gern annehmen, was Sie da sagen, weil es mich bis zu einem gewissen Maß von jener Verantwortung befreien und entlasten würde, die mich seit Jahren bedrückt, doch Ellens Zustand ist nicht so einfach. Ich ahne, daß sich in ihre Leidenschaft auch solche Motive mischen, welche durch den magischen Einfluß potenziert worden sind. Dennoch ... dies ist mehr als nur Sexualmagie. Wie Sie zu sagen pflegen: Es gibt Unterwasserwurzeln, die binden und zwingen. Ich möchte wissen, wo es einen Ausweg gibt!«

»Wenn du ihr vielleicht klarmachen könntest ...«

Doch Eltham brach plötzlich ab, denn hinter seinen Worten erblickte er plötzlich Ellens leidende, brennende Exaltiertheit und die ominöse Gestalt ihrer Mutter, die sich in ihrem Wahn das Leben genommen hatte.

»Nein. Da gibt es keinen Ausweg ...«, meinte John grübelnd. »Ich habe ihr schon so manches gesagt und geschrieben, doch die Worte nützen nichts. Sie hat sich ganz einfach mit diesem irren Glauben identifiziert, kann sich nicht mehr davon lösen.«

»Entsetzlich. Um so entsetzlicher, da du sie nicht liebst.«

»Das ist wahr, obwohl ... Es kommt darauf an, wie man dieses Wort interpretiert. Vielleicht könnte ich sie lieben, aber ich begehre sie nicht. Das ist das Entsetzliche daran.«

Nachdem John sein Diplom empfangen hatte, erhielt er einen Brief von Ellen aus der Tschechoslowakei. Dort versuchte Dryer, sein schweres Rheuma zu kurieren, und war in seiner Hilflosigkeit auf die Tochter angewiesen.

›Erlauben Sie mir, daß ich zu Ihnen gehöre, John. So wie Ihr Sessel, Ihre Pfeife oder Ihr Hausrock, wie all diese Gegenstände, die unpersönlich Ihrer Bequemlichkeit dienen. Es ist entsetzlich, in dieser Welt zu vegetieren, während Ihr feuriges Stigma auf meinem Körper brennt. Ich stelle keine Ansprüche, keine Bedingungen. Nun weiß ich aber, daß Sie jetzt frei sind. Ich kenne Ihren Ehrgeiz, Ihre Pläne, Ihren Fanatismus. Und ich werde sie in keiner Weise behindern. Wenn ich Ihren Namen tragen darf und das Recht habe, ihnen mit all dem zu dienen, was ich habe und was Sie von mir annehmen können, dann werde ich auch die Kraft finden, Sie nicht mit meinen Gefühlen zu belasten. Ich wäre auch bereit, Ihre Wege zu tolerieren, sofern sie von den meinen abweichen. Sollte jemand in Ihrem Leben erscheinen, dem oder der ich meinen Platz einräumen muß, so will ich es tun. Ich rechne nicht mit Ihrem Taktgefühl, auch nicht mit Ihrer Selbstaufopferung. Ich werde als Erste merken, daß die Zeit gekommen ist, und dann einfach verschwinden ...‹

Zu dieser Zeit lebte John in einer Pension in der Nähe des Krankenhauses, wo er seine Praxiszeit absolvierte, doch gleichzeitig war er damit beschäftigt, sich eine Wohnung einzurichten. All die kleinen Dinge, die er erledigen mußte und die seine Aufmerksamkeit von seiner Berufung ablenkten, fielen ihm gewaltig zur Last.

Nachdem Ellen ein halbes Jahr im Ausland verbracht hatte, schien sie sich zu einem neuen, reiferen, gelasseneren Wesen gewandelt zu haben. Im Alter von dreiundzwanzig Jahren war sie zwar keine Schönheit, wirkte aber interessant und anziehend in ihrer Durchgeistigung, die ein seltsam heißes Flair ausstrahlte.

Der Ausdruck ihrer großen dunklen Augen ließ jeden erschauern, auf den ihr Blick fiel. Ihr unnatürlicher Glanz zeugte von Fieber und heimlich vergossenen Tränen. Und manchmal sah es so aus, als würde sie denjenigen, den sie anschaute, überhaupt nicht sehen, vielmehr durch ihn hindurchblicken, weit hinter ihn, von einer rätselhaften Vision fasziniert und entzückt.

Über ihren Augen, dicht an der Nasenwurzel, waren die Brauen zusammengewachsen. Aus ihrem vollen Haar sprühten bronzefarbene Funken. Ihr Gesicht aber war farblos, ihre Lippen schmal und zusammengepreßt.

An einem Novembernachmittag nahm John den Tee bei den Dryers ein. Draußen herrschte mildes, feuchtes, nebliges Wetter, das auf ungewöhnliche Weise an den Frühling erinnerte und ebenso ermüdend wirkte.

Im Kamin tanzten nervöse Flammenzungen und warfen lange Schatten an die Wand. Ellen, in einem bodenlangen, gerafften dunkelroten Samtkleid, ging lautlos hin und her wie eine blasse, demütige Priesterin, die John rastlos zur Hand ging und ihn untertänigst bediente. Der Raum war von einer einlullenden, verführerischen Vertrautheit erfüllt.

Während die Wärme des Tees und sein angenehmer Duft seinen Körper durchdrang, geriet John in einen seltsamen Zustand. Er hatte das Gefühl, daß plötzlich jedem Moment, jeder Farbe, jeder Form eine besondere Bedeutung zukam, daß all dies von unermeßlicher Bedeutung war. Auf eine Art und Weise, die sich nicht in Worten ausdrücken läßt, erkannte er, daß Ellens Bewegungen und der klirrende Silberlöffel ihn einer Entscheidung nähergerückt hatten, den Vorhang vor jener Öffnung hochgezogen hatten, hinter der die Lösung bereitstand und auf ihn wartete. Er konnte ihr nicht ausweichen, er mußte Ellen heiraten. Sonst gab es keine Brücke, die über diesen reißenden Fluß der Leidenschaft führte, dessen tobendes Hochwasser talwärts rauschte.

Diese Gewißheit aber brachte keine Erleichterung, eher eine innere Müdigkeit, als hätte er sich nach einem langen Kampf ergeben.

Ellen stand stumm da, als er ihr seine Absicht mitteilte, mit weit aufgerissenen Augen und einem Gesichtsausdruck, daß John glaubte, sie hätte den Verstand verloren. Dann trat sie zu ihm, kniete mit der Geste einer primitiven Urfrau vor seinem Sessel nieder, neigte sich vor, verbeugte sich demütig vor ihm und begann zu schluchzen.

»Nein«, sagte John, peinlich berührt. »Bitte, lassen Sie das. Es ist entsetzlich! Ellen ... ich bitte Sie!«

Ellen hob ihr aufgewühltes, verzerrtes Gesicht zu ihm auf. »Verzeihen Sie mir«, sagte sie unter Tränen. »Ich will es nie wieder tun. Nur diesmal, jetzt, dieses einzige Mal!«

Als George und Dryer später nach Hause kamen, wurde ihnen mitgeteilt, daß sich die beiden verlobt hätten. John aber hatte nicht einmal Ellens Wangen mit seinen Lippen gestreift.

Ihre Verlobung dauerte nur einige Wochen.

Die Hochzeit war für John wie ein irreales Bild, das er von außen betrachtete. Er konnte sich später daran erinnern, daß er Arm in Arm mit Ellen in der Halle im gleißenden Licht der Deckenleuchten auf einen Spiegel zugeschritten war. Dies geschah bereits nach der Trauungszeremonie.

Er betrachtete das sich nähernde Paar wie zwei Fremde: ein eleganter Herr im Cut, eine junge Dame im Brautkleid mit einem Blumenstrauß im Arm.

Es war eine projizierte Scheinwelt — ein Film, keine Wirklichkeit.

Doch als sie näher an den Spiegel herankamen, fiel ihm der gewaltige Unterschied zwischen den beiden Gestalten sofort auf: die farbige, muskulöse Gesundheit des Mannes und die gebrochene, blasse Kraftlosigkeit der Frau.

Und in diesem Moment identifizierte er sich für einen Augenblick mit seinem Spiegelbild. Hohe Wellen von Mitleid, Schuldbewußtsein und heißem, gutem Willen erfüllten ihn auf fast schmerzliche Weise. Er drückte Ellens weißbehandschuhte Hand und lächelte ihrem Bild im Spiegel zu.

Ich möchte sie glücklich machen, dachte er, doch dieser Gedanke verklang in tonloser Stille, aus seinem Inneren ertönte kein Echo. Ich will sie glücklich machen, rief er in die dumpfe Finsternis hinein, doch auch diesmal kam keine Antwort. Nur aus seinen Gefühlen erhob sich ein todtrauriger Ton, den er nicht in Gedanken umzusetzen wagte.

»Du mußt nicht zu mir hereinkommen«, sagte Ellen mit gesenktem Kopf vor ihrer Hochzeitsnacht. Doch aus ihrem Körper ragten Millionen von Fangarmen, die ihn umschlangen und wie ein Sog unrettbar mitrissen.

Dann hielt er einen knochendürren, tollwütigen Sukkubus mit eiskalten Füßen und schleimiger Haut im Arm — eine Verdammte, die immer hungriger wurde, während sich ihr Körper im Koitus verzehrte.

So begann die Hölle ihrer Ehe.

Ewig unausgeglichen und gereizt, geisterte eine schier unerträgliche Spannung zwischen ihnen und um sie herum, gleich vom ersten Tag an. Ellen mochte vor der

Heirat vieles versprochen haben, doch in ihrem fiebrigen, überspannten Zustand erwartete sie all das von John, was sich eine leidenschaftlich verliebte Frau von ihrem Schwarm, von ihrem Idol nur wünscht. Ihre Versprechungen mißachtend, unabhängig von ihrem Verstand, wollte sie all seine Gefühle, all seine Zeit, all seine Gedanken beherrschen und besitzen.

Mit der Präzision eines Seismographen registrierte sie die Schwingungen seiner anders gerichteten Interessen, spürte seine Gleichgültigkeit — und selbst wenn sie in ihrem eigenen erotischen Wahn gefangen war, konnte sie sofort den Kurzschluß seiner Sinne ablesen. Was ihr Sexualleben betraf, war es von Tobsuchtsanfällen und Weinkrämpfen begleitet — so wie das Aprilwetter, wo Sonnenschein auf Wolkenbruch folgt. Und kein Satz, den sie sagte, war jetzt frei von heimlichen Spitzen und Nadelstichen, von provozierenden Fallen, von bohrendem Mißtrauen, von peinlicher Befragung.

Ihr Auge suchte ständig nach fremden Reflexen an ihm, ihre Nase witterte nach ungewöhnlichen Düften, ihre feuchten, zitternden Hände mit den schmalen Fingern wanden sich wie Reptilien, durchsuchten seine Taschen und Schubladen.

Während der ersten Monate waren beide krampfhaft bemüht, ihr Scheitern vor sich und vor der Welt zu verbergen. Sie wollten die elementare, rohe Tatsache verbergen, daß sie sich gegenseitig betrogen hatten.

John versuchte mit aller Gewalt, Toleranz und Geduld zu üben, versuchte, aus dem Fels seiner Gleichgültigkeit etwas wie Zärtlichkeit herauszupressen. Er wollte sich dieser Wahnsinnigen mit ihrer fixen Idee anpassen, die in ihrer Wut über ihre unterdrückten, unterjochten Gefühle auf Rache sann und seine ganze Lebenskraft auszusaugen suchte.

Ellen aber war bemüht, ihm weiszumachen, daß sie die Regeln jenes ›fair play‹ einzuhalten gedachte, denen sie sich verpflichtet hatte. Doch bereits ihre ersten Versuche endeten mit einem Fiasko, ihre großzügigen Posen mündeten in einer Flut bitterer Vorwürfe. Ein einziges Wort genügte, um sie in glänzende Laune zu versetzen, während das nächste Wort bereits ausreichte, sie in die Abgründe tobender Wut und fiebriger Bewußtlosigkeit zu stürzen. Bei ihr zu sein oder nicht bei ihr zu sein, sie bei Nacht alleinzulassen oder sie in ihrem feurigen Bett zu besuchen — was John auch tat, es drohten ihm stets höllische Entwicklungen.

John erwartete zumindest ein ordentliches Zuhause, einen geordneten Haushalt, die äußerlichen Annehmlichkeiten von seiner Lebensgefährtin, die so viel Unruhe in sein Dasein brachte. Sie aber kümmerte sich in ihrer Besessenheit um nichts weiter als um ihre fixe Idee.

In seinem Heim war er von Unordnung, Unpünktlichkeit, von Staub und Vernachlässigung umgeben. Wenn er einmal gut speisen wollte, dann nahm er das Abendessen in seinem Klub ein, wodurch er wiederum Ellens Wutanfälle auf sein Haupt herabbeschwor. Eine ganze Menge Geld glitt durch ihre Finger, ohne auch nur im geringsten Gegenwert ihren Niederschlag zu finden. Keine Haushälterin, keine Dienerin oder Zofe konnte es lange bei Johns Frau aushalten, obwohl sie schrankenlos stehlen konnten, weil niemand sie kontrollierte.

Später, im Lauf der Jahre, strömte ihm das Geld nur so zu, doch ihre finanzielle Situation war nie ausgeglichen, weil Ellen das Geld zum Fenster hinauswarf und oft vor lauter Schulden weder aus noch ein wußte. Denn trotz aller Zahlungen wuchsen die Schulden zu Bergen. Sie unterschrieb Wechsel und Bürgschaften, ging irrsinnige Verpflichtungen ein — und während ihrer zwölfjährigen Ehe war sie stets im Wettlauf mit dem Konkurs. Sie brachte es immer gerade noch fertig, ihren finanziellen Ruin noch einmal zu verhindern.

Daß sie es dennoch zwölf Jahre miteinander aushielten, trotz all der schier unerträglichen Umstände, obwohl sie nach dem ersten Jahr der Scheinheiligkeit in offenem Kampf miteinander standen — das hatte höchst komplizierte Gründe.

John wußte genau, wie weit er gehen konnte, ohne Ellen ernsthaft zu gefährden, weil er genau wußte, daß es bei diesem Zweikampf um Ellens Leben oder Sterben ging. Der Einsatz war ihr Leben oder das seine. Und weil er es war, der über die entsprechenden Waffen für die Verteidigung verfügte, warf er lieber *sein* Leben Ellens Dämonen zum Fraß vor.

Bereits in den ersten Tagen erkannte er in Ellen das reißende Raubtier, das nach blutigem Fleisch lechzte, und wenn es seines nicht aufzehren konnte, dann würde sie auf sich selbst zurückgreifen. Und dieses Raubtier war weder zu zähmen noch abzurichten, weil es aus ihrem innersten Wesen, aus den Zellen, aus den Wurzeln ihrer Leidenschaft hervorgegangen war. So war sie dazu verdammt, ein ewig haßerfüllter Liebespartner zu bleiben bis an das Ende ihrer Tage.

Im zweiten Jahr ihrer Ehe traten bei Ellen Symptome der Schwangerschaft auf. Bis dahin war sie aber angeblich ständig krank und klagte über irgendwelche Beschwerden, mit denen sie Johns Aufmerksamkeit auf sich zog und ihn erpreßte. In seiner Gegenwart war sie immer leidend und erschöpft. Stets hatte sie Rückenschmerzen, Halsschmerzen, Kreuzschmerzen, Herzbeschwerden und Kopfschmerzen. Dabei hatte sie dauernd eine etwas erhöhte Temperatur.

Nach einer gründlichen klinischen Untersuchung, der sie sich mit fast freudiger Erregung unterzog, weil sie wußte, daß auch John diese Untersuchungen mit Interesse verfolgte, kam heraus, daß sie abgesehen von ihrem neurasthenischen Zustand vollkommen gesund war.

Ellen aber nahm dieses Ergebnis mit beleidigtem Sarkasmus entgegen und entfachte eine Flut von Debatten und Wortgefechten über die Unzulänglichkeiten der medizinischen Wissenschaft. Sie trug einen Haufen von Büchern und Streitschriften zusammen, stöberte auch einen Scharlatan auf, der gerade in Mode war und für gutes Geld bereit war, ihre Krankheit zu bescheinigen. Doch vergebens versuchte sie, mit dieser schwer errungenen Diagnose zu prahlen, bei der alle ihre subjektiven Symptome durch dubiose lateinische Ausdrücke belegt wurden. Denn der Wert ihrer Krankheit war völlig abgesunken. John glaubte nicht daran, und dadurch stürzte der ganze diagnostische Bau wie ein Kartenhaus zusammen.

Und genau zu dieser Zeit wurde ihr bisher leerer Schoß fruchtbar, empfing den Gegenstand ihrer Sehnsucht: die unsichtbare astrale Leibesfrucht. Dieses hartnäckige Phantom trieb ihren Leib auf, sie wurde dick und behäbig. Ihre Milchdrüsen schwollen, und ihr Magen laborierte vier Wochen lang zwischen gierigem Appetit und Erbrechen. Zur halben Zeit begann sich das Kind zu rühren. Und mit entzückter Miene drückte sie die Hand ihres widerstrebenden Gatten auf ihren Leib, der immer mehr an Umfang zunahm.

John spürte zwar das leise, rhythmische, pulsierende Schlagen in ihr, doch gleichzeitig hatte er die seltsame Gewißheit, daß er ins Leere hineinhorchte. Dieses seltsame Gefühl weckte in ihm einen Verdacht, der ihn veranlaßte, sich heimlich auf Ellens neuestes Produkt zu konzentrieren, dieses zu untersuchen und zu enttarnen. Sein ahnungsloser Kollege, ein Gynäkologe, zu dem er sie zur Kontrolle brachte, konnte bereits die Herztöne des Kindes hören und stellte fest, daß Ellen etwa im sechsten Monat sei.

John versuchte anschließend, sich selbst über die Existenz dieses eingebildeten Kindes zu vergewissern. Mit seinen magischen Fühlern drang er in Ellens Leib ein und ertastete die traurige Wirklichkeit in diesem hysterisch verwöhnten Organismus. Er sah, daß die Gebärmutter leer war. In diesem dunklen Heiligtum der Isis verbarg sich kein lebendiges Geheimnis, sondern der schadenfrohe Bluff einer krankhaften Instinktwelt.

Dennoch wartete er die neun Monate ab. Die Geburt verzögerte sich. Im zehnten Monat begann die Situation sich aufzulösen, als das Phantasiegebilde erschreckende Spalten und Öffnungen aufzuweisen begann. Alle Ärzte, von denen sich Ellen der Reihe nach untersuchen ließ, konnten ihr nichts weiter mitteilen als die niederschmetternde Diagnose: Es gibt kein Kind, sie sei wohl einer Selbstsuggestion zum Opfer gefallen.

Denn sie hatte sich die Mutterschaft so sehr gewünscht, daß sie deren Symptome hervorrufen konnte, obwohl sie kein Kind empfangen konnte. Ihre Gebärmutter war verwachsen und kaum entwickelt. Auch verschiedene Verengungen wiesen auf Unfruchtbarkeit hin. Sie mußte sich wohl mit dem Gedanken abfinden, daß sie keine Kinder würde bekommen können.

Nach diesem Fiasko flüchtete sie in echte Krankheiten. Sie bekam Nierensteine, die sie entsetzlich plagten. Seltsamerweise ertrug sie die nun echten Schmerzen heldenhaft. Ihre ernsthaften Erkrankungen waren jeweils der einzige Waffenstillstand zwischen den beiden, wo sie sich am ehesten näherkamen.

»Warum können wir nicht immer in solch einer toleranten Freundschaft miteinander leben«, fragte John sie einmal, während er an ihrem Krankenbett saß, in der Pause zwischen zwei Nierenkoliken.

Ellen aber schaute ihn mit nachdenklichem Gesicht an. Der dämonische Strom, welcher ihr Zusammenleben bisher schier unerträglich gemacht hatte, schaltete sich diesmal nicht in ihre Nerven und Gefühle ein. Sie gab sich sachlich und auf fast unheimliche Weise hellsichtig.

»Weil die Liebe eine unbarmherzige und stets einseitige Sache ist. Selbst dann, wenn sie sich für kurze Zeit im Partner spiegelt. Die Liebe ist Einsamkeit und Aussatz zugleich. Ich bin eine Amokläuferin, und du wehrst dich gegen mich. Wie könnte man mit einer besessenen Irren in toleranter Freundschaft leben, John?«

»Könntest du nicht vielleicht etwas daran ändern? Ich bin dein Mann. Außer meiner Arbeit und außer dir habe ich nichts und niemanden auf dieser Welt. Warum bist du damit nicht zufrieden?«

»Du hast deine Arbeit an erster Stelle erwähnt«, meinte sie und schloß die Augen. Unter ihren Lidern sickerten Tränen hervor. »Verzeih mir«, flüsterte sie müde. »Mir reicht das nicht. Ich werde an deiner Seite verhungern und vergehen. Du magst mir bieten, was du willst: Geduld, Freundschaft, Toleranz, Treue ... das alles sind Kieselsteine, meinetwegen auch Edelsteine — aber keine Nahrung. Ich brauche Liebe. Liebe, so wie ich sie empfinde. Liebe, so wie ich in ihr vergehe. Selbstmörderisch, kopfüber abstürzend, im Rausch und im Wahn ... nur so und nicht anders.«

»Du tust mir leid, Ellen. Ich bedauere dich.«

»Aber dieses Mitleid ist nichts anderes als eine Beschwörung bei einer tödlichen Wunde, John.«

»Ich weiß es«, erwiderte er, wobei ihn wieder einmal sein bohrendes böses Gewissen überfiel.

Es war ein natürlicher Selbstschutz, daß er aus seinem Heim flüchtete. Er schützte komplizierte Geschäfte und Pflichten vor, um ihr Zusammensein nach Möglichkeit zu verkürzen. Sein Beruf brach auch in seine Nächte ein, und er atmete erleichtert auf, wenn am Abend oder in der Nacht die Klingel ging, so daß er dem glühenden Höllenkessel — Ellens Bett — endlich entkommen konnte.

Seine guten Absichten, sein Mitleid und sein Schuldbewußtsein reichten gerade aus, um sie ohne jeden erotischen Kontakt zu ertragen. Seine Sinne aber waren immer weniger bereit, irgendwelche Kompromisse zu schließen. Sie fanden ihren gierigen, zähen, hemmungslosen Leib abstoßend und rebellierten tobend gegen Ellens Berührungen, gegen ihren Geruch, ihre Bewegungen und ihre Gewohnheiten.

Im fünften Jahr ihrer Ehe konnte er sie nicht mehr berühren. Nach dem Bruch aber, der unweigerlich auf die verschiedensten Ausflüchte und Vertröstungen folgen mußte, nahm das Inferno ihres Lebens erst seinen Anfang.

Lange Zeit suchte John nicht nach erotischen Beziehungen, ging auch keine solchen ein, obwohl sie sich anboten. Er ruhte. Seine Praxis, die sich geschwind und rasant entfaltete, und seine klinische Tätigkeit nahmen alle seine Kräfte und Gedanken voll in Anspruch.

Auch der ständige Kampf mit seiner Ehefrau, die hinter ihm herschnüffelte und in ihrer tobenden Eifersucht pausenlos Szenen machte, verzehrte eine ganze Menge seiner Energie. Jede Minute, die er zu Hause verbrachte, war von giftigen Worten erfüllt. Ob er darauf antwortete oder nicht, blieb sich gleich. Häßliche Szenen gingen aus der jeweiligen Situation hervor und erzeugten eine Atmosphäre der Unversöhnlichkeit.

Dann zwangen Nierenkoliken Ellen wieder zu einem Sanatoriumsaufenthalt, und in der Stille dieser Entspannung wurde ihm sein gesundes Mangelgefühl bewußt. Er war bereits seit einem Jahr abstinent, als er die zärtliche Zuneigung seiner stillen, bescheidenen, silberblonden Assistentin bemerkte. Jessica war eine geschiedene Frau und nahm sein Interesse mit dankbarer Freude entgegen. Sie war eine anspruchslose junge Frau mit gesunder Instinktwelt, durch so manchen Sturm gestählt, und sie wußte genau, was sie zu erwarten hatte.

Während Ellen im Krankenhaus lag, wurde ein Wochenendausflug mit Jessica vereinbart. John aber traf alle nur denkbaren Vorsichtsmaßnahmen, um den Argwohn seiner Frau nicht zu wecken. Er wollte sie nicht verletzen, er wollte sie nicht demütigen, auch wenn er die Tatsache nicht aus der Welt schaffen konnte, daß sie ihn körperlich abstieß.

Es war ein milder, lauer Spätsommertag. Seine Sinne und Nerven ruhten während dieses kurzen Waffenstillstands, den er mit den Problemen seines Lebens geschlossen hatte. Jessicas reife mütterliche Schönheit ergänzte die Landschaft am Ufer. Sie war unpersönlich anwesend, fast wie eine Erscheinung, ohne Gewicht, ohne Materie, ohne Belastung und ohne jedes Drama. Mit ihrem Urinstinkt aber erfüllte sie John alle stummen Wünsche: Sie schwieg, sie schmiegte sich an ihn oder zog sich zurück, so wie er es sich wünschte. Und sie lockerte, sie löste seine Einsamkeit, ohne ihm ihr eigenes Wesen aufzuzwingen. John aber war ihr unendlich dankbar. Er konnte sich an ihrer Seite erholen und neue Energien tanken.

Als er wieder nach London zurückkehrte, führte ihn sein erster Weg ins Sanatorium. Ellen saß aufrecht in ihrem Bett. Sie hatte ihn bereits erwartet. Ihr ganzes Wesen war von einer seltsamen, starren Ruhe erfüllt.

»Ich habe dich gesehen«, sagte sie kühl anstelle einer Begrüßung. »Und ich habe auch sie gesehen.«

»Wen? Wo?« fragte John, obwohl er bereits die Antwort wußte.

»Jessica. So hast du sie genannt. Ich habe euch auch gesehen, als ihr euch im Hotel eingeschlossen und die Vorhänge zugezogen habt. Ich war drin. Willst du deine Worte hören, nein, deine Gedanken, als sie in deinen Armen lag, nachdem ihr euch geliebt habt?« Dann folgte ein Wasserfall von Worten, die auf ihn herniederprasselten.

»Nein! Nicht!«

John erhob sich erregt, um ihrem Wortschwall Einhalt zu gebieten.

Er konnte klar erkennen, was geschehen war. Seine Frau hatte zwei Tage bewußtlos dagelegen, Tag und Nacht überwacht. Niemand durfte zu ihr. Sie konnte das Krankenhaus nicht verlassen, und sie hatte auch keinen Besuch empfangen. Dennoch konnte sie das Paar durch Wände und über Entfernungen hinweg sehen und hören — mit Hilfe jener unlösbaren Bindung, die er, John, zwischen ihnen beiden geknüpft hatte. Diese Bindung war nun zur Fessel geworden, die beiden ins Fleisch schnitt.

»Es tut mir leid, es tut mir unendlich leid«, sagte er aufgeregt, als Ellen endlich schwieg. »Ich hätte dich gern damit verschont.«

Ellen aber war ruhig und gefaßt wie noch nie.

»Ich weiß. Du hast sogar ein Recht auf das, was du getan hast. Vor unserer Heirat habe ich dir geschrieben, daß ich deine Seitensprünge tolerieren und daß ich dir aus dem Weg gehen würde, wenn die Zeit gekommen ist. Das habe ich dir geschrieben. Aber ich habe dich irregeführt. Ich habe keine von meinen Versprechungen gehalten. Ich habe selbst nicht daran geglaubt, als ich dir diese Versprechen gab. Denn ich wollte dich um jeden Preis haben. Das ist mir auch gelungen, und jetzt werde ich dich behalten. Ich bin zu keinem Kompromiß bereit. Ich werde kämpfen.«

»Und dadurch hast du mich für immer verloren, Ellen«, meinte John still.

»Da irrst du!« sagte sie mit schneidender Stimme. »Hätte ich mich nicht mit allen zehn Fingern an dich geklammert, hättest du mich schon längst abgeschüttelt, wie den Staub von deiner Jacke. Nur mit dieser Methode bin ich deine Frau geworden.«

»Unsere Ehe ist ein tragisches Mißverständnis, das Scheitern meiner zu erfolgreichen Willensmagie. Arme Ellen, hier bist nicht du diejenige, die etwas will. Ich bin es, der büßen muß.«

Nach ihrer Genesung machte Ellen in der Klinik eine häßliche Szene. Jessica flüchtete, kündigte ihre Stelle.

Dies war die eindeutige Kriegserklärung zwischen

den Eheleuten. John aber merkte, wie wenig Chancen er gegen einen Menschen hatte, der alle Konventionen, alle moralischen Dämme, jedes Ehrgefühl einfach niedertrampelt und mit den peinlichsten, abscheulichsten Mitteln für seine fixe Idee kämpfte.

Es war schier unmöglich für die beiden, an einem öffentlichen Ort oder in der Gesellschaft zu erscheinen. Ein einziger Blick, ein abschweifender Gedanke, ein momentanes Interesse für eine andere Frau, die John vielleicht nur flüchtig kannte und die doch hinter einem unüberwindlichen gesellschaftlichen Kordon verbarrikadiert war, genügte, um Ellen zu veranlassen, in aller Öffentlichkeit auf schadenfrohe, perverse, hysterische Weise Rache an ihm zu üben.

John versuchte in Klausur zu gehen. Aus Gedankenkräften legte er einen Mantel, eine Astralsäge um sich — doch seine Frau fand immer einen Spalt, durch welchen sie seine geheimsten inneren Prozesse beobachten konnte.

Auch die irrsinnige Art, in der sie das Geld zum Fenster hinauswarf, war nichts weiter als eine Rache für ihre einsamen Nächte. Sie besuchte Kartenklubs, begann zu trinken. Dann kam es zu einem Skandal in einem Stundenhotel, über den die Zeitungen mit Rücksicht auf John nur in Anspielungen berichteten, wobei aber bekannt wurde, daß Ellen auch Strichjungen mit Geld unterstützte.

»Wunderst du dich darüber?« fragte Ellen mit hochgezogenen Brauen, als er sie zur Rechenschaft zog. »Ein Hund, der nichts zu fressen kriegt, klaut rohes Fleisch«, setzte sie hinzu und zuckte die Schultern.

»Mir ist es egal, mit wem du ins Bett gehst«, erwiderte John heftig. »Aber ich darf wohl erwarten, daß du es mit Anstand und Diskretion tust!«

»Ach ... Ich sehe gern dein Gesicht, wenn du so aufgeregt bist. Deine Miene erinnert mich dann an die Zeit, als du noch bereit warst, mich zu umarmen.«

»Ellen!«

»Schon gut, schon gut. Ich will immerhin versuchen, standesgemäß und höflich zu schreien, wenn ich im Höllenfeuer schmore!«

Dabei fiel es ihr aber nicht im Traum ein, etwas an ihrer Lebensweise zu ändern. Sie ließ sich auf immer wildere Abenteuer ein. Durch ihre entschlossene, blinde Leidenschaft und mit Hilfe der Dämonen, die in ihr hausten, gelang es ihr immer wieder, Johns Macht und Zugriff zu entgleiten. Er aber konnte sie trotz all seiner Willenskraft nicht bremsen.

George hielt zu ihm, auch in diesem größten Fiasko seines Lebens, verschlossen und wortlos, doch mit ungebrochener Treue, indem er sich gegen seine Schwester kehrte. Er blieb Johns Verbündeter bis zum bitteren Ende.

Das feindliche und unabwendbare Sperrfeuer, dem John ausgesetzt war, lehrte ihn eine übermenschliche innere Disziplin. Er lernte, in sich selbst all die Impulse und Gedanken zu beherrschen, die sich bei anderen Menschen mit argloser Hemmungslosigkeit offenbaren. Er führte fast sechs Jahre lang ein asketisches Leben, verschloß sich selbst dem leisesten Schatten einer Versuchung. Er spürte, wie seine Kräfte in diesem gigantischen Zweikampf zunahmen, sich mit entsetzlicher, spannungsgeladener Energie zu einem Knoten verdichteten bis hin an die Grenze der Explosion.

Er machte sich jedoch nichts vor, wußte er doch genau, warum er alle seine Kräfte zusammenraffte und konzentrierte. Er wollte den Flaschengeist, der entwichen war, wieder in seine Abgeschiedenheit zwingen, er bereitete sich auf einen Kampf um seine Freiheit vor.

Die Bombe des Willens

GEORGE MIT SEINEN VERDRÄNGTEN, furchtsamen Gefühlen, mit seinen vor Plattheit zurückweichenden, fast krankhaften Ansprüchen lebte allein, bis er dreißig Jahre alt war. Dann lernte er beim Hauskonzert des Musikliebhabers Eltham eine junge Dame namens Jane Hill kennen und wußte plötzlich, warum er so lange gewartet hatte.

Die scheuen Annäherungsversuche dieser beiden verschlossenen, übersensiblen Menschen dauerten mehrere Wochen, bevor es George wagte, diese Beziehung John gegenüber zu erwähnen und ihn um seinen Beistand zu bitten. Er gestand, daß er nicht mehr unbefangen genug war, um dieses Mädchen, vor allem aber dessen Zuneigung, nüchtern und sachlich zu beurteilen.

Zunächst war es ihm so vorgekommen, als würde Jane sein heftiges Interesse erwidern. Dann ... nun ja, dann war vielleicht er selbst ungeduldig geworden. Er war in eine seltsame, verworrene Situation geraten. Wilde Beklemmungen und exaltierte Heiterkeit wechselten sich in ihm ab. Das Leben war plötzlich schmackhafter, aber auch schrecklicher geworden.

»Du bist verliebt«, sagte John lächelnd.

»Ja, ich bin verliebt«, gab George zu. »Deswegen brauche ich jetzt deinen klaren Kopf und deinen starken, festen Willen. Durch dich will ich sie unbefangen beurteilen. Neben deiner Freundschaft ist dies das größte Ereignis in meinem Leben, John.«

John lernte Jane Hill im taubengrauen Musikzimmer Elthams kennen.

Eltham schrumpfte immer mehr zu einer Mumie zusammen. An der Schwelle seines fünfundachtzigsten Lebensjahres war er ein Greis mit Pergamenthaut, fast nur noch ein Schatten seiner selbst. Jane hob sich mit ihren pfirsichfarbenen Schattierungen wie ein japanisches Pastell von dem durch Zigarrenrauch geschwärzten, patinierten Hintergrund ab. Das Mädchen wirkte auf seltsame, rührende Weise jung, zart und zerbrechlich. Sie hatte in ihrem Aussehen jene seltene, zärtliche, kindliche Feinheit bewahrt, die man bei Erwachsenen vergeblich sucht, sobald der seidige Charme der Kindheit verflogen ist. Doch trotz ihrer fast paradiesischen Jugend wies sie keine Zeichen von Schwäche oder Schlaffheit auf, strahlte eher eine geheimnisvolle, glühende Kraft und Unabhängigkeit aus.

John wurde sofort an seine Mutter erinnert, aber in einer Weise, als wäre sie das triumphierende Positiv seiner Mutter. Denn alles, was in seiner Mutter als latentes, passives Negativ vegetiert hatte, war in Jane zur lebendigen, siegreichen Wirklichkeit geworden.

Aus ihrem anmutigen, geschliffenen Geisha-Wesen strömte die Musik in hohen, frohen Wellen, wie eine Offenbarung. Dieser stetige Kontakt zu den verborgenen Quellen des Wortes entzündete leuchtenden Sternenschein hinter ihrer außergewöhnlichen Schönheit.

Musik umgab sie wie ein Perlenstrom, selbst dann, wenn ihre geistreichen, kräftigen, schlanken Finger einmal auf den Klaviertasten ausruhten. In ihrer Stimme schwangen aufregende Dissonanzen und Akkorde in Moll mit.

Die Linie ihres geschwungenen Halses, ihr fein gemeißeltes Profil, ihre schwere, dunkelblonde Haarkrone, die dennoch flaumig glänzte, ihre ragenden, aufmerksamen, hellwachen Augen, die in tausend und abertausend Farben sprühten, ihr voller, roter Kindermund waren für John eine schier unerschöpfliche Quelle an Überraschungen.

Doch ihr Bild, ihre Erscheinung signalisierten gleichzeitig aufziehende Gefahren und Katastrophen. Die festgefügten Dinge in seinem Inneren gerieten ins Wanken und setzten zu einer rauschenden, sausenden, brausenden, vulkanischen Gärung an.

Denn dies war es, worauf er unbewußt in seiner grenzenlosen Leidenschaftlichkeit gewartet hatte. Es war nicht ein Mangel an Liebe, sondern diese transzendentale Sehnsucht, die ihn davon abhielt, tiefere Gefühlsbande zu einer anderen Frau zu knüpfen.

Seine Sinne, seine Phantasie formten immer wieder Janes Gestalt. Jane lebte in ihm, und sie war es, die er begehrte, als würde er sich mit bildloser Gewißheit an sie erinnern. Dieses aus Traumnebeln gerissene, glühende Wachsein, dieses innere Glockengeläut machten ihm plötzlich bewußt, welch lähmender Zauber ihn bisher gefesselt hatte. Denn er hatte nur geduldet und erduldet, sich von seinem Schicksal treiben lassen — weil es ihm gleichgültig war, wo, mit wem und wie er die Zeit bis zum allerwichtigsten, einzigartigen Stelldichein verbrachte.

Er konnte sich lange Zeit nicht von diesem Erleben losreißen, während er Jane am Klavier lauschte, sie spürte und mit seinen Blicken umarmte, bis seine Gefühle durch die Töne, welche unter den Fingern des Mädchens erklangen, aufs höchste gesteigert wurden. Tschaikowskys wehmütige Sinnlichkeit erfüllte den Raum. Und in diesem mythischen Frühling wurden Georges Wesen und seine Bedeutung wie ein gewichtsloses Blatt vom Winde hinweggeweht.

Urplötzlich aber rauschte in ihm als düsterer, bedrohlicher Gegensatz die Gestalt Ellens auf, die ihn aus der Ferne mit Argusaugen beobachtete und in seine Seele, in sein Hirn, in seine Sinne hineinspähte. Er spürte, wie sie immer näherrückte, spürte ihre glühenden, wahnsinnigen Annäherungsversuche.

Sirenen heulten in ihm auf, die das Verhängnis verkündeten. John aber wußte, daß der Augenblick gekommen war, da er mit ihr abrechnen mußte. Seine magische Energie, die sich in sechs Jahren angesammelt hatte, berührte jetzt die aufflackernde Flamme der Sehnsucht.

Ellen war bereits unterwegs. Sie saß in ihrem Wagen und raste dahin, um mit bloßen Händen, mit Zähnen und Krallen diesen Gefühlskomplex zu zerreißen, der nahe am Explodieren war.

John aber wußte genau, wo sie sich befand. Zu dieser Zeit pflegte sie bei ihrem neuerdings entdeckten Psychoanalytiker zu weilen, in dessen abgehärtetes Ohr sie die Reflexionen ihres fürchterlichen Trieblebens trompetete. Er kannte die Route, den Weg, die Richtung, aus der sie kommen mußte. Und plötzlich wurden die Kräfte in ihm frei.

Er warf eine magische Bombe zwischen sie und sich selbst auf den Weg, auf die Straße, in die Nähe von Elthams Haustür. Ein Hindernis, das bis zum Himmel reichte, einen feurigen, rauchenden, qualmenden Lavaberg — ein Hindernis für diesen Dämon, der sich ihm mit mörderischem Rachedurst näherte. Er zwang ihn und sie, die diesen Dämon in sich trug, zur Umkehr, indem er Feuer und Schwefel und Steinschlag vor ihr beschwor.

Die Explosion zerriß gespannte Fäden. Die verkrampften, versengten Enden der Tentakel zuckten und wanden sich noch eine Weile — doch dann schrumpften sie wie Haare, die man in eine Streichholzflamme hält.

Irgend etwas war abgestorben, hatte aufgehört zu existieren, war vernichtet worden. Als er nach Ellens Gestalt tastete, spürte er nichts als eine kalte, finstere Leere. Ganz weit in der Ferne, jenseits der bleigrauen Sümpfe der Gleichgültigkeit blinkte noch ein winziger Lebensherd, kraftlos und ungefährlich, gleich einer glühenden Kohle, die über eine Eisfläche gleitet.

Danach trat eine Pause ein. John wandte seine Aufmerksamkeit wieder Jane zu und stieß auf George, wie eine Sense, die auf Stein trifft — auf George, der neben dem Mädchen stand.

Sein Freund unterhielt sich mit ihr, während er sich

auf das Klavier stützte, mit allen Zeichen einfältigen Verliebtseins in seiner Miene, in seinem Gesicht. Dieses kindliche Ausgeliefertsein war es, das John nicht durchdringen konnte. Sie sprachen wahrscheinlich von ihm. Denn Janes dunkle Veilchenaugen blickten ihn mit lächelnder Neugier an.

John nahm schaudernd ihre Offenheit wahr. Es war, als hätte der Taktstock des Dirigenten bereits den Beginn des Werkes eingewinkt, es war, als ob dieser durstige Blick sich ihm zugewandt hätte und an ihm hing, in Erwartung eines Winks mit dem Zauberstab.

John aber rührte sich nicht. Denn zwischen ihnen stand George gleich einem Blatt, das die Sonnenscheibe bedeckte — von andächtiger, argloser Liebe zu Jane und von grenzenlosem Vertrauen zu seinem Freund erfüllt. John war weit von der Überlegung entfernt, eventuell auf das Mädchen zu verzichten. Doch dieses in seiner Naivität, in seiner Hilflosigkeit so peinliche Hindernis hielt ihn davon ab, sein Ziel auf direktem Weg zu erreichen. Denn vor ihm lag ein verwundetes Reh auf dem Pfad, dem er ausweichen mußte.

Dieser Halt aber brachte neue innere Ströme in Gang. In seinem physischen und seelischen Durst hatte er auf unverantwortliche Weise eine Reihe von Faktoren übersehen, die für sein Schicksal bindend waren, die zu seinen inneren Gesetzen gehörten, auch wenn er sich vor Ellen magisch abgeschottet hatte. Ellen war seine Ehefrau, George aber sein Freund und Schwager. Diesen Knäuel mußte er entwirren, ohne jemanden zu verletzen.

Er stand auf und trat zu Jane und George.

»Ja, ich hab's! Jetzt, wo sie herbeigekommen sind, bin ich plötzlich darauf gestoßen«, lachte ihn Jane an, während sie mit der einen Hand gelegentlich eine Taste auf dem Klavier anschlug. Dann griff sie mit allen zehn Fingern in die Klaviatur, griff seltsame, dissonante, dröhnende Akkorde, die nach oben strebten, bevor sie zu fiebrigen Läufen überging, deren Spannung mehr und mehr wuchs.

Die Töne jagten sich in wildem Lauf, kämpften gegeneinander, vereinigten sich, sprangen auf die Wellen der Sehnsucht, stürzten in die Tiefen von Zweifel und Selbstzerfleischung — ohne jemals in einem lösenden, friedlichen Idyll Erlösung zu finden. Selbst als sie leiser wurden, pulsierte eine fieberhafte Unruhe, eine gedämpfte Kraft und eine unendliche Sehnsucht in ihnen.

»Herrlich!« sagte George mit erstickter Stimme. »Das bist du, John. Und mich ... könnten Sie mich nicht auch so zum Ausdruck bringen, Jane?«

»Sie?« Jane schaute mit einem sanften, bedauernden, doch zärtlich mütterlichen Lächeln zu ihm auf. Dann blickte sie wieder auf die Tasten, während auf ihren Lippen jenes verräterische Lächeln erblühte, das John in tiefster Seele erschütterte. Jane liebt George, durchfuhr es ihn blitzartig. Nicht leidenschaftlich zwar, aber auf eine weitaus gefährlichere Weise, so, wie reife Frauen sich nach den Schwächen hilfloser Säuglinge sehnen.

Jane begann zu spielen. Perlende, leise Läufe ruhten sich in trister, feiner Harmonie aus. Traurigkeit und Einsamkeit spiegelten sich in diesen Tönen, inständiges Bitten und Fragen ohne Hoffnung auf Antwort.

Hätte ich jetzt einen Gegner, gegen den ich mich stemmen könnte, dachte John, der zurückschlägt, der sich wehrt, dann ...

Dann — was würde dann geschehen, erklang es mit roher, fast fremder Kraft in ihm. Dann würdest du kämpfen und siegen. Zweifellos würdest du auch Jane besiegen. Sie wäre deine Beute, deine Sklavin, doch ein Gefangener ist nicht immer ein Sklave, eher ein aufrührerischer Anarchist in seinem Innern, wie Ellen.

Ihm war, als würde er in einen Strudel blicken, aus dem der krankhafte Hauch früherer Verletzungen und Erfahrungen aufstieg.

Durfte er überhaupt Gewalt bei diesem einzigen Wesen anwenden, nach dem er sich als Ergänzung seines eigenen Ichs sehnte? Alles, was er bisher mit Gewalt zu erreichen versucht hatte, war in einem entsetzlichen Fiasko geendet.

Jane mußte es selber spüren. In ihr selbst mußte jene Gewißheit geboren werden, welche in ihm alle Zweifel zerschlagen und ausgeräumt hatte.

So blieb er also vor dem offenen Wesen des Mädchens stehen, mit übermenschlicher Selbstdisziplin, jenseits der Schwelle. Er streckte seine Kräfte nicht nach ihr aus, doch trotz seines gedämpften magischen Willens wollte er sie dennoch besitzen, konnte nicht auf sie verzichten.

George war es, der Jane nach Hause begleitete, also brach John allein auf. Den Wagen schickte er weg, er wollte einen Spaziergang machen, eine Weile zu Fuß gehen. Seine stürmischen Gefühle schlugen hohe Wellen in ihm, so daß er keine Zeit hatte, an etwas anderes zu denken. Und hinter diesem Orkan pulsierten Janes qualvolle Akkorde, ihre fiebrigen Läufe als Grundton seiner gegenwärtigen, tragischen, leidenschaftlichen Persönlichkeit.

Plötzlich blieb er auf der Straße stehen, die im Regen und im Widerschein der Lampen glänzte, inmitten der Passanten, die an ihm vorbeihasteten.

Jane weiß es! erkannte er plötzlich. Sie weiß es, weil sie auf die gleiche Weise sieht wie ich, wenn auch aufgrund anderer Begabungen. Seine steigende Erregung ließ sein Herz wild und höher schlagen. Das Musikporträt war nicht nur ein Abbild seines Wesens, sondern verriet Janes Unruhe, wenn nicht gar ihre Angst.

Für einen kurzen Augenblick glühte das rote Marszeichen eines gewaltigen, triumphierenden Glücksgefühls in ihm auf — doch dann schoben sich schwere düstere Wolken vor diese Himmelserscheinung.

Jane verfügt über ein Vermögen, sie besitzt alles im

353

Überfluß. Sie ist mit transzendentalen Geschenken gesegnet. Sie ist ganz, integer und reich. Sie möchte von ganzem Herzen geben und schenken, denen, die ärmer sind als sie, den Schwächeren. Jane liebt George, aber sie fürchtet sich vor mir.

Erst unter der Haustür tauchte Ellens Bild wieder in ihm auf. Im Drama ihres brutalen Bruchs war sie weit von ihm abgetrieben worden, als hätten sie sich nicht erst vor Stunden, sondern vor Jahrtausenden zuletzt gesehen.

»Madame ist krank. Sie konnte kaum auf den Beinen stehen, als sie am Nachmittag ankam«, erwiderte Ellens französische Kammerzofe auf seine Frage. Das Mädchen harrte bereits seit anderthalb Jahren mit berechnender Zähigkeit neben ihr aus, während es die Herrin systematisch erpreßte und bestahl, wenn sich die Möglichkeit bot.

In John rauschten verworrene, widersprüchliche Gefühle auf: Unruhe, Enttäuschung, Erleichterung und Neugier.

Er betrat Ellens Schlafzimmer, das er seit Jahr und Tag mit Grauen gemieden hatte, wo süßlicher, üppiger Parfümduft und der beißende Geruch von Medikamenten in der Luft lagen.

Alle Gegenstände — die obszönen Nippesfiguren, die erotischen Bücher, die Spiegel, die aus den unmöglichsten Ecken und Winkeln hervorblitzten, die surrealen Gemälde, die dissonante, dekadente Gefühle projizierten — zeugten von Ellens hastigen, rastlosen, wetterwendischen Launen.

Von einem Gestell, das eine schuppige, grüne Riesenschlange darstellte, warf eine große Seidenlampe mit tanggrünem Schirm flirrendes, goldenes Reptiliengeglimmer auf das aufgedeckte Bett.

Ellen rührte sich nicht, obwohl sie mit weit aufgerissenen Augen sein Nahen beobachtete. John erschrak, als er sich über sie beugte und in den Gruben ihres Gesichts zwischen den wachsbleich hervorspringenden Knochenwülsten tiefe, bedrohliche Schattenpfützen erblickte.

»Was ist geschehen?« fragte er leise, weil ihre Starre den Eindruck erweckte, als wäre sie mit offenen Augen bewußtlos oder gar eine bereits ausgeblutete Tote.

»Nichts«, kam die kraftlose Antwort zurück. »Am Nachmittag, als ich im Wagen saß, überfiel mich plötzlich eine seltsame Schwäche. Ich wollte irgendwo hinfahren. Ich weiß nicht mehr, wohin.«

»Bist du ohnmächtig geworden?«

»Nein, nicht ganz. Ich habe den Wagen zurückgebracht, aber ich weiß nicht, wie... ich kann mich nicht erinnern. Ich bin müde...« Sie schloß die Augen.

Johns Sinne aber waren plötzlich von Janes musikalischem Wesen erfüllt, und in diesem weißglühenden Crescendo erhob sich mit rebellischer Forderung der böse, unbremsbare Wunsch: Wenn sie nur sterben würde! Wenn Ellen starb, war er nicht nur seelisch, sondern auch körperlich befreit.

Und George? Was ist mit George? Es war eine leise, geisterhafte Frage, in welcher der berauschende Freudefunken zischend erlosch.

Würde Ellen jetzt sterben, dann wäre es... Mord!

Dieser Gedanke, diese Anschuldigung, die urplötzlich Gestalt angenommen hatte und im Raum stand, entsetzte ihn so sehr, daß seine Knie weich wurden. Nein! Das nicht!

Sein Blick fiel auf jenen Punkt, wo aus der zerfließenden Dämmerung allmählich wieder ein Gesicht auftauchte. Nein, sie wird nicht sterben! Seine Fühler waren vernichtet. Nun war er zwar seelisch von ihr abgerückt, ihr gegenüber taub und blind geworden — doch ihren Körper wollte er nicht töten, weil er sich dadurch selbst tödlich verwundet hätte. Er konnte, er durfte seine Arme nicht nach Jane ausstrecken, nicht über Ellens Leiche.

Er bat einen Kollegen zum Konsilium, einen Internisten, der während der letzten Jahre Ellens Organismus überwacht hatte. Sie stellten bei der in Lethargie versunkenen Patientin gemeinsam einen alarmierend niedrigen Blutdruck und hochgradige Blutarmut fest. Der Kollege war über diese plötzliche Veränderung sehr erstaunt, weil er gerade einen Tag früher eine gegenteilige Diagnose gestellt hatte.

»Ihre Gattin könnte Stigmata auf ihrem Körper produzieren, wenn sie sich darauf konzentrieren würde«, sagte er kopfschüttelnd, als sie ins Arbeitszimmer hinübergingen. »Sie muß einen kräftigen Schock erlitten haben. Vielleicht wissen Sie mehr darüber als ich.«

»Sie ist während meiner Abwesenheit in diesem Zustand nach Hause zuzückgekehrt«, wich John kühl aus. »Große Erschütterungen lösen bei ihr gewöhnlich Nervenanfälle aus. Dies ist eher eine Art müder Gleichgültigkeit.«

Der Kollege aber merkte, daß er gegen eine Wand gerannt war und zog sich taktvoll zurück.

Ellens körperliche Kraft war nach einigen Wochen wiederhergestellt. Ihr Blutdruck kam durch die Medikamente wieder ins Gleichgewicht, doch ihr Geist blieb nach wie vor müde, blaß und gleichgültig. Sie lebte an seiner Seite, neben ihm, an ihm vorbei, wie eine Schlafwandlerin. Jede Emotion war in ihr erloschen. Johns magischer Blick fiel auf graue, kalte Aschenwiesen. Sie fragte nichts, sie forderte nichts, sie bat um nichts und hatte keine Wünsche. Den ganzen Tag saß sie zu Hause, die Hände im Schoß. Wenn man sie ansprach, gab sie vernünftige Antworten. Bei Tisch kam sie mechanisch den Pflichten einer Hausfrau nach — sonst war sie nur noch ein Schatten in Johns Leben.

Dieses lautlose, kraftlose Gespenst, das zunächst wie ein kühles Beruhigungsmittel auf ihn wirkte, wurde ihm im Lauf der Zeit immer peinlicher, regte ihn auf, begann ihn zu quälen.

Johns Körper, seine Gedanken konnten jetzt frei umherschweifen. Er hätte das magische Netz um Jane ungehindert knüpfen können — doch dieser blasse Schatten in seinem Hause berührte den tyrannischsten Teil seines Wesens: sein Gewissen.

Kam es nicht vielleicht einem Mord gleich, daß er Ellen zu einer lebenden Toten gemacht hatte?

Vergebens versuchte er, seine schwachen Argumente gegen diese Anschuldigung ins Feld zu führen. Vergebens versuchte er, zu seiner Verteidigung anzuführen, daß er nichts weiter getan hatte, als die Bindungen einer krankhaften Leidenschaft zu durchtrennen. Alle Thesen und Anklagen, die er nicht zum Schweigen bringen konnte, tauchten in ihm immer wieder und mit wachsender Kraft auf, bezichtigten ihn in entnervender Wiederholung, hielten ihm sein Verbrechen vor: die tödliche Gewalt, mit der er vorgegangen war, mit deren Hilfe er einen Mord begangen hatte. Denn nun stand es außer Zweifel, daß er den Lebensfaden, den Lebenswillen, die Hauptschlagader seiner Frau durchtrennt hatte.

George war wegen Ellens Zustand mehr als beunruhigt. Und selbst während seiner eigenen Gefühlskrise kümmerte er sich rührend um sie, wobei er durch seine fürsorgliche Besorgnis nur noch mehr zu Johns moralischer Krise beitrug. Der Arzt aber war unter den Vieren am ratlosesten, konnte er doch bei seiner folgsamen Patientin kaum eine organische Veränderung feststellen, zumindest keine, die für dieses verträumte Dahinvegetieren verantwortlich gemacht werden konnte.

»Ich kann keine genaue Diagnose stellen«, gab er ehrlich zu. »Diese Krankheit hat noch keinen Namen. Ich kann sie nicht als Klimakterium, als Hysterie der Wechseljahre, als Geistesverwirrung, als Schwermut oder Melancholie, auch nicht als Apathie bezeichnen, weil eine Unter- oder Überfunktion der Drüsen, die vor der Zeit eingesetzt hätte, einfach nicht feststellbar ist. Obendrein hat die krankhafte Schlaflosigkeit aufgehört.

Die Patientin gibt auf jede Frage eine logische Antwort, ist eine fürsorglichere Hausfrau denn je. Sie hält sich peinlich sauber, kleidet sich selbst an, ihr Appetit ist einwandfrei. Ihre früheren Traumata, ihre Idiosynkrasien, ihre neurotische Überspanntheit, ihre Launenhaftigkeit sind spurlos verschwunden. Sie ist ruhig und ausgeglichen — dennoch ist sie heute von der Normalität weiter entfernt als in ihrem früheren Zustand. Was ihr physisches Wohlergehen betrifft, ist das gegenwärtige Stadium allerdings wünschenswerter ...«

»Wie können wir von Gesundheit bei einer Person reden, Doktor, die nicht wirklich lebt!« brach es ungeduldig aus George heraus. »Sie ist nicht anwesend. Sie ist einfach verschwunden. Sie kennen Ellen von früher — sehen Sie das denn nicht?!«

»Freilich ... natürlich. Es ist nicht zu leugnen, daß etwas aus ihr verschwunden ist«, meinte der Arzt unsicher und vorsichtig. »Dieses unsichtbare und vorerst namenlose Etwas ließ sich aber weder mit Spritzen mit Bestrahlungen noch mit Medikamenten eingrenzen.«

Seltsam, daß auch George nicht merkt, was geschehen ist, dachte John. Daß er noch nicht gemerkt hat, daß das Feuer plötzlich in Ellen erloschen ist.

Auf das Betreiben von George und seinem Schwiegervater führte er seine Frau folgsam von Professor zu Professor. Ellen unterzog sich mit gleichgültiger, gelassener Geduld all den Methoden verschiedener Theorien, den Untersuchungen und Kuren — doch ihr Zustand wurde um keinen Deut besser. Er verschlimmerte sich nicht, er verbesserte sich nicht — er blieb allezeit derselbe.

John kam mit Jane und George fast täglich zusammen. Zu dieser Zeit lud er sie bereits öfter ein. Ihr Schicksal verwob sich fast von selbst.

Ellen erwiderte Janes Lächeln mit höflichem, glasigem Blick, schaute in ihr mitleidiges, zärtliches Gesicht, das irgendwie erschrocken wirkte, nahm mit ihrer schlaffen, feuchten Hand ihre Hand und gab mechanisch konventionelle, höfliche Antworten. Doch sie blieb selbst dann jenseits einer Schlucht von schwindelerregender Tiefe, in ihrer Einsamkeit, die sie sich selbst geschaffen hatte, als Jane sie am Klavier rief und lockte.

Die perverse, verrückte Besonderheit dieser Zusammenkünfte spannte Johns Nerven wie die Sehne eines Bogens.

Bereits bei der ersten Begegnung mit Jane hatte er das Gefühl gehabt, sich ihr mit der Geschwindigkeit eines stürzenden Meteors zu nahen. Und dieses Erlebnis wurde bei jeder Gelegenheit nur noch intensiver, steigerte sich fast zu einem Gefühl des Verschmelzens. Die Sehnsucht, das Begehren, all das, was dieses Mädchen in ihm geweckt hatte, war wie Hunger, wie ein verzehrender Hunger, ein brennender Schmerz. Jede Bewegung, jede aufblitzende Eigenschaft Janes war dazu angetan, in seinem Inneren, in seinem Bewußtsein die Erkenntnis zu vertiefen, daß sie, nur sie allein einziger Wunsch, Ziel und Zweck seines Lebens sei.

Nach außen hin änderte sich allerdings nichts an ihrem Verhältnis, es gab keine Intimitäten. Denn John trat nicht aus seiner Passivität heraus. Überwältigt und in einem rätselhaften Zustand tolerierte er die Entwicklung der Ereignisse, ohne selbst einzugreifen. Im Gegenteil. Jede Art von Aktion kam ihm allmählich immer unmöglicher vor. Unsichtbare Mauern schoben sich vor seine Absicht. Alle seine Sinne waren von Jane erfüllt. Dort, kaum eine Armlänge von ihm entfernt, ging sie graziös auf und ab, lächelnd und plaudernd — doch er konnte sie ebensowenig umarmen wie einen Stern am fernen Himmelszelt.

»Sie fürchtet sich vor dir«, meinte George linkisch und verlegen nach dem ersten Beisammensein. »Sie lacht zwar über sich und schämt sich zugleich, aber sie hat mir gestanden, daß sie noch nie ein Mensch so verwirrt hat wie du.«

»Warum?« wollte John wissen.

»Weil sie Menschen meidet, die einen festen Willen haben. Und weil sie die Freiheit liebt, nichts als die Freiheit. Sie ist schon eine merkwürdige Person, und eine ungewöhnliche obendrein — seltsam und rätselhaft in allen Dingen. Sie ist irgendwie anders. Doch genau das ist es, was ich an ihr bewundere. Ihr werdet sicher in kurzer Zeit die besten Freunde sein. Ich bin mir dessen sicher!«

John schaute auf, bewegt durch die Kraft dieser Worte — doch er wagte es nicht, weiter über Jane zu sprechen.

Und die beiden wurden wirklich gute Freunde. Zwar nicht so, wie es sich John gedacht und Jane befürchtet hatte. Vielmehr entsprach diese Freundschaft eher Georges Vorstellungen.

Janes Unruhe legte sich allmählich. Sie unterhielt sich gern mit John, aber nur über neutrale Themen. Über sich selbst sagte sie nichts, verriet nichts. Dies war der wunde Punkt, an dem sie sich noch wehrte.

Anhand der wenigen Worte, die George gelegentlich fallen ließ, konnte John verbittert feststellen, wie vertraulich sie mit ihm umging. George kannte Janes Kindheit, ihre alte Tante, mit der sie unter einem Dach lebte, ihre Pläne, ihren Ehrgeiz, ihren Geschmack. Aus all diesen Dingen hatte sie John furchtsam ausgegrenzt — er aber wußte genau, warum.

Denn er spürte, daß die Zeit noch nicht reif war, er spürte das Verbot des Schicksals, das zwischen ihnen stand. Nun zweifelte er zwar nicht mehr daran, daß auch Jane durch das Ereignis ihrer ersten Begegnung tief erschüttert war, doch jene starke Emotion, die in ihr erweckt wurde, verwandelte sich vorerst noch in Furcht. Und da sie sich gegen alle Möglichkeiten absichern wollte, die tragisch und nicht wiedergutzumachen gewesen wären, verlobte sie sich mit George.

John wußte, was geschehen würde, dennoch unternahm er nichts dagegen. Er sah die Tendenz der Dinge, die über seinen Kopf hinweg, ohne ihn und gegen ihn strömten — doch er ließ es ohne Widerstreben zu, daß er auf die Folterbank gespannt wurde.

Die Verlobung, die selbst Ellen aus ihrer Lethargie weckte, wurde in seinem Haus gefeiert. Das war Georges Wunsch. Bei all seinem Glück war dennoch bei John seine innere Heimat. Dies war eine Verwandtschaft, deren Bande enger waren als die der Blutsverwandtschaft, ein Hort des magischen Schutzes.

John empfand jeden seiner Impulse mit lebhafter, schaudernder, berauschender Heftigkeit, als hätte er eine große Dosis Sauerstoff eingeatmet. Doch er drückte das Leid und die Qualen mit fast masochistischer Lust an seine Brust. Er betrachtete absichtlich jeden Moment der Ereignisse als ein Mysterium mit transzendentem Inhalt, hinter dem sich ein bedeutendes Ziel und eine Lösung verbargen. Doch sein eigenes Spiel faszinierte ihn so sehr, daß er es nicht durchschauen, nicht überblicken, nicht darüber hinausschauen konnte. Er verlor sich in Einzelheiten, erkannte die Zusammenhänge nicht.

Ellen in ihrem gerafften, bodenlangen roten Samtkleid ging in der Halle auf und ab, geschäftig, mit leichtem, wiegendem Schritt. Über ihrer Gestalt zuckten die nervösen Feuerdämonen des Lichts, welches das Kaminfeuer ausstrahlte. John wurde durch Ellen an sein früheres Ich und durch den Tanz der Feuerschatten an seine eigene Verlobungsfeier vor zwölf Jahren erinnert. Damals wie heute war bei den Vorbereitungen dieses bedrohliche Dröhnen im Hintergrund: ein Warten, eine Spannung, eine seltsame Erregung.

»Freust du dich?« fragte er die stumme Frau, weil er zu jemandem sprechen mußte.

Ellen blieb stehen, starrte mit unbeweglicher Miene vor sich hin, als würde sie in sich hineinhorchen, aber ihr Blick blieb leer.

»Ja«, nickte sie langsam. »Wenn man glaubt, daß man glücklich ist, so ist das gut genug«, setzte sie farblos hinzu.

»Wenn man glücklich ist? Warum so allgemein? Sie sind doch zu zweit, Ellen«, meinte John mit zunehmender Erregung, während er ihr erloschenes Gesicht betrachtete.

»George ist heute glücklich. Da ist es besser, man läßt alles, wie es ist«, murmelte Ellen.

John spürte den Hauch von Irrsinn, der ihn streifte, einen Wahn, der aus einer anderen Welt aufzusteigen schien.

»Ich kann dich nicht verstehen ...«

Ellen aber antwortete nicht, zuckte die Schultern und ging hinaus. In dieser qualvollen Stille und in seiner Hilflosigkeit erwachte in John wieder einmal der verzweifelte Wunsch: Wenn sie nur sterben würde! Wenn sie nur sterben würde ohne sein Zutun, unabhängig von ihm, geheilt, auf ihren eigenen Wegen! Wenn ihm nur das Schicksal gnädig wäre oder wenn es sein Gewissen zuließe, Georges leidenschaftslose Liebe unbemerkt auszulöschen, um sein wahres Zuhause in Besitz zu nehmen, sein eigenes, verlorenes Ich, seinen Trank und seine Speise, die Atemluft für seine Lungen — Jane!

Dann trafen das Brautpaar, Janes Tante, Dryer und auch der greise Eltham ein. Die Ereignisse liefen auf der physischen Ebene weiterhin routinemäßig ab.

Ein Teil von Johns Wesen vollzog all das, was sich für einen höflichen Hausherrn gehört, und übernahm die Rolle, die er nach den Konventionen zu spielen hatte. Doch sein inneres Ich kämpfte zwischen entsetzlichen Strömungen auf dem gigantischen Scheideweg zwischen der schwarzen und der weißen Linie. Denn diese schier unerträgliche Krise war in ihm zum vergrößerten, verzerrten Abbild jener Prüfung geworden, welcher ihn Eltham im Alter von sechzehn Jahren, noch vor Beginn seiner magischen Experimente, unterzogen hatte. Seine erglühten Sinne, sein Durst nach Erfüllung trieben ihn an wie einen Amokläufer, den Gegenstand seiner Sehnsucht zu erobern — trotz aller Barrieren, jene Mauer aus Fleisch, Blut und Nerven durchbrechend, die sich in Form von Ellens und Georges Körper vor ihm auftürmte.

Doch seine Seele, die bereits von moralischen Gesetzen erfüllt war, durch zahlreiche Tragödien geläutert, stellte ihm unüberwindliche Hindernisse in den Weg. Sein Mitgefühl brachte ihm blutige Wunden bei, sooft er sich rührte. Ein lähmender Zauber hatte ihn dazu verdammt, Georges Sehnsucht und Schmerzen als die seinen zu erleben und Ellens Drama als eine höchstpersönliche innere Angelegenheit zu empfinden.

Noch nie hatte er solche Folterqualen gespürt wie während dieser scheinbar idyllischen und fröhlichen Verlobungsfeier, bei der in seinem Inneren der Zweikampf zwischen dem weißen und dem schwarzen Magier tobte.

Das Seltsame aber war, daß er während dieses fürchterlichen, tobenden Ansturms von Anfang an deutlich spürte: Der Kampf war bereits entschieden, weil auf der einen Seite ein Übergewicht zustandegekommen war. Dennoch konnte er es nicht unterlassen, sein schwächeres Ich, das sich krampfhaft an diesen Kampf klammerte, zu exekutieren. Dieser ganze entsetzliche Akt mußte zu Ende geführt werden, um all das zu vernichten, was in ihm verseucht und verdorben war, damit es in seine Bestandteile auseinanderbrach und sich in seiner eigenen ätzenden Säure auflöste.

Er beobachtete die Kontakte zwischen Jane und George, das offene Bild ihrer Beziehung: die bebende, staunende, unterwürfige Freude in George und in Jane, die mütterliche, ewige Zärtlichkeit der Isis, die nur geben wollte und nicht nehmen. Er erlebte und durchlebte Georges linkische, ungeschickte Verehrung, gleichzeitig aber auch den Strom von Janes hilfsbereiter Kraft, welche in der Aufopferung ihre Erfüllung fand.

»George ist heute glücklich«, echote Ellens farblose Stimme von heute nachmittag in seinem Ohr. Doch diesmal waren ihre Worte von beklemmenden, bösen Ahnungen erfüllt.

Plötzlich tat ihm George wegen dieses Glücksgefühls unendlich leid. John bedauerte ihn mehr als seinerzeit wegen seiner hoffnungslosen Verehrung in Janes Schatten. Und dieses überströmende Mitleid brachte jenes Gefühl an den Tag, das für diesen Kampf entscheidend war — rein und majestätisch, emporgestiegen aus den dunklen Wellen des Schmerzes und des Mitleids.

In John aber erklang ein kristallklarer, tiefer Glockenton: Die beiden gehören zusammen! Jane gehörte heute George, obwohl er, John, jenseits seines Körpers und seiner Gegenwart, zeitlos eins mit ihr war.

Also mußte John zunächst im Hintergrund bleiben und verzichten, weil es die nächste Phase ihrer Entwicklung forderte. Das lebensbejahende, egoistische Ich, sein eigenes Ich, seine vergängliche Persönlichkeit, mußte ein lebendiges Feuer- und Blutopfer bringen. Diese bewußte Selbstvernichtung aber schafft mystische Schönheit, weckt die Lebensgeister, führt zur Auferstehung, pflegt, hegt und bewahrt.

Tat tvam asi. Erst jetzt konnte er diesen Satz der fernöstlichen Philosophie begreifen, der alles Leben in sich vereint. *Auch du bist ER! Auch du bist Gott!*

Ich und du, Ellen, Jane und George ... Wir alle sind eins. Was mit dir geschieht, geschieht auch mit mir. Was ich meinetwegen gegen dich unternehme, wird mir zum Verderbnis.

Welch eine Stille, welch eine Ruhe war jetzt in ihm! Die Spannung wurde nicht zur benommenen Erschöpfung, vielmehr zu einem schimmernden, glänzenden Frieden. Er hätte nie geglaubt, daß der verborgene Samen des Leids so viel Freude in sich barg. Er hatte das

Problem überwunden, stand über ihm, hatte es hinter sich gelassen.

Er hatte Jane seinem Freund George geschenkt und war bereit, seine weiteren Erdenjahre Ellen zu opfern. Aus dieser Prüfung, die er mit Auszeichnung bestanden hatte, waren ihm Macht und ungeheurer geistiger Reichtum zugeflossen — doch er wollte sich mit seinem Reichtum keine neuen Güter mehr kaufen.

Als er dann sein Glas zum Toast erhob, strahlten seine Worte eine tiefe, aufrichtige Freude aus, die das Brautpaar und alle seine Freunde umfing. Die Kraft seiner Gefühle schien auch Ellen zu erwärmen. Nach endlosen Monaten glaubte er in ihrem Gesicht einen Widerschein zu entdecken, wenn auch die wache Intelligenz in ihrem Blick eher einer hellseherischen Überspanntheit und Trance zu verdanken war.

»Jetzt habe ich etwas begriffen«, sagte Ellen unverhofft und unterbrach die Stille, die am Tisch eingetreten war. Ihre Stimme war hoch und hörte sich wie ein Glöckchen an. Es war, als hätte man in ihr ein Feuer entfacht.

»Was hast du begriffen?« fragte John.

»Alles, was drinnen gesagt wurde ... drinnen im Licht. *Wenn du jemanden liebst, laß ihn gehen. Geliebte Menschen soll man nicht halten.* Ich habe die Botschaft deutlich vernommen. Und ich habe verstanden. Ja, ich habe wirklich verstanden. Tue alles für einen Menschen, den du liebst, doch zwinge ihn zu nichts. Laß ihn gehen. Laß ihn seine Wege gehen.«

»Ein Wunder!« Janes weit aufgerissene Augen schauten Ellen an, die mittlerweile wieder in sich versunken war. »Das ist der tiefste Sinn der Liebe, nach dem der Mensch jahrtausendelang gesucht hat. *Wenn du jemanden liebst, laß ihn gehen.* Wie einfach, wie großartig!«

Jetzt schaute Ellen ihren Mann an, sah nur John, schenkte ihm ein ganz neues, strahlendes Lächeln.

»Fürchte dich nicht, John. Erschrick vor nichts. Es ist

alles in Ordnung. Alles entspricht den Regeln, auch das, was eines Tages *dort* geschieht. Zwar nur ein Muster, ein Abbild des Ganzen, dennoch ein wichtiges Muster aus einem großen, herrlichen Bild. Du kannst aber nicht mehr daran teilnehmen. Es kommt auf uns zu, und wir eilen ihm entgegen. Es muß sein, die Übung muß gelingen. Hab keine Angst, John, und erschrick nicht.«

Sie neigte sich mit unendlich zärtlicher Miene ihm zu, als wollte sie laut zusprechen, und legte ihre Hand auf die seine. John aber grübelte nach und versuchte, den Sinn dieser unbegreiflichen Worte zu enträtseln.

Es läutete, und dieses Klingeln weckte in John eine seltsame Erregung, als wäre dies ein Anzeichen für ein wichtiges Ereignis, der Auftakt für eine bedeutende Szene — doch diesmal war er als Arzt gefragt. Er mußte einen Patienten in der Umgebung von London besuchen, das Auto stand bereits vor der Haustür.

Er verabschiedete sich flüchtig und oberflächlich von seinen Gästen, in der Hoffnung, sie bei seiner Rückkehr noch anzutreffen. Er mußte aber länger abwesend sein, als er gedacht hatte, weil seine Patientin unter Angstzuständen litt. Es handelte sich um eine alte Dame mit Hirnblutungen, die sich an Johns Hand klammerte, um ihr armseliges Leben zu retten.

Als John dann am späten Abend zu Hause eintraf, lag die polizeiliche Meldung bereits vor. Die französische Zofe, die von hysterischen Weinkrämpfen geschüttelt wurde, teilte ihm mit, daß Ellen die Brautleute Jane und George in ihrem Wagen nach Hause gefahren hatte. Im Nebel aber war ihr Wagen auf einen Lastwagen geprallt und vollständig zerstört worden. Alle drei Insassen waren auf der Stelle tot.

Die grüne Landkarte

MONATELANG SAH ES SO AUS, als gäbe es keinen Ausweg, wohin er auch schaute. Eine Lösung, eine Entspannung war nicht in Sicht. Selbst der Versuch, all die Trümmer zu ordnen, die auf ihn herabregneten, war aussichtslos und schlug fehl.

Unter all den Anschuldigungen und Problemen drängten sich stets jene in den Vordergrund, welche durch seine Selbstbeschuldigungen gerade aufgebläht wurden. Tag und Nacht stand er vor einem Tribunal, inmitten eines riesigen Amphitheaters, dessen Sitzreihen bis auf den letzten Platz besetzt waren, wo eine lärmende, kreischende Menge kategorisch seinen Kopf forderte. Seine Richter aber ließen pausenlos und immer wieder die Ereignisse der jüngsten Vergangenheit wie einen Film ablaufen, ohne ein Urteil zu fällen.

Selbst die einzige Tür, der letzte Notausgang — der Tod, der Selbstmord — wurde vor seiner Nase zugeschlagen, weil der psychische Zusammenbruch und der Schock ein neues Sinnesorgan in ihm wachgerüttelt hatten, das selbst aus dem finsteren Schweigen der Gruft das drohende Rauschen eines verstärkten pflichtbewußteren Lebens heraushörte. Mit einer Sicherheit, die keinen Zweifel zuließ, wußte und *sah* er, daß es auch dort keinen Ausweg gab. Denn was ihn dort erwartete, war nicht etwa die Erlösung, das Erlöschen seines Bewußtseins, sondern das dämonische Crescendo all jener Lasten und Qualen, die er in seinem Körper kaum ertragen konnte.

Die Zukunft war in schwarzen Nebel gehüllt. In der Vergangenheit lange nichts als blutige Stümpfe und Ruinen. Nun war er in der Gegenwart gefangen, während es ihm vor sich selber graute und vor seinem Leben, das kein Ende nahm.

Er aber sehnte sich nach dem Tod, sehnte sich danach, dieses vergiftete Zentrum zu zerschlagen, als das er sein Ich empfand.

Denn er konnte nichts, aber auch gar nichts zu seiner Entlastung vorbringen. In dieser kochenden, brodelnden, schreienden Menge, die in seinem Inneren tobte und ihn pausenlos mit Vorwürfen bombardierte, konnte er nicht einen einzigen Verteidiger finden, weil jeder Verteidigungsversuch sofort von der gigantischen Panzerkette der Magie niedergewalzt wurde. Er konnte vor sich selbst nicht verleugnen, daß jeder seiner Gedanken ein Schwert war, welches in weiches Fleisch drang, daß jeder Wunsch einem Triumphwagen glich, der über lebendige Körper hinwegraste, daß jede Emotion wie Dynamit wirkte, das Schicksale zur Explosion brachte.

Er entfachte nur Tragödien, wohin er auch trat, tragische Schicksale säumten seinen Weg.

So war er zum Mörder seiner Freunde, seiner Gegner, seiner Verwandten, seiner Frau und seiner Liebsten geworden. Jede Aktion war aus ihm erwachsen. In ihm wurde der Gedanke an Ellens Tod geboren, ebenso, wie er seinerzeit Archibalds kleinen, zarten Tierkörper den Ratten zum Fraß vorgeworfen hatte.

Er hegte einen grenzenlosen Haß gegen sich selbst. Und von diesem Haß getrieben, leitete er eine Selbstvernichtung ein, die schlimmer war als der Tod. Denn er wollte diesen von finsteren Kräften getriebenen Zauberlehrling in sich exekutieren, in voller Absicht und im Bewußtsein seiner Macht.

Er ließ das ganze Elend dieser Welt auf sich einwirken, vertausendfachte seine Arbeit und seine Verantwortlichkeiten. Er versenkte sich in Blut, in Leiden, in Sorgen und in Fieber.

Er schlief nur dann, wenn ihn die Müdigkeit übermannte. Er aß erst, wenn er vor Hunger schon fast ohnmächtig wurde, doch selbst dann gelangte nur ein säuerlicher, böser Geschmack zu seinem verfluchten Gaumen.

Er suchte sein Heil nicht in irgendwelchen Freuden, wich jeder Möglichkeit aus, die ihm Entspannung gebracht hätte.

Sobald er sich vom Dienst an seinem Nächsten löste, warteten bereits quälende Folterwerkzeuge auf ihn. Er mußte nur die richtigen Namen nennen. Ellen. Sie war das Rad, auf das er geflochten wurde, der glühende Stift unter seinen Fingernägeln. Jane, seine Mutter, Archibald — alle waren sie Scheiterhaufen, auf denen sein Fleisch geröstet wurde. Raffinierte Folterqualen, unerträgliche Schmerzen und ein Schrecken ohne Ende. Sein Organismus aber bewältigte den Streß mit zähem, hartnäckigem Widerstand. Die fürchterliche Saat des Zweiten Weltkrieges brachte ihm reiche Ernte. Er watete dicht hinter dem Verderben durch die tiefen Furchen aufgerissenen Lebens, auf den Spuren zerstörter Leiber und Blutfontänen, wurde eins mit jedem Schmerzensschrei, mit jeder offenen Wunde, mit jedem berstenden Knochen, mit jedem Todesschrei.

Mit intakten Menschen pflegte er keinen Umgang. Seinen Freunden ging er aus dem Weg, schleppte nur sein schuldiges, verhaßtes Ich überall mit sich herum. Doch auch diesmal floh ihn der Tod, versteckte sich vor ihm, wehrte die Granatsplitter ab, bog sie vor ihm auseinander, schob zentnerschwere Steine beiseite, baute eine Mauer, einen Schutzwall gegen den Luftdruck, erstickte das Feuer durch Sandregen, jenes Feuer, das bereits seine Flammenkrallen nach ihm ausgestreckt hatte.

Dennoch war es ein kleiner Granatsplitter, der, ohne ihn zu töten, im letzten Kriegsjahr die Geheimtür zur Befreiung vor ihm aufstieß.

Eines Nachts wurde er am Kopf verletzt — ausgerechnet am Kopf, als wäre es eine höhnische Anspielung seines ewigen Feindes, der mit seinem Degen scherzhafterweise genau jene Stelle traf, wo ihn John mit seinem Stilett stets anzugreifen und zu provozieren pflegte.

Nach langer Bewußtlosigkeit erwachte er in einem ganz anderen Zustand des Bewußtseins. Später, als er nach dem richtigen Begriff suchte, während alle sich als unzulänglich erwiesen, versuchte er, diese zweifache Lichtbrechung, diesen Zustand, in dem er wochenlang gelebt hatte, als ›geteiltes Bewußtsein‹ zu beschreiben. Doch er mußte immer Umschreibungen verwenden, sobald er versuchte, seine Erlebnisse in eine rationale Sprache zu übersetzen.

Seltsame Gleichzeitigkeiten waren bei ihm aufgetreten. Ihm war, als würde er auf der Schwelle der dreidimensionalen Welt stehen — als würde er von dieser Schwelle aus in eine vierte Dimension hineinschauen, und weiter darüber hinaus in eine fünfte und sechste.

Er lebte das Leben der verschiedensten Wesen und Geschöpfe in immer anderen Schichten der Zeit, wobei er sich jeweils mit dem Bewußtsein dieser Gestalten identifizierte. Mal war er ein Kind, mal ein junger Bursche, mal ein reifer Mann, dann wieder ein Greis.

Er wußte nicht und fragte auch nicht danach, was später oder früher geschah, weil der Simultanprozeß zwischen offenen Kulissen ablief. Dennoch kam ihm das Kind älter vor als der Greis, und der junge Bursche wirkte müder als der reife Mann, weil er über so manches mehr Bescheid wußte und bereits eine lange Strecke zurückgelegt hatte.

Der reife Mann strotzte vor Lebenskraft und Gesundheit, gleich einem röhrenden Hirsch zur Brunftzeit. Alle Gegenstände und Wesen in seiner Nähe duckten sich mit empfindlicher, furchtsamer Unterwürfigkeit vor seiner Erscheinung, die der eines Halbgotts glich. Dieses entsetzliche und wunderschöne Göttertier irrte in der reißenden Strömung der Furcht und des Hasses zwischen all den lebendigen Erscheinungen umher, sehend und dennoch blind wie ein Tyrann, ein Sklave seiner eigenen Sehnsucht und Unerfahrenheit.

John graute es vor diesem seinem Ich, das aus dem

Hintergrund klingender Fernen einer mythischen Welt inmitten von lebendigen Symbolen mit der tragischen, gefährlichen Großartigkeit eines fallenden Titanen aufgetaucht war. Er stand noch jenseits aller Leiden und des Todes, daher auch jenseits des Lebens, jenseits aller Wahrheit. Doch auch der Gegenpol dieser Gestalt war bereits aufgetaucht, als ruhender Lichtkern im Dämmerschein der Gefühle und Emotionen, im wirbelnden Strudel der Leidenschaften. Da war jemand, überall gegenwärtig, vorerst noch namenlos und unbegreiflich. Sein Gesicht war im Leben des jungen Burschen nur sporadisch und blitzartig im Traum aufgetaucht, war wie ein Gedankenschatten durch das Bewußtsein des Greises gehuscht.

Doch das Kind war ihm einmal auf der Straße begegnet, einmal in China, in den Tiefen vieler Jahrhunderte, und war ihm damals nachgelaufen, hatte ihn aber schon bald in der Menge verloren. Eine Zeitlang sah ihm jeder alte Mann in dunkelblauem Gewand und mit weißem Bart von hinten ähnlich — wenn er aber die Gestalt dann von vorne betrachtete, war es stets ein Fremder. John erlebte mit stechendem Schmerz in seiner Seele jene Sehnsucht, die keinen Namen hat, deren Stigma den Menschen in jeder Beziehung heimatlos und fremd macht.

Während seiner schrittweisen Genesung und Rekonvaleszenz gelang es ihm allmählich, diese vier verschiedenen Bewußtseinsströme einzugrenzen. Sie vereinigten sich zu einem einzigen Strom, und im Brennpunkt dieses konzentrierten Bewußtseins glühte die erstaunliche und zwingende Gewißheit auf, daß die Lösung auch heute noch wie zu allen Zeiten bei diesem Greis lag. Von diesem Knotenpunkt zweigten die rätselhaften Erinnerungspfade wie Strahlen ab, die allesamt durch die verschiedensten Dimensionslandschaften zu dem alten Mann hinführten, bewußt oder unbewußt stets dem unvermeidlichen Treffpunkt zustrebten. Und plötzlich wußte er auch, daß dieser Treffpunkt in greifbarer Nähe lag. Der Zeiger der kosmischen Uhr zeigte den Zeitpunkt bereits deutlich an. Der Ausgang des Labyrinths tauchte auf, und Licht strömte zu ihm herein.

Und dann, eines Tages in der Morgendämmerung, erblickte er endlich im Halbschlaf Raguel in Mythenburg. Er stand wartend in der offenen Tür seines Zimmers.

»Bald wird die Zahl der Gäste komplett sein«, sagte er, ohne ihn zu begrüßen. »Du warst pünktlich, *Ramout!*«

Die Magie dieses Namens berührte ihn wie glühende Kohle, und die Pein dieser Berührung wirkte auf ihn wie ein Rausch, der sein Wesen erweiterte, ihn aber gleichzeitig verzweifeln ließ. Im brausenden Sturm der Emotionen wurde sein Inneres plötzlich von Verwirrung ergriffen.

In all jene Erinnerungsinhalte, welche über die Ufer der rationalen Gedanken und Bilder traten, mischte sich ein Gefühl der Unsicherheit über Ort und Zeit und begann den Kontakt aufzulösen. Doch er nahm all seine Willenskraft zusammen, klammerte sich an den Anblick von Raguels Gesicht, so daß es ihm noch gelang, den kurzen Text mitzubekommen, der bereits aus weiter Ferne in abgehackten Sätzen zu ihm herüberklang.

»Die Landkarte in grüner Kreide liegt links ... Erinnere dich! Nicht hier ... Dort ... drin ...«

Und dann konnte er sich erinnern, daß die Adresse bei ihm lag. Er griff in seine linke obere Tasche und zog das Kärtchen hervor. Auf dem kleinen quadratischen Zettel schimmerten grüne Landkartenlinien, als hätte jemand die grüne Tusche mit Goldstaub getrocknet. Der Weg von London über Paris nach Mythenburg war deutlich zu erkennen.

So erwachte er aus dem Halbschlaf zu vollem Bewußtsein, vollkommen genesen, die Linien eingeprägt in seinem Gehirn. Er stach sofort auf und kopierte die

Karte so, wie er sie gesehen hatte, mit allen Namen und Zeichen.

Gleich nach dem Waffenstillstand nahm er die erstbeste Gelegenheit wahr und reiste in die Schweiz. Er fuhr seinem morgendlichen Traumbild nach und kam bei Raguel in Mythenburg an.

III

DER WEG
DES HERMES

ANDRÉ MOREL MOCHTE NOCH SO TIEF in den Erinnerungs-
boden seines gegenwärtigen Lebens eindringen, er stieß
nicht auf jenes außenstehende Bewußtsein, welches alle
Wesen beobachtete, die sich um ihn herum bewegten.
Auf den traumähnlichen Dämmerzustand des Säug-
lingsalters folgte unverzüglich die sichere Erkenntnis,
daß die drei Frauen, die ihn gleichermaßen mit eifersüchtiger Vergötterung bedienten, von einem seltsamen, geheimnisvollen Netzwerk umgeben waren. In ihrem Wesen gab es unberührbare Punkte und delikate,
empfindliche Grenzen. Er mußte gewaltig aufpassen,
um nicht auf eine unterirdische Gefühlsmine zu treten,
deren Explosion unweigerlich zu einer Katastrophe geführt hätte.

In den Zimmern, in den Fluren dieser geraumigen
Wohnung, die in verschiedene Festungen aufgeteilt war,
hatten Männer jahrelang nur auf Fotografien existiert.
So etwa das Daguerreotyp seines verstorbenen Vaters,
Octave Morel, mit starrem Lächeln und bärtigem Gesicht, das auf dem Nachttisch seiner Mutter stand, ferner ein Gemälde, das über dem Bett von Tante Clementine hing: ein Porträt seines Großvaters Alfred de
Groux, mit flacher Stirn und aufgedunsenem Gesicht —
ein Mann, der trotz seines wohlklingenden Namens ein
gerissener Händler gewesen war und seinen drei Töch-
tern eine beachtliche Rente hinterlassen hatte. Die verblichenen Geisterschatten des ›armen, guten Vaters!‹
und des ›armen, lieben Octav‹ stiegen an allen Feiertagen aus den Gräbern der Erinnerung, um das Geschenk
zerdrückter Tränen, tiefer Seufzer und andächtiger Worte entgegenzunehmen.

Seine früh verstorbene Großmutter, an die sich selbst
die Töchter kaum noch erinnern konnten, lebte in trauter Gemeinschaft mit ihnen weiter, weil die drei Töchter
diese verschwommene Gestalt auf romantische Weise je
nach Charakter zu drei verschiedenen Phantomen aufgebläht hatten. Andrés Mutter Germaine sah stets die

Frau von blendender Schönheit in ihr. Tante Clementine hatte sie zur unglücklichen Märtyrerin geweiht. Die trockene, gallige Tante Gabrielle aber hatte sie zur heimlichen Rebellin gemacht, die in ihrem Tagebuch gegen Gott, ihren Mann und die Welt wütete.

Madame de Groux war an einer Darmentzündung gestorben, kurz nachdem sie ihre Kinder zur Welt gebracht hatte.

Die Wohnung, in der sie lebten, hatte noch Andrés Großeltern gehört, und im Lauf der Jahrzehnte hatte sich dort all das abgelagert, Schicht für Schicht, was für die jeweiligen Bewohner charakteristisch war.

Die Damen lebten in getrennten Zimmern und schritten nur in ganz besonderen Fällen über die Schwelle des kleinen Reichs, das jede für sich beanspruchte.

Gelegentlich trafen sie sich in der neutralen Zone des Speisezimmers und des Salons. Sie speisten auch getrennt, weil Andrés Mutter zuckerkrank war, Clementine zu wenig und Tante Gabrielle zu viel Magensäure hatte. Alle drei kochten eine verschiedene Diät, und ebenso köchelte auch die alte Julie einsam vor sich hin, die schon seit sechzig Jahren im Dienste dieser seltsamen Familie stand, schrullig, ewig beleidigt und kündigungsbereit.

Um Andrés Mutter herum herrschten schreiende Farben, vor allem Rot, welches auch die Sonnenstrahlen, die wie dicke Staubsäulen in ihr Zimmer fielen, nicht ausbleichen konnten, ebensowenig wie die dahineilende Zeit. Es war, als würde Germaine Morel mit hartnäckiger Gewalt immer mehr und mehr Blut in all die Gegenstände gießen, die sie umgaben. Fächer, künstliche Blumen, schwere rote Vorhänge und Decken schafften eine schwüle Atmosphäre in ihrem Zimmer, das Julie in ihren brummigen Monologen als ›schmutzigen Misthaufen‹ bezeichnete.

In Clementines mattem, blassem, verstaubtem Zimmer schwebte stets ein leiser Apfelgeruch. Es wirkte, als wären die Möbelbezüge nicht gemustert, als hätten die Möbel keine Ecken und Kanten. Alles war verwischt und verwaschen, alles löste sich in einem wohltuenden Nebel auf.

André mochte sie am liebsten, wovon aber die beiden anderen Damen keine Ahnung hatten.

Was ihre Schrulligkeit betraf, schlug Clementine ihre Schwestern um Längen, doch ihre fixen Ideen rührten André und zogen ihn zugleich an. Als er dann mit aller Kraft versuchte, ihr Wesen aus ihrer immerwährenden Anwesenheit herauszuschälen, die ihm fast schon zur Gewohnheit geworden war, glaubte er zu erkennen, daß Clementine in jungen Jahren wohl ein attraktives Mädchen gewesen war, ein zartes, zerbrechliches, hilfloses Wesen mit schmachtenden Augen und silberblondem Haar. Ein kleines Pastell, das hinter einem Vorhang verborgen in einer Nische hing, bewahrte noch die Erinnerung an dieses einstige, längst vergangene Wolkenwesen.

Zwischen den schwarzen Ebenholzmöbeln der Tante Gabrielle kam sich André stets so vor, als würde er im Luftzug stehen. wenn er sie besuchte, fror er selbst dann, wenn das Zimmer durch den großen Porzellanofen in der Ecke derart aufgeheizt wurde, daß man die glühenden Kacheln nicht berühren konnte. Die Wände waren mit Bücherregalen bedeckt, die bis zur Decke reichten. Doch seltsamerweise wurde Tante Gabrielle durch die vielen Bücher nicht weise, eher immer kühler und verschlossener.

Als in Andrés Bewußtsein das Alter eine Rolle zu spielen begann, waren seine Mutter und die beiden Tanten bereits jenseits der Vierzig — aus seiner Sicht also lauter ›alte Damen‹. Aus ihrem Haar waren die Farben allmählich gewichen.

In der einst dichten, dunklen Haarkrone seiner Mutter, im ehemals roten Haar von Tante Gabrielle schimmerten noch einige Strähnen der verblichenen Pracht —

doch Tante Clementines zerzauste Kleinmädchenlokken kümmerten bereits in verblichenem Weiß vor sich hin, obwohl sie die jüngste unter den drei Schwestern war.

Die Geschwister liebten einander nicht. Ein wuchernder Urwald aus geheimen Feindseligkeiten, aus den Wurzeln ehemaligen Unrechts erwachsen, warf seine düsteren, trennenden Schatten auf sie. Die ungleichen Schwestern, die in ihrem Geschmack, in ihren Gewohnheiten und in ihren Ansprüchen so grundverschieden waren, schotteten sich schaudernd gegeneinander ab. Dabei suchten sie nach jeder Gelegenheit, um diese Unterschiede weiter auszuprägen und zu vertiefen.

Die leidenschaftliche, fette, aufbrausende Germaine, Andrés Mutter, verschlang dicke erotische Wälzer bis tief in die Nacht. Clementine schwärmte für Gedichte und das Leben der Heiligen. Gabrielle, deren blutloser Intellektualsimus nichts weiter war als ein hochmütiger Selbstschutz gegen die Welt, lebte ihre undefinierbare Unzufriedenheit in der satirischen, rebellierenden Gedankenwelt Voltaires, Rousseaus und Kropotkins aus, weil ihr zu ihrem verzehrenden geistigen Ehrgeiz die Begabung fehlte. Wegen dieses Mangels aber hielt sie sich an Gott schadlos mit einem aggressiven Atheismus, der eher einem galligen Streit mit einer durchaus menschenähnlichen, intensiv lebendigen Persönlichkeit glich.

Zweifellos fürchteten sich die Schwestern voreinander: vor der scharfen Zunge Gabrielles, vor den fürchterlichen Zornesausbrüchen Germaines und vor den ohnmächtigen Weinkrämpfen Clementines. Doch diese gegenseitige Furcht war die eigentliche Grundlage für das verhältnismäßige Gleichgewicht ihres Lebens.

André hatte bereits früh gelernt, daß in ihrem Haus über nichts offen gesprochen wurde, am wenigsten über die Dinge, die jeden einzelnen beschäftigten. Ein falsches Wort am falschen Platz konnte sich zu einem gefährlichen Sumpf vertiefen, in welchem eine der drei Frauen für einige Tage oder Wochen hoffnungslos unterging. Also hieß es, vorsichtig mit Worten umzugehen, damit nicht irgendein unvorsichtiger Satz oder ein unbedachtes Wort eine Anspielung auf den Charakter, die Passionen, den Zustand, das Aussehen, die Versäumnisse der Schwestern — oder gar auf die Vergangenheit enthielt. Denn in der Vergangenheit kreisten und brodelten schreckliche Lavastrudel.

In diesem Zuhause seiner Kindheit entwickelte André seine Anpassungsfähigkeit und sein diplomatisches Geschick, bis zur Vollendung, und die drei Frauen waren das erste Material seiner Berufung. Er mochte alle drei, doch jede auf ihre Weise. Am weitesten fühlte er sich von seiner Mutter entfernt. Gabrielle tat ihm leid. Clementine mochte er besonders, auch wenn er sich heimlich über sie lustig machte. Doch die drei Schwestern waren fest davon überzeugt, ihn jeweils für sich gewonnen zu haben und vor den beiden anderen exklusive Vorrechte zu besitzen. Dies war eine schier akrobatische Leistung, und sie konnte nur gelingen, weil sie sich im wesentlichen nicht auf Spiegelfechterei, sondern auf Verständnis und Mitgefühl stützte. Bereits als Kind hatte er durch eine seltsame Intuition die dreigeteilte Einheit erkannt. Und er wußte auch, daß diese drei zu Krüppeln geworden waren, weil sie es nie fertiggebracht hatten, miteinander, ineinander zu leben und im Wesen der anderen aufzugehen.

Er konnte mit ihnen machen, was er wollte, weil sich all ihre Liebe und ihre Fürsorge auf ihn konzentrierten. Wäre sein eigener Charakter weniger ausgeglichen oder oberflächlicher gewesen, hätte er sie in tödliche Krisen treiben können. Er aber wurde zur Brücke über den Abgründen, schwebte als geflügelter Bote mit weißer Flagge in den Weltraum feindlicher Planetenfernen ein, war er doch mit der Sehnsucht, dem Streben und der Fähigkeit zum Ausgleich geboren.

Dank seines untrüglichen Instinkts stieß er stets auf Lösungen, die ihm auch aus den kompliziertesten Situationen hinaushalfen. Zum Beispiel war seinerzeit seine Fütterung im Kinderzimmer so lange eine Quelle von Kämpfen und Verbitterungen gewesen, bis er im Alter von fünf Jahren auf die Idee kam, seine Mahlzeiten jeden Tag bei einer anderen Schwester einzunehmen, dies jeweils in ihrem Zimmer und nach dem dort üblichen Ritual. Es war ein genialer Plan, dem alle begeistert zustimmten. Denn auf diese Weise gehörte der Liebling jeweils einen Tag lang der jeweiligen Gastgeberin — und dieser bot sich die Gelegenheit, ihn mit dem eigenen Wesen zu durchtränken und ungestört seine zärtliche Anhänglichkeit zu ernten.

Jede von ihnen bereitete sich mit rührender Freude, mit Spannung und Eifer auf diese Mittagsmahlzeiten vor. André aber bereitete ihnen nie eine Enttäuschung, weil er nie auch nur den leisesten Versuch unternahm, die eine gegen die andere auszuspielen. Er beschwerte sich nicht über die blutigen Steaks, die ihm seine Mutter vorsetzte und die ihm schwer im Magen lagen. Und nach Clementines dicken, süßlichen Soßen kamen ihm Tante Gabrielles in Wasser gekochte Gemüse fast wie eine Medizin vor, die er dankbar entgegennahm.

Gelegentlich löste eine verheimlichte Magenverstimmung fast eine kleine Palastrevolution aus, mit provisorischem Richterstuhl, vor dem der Kronzeuge, das eigentliche Opfer, ins Schwitzen geriet, dennoch um nichts in der Welt bereit war, den jeweiligen Delinquenten zu verraten.

Die heftige Taktlosigkeit seiner Mutter war mit am schwersten zu ertragen. Clementines Vogelstimme war kaum zu hören. Und was Tante Gabrielle betraf, so mußte man sich tief zu ihr bücken, um ihre leise, gemessene Sprache zu verstehen.

Seine Mutter aber gab sich stets so laut wie nur möglich. Oft begann sie zu den unmöglichsten Zeiten zu singen, so etwa vor Tagesanbruch oder abends nach zehn. Ihre tiefe Stimme, die gelegentlich ausrutschte und versagte, drang in alle Zimmer und ging den Schwestern auf die Nerven.

Auch mit Julie hatte sie immer wieder Streit, lautstarke Auseinandersetzungen, die sich bis zum kreischenden Fortissimo steigerten. Sie war ständig unterwegs, immer in Eile, rumorte im Haus herum, ging in der Wohnung auf und ab, knallte die Türen und stieß wüste Drohungen aus — ja, sie beschimpfte sogar die leblosen Gegenstände. Ihre gute Laune, ihr Zorn, ihre Glut und ihre Trauer waren gleichermaßen lautstark und aufdringlich. All die Gerüche und Düfte, die sie umschwebten, wirkten auf die Bewohner gleichermaßen aggressiv. Schwuler, starker Parfumduft oder der Geruch von roten Zwiebeln, die in Öl schmorten, verrieten ihre Gegenwart selbst durchs Schlüsselloch. Die ewig frierende Clementine riß täglich mehr als einmal ihr mit Polstern verrammeltes Fenster auf, wenn die stechenden Düfte sie überfielen und in ihre Nase drangen.

»Deck dich zu, mein Liebling«, sagte sie zu André, wenn er sich gerade bei ihr aufhielt. »Ich muß Germaine auslüften.«

Die Hypochondrie seiner Mutter war ebenfalls grenzenlos, lächerlich und bedauerlich zugleich. Wenn ihr Arm beim Lesen einschlief, schrie sie mit spitzen Rufen das ganze Haus zusammen, weil sie angeblich einen Schlaganfall gehabt hatte. Auch ihre Diabetes war von rätselhafter Natur. Sie verschwand oder tauchte wieder auf, je nach Bedarf und Nervenzustand.

In Wirklichkeit aber fürchtete sie sich vor dem Tod, vor dem sie ein Leben lang geflüchtet war. Dies war der tiefere Grund für ihr lautes Verhalten, darum schrie und sang sie, darum vergrub sie ihren Kopf in dümmliche pornographische Romane — weil sie sich fürchtete, weil es ihr vor jener zwei Meter tiefen Grube graute, die in die Erde eines Friedhofs gegraben war.

Ihr Kind aber liebte und hegte sie wie eine Glucke ihr Küken. André war ihr einziger Besitz, ein einmaliger Vorteil, mit dem sie über die Schwestern, die beiden alten Jungfern, triumphierte.

Doch sobald ihre eigene Gesundheit in Gefahr geriet, vergaß sie ihren Sohn, als wäre er gar nicht vorhanden. Sein Dasein erlosch in ihr ebenso, wie die ganze Welt für sie zu einem einzigen, von Panik erfüllten Egozentrum verschmolz.

»Deine Mutter«, pflegte Clementine bei solcher Gelegenheit zu sagen, während sie mit gefalteten Händen in ihrem Sessel kauerte, »deine Mutter hat dich zwar zur Welt gebracht, aber in Wirklichkeit ... Nun, eines Tages wirst du es erfahren.«

Mehr konnte er nahezu 15 Jahre lang nicht aus ihr herausbekommen, außer wenn gelegentlich zu Zeiten gewaltiger Stürme und heftiger Emotionen etwas durchsickerte.

Tante Gabrielle aber brachte ihren Standpunkt auf ganz andere Weise zum Ausdruck, daß sie André eher für ihren eigenen als für den Sohn ihrer launischen, egoistischen Schwester hielt.

»Blutsverwandte können sich auch gegenseitig umbringen«, sagte sie leise und gemessen. »Die Mutter, die einem Kind das Leben schenkt, gehört nur so lange zu ihm, wie sie den Säugling an ihrer Brust nährt. Die echte Verwandtschaft beginnt erst mit der geistigen Zusammengehörigkeit. Meinst du nicht, André?«

»Doch, Tante Gabrielle.«

»Jetzt kann ich dir Voltaires ›Candide‹ in die Hand geben. Wenn du es gelesen hast, werden wir darüber sprechen, was sich hinter der Geschichte verbirgt. Ich möchte, daß du klar siehst. Dein Vater hat sich nach nichts anderem so sehr gesehnt wie nach Wissen, doch er war viel zu schwach dazu ... und kompromißbereit. Bei dir liegt die Sache anders. Von Anfang an stehe ich an deiner Seite. Ich will dir helfen, damit sich der Intellekt in

dir entfaltet, unbeeinflußt und unabhängig von irgendwelchen Gefühlen.«

André war damals bereits 15 Jahre alt und überlegte,
welch ein armseliges, liebes, bedauernswertes Geschöpf
diese Tante Gabrielle doch war, die mit steifem Rücken,
flacher Brust und gewaltiger scheckiger Haarkrone zwischen all den unbequemen Möbeln thronte und jedes
Wunder mit krampfhafter Anstrengung zu analysieren
versuchte — im Dienste einer fixen Idee, die sie als ge-
fühlsfreien, unabhangigen Intellekt bezeichnete.

André aber folgte ihr nie, nicht für einen Augenblick,
auf diesem Weg, wenn er auch die Bücher gerne las, die
sie ihm gab.

Er amüsierte sich, dachte über ihren Inhalt nach —
doch er blieb außerhalb und ließ sich nicht beeinflussen,
während er in einer Art Wartezustand verharrte, von
nebelhaften Ahnungen umschwebt.

Mademoiselle Mimosa

DIE GEFÜHLSKRISEN SEINER BEIDEN TANTEN wurden ihm
auch nur hinter den Worten klar, während er heranwuchs. Er stellte nur selten Fragen, eher war er damit
beschäftigt, zu beobachten, Schlüsse zu ziehen und seine Ergebnisse in einem System unterzubringen.

Die Quelle ihrer Krisen und Kontroversen entsprang
in irgendeiner Weise der nebulösen Gestalt seines Vaters
Octave Morel. Das Bild dieses bärtigen Mannes mit dem
schmalen Kopf, die verschwommene Skizze dieses
Fremden, hatte er nach Julies verworrenem Geschwätz
gezeichnet.

Julie bezeichnete seinen Vater als den ›lieben, jungen,
freundlichen Herrn Doktor‹. Ihm aber kam es so vor, als
würden ihre feindseligen Gefühle seiner Mutter gegen-

über wohl aus gewissen Erlebnissen dieser Zeit stammen. Auch Julie mochte Clementine am liebsten, doch sie verehrte nur Gabrielle, obwohl sie die alte Dame als kurzberocktes kleines Mädchen kennengelernt hatte.

»Sie hatte auch damals schon so einen Dickschädel, so einen kühlen Kopf«, meinte Julie. »Sie sagte immer, daß sie nie heiraten würde. Ich hab's nicht geglaubt, weil sie viele Verehrer hatte. Und doch ist es so gekommen, weil sie es nicht anders haben wollte. Freilich weiß sie eine ganze Menge, doch diese Bücher haben sie aufgefressen. Wenn sie wenigstens ein Mann wäre.«

»Und Clementine?« fragte André.

Julies faltiges, altes Indianergesicht wurde weich.

»Mein armer kleiner Engel. Sie hätte gerne geheiratet. Freilich wollte sie heiraten ...«

»Wen denn, Julie?«

Julie öffnete zweimal den Mund, zog es aber dann doch vor zu schweigen. Schließlich wich sie der Frage aus.

»Wen wohl? Alle Mädchen haben Werber ...«

»Meinen Vater, nicht wahr?« bestürmte er Julie.

Julie aber schaute ihn erschrocken an.

»Was redest du da für Sachen!« fuhr sie ihn grob an. »Heute ist Germaine-Tag. Gehen Sie zu ihr hinein, junger Herr, weil sie sonst gleich zu schreien beginnt, obwohl Mademoiselle Gabrielle entsetzliche Kopfschmerzen hat.«

André fiel all diese Geheimnistuerei nicht zur Last, eher fand er sie amüsant. Er genoß die Tatsachen, die sich allmählich aus dem Nebel schälten, wie einen zögernden, späten Sonnenaufgang. Fiebernde Ungeduld, gieriges Verlangen, qualvolle Sehnsucht waren ihm stets fremd. War er doch müde, alt, ohne Krallen und Waffen aus der Vereinigung seiner bereits etwas bejahrten Eltern hervorgegangen — eine Vereinigung, die weder lösen noch erlösen konnte.

Seine Mutter hatte mit 38 Jahren geheiratet und war

bereits mit 41 Witwe geworden. Sein Vater war gestorben, ohne zu wissen, daß seine Frau ein Kind erwartete. All die Unannehmlichkeiten und Beschwerden einer Schwangerschaft, all die damit einhergehenden Verwirrungen und Launen, den blutigen, langwierigen Vorgang der Geburt nebst seinen schweren Prüfungen erlebten die drei Schwestern gemeinsam und ohne Mann — wollte man einmal vom Arzt und Geburtshelfer absehen.

Andrés Vater war an einer Reihe rätselhafter Krankheiten gestorben, als Todesursache waren akute Herzschwäche und Herzversagen attestiert worden.

Doch immer wenn sich Julie in einen Racheengel verwandelte, weil sie wieder einmal einen Streit mit Andrés Mutter ausgefochten hatte, stieß sie finstere Anspielungen aus, daß ›der liebe, arme Herr Doktor‹ noch lange in Frieden hätte leben können, wenn ihn nicht ein gewisser *Jemand* zu Tode gehetzt hätte.

André behandelte diese Ausbrüche wie einen mythischen Zerrspiegel, doch in seinen Tiefen fand er so manchen Lichtpunkt, den er gebrauchen konnte.

Was seine Mutter betraf, so projizierte sie unglaublich befangene, gefälschte, retuschierte oder ganz und gar verlogene Bilder. Tante Gabrielle ihrerseits zersägte alles in spröde, trockene Teile ohne Geschmack und Würze, wobei die Zusammenhänge in der Lauge ihrer Worte verlorengingen. Clementine und Julie dagegen gaben großartige Medien ab, weil sie ihm mit unbewußter Bereitschaft jene Erlebnisse offenbarten, die in ihrer Gefühlswelt fixiert waren.

Clementine huldigte auch jenseits ihrer tiefen Religiosität irgendwelchen Riten, die sich auf unbekannte Dinge bezogen. Unabhängig von den üblichen Feiertagen zündete sie Kerzen an, schmückte ihr Zimmer mit gelben Blütendolden und verbrannte duftende Kräuter. Bei solchen Gelegenheiten pflegte sie ein blaßgrünes Kleid anzulegen und ihren ausgemergelten, langen Hals mit einem Spitzenkragen zu schmücken. André fragte nie, was sie da feierte oder an was sie sich erinnerte, weil er Clementines geheimnisvolle Anweisungen mochte.

»Mademoiselle Mimosa!« sagte sie bedeutungsvoll und reichte ihm die Silberkassette mit den Honigbonbons. André aber steckte ein Bonbon in den Mund und atmete genüßlich den leichten Blumenduft ein.

»Wird es am Mittwoch wieder einen Sieben-Kerzen-Tag geben?« fragte er.

Clementine nickte.

Andrés jüngste Tante kränkelte dauernd vor sich hin. Sie hatte das ganze Jahr über mit Erkältungen zu kämpfen, aber sie machte sich nichts daraus und kümmerte sich nicht darum. Eine leicht erhöhte Temperatur stimmte sie bereits recht fröhlich, doch oft bekam sie plötzlich hohes Fieber und mußte das Bett hüten. Und je höher ihre Körpertemperatur anstieg, um so redseliger wurde sie. André aber fischte aus ihren lockeren Reden bei über 39 Grad Fieber die interessantesten Bruchstücke ihrer Erinnerung heraus.

»Manchmal glaubt man, daß etwas geschehen ist«, sagte Clementine mit ihrer leisen kleinen Vogelstimme. Ihr welker Backfischkopf ruhte auf hochgetürmten Kissen. Aus ihrem hochgeschlossenen, weiten Flanellhemd ragten zwei knochige, entsetzlich dünne Handgelenke und zwei magere, blaugeäderte Hände hervor.

»Ja ... es ist ganz so, als wäre es geschehen.« Dabei nickte sie immer wieder kurz vor sich hin, und feine Runzeln, die einem Spinnennetz glichen, legten sich heiter um ihre Augen.

»Man kann aber die Dinge auch anders ordnen. Das habe ich herausgefunden, und seitdem ... lebe ich. Das sage ich natürlich nur dir, André, weil ... also, du verstehst schon ... So stelle ich etwa neben eine Allee blühender Bäume brennende, mannshohe Kerzen. Es gibt keine Erklärung dafür, dennoch sind sie da. Sie verbreiten im hellen Licht dieses Frühlingstages nur ein blasses Licht. Und das hat etwas Zweckloses, Sinnloses an sich, jawohl, all dies ist ohne Sinn und Zweck. Aber sie verkündigen eine große Freude, so daß ich in mir tanzen, lachen und weinen möchte …

Doch dabei kommt manchmal auch etwas anderes heraus. Am Ende der Allee tut sich das Tor eines fremden, großen Hauses auf. Eine festlich gekleidete Schar kommt aus dem Tor, und jemand tritt zu mir.

›Wir haben Sie bereits gesucht, Mademoiselle Clementine! Es fängt gleich an!‹ sagt die Gestalt aufgeregt.

Aus dem Haus dringt Musik. Hinter den Fenstern herrscht reges Treiben. Dieser Augenblick dauert sehr lang. Und ich will auch nicht, daß er zu Ende geht. Es ist Feiertag. Ich will nicht wissen, was beginnt und was dort drin im Haus abläuft, weil dies sofort weniger wäre, wobei es so … einfach vollkommen ist. Neben mir steht ein Mann. Seine Hemdbrust schimmert blendend weiß im Dämmerlicht, weil sich der Tag bereits neigt. Sein Kopf ist ganz schmal, seine Stimme tief. Aus seinen Kleidern dringt feiner Tabakgeruch. Dies ist der Tag der Mademoiselle Mimosa … erinnerst du dich? Aus einer einzigen Anrede heraus geschieht so viel … dauernd, sooft ich es will. Ich brauche nichts weiter als Kerzenlicht und ein paar Mimosen …«

»Hat dich jemals jemand so genannt, Tante Clementine?« fragte André, weil er fragen durfte. Seine Tante fieberte und war nicht ganz bei Bewußtsein.

»So hat er mich genannt«, flüsterte sie. »Genau so. Und dies nicht nur einmal. Mademoiselle Mimosa …«

Pierre

AUSSER DEN GESTALTEN, die sein Zuhause bevölkerten, wurde Pierre Guinard die erste wichtige Person in Andrés Leben. Schon in der Grundschule wurden sie Freunde infolge einer Anziehung, die ebenso rätselhaft wie natürlich war.

Pierre war ein hübscher, redseliger, nervöser, sonderbarer Knabe, ja fast ein Sonderling. Seine unruhigen Gedanken, die wie eine Springflut hervorsprudelten, seine bizarren Einfälle brauchten ein Publikum, das er sich allerdings sorgfältig aussuchte.

Pierres Gesicht berührte André auf seltsame Weise. Seine Miene erweckte Mitleid und unaussprechliche Sorge in ihm — als würde diesem Knaben, der sich in seine eigene, geheimnisvolle Welt verloren hatte, irgendeine Gefahr drohen. Und es kam ihm so vor, als würde Pierre diese lauernden Gefahren ahnen, die ihm ständig auf dem Fuße folgten.

André konnte das Gefühl nicht loswerden, daß der Gesichtsausdruck seines Freundes stets die krampfhafte Hast eines Verfolgten widerspiegelte — die Hast eines Menschen, der eine wichtige, delikate Angelegenheit zu erledigen hatte, bevor die Katastrophe von allen Seiten über ihn hereinbrach, um ihn zu vernichten.

»Weißt du eigentlich, daß in der Pyramide alle Geheimnisse dieser Welt verborgen sind?!« flüsterte er André während einer Zeichenstunde zu, in der sie verschiedene Blumenmuster von der Tafel abzeichnen mußten.

Dieser Satz hatte einen überraschend aufregenden Geschmack, als hätte die Hand eines Zauberers unter einem Seidentuch einen glitzernden, makellosen Gegenstand aus purem Gold hervorgeholt.

»Wer hat das gesagt?« fragte André nach langem Grübeln, weil um diese Worte immer noch eine Nebelwolke schwebte, so daß er unfähig war, außer seiner Neugier noch etwas hinzuzufügen.

»Meine Mutter hat es mir aus einem Buch vorgelesen. Es wird Kriege geben, Elend, Leid und Verderben. Dies läßt sich alles aus der Pyramide vorhersagen.«

»Steht es dort geschrieben?«

Pierre schaute ihn erstaunt an.

»Danach habe ich nicht gefragt«, gab er ehrlich zu Und eben diese seine Aufrichtigkeit war es, die Andrés Herz endgültig eroberte. Pierre gab niemals an, hatte ihn auch nie belogen. Was er aber mit seinem Freund teilte, war seine Begeisterung, sein fester Glaube an diese seltsamen, wundersamen und vorerst noch unerforschten Dinge.

Es ergab sich wie von selbst, daß Pierre stets an den Clementine-Tagen zu Besuch kam. In diesem traumhaft konturlosen Zimmer von Andrés liebster Tante entwikkelte sich ein vertrautes Bündnis, das jedem — wenn auch von verschiedenen Standpunkten aus große Freude bereitete.

»Tante Clementine und ihr Zimmer scheinen eine Fortsetzung unserer Wohnung zu sein«, sagte Pierre nach dem ersten Besuch zu André. »Du wirst schon sehen. Irgendwie habe ich davon geträumt, so bekannt und so vertraut kommt mir da alles vor.«

»Du hast davon geträumt? Noch bevor du bei uns gewesen bist?«

»Ja. Träumst du nie solche Sachen?«

»Nein.«

»In meinen Träumen habe ich sehr viele Bekannte. Einigen begegne ich auch auf der Straße. Dann freilich erkennen sie mich nicht, weil sie sich nicht an mich erinnern. Ich aber erinnere mich sehr gut. Anfangs habe ich sie sogar gegrüßt, doch sie schauten mich so merkwürdig an, daß ich es aufgab. Sie meinten, ich würde sie aus lauter Bosheit verspotten. In den Träumen sind die

Menschen viel freundlicher, viel interessanter, manchmal aber auch viel grausamer. Nur gut, daß man vor ihnen flüchten kann.«

»Wie das?«

»Ganz anders als ... hier. Bis ich dahintergekommen bin, hatte ich entsetzliche Angst. Dann fiel es mir plötzlich ein, als hätte ich es bereits früher gewußt. Ich stelle mir einfach etwas anderes vor, wenn sie mit Küchenmessern bewaffnet im Nachthemd hinter mir herrennen, mit bösem, verzerrtem Gesicht ... Zum Beispiel, daß sich ein Seil vor ihren Füßen spannt, oder daß sich ein Federbett um sie wickelt und sie zu Fall bringt. Doch die Mauer ist am sichersten. Eine große, gewaltige Mauer, die in den Himmel ragt, baut sich vor ihnen auf, und sie können nicht an mich heran.«

»Und ... genügt es wirklich, wenn du nur einfach daran denkst?«

»Ja, das reicht. Und der Wunsch geht sofort in Erfüllung. Im Traum wird alles wahr, wenn man es sich nur auf die richtige Art und Weise wünscht. Am Anfang erhob ich mich in die Lüfte, wenn man mich verfolgte, doch das war nicht immer von Nutzen, weil die Verfolger unbewußt eine Gegenmethode fanden und mich von oben zumauerten. Mein Kopf schlug gegen die Decke, und sie konnten mich mit langen Stangen erreichen.«

Ihre schier endlosen Gespräche bewegten sich stets in solch seltsamen Rahmen.

Als André dann die verwitwete Mutter Pierres, Tante Christine, und die seltsame Atmosphäre der Wohnung in der Rue St. Severin kennenlernte, wußte er sofort, daß aus diesem Boden nur ein solch seltsames Wesen hervorgehen konnte. Und obwohl er seine Neutralität allzeit bewahrte, obwohl er sich nur auf Beobachtungen beschränkte, wurde er dennoch von dieser bizarren Phantasiewelt angezogen, die in der Tat aus dem Humus der Traumwelt, aus einem schwingenden, bebenden, durchsichtig dampfenden Plasma emporzuwuchern schien.

Beide waren vorzügliche Schüler und wurden mit Preisen und Stipendien bedacht, obwohl Pierre nicht so viel und nicht so regelmäßig lernte wie André. Pierre nahm so gut wie nie ein Buch zur Hand, nie gab er einen Text sklavisch wieder. Im Gegenteil: Er filterte alles durch seine Persönlichkeit und goß Farben, Blut und entzückende Einfälle zwischen die leblosen Zeilen. Seltsamerweise widersetzten sich die Lehrer nicht dieser merkwürdigen Genialität — vielmehr wußten sie es zu schätzen und ihm Mut zu machen.

Trotz ihrer diametral entgegengesetzten Eigenschaften war die Ähnlichkeit ihrer Charaktere und ihrer Denkweisen das Geheimnis und die Voraussetzung ihrer Freundschaft — einer Freundschaft fürs ganze Leben.

Andrés neutrale Gutmütigkeit gewann die Sympathie der Menschen ebenso wie Pierres leidenschaftliche Liebenswürdigkeit. Keiner der beiden litt an der kleinlichen Krankheit der Eifersucht. Und keiner von beiden neigte dazu, aus verletzter Eitelkeit oder aus maßlosem Ehrgeiz in sich ein dämonisches zweites Ich aufzubauen, das den Menschen und ihrer Welt feindlich gesinnt gewesen wäre.

Ihr Durst nach der undogmatischen Wahrheit und nach Schönheit, ihre unpersönliche Schwärmerei für all diese Dinge und ihre Sehnsucht, ihnen zu begegnen, verschmolz die beiden zu einer engen Gemeinschaft. Denn es kann keine festere Bindung geben als jene, die durch gemeinsame geistige Erlebnisse zustande kommt.

»Mich interessiert nur das, was jenseits der Mauer liegt«, sagte Pierre, als er gelernt hatte, seine Gedanken präziser auszudrücken. Dies war zu jener Zeit, als die Pubertät in ihm gärte. Doch seine transzendentalen Fähigkeiten und Interessen waren nicht mit der Kindheit dahingeschwunden. Seine Beschäftigung mit der Philo sophie und den Wissenschaften sowie seine Begabung für analytisches Denken gingen mit seiner synthetischen Betrachtungsweise Hand in Hand.

»Ich weiß nicht, warum ich die eine Seite leugnen soll, nur weil auch die andere existiert. Sonst würde mir das ganze Leben oberflächlich und sinnlos vorkommen — so, als würde ich die Welt nur mit einem Auge betrachten«, erklärte er André.

Der grundsätzliche Unterschied zwischen den beiden lag darin, daß Pierre von gefährlichen Gefühlsströmen erfaßt wurde und sich von diesen Strömen in leidenschaftlicher Hingabe mitreißen ließ. Was er auch immer bewunderte, was er sich auch wünschte — dem widmete er sich ganz, mit leidenschaftlicher und selbstmörderischer Entschlossenheit.

Als André später mit reiferem Kopf und nach experimentellen Erfahrungen mit der menschlichen Seele auf den Charakter seines Freundes zurückblickte, stellte er fest, daß Pierre trotz seiner sehnsüchtigen Neugier in seinem Inneren bereits uralt war, ebenso wie er selbst, daß er aber gemäß seinem Grundcharakter den feurigen Weg gewählt hatte. Pierre mußte in lebendigen Flammen transmutieren.

André dagegen wartete im Tiegel des kühleren mentalen Lichts eingeschlossen auf die Befreiung. Er hielt sich bewußt von all jenen Dingen fern, aus denen ihm die Glut des Astralfeuers entgegenschlug. All die Brandwunden, die er bei seinen zahlreichen früheren Wiedergeburten davongetragen hatte, all die gefrorenen Erinnerungen in ihm hielten ihn von einer ganzen Reihe Beziehungen ab, welche seine Sinne und seine Phantasie mit Freuden akzeptiert hätten. Denn die Essenz jener Erfahrungen beherrschte seine Seele gleich einer unerschütterlichen Gewißheit: Es ist besser, dem Reiz der Sinne nicht zu folgen, weil auf die momentan sprühenden Funken der Lust und der Befriedigung unweigerlich die endlose Wüste der Buße folgt. Für André war

auch der heißeste Genuß diesen Preis nicht wert —
wohl aber für Pierre.

»Man muß leiden!« sagte Pierre. »Wie du siehst, ist
das Leid der Tribut für alle großartigen und höheren
Dinge. Warum soll ich meine Schuld nicht in hohen Ra-
ten bezahlen?«

»Man muß leiden, das ist wahr«, hielt André dagegen. »Doch das Ziel ist dennoch, sich durch Leiden vom
Leid zu befreien. Höre Christus, Buddha, Krishna, Lao-
Tse. Jeder von ihnen empfiehlt den Verzicht auf leidenschaftliche Taten, das Auslöschen von Sehnsucht und
Begierde — weil der andere Weg nichts weiter als ge-
steigerte, drastische Schmerzen beschert.

Ich denke, daß das Leiden der Seele wegen der Un-
vollkommenheit der Dinge ein Feuer ist, das jede
Schlacke verbrennt, ebenso wie die Höllenpein eine
Strafe ist, die wegen unserer Blindheit, unserer Verblendung über uns kommt.

Aber Heilige und Propheten verendeten nicht auf
dem Scheiterhaufen ihrer Taten, ihres Begehrens. Vielmehr haben sie ihr Leben für die Wahrheit und zum
Wohle der Menschheit geopfert.

Wenn du aus purer Genußsucht leidest, für Dinge, die
glühende körperliche Pein verursachen — dann hast du
ein Tauschgeschäft innerhalb deiner eigenen Person gemacht. Du kaufst ein und bezahlst den entsprechenden
Preis. Solches Leid suche ich nicht, ich bin aber bereit,
das andere anzunehmen.«

Amor und Psyche

PIERRE WAR VON SEINEM fünfzehnten Lebensjahr an stets
in komplizierte Liebesaffären verwickelt, in deren Tiefen meist die grenzenlose Zärtlichkeit des Mitleids
brannte. Verlassene, einsame Frauen, die wesentlich äl-

ter waren als er, neurotische, schmächtige junge Mädchen mit einem Hang zur Romantik gehörten zu seinem bevorzugten Kreis. Aus solchen Beziehungen, die bei ihm immer arglos begannen, entstanden unerwartete und wilde körperliche Stürme. Gedichte, philosophische Gespräche, Musik, bildende Kunst, klassischer Tanz und wissenschaftliche Experimente führten stets zum selben Ende. Es stellte sich heraus, daß der glänzende geistige Habitus bei diesen Frauen nichts weiter war als eine Täuschung, um die Beute anzulocken, da sie an Einsamkeit litten und sich nach Leidenschaft sehnten wie der Verdurstende nach Wasser.

Das künstlerische Element, welches sich in seine Verhältnisse mischte, und der Umstand, daß die dunkle Isis seinen Partnerinnen half, ihn zu becircen, stürzten Pierre in schier unerträgliche Spannungen. Ohne daß er es merkte, wurde sein Leben allmählich zwangsläufig zu einem Gespinst aus Heuchelei, Verstellung und Lügen, weil er aus purem Mitleid, aus vorübergehender Schwäche an mehreren Stellen in Abhängigkeit geriet. Denn seine Geliebten wollten ihn unter den fadenscheinigsten Vorwänden einfach besitzen. Sie beanspruchten sein ganzes Leben, ja sogar seine Gedanken. Und sie erpreßten ihn mit einer Reihe von Mitteln und Argumenten, denen er nicht widerstehen konnte: mit Tränen, mit Ohnmachtsanfällen, mit unterwürfigem Flehen und mit Selbstmord-Komödien.

»Das ist eine höllische Sache, André!« klagte er seinem Freund aus dem Phantomkäfig seiner Umzingelung. »Dabei hat alles so rein und so harmlos begonnen. Ich wäre auch ohne sexuelle Beziehung zufrieden gewesen. Von einigen Fällen abgesehen, wo ich mir selbst wünschte, daß ... Doch vorher war es immer schöner! Seltsam, daß die Frauen noch nicht dahintergekommen sind, oder wenn doch, daß sie dieser Linie nicht folgen können — vor allem die reiferen. Du hast keine Ahnung, wie ausgehungert sie sind und zu welchen Mitteln ihre Leidenschaft sie greifen läßt — selbst die Feinen und Klugen unter ihnen.«

André mußte an seine eigene Freundin denken, die freundliche, kluge, taktvolle Jacqueline Granier, die ihm alle Geheimnisse der körperlichen Liebe mit dankenswerter Großzügigkeit offenbarte. Die noch verhältnismäßig junge, verwöhnte und auf etwas maskuline Art selbständige Jacqueline dachte nicht daran, aus ihrem Sexualleben eine komplizierte Gefühlsaffäre zu machen.

Sie war die Tochter einer Freundin von Tante Gabrielle, eine geschiedene Frau. Das Antiquitätengeschäft, das sie von ihrem Vater geerbt hatte und das einen beachtlichen Gewinn abwarf, führte sie nun mit großem Sachverstand, mit Passion und mit blendendem Geschäftssinn weiter. Ihre Kultur, ihr gesunder Instinkt, die nüchterne Einschätzung der Dinge und ihr angeborener Sinn für Humor bewahrten sie davor, sich lächerlich zu machen und sich an etwas zu klammern, was sich nun einmal nicht festhalten ließ.

Als ihr Verhältnis begann, war André gerade 18, die blonde, hochgewachsene, muskulöse Jacqueline 35 Jahre alt. André hatte vor ihr noch keine Frau gekannt, so daß seine erfahrene Freundin von seiner unschuldigen Jugend hingerissen und begeistert war. Er liebte nur, Jacqueline aber war verliebt, wobei sie allerdings wußte, daß sie zum erstenmal in ihrem Leben ins Hintertreffen geraten war. Dennoch war sie bereit, alle Risiken dieser gefährlichen Beziehung einzugehen.

»Das ist nun einmal das Gesetz der Natur, André«, meinte sie resigniert. »Als ich achtzehn war, kannte ich den Geschmack der Liebe nicht. Denn damals wurde *ich* geliebt. Bis ich dann endlich den Sinn und die Schönheit der Umarmung erkannt hatte, war meine Jugend bereits verflogen.

Es hat so manchen gegeben, der meinetwegen gelitten hat, weil er sich durch mich an seine eigene Jugend klammerte — ich aber habe sie einfach übersehen, wie das bei Kindern allgemein üblich ist. Mich hat stets die Zukunft interessiert und all das, was ich noch nicht erreicht hatte. Jetzt aber bin ich diejenige, die deinetwegen leidet. Und das ist gut so.

Nein, versuche nicht, mich zu trösten! Ich brauche dir auch nicht leid zu tun, weil ich der beste Arzt meiner selbst bin, und ich werde mein Schicksal meistern, wenn der Tag gekommen ist. Solange du aber da bist und bei mir bleibst, bin ich für jeden Augenblick dieser Gegenwart dankbar, die keine Zukunft verheißt. Mir ist es das wert.«

So — ohne Hoffnung, ohne Pläne, ohne Forderungen — dauerte ihr Verhältnis viele Jahre. Und als das sexuelle Element verschwunden war, blieb immer noch eine gute Freundschaft übrig. André hatte Jacqueline viel zu verdanken. Ohne sie hätte die Seine vielleicht seinen Leichnam ans Ufer gespült, an jener Stelle, wo Tante Christine entsprechend ihren Visionen ihren toten Sohn fand.

Vorerst aber führte Pierre noch ein gieriges, hektisches Leben, bastelte an seiner Zukunft gemäß seiner Begabung und seiner Neugier und visierte das gleiche Ziel an wie André.

Nach dem Abitur ließen sich beide für das Medizinstudium immatrikulieren, gleichzeitg aber besuchten sie auch emsig die Vorträge von Gaston Argout, der zu dieser Zeit philosophische Vorlesungen hielt.

Pierre schwärmte für ihn. Argout war bereits vor seiner Geburt ein Freund des Hauses gewesen. Das Wissen, die individualistischen Ansichten und die heitere Weisheit des alten Professors verfehlten auch bei André ihre Wirkung nicht. Sie besuchten ihn auch oft in seinem Zuhause, wo er mit zwei herrlichen Perserkatzen, die geräuschlos umherstrichen, in einer anderen Dimension lebte.

Seine winzige Wohnung, die außer seinen Büchern so gut wie nichts enthielt, schien die letzte Station der physischen Welt zu sein, wo all die Wege begannen, die in schwindelnde Fernen führten: in das geheime Reich der Natur, zu den Sternen, in die Tiefen prähistorischer Vergangenheit, ins Labyrinth der menschlichen Seele, in die Esoterik der Mythen und Künste.

Pierre und André erfuhren bei ihm eine Intensität des geistigen Lebens und einen Genuß, der all die Zerstreuung, alle Vergnügungen, welche die Kräfte und das Interesse gleichaltriger junger Männer nahezu restlos aufsaugten und verzehrten, als billigen Ersatz erscheinen ließ.

Die geistigen Messen, die bei Argout zelebriert wurden, stellten den Zenit ihres Lebens dar und waren eine transmutierende Glut für ihre Seelen. Seine seltsamen Thesen, die Fragen, die er stellte, seine bizarren Behauptungen entfachten vor ihrem Wissensdurst lockende Irrlichter, die sie in weite, unendliche Fernen entführten.

»Schau dir doch mal diesen schmächtigen, physisch armseligen, kleinen alten Mann an«, sagte Pierre einmal nach einem dieser Treffen. »Hätte ich nie geglaubt, daß sich hinter einem groben Gespinst ein gewaltiger, spannungsreicher Intellekt verbergen kann, so wäre sein Wesen ein ausreichender Beweis dafür. Gibt es irgendwo auf der Welt noch eine solch tiefe, randvoll gefüllte Schatztruhe, besitzt die Materie solch unendliche Höhen und Tiefen, paßt der Inhalt seines Intellekts in den Rahmen physikalischer Grenzen? Und würde jemand behaupten, er hätte seine geistigen Schätze ein Leben lang aus toten Buchstaben und Detailbeobachtungen zusammengetragen — ich würde ihn glatt auslachen. Ich bin bereits Bücherwürmern, Beobachtern mit scharfem Verstand, talentierten Registratoren und hervorragenden kreativen Typen persönlich oder in ihren Werken begegnet. Doch bei allen habe ich nur Bruchstücke — wenn auch geniale Bruchstücke — jenes Ganzen und Grenzenlosen entdeckt, das sich mir in Gaston Argouts

Geist offenbart. Das ist nicht die Kollektion eines einzelnen Menschen, nicht die Kollektion eines Lebens. Man kann es nicht aus Büchern lernen oder aus den Erscheinungen herauslesen. Hier geht es um viel mehr, als würde man durch ihn hindurch einen höheren Zustand erblicken, einen Urzustand, der alle Stufen umfaßt. Denn in ihm ist bereits jene Quelle aufgegangen, die in uns noch verschlossen ist. Ich weiß nicht, ob du verstehst, was ich meine.«

»Ich glaube schon«, erwiderte André. »Du denkst wohl an die Entweihung, an das, was die hermetischen Gelehrten als die Erweckung des kosmischen Bewußtseins bezeichnen.«

»Genau. Und dieses Wunder, das sich unserem Blick offenbart, wirkt mit der Anziehungskraft eines Lichtstrudels auf uns. Erst jetzt kann ich die Macht der Seher und der Propheten begreifen. Ich spüre deutlich, was es ist, das die Scharen der Gläubigen, der Suchenden, all die Sterblichen, die nach übermenschlicher Wahrheit dürsten, in die abstrakte Flammenaura ihres Wesens zieht. Zweifellos stellt die durch sie geoffenbarte Tatsache die größte Erschütterung unseres Daseins dar, daß nämlich die Materie keine undurchdringliche Hülle ist, welche ein Wesen umgibt, sondern daß sie an einem gewissen Punkt durch geheime Mantren zu öffnen ist. Durch diesen Spalt aber scheint eine Wahrheit durch, die berauscht, weil sie unsterblich ist und ihre Dimensionen grenzenlos sind.«

Beide interessierten sich am meisten für die Psychologie, und auch diese Erkenntnis wurde in ihnen durch Argout zur Gewißheit.

Denn auf dem Gebiet der Psychologie wurden sie durch die facettenreichen, pausenlos wechselnden Lichtblitze all der Theorien geblendet, die sich ihnen offenbarten. Universitätsstudien und Vorträge gossen gärendes Gedankengut in ihr Hirn.

Das kühle, geschlossne System der klassischen Richtungen wurde gerade vom revolutionären Strom neuer Theorien bedrängt. Die Debatten, die sie miteinander und mit ihren Kommilitonen führten, über Bücher, die wie Raketen himmelwärts stiegen, über phantastische Ideen und geniale Einfälle, erstreckten sich oft bis tief in die Nacht.

Diese geistige Landschaft, die sich allmählich zu einem Ganzen vereinte, wurde für sie letztendlich durch Argouts Vorträge erschlossen. Durch ihn wurden sie auf den Gipfel eines märchenhaften Berges versetzt, wo sich im feierlichen Zauber der Synthese all das vor ihnen auftat, was man von unten nur bruchstückweise und unvollkommen betrachten konnte.

Auch die Methoden der Psychoanalyse nahmen bereits Gestalt an. Freud war in das Gebiet des Unbewußten eingedrungen. Die Dämonen der Unterwelt, die bisher nur über die Seiten von Romanen gegeistert waren, begannen die Barrikaden der Wissenschaft zu stürmen.

Der enge Strahl des menschlichen Bewußtseins begann sich auszuweiten. Licht fiel in die Tiefen der Seele, geheimes, wimmelndes, geschäftiges Dasein erwachte zum Leben. Finstere Wurzeln, dunkle Hände von Puppenspielern, welche die Fäden hielten, wurden aufgedeckt — tiefere Ursachen, die das komplizierte Schicksal eines bewußt lebenden Menschen gestalteten und bestimmten. Ursachen und Herde rätselhafter Krankheiten und Tragödien wurden offenbar — die Menschen aber wichen entsetzt vor ihren ureigenen inneren Dimensionen zurück.

Dieser geniale Durchbruch versetzte Pierre und André in einen Zustand fieberhafter Begeisterung. Sie warfen sich leidenschaftlich in die Schlacht gegen all die verdutzten, beleidigten konservativen Gruppen, die von den zügellosen, zuweilen sogar kriminellen Mitbewohnern ihres eigenen puritanischen Leibs nichts wissen wollten.

Argout aber hatte für all diese Heftigkeit nur ein leises Lächeln übrig.

»Sind Sie vielleicht der Meinung«, fragte er, »daß Sie vor vollendeten Tatsachen und Ergebnissen stehen?«

Das wohl nicht, lautete die Antwort. Immerhin sei aber die Theorie von Freud ein epochales Ereignis, das die Neubewertung der gesamten Psychologie zwingend erfordere.

»Darin sind wir uns einig«, sagte Argout. »Vergessen Sie aber bitte nicht, daß Freuds Entdeckung nur in unserer Zivilisation neu und revolutionär ist. Es hat bereits Epochen gegeben, deren Mythen bedeutend mehr und viel Wichtigeres über die Seele des Menschen zu berichten wußten. Freuds Theorie arbeitet mit Faktoren, die noch nicht ermessen sind. Das Reich, dessen Grenzen er gesprengt hat, ist weitgehend fremd und unbekannt — eine *Terra incognita*, deren Gesetze noch unerforscht, deren grenzenloses Territorium noch nicht kartographiert ist. Ihre Bewohner sprechen eine ganz andere Sprache. Die wenigen gemeinsamen Begriffe, die inzwischen zustande gekommen sind, stellen eher eine intuitive Erinnerung an uralte Mythen dar.

Dazu gehören die ›Bewußtmachung‹ und die ›Abreaktion‹ verdrängt-unbewußter Inhalte und die Genesung von Neurosen dadurch, daß man das Verborgene beim Namen nennen kann und dadurch die Macht über das Namenlose gewinnt.

Dies ist zwar eine exzellente Erkenntnis der Wirklichkeit, dennoch ein zweischneidiges Schwert. Diese Waffe ist erst dann wirksam, wenn wir tatsächlich den Namen jenes Dämons gefunden haben, den wir aus der Unterwelt beschworen. Sollte dies nicht gelingen, so befreien wir Raubtiere aus ihrem Käfig und werfen ihnen lebendiges Fleisch zum Fraße vor.

Für dieses Experiment bedarf es nicht des Halbwissens, sondern eines *kompletten Wissens* und eines Mutes, der keine Vorurteile kennt und keinen einzigen Faktor nur deswegen ausgrenzt, weil dieser wissenschaftlich als suspekt oder gar unmöglich gilt. Wer durch religiöse oder wissenschaftliche Dogmen eingeengt ist, wessen Seele gebunden und nicht synthetisch ausgerichtet ist, wessen Gefühlsleben unerforscht, verworren und von tyrannischer Kraft durchsetzt ist — solche Menschen sollten niemals dieses unbekannte Reich betreten, weil sie dort von tiefen Schluchten verschlungen oder von den Monstern der Finsternis aufgefressen werden.«

»Was verstehen Sie unter *komplettes Wissen?*« fragte Pierre.

»Die Erkenntnis des kosmischen Wesens des Menschen, der Zusammenhänge zwischen Seele und Universum, der dreifachen Natur aller Dinge. Die Enträtselung der Geheimnisse des Makrokosmos durch den Mikrokosmos. Das Ertasten der Analogien zwischen Mensch und Weltall. Die Spurensicherung der Wirklichkeit in uns selbst.«

»Und wie ist dies möglich?« Die Frage sprühte wie ein Funke aus der wachsamen Spannung in Andrés Seele.

»Durch Retrospektion. Durch den Rückblick in uns und durch uns selbst. Der Lebenskern unseres Daseins wird von einem Materiestrudel umkreist. Dieser verdichtet sich, entfaltet sich und vergeht abwechselnd, damit die Ideenladung des innersten Kerns aus Leben und Tod, Licht und Finsternis neue Variationen hervorbringen kann.

Dieser ewige Kern ist nicht mit der Persönlichkeit identisch, die sich im Strom der Materie selbst innerhalb eines einzigen Lebens, ebenso aber durch Generationen und Reinkarnationen hindurch pausenlos verwandelt. Er ist vielmehr das *Atman* der Hindus! die Allseele, der Urgrund jeden Seins, in dem die ganze Geschichte und das Mysterium des Daseins ruhen. Dort müssen wir eindringen, wenn wir all die geheimen Mechanismen entdecken, all die verborgenen Namen erfahren und die Macht ergreifen wollen, um die Dämonen im Reiche des Unbewußten zu beherrschen.

Denn die Erfahrungsschichten unseres Wesens sind endlos. Jede Zelle unseres Körpers birgt die Erinnerung an die Ereignisse von Jahrmillionen in sich. Das Erinnerungsarchiv unserer Seele enthält außer den subjektiven Motiven auch all das, was alle anderen Wesen erlebt haben, die in die Formenwelt eingetreten sind. Dort liegen seltsame Fossilien verborgen als versteinerte Zeugen jahrtausendealter Tragödien — Variationen der verschiedenen Lebensschichten, für die es in der engen Welt des Bewußtseins weder Worte noch Gedanken gibt. Und all dies wimmelt in drangvoller Enge, sprudelt, strudelt, rebelliert, droht, inspiriert, rüttelt und schüttelt seine Ketten, flattert auf, verschießt finstere Vorstellungen wie Pfeile, nährt dunkle Ideen und Triebe gleich einem Krebsgeschwür — jenseits des Bewußtseins, im persönlichen Unbewußten, dessen Tor der geniale Freud nunmehr zeitgerecht und notwendigerweise aufgestoßen hat. Dies aber ist vorerst nur das Tor des Hades, meine Freunde!«

»Demnach nehmen Sie wohl an, daß es auch noch ein anderes Tor gibt?« preschte Pierre vor.

»Nicht ich nehme es an, sondern das Gesetz des Gleichgewichts, das Gesetz des Seins verlangt es. Wo Schatten ist, da ist auch Licht. Und wo viel Licht ist, dort ist auch viel Schatten. Die Welt ruht auf zwei Säulen, nämlich auf den Prinzipien der Lebensvernichtung und der Lebenserhaltung, also auf zwei polarisierten Kräften. Der Mutterschoß des Universums aber ist ein Strudel, der aus dem Kampf dieser Gegensätze hervorgegangen ist, die sich gleichzeitig anziehen und abstoßen.

Die Entwicklung verläuft stets parallel, selbst wenn der rationale menschliche Verstand die Dinge auseinanderdividiert. Die neuesten Entdeckungen der Astrophysik, so etwa die Spektralanalyse und die Ultraviolettstrahlung, aber auch die Tatsache, daß sich diese Erscheinungen mit Hilfe gewisser technischer Instrumente kontrollieren lassen, hängen eng mit dem Auftauchen der Begriffe der Psychoanalyse zusammen.

Der Lebensraum hat sich ausgedehnt und erweitert. Das Reich des persönlichen Tiefenbewußtseins, welches gesetzmäßig seinen Gegenpol voraussetzt, all die übermenschlichen, überpersönlichen Ebenen, die höhere Geisterwelt, hat nunmehr Anschluß an das Leben gefunden.

Denn das dreischichtige Wesen des Menschen besitzt drei Ebenen, die da heißen: Körper, Geist und Seele. Und nur aus dieser Dreifaltigkeit heraus kann das Gleichgewicht und die Erlösung seines Lebens hervorgehen — nicht nur die Befreiung aus *einem* Leben, sondern auch die Befreiung von all den Hemmungen, den Traumata, den Phobien, den fixen Ideen und Ängsten eines Karmas, das seit Jahrmillionen auf ihm wie eine schwere Bürde lastet.«

»Also bezweifeln Sie die Ergebnisse der Psychoanalyse?« fragte André.

»Vorerst ... ja. Doch in dieser Phase und während aller folgenden Etappen halte ich sie für eine der wichtigsten Angelegenheiten unserer Zeit. Sie ist gewissermaßen das Ende eines Ariadne-Fadens. Und dieser Faden, mag er sich auch durch die Gänge eines Labyrinths schlängeln, führt schließlich zu jenem Ort, zu dem der Entdecker und Forscher kommen muß. Die erforderliche Zeit, all die Umwege und Irrtümer, die kleinen Teilerfolge, das Scheitern, die zahllosen Opfer und Tragödien, die sich insgeheim abspielen, der hohe Preis, den mancher zahlen muß, spielen bei einem so gewaltigen Ziel keine Rolle. Denn es geht um nicht weniger als um die Einweihung des Menschen in die Geheimnisse seines eigenen Lebens.

Die Buße des Adam, der aus dem Paradies vertrieben wurde, nähert sich ihrem Ende. Nur noch ein paar Jahrhunderte — dann darf er in den Garten Eden zurückkehren, in den Urzustand des *Sehens,* in dem er um die Unsterblichkeit *wußte.*«

»Das ist aber eine titanische Aufgabe, die Sie dem Pfleger dieser neuen Wissenschaft zumuten!« sagte André grübelnd.

»Es ist die Aufgabe an sich, die ihn zu dieser titanischen Anstrengung zwingt. Das werden Sie bei Ihren Experimenten feststellen.«

Das Tor des Hades

ANDRÉ UND PIERRE gaben sich mit Leib und Seele den seltsamsten psychologischen Experimenten hin. Nachdem sie auf den mannigfaltigen Ideenpfaden gewandert waren, die schwindelerregenden Gedankenlandschaften Charcots, Rochards, Freuds und Argouts erkundet hatten, kehrten sie reich beschenkt, begeistert und voller Tatendrang zurück und entfachten ein wahres Feuerwerk unter ihren Kommilitonen, die ihrerseits von gieriger Neugier getrieben zu allem bereit waren und alles mit ihnen teilen wollten.

Die Experimente wurden in Pierres Zimmer durchgeführt, in der Wohnung an der Rue St. Severin, wo alle Dinge, auch die ungewöhnlichsten, vorbehaltlos akzeptiert wurden.

Medien gab es zuhauf. André, der bei Argout Psychographie, Phrenologie und Astrologie gelernt hatte, suchte sich seine geeigneten Instrumente aufgrund charakterologischer Untersuchungen aus.

Was die Sensitivität betraf, unterlief ihnen selten ein Irrtum, doch es kam auch zu manch unerwartetem Fiasko, wenn unbekannte Faktoren auftauchten und bei dem Medium Schreckensbilder, Horrorvisionen, Bewußtseinsspaltung und zügellose Emotionen hervorriefen, wobei die Quellen schrankenloser Leidenschaften aufbrachen, wie eine Drohung, wie ein Menetekel.

Zum Glück war Argout stets zur Hand, um mit ein paar weisen Ratschlägen dieses tobende Astralgelichter in seine Schranken zu weisen und den beiden Experimentatoren ordentlich den Kopf zu waschen.

»Sie sind noch nicht so weit, meine jungen Freunde! Lernen Sie zunächst, sammeln Sie Erfahrung! Es wird sowieso noch genügend Leute geben, die den gleichen Fehler begehen wie Sie. Es wäre ratsamer, die Anzahl jener Seelen nicht zu erhöhen, durch welche sich die Sintflut der Unterwelt in diese unsere Welt ergießt.

Sie haben eine wichtigere Rolle zu spielen, viel wichtigere Aufgaben zu erledigen, sofern Sie die Geduld aufbringen, sich auf diese Aufgaben vorzubereiten. So etwa, daß Sie wirklich heilen und aufbauen, und für das, was Sie zerstören, etwas Besseres als Ersatz anbieten.

Die Kollision zwischen dem verdrängten Sexualtrieb, der unbewußten Welt der Begierde, der Libido, und dem moralischen Ich verursacht eine Reihe von Krankheiten, Neurosen, Tragödien und unglücklichen Zusammenbrüchen, die aber an sich das Leben nicht zerstören. Dadurch aber, daß man die Ketten verborgener Emotionen löst, werden Komplikationen hervorgerufen, die oft bedeutend schlimmer sind als die bereits bestehende Verwirrung. Denn das Ausleben, das Abreagieren, die Umwandlung von Emotionen führt meist vom Regen in die Traufe. Wenn man eine Frau, die in einer langweiligen Ehe lebt, eine anständige, sogenannte frigide Frau, zur hemmungslosen Hure macht, ist es noch lange nicht sicher, daß sie geheilt ist — im Gegenteil. Sie wird eventuell in weitaus kompliziertere Krisen gestürzt.

Diese Wissenschaft befindet sich zur Zeit in Ihren Händen in einem ähnlichen Zustand, wie es seinerzeit war, als man noch ohne Sterilisation operierte. Damals war es noch nicht möglich, ausgedehnte Gebiete zu erforschen, dennoch versuchte man bereits zu heilen, jedoch ohne Kompaß, ohne Landkarte. Die Diagnose aber sollte nicht erst im aufgebrochenen, giftigen Geschwür, sondern schon viel früher gestellt werden.«

»Und wie das?« fragten die beiden neugierig.

»Mit Hilfe gewisser kombinierter, stufenweise aufgebauter Manöver. Zunächst einmal muß derjenige, der in die Geheimnisse der Seele eindringen und innere Verletzungen verarzten will, ein Mensch sein, der frei ist von verborgenen Dissonanzen.

Die Ägypter haben den Menschen als ›die große Neun‹ bezeichnet, wobei die neun Schichten seines Wesens genau definiert waren. Während der Einweihung wurden diese neun Schichten stufenweise von göttlichem Licht erfüllt, bis der Körper von der Seele, die Seele vom Geist und der Geist von der Göttlichkeit vollkommen durchdrungen war. Dies war die Genesung, die Erfüllung, das Ende jedweder Phantasterei und Verblendung, dies war der Zustand der Erlösung, der vollkommenen Befreiung.«

»Das soll wohl heißen, daß ein Psychoanalytiker vorher zum Adepten werden muß?« fragte Pierre.

»Auf jeden Fall, mein Sohn. Freilich müssen wir diesen Begriff klären, damit der Adept ins richtige Licht gerückt wird und kein Schreckgespenst mehr darstellt. *Eingeweihter* zu sein heißt, daß der Betreffende nicht nur das Gebiet kennt, auf dem er wirkt oder wirken will, sondern sich kraft seines Wissens selbst durchschaut.

In den Tiefen eines Wahns, eines Nervenleidens verbirgt sich die fehlende Selbsterkenntnis des Menschen. Seine Angst ist im wesentlichen die Angst vor dem Tod, sein Schuldbewußtsein eine transzendente Erinnerung, seine Nervosität eine seelische Unzufriedenheit.

Die erfolgreiche Therapie seiner Leiden kann nur in der Erkenntnis seiner selbst und des Mysteriums seines Daseins liegen. Nichts sonst kann seine Todesangst stillen und jenes Mißverständnis ausräumen, wonach das Bewußtsein des Menschen nur auf das Elend eines einzigen körperlichen Lebens beschränkt ist. Darum muß der Arzt seinem Patienten seine kosmische Staatsbürgerschaft wiedergeben — seinen Zusammenhang mit Gott und dem Kosmos, seine grenzenlosen Möglichkeiten in der Ewigkeit. Man muß ihn zum Herrscher seiner eigenen Kräfte machen, damit er fähig ist, seine Gefühle, seinen Willen zu lenken und sein Leben zu gestalten. Ebenso muß man ihn in die Lage versetzen, seinen Fall in einen Aufstieg, seine Triebe und Emotionen in aufbauende Energien umzuwandeln.«

»Sie meinen nicht einen Arzt, Sie meinen einen Erlöser!« sagte Pierre heftig.

»Haben Sie noch nicht gemerkt, mein Sohn, daß all die Neurotiker und Geisteskranken ebenso wie die scheinbar normalen Menschen in verschiedenen Sprachen jeweils nach ihrem Erlöser rufen?« lächelte Argout.

Obwohl André von Argouts Ausführungen hingerissen war und diese die Richtung seiner Interessen weitgehend bestimmten, mochte er nicht an die Gefahren glauben, die solche und ähnliche Experimente bargen, bis sich eines Tages in seinem und in Pierres Leben unabwendbare Komplikationen aufzutürmen begannen. Da er selbst neutral war und außerhalb des feurigen Schauspiels der Gefühle stand, kam es ihm unwahrscheinlich vor, daß vernünftige Menschen, die ihm nahe standen, bis zum Hals in diesem Morast versinken könnten.

Der zerrissene Fisch

Mit Clementine begann er sich nur ganz arglos und nebenbei zu beschäftigen, weil auch seine Freizeit von der Spannung dieses neuen Ideenkreises durchsetzt war. Er konnte einfach nicht damit aufhören. Seine Gedanken schlugen Wellen, ob er nun einen Spaziergang machte, eine Mahlzeit einnahm oder sich mit anderen Leuten unterhielt. Jeden Menschen, jedes Ereignis, das ihm in den Weg kam, betrachtete er durch dieses Prisma.

Clementine mit ihrer begeisterten, fiebernden, irrealen, emotionalen Unbewußtheit, und mit ihrer vergrabenen, getarnten Vergangenheit, aus der bizarre Phantasiegewächse hervorwucherten, bot sich als hervorragendes Versuchsobjekt an. André aber war von der Möglichkeit fasziniert, zu den Wurzeln dieses seltsamen Gewächses vorzudringen und zu beobachten, was aus seiner Tante nach den ›Ausgrabungen‹ werden würde, wenn die nackten Tatsachen zutage traten.

Dabei allerdings bedachte er nicht, in welch schmerzhaftes Chaos er eingriff, welch geheime Wunden er berührte, und auch nicht die Folgen seiner Aktion.

Denn er war Tante Clementine in zärtlicher Liebe zugetan und zu jedem Opfer bereit, um sie vor Schwierigkeiten, Leiden und Kummer zu bewahren. Also ging er vorsichtig und taktvoll ans Werk, wollte nichts erzwingen. Die Unterredungen, die monatelang dauerten, brachten sie einander näher und bereiteten ihnen großen Genuß, von einigen vehementen Entladungen, Weinkrämpfen, anziehenden oder abstoßenden Emotionen einmal abgesehen.

André erstellte bei Clementine erstmals das dreischichtige Krankheitsbild, die genaue Landkarte des körperlichen, seelischen und geistigen Habitus, auf welchem später so manch erfolgreiche Therapie fußte. Es mußte aber wohl so sein, daß sein erstes ernsthaftes Experiment — obwohl die echten Schlüssel erst hier in seine Hand gerieten — durch unerwartete Ereignisse mit einem tragischen Fiasko endete. Jede Phase der Operation wurde genau protokolliert. André registrierte minutiös alle Stimmungsschwankungen Clementines, alle Reaktionen auf Eindrücke und Begriffe, die als provokative Reize gedacht waren.

Oft balancierten sie so ausgewogen, so federleicht und so vorsichtig auf den dünnen Fäden der Assoziation wie Seiltänzer, die stets auf ihr Gleichgewicht bedacht sind. Träume, Ahnungen, leicht hingeworfene Skizzen und verträumt hingemalte Buchstaben — das alles waren inspirative, poetische Teile jenes Rituals, welches die innersten und tiefsten Geheimnisse beschwor.

Und in dieser sonderbaren, angenehm gespannten, von geheimnisvollen Strömen durchdrungenen Atmosphäre überkam André eine schier feierliche Erregung, sooft es ihm gelungen war, ein Widerstandsnest zu überwinden. Als sie dann vor dem Tor des ›Großen Grabes‹ standen, wurde er in der dunklen Erwartung, daß sich das Tor auftue, fast von einer Art Andacht ergriffen, als würde ein Glaubenssatz Gestalt annehmen und sich vor seinen Augen ein Wunder ereignen.

Clementines vergrabener Gefühlskomplex, der unter einer mehrschichtigen Mumienhülle im schützenden Kreis von Traumata ruhte, war fast ein Nichts, ein ganz kleiner Herd, den ein grober, gefühlloser Mensch mit einem Lächeln abgetan hätte.

André aber mit seiner Intuition für Analogien und seiner Fähigkeit, Symbole zu deuten, ertastete sofort jene winzigen Blutpfropfen, welche die gefährlichen Entzündungen hervorgerufen hatten, das Gleichgewicht des gesamten Organismus störten und mit dem Säftestrom der Instinkte und Gefühle langsam aber sicher zum Herzen wanderten.

Clementine hatte Octave Morel bei den Brasseurs

kennengelernt. Er war ein Vetter der häßlichen Jeanette Brasseur mit der Hakennase und dem pickeligen Gesicht. Jeanette verehrte Clementine, die von dieser verschwommenen, unklaren Schwärmerei zunächst fasziniert war. Zweifellos handelte es sich um eine Backfischliebe, leicht lesbisch angehaucht, stürmisch und leidenschaftlich, wenn auch unbewußt.

Clementine gingen all die Schwüre, die Küsse, die Vorwürfe und Eifersuchtsszenen allmählich auf die Nerven. Gleichzeitig tat ihr die Freundin leid, da sie einmal nach einem kleinen Streit irgendein Schlafmittel geschluckt hatte, so daß man sie kaum ins Leben zurückrufen konnte. Von diesem Zeitpunkt an graute es Clementine auch etwas vor ihr, und sie hätte ihre Beziehung nur zu gern gelockert.

Dieses Gefühl steigerte sich noch, als sie Octave kennenlernte. Denn sie konnten nur in Jeanettes Gegenwart miteinander sprechen.

Octave verfaßte zu jener Zeit Gedichte und las sie den beiden Mädchen oft mit seiner hellen, sanften Stimme vor. Clementine aber erbebte jetzt noch in Erinnerung an die exaltierte Schwüle dieser frühen Frühlingszeit. Sie zeigte André auch die Gedichte, diese poetischen Ergüsse, in denen modische Todessehnsucht und die resignierte Huldigung eines verzagten Schöngeistes an die männliche Kraft und Kühnheit in geschliffenen, metrisch präzisen Versen zum Ausdruck kamen — die aber auch nicht das geringste Talent erkennen ließen.

»Was sagst du dazu?« fragte Clementine mit ersticktem Flüstern. »Davon weiß selbst sie nichts!« setzte sie mit einer Geste in Richtung des Zimmers seiner Mutter hinzu. »Sie hat keine Ahnung, wer Octave eigentlich war! Seine Seele hat ihr nie gehört!«

Während dieser Konfession blickte Clementine mit den verworrenen, schwärmerischen Augen eines bedauernswerten alten Backfisches zurück. Denn an diesem Punkt ihrer Vergangenheit war sie in Gefangenschaft geraten. Und von da an war die Zeit wie ein leichter, unbeschwerter Traum über sie hinweggebraust.

Jeanette aber, vor der Clementines Schwärmerei nicht verborgen bleiben konnte, wurde plözlich zu einem bösen, feuerspeienden Vulkan, der bitteren Sarkasmus, Gift und Galle verspritzte. Der feinsinnige, bescheidene, höfliche Octave wurde das Opfer peinlicher Scherze und grober Hänseleien, mit denen sie ihn vor der Freundin lächerlich zu machen versuchte, freilich ohne Erfolg.

Zwischen den beiden Frauen wuchs ein hartnäckiger Zorn, ihre Beziehung wurde mehr und mehr gespannt. Clementine rebellierte, wollte sich von der Diktatur ihrer Tyrannei befreien. Sie wünschte sich nichts als Ruhe und Frieden, wollte in Octaves pastellartigem Wesen aufgehen.

Jeanette aber ließ nicht locker, stellte vergiftete Fallen auf, versuchte die beiden in eine Schlangengrube zu stürzen, sie mit den Fangarmen eines Reptils zu umschlingen. In ihrer verletzten Liebe stürzte sie sich in wilde Aktivitäten. Sie schnüffelte, ermittelte und schmiedete pausenlos geheime, garstige, gemeine Pläne. Überdies hüpfte sie wie ein lästiger Spatz dauernd um das wehrlose Paar herum.

Clementine und Octave trafen sich zu einem harmlosen Stelldichein oft unter den Bäumen des Bois, wo sie sich mit errötenden Gesichtern begrüßten.

Sie unterhielten sich über Bücher, Theaterstücke, Bilder und Musik, und nur selten verirrten sie sich mit zitternder Erregung in die glutvolle Atmosphäre persönlicher Anspielungen. In Clementines Seele aber ruhte jedes Wort, jeder Satz, der eine geheime Liebeserklärung enthielt, wie eine einbalsamierte Reliquie.

»Ich war stets einsam und werde es ein Leben lang bleiben. Ich bin nicht hübsch und bedeutend genug, um jemanden an mich zu binden, ich meine: in ewiger Freundschaft!« sagte Clementine zu dem jungen Mann im goldgelben Licht eines späten Septembertages. In der Luft schwebten die langen, silbernen, schimmernden Fäden des Altweibersommers.

Octave schaute sie an, blieb stehen, so daß auch sie stehen bleiben mußte. Doch er erwiderte nichts, lächelte nur. Da standen sie nun in seltsamer Erwartung.

Clementine befürchtete, daß Octave die wild pulsierende Ader an ihrem Hals bemerken würde und legte die Hand schützend darüber.

In dieser langen, sehr langen Zeit der Erwartung, die sich endlos auszudehnen schien, lag eine fast unerträgliche Spannung. Dennoch wünschte sie, dieser Augenblick möge nie enden. Denn sie spürte deutlich, daß dies der vollkommenste Moment ihres ganzen Lebens war.

Dann fand Octave endlich seine Stimme wieder.

»Sie sind hübsch, bedeutsam und klug, Clementine. Mein Gott, Sie sind von fast unvorstellbarem Reiz! Wenn Ihnen ein nur teilweise vorhandener Mensch genügt, ein Mensch, der nie ganz geboren wurde, dann ... ja dann will ich stets Ihr Freund sein, ein Freund fürs ganze Leben.«

Sie setzten ihren Spaziergang fort. In Clementine klangen jubelnde Worte wie Glockengeläut, aber sie biß die Zähne zusammen, um ihren schüchternen Freund ja nicht zu erschrecken und zu verscheuchen. Sie wählte lange unter all den Sätzen, die auf ihre Lippen drängten, doch am Ende brachte sie nur einen kleinen Satz zustande, einen Bruchteil ihrer Gedanken und Gefühle.

»Sie haben mich reich beschenkt, Octave. Sie haben mir die ganze Welt gegeben ...«

Tränen schossen ihr in die Augen, als hätte sie sich über ein Feuer gebeugt, ihr Blick war von der Hitze der unsichtbaren Flammen getrübt. Sie spürte, daß der Mann sie anschaute. Und wie durch einen brausenden Rausch vernahm sie Octaves Stimme: »Mademoiselle Mimosa!«, während der bittersüße Duft seines Tabaks in ihre Nase drang.

Jeanette hatte sie aber anscheinend beobachtet. Doch nicht sie selbst drang in diese Idylle ein, sie schickte vielmehr Germaine in den Kampf, die aggressive Schwester mit ihrem sanguinischen Temperament, die angeblich ›für die kleine Schwester verantwortlich war‹. Mit ihrer Hilfe arrangierte sie ein ›rein zufälliges‹ Treffen.

Diese Szene aber verlief und endete vor allem anders, als es sich Jeanette oder gar Germaine selbst vorgestellt hatten. Was Germaine betraf, war sie nie bereit, irgendwelchen Plänen oder Zwängen zu folgen; denn sie war nichts weiter als die willenlose Marionette ihrer Emotionen. Mag sein, daß die Süße des Herbstes in der üppigen rostroten Landschaft sie faszinierte oder daß Octaves nervöse, romantische Schwäche ihre Aggressivität anzog. Eins aber ist sicher — daß sie nämlich mitten in der Handlung das Steuer in dem von Jeanette inszenierten Drama herumriß. Anstatt sich mit sarkastischer Empörung über das Pärchen herzumachen, überschüttete sie die jungen Leute, die ihr verblüfft zuhörten, mit hinreißender Liebenswürdigkeit. Im folgenden aber geriet Clementine immer mehr in den Hintergrund. Sie war nur noch eine farblose, unbedeutende Statistin neben der großen Heldin, die wie ein Pfau ihr Rad schlug und Octave mit ihrem Text einfach an die Wand spielte.

Clementine schämte sich für ihre Schwester. Der Auftritt war ihr peinlich. Sie hätte am liebsten versucht, Germaines Trivialität hinter ihrem eigenen Leib zu verstecken. Zorn und Beklemmung wechselten in ihr ab. Am meisten erschreckte es sie aber, daß ihr Freund in seiner Verwirrung plötzlich redselig wurde, errötete und vor sich hinkicherte, während sein Hut seinen zitternden Händen entglitt.

Nach dieser Begegnung wurde ihre Beziehung öffentlicher, aber gleichzeitig auch ärmer und komplizierter.

Octave kam regelmäßig zu Besuch. Er tauchte jeden Tag gegen fünf Uhr nachmittags auf, und wenn er einmal wegblieb, wurde er im ganzen Haus vermißt. Auch Octave begründete dann lang und breit sein Versäumnis, als würden ihn unsichtbare Bande rätselhafter Verpflichtungen an diese Wohnung ketten. Allerdings nicht allein an Clementine.

Sie sahen sich jetzt öfter, dennoch hatte Clementine viel weniger von Octave. Die subtile, geschützte Klausur ihrer vertrauten Einsamkeit war verschwunden. Die unbarmherzige Wirklichkeit war in ihr Leben eingedrungen — eine rohe, plumpe, drastische Wirklichkeit, die all den exotischen Pflanzen zärtlichen Schweigens, den Blüten flaumleichter Anspielungen nicht hold war.

Anfangs meinte Clementine, daß Germaines dickflüssiges, cholerisches Wesen abstoßend auf Octave wirken, daß er sich vor ihr fürchten würde. Doch allmählich wurde sie immer mehr von unheilverkündenden, stürmischen Emotionen erfaßt, die nichts Gutes verhießen. Sie begann, Germaine mit anderen Augen zu betrachten und sie genauer unter die Lupe zu nehmen. Manchmal erschien sie Clementine gierig, protzig und prunksüchtig, dann wieder auf eine abstoßende, aufdringliche Art, smart, arrogant und schnippisch.

Germaine duldete nicht, daß sich in ihrer Anwesenheit die Aufmerksamkeit auf andere Dinge und Personen lenkte. Ihre Stimme, ihre Bewegungen, die Kurven ihres Körpers hatten stets und ständig Octave zum Ziel. Sie neigte sich ihm zu, umkreiste ihn wie eine Bajadere, die ihre Liebesdienste zu Markte trägt.

Doch während Clementines schwächere Persönlichkeit, zur totalen Hilflosigkeit verdammt, ohnmächtig in Fesseln lag, griff in Gabrielles Gestalt unverhofft eine neue Kraft in das stumme Kampfgetümmel der Sinne und Gefühle ein. Die älteste Schwester mit ihrem scharfen, kühlen Verstand nahm den Kampf mit Germaine auf.

Ihre treffsicheren Wortklingen fuhren in weiches Fleisch, aus den Wunden spritzte eine wilde Fontäne aus schwärzlichem Blut empor. In Wirklichkeit waren es diese beiden, die einen Kampf auf Leben und Tod um Octave austrugen.

Denn der Mann flüchtete oft in Gabrielles kühle Aura, um den lüsternen Emotionen Germaines zu entkommen. Sie führten lange Gespräche, deren Inhalt Germaine mit ihrem trägen Verstand ausgrenzte. Selbst Clementines rhapsodisch blitzende Denkweise konnte diese Steilhänge kaum erklimmen, mußte beim Anstieg kapitulieren. Angesichts der Kantschen Kategorien, der Hegelschen Dialektik oder der komplizierten Definitionen des Ideenkrieges, der seit Jahrtausenden zwischen Platon und Demokrit tobte, mußte sie einfach resignieren

Dann kam Clementine dahinter, daß Germaine sich auch heimlich außer Haus mit Octave traf. Später erfuhr sie aus einer häßlichen Szene zwischen Gabrielle und Germaine, daß auch Gabrielle ihre Stelldicheins mit Octave hatte. Germaine warf ihrer Schwester entsetzliche, schmutzige Dinge vor, Gabrielle aber replizierte mit großer Geistesgegenwart und tödlichem Sarkasmus. Germaine schluchzte, fluchte und drohte, Gabrielle schrie in den allerhöchsten Tönen mit schneidender, spitzer Stimme. Clementine aber wurde ohnmächtig — und erst dann nahm man von ihr Notiz.

In dieser Nacht sah Clementine im Traum drei Fischer am Ufer der Seine. An ihren Angeln zappelte ein kleiner, länglicher Fisch. Die Angler begannen, an ihren Schnüren zu reißen, bis sie am Ende den Fisch zerrissen. Clementine wurde durch diesen Traum krank. Sie war so sehr entsetzt und von Mitleid für den Fisch erfüllt, daß sie hohes Fieber bekam.

Sie war lange Zeit krank, schwankte zwischen Wachträumen und benommenem Wachsein. Manchmal kam es ihr vor, als würden sich Germaines und Gabrielles besorgte Gesichter über sie neigen. Dann wieder meinte sie, dies alles nur geträumt zu haben.

Einmal sah sie ein Bild ganz deutlich, hätte schwören können, daß es eines der allerdeutlichsten Erlebnisse in ihrem Leben war — daß nämlich Germaine nackt neben ihrem Nachttisch stand und mit böser, gieriger Miene rohe, blutige Fleischstücke verschlang. Und ganz plötzlich fiel ihr auf, daß dieses Fleisch aus Octaves Körper stammte. Es war Gabrielle, die den unglücklichen Freund tranchiert hatte. Sie hatte ihn mit sorgfältiger, trockener Genauigkeit in kleine Stücke zerhackt, mit jenem großen dreieckigen Küchenmesser, mit dem Julie sonst das Schaffleisch zu zerteilen pflegte.

Clementine schrie wild auf, wollte aus dem Bett springen, doch man hielt sie fest. Sie kämpfte mit Octave. Diesmal tatsächlich mit Octave, der soeben zu Besuch gekommen und sofort ins Kankenzimmer geeilt war, um zu helfen.

Sobald sie Octave erkannt hatte, hörte ihr nebelhafter Zustand auf. Ihr Hirn, ihre Augen wurden klar, nur war sie sehr erschöpft. Sie winkte Gabrielle herbei und bat sie, es so einzurichten, daß sie mit Octave für ein paar Minuten allein sein konnte. Gabrielle nickte und ließ die beiden allein.

Clementine hatte den Eindruck, daß Octave verwirrt und traurig war, seine Haut von krankhafter Blässe. In diesem Moment dachte sie nicht an sich, sondern nur an ihren Freund. Dies war auch der Grund, warum sie sein linkisches Benehmen nicht beeindruckte. Mit heiserer, leiser Stimme, dennoch mit spürbarer Entschlossenheit forderte sie den Mann ebenso höflich wie dringend auf, das Haus zu verlassen, und zwar sofort. Und nicht mehr zurückzukommen.

Octave aber schaute sie unsicher und verblüfft an.

»Warum?« fragte er nach einer kurzen Pause. »Hassen Sie mich so sehr?«

»Sie wissen genau, was ich meine«, flüsterte ihm Clementine ungeduldig zu. »Ich bin immer noch dieselbe, die ich war. Ihre Freundin, Ihre Schwester, Ihre ... Aber ich kann nicht länger kämpfen. Sie selbst sind auch schwach und schutzlos. Die anderen hier kennen keine Gnade. Sie sind stark. Flüchten Sie, gehen Sie fort, sonst wird man Sie zerreißen!«

Sie sank erschöpft und mit fliegendem Atem zurück, doch sie spürte, daß sie getan hatte, was sie tun mußte. Ebenso wußte sie auch, daß der Mann sie verstanden hatte, daß er sogar das begriffen hatte, was sie nicht aussprach. Sein aufgewühltes, faltiges blasses Gesicht spiegelte seine Seele wider. Die Worte aber, die von seinen Lippen an Clementines Ohr drangen, waren aus einem besonderen Stoff. Sie veränderten sich, schwebten dahin, ließen sich nicht fassen und festhalten, schwangen und hebten wie Gedanken, die Clementine nicht mit ihrem Gehör, sondern mit ihrem Geist erfaßte.

»Clementine!« schien er zu sagen. »Wir sind gleich, wir sind aus dem gleichen Stoff. Dies ist unsere Tragödie.«

»Ja!« weinte Clementine. »Gott will nicht, daß wir in die gleiche Waagschale kommen, weil sonst das Gleichgewicht gestört wird.«

Ich kann hier nicht mehr fort. Ihr war, als hätte ihr Octave dies aus nächster Nähe zugeflüstert, vielleicht war es aber auch nur ein Gedankenschatten, der aus seinem Gehirn in das ihre huschte.

Denn sie hörte nicht nur Worte, sondern sah plötzlich komplette Bilder, in denen bereits alles geschehen und abgeschlossen war. Aus diesem entsetzlichen Bild, das tief in die Zeit tauchte, erfuhr sie, daß Germaine auf die niederträchtigste Weise und in voller Absicht Octave verseucht und ihm ihr feuriges Siegel aufgedrückt hatte. Man konnte ihn ihr nicht mehr wegnehmen, ebensowenig wie man einen Knochen aus dem Maul einer Raubkatze herausziehen kann. Gleichzeitig aber wußte sie auch, daß Octave für alle Zeiten der Ihre blieb.

Was dann geschah, ähnelte einer dunklen Rauchsäule, die nach einem Großbrand gen Himmel steigt. Ihr

Körper hatte sich scheinbar erholt, war aber schlaff und glanzlos. Zwischen ihr und dem Leben dort draußen gingen große, schwere Vorhänge nieder. Und auf der verschwommenen Leinwand ihrer Empfindung spielte sich das Phantom einer Hochzeit ab.

Nun war Germaine aus dem Haus. Gabrielle besuchte sie oft, trug explosive Stoffe hin und her.

Clementine aber nahm an gar nichts mehr teil. Sie flüchtete sich in die Krankheit, um in der Vergangenheit verharren zu können. Was sie hörte, kam ihr weder neu noch wichtig vor. Ihr war, als würde sie immer wieder die Zeilen eines zerlesenen Buches lesen, eines Romans, dessen Wendungen sie von vornherein kannte, ebenso wie das Ende.

Die Ehe ging freilich daneben — es konnte nicht anders sein. Wie hätte es denn auch der schwache, introvertierte Octave fertiggebracht, einem solchen Sturm, all den grenzenlosen, fordernden, gierigen Mangelgefühlen, all diesem Chaos zu begegnen, das in Germaine tobte. Denn sie wollte jede nur mögliche Genugtuung, jede Befriedigung aus diesem männlichen Wesen herauspressen, das sie sich endlich gekapert hatte.

Ihre Sehnsucht, ihr Begehren, das sich nicht nur zu einer körperlichen, sondern auch zu einer seelischen Nymphomanie auswuchs, war so chaotisch, vielschichtig und richtungslos, daß sie am Ende selbst nicht genau wußte, was sie eigentlich wollte. Also konnte sie nichts weiter sein als ein unzufriedener, argwöhnischer, stets gereizter, unglücklicher Mensch.

Gabrielle aber, die ihre Chance zu erkennen glaubte, war eifrig damit beschäftigt, mit sinnloser, aber bewußter Präzision den Abgrund zwischen den Eheleuten zu vertiefen.

Kurz vor Octaves Tod traf Clementine ihren Schwager noch einmal im Bois, an der gleichen Stelle, im gleichen goldgelben Licht, als hätten sie sich verabredet. Sie wußte, daß sie ihn dort finden würde. Mag auch sein, daß sie Tag für Tag dorthin gegangen war, vom Frühling bis zum Herbst, jahrelang, jeden Tag. Doch das war nicht wichtig. In Wahrheit machte sie sich stets zu diesem letzten Stelldichein auf.

Octave sah aus wie sein eigener Schatten, mit eingefallenen Schläfen, ein Geist mit zitternden, knochigen Fingern und schütterem Haar. Er ließ sich mit einer schweren, bedauernswert unsicheren Bewegung neben Clementine auf der Bank nieder und stützte das spitze Kinn auf den gebogenen Griff seines Rohrstocks. Auch er war von Clementines Anwesenheit nicht überrascht. Warum auch, wo er doch unbewußt schon seit langem damit gerechnet hatte?

»Mein Herz macht mir Beschwerden, Mademoiselle Mimosa«, sagte er leise und kurzatmig. »Entschuldige bitte, wenn ich dich im Sitzen begrüße!« setzte er lächelnd hinzu, aber er erwartete auf seine Entschuldigung keine Antwort.

Clementine gab auch keine Antwort. Warum auch hätte sie antworten, warum fragen sollen, wo sie doch genau wußte, wie weit die Geschichte gediehen war und was auf diesen Moment folgen würde? Octaves Hand, die sie kurz drückte, fühlte sich feucht, klebrig und kalt an wie die eines Sterbenden.

So saßen sie still und stumm nebeneinander.

»Schlimm ist nur«, sagte Octave nach langen Minuten, »daß ihr drei nicht eins seid. So bleibt alles ungelöst.«

Seine Miene verkrampfte sich. Er kramte aus der Westentasche eine Schachtel hervor und schob eine Tablette zwischen seine weißlich-violetten, schmalen Lippen.

»Ich liebe dich«, sagte Clementine einfach und wie von ferne, als würde sie zu der Schattengestalt ihrer Vorstellung sprechen.

»Ja.« Octaves Züge glätteten sich, und er schaute verloren vor sich hin. »Nur du kannst lieben. Gabrielle malt leblose Gedanken vor sich hin. Germaine besitzt nichts weiter als einen blinden Willen. Auch ich liebe dich, Clementine. Aber das ist nicht genug«, setzte er hinzu und stand auf.

Langsam, ganz langsam gingen sie die Baumallee entlang. Octave blieb zwischendurch mehrmals stehen, um sich auszuruhen. Dann trennten sie sich. Und Clementine sah ihn nur noch einmal auf der Totenbahre wieder.

Der Hexenmeister

MIT ALFRED VILIN TRAT etwas Bedeutsames in ihr Leben. Sowohl André als auch Pierre spürten es deutlich. Es war unmöglich, ihn mit jemand anderem zu vergleichen. Er war eine absolute Ausnahme, als wäre er aus der mythischen Unterwelt aufgetaucht, ein Schatten, dem es gelungen war, den Zerberus zu täuschen. Ein Kommilitone von der medizinischen Fakultät hatte ihn in Pierres Wohnung gebracht.

Vilin war ein hochgewachsener, kräftiger Mann mit grauer Mähne und gewaltiger Nase, eine seltsame Mischung aus Roheit, sarkastischer, kühler Intelligenz und verträumtem, zähem Fanatismus. Der Kommilitone sprach ihn mit ›Professor‹ an. Doch wie er zu diesem Titel gekommen war und ob er ihn auch zurecht trug, blieb unklar.

Seine überhebliche, befehlende Art war zwar nicht dazu angetan, irgendwelche Sympathien zu wecken — doch die Menschen waren von ihm fasziniert. Er benahm sich wie ein Herrscher, und trotz des Argwohns, daß er ein Hochstapler sei, mußte man bei ihm irgendeine Fähigkeit, eine ungewöhnliche Energie vermuten, die ihm Sicherheit und Macht verlieh.

Er war ein vorzüglicher Suggerator. Selbst das renitenteste Medium wurde zu Wachs in seinen Händen.

Außer der Hypnose beschäftigte er sich mit den verschiedensten parapsychologischen Experimenten, nach seiner Behauptung bereits seit Jahrzehnten. Später wurde dann festgestellt, daß seine Aufzeichnungen über dieses Thema ganze Bände füllten.

Er experimentierte mit seltsamen Methoden und fügte seinen Ergebnissen noch weitaus originellere Theorien hinzu. Er ging nicht über ausgetretene Pfade, doch seine Wege waren für ein gesundes Hirn abstoßend, bizarr und nicht nachvollziehbar. Trotz seiner großen Erfolge hatte André dies schon früh bemerkt.

Seine Ansichten waren den Ansichten Argouts so diametral entgegengesetzt, als wäre er direkt als Schattenbild von dessen Weltanschauung erschienen — ein Beweis für die Lehre ihres Altmeisters, wonach Licht und Schatten zwei polarisierte Zwillingskräfte darstellen.

Argout erblickte Ziel und Wesen des menschlichen Daseins in der Verwirklichung höherer moralischer Ideale. Die Materie als erfahrungsträchtiges Durchgangsstadium des unsterblichen geistigen Prinzips, die geronnene, in der Zeit gefangene spirituelle Energie, dieses schmerzliche alchimistische Stadium, spielte die Hauptrolle auf seiner Skala, die sich bis in den transzendenten Bereich erstreckte.

Was Vilins Einstellung betraf, spielte bei ihm das moralische Ideal überhaupt keine Rolle. Und daß er nicht stahl, nicht betrog und nicht tötete, daß er kein Schlemmer, Zecher und Lump war — dies war nur jenem Umstand zu verdanken, daß sein Wesen von anderen Interessen und von einem anderen Ehrgeiz erfüllt war.

Seine kalte, mitleidlose Gleichgültigkeit, seine ablehnende Einstellung jeder Gemeinschaft gegenüber schreckte jeden ab, dem er sich offenbarte. Den Gedanken aber, daß die Seele des Menschen, sein Geist, den Körper überlebt, hielt er für eine närrische Einbildung.

Seine Verehrung für den Körper, für den Leib war

grenzenlos. Er betrachtete ihn als geheimnisvollen Mikrokosmos, in welchem unerfindliche Kräfte am Werk waren. Diese aber waren die Wunder der ewig währenden Materie, des Stoffes, der unabhängig und majestätisch dahinströmte, die winzigen Luftballons des menschlichen Bewußtseins erschuf und sie dann wie Seifenblasen platzen ließ.

Vilin kämpfte über seine Medien gegen die dunkle Mutter Natur. Er befragte Lilith, dieses Zauberwesen, über die Praktiken der schöpferischen Magie. Er versuchte seine Medien durch die winzige, zerbrechliche, gläserne Linse des Selbstbewußtseins in die verborgene Hexenküche, in die Geheimnisse des Lebens zu werfen, um dort die Unsterblichkeit der Materie an sich zu reißen.

»Wenn man einmal dieses Mysterium erkannt hat«, sagte er zu André und Pierre, »dann wird auf Erden tatsächlich Gott geboren. Ein Gott, der mehr ist als die planlose, sich widersprechende, geniale doch instinktive Natur, mehr als jedes andere Lebewesen, weil er die Qualitäten sämtlicher Lebensformen in sich vereint. Aus dem intuitiven, magischen Naturstrom und den zwei Talenten des sich seiner selbst bewußten Menschen wird das höhere Naturwesen geboren: das herrschende Gesamtbewußtsein mit seinem unsterblichen Leib.«

Auf diese Weise wollte Vilin also Gott sein, und nichts weniger als das.

»Wenn man einen Blick in die Werkstatt der Natur werfen will, so ist dies nur durch unvollkommenes Gelichter, durch den Ausschuß der Menschheit möglich: durch Irre, Hysteriker, nervenschwache Amokläufer und Schwachsinnige jeder Provenienz«, teilte er seinen Zuhörern mit.

»Was mich selbst betrifft, bin ich allzu gut gebaut. Ich bin gesund, kräftig und habe Nerven wie Drahtseile. Mein Gehirn ist ein vollkommenes Gebilde. Alle Kontrollen meines Organismus arbeiten fehlerlos und präzise. Gefühle habe ich praktisch nicht. Ich habe nur natürliche Bedürfnisse, die ich befriedige. Also sind bei mir alle Voraussetzungen vorhanden, die für die Geburt des herrschenden Naturwesens erforderlich sind. Neunzig Prozent der Menschheit sind Psychopathen oder haben zumindest einen leichten Dachschaden. Also habe ich Versuchsmaterial in Hülle und Fülle. Nach einer Arbeit von zwanzig Jahren, nach unermüdlichem Wirken kann ich Ihnen sagen, daß ich jetzt auf der Spur bin.«

Über seine Resultate sprach er vorerst noch nicht. Er ließ die beiden lediglich an seinen Experimenten teilnehmen, weil er Assistenten brauchte, die Kontrollbeobachtungen durchführten, Notizen machten und das Material bearbeiteten.

In seinem großen, gut ausgerüsteten Laboratorium experimentierte er mit mehr als hundert Medien. Und so unglaublich es auch klingt, seine Arbeit wurde offiziell unterstützt. In allen Schichten der Gesellschaft fanden sich unselbständige, suggestible Menschen, die blind an ihn glaubten und ihn für das größte Genie seiner Zeit hielten. Zwei Privatsanatorien für Geisteskranke stellten ihm ihre Patienten freiwillig zur Verfügung.

Nach einigen Zusammenkünften mit Vilin stellten André und Pierre fest, daß der ›Professor‹ nicht zurechnungsfähig war und einen äußerst komplizierten, unzugänglichen Fall darstellte. Da aber sein Wahnsinn Methode hatte und da er bis zur letzten Konsequenz eine kluge, faszinierende Prinzipienkette schmiedete — die fixe Idee an sich —, wurden all die schwachen, ungeschützten Gehirne benommen und von ihm gefangen. Hätte er getobt und alles kurz und klein geschlagen wie andere Irre, so hätte man ihn unschädlich machen können. So aber konnte er frei schalten und walten, ohne daß seine Gemeingefährlichkeit entdeckt wurde.

Als nun die beiden Vilin unter diesem Aspekt zu beobachten begannen, gingen ihnen fast die Augen über angesichts der suggestiven Überheblichkeit und der Geschicklichkeit, mit der er seine Opfer in das ausweglose Wortlabyrinth, in das Chaos seiner Wahnideen lockte. Und da er mit dem Fanatismus eines Wahnsinnigen an sich und an sein Werk glaubte, vertrauten ihm auch die ahnungslosen Opfer, die Medien dieser psychischen Seuche. Sie bewunderten ihn, weil sie angesichts ihrer eigenen kraftlosen Ratlosigkeit an irgend etwas glauben wollten. Vilins Geheimnis war das Geheimnis der Demagogie und die Tragikomödie der menschlichen Dummheit.

Obwohl André und Pierre in die Abgründe von Vilins Persönlichkeit geblickt und seine entsetzlichen Praktiken erkannt hatten, hielten sie dennoch aus widersprüchlichen Interessen, aus Pflichtgefühl und Neugier bei ihm aus.

Vor allem war es ihre Pflicht, bei ihm auszuharren, weil sie seinen Zustand und seine Verantwortungslosigkeit kannten. Sie wußten, daß er die hilflos ausgelieferten Patienten unermeßlichen Gefahren aussetzte, nur um sein Ziel zu erreichen.

Er wollte sie mitnichten heilen, sondern nur benützen, selbst wenn sie bei seinen Experimenten starben. Er empfand kein Mitleid, weil er sich bereits in die Rolle des einzigen auserwählten Herrschers eingelebt hatte. Er glaubte, daß er unabhängig von allen Naturgesetzen, von allen Gesetzen der Humanität majestätisch, unerreichbar und erhaben in unübertrefflicher Intelligenz über dem sklavischen, blinden Rohstoff thronte.

André und Pierre aber brachten es nicht fertig, all die Patienten, all die Kranken, die ganze arglose Herde exaltierter Medien einfach ihrem Schicksal zu überlassen, ohne einen Rettungsversuch zu wagen. Unter Vilins Händen litten unzählige Menschen wie Fliegen in einem Spinnennetz.

Vorerst hatten die beiden keine Ahnung, auf welche Weise und mit welchen Mitteln sie diese hilflosen Untoten aus dem selbstgewählten Opferfeuer herausholen könnten. Zumindest aber verloren sie den Scharlatan nicht aus den Augen und vertrauten darauf, daß er irgendwann einen Fehler begehen würde und man ihn dabei fassen und entlarven könnte.

Walpurgisnacht

ODETTE VILIN, die Tochter des Professors, arbeitete im Laboratorium mit. Pierres und Andrés erster Eindruck von ihr war, daß man sie vollkommen eingeschüchtert hatte. Später, als sie mit schnellen, eindeutigen Blicken ihre Augen suchte und sich ihre schwellenden roten Lippen zu einem verträumten Lächeln öffneten, empfanden sie Verwirrung, gleichzeitig aber auch Mitleid für sie.

Sie mußte schon nahe an die dreißig sein. Ihr großer, reifer, fraulicher Körper wiegte sich mit träger Laszivität vor ihren Augen. Sobald sie aber merkte, daß man sie anschaute, wich sie erschrocken zurück, um sich dann wieder ihrem Objekt zu nähern. Ihre sich anbietenden, lockenden Gesten zeugten von der übersteigerten Sexualität einer Wahnsinnigen.

Außerhalb der Arbeit kümmerte sich Vilin überhaupt nicht um sie, obwohl sie eigentlich hübsch und herzbewegend anhänglich war. Ihre glatte braune Haut, ihr dichtes schwarzes Haar, ihre samtenen Augen, ihr großer, fester Busen, ihre runden Hüften hätten sie zur Liebe und zur Mutterschaft prädestiniert — wenn hinter ihrer niedrigen, breiten Stirn nicht die graue Mauer des Wahnsinns gestanden hätte. Den beiden kam es vor, als hätte sie überhaupt keine Gedanken, als lebte sie inmitten von Reizen und Begierden, leidend und sich fürchtend wie ein unglückliches, wunderschönes Tier. Sie tat, was ihr befohlen wurde, wobei sie für ihren Körper und ihre Gefühle um Nahrung bettelte.

Odette war der beste Rohstoff, der Vilin jemals zur Verfügung stand, und er mißbrauchte ihn auch gründlich.

»Ich brauche verwesende, zerfallende Organismen, oder auch willenlose Werkzeuge«, meinte er mit abstoßender Sachlichkeit. »Einen Boden, wo ich das Bewußtsein bei lebendigem Leib sezieren und anstatt in die Sklaverei der Natur in *mein* Joch spannen kann. Das Mysterium des Lebens ist nur und ausschließlich über das menschliche Bewußtsein erreichbar. Aber nicht etwa durch Gehirne, die in das harte, logische, von moralischen Hemmungen getragene Joch eingespannt sind, sondern einzig und allein durch meine Irren und Hysteriker. Sie sind es, die für mich die Informationen ausgraben, als arglose Spione ihrer inneren Prozesse, ihrer Nervenkonstruktion, ihres Gehirnmechanismus.

Eine Fata morgana der menschlichen Vorstellung liegt in der Annahme, daß Gott die Materie erschaffen hat, oder daß die Materie geistigen Ursprungs ist. Die instinktive, unbewußte Materie versucht vielmehr durch den Menschen Gott zu erschaffen. Also will ich dafür sorgen, daß dieses Experiment gelingt!«

Mit verblüffender Offenheit zog er die beiden ins Vertrauen. Der Grund für dieses Benehmen war wohl in seiner maßlosen Eitelkeit und Überheblichkeit zu suchen. Denn er achtete auch seine Assistenten nicht, hielt nicht viel von ihnen. Dafür aber offenbarte er sich rückhaltlos vor diesen Winzlingen, die ihm zu Diensten waren. Um ihre Meinung kümmerte er sich nicht, beanspruchte jedoch ihre angebliche Bewunderung.

Wenn er sich auch vor seinen Mitarbeitern nicht verstellte, ging er um so diplomatischer mit denjenigen um, von denen er etwas wollte. Um nichts in der Welt hätte er seine Theorien unter seinen Arztfreunden, in offiziellen Kreisen oder in der Öffentlichkeit verbreitet. Denn dort agierte er als begeisterter, humaner Forscher der Psychiatrie. Seine Artikel, die er über seine Experimente und deren Ergebnisse verfaßte, waren tatsächlich beachtlich und aufsehenerregend.

Doch sein Laboratorium war ein einziges Inferno der zum Exzess getriebenen Spannungen, der nervösen Entladungen: Erscheinungen, die jeden vernünftig denkenden, intakten Menschen entsetzt und abgeschreckt hätten.

Zwischen dunkelblauen Samtdraperien, scharfen, hellen Lichtquellen, summenden elektrischen Apparaten, monoman wiederkehrenden, qualvollen Harmonien in Moll, aggressiven, schwülen Düften, entsetzlichem Gestank, klirrenden Tönen, schrillem Glockengeläut, blitzenden Feuern und Lichtern liefen wahre Sabbatorgien in diesem dämonischen Hexenkessel ab — vom markerschütternden Gekreisch, vom Hyänengelächter oder von den Weinkrämpfen der provozierten, narkotisierten Medien durchwoben. Diejenigen aber, die solchen Experimenten beiwohnten, wurden von all den krankhaften psychischen Wirkungen mitgerissen, durchdrungen und aufgewühlt.

Als André erstmals, einen Notizblock in der Hand, an der ›Arbeit‹ teilnahm, hatte er das Gefühl, als würde seine ganze Innenwelt von einem aufpeitschenden Strom erzittern, der ihn fast dazu gebracht hätte, zu kreischen, zu lachen, zu schluchzen, zu zucken, wie die bedauernswerten Objekte ihrer Versuche, wenn er sich nicht mit aller Kraft beherrscht hätte.

Seltsamerweise half ihm auch diesmal die Erinnerung an Argouts Gestalt und an seine Worte über die Krise. Solch unverantwortliche Experimente pflegte Argout als ein Leck zu bezeichnen, durch welches die Sintflut der Unterwelt ausbricht und an die Oberfläche kommt. Diese Feststellung wurde in Vilins Hexenküche zur lebendigen Gewißheit. Und als dann endlich seine Vernunft, sein gesunder Menschenverstand am Lichtfaden von

Argouts kühler Stimme einen festen Halt gefunden hatte, als sein seelisches Gleichgewicht wieder einigermaßen stabil war, wandte er seine Aufmerksamkeit Pierre zu, der offensichtlich in einen ähnlichen Zustand geraten war.

Pierre aber merkte, daß André ihn beobachtete, und schaute wie ein gehetztes Wild zu ihm auf, mit Strudeln und Abgründen des Entsetzens in seinem Blick.

André spürte sofort, daß hier schnelle Hilfe nötig war. Also versuchte er, Argouts Gestalt auch ins Bewußtsein seines Freundes zu projizieren. Dabei stellte er sich sein eigenes Gehirn als ein hochleistungsfähiges Projektionsgerät vor, das farbige, scharfe, plastische Bilder in Pierres Gedankenwelt strahlte. Und nach größter Anstrengung konnte er plötzlich registrieren, daß die Übertragung gelungen war. Das Gesicht seines Freundes entkrampfte sich, seine Züge wirkten entspannt. Auch seine steife Haltung hatte sich gelöst. Pierre atmete tief auf, wie erlöst.

Hinter ihnen erklang Vilins dumpfe, tiefe Stimme. Die beiden fuhren zusammen, als hätte er ihnen eine Nadel in den Rücken gestochen. Sie konnten sich einfach nicht an sein lautloses Herumschleichen gewöhnen. Mit weichen Schuhen an den Füßen, im langen weißen Kittel, mit Augen, die vor kaltem Wahnsinn glühten, glitt er von einer Gruppe zur anderen.

»Passen Sie auf, meine Freunde, passen Sie gut auf«, sagte er, wobei jeder Satz in einem leisen, scheußlichen Gekicher endete. »Da ist etwas im Schwange! Dieses bucklige Vöglein funktioniert wieder ausgezeichnet!«

Seine große, grobe Hand mit den breiten Fingern berührte den mageren Busen des Mädchens, dort, wo ihre Bluse auf seltsame, entsetzliche Weise in Wallung geraten war.

»Da haben wir's!« Seine Stimme klang scharf und triumphierend. Das bewußtlose Mädchen aber stieß einen wilden Schrei aus, als wollte es sich verteidigen, packte Vilins Hand und versuchte, sie von sich wegzustoßen.

»Nein! ... Nicht! O weh!« röchelte sie.

Vilin aber griff mit der anderen Hand unter ihre Bluse und holte mit gewaltigem Ruck ein rosiges, zuckendes Etwas hervor. Das Mädchen verstummte und fiel in sich zusammen wie ein angestochener Luftballon. Aschfahl und schlaff lag sie da, mit offenen Augen und weit aufgerissenem Mund gleich einer Toten. André konnte sich nicht rühren, war starr vor Entsetzen. Und er hatte ein Gefühl, als müßte er sich sofort übergeben.

Das Ding in Vilins Hand glich einem feucht schimmernden Embryo etwa im fünften Monat.

André sah nur für einen Augenblick die krampfhaft zuckenden, knochigen Extremitäten, den halb tierischen, kahlen Kopf mit dem flachen Gesicht, die baumelnden, zitternden, tentakelartigen Enden. Dann schleppte Vilin seine Beute in einen Nebenraum, wohin ihm niemand folgen konnte.

»Ist sie tot?« fragte Pierre seinen Freund André im Flüsterton. Er bedeckte die Augen und wagte nicht aufzuschauen. André wankte zu dem buckligen Mädchen. Sie rührte sich nicht, fast sah es so aus, als würde sie nicht atmen. Die Haut fühlte sich feucht an, ihre Lippen waren violett, ihre Fingernägel von Leichenflecken übersät, doch das Herz schlug noch ganz schwach und ganz leise.

»Sie lebt ... vorerst noch«, sagte er heiser.

Dann glitt Vilin schnell und behende wie ein Reptil wieder in den Saal.

»Großartig! Ganz ausgezeichnet!« rief er erregt. Sein Gesicht war gerötet, seine Augen strahlten vor Zufriedenheit. »Exzellent!«

Er holte eine Spritze hervor und stieß die Nadel in den nackten Knochenarm des Mädchens.

»So! Dieses Vögelchen werden wir noch heute wieder nach Hause schicken. Sie hat wirklich gute Dienste geleistet.« Dabei schaute er fröhlich den beiden jungen Männern in die Augen, die ihn mit dunklen, fragenden Blicken anstarrten.

»Ist das nicht wunderbar, meine jungen Freunde?« Er breitete die Arme aus. Eine exaltierte, berauschte Träne tropfte auf sein erhitztes Gesicht. »Diese elende kleine Jungfer hat mir in wenigen Minuten das Phantasiekind ihrer geheimen Wünsche geboren!« Er ließ ein schallendes, lärmendes Lachen hören.

»Sie waren soeben Zeugen einer echten *unbefleckten Empfängnis* ohne jeden klerikalen Humbug! Der materialisierte kleine Messias liegt auf dem Operationstisch, um den Menschen von der Sünde des Todes zu erlösen! Das ist ein wichtiges Kettenglied, meine Freunde! Heute werden wir mit der Gruppenarbeit nicht fortfahren. Ich möchte allein arbeiten.«

Damit waren sie entlassen. Und schon bald verließ auch ein großer Wagen den Hof von Vilins Haus. In ihm saßen die Irren, unter ihnen auch die sterbende, armselige Jungfrau, die ohne die Sünde des Fleisches auf Befehl eines Antichristen ein Kind erzeugt hatte und deswegen umkommen mußte.

Nach einigen Tagen teilte Vilin selbst mit, daß sein Medium im Irrenhaus gestorben sei. Als Todesursache wurde perniziöse Anämie angegeben. Doch dieser Krüppel, dieses halbtote Wesen, das unter Depressionen litt, hatte immer schon als hoffnungsloser Fall gegolten.

Dieses gespenstische Experiment war nur ein Zweig von Vilins Versuchsreihen, die in zahllose Richtungen wucherten. Er ließ seine Medien systematisch arbeiten, trieb sie an, provozierte sie, jagte sie in die extremsten Spannungszustände, in denen sie dann mit geschlossenen Augen versiegelte Briefe lasen, über Anwesende berichteten, Gedankenbefehle entgegennahmen oder auch weitergaben, die Vergangenheit erforschten, die

Zukunft voraussagten und Diagnosen mit erschreckender Präzision stellten.

Vilin benutzte jedes einzelne Medium bis zur totalen Erschöpfung, wochenlang, monatelang. Er kannte kein Erbarmen, gönnte ihnen keine Ruhe, keine Erholung. Und wenn sie dann physisch und nervlich fast vor dem Zusammenbruch standen, wenn sie endlich mürbe und ermattet waren, begann er erst mit der eigentlichen ›Arbeit‹.

Er versetzte diese psychisch zerfallenden Wesen in hypnotische Trance und befragte die Natur über ihre zitternden, zuckenden Leiber. Denn er spionierte, fahndete, suchte in ihnen nach den Geheimnissen Gottes. Er zwang ihr unterjochtes Bewußtsein bis zur Schwelle der Zellenvermehrung, des Absterbens, der Erneuerung, der Entstehung, zum Scheideweg zwischen Leben und Tod.

Dabei ließ er sie in ein finsteres Chaos eintauchen, stieß sie in Abgründe, warf sie ins Feuer, trieb sie gegen uneinnehmbare Mauern, um die Beute zu gewinnen. Seine Medien aber apportierten folgsam jeweils ein Bruchstück jenes fetten Bissens, nach dem er sich sehnte, selbst um den Preis ihres eigenen Lebens.

Kaum jemand hielt diese Tortur mehr als wenige Monate aus. Vilin aber war selbst in seiner Paranoia noch klug genug, um den ›Abfall‹ beizeiten zu beseitigen. Seine Opfer starben nie bei ihm. Auch wußte er es zu verhindern, daß sie in einen schlimmeren Zustand als den Tod gerieten, etwa in die Unterwelt tobender Ängste oder sich in unauflösliche Tetanie flüchteten, um diesem satanischen Tyrannen zu entkommen.

André und Pierre aber, im vollen Bewußtsein der Tatsachen, trieben mit ihm hart an der Grenze unmenschlicher Sünden dahin. Ebenso genau wußten sie aber auch, daß sie die Szene nicht einfach verlassen durften. Auf irgendeine Weise mußte Vilin zur Strecke gebracht werden. Denn weil sie ihn als wahnsinniges Monster entlarvt hatten, waren sie durch eine unabwendbare moralische Verantwortung verpflichtet, auf ihrem Posten auszuharren. Sie konnten nicht einfach achselzuckend über die Dinge hinwegschauen, sich in den Gedanken fügen, daß sie nichts gegen einen wahnsinnigen Verbrecher unternehmen konnten, nur weil dieser mit dämonischer Kraft und Klugheit Menschen von hohem Einfluß beherrschte.

Freilich gab es viele, die entsetzt vor ihm zurückwichen, die ihn als Wahnsinnigen, als Verbrecher, als gefährlichen Scharlatan bezeichneten. Sie besaßen jedoch kein Gewicht.

Jeder aber, von dem er abhängig war, den er für seine Ziele gewinnen, gebrauchen und mißbrauchen wollte, wurde von ihm unterjocht. Solche Leute verlor er nie aus den Augen und gaukelte ihnen vor, was sie sehen wollten und was zu seinem Vorteil war. Und all diejenigen, die eine bedeutende Schlüsselposition hatten, waren fest in seiner Hand.

Persephone

Odette Vilin fürchtete ihren Vater wie ein Raubtier seinen Dompteur. Und aus diesem Grund haßte sie ihn auch abgrundtief. Ihre verwilderten, unterdrückten Gefühle gärten in ihr in Zwielicht und Dämmerung, ohne Gedanken, und ließen eine Wirklichkeit heranreifen, mit der niemand gerechnet hatte — am wenigsten sie selbst. Es war das blinde, geheimnisvolle Konzentrat einer Natur, die mit rohen, hemmungslosen Urgewalten bis zum Rand gefüllt war, die Versammlung destruktiver und schöpferischer Energien.

Vilin nutzte Odette ebenso schamlos aus wie seine übrigen Opfer. Da sie ihm aber noch mehr ausgeliefert war und er sie als sein persönliches Eigentum betrachtete, wandte er bei ihr noch weit niederträchtigere Methoden an. Jenes Ziel aber, das er im Körper seiner Tochter — in diesem willenlosen, zweckentfremdeten Körper — über ihre dämonisch intensivierten, unkontrollierten Triebe verfolgte, ging wahrhaftig über jegliches Maß der menschlichen Verderbtheit hinaus und zeugte von den haarsträubenden Vorstellungsdimensionen eines Wesens aus der Unterwelt.

Allerdings konnte er sich selbst im Traum nicht vorstellen, was in diesem unterjochten Körper vor sich ging, der auch von seinem eigenen Blut durchströmt war. Er ahnte nicht, daß sein stummer, unsichtbarer, ungreifbarer Gegner, den er so sehr verachtete, genau diese magische Blutsverwandtschaft gegen ihn ins Feld führen würde.

Die Elemente von Odettes Körper riefen zum Kampf und benutzten das unglückliche Mädchen als Instrument, als Schlachtfeld und als Waffe in diesem höllischen Feldzug.

Zunächst hängte sich Odette an André mit einer so heißen, anhänglichen und verzweifelten Unterwürfigkeit, daß er sie unmöglich abweisen konnte. Sie ließ alle Schranken, alle Hemmungen fallen und suchte seine Gesellschaft.

Sie forderte immer wieder ein Stelldichein, bestürmte ihn mit Zetteln und amourösen Briefen, in denen sie mit großen, schwankenden, dicken Buchstaben seltsame Texte schrieb. Aus ihrer Feder, die vor leidenschaftlicher Spannung schier am Bersten war, schossen gelegentlich explosionsartig Tintenspritzer hervor, die das Papier befleckten. Die Wortgebilde aber, die sich zwischen den dunklen Pfützen der Leidenschaft abzeichneten, zeugten von jenen Instinkten, die unter der dünnen Oberfläche des nüchternen Verstandes lauerten.

»André. André! André!« Mehr stand vorerst nicht auf den formlosen, heftig abgerissenen Zetteln. Später aber projizierte sie auch ihre verträumten, scheinbar zusammenhanglosen Assoziationen.

»Ach, André! Es ist so schwer, so geschwollen, so schmerzhaft! Ich habe die ganze Nacht nicht geschlafen. Ich habe eine trächtige Katzenmutter betreut und an mich gedrückt. In ihrem Bauch bewegte sich der Nachwuchs. Ihr Name sticht mich wie ein Messer, André! Durch dieses Messer möchte ich sterben! Ich wünsche mir ihren Leib als Leichentuch — als ein schweres gutes Leichentuch, das auf mir liegt. Wann endlich — wann?!«

Dieser Zettel gelangte in seine Hände, als ihre Beziehung bereits den Scheitelpunkt einer Krise erreicht hatte, im späten Frühling, der schon die Hitze des Sommers ahnen ließ, als die von schweren Blumendüften geschwängerte Luft in den Straßen von Paris an schlecht gelüftete Freudenhäuser um die Mitternachtsstunde erinnerte.

Eine seidige, graublaue Abenddämmerung umfing sie, deren Farben dem strahlenden Glanz der Bogenlampen, die jetzt angezündet wurden, schmerzliche Bedeutung verliehen. Über ihnen standen Sterne am Himmel, deren schimmerndes Licht in all diesem Glanz verblaßte.

Odette aber schritt an seiner Seite die Straße entlang. André war vom Labor zu Jacquelines Wohnung unterwegs. Dies war sein Asyl, wohin er sich vor den entsetzlichen Versuchungen flüchtete, die ihn in Gestalt von Odettes Leidenschaft zu verführen suchten. Denn in diesem bedauernswerten Geschöpf steckte eine Art animalischen, erschütternden, faszinierenden Zaubers. Und diese Wirkung wurde in ihm nur noch gesteigert, weil er wußte, daß sie auf einem schwarzen Altar einer fixen Idee geopfert werden sollte.

Ihrer flehentlichen Annäherungsversuche, ihre weiche, getragene Stimme, die Aura ihres Körpers, die einem saugenden Strudel glich, die fast schamlos sinnliche Glut umgarnten seine Sinne mit fürchterlicher Magie. Er begehrte sie, er war so hungrig nach ihr, als wäre der Appetit einer ganzen Legion von Dämonen in ihm erwacht. Die Gefühlsflut der Jahreszeit, aufgepeitscht durch die Macht des zunehmenden Mondes, welche auch die Säfte beherrschte, raubten ihm auch noch die letzte Körperkraft. Seine Knie zitterten, seine Zähne klapperten vor Schüttelfrost in dieser windstillen, lauen Atmosphäre, wo kein Lüftchen wehte.

Wären die Straßen, durch die sie wandelten, nicht so verkehrsreich, von Lampenlicht und Lärm erfüllt gewesen, wären sie nicht jeden Moment auf eilige Passanten gestoßen, hätte er Odettes Körper brutal an sich gerissen, diesen Leib, dessen heiße Rundungen unter dem dunnen Kleid ihm wie nackt vorkamen. Er hätte sie zu der Seinen gemacht, obwohl sein Verstand und sein gesunder Instinkt sich wild dagegen wehrten. Er wußte, daß sie krank und verseucht war und daß ihre Krankheit ansteckend war — sie war das Opfer einer psychischen Lepra, die schlimmer war als der Tod. Und daß sie Vilins Tochter war, der ...

Seine Hand glitt unter den glatten Arm des Mädchens, der sich weich und schmiegsam anfühlte. Der Schauer aber, der ihre Haut in Wallung brachte, so daß ihre feinen Härchen sich sträubten, dieser schmerzliche Schauer griff auch auf ihn über. Sein ganzer Körper bebte. In dieser Sintflut kam ihm Jacquelines Fenster mit seinem milden Licht wie eine Rettungsinsel in unerreichbarer Ferne vor. Und er hatte das Gefühl, er würde dort nie ankommen. Denn er würde untergehen, seine Sinne würden im todbringenden Meer der Lust verenden, in dieser bodenlosen See ...

Plötzlich erklang Pierres Stimme, der die beiden Spaziergänger begrüßte. Der Strom riß ab. André fühlte sich schwindlig, er war in Schweiß gebadet, als hätte er am Rande eines Abgrunds plötzlich haltgemacht.

Pierre aber gesellte sich zu ihnen und begleitete sie bis zur Wohnung Jacquelines.

André verabschiedete sich hastig von seinem Freund und von Odette und rannte die Treppen zu seiner Freundin hinauf. Er trug seinen aufgewühlten, widerstrebenden Körper zu ihr, als würde er einen Irren in einer Zwangsjacke mit sich schleppen. Wäre Pierre nicht aufgetaucht, hätte sein sinnliches Ich seinen gesunden Menschenverstand besiegt und er wäre Odette an irgendeinen Ort gefolgt, wo er sie und sich befriedigen konnte. Und dies, obwohl er wußte, welchen Preis er dafür zahlen müßte.

Vor Jacqueline versuchte er seinen Zustand nicht zu verbergen. Dies wäre auch kaum möglich gewesen, weil ihm diese Frau in so tiefer Liebe zugetan war, daß sie jede Veränderung in seinem Wesen sofort bemerkte.

Es war gut, diesen glühenden Kohlehaufen vor ihren Füßen auszubreiten, in ihrem klugen, unpersönlichen Wesen zu baden, an ihrem kühlen Leib Ruhe und Entspannung zu finden.

Als er dann nach ihrer stummen, verzweifelten Umarmung und nach langen Gesprächen endlich erschöpft zur Ruhe kam, fühlte er sich wie ein Fieberkranker, der über die Krise hinweggekommen war. Odettes Succubus, der in seiner Phantasie, in seinen Sinnen getobt hatte, war endgültig verblaßt, seine Macht über ihn gebrochen.

Erst jetzt fiel ihm Pierre wieder ein. Böse Vorahnungen, Sorgen, beschämendes Schuldbewußtsein breiteten sich in ihm aus. Er konnte sich nicht von dem Gedanken befreien, daß er den Freund unermeßlichen Gefahren ausgesetzt hatte, nur um seine eigene Haut zu retten. Seine Unruhe wurde so unerträglich, daß er am liebsten sofort aufgebrochen wäre, um ihn zu suchen. Jacqueline aber hielt ihn zurück.

»Bleib da!« flehte sie ihn an. »Wenn sie irgendwo beisammen sind, kannst du sie nicht finden. Du kannst nicht vor morgen früh mit irgendeiner Rettungsaktion beginnen. Obwohl ich wirklich nicht weiß, was du für ihn tun könntest. Was Pierres Gefühlsaffären betrifft, hört er nicht einmal auf dich!«

Nun blieb er aber nicht allein deswegen bei seiner Freundin, weil es angenehmer war, im schützenden Nest ihres Bettes zu verweilen wie in einem Kokon — sondern weil er mit an Sicherheit grenzender Wahrscheinlichkeit wußte, daß es bereits zu spät war.

Das, was er befürchtet hatte, war bereits geschehen. Die Ereignisse hatten ihn überrannt, waren über ihn hinweggebraust — er aber war auf wunderbare Weise gerettet worden. Denn das Netz, Jacquelines kühler, opferbereiter Leib, hatte ihn aufgefangen, in jenem Moment, als ihn eine gewaltige, feindselige Kraft, die stärker war als sein moralisches Ich, um ein Haar in den Abgrund gerissen hätte.

Armageddon

In dieser Nacht vollendete und erfüllte sich das Schicksal von Pierre und Odette. Vor André entfaltete sich allmählich jede bizarre Einzelheit ihres Zusammenseins.

Pierre aber machte kein Geheimnis daraus und dachte nicht im Traum daran, daß ihm sein Freund gram sein könnte, weil er jenen Tornado, jene Windhose, die auf ihn zuraste, abgelenkt und die ganze Wucht dieser Naturgewalt auf sich gezogen hatte. Denn sie allesamt — Pierre, Odette, André, ja sogar Vilin selbst — glichen Menschen, die in eine unwiderstehliche Strömung geraten waren und mit übersteigerten Sinnen gegen diesen Strom ankämpften.

»Wir sind die ganze Nacht gebummelt«, erzählte Pierre seinem Freund André mit einer verträumten, zerknitterten Blässe, wie sie nach großen Spannungen im Antlitz eines Menschen zurückbleibt. »Wir haben hier und da auf einer Bank gesessen und dann einige Zeit in Cafés verbracht. Später lagen wir auf dem Rasen eines Parks unter Büschen, die ein Dach über uns bildeten. Wir waren auch im Bett ... in einem Stundenhotel, wo es nach Petroleum roch. Ich weiß nicht, wie lange.

Die ganze Geschichte ist irgendwie unwirklich. Denn von jenem Moment an, als wir uns vor Jacquelines Wohnung trennten und uns von dir verabschiedeten, gingen wir jahrhundertelang aufeinander zu. In dieser unendlich langen Zeit, deren Tiefe nicht zu ermessen ist, wurde auf unaussprechliche, mystische Weise offenbar, daß unser Verhältnis keinen Anfang und kein Ende hat. Jedes Gefühl, jedes Erlebnis, jeder geheime Wunsch, jede namenlose Erinnerung hängt mit ihr zusammen und verknüpft sich in mir mit ihrem von Reizen durchfluteten, ahnungsvollen Leben und ihrer traumartig verschleierten, mit Gewalt verdrängten Vorstellungswelt.

Es war entsetzlich, dies erkennen zu müssen, und wahrhaftig kein Anlaß zur Freude. Auch sie wollte davor flüchten, indem sie dich durch Reizprojektionen als Sperre zwischen uns beide zerrte. Denn unsere Sache kann kein gutes Ende nehmen. Das Geburtshoroskop der Leidenschaft sagt stets eine Tragödie voraus.«

Als aber André, durch diesen finstern Fatalismus erschreckt, gegen den Standpunkt seines Freundes argumentieren wollte, schaute ihn Pierre verwundert an.

»Warum tust du so, als wüßtest du es nicht? Hier gibt es keine andere Wahl, keinen Ausweg. Ich weiß alles über Odette, auch, daß sie nicht ganz richtig im Kopf ist. Ich sehe genauso klar wie du, daß sie nichts weiter ist als ein blindes Werkzeug Vilins in irgendwelchen schändlichen Machenschaften, deren Art ich nur ahnen kann, weil ich noch nicht den Mut aufgebracht habe, den Tatsachen ins Auge zu sehen.

Odette wurde bereits als Kind verdorben, das hat sie mir selbst erzählt, und es geschah mit Wissen ihres Va-

440

ters. Auf diese Weise war er irgendeinem alten Lustmolch zu Diensten, der beachtliche finanzielle Opfer dafür brachte — obwohl diese ganze Aktion im wesentlichen nur Vilins fixer Idee diente. Und dies war vor allem der Grund, warum er Odette aus der normalen menschlichen Gesellschaft ausgrenzen wollte.

Er entzog sie planmäßig ihren gleichaltrigen Freundinnen, ebenso wie allen Menschen, die sich auf gesellschaftlicher Ebene trafen und einander stets im Auge behielten. Dann setzte er dieses hilflose Geschöpf unwiderstehlichen Reizen aus, ließ das Mädchen dämonische Dinge kosten, die ihren Geschmack verdarben und fast zu einem Succubus erniedrigten, nährte künstlich die ungesunden Leidenschaften in ihr, um sie dadurch an die Leine zu legen.

Im Alter von vierzehn Jahren nahm Odette an Schwarzen Messen teil und wachte am nächsten Morgen mit schwerem Kopf auf, der von Rauschmitteln und Drogen dröhnte. Diese Erinnerungen leben wie bunte, unverdaute Bruchstücke von Bildern in ihr, doch nur, weil ihr Vater sie ihr als Spielzeug belassen hat, wie ihre Puppen, als sie noch ein Kind war. Jene Erinnerungen aber, die sich auf die Zeit nach der Geschlechtsreife beziehen, hält er in ihr verschlossen und versiegelt. Zu jener Zeit kam etwas in Gang, wozu alles vorher nur eine Art Vorbereitung gewesen war.

Jenes Erinnerungstor aber, welches Vilin als tabu bezeichnet und versiegelt hat, wird von den Ungeheuern der Furcht und der Angst bewacht. Und sobald ich versuche, dieses Tor zu öffnen, wird sie von krampfartigen Zuckungen geschüttelt, während ihr ganzer Körper in Schweiß gebadet ist. Ihre Zunge ist gelähmt, sie stottert, und wenn ich sie noch weiter forciere, fällt sie in Ohnmacht.

Vilin setzte sie mit 14 Jahren unter Suggestion. Von da an bestand ihr Leben nur noch aus einem gelegentlichen, traumhaften Aufflackern und aus starken Bedürfnissen, die sie befriedigte, wenn sich die Gelegenheit bot. Obendrein war es Vilin, der ihre amourösen Verhältnisse geradezu förderte.

Die traumähnliche Dämmerung ihrer Innenwelt, in der Hunger, Lüsternheit und entsetzliche Unrast miteinander abwechselten, wurde schlagartig von einem schmerzlichen Licht erhellt, als wir beide im Laboratorium auftauchten. Zu diesem Zeitpunkt begann Odette erstmals, sich selbst genauer zu betrachten. Zunächst weinte sie und schämte sich. Dann begann sie Gedanken zu formulieren und sich vor Vilin zu verstellen.

Sie wußte nur zu gut, daß sie dieses Licht verbergen mußte — dieses Licht, das trotz seiner Unerträglichkeit eine Art Leben für sie bedeutete, verglichen mit jenem Zustand, in dem sie, nicht ganz bei Bewußtsein, dahinvegetiert war. Ebenso wußte sie auch instinktiv, daß ihr Vilin dieses Leben wieder wegnehmen, dieses Licht sofort löschen und sie blenden, ihr das Augenlicht nehmen würde.

Sie muß etwas ähnliches gefühlt haben, André, wie die Verdammten, die aus ihrem Todesschlaf erwachen und merken, daß sie im Schlangengriff der Hölle in ausweglosen Tiefen um ihre Freiheit ringen. Doch sie können ihre Lage nur erkennen, weil von einer niedersteigenden Gestalt ein Fluidum ausgeht — das Fluidum des Mitleids und der Glanz einer höheren Welt.

Ich weiß nicht, ob du verstehst, was ich meine. Erst durch uns wurde sich Odette dieser anderen Lebensform bewußt, einer Welt, aus der sie verbannt worden war, zu der sie aber in ihrem innersten Wesen gehörte. Diese mystische Sehnsucht nach dem Paradies hatte Vilin bei seinen Berechnungen nicht berücksichtigt, ganz einfach, weil er nicht daran glaubt. Und weil er dies leugnet, wird das Transzendente nur noch stärker — weil es existiert und weil es wirkt.

Die bedauernswerte Katzenmutter machte es Odette bewußt, daß in ihrem Inneren ein Mangelgefühl besteht, das durch Essen, Trinken oder Umarmungen nicht gestillt werden kann. Die Katzenkinder wurden getötet, die Katzenmutter aber suchte, noch blutend von dem Wurf und mit entzündeten Zitzen, maunzend nach ihren Jungen. Sie miaute vor Schränken und vor Türen, bis diese vor ihr geöffnet wurden. Sie hüpfte auf Betten und Möbel, war Tag und Nacht unterwegs, um bei diesen blinden kleinen Wesen endlich Ruhe und Erlösung für ihre qualvolle Mutterschaft zu finden.

All die Qualen, all die Leiden dieses Tieres trafen Odette so tief, daß sie sich fast mit dem Muttertier identifizierte und plötzlich merkte, daß sie sich selbst schon einmal in einem ähnlichen Zustand befunden hatte. Nach diesem Erlebnis wurde ihr übel, und sie verlor das Bewußtsein. Selbst als sie mir darüber berichtete, war sie einer Ohnmacht nahe.«

Auch André war entsetzt und fühlte sich am Rande der Übelkeit. Zwar wußte er, daß er seinem Freund, der von seinem Schicksal mitgerissen wurde, nicht mehr Einhalt gebieten konnte, dennoch rief er ihm nach, ohne eine Antwort auf seine Frage zu erwarten:

»Ich kann verstehen, daß sie dir leid tut, Pierre. Auch ich möchte ihr helfen. Doch wie kannst du sie nach all dem noch lieben und begehren? Es ist, als würdest du ein eitriges Geschwür küssen!«

Pierres Blick hing an ihm, seine Augen waren auf ihn gerichtet, sein Körper wandelte neben dem seinen, dennoch kam er ihm meilenweit entfernt vor, in einer Fremde jenseits einer tauben, dunklen Ferne.

»Ich kann keine Frau lieben außer ihr«, sagte er mit der fahlen Stimme eines Träumers. »Ich habe nie eine andere geliebt. Ihr leidender, vergifteter, gedemütigter Leib ist ein Teil meines Leibes. Ihre gefangene Seele gehörte zu mir. Ihre Geschwüre sind auch in mir aufgebrochen. Als ich sie umarmte, war es, als würden offene, aufgerissene, wunde, empfindliche Fühler oder Gefühle nacheinander tasten und greifen, die sich dann vereinten und in einer Ekstase zusammenwuchsen, die nahe am Schmerz lag.«

»Was hast du vor? Willst du sie heiraten?« fragte André still.

»Ja. Ich weiß bereits, daß Vilin mit all seiner Kraft und all seiner Macht dagegen ankämpfen wird«, sagte Pierre. Er ging gebeugt, als hätte er eine unsichtbare Last auf sich genommen. »Er wird in Odette und durch Odette kämpfen. Daß sie meine Geliebte geworden ist, macht ihm nichts aus, im Gegenteil, er schaut mit hämischer Genugtuung zu. Das ist das Entsetzliche daran. Auch dieser Sache muß ich nachgehen. Ich wäre ein närrischer, eingebildeter Holzkopf, wenn ich Vilins Kraft unterschätzen würde. Ich habe nur einen einzigen Verbündeten, der stärker ist als er: die Liebe. Sie wird ihn besiegen, weil sie auch im scheintoten Wesen Odettes zum Leben erwacht ist. Dies ist die einzige Krankheit im Menschen, die alle anderen Krankheiten vertilgt, eins der stärksten Gegengifte. Die Liebe ist es, die Odette heilen und befreien wird, selbst dann, wenn unser Verhältnis tragisch endet!«

»Warum beschwörst du dauernd ein tragisches Ende herauf? Bei einer solchen Haltung kannst du in diesem komplizierten Kampf nur verlieren!«

Daraufhin schaute Pierre den Freund mit seinem alten, klugen, resignierten Blick an.

»Ich werde nicht blind in mein Schicksal rennen, André! Solche Verhältnisse und Beziehungen gehen nie gut aus, sie tragen ihr Fiasko bereits in sich. Die Liebenden, die ihre Körper als Werkzeuge ihrer leidenschaftlichen Seelen benutzen, haben kein gutes Blatt, weil sie Brände entfachen, welche die Materie foltern und verbrennen. Die Liebe ist auf dieser Welt der Gegenpol zur Hölle und das Fegefeuer vor der letzten großen Union!«

André begegnete Pierre noch einmal bei Argout, bevor ihn die finstere Sturmzone seines eigenen Lebens für einige Monate verschlang. Es gehörte auch zu Pierres unabwendbarem Schicksal, daß er in der größten Krise seines Lebens allein bleiben mußte.

Aufgrund ihrer Berichte verfolgte Argout die Äußerungen und Taten Alfred Vilins mit besonderem Interesse. Nach den ersten Experimenten und nach Vilins wahnsinnigem Geständnis schlug er vor, beide sollten ihn unverzüglich verlassen, weil sie in uferlose Gefahren geraten könnten. Der Wahnsinn sei ansteckend, meinte er, und keiner sei stark genug, um den Dämonen des »dritten Reichs« zu widerstehen.

Die beiden widersprachen ihm, sie versuchten, ihn zu überzeugen, daß sie gegen die Seuche immun seien, weil sie Vilins Zustand deutlich erkannt hätten. Und gerade der niederträchtige Mißbrauch, den sie aufgedeckt hatten, würde sie zum Bleiben verpflichten. Sie mußten den Faden finden, mit dessen Hilfe sie dieses Netz krankhafter Gebilde entflechten und auflösen könnten. Außer ihnen beiden sei niemand dazu in der Lage, weil die anderen entweder Außenseiter seien oder aber Menschen, die sich durch die wissenschaftlich verbrämten Dekorationen bluffen und blenden ließen, oder solche, die sowieso willenlose Wachspuppen in Vilins Händen waren.

Trotz dieser Argumente beharrte Argout auf seinem ursprünglichen Standpunkt, weil er der Meinung war, daß sich ein solches Netz früher oder später von selbst auflösen würde. Wenn sie aber dort blieben, könnte das Gesetz der in Schwung geratenen Kräfte sie ebenfalls verschlingen. Sie hatten bereits genug gesehen, um vorsichtig eine Aktion von außen gegen ihn einzuleiten.

»Aktionen von außen haben wenig Wert!« widersprachen die beiden. »Wir müssen handgreifliche, unwiderlegbare Beweise herbeischaffen.«

Argouts Argumentation hatte auf André eine starke Wirkung und ließ sogar Pierre schwankend werden. Doch all der Tang,, der aus Neugier, Mitleid und Abenteuerlust in ihnen erwachsen war, hatte sie bereits umschlungen. Pierre konnte wegen Odette und André wegen Pierre nicht mehr weichen.

Argout nahm es nicht übel, daß man seinen Rat zurückgewiesen hatte. Er kannte die Menschen und die intensive Macht der Gefühle, die über jedes kluge Argument erhaben sind. Doch sooft sie beieinander saßen, kam er immer wieder darauf zurück und wiederholte seine Bedenken auf die ihm eigene zurückhaltende Weise.

Er gab seine Versuche erst dann auf, als ihm Pierre sein Verhältnis mit Odette offenbarte. Diese Entwicklung war auch für ihn niederschmetternd, bewog ihn aber gleichzeitig zum totalen Rückzug. Er versuchte in der Gewißheit Trost zu finden, daß wohl keine andere Wahl blieb und daß all seine weiteren Bemühungen vergeblich wären.

André nahm Argouts Zustand erschüttert wahr, da er sich mit seinem eigenen Erleben deckte: Sie beide standen hilflos an der Seite des Freundes, weil sie wußten, daß es bereits zu spät war. Denn was sie befürchtet hatten, war bereits eingetroffen.

Bei ihrem letzten Besuch begleitete Argout die beiden bis zur Tür. Und als André aus dem Treppenhaus zurückblickte, sah er, daß ihr Meister auf dem Treppenabsatz stand und ihnen nachschaute. In seinem feinen Greisengesicht waren Kummer, Sorge und Trauer zu lesen.

André kam erst gegen Abend zu Hause an, in einem desolaten Zustand, aufgewühlt und erregt, doch konnte er im Moment keine Erklärung für seine Nervosität finden.

Er hatte das Gefühl, als hätte er sich irgendwo angesteckt. Trotz seiner inneren Abwehrmechanismen hatten ihn in Vilins Hexenküche unsichtbare Viren angegriffen und mit bösen Ahnungen, Unrast und Ungeduld erfüllt, so daß er am liebsten vor sich selbst davongelaufen wäre.

Unterwegs, nachdem sich Pierre bereits von ihm getrennt hatte, dachte er daran, Jacqueline zu besuchen. Doch irgendwie sträubte er sich seltsamerweise gegen dieses Vorhaben und ließ den Gedanken fallen. Denn er wollte keinen Menschen sehen und war sich selbst nur zur Last.

Zu Hause angekommen überkam ihn schon im Vorzimmer die Gewißheit, daß sich während seiner Abwesenheit bedeutende Dinge ereignet, große Veränderungen stattgefunden hatten. Ihm war, als hätte ein einziger böser Zauberspruch das relative Gleichgewicht ihres bisherigen Lebens aus dem Lot gebracht — obwohl ihn nur eine bedrückende, ohnmächtige, bestürzende Stille empfing: die Stille, die dann eintritt, wenn eine angeschlagene, klingende Saite urplötzlich reißt.

Aus den kalten, langen Schatten der Küche wagte sich die alte Julie hervor, mit fremdem, verzerrtem Gesicht. Ihren roten, geschwollenen Augen war anzumerken, daß sie so lange geweint hatte, bis ihre Tränen endlich versiegt waren. Sie winkte hilflos mit ihren beiden knotigen Händen, ihr eingesunkener, zitternder Mund formte verstümmelte, verzerrte Worte.

»Gott ... junger Herr ... habe auf Sie gewartet ... sehr ... Madame Clementine ... ist ... von uns gegangen! ... Gott! Oh, mein Gott! Warum waren Sie nicht da, als die Madame sich wegen des Notizbuchs des jungen Herrn kränkte! Wie hat sie es gefunden?! Mein Gott! ... Wehe mir! ... Die Ärmste ... meine liebe arme ...!«

Sie wiegte den Oberkörper hin und her wie ein Klageweib, aus ihren geschwollenen Augen floß ein neuer Tränenstrom.

André war wie gelähmt, konnte sich nicht rühren. Er stand nur da im Vorzimmer, wie vom Blitz getroffen.

Julies Worte hatten plötzlich ein böses, helles Licht in ihm angezündet, so daß er den ganzen Ablauf der Ereignisse deutlich sehen konnte.

Er sah, daß sich alles auf eine nicht wiedergutzumachende Weise verwirrt hatte, in Schwung geraten war und hinabzustürzen begann. Seine ewig schnüffelnde, mißtrauische, argwöhnische Mutter hatte seine Aufzeichnungen über Clementines Fall gefunden — ausgerechnet diese zwischen all den anderen Schriftsachen, die auf Regalen und in Schubladen verwahrt waren.

Oder hatte sie vielleicht schon seit Wochen und Monaten gestöbert, alles durchsucht, alles durchwühlt, jedes Blatt gelesen? War sie doch eifersüchtig auf alle seine Gedanken, auf jeden Augenblick, über den er ihr nicht berichtete. Sie wollte ihn besitzen mitsamt seinen körperlichen, seelischen, geistigen Geheimnissen — vor allem anderen aber war sie an seinem Sexualleben interessiert.

Er aber hielt nichts unter Verschluß. Eine solch widerliche, abstoßende Möglichkeit wäre ihm nicht im Traum eingefallen — und das war seine Schuld! Er hatte geglaubt, es sei ein ungeschriebenes Gesetz, daß die moralischen Schranken, die für ihn selbstverständlich waren, nicht durchbrochen würden, und daß dieses Gesetz auch seine Mutter binde. Doch solche Verbote gelten nur für diejenigen, die lesen können. Ein Blinder geht ungerührt an einer Verbotstafel vorbei, mögen die Lettern noch so groß und noch so rot sein.

Clementines Fall war sein erster detaillierter Krankenbericht, mit Daten, Namen, eigenen Reflexionen und deutlicher Zusammenfassung. Das Bild seiner Mutter, das sich aus diesen Aufzeichnungen ergab, mußte auf den illegalen Eindringling wie eine Bombe gewirkt haben, weil sie sich in einem dunklen Geisterspiegel selbst begegnete. Und die Gestalt, die aus dem Spiegel zurückschaute, mußte wie ein nacktes, entsetzliches Monster erscheinen. Was sie sich aber hinterrücks und heimlich angeeignet hatte, war zu seinem und zu aller Unglück mehr als nur ein ärztliches Geheimnis. Sie hatte empfindliche Lebensherde, verborgene feine Wurzeln zertreten, die, einmal zerstört, nicht mehr zu revitalisieren waren. In André nahm allmählich ein schlimmes, schweres Entsetzen Gestalt an, das sein Mitgefühl für Clementine fast unterdrückte.

Er trat näher an die alte Frau heran, die schluchzend und in Tränen aufgelöst vor sich hinlamentierte, während sie ihren Körper hin und her wiegte.

»Also hat meine Mutter Clementine angegriffen?« fragte er flüsternd, als würde das Schattenbild der Akteure aus diesem trivialen Skandal immer noch um ihn herumschwirren.

»Ich konnte die Ärmste kaum aus ihren Krallen retten! Sie schlug sie, sie kratzte sie wie ein tobsüchtiges Tier! Sie hat sogar Mademoiselle Gabrielle und mich zerkratzt, bis es uns gelang, sie endlich festzuhalten. Das aber war nicht das Schlimmste, sondern das, was sie sagte! Mon Dieu! Daran muß man sterben. Das war schlimmer, als hätte man ihr bei lebendigem Leib die Haut abgezogen! Denn Sie, junger Herr, kennen dieses arme, schwache Wesen, diesen kleinen Wurm! Wehe uns! Die arme Seele!«

Ihr Körper zuckte, sie hielt ihre Stirn mit beiden Händen.

»Wo ist Clementine?«

»Sie ist fort. Sie hat uns verlassen.«

Julies gerötete, blutunterlaufene Augen starrten ihn mit hellsichtiger Trauer im spärlichen Lampenlicht an.

»Aber nicht etwa so, wie sie war, geschunden und zerrupft. Sie wusch sich, frisierte sich und zog ihr Kleid an, das hellgrüne. Sie hat ihren schönen schwarzen Spitzenhut aufgesetzt und ihren seidenen Umhang mit dem Pelzbesatz genommen. Darum fürchte ich mich so sehr. Mein Gott! Ich habe sie heute an zwei Orten gesehen. Ich stand neben ihr im Zimmer, und dann kam sie mir auch aus Mademoiselle Gabrielles Zimmer entgegen, wie eine Erscheinung. Ich habe solche Angst, junger Herr!«

André führte die aufgelöste Frau in ihr Zimmer, weil sie kaum noch auf den Beinen stehen konnte. Dann fragte er, wann Clementine weggegangen sei. Am Nachmittag, lautete die Antwort.

Jetzt war es zehn Uhr abends. Er machte sich auf den Weg, um Clementine zu suchen, obwohl er eigentlich gar nicht wußte, wo er anfangen sollte. Er klapperte alle Bekannten ab, obwohl er nicht glaubte, daß seine Tante zu irgendeinem von ihnen hätte gehen können. Er suchte den ganzen Bois ab, streifte am Ufer der Seine entlang, rastlos im Nieselregen. Die leichten Tropfen fielen mit seidigem Geflüster ins dunkle Wasser.

André erschauerte. Die Luft war merklich abgekühlt, aber er konnte sich nicht dazu entschließen, wieder nach Hause zu gehen. Ihm war, als würde das öde Gefühl der Heimatlosigkeit, das ihn gefangen hielt, aus der Seele Clementines zu ihm dringen, die irgendwo in auswegloser Einsamkeit umherirrte. Er wußte mit Sicherheit, daß in diesem Moment auch seine Tante an ihn dachte. In ihm widerhallte der Gefühlsaufruhr dieser armen alten Jungfer. Fast glaubte er, ihre bitteren, unwiderlegbaren Anschuldigungen zu hören.

Er aber konnte es nicht ertragen, daß Clementine von ihm enttäuscht war, weil er wußte, daß seine Tante ihn für einen Verräter hielt. Sie hatte ihn mit allen Geheimnissen ihres traurigen, fruchtlosen Lebens beschenkt und meinte nun wohl, daß er sie hämisch und hinterhältig ihrer größten Feindin ausgeliefert hatte, indem er ihre verborgene, von Wunden übersäte, schutzlose Nacktheit diesem Raubtier zum Fraß vorwarf.

Er litt so sehr unter diesem Gedanken, daß er seine Schritte beschleunigte und fast im Laufschritt heimwärts strebte, in der Hoffnung, Clementine zu Hause anzutreffen.

Ihm graute davor, mit seiner Mutter zu sprechen, und er hatte auch nicht den Wunsch, Gabrielle zu sehen, wenn er auch trotz seiner Verzweiflung seine Objektivität nicht eingebüßt hatte. Er konnte die Gegebenheiten nicht anders deuten, als sie in Wirklichkeit waren. Auch das Benehmen seiner Mutter in dieser Krise nahm er als elementaren Schlag hin, hinter dem wilde Kräfte am Werk waren.

In seiner Mutter dämmerte nur ganz blaß und kraftlos der gesunde Menschenverstand, während ein aus der moralischen Erkenntnis entwickeltes Kontrollorgan völlig fehlte, das sie in die Lage versetzt hätte, ihren Emotionen die Stirn zu bieten. Es war ebenso nutzlos wie verrückt, ihr irgendwelche Vorwürfe zu machen oder sie mit leidenschaftlichem Zorn zur Rechenschaft zu ziehen. Denn das wäre, als wollte er einen Orkan bekämpfen, mit einem Erdbeben argumentieren oder einen Vulkanausbruch in sinnloser Wut verfluchen.

Von Julie erfuhr er, daß Clementine nicht nach Hause gekommen war. Tante Gabrielle hatte bereits bei der Polizei Vermißtenanzeige erstattet.

Er schlich sich auf Zehenspitzen in sein Zimmer und setzte sich an seinen Schreibtisch, ohne Licht zu machen. Er wollte vermeiden, daß jemand bei ihm anklopfte. Dann versuchte er, seine Beziehung zu Clementine zu vertiefen, sie näherzubringen, sie aus der widerspenstigen Dämmerung zu schälen.

Gefühle und Gedanken durchfluteten plötzlich sein Wesen wie ätzende Säure. Und er zweifelte keinen Augenblick daran, daß ein Kontakt vorhanden war: Es war seine Tante, die in ihm wohnte, fast greifbar. Dennoch konnte er sie nicht erreichen, weil sie ihm immer wieder entrückte. Manchmal war sie ganz nahe, dann verbarg sie sich wieder in schwindelnder Ferne, irgendwo auf dem schmalen Grat zwischen Leben und Tod.

»Wo bist du, Clementine?« rief er minutenlang nach ihr, endlose Minuten lang, während er all seine Kraft, all sein zärtliches Mitgefühl auf sie konzentrierte.

Die Minuten wurden zu Stunden.

»Geh nicht so von mir fort! Gib mir ein Zeichen!« beschwor er seine Tante, die in einem unsichtbaren Zauberkreis weilte, doch der Zugang blieb ihm verwehrt.

»Laß mich dich finden! Erbarme dich meiner!« drängte er sie. Der Widerstand ließ erst in der Morgendämmerung allmählich nach. Die Schranken der Verteidigung taten sich erschlafft auf. André aber spürte und *sah* plötzlich, daß Clementine im Friedhof an Octaves Grab war. Sie saß auf einer geriffelten, grauen, eiskalten Steinbank, die der Regen in einen Spiegel verwandelt hatte. Sie mußte bereits am Nachmittag dorthin gegangen sein und sich in einer verlassenen Gruft versteckt haben, um sich dann am Abend einschließen zu lassen. Sie war ausgerissen, vor den Lebenden geflüchtet.

André stand bereits vor dem Friedhofstor, als es am frühen Morgen geöffnet wurde. Er ging leise und vorsichtig über den knirschenden Kies, um Clementine ja nicht zu verscheuchen. Doch seine Vorsicht erwies sich als überflüssig. Seine Tante lehnte halb bewußtlos auf der Bank. Am Saum ihres Umhangs und an ihren Schuhen klebte toniger Morast. Ihr Spitzenhut und der Pelzkragen ihres Umhangs baumelten an ihr wie nasse Rabenfedern. Ihr Kleid war völlig durchnäßt.

Als er sich zu ihr niederbeugte, sah er, daß ihr fleckiges, zerkratztes, geschwollenes Gesicht fiebrig glühte.

Während er sie in die Arme nahm, schaute sie ihn mit wirrem Blick an, wie ein gejagtes Wild, doch ihre Augen sahen ihn nicht.

Sie gab pausenlos leise, abwehrende Töne von sich und murmelte unverständliche Worte vor sich hin. Manchmal stieß sie auch einen schmerzlichen Schrei aus, als würde man sie zwicken oder mit Nadeln stechen. Ihr Körper war leicht wie der eines Kindes.

Dann, als sie endlich im Wagen saßen, ruhte ihr Blick für einige Momente auf ihm. Doch statt Bewußtsein und Vernunft glühte ein krankhaftes Feuer in ihren Augen auf.

»Octave«, murmelte sie leise. »Das hat mir unser

Sohn angetan. Dabei habe ich ihn neun Monate unter dem Herzen getragen, und auch nachher ... Er, du und ich, wir sind eins geblieben. Jetzt aber ...« Sie begann zu frösteln. Ihr Blick glitt von ihm ab, ihr lockeres, schlaffes Fleisch glühte vor Fieber. André aber beobachtete mit zunehmendem Entsetzen die wild pulsierende, dick hervortretende Schlagader an ihrem langen mageren Hals.

Clementine quälte sich noch drei Tage im glühenden Feuer des Fiebers, ohne wieder ganz zu Bewußtsein zu kommen.

André hoffte, durch das Tor eines einzigen klaren Moments zu ihr hineinzuschlüpfen und sich selbst rechtfertigen zu können.

Er hatte das Gefühl, bei seiner sterbenden Mutter zu sitzen, wie auch Clementine ihn in ihrem Delirium zu ihrem Sohn erkoren hatte. Und das war er auch wirklich. Trotz aller physischen Tatsachen, trotz aller physikalischen Gesetze waren alle drei Schwestern gleichermaßen seine Mutter. Er konnte sie nicht voneinander trennen, als wären sie Teile eines Egos, das sich auf mystische Weise dreifach gespalten hatte. Ihre Feindseligkeiten aber wurden zu einer Psychopathie, die ihren eigenen Organismus zerstörte.

Clementine starb an einer Lungenentzündung. Doch sie wäre auch dann gestorben, wenn ihre Organe gesund und intakt gewesen wären, weil sie einfach nicht mehr leben wollte.

Was André betraf, blieb er nur dank seiner inneren Kraft und seines systematischen Sinns im Gleichgewicht, der selbst bei all den Problemen, die auf ihn einstürmten, einwandfrei funktionierte, analysierte, aufarbeitete und die Erscheinungen auf die Plätze verwies. Dies allein verhinderte seinen Zusammenbruch unter der Kruste seiner Gewissensbisse.

Mit kühler Unparteilichkeit, die keinen Kompromiß

kannte, führte er die Gerichtsverhandlung über ein entsetzliches Verbrechen in seinem Innern durch. Dieser Prozeß hatte im Friedhof an Octave Morels Grab begonnen und lief weiter im Hintergrund aller sonstigen Ereignisse. Richter, Staatsanwalt und Angeklagter: Alle waren die ganze Zeit über anwesend. Das Urteil über ihn wurde durch Clementines Tod gefällt, wonach ihm die Last und die Qualen absoluter Mißverständnisse aufgebürdet wurden.

Daß er nicht zum seelischen Krüppel wurde, hatte er nur dem Umstand zu verdanken, daß er seine eigenen Methoden auch bei sich selbst anwandte, daß er die gleiche Medizin schluckte, die er auch anderen zu verschreiben pflegte. In seinem inneren Laboratorium ließ er die scharfen Scheinwerfer an der Decke niemals erlöschen, dieses Licht, das die offene Wunde deutlich zeigte, aber auch keine täuschenden Visionen aus der Dämmerung emporwuchern ließen. Denn er wollte die selbstquälerische Befriedigung des Masochismus nicht tolerieren.

Manch anderer an seiner Stelle hätte sich in den Abgrund des unfruchtbaren Schuldbewußtseins gestürzt, um den losgelassenen wilden Furien zu entgehen — er aber hielt tapfer auf seinem Posten aus. Zwar wollte er seinen eigenen Fehler, seine Unwissenheit nicht mindern, doch wies er das Judasgewand des Verrats entschieden zurück. Schließlich war nicht er es gewesen, der seine Tante umgebracht hatte.

Dieses hart erkämpfte Gleichgewicht milderte keineswegs seinen Schmerz und seine Trauer über Clementines dramatisches Ende, an dessen Erfüllung auch er teilnehmen mußte. Doch trotz der gewaltigen Versuchung schwankte und wankte er nicht, so daß er seine Mutter weder haßte noch sie zur Rechenschaft ziehen wollte. Denn er zweifelte nicht daran, daß selbst hinter scheinbar unzusammenhängenden Ereignissen ein gewisser Plan waltete. Nur die Dinge können unter den

Menschen in diesem Leben auftauchen, deren Samen irgendwo in den Dimensionen der Vergangenheit gesät wurde.

Ihr gemeinsames Leben begann sich nach Clementines Tod systematisch aufzulösen, wie er es gleich im ersten Moment richtig geahnt hatte. Es war, als wäre tatsächlich ein einziger eingespielter Organismus aus dem Gleichgewicht geraten.

Die ersten seltsamen Prozesse tauchten zunächst im Organismus seiner Mutter auf. Nach dem großen Ausbruch hüllte sie sich in hartnäckiges, erschrockenes Schweigen. Aus dem Wirrwarr ihrer inneren Stürme, ihres Zorns, ihres Aufruhrs blickte sie mit feindlichen Augen auf alles und jeden zurück.

Nachts konnte oder wagte sie nicht zu schlafen, ihr Appetit ließ nach. Fast innerhalb von Stunden nahm sie ab, verblich und fiel in sich zusammen. Ihre Haut zerknitterte in graue Falten.

Während Clementine mit dem Tod rang, machte sie entsetzt einen großen Bogen um das Krankenzimmer, in dem die jüngere Schwester immer hoffnungsloser gegen das brennende, sengende Fieber kämpfte. Da ihr eigener Wohnbereich nur durch eine Tür von Clementines Zimmer getrennt war, nistete sie sich in dem weit abgelegenen großen Speisezimmer ein — ein unbewohnter, muffiger Raum. Dort saß sie stundenlang mit steifem Rücken, fuhr bei jedem Geräusch zusammen, horchte und lauschte gespannt, wie ein erschrockener Patient vor dem Operationsraum, in einem Vorzimmer, wo man ihn zum Eingriff vorbereitete. Am dritten Tag dann hielt sie die Nervenanspannung, die Gewalt der Tatsachen, nicht mehr aus und brach zusammen. Sie flüchtete sich in die Krankheit, warf sich in den brüllenden Strom körperlicher Schmerzen, um taub zu werden, um die Geräusche der Ereignisse nicht mehr hören zu müssen, die im Haus vor sich gingen.

Sie türmte einen Turban aus feuchten Handtüchern auf ihren Kopf und legte sich zwischen zahllosen Wärmflaschen ins Bett. Sie stöhnte laut und jammerte, um die kleinen, trockenen Geräusche aus dem Nebenzimmer zu unterdrücken, die immer leiser wurden. Am dritten Tag aber kam Gabrielle kalt und unbarmherzig in ihr Zimmer.

»Steh auf!« sagte sie. »Du mußt zu Clementine!«

Andrés Mutter aber kniff die geschlossenen Augen hartnäckig zusammen.

»Ich kann nicht! Laß mich in Frieden!« stöhnte sie. »Auch ich bin sterbenskrank! Mein Kopf ist so schwer wie ein Stein! Ich kann ihn nicht heben!«

»Es ist absolut unwichtig, wie es *dir* jetzt geht!« Gabrielles Stimme war scharf und schneidend wie ein Dolch.

André beobachtete die beiden Schwestern durch die offene Tür. Er wollte nicht ans Bett gehen, weil er diese Szene als peinlich und überflüssig empfand. Er konnte es aber nicht verhindern, weil Tante Gabrielle auch ihn als letzte Trumpfkarte ins Zimmer seiner Mutter zerrte.

»Sie hat nur noch wenige Stunden zu leben«, fuhr der große Inquisitor in ihr fort. »Du mußt sie sehen! Zum letzten Mal! Nicht wahr, André?« wandte sie sich an ihn wie an den Chor einer antiken Tragödie.

»So ist es«, erwiderte André widerstrebend. Denn er horchte mit allen Sinnen zu Clementines Zimmer hin. In der eintretenden Stille war deutlich eine schwache röchelnde Stimme zu hören.

Seine Mutter bohrte den Kopf in ihre Kissen, verbarg ihre Augen unter der schwellenden Decke.

»Macht die Tür zu!« rief sie, und mit diesem Satz brach ein Schluchzen wie ein Schrei aus ihrer Kehle.

André trat zu Gabrielle und legte seine Hand auf ihren Arm.

»Gehen wir!« sagte er leise. »Mutter ist wirklich krank.«

Und seine Tante widersprach und sträubte sich nicht mehr. Andrés Mutter konnte auch nicht zur Beerdigung kommen. Auf rätselhafte Weise hatten alle jene Leiden von ihr Besitz ergriffen, vor denen sie sich ein Leben lang gefürchtet hatte. Nicht nur ihre vorübergehende Diabetes, die man mit Hilfe einer leichten Diät stets hatte steuern können, nahm ernste Formen an, auch ihr Blutdruck schnellte auf mehr als 250 hinauf. Nach jeder Mahlzeit bekam sie Gallenkoliken, die mit entsetzlichen Schmerzen einhergingen.

Doch all ihre Schmerzen und auch die Therapie, die sie gelegentlich in Anspruch nahm und die sie für kurze Zeit ablenkte, konnten ihre entsetzliche Todesangst nicht lindern. Sie flehte, man solle sie nicht allein lassen. Also lösten sie sich an ihrem Bett ab, wobei André den Löwenanteil übernahm, um die erschöpfte Julie und Tante Gabrielle zu schonen.

Seine Mutter focht einen faszinierenden, gigantischen, aussichtslosen Kampf mit jenen Kräften aus, die ihren Körper zerfleischten. Sie brabbelte stotternd, jammernd und klagend pausenlos vor sich hin, rechtfertigte sich, stellte dauernd Fragen, die sie selbst in einem wunderlichen Kauderwelsch beantwortete, suchte nach Argumenten für ihre Genesung. Irgendeinen beruhigenden Satz sagte sie wohl auch zehnmal hintereinander auf, wiederholte und zermahlte ihn so lange, bis er fadenscheinig wurde und seine Kraft verlor.

Sie umklammerte krampfhaft Andrés Hand, hielt sie mit ihren zehn feuchten, zitternden Fingern fest, während ein ganzer Wortschwall aus ihrem Mund strömte. Denn sie meinte, sie könnte das Schlimmste verhüten, solange keine Lücke entstand, durch die das Entsetzliche hereinschlüpfen konnte.

»Schlafe!« sagte André hilflos und von Mitleid erfüllt. »Der Schlaf wird dir Kraft geben.«

Als er ihr aber ein Schlafmittel anbot, schlug seine Mutter es entsetzt aus seiner Hand.

»Nein!« rief sie. »Ich darf nicht schlafen. Das weißt du. Sobald ich die Augen schließe, wenn ich sie auch nur für einen Augenblick schließe, sehe ich bereits Clementine, die weit vor mir dahingeht. Ich sehe nur ihren Rücken. Sie geht und geht und geht, sie hat es eilig. Ich kann sie nicht einholen. Obwohl auch ich laufe, so schnell ich nur kann. Dennoch wird die Entfernung zwischen uns immer größer. Zwischen ihr und mir zieht sich ein langer Faden hin. Und dieser Faden löst mich allmählich auf. Er löst sich hier in meinem Körper auf, während sie dahineilt und den Faden mitzieht. Clementine löst mich auf wie eine Häkeldecke.«

Dieses letzte Bild bekam erst dann einen bedrohlichen Sinn, als sich herausstellte, daß der Körper seiner Mutter rapide verkrebste. Sie überlebte Clementine nur um wenige Monate.

Tante Gabrielle weinte auf dem Friedhof keine Träne. Während der Zeremonie stand sie trockenen Auges zwischen ihm und Julie, steif und hoch aufgerichtet. André erschrak vor ihrem grauen Gesicht und ihrer ausgemergelten, dünnen Gestalt. Sie sah aus, als wären alle Säfte in ihr vertrocknet.

»Eine Mumie«, dachte André. »Eigentlich lebt sie gar nicht mehr, doch da gibt es etwas, das sie konserviert, das ...«

Seine Tante schaute ihn plötzlich an, als hätte sie genau seine Gedanken gelesen.

»Einer für sich allein kann nicht existieren, André«, flüsterte sie. »Dies ist mir soeben klar geworden. Aber ich fürchte mich nicht. Ich bin ruhig und gefaßt — und fast ein wenig glücklich. Denn wir konnten auch im ständigen Kampf miteinander nicht weiterleben, nicht existieren. Endlich haben wir den einzigen Ausweg gefunden.«

André wollte in seiner erschrockenen Hilflosigkeit etwas sagen, aber ihm fiel nichts ein, weil ihn die magische Wahrheit in Gabrielles Worten faszinierte.

Er hängte sich bei seiner Tante ein und drückte ihren Arm. Sie aber schenkte ihm dort am offenen Grab ein strahlendes Lächeln. So hatte sie noch nie gelächelt. André betrachtete erstaunt die zärtlichen Kinderaugen Clementines, die ihn aus Gabrielles Gesicht anschauten, und erschrak vor den Zügen ihres Mundes, in deren Germaines rohe Sinnlichkeit zu sehen war.

»Dann kannst du ja dableiben!« rief er voller Freude aus. In Gabrielles Augen erlosch der Glanz. Das Wunder war verschwunden. Auf ihr faltiges Mumiengesicht fiel der Schatten einer zeitlosen Müdigkeit.

»Bruchstücke sind niemals lebensfähig«, sagte sie leise. »Die Dinge spiegeln sich nur in ihnen, sind nicht wirklich in ihnen vorhanden. Jetzt kommt alles in Ordnung, André. Du verstehst das.«

Pierre suchte ihn während dieser Serie schrecklicher Erlebnisse oft auf, doch ihre kurzen Treffen waren kein echtes Zusammensein.

Pierre schonte ihn, wollte ihn nicht mit seinen eigenen Problemen belasten. Und auch er selbst hatte nicht die Kraft, über seine schweren Prüfungen hinwegzublicken. Erst nach der Beerdigung seiner Mutter wurde ihm jener Eindruck bewußt, den er als irritierendes Moment hinter seiner eigenen Krise gehütet hatte — nämlich der Umstand, daß sich der Freund bei seinen Besuchen aufgewühlt, verworren und ungeduldig gab, als wäre er vom Fieber eines rastlosen, hoffnungslosen Tätigkeitsdrangs getrieben, das ihn aufzureiben und zu verzehren drohte.

Sobald sein Gefühl zu einem bewußten Gedanken herangereift war, machte sich André sofort auf den Weg, um Pierre zu suchen. Plötzlich waren alle seine Sorgen um den Freund wieder erwacht.

Zu Hause traf er Pierre nicht an, dafür sprach er mit seiner Mutter. Aus dem Wesen der alten Dame konnte er sofort herauslesen, wie schlecht es um Pierre stand.

Diese früher stets heitere, selbst in ihren merkwürdigen Überspanntheiten humorvolle kluge Witwe war jetzt von schlimmen Ahnungen bedrängt.

»Ich habe dieses Mädchen gesehen, André!« sagte sie bitter. »Pierre hat sie hierhergebracht. Ich habe sie nicht verletzt. Aber hinterher, als ich wieder allein war, wäre ich am liebsten gestorben. Was hat mein Sohn vor? Was will er tun?«

André spürte undeutlich so etwas wie Gewissensbisse, die in ihm aufstiegen, so als wäre er es gewesen, der ihr, der Mutter seines Freundes, diesen Kummer bereitet hatte.

»Sie mußten doch daran denken, daß Pierre eines Tages heiraten wird«, meinte er beruhigend. »Odette vergöttert Pierre, und ...«

»Tun Sie doch nicht so, André, als wüßten Sie nicht, wovon ich spreche!« schnitt ihm die Witwe energisch das Wort ab. »Ich habe sehr wohl mit einer Heirat Pierres gerechnet. Ich will auch nicht leugnen, daß ich mich nicht sehr darüber gefreut habe, weil ich die nur schwer vereinbare Natur der Menschen kenne. Ich weiß, daß auf den kurzen erotischen Karneval unweigerlich der ernüchternde Aschermittwoch folgt.

Dennoch hoffte ich, daß Pierre am Ende glücklich wird. Daß er vielleicht ein gutmütiges, kluges Mädchen oder eine ebensolche Frau findet, mit der er auch glücklich sein kann, wenn der Liebesrausch verflogen ist. Aber Odette Vilin ... Glauben Sie ja nicht, daß ich ihr böse bin. Ich finde sie eher erschreckend. Den Grund für meine Ablehnung kann ich kaum definieren. Weil es mir nämlich wirklich vor ihr graut. Und ich bin sicher, daß sie selbst dieses Entsetzen ausstrahlt und verbreitet. Es liegt nicht an mir und nicht in mir. Es steigt aus ihr empor wie der Gestank aus einem Sumpf. Sie vergiftet auch Pierre.

Sie schläft kaum, sie ißt kaum, sie liest nicht, sie lernt nicht, sie schreibt nicht. Sie ist stets nervös und aufgebracht. Irgendwie ... mein Gott, mir fehlen die passenden Worte. Mir ist, als wäre eine Aussätzige zu mir gekommen, unterwürfig, mit bettelnden Hundeaugen — eine armselige, bedauernswerte Kranke, dennoch gefährlich und ansteckend. Sie kann zwar nichts dafür, aber sie ist es doch.«

»Odette ist in der Tat sehr unglücklich«, meinte André, nach Worten suchend, erschüttert vom untrüglichen Instinkt der alten Dame. »Pierre liebt sie, und sie tut ihm leid.«

»Kann man denn einer Aussätzigen helfen, indem ein Gesunder sie zur Frau nimmt?« hakte Pierres Mutter hartnäckig nach, als würde diese Auseinandersetzung die ganze Sache entscheiden können. »Aussätzige sind unrein. Man muß sie isolieren. Denn sie verderben jeden, den sie berühren!« wiederholte sie eigensinnig.

»Odette ist aber keine Aussätzige!« hielt André dagegen.

»Doch, sie ist es, sie ist es! Ich weiß es. Ich fühle es. Ich *sehe* es! Die Geschwüre liegen nicht auf ihrem Körper, sondern auf ihrer Seele.«

André schaute sie hilflos an, weil er deutlich spürte, daß es in dieser Frage zwischen ihnen keine Brücke gab. Obwohl er wußte, daß Pierres Mutter recht hatte und daß sie sich aus gutem Grund vor Odette graute, war es unmöglich, sich mit ihr zu verbünden — wegen des gewissen ›Mehr‹, das er über den Fall von Pierre und Odette wußte.

Dieses zusätzliche, entsetzliche Wissen war es, das ihn mit Sicherheit erkennen ließ: Pierre war bereits über jenen Punkt hinausgetrieben, an dem ihn Argumente oder der gesunde Menschenverstand noch von Vilins verseuchter Tochter abhalten konnten.

Der Rest der Welt mochte ihm noch soviel bedeuten — Odette war in ihm zu einem inneren Prozeß geworden. Sie hatte ihn durchtränkt und durchdrungen, er hatte sich mit ihr identifiziert. Sie brannte wie Fieber in seinen Adern, beherrschte ihn wie ein giftiges Virus. Denn Odette Vilin war die eigentliche astrale Krankheit von Pierres Wesen.

Zu Hause fand er Pierres wirren Brief vor.

›Ich verreise, André. Bitte beruhige meine Mutter! Ich bin gut aufgehoben, und mir fehlt nichts. Auch ihr habe ich es geschrieben, aber dir wird sie es eher glauben.

Ich bin mit Odette unterwegs nach fürchterlichen Kämpfen, die ich gegen Vilin ausgetragen habe. Ob mit Erfolg, das wird sich jetzt zeigen. Ich kann die Ereignisse nur kurz streifen, weil du Bescheid wissen mußt, ohne mich aber näher damit zu befassen. Denn alle meine Nerven sind gespannt wie ein Bogen. Doch ich muß durchhalten. Ich kann all das nicht ermessen, was geschehen ist, weil ich sonst vielleicht zusammenbrechen würde. Also kurz folgendes:

Nach meinem Entschluß suchte ich sofort Vilin auf. Ich bat ihn, mir Odette zur Frau zu geben. Er nahm die Nachricht gelassen entgegen, ich würde fast sagen, mit sarkastischer Liebenswürdigkeit. ›In Ordnung, mein Freund‹, sagte er. ›Wenn Odette Ihre Frau werden will, habe ich nichts dagegen einzuwenden.‹

Ich sah, daß er sich über mich lustig machte, und das brachte mich in Weißglut. Ich stand auf. ›Spielen wir doch kein Verstecken! Geben Sie Odette frei! Sie haben mehr als genug Elende an der Hand, die Ihnen als Versuchskaninchen dienen. Erbarmen Sie sich wenigstens Ihres eigenen Blutes!‹

›Sie überschreiten die erlaubten Grenzen, junger Mann! Obendrein sind Sie sentimental wie ein Waschweib!‹ Offensichtlich genoß er meine Aufregung auf schamlose Weise.

›Odette liebt mich!‹ rief ich in alberner Verblendung aus.

›Na und?‹ Sein Gesicht nahm einen kalten, niederträchtigen Ausdruck an. ›Sie können sich wirklich nicht beklagen. Ich habe wahrhaftig nichts dagegen getan, daß sie es Ihnen beweist!‹

Da verlor ich die Beherrschung und schlug ihn nieder. Du hättest dasselbe getan, André, wenn du sein Gesicht gesehen hättest. Er lag am Boden wie ein Sack, aber ich kümmerte mich nicht um ihn. Ich ging zu Odette. Sie weinte und zitterte. Sie flehte mich an, sie sofort von hier wegzubringen. Dann packte sie ein paar Sachen zusammen und folgte mir. Zu meiner Mutter konnte ich sie nicht bringen. Odette fürchtet sich vor ihr. Sie spürt, daß meine Mutter sie nicht mag. Ich habe in einem Hotel für sie ein Zimmer genommen, dann lief ich los, um alles zu erledigen, damit wir so schnell wie möglich heiraten konnten. Damals war ich noch ein leichtsinniger Esel, habe nicht einmal ihre Tür abgeschlossen. Als ich nach ein paar Stunden zurückkam, war sie verschwunden. Vilin hatte sie wieder an die Kandare genommen und in ihren Stall zurückgetrieben.

Ich möchte jetzt nicht auf die Leidensgeschichte eingehen, die ich von diesem Tag an durchleben mußte — wie ich mir weitere Treffs mit Odette erkämpfte, die mit all ihren Gefühlen mir zustrebte, mit ihrem ganzen Willen aber Vilins gehorsame Sklavin war. Ebenso will ich auch nicht über das Scheitern meiner Versuche einer Gegensuggestion berichten — über diese Versuche, die immer dann zusammenbrachen, wenn ich mich bereits am Ziel wähnte.

Dabei könnte ich dir eine ganze Reihe lehrreicher Dinge berichten, von Gefahren, von unsichtbaren Fallen, die mir Vilin stellte, als er zum Gegenangriff überging und durch Fernsuggestion versuchte, mich abzuschrecken, mich einzuschüchtern und mich schließlich dazu zu bewegen, mich folgsam vor eine Straßenbahn zu werfen oder mich aus dem oberen Stockwerk eines Hauses zu stürzen.

Das waren schreckliche Tage, André! Trotz geistiger Wachsamkeit und starker Nervenkraft konnte ich sie kaum ertragen. Manchmal, wenn mich Erstickungsanfälle und Schwindel plagten — alles nach seinem Willen — meinte ich, mich ergeben zu müssen. Doch allmählich gelang es mir, etwas Raum in Odettes armer annektierter Seele zu gewinnen. Ihre grenzenlose Liebe kam ihr zu Hilfe — und die Tatsache, daß sie ein Kind von mir erwartet.

Du kannst dir nicht vorstellen, wie sehr die Schwangerschaft sie veränderte. Sie wurde sicherer und selbstbewußter. Die körperliche Gemeinschaft zwischen uns beiden, die Synthese unseres Wesens in ihrem Schoß ließen die Waage zu meinen Gunsten ausschlagen. Die Natur half mir, Vilin die Stirn zu bieten. Es war mir gelungen, auch die letzten Verbote, die letzten Schranken zu durchbrechen.

Ich war eingedrungen, André! Doch in welche Hölle der Niedertracht und des Wahnsinns war ich geraten! Ein Glück, daß ich Odette in hypnotischer Trance befragte. Denn in ihrem Zustand hätte sie bei vollem Bewußtsein ihre eigene Geschichte nicht ertragen.

Vilin jagte sie in sexuelle Verhältnisse, schaffte ihr Gelegenheiten und förderte ihre Beziehungen, damit sie schwanger wurde. Denn er brauchte für seine Experimente Embryos in verschiedenem Alter. Auf diese Weise hatte er bei Odette bereits drei Kinder abgetrieben. Das war auch der Grund, warum er sie gefangen hielt. Es wäre viel schwieriger und riskanter gewesen, andere Medien zu diesem Zweck zu mißbrauchen. Also zog er sich ein Medium aus seinem eigenen Fleisch und Blut. Das kleine, bedauernswerte wahnsinnige Mädchen hatte ihm damals zum Preis ihres eigenen Lebens ein Ektoplasma geboren. Odette aber ... Darüber kann ich jetzt nicht reden. Vielleicht später, wenn wir alles hinter uns haben und wenn es mir gelungen ist, Odette aus der Unterwelt wieder an das Licht der Oberfläche zu führen.

Ihre Ketten sind bereits gefallen, André! Sie ist mein. Ganz und gar die meine. Wir werden in einem kleinen Städtchen am Ufer der Seine heiraten, dessen Namen ich nicht niederschreibe. Ich verbiete mir sogar selbst, daran zu denken. Es könnte immerhin sein, daß Vilins wahnsinniges Eulenauge, das jede Materie durchdringt und jede Entfernung überwindet, den Namen in meinem Gehirn lesen oder aus deinem Bewußtsein zapfen kann.

Ich brauche viel Kraft und dein freundschaftliches Mitgefühl, um all dies durchzustehen. Vilin muß das Handwerk gelegt werden! Odette ist zu unserer Verbündeten geworden, und dies ist entscheidend. Sag Argout, daß ich ihm dankbar bin, daß ich tief in seiner Schuld stehe, so tief, daß ich es nicht wiedergutmachen kann — obwohl ich einmal seinem Rat nicht gefolgt bin. Ich melde mich wieder. Bis dahin aber, bis ich dich wiedersehe und mich dir wieder anschließe, führe das bisher unvollkommene Werk weiter! In herzlicher Verbundenheit, Pierre.‹

Der Brief war noch in Paris aufgegeben worden.

Zwei Wochen lang hörte er nichts von ihm, aber er träumte jede Nacht von ihm. Dichte undurchdringliche Bilder schwärmten tief in seinem Bewußtsein, als würde er die turbulenten Ereignisse durch ein umgekehrtes Fernrohr verkleinern und in die Ferne rücken.

Beim Erwachen war er oft viel müder als am Abend zuvor. Dennoch brachte er es fertig, sein geistiges Ich selbst in diesem erschöpften, verwirrten Zustand von seinem subjektiven Interesse zu trennen. Er studierte und arbeitete, besuchte Argout, überredete Tante Gabrielle zu ausgedehnten Spaziergängen. Nur Vilin ging er sorgfältig aus dem Weg.

Gleich nach Eingang des Briefes suchte er auch Pierres Mutter auf, doch es gelang ihm nicht, sie zu beruhigen oder zu trösten.

Er argumentierte und debattierte nicht mehr, er ließ sie einfach reden, während sein leerer Blick durch sie hindurchging. Und als ihr endlich die Worte ausgingen, war es deutlich spürbar, daß er eher in die eintretende Stille hineinhorchte.

»Danke, André«, sagte sie farblos. »Sie sind sehr freundlich.«

Er aber verabschiedete sich schlecht gelaunt, fast etwas gereizt, während er sie insgeheim sogar der Selbstsucht bezichtigte.

Er traf Odette im Kaufhaus Lafayette. Sie war allein, an einem großen Tisch in Seidenresten, in einer en Kaskade verschiedener Stoffe.

re Anwesenheit in dieser Umgebung war erschreknd und verblüffend zugleich. Für einen Moment wich ndré zurück.

Er hatte das dumpfe Gefühl, als müßte er davonlaufen, um dieses Bild zu vernebeln, das Ende des Fadens, das sich ihm bot, nicht zu ergreifen, mit dessen Hilfe er dorthin gelangen würde, an jenen Ort, vor dem alle seine Gedanken, alle seine Gefühle zurückschreckten wie vor einer Schlangengrube, die sich unter seinen Füßen auftat. Er mußte sich beherrschen, um nicht feige Reißaus zu nehmen.

Als ihn Odette erkannte, schaute sie ihn mit leerem Lächeln an. Auch diese Augen waren leer — leer und seicht, wie eine Handbreit Wasser über einer grauen Eiskruste.

»Wann sind Sie angekommen?« fragte er sie.

Odette schaute ihn verständnislos an. Man konnte deutlich sehen, daß sie kraftlos nachgrübelte und eine Öffnung in sich selbst hinein suchte, daß sie aber überall auf geschlossene Türen stieß.

»Ich weiß nicht«, sagte sie verträumt. »Ich war nirgendwo. Ich habe im Bett gelegen, bin erst gestern aufgestanden. Gestern.«

»Wo ist Pierre?«

Auf die Handbreit Wasser fiel ein Schatten. Odettes schmale, hohe, zurückweichende Stirn legte sich in Falten.

»Pierre?«

Dann kam so etwas wie eine blasse Unruhe in ihr auf.

»Wo ist Pierre?« Nun war sie es, die André die sinnlose Frage stellte.

»Vor zwei Wochen sind Sie irgendwohin gefahren, um zu heiraten!« beschwor sie André. »Erinnern Sie sich! Sie müssen es wissen!«

In Odettes Augen wurde die Unruhe zur Beklemmung, dann zur panischen Angst.

»Wo ist Pierre?« fragte sie flüsternd mit erstickter Stimme.

Nun sah sie André nicht mehr. Sie ging ohne Abschied fort, folgte der Spur ihrer bösen Ahnungen auf der Suche nach ihren verblaßten Erinnerungsbildern.

»Wo ist Pierre?« hörte André sie noch einmal sagen, während sie sich von ihm entfernte.

Er konnte nirgendwo anders hingehen als zu Pierres Mutter. Irgendwie war er auch nicht überrascht, daß sie sich am Tor ihres Hauses trafen. An der kleinwüchsigen alten Dame mit dem Papageiengesicht war nichts mehr von der Niedergeschlagenheit und Mattigkeit zu entdecken, die sie noch vor wenigen Tagen gezeigt hatte. André hatte sie noch nie so tatkräftig, so entschlossen erlebt.

»Ich wollte gerade zu Ihnen«, sagte sie nach einem festen Händedruck. »Sie müssen mitkommen!«

»Wohin?«

Jetzt nannte sie den Namen eines Ortes am Ufer der Seine, wo man Pierre finden würde.

»Hat er geschrieben?« fragte André aufgeregt und erfreut.

»Nein. Ich habe mit ihm gesprochen.«

Sein Blick kreuzte sich mit dem Blick der Witwe, und André erschrak. Denn erst jetzt merkte er, daß das, was er für Tatkraft gehalten hatte, nichts weiter war als fiebernde Exaltation, hinter der ein wacher, trockener Schmerz brannte, der so heftig glühte, daß er sich nicht in Tränen auflösen konnte.

»Pierre ist nicht mehr am Leben, André.« Ihre Stimme war ganz heiser. »Er ist seit zehn Tagen tot. Er will, daß wir seinen Leichnam anständig begraben.«

Dann stelzte sie hoch aufgerichtet und steif davon. André schritt vollkommen verwirrt neben ihr her. Verdruß und Faszination kämpften in ihm, gegen die er sich vergebens wehrte.

Er mußte an die Hirngespinste von Pierres Mutter denken, an die Séancen, die täglich stattfanden, wobei ein Faschingszug in endlosen Reihen vorbeizog. Die Gestalten waren nur Kleider ohne Inhalt, leere Charakterkostüme ohne Seele, ohne Geist. Irgendein idiotisches Medium mußte diese böse Nachricht aus dem Jenseits der erschrockenen Frau mitgeteilt haben, wobei ihre schlimmen Ahnungen ein telepathisches Echo fanden.

»Welches Medium hat es Ihnen gesagt?« fragte er die alte Dame, die mit langen, ausgreifenden Schritten dahinging. Sie aber kehrte ihm ihr starres Gesicht nicht zu.

»Es ist kein Zirkus, wie Sie meinen«, gab sie barsch zurück. »*Ich* habe Pierre gesehen! Außerhalb seines Körpers. So habe ich ihn gesehen. Jawohl. Ich habe mit ihm gesprochen. Und es ist mir gleichgültig, wie *Sie* darüber denken.«

Im Zug sprach sie kein Wort mehr. Ihr Schweigen war so finster und abweisend, daß er es nicht wagte, sie mit irgendwelchen Fragen zu behelligen.

In jenem Ort, den sie genannt hatte, fanden sie Pierres Leiche im Schilf, von Tang bedeckt. Vor ihnen hatte sie noch niemand dort entdeckt. Pierres Mutter aber führte ohne Zögern die aus fünf Leuten bestehende Gruppe an diese Stelle, diesen Trupp von Bauern, die sie im Ort für diese entsetzliche Expedition angeworben hatte.

Um den aufgedunsenen Körper herum, der im Gestank von Zerfall und Verwesung dalag, wurde es jetzt lebendig. Ein ganzer Strudel verspäteter Aktivitäten brach herein. Plötzlich tauchten von allen Seiten Menschen auf, die einzelnen Gruppen wurden allmählich zur Masse. Die alte Dame aber stand da und erteilte ihre Befehle wie ein Feldherr, der den Verlauf einer Schlacht bestimmt. Dann traten die Vertreter der Behörden ein, und die Leichenschau begann.

André ließ sich benommen, innerlich zerschmettert durch diesen Schicksalsschlag und von der Macht dieses Erlebnisses betäubt, von den Ereignissen treiben. Sein Blick schweifte immer wieder von den erschrockenen, entsetzten Gesichtern ab und richtete sich verträumt auf das Muster der Wolken, die in goldenem Glanz über den Himmel segelten.

Unglaublich und unfaßbar, dachte er, daß Pierre bereits ... Dann kehrte sein Blick wieder zu dieser schwammigen Wasserleiche zurück, als würde ihn eine fremde, unbekannte Kraft dazu zwingen. Und die Fortsetzung jenes Satzes, den er in Gedanken formuliert hatte, klang so scharf und deutlich in ihm auf, als würde jemand mit einem Hammer auf ein Stück Metall klopfen.

Unmöglich, einfach unmöglich, daß Pierre und dieser verwesende Leichnam miteinander identisch sind!

Er schaute auf die Witwe, die keinen Widerspruch duldend unabhängig und selbständig mithalf, den Leichnam auf eine aus Ästen geflochtene Bahre zu betten.

Wie stark und wie gefaßt sie ist! dachte André. Bewunderung überflutete ihn und ein Mitleid, das sich bis zur Exaltation steigerte.

Doch an diesem Punkt meldete sich in ihm wieder die kühle, analysierende Tendenz, die keine Sentimentalität duldete: Ich bedauere nicht sie, sondern mich selbst! Ich muß auf die Unterschiede achten! Sie *weiß*, daß Pierre lebt und daß er jetzt ganz allein ihr gehört. Sie wird seinen Körper begraben, diesen Leib, der sie bisher voneinander trennte, weil er sich fremden Frauen als Beute bot. Doch ich ... Ich habe einen entsetzlichen Verlust erlitten.

Tränen verschleierten seine Augen. Doch seine unbestechliche innere Stimme fuhr mit ihrer Analyse fort.

Diese Einstellung, diese Haltung ist negativ, weil sie irrig ist — ein großer Irrtum. Pierre ist nicht untergegangen, weil er auch in mir lebendig geblieben ist. Und wenn ich mich innerlich *richtig* einstelle, die richtige Haltung einnehme, wird er sicher zu mir sprechen. Freilich anders als zu seiner Mutter, weil wir beide ein anderes Medium geschaffen haben: den lebendigen Organismus unserer gemeinsamen Arbeit.

Diese Verbindung ist weitaus fruchtbarer als jede Gefühlsemotion. Und warum sollte dieses wichtige Werk nicht fortgesetzt werden. Im Grunde ist es *unmöglich*, es nicht fortzusetzen, nur weil eine tropfnasse Wasserleiche träge und leblos auf dieser Trage aus biegsamen Ästen und Zweigen dahinschaukelt.

Pierre hat seine Mutter und durch sie gewissermaßen auch mich zu diesem so fremd gewordenen Leichnam geführt, so, wie man zu einem Gegenstand geführt wird, den jemand am Wegesrand verloren hat. Doch er *existiert*, unabhängig von einem solchen Gegenstand. Das ist gewiß, und dann ...

Dieser auf balsamische, intellektuelle Weise berauschende Gedankenprozeß trennt ihn von all den rohen, entsetzlichen Ereignissen. Jetzt könnte er das Bild kühl und gefaßt betrachten, ohne sich darin zu verlieren.

Das Urteil des Hades

IN SACHEN DIESES TODESFALLS wurde eine Ermittlung eingeleitet. Die Polizei nahm auch André ins Verhör. Eigentlich wollte er Pierres Brief vorlegen, doch im letzten Augenblick nahm er auf Bitten der Mutter seines Freundes von seinem Vorhaben Abstand. Er erwähnte lediglich, daß ihm Pierre vor seinem Tod geschrieben hatte, behauptete aber, daß er den Brief verlegt habe und ihn nicht mehr finden könne.

Was diesen Brief betraf, täuschte er die Behörden aus einem seltsamen Zwiespalt heraus und mit empörtem Widerstreben. Er hatte keinesfalls vor, Odette Vilin zu schützen, deren Leben niederträchtiger und schlimmer war als der Tod. Im ersten Moment hatte er das Gefühl, daß dieser Brief die Vilin-Lawine endlich ins Rollen bringen würde.

»Pierre will das nicht!« sagte jedoch die Witwe entschlossen. »Bitte vernichten Sie den Brief und erzählen Sie aus dem Inhalt nur so viel, wie Pierre für richtig befindet. Denn er weiß, was richtig ist. Er kann es *sehen*!«

»Es wäre unverantwortlich, diesen Faden loszulassen!« widersetzte er sich. »Pierre wurde von Vilin ermordet! Solange er frei herumlaufen kann, ist er für eine Menge Leute gefährlicher als eine Epidemie! Ich muß es tun, selbst wenn ...«

Die Witwe Guinard beugte sich vor. Die gespannte Härte ihrer Miene ließ nach. Ihr Gesicht war auf einmal voll lockerer, schmerzlicher Falten, über die eine Flut von Tränen herabrieselte.

»Ich könnte sie mit beiden Händen in der Luft zerreißen«, flüsterte sie mit erstickter Stimme. »Vilin und seine Tochter. Doch es muß sein, wie Pierre es will. Sein Wunsch ist mir wichtiger als meine Befriedigung. Pierre sagt, ich würde mich in sinnlose Komplikationen verwickeln, ohne jedes Ergebnis, ohne Erfolg. Dabei will er nicht Odette retten!«

In ihren Augen flackerte kurz eine fanatische Flamme auf. »Er wird sie nicht retten können! Die Lawine muß von dort ausgehen — von jenem Ort, wo er sich befindet. In dieser Richtung hat sich Vilin nicht abgesichert. Er hat keine Rückendeckung. Hier aber hat er an alles gedacht.«

Seltsamerweise konnte sich André nicht gegen diese Beschwörung wehren. Ob sie nun von Pierres Mutter oder von seinem toten Freund ausging — sie wirkte auf faszinierende Weise auf ihn ein. Sie trieb ihn an, sie bedrängte ihn. Um zu verhindern, daß der Aufruhr seiner Logik überhand nahm, notierte er den Inhalt des Briefes. Dann vernichtete er das Original.

Beim nächsten Verhör sagte er aus, Pierre sei mit Odette aufs Land gefahren, damit sie gegen den Willen ihres Vaters heiraten konnten. Er verschwieg auch nicht, daß Odette von Pierre schwanger war und als Medium ihres Vaters unter dessen hypnotischem Einfluß stand.

Als es dann zum Verhör Odette Vilins kam, begriff er, daß die Botschaft Pierres, die er über seine Mutter ausgestrahlt hatte, auf überraschende Weise richtig war.

Denn Vilin hatte sich gründlich vorbereitet, ließ keine Lücke in seinem meisterhaft geknüpften Netz. Odette konnte sich an alles erinnern. Alle Fragen, die ihr gestellt wurden, beantwortete sie ruhig, entschlossen und folgsam. Sie verriet den Namen des Ortes, wohin sie gereist waren, nannte auch das Hotel, in dem sie ein Zimmer gemietet hatten. Sie hatte dort nur einen einzigen Tag mit ihrem Liebhaber und Freund verbracht. Doch weil sie später ihren Entschluß bereute, verließ sie ihn und fuhr allein nach Paris zurück. Ihre Aussage wurde durch Zeugen und Fahrkarten gestützt. Weiterhin fand man, daß Pierre, nachdem Odette abgereist war, ein Ruderboot gemietet hatte und aufs Wasser hinausgefahren war. An seinem Körper waren keine äußeren Verletzungen zu entdecken. Also einwandfrei Selbstmord aus enttäuschter Liebe.

Odette bestritt auch ihre Schwangerschaft nachdrücklich. Sie hätte Pierre zwar geliebt, aber nicht so sehr, daß sie seinetwegen mit ihrem Vater hätte brechen können.

Pierre hätte ihr eingeredet, mit ihm durchzubrennen. Irgendwie hätte sie sich stets vor ihm gefürchtet, weil er ein gewalttätiger, cholerischer, exaltierter Mensch gewesen sei.

Ihr Vater hätte ihm das allergrößte Entgegenkommen entgegen gebracht, sei ihm stets geneigt gewesen, er aber hatte einen Streit provoziert und den Vater sogar geschlagen.

Pierre sei von einer Art Verfolgungswahn besessen gewesen. Dazu gehörte auch, daß er sie für ein Opfer, für ein Medium ihres Vaters hielt. Vergebens hatte sie versucht, ihn davon zu überzeugen, daß ihr Vater sie nie hypnotisiert habe. Diese Fähigkeit würde er unter keinen Umständen für etwas anderes verwenden als für menschenfreundliche, streng wissenschaftliche Zwecke. Durch seine selbstlosen Bemühungen habe er nicht nur den Beifall und den Beistand offizieller Kreise erworben. Er sei auch mit verschiedenen Ehrungen und Auszeichnungen bedacht worden, und eine Reihe bekannter Fachleute arbeite mit ihm zusammen. Die Wahrheit sei, daß ihr Vater Pierre Guinards Charakter nie vertraut hatte, der eigentliche Grund dafür, warum er gegen eine Heirat gewesen sei. Übrigens sei sie bereit, sich von jedem Arzt untersuchen zu lassen, um zu beweisen, daß sie keineswegs schwanger sei.

Odette machte auf den Polizeioffizier, der das Verhör leitete, einen großartigen Eindruck. Ihre blasse Steifheit schien von einer tiefen Verstimmung herzurühren. Und keiner der Außenstehenden ahnte, daß sie Alfred Vilins Gedanken lauschten, vorgetragen von einer Frauenstimme, übertragen durch ein lebendes Grammophon, und daß alles, was geschah, nichts weiter war als Augenwischerei.

Draußen im Flur wartete Vilin höchstpersönlich auf Odette, um zu verhüten, daß André oder Pierres Mutter sich ihr nahten. Trotzdem trat André zu ihnen und fragte das Mädchen, das mechanisch vor sich hinstarrte, fragte sie direkt, ohne Vilin auch nur eines Blickes zu würdigen.

»Odette! Wer hat Pierre umgebracht?«

Odette fuhr zusammen und schaute ihn verwirrt und erschrocken an, wie ein Mensch, der aus einem Traum erwacht. Ihre Miene verzerrte sich.

»Pierre?« stotterte sie. »Mein Vater hat Pierre umgebracht!« sagte sie plötzlich mit scharfer, erhobener Stimme und deutlich artikuliert, als hätte die Überraschung, der Gegenschlag, der so energisch auf sie eindrang, eine Bresche in jene Wände geschlagen, zwischen welche sie Vilins tyrannischer Wille gezwungen hatte. Diese Aussage konnte jedoch niemand außer André hören. Vilin aber packte Odette am Arm und führte sie weg, bevor der Anfall, der sich bereits in ihren Nerven staute, sie endgültig überwältigt hätte.

André wollte diesen Fehlschlag nicht einfach wegstecken. Seine Experimente allerdings, mit denen er seine Argumente begründen wollte, überzeugten ihn, daß er gegen Windmühlen kämpfte, daß er versuchte, Vilins Festung mit Nebelpfeilen zu stürmen und zu erobern.

Denn um seine Barrieren herum hörte sich jedes Wort wie ein kraftloses, unpersönliches Waldesrauschen an. All das Herumrätseln, all das Geflüster konnten ihm nichts anhaben. Selbst wenn André Pierres Brief gegen Vilin verwendet hätte, wäre wenig oder gar nichts dabei herausgekommen, weil sein Inhalt in der Waagschale der irdischen Gerechtigkeit kaum mehr gewogen hätte als eine Feder.

Denn Vilin hatte sein Opfer durch Odette vor allen als unberechenbaren Irren dargestellt. Die Aussagen von André, von Pierres Mutter und den gemeinsamen Freunden enthielten nichts Konkretes und verhallten ungehört angesichts der reichen Instrumentierung von Vilins moralischem Gewicht.

Es sah eher so aus, als würde dieser Skandal Vilins Karriere nur noch mehr fördern. Das bizarre Gebiet hatte die Neugier der Laien geweckt. Artikelserien, Interviews mit Fotos und Zeichnungen erschienen, die über den ›Seelenarzt‹ berichteten. Dankbare Schwärmer wurden nicht müde, seine Erfolge zu preisen.

Auch Vilin selbst verbreitete seine umfangreichen Studien. In allen Illustrierten, die gerade in Mode waren, in Zeitungen und Zeitschriften nahm er Stellung zu jeder Frage, zu jedem Problem, gab seinen Kommentar dazu mit der Überheblichkeit des absoluten Ansehens, das er überall genoß. Gleich drei Bücher aus seiner Feder waren gleichzeitig in Druck. Sein Name war zu einem Begriff geworden, zum Beispiel unter den Schlagzeilen ›Die Konditionierung der Bewußtseinsschicht‹, ›Energie der Zellen-Erinnerung‹, ›Wie mache ich mir das Genie in meinem Unterbewußtsein dienstbar?‹ nebst all den komplizierten Analysen, die man allmählich einfach als ›Vilinismus‹ zu definieren begann. Um diesen ›Vilinismus‹ entstanden Sekten, und im infizierten Strudel dieser Seuche wurden seine Irrlehren wie heilige Mantren verkündet.

André wollte durch seine vergeblichen Bemühungen eher sich selbst beruhigen. Und tatsächlich: Der brennende Schmerz und die rebellierende Verbitterung in ihm wurden allmählich zur kühlen Geduld. Pierre hatte recht, dachte er mit feierlicher Andacht, wobei die seltsame Botschaft seines Freundes immer öfter in ihm erklang, vor allem der zweite Teil, der noch nicht vollbracht war.

Die Lawine muß von jenem Ort ausgehen, an dem sich Pierre befindet. In diese Richtung hat sich Vilin nicht abgesichert. Er hat keine Rückendeckung . .

Diese Worte wurden in seiner Erinnerung von steigender Spannung und Erregung erfüllt. Sie strahlten Glut aus wie eine Feuerkugel, die sich seinem Gesicht näherte.

Ihr Sinn wurde ihm erst in jenem Moment klar, als Vilins Zusammenbruch erfolgte. Und dieses Ende war ein solch dramatisches Beispiel für die Symbolsprache des Schicksals, daß ein sehender Mensch nicht mehr daran zweifeln konnte: Die ganze Unterwelt hatte sich erhoben, um diesen Flüchtling, diesen als Mensch getarnten Astraldämon wieder in seine ursprüngliche Lebensform zurückzuholen. Über Vilin saß Hades persönlich zu Gericht, weil sein Fall dorthin gehörte und nicht vor ein irdisches Gericht!

Es geschah an einem Nachmittag in Vilins Labor, als er wieder einmal seine Experimente durchführte. Es waren ›Simultanversuche‹ mit Wahnsinnigen, die in Trance lagen und deren Bewußtsein er ›aneinandergekoppelt‹ hatte, um auf diese Weise wie mit einem Rammbock in die tiefsten Schichten des Geheimnisses, zwischen die Schatten von Furcht und Angst vorzudringen. Und Odette assistierte ihm, wie gewöhnlich. Keiner wußte, was dann plötzlich die Ereignisse ins Rollen brachte. Denn die Anwesenden waren Wahnsinnige, die dieser entsetzliche Exzeß ins schlimmste Stadium ihrer Krankheit zurückschleuderte.

Die Pfleger, die im Vorzimmer warteten, hörten als erstes Odettes Stimme, ein scharfes, schmerzliches Geschrei, haßerfüllt und hungrig wie das Gebrüll der wilden Tiere im Urwald. Dieser Ton, diese Stimme mochte das Zauberwort des Wahnsinns, das Stichwort zur Zerstörung gewesen sein, das die hemmungslose emotionale Kraft der übrigen Irren erweckte und sie zur Tat anfeuerte. Als die Pfleger und das Personal das Labor stürmten, konnten sie Vilin nicht mehr ihren Händen entreißen.

Die Tageszeitungen und die Illustrierten überstürzten

sich in schaurigen Berichten und schilderten diese Kettenreaktion eines explodierten Wahnsinns, der sich immer mehr steigerte, bis ins Detail.

Die Teilnehmer dieses kannibalischen Rituals aber hatten mit Vilins zerfetztem Körper noch lange nicht genug. Weitere Pfleger, die im Eiltempo herbeigerufen wurden, sowie Ärzte und Polizei griffen ein, bis es endlich gelang, diese unglücklichen, unzurechnungsfähigen Mörder zu bändigen — unter ihnen auch Odette, die jetzt zusammen mit den anderen Verrückten endlich dort landete, wohin Vilin sie getrieben hatte: im Zellengrab der Irrenanstalt.

Nachdem der Körper Vilins zerbrochen war, wurde auch jene Schutzformel aufgelöst, die ihn umgeben hatte. Plötzlich sprudelten alle schmutzigen Geheimnisse seines Lebens wie eine Springflut hervor. Briefe, Notizen, entsetzliche Präparate wurden entdeckt. Seine Vergangenheit wurde durchstöbert und gab einen gärenden Komplex aus Betrug, Erpressung und verdächtigen Todesfällen frei. Zeugen meldeten sich, Opfer taten den Mund auf und wurden gesprächig. Polizei und Presse konnten den ganzen Wust von Stoff kaum bewältigen, um den Dingen auf den Grund zu gehen und alle Fäden zu verfolgen, bevor sie rissen und sich aufzulösen begannen. Der berühmte, angesehene Vilin wurde nach seinem tragischen Ende als einer der schlimmsten Verbrecher seiner Zeit entlarvt.

Und ohne daß André oder Madame Guinard sich um ein Wiederaufnahmeverfahren in Pierres Angelegenheit bemüht hätten, tauchte der Gedanke an mögliche Morde auf fast magische Weise auf. Was vor Wochen noch als Hirngespinst galt, erschien der Öffentlichkeit plötzlich als annehmbare Tatsache.

Natürlich riß der Skandal auch eine Menge gutmütiger, argloser Menschen mit sich, die Vilins Machenschaften gedeckt und unterstützt hatten. Niemand legte ein gutes Wort für ihn ein, hatte er doch nur Opfer,

Krüppel, Medien um sich gehabt, die er durch seinen Willen beherrschte, aber keinen einzigen Freund.

Und während er einst zum Gesamtbewußtsein der zur Persönlichkeit konzentrierten Materie, zum Naturmagier und zum Gott des Fleisches hatte werden wollen, war es ihm nicht einmal gelungen, ein Mensch zu werden, in dem der himmlische Funke der Barmherzigkeit glüht.

Die dritte Stimme

ANDRÉ SPRACH MIT ARGOUT über die ausklingenden Ereignisse. »Die letzte Einweihung findet niemals in Heiligtümern statt, sondern in all den feurigen Verwicklungen, verstrickt, eingeschlossen in die subjektive Stromkammer der Leidenschaften und Leiden, traumumfangen, traumverloren, von Visionen fasziniert. Pierres Körper ist in diesem Feuer verbrannt. Sie haben es unbeschadet überlebt.«

So sprach Argout in der Festung seiner Mansarde. Der Rauch, der aus Andrés Zigarette aufstieg, verbreitete sich ziseliert und abstrakt in der Luft gleich der Pinselzeichnung auf einem asiatischen Seidenbild.

»Pierre war viel begabter als ich«, gab André sachlich zu. »Bis zu einem gewissen Maß hat er mich ergänzt, und ohne ihn komme ich mir vor, als hätte ich das Gleichgewicht verloren, obwohl ...«

»Nun?« Argout stellte die Frage mit einem vielsagenden Lächeln, als ob er die Antwort bereits wüßte. André aber zögerte. Er wagte es nicht, das Unaussprechliche in Worte zu fassen. Ihm graute davor, daß ihn sein Meister wegen einer mißglückten Schattierung mißverstehen könnte.

»Ich fürchte, daß Worte ... die Wahrheit verscheuchen

könnten. So als würde ich leichte Asche mit einem kräftigen Atemzug hinwegpusten.« Er schaute vor sich hin und strich immer noch vorsichtig um das Thema herum. »Was mich betrifft ... für mich ist Pierre nicht fern. Genauer gesagt — mir kommt es vor, als sei er auch hier und jetzt noch bei mir.«

Er schaute auf, und das Tempo seiner Worte nahm zu. »Freilich handelt es sich bei mir nicht um eine sentimentale spiritistische Selbsttäuschung! Im äußeren Leben und in praktischen Dingen offenbart er sich nicht. Ich könnte diese Beziehung eher als mentale Verbindung bezeichnen. Bei der Lektüre, beim Studium, beim Schreiben entwickeln sich im Gedankenstrom die Konklusionen manchmal auf eine Weise, daß ich den Eindruck habe, es sei ein Ergebnis unserer *gemeinsamen* geistigen Arbeit. Probleme werden gelöst, Sätze werden ergänzt. Neue Ideen tauchen auf, ebenso wie früher, als wir einander noch gegenseitig kontrollierten und inspirierten.

Und bei dieser ungewöhnlichen Gemeinschaftsarbeit nimmt in mir in seltsamer Steigerung auch das bisher nie gekannte Feuerelement der Bereitschaft, des Auftriebs, ja selbst der Freude zu, als könnte Pierre mit mir und durch mich sein unfertiges Werk vollenden. Der Begriff der ›seelischen Schwangerschaft‹ stößt mich allerdings ab, weil er mit so manch falscher Vorstellung verbunden ist, vor allem aber, weil er von einem so bizarren, schwülen Nebel umgeben ist ...«

»Wenn Sie dieses Wort abstößt, dann verwenden Sie es nicht«, meinte Argout still. »Doch ganz gleich, wie Sie Ihre Beobachtungen definieren, diese mystische Korrespondenz, diese Akkumulation der Kräfte kommt stets dann zustande, wenn Blutsverwandte, die eng miteinander verbunden sind, Liebespaare, Freunde oder Mitarbeiter voneinander getrennt werden, weil einer von ihnen ›auf die andere Seite des Spiegels‹ hinüberwechselt. Andere Leute werden sich dieses wunderbaren Reichtums, dieser Bereicherung an Gefühlen und Gedanken, der Ergänzung durch die Fähigkeiten, das Temperament und die Einfälle jenes jenseitig *anderen* selten so bewußt wie Sie.

Leider trifft dies auch für ungeduldige Emotionen und üble Gewohnheiten zu. Ein Kind, dessen Mutter verstorben ist, nimmt oft die Verhaltensweisen des geliebten Wesens an, bedient sich einer Sprechweise oder gewisser Gesten, die es plötzlich aus seinem eigenen Ich werfen und in die Verstorbene verwandeln. Seltsamerweise kommt so etwas zu Lebzeiten der Betreffenden niemals vor.

Bei lebensfremden Menschen bricht plötzlich eine geschäftliche Ader auf, als hätte der Verstorbene, der bisher alle praktischen Angelegenheiten schwungvoll erledigt hat, nicht nur seine physischen Güter hinterlassen, sondern auch dieses Erbgut ins Gehirn, in die Seele des Zurückgebliebenen geträufelt.

André mußte an die seltsame Veränderung von Tante Gabrielle am Grab seiner Mutter denken und nickte versonnen.

»Ja. Das ist möglich. Auf jeden Fall weiß ich nicht, ob ich das denke oder ob Pierre in mir darüber nachgrübelt, ob dies alles wirklich geschehen mußte.«

»Ich zweifle nicht daran«, sagte Argout entschlossen. »Pierre war nicht nur begabt, sondern auch tollkühn. Er hat Kräfte herausgefordert, die ihn notwendigerweise besiegten, weil seine Gegner auch innerhalb seiner eigenen Persönlichkeit Verbündete fanden. Er war von astraler Materie erfüllt, und die überspringenden Funken ließen ihn in Flammen aufgehen. Dies ist der Grund, warum ein leidenschaftlicher, egozentrischer Mensch nicht zum Adepten-Arzt werden kann.«

»Es war eine großartige, konzentrierte Operation!« André vernahm seine eigene Stimme wie von ferne, als hätte sich eine dritte Stimme in ihren Dialog eingeschaltet — jemand, den man mit den Augen nicht wahrnehmen konnte. »Im Tiegel des magischen Todes ist jeder brennbare Stoff verbrannt. Dieses finsterste aller Verbrechen hat das Opfer von seinen eigenen Lasten erlöst!«

Nach Tante Gabrielles Tod zog er mit der alten Julie in eine neue Wohnung. Er nahm kein einziges Möbelstück, keinen Teppich, keine Nippesgegenstände oder Gemälde mit, nur die Fotografien seines Vaters sowie Clementines und Gabrielles Bibliothek.

Allmählich verschwanden alle Beziehungen zu seinem früheren Leben. Mit dem Tod seiner Mutter, seiner beiden Tanten und Pierres legten sich auch die Wogen seiner persönlichen Probleme. Er war durch das Feuer gegangen, sein sterbliches Ich hatte das andere Ufer erreicht. Seine geistige Arbeit kannte jetzt keine Schranken, keine Auflagen mehr.

Lange Jahre gingen über ihn hinweg, wobei er stets nur im Leben anderer lebte, und allein seine Studien, seine Erkenntnisse, seine Einfälle hatten ihre eigene Geschichte. Argout gehörte mit zu dieser unpersönlichen Handlungskette.

André durchwanderte innere Gebiete von unermeßlicher Ausdehnung. Er versuchte, einzelne Bereiche im schier undurchdringlichen Urwald der Seele zu zivilisieren. Angesichts dieses Vorhabens nahmen sich seine bescheidenen Erfolge wie Episoden aus, die immer wieder im Schatten von Mißerfolgen standen.

Bei seinen Bemühungen erblickte er mit demütiger, neutraler Geduld jene Dimensionen, die über das einzelne menschliche Leben hinausragen. Trotz all seiner Kämpfe und Mühen aber war er bereit, sein Schicksal in zufriedener Harmonie zu akzeptieren — weil er wußte, daß er genau das tat und genau so lebte, wie er leben mußte. Denn er mußte die Stellung halten, und er hatte sich auf seinem Posten bewährt.

Als ihn dann Argout zu Madelaine Rougemont in die Wohnung in der Rue St. Severin mitnahm, klang Pierre zum letzten Mal und am heftigsten in ihm auf.

Die nervenkranke Madelaine, die nicht leben konnte und wollte, schaute ihn mit den klugen, von Leidenschaft gezeichneten Augen seines Freundes an. Abgesehen davon war sie eine aus Mondstrahlen gewobene, biegsame Moll-Materie, das weibliche Prinzip an sich — eine Schimäre des doch so maskulinen Pierre. Es war, als hätte er aus dem Brennpunkt der Vorstellung heraus das Schönste, Auserlesenste, Feinste und Einzigartigste projiziert, gewissermaßen als Kompensation, als Dank für ihre Freundschaft.

Und gerade diese Freundschaft, die sich über die Liebe hinaus in Madelaine fortsetzte, verlieh ihm fast übermenschliches Ausharrungsvermögen und unerschöpflichen Ideenreichtum, um das Werk des Heilens aufzubauen. Nie machte er einen Fehlgriff, niemals wurde er unsicher. Denn er kannte Pierre, den Gefährten seiner Jugend, dessen Gedankenschatten auch nach dem Tod in ihm weiterlebten.

Und da er Pierre *von innen heraus* verstand, mußte und konnte er auch Madelaine verstehen.

IV

DER TEMPEL
DES JUPITER

Mikrokosmos

WENN GYÖRGY BARÁTH an seine Kindheit dachte, mußte er sich einer seiner paradoxen Aussagen bedienen, um seinen damaligen Zustand zu kennzeichnen. Um seinen Zustand im zarten Alter zu charakterisieren, mußte er sagen, daß er stets viel älter war als sein leibliches Ich, daß er gegen seine eigene Schwäche und Hilflosigkeit ankämpfte wie ein Vogel, der in die Falle geraten war. Die Konfrontation mit der Welt draußen nahm sofort scharfe Konturen an.

Er hatte den Eindruck, daß all jene Dinge, die glänzende Möglichkeiten bargen, auf eine unordentliche, dilettantische, böse und sinnlose Weise gemischt worden waren — obwohl sie sonst so schön und so sanft gewesen wären, die puren Freudenspender allesamt. So aber riefen sie nur Schmerzen, Schande und unlösbare Probleme hervor. Also mußte man die Verhältnisse verbessern, mit flammender Hingabe und unter Einsatz aller Kräfte.

Gegen was für Mauern war er im Anfang angerannt! Er griff in Brennesseln, blieb mit empfindlichem Fleisch an Haken hängen, packte nackte Hochspannungsleitungen mit bloßen Händen an. Nur langsam, zögernd und unwillig zog er sich in sich selbst zurück. Doch als ewiger Rebell versuchte er immer wieder das Unmögliche — nämlich die Außenwelt zu verbessern, zu verschönern, zu versöhnen.

Dieser Rückzug fand in seiner frühen Kindheit statt. Und mit dieser Änderung der Positur begann in ihm jenes Reich der Vorstellungen zu wachsen, das sich in immer gewaltigere Dimensionen ausbreitete, wo jeder äußere Moment, der blitzartig vor seinem Blick auftauchte, in verbesserter, vollkommener Form neu geboren wurde.

Gelegentlich grübelte er so vertieft, so fieberhaft

und so lange über die befriedigende Lösung eines problematischen Details nach wie ein schöpferischer Gott, dessen glühende Gedanken die ruhende Urmaterie wie ein segensreicher Logos zum Leben erwecken.

Er wollte jedem Menschen, jedem Tier, jedem Gegenstand gerecht werden, erlebte ihre Schicksale mit einer derart lebhaften Identifizierung, als wäre er eins mit ihnen. Und er hatte das unerklärliche Gefühl, daß das Ende ihrer Leiden von seinem gewissenhaften Urteil abhing, von seinem Urteil nach bestem Wissen und Gewissen: das heißt von der Art und Weise, wie er ihre Angelegenheiten in seiner Vorstellung regelte.

Er hatte nie daran gezweifelt, daß sein Dasein im Grunde mit jedem anderen Leben zusammenhing. Er gehörte zu ihnen und war für sie verantwortlich. Doch die meisten Erscheinungen entzogen sich seiner Fürsorge.

Er sonderte sich ab, wurde in entsetzliche Verwicklungen hineingerissen und gab es schließlich auf, die Harmonie mit seinen Schützlingen anzustreben.

Dieses böse Mißverständis und dieser Widerstand brannten in ihm wie eine latente Entzündung, soweit er nur zurückdenken konnte. Ihm taten all die verwundeten, verfolgten Lebewesen, die grob behandelten Bäume, die abgerissenen Blumen unendlich leid. Doch all die zornigen, bösen, greinenden, häßlichen, keifenden, neidischen, mitleidlosen Menschen, die sich mit hämischer Freude am Unglück und am Leid ihres Nächsten ergötzten, wurden ihm ebenfalls zur Qual. Und er wußte sofort, daß sie sich selbst nicht gut waren, daß sie sich selbst nicht leiden konnten. Er spürte den ätzenden Strom ihrer feindseligen Emotionen, der sich in ihnen ausbreitete, wußte, daß ihr Wesen mit diesem übelriechenden Sumpf randvoll gefüllt war, in dem sie unterzugehen drohten, nach Luft schnappten und anschwollen wie ein reifendes Geschwür.

Von Mitleid ergriffen, beschenkte er in seiner Phantasie zunächst alle Notleidenden reich, gab ihnen alles, wonach sie sich heimlich oder ganz offen sehnten: Geld, Schönheit, Erfolg, und später, als in ihm selbst entsprechende Gefühle erwachten, auch Liebe. Er war aber kaum der Pubertät entwachsen, als er dahinterkam, daß diese Dinge bei gewissen Grundübeln keine Hilfe boten. Denn er hatte erkannt, daß Zufriedenheit nicht allein im Strohfeuer der erfüllten Wünsche zu finden ist. Kraft seines Vorstellungsvermögens verfolgte er die vielschichtige, unbarmherzige Logik dieser phantastischen Handlung, die aus dem jeweiligen Charakter der Delinquenten erwuchs. Diese Charaktere aber ließen sich nicht verfälschen.

Daher entwickelten sich die Ereignisse mit öder, erschreckender Authentizität. All die Menschen, die mit Geld und Erfolg reich bedacht waren, wurden in ihren maßlosen, uferlosen Leidenschaften zu tyrannischen Ungeheuern verzerrt. Als egoistische, kaltschnäuzige Sonderlinge, die sie waren, wurden sie nicht nur von ihresgleichen in unüberbrückbare Sternenfernen entrückt. Auch ihr eigenes Streben nach höheren Werten wurde durch diese unfruchtbare Lebensform gelähmt, die frei von Bemühungen, von jeder Kritik und Enttäuschung war.

An diesem Punkt angelangt, begann er wie ein Schöpfer mit anderen Methoden zu experimentieren. Er erprobte weitere, andersartige Einwirkungen, setzte seinen Ideenreichtum ein, um zu lehren und zu erziehen. Er bediente sich der Einschränkung, trennte, vereinte und verbannte, bestrafte die Schuldigen durch ihre eigenen Sünden.

Auf diese Weise fanden parallele Darbietungen auf zahlreichen Bühnen gleichzeitig statt, mit zahllosen Darstellern, die im Leben draußen tolpatschig durch ihr chaotisches Schicksal stolperten, bis sie endlich an der Reihe waren in diesem durchdramatisierten, sorgfältig aufgebauten Stück, das er sich selbst ausgedacht hatte und auf der lichtdurchfluteten Mysterienbühne seines eigenen Mikrokosmos weiterspann.

Das Quadrat

IM ALTER VON DREI JAHREN BEGRIFF ER, daß er in den Hexenkreis seiner Eltern nicht eindringen konnte, weil diese, monogam einander zugewandt, sich nur gegenseitig stützten, bekriegten, zermürbten und anbeteten.

Durch ihn schauten sie hindurch, wie durch Zigarettenrauch, der sich in der Luft schlängelte. Sie holten ihn nur dann für einen Moment ins Licht ihres Bewußtseins, wenn sie auf seiner Haut ihr eigenes Spiegelbild erblickten, um ihn dann wieder beiseite zu schieben wie einen feinen, kostbaren Handspiegel, weil sie ihn ebenso oder auch nur so liebten wie ihre schönen, kostbaren Gebrauchsgegenstände. Sie hingen an ihm, sie hatten ihre Freude an ihm. Doch ebenso wie ihr sonstiger Besitz lag er außerhalb des Stromkreises ihrer Sinne, die sich mit ungestümer Leidenschaft zusammenfügten.

Er war sechs Jahre alt, als seine Mutter einen armseligen, schüchternen kleinen Bruder gebar, der bereits in den Windeln unter der Gleichgültigkeit seiner Eltern litt — ein Umstand, der ihn zwangsläufig zum verdrossenen, sorgenvollen Betreuer dieses Kindes machte.

Wie kann jemand nur so dumm sein? fragte er sich mit hilfloser Gereiztheit. Er ließ seine Spielsachen liegen und stellte sich neben den Wagen des plärrenden Kindes. Er starrte in die kleine, rot eingerahmte Höhle, aus der ein wütender, fordernder Schrei nach der Mutter erschallte.

Ihre Kinderfrau wusch Windeln in der Küche und flüchtete vor dem fordernden Geschrei in trotzige Taubheit. Sie wollte einfach nichts sehen und nichts hören.

Was sollte er jetzt tun? Er schüttelte und rüttelte den Kinderwagen, schob ihn hin und her, doch das brachte nichts. Schließlich nahm er den kleinen Bruder in die Arme und wunderte sich, wie leicht das Kind war. Dieses kleine Ding da, das in seinen Armen ruhte, dieses wimmernde, gewichtslose Wesen erfüllte ihn plötzlich mit Bitterkeit, ließ die Galle in ihm hochkommen. Am liebsten hätte er seinen Eltern irgendwelche vernichtende Worte zugerufen, hätte er laut geschrien, damit das ganze Haus alarmiert wurde. Doch ihm fehlten die passenden Worte, und auch eine echte Überzeugung war nicht vorhanden.

Das ist nicht richtig, dachte er, während er vor seinen eigenen Gefühlen zurückschreckte. Ich irre mich. Sie können mich nicht an sich heranlassen, weil irgend etwas sie abschottet und umschließt. Dennoch tat es ihm wohl, seinen Eltern gram zu sein.

Er ging durch drei Zimmer ihrer großen Wohnung und näherte sich dem vierten, durch dessen Tür ein elastischer Widerstand strahlte. Dies war das Zimmer seiner Eltern. Das Baby verstummte in der Erwartung des sich nähernden magnetischen Pols.

Bevor er die Klinke niederdrückte, hörte er durch die geschlossene Tür Schluchzen und Weinen.

»Ich weiß!« Er erkannte die von Tränen aufgeweichte Stimme seiner Mutter. »Das ist Mitleid. Güte. Ich kann dich verstehen. Während mich die Kinder von dir fernhielten, bist du kalt geworden. Ich aber brauche nichts anderes als das, was ich verloren habe. Ich bin keine Mutter, keine Ehefrau, weder Mitarbeiterin noch Kumpel. Wenn ich nicht die einzige sein kann, eingebettet in dein Fleisch, dann ...«

Der Rest ging in wirrer Streiterei, in Tränen, Küssen und einem seltsamen, abstoßenden Gewimmer unter, das sich nach unterdrückter Wut anhörte. Die wenigen Worte, die er verstand, prägte er sich klar und deutlich ein. Er blieb wie angewurzelt vor der Tür stehen. Den

Sinn dieses seltsamen Ausbruchs konnte er erst viele Jahre später deuten, doch eines spürte er zweifellos hier und jetzt sofort: Für sie beide war dort drinnen kein Platz. Da war niemand, der sie erwartete.

Er drehte sich um, brachte das Baby zurück und legte es in seinen Wagen. Das Kind begann wieder zu weinen.

Wenn ich ihm zeige, wie sie sind, wird er es vielleicht begreifen, durchfuhr es ihn. Er holte einen Würfel aus dem Baukasten und hielt ihn über das Gesicht des Babys. Das Kind hörte auf zu weinen und streckte die Händchen nach dem Würfel aus.

»Siehst du?« sagte er zärtlich. »Da drin sind sie. Man hat sie eingesperrt. Wir aber sind draußen geblieben. Wir beide. Wir können nicht hinein.«

Sein kleiner Bruder verhielt sich still, erwiderte seinen Blick und lächelte ihm zu.

Doch sein Leben lang konnte er sich nicht mit diesem auf allen Seiten geschlossenen Würfel abfinden.

Flammende Kostüme

DIE ELTERN GABEN SICH nach wie vor großartig und bedeutend. Sie dachten nicht im Traum daran, auf die Hauptrolle zu verzichten, betonten vielmehr ihre Überlegenheit Tag für Tag. Sie wollten sich nicht einmal vorübergehend zu Komparsen, die einem aufopferungsvollen Windelkult dienten, degradieren lassen. Denn sie wollten nicht in ihren Kindern weiterleben, sondern in sich selbst.

Nie wurden sie prosaisch. Sie mimten die Heldin und den Helden, die keinen Alltag duldeten. Dafür waren sie bereit, Leiden und Schmerzen, die schnelle Verbrennung hinzunehmen. Sie hatten ihr ganzes Leben auf diese Karte gesetzt.

Ihr Beruf, ihre Berufung und alle ihre Handlungen waren einzig und allein auf den großen Zweikampf ausgerichtet. Und da sie wegen ihres seltsamen Charakters von allen gewöhnlichen Lebensformen ausgeschlossen waren, wurden sie vom Niemandsland menschlicher Gefühle und Ziele aufgesogen, wo die Erscheinungen nur wie schwankende Traumschatten widergespiegelt wurden: Seine Mutter war zur Schauspielerin, sein Vater zum Schauspieler geworden.

Während er im Verlauf langer Jahre dieses problematischste aller Paare analysierte, kamen sie ihm allmählich wie antike Gespenster vor. Und diese beiden Gespenster waren durch die überspannte Phantasie großer Geisterbeschwörer als unsterbliche Figuren auf die Bühne gestellt worden. Als Figuren wohlgemerkt, nicht als Menschen.

Denn sie sprengten alle Dimensionen eines Privatlebens, hoben sich von ihrer Umgebung ab wie stilisierte, grell geschminkte Marionetten bei Tageslicht. Sie kannten kein anderes Gesetz als das Gesetz der Leidenschaft und der Phantasie. Was sie taten, was sie dachten, war nichts weiter als dramatisierte Handlung, dramatisierte Gedanken. Sie kleideten sich in die Festgewänder einer ewigen Glut, berauscht von Liebestränken. Die Autoren aber schrieben für sie immer neue Rollen, schrieben ihr Leben immer weiter, auch über die Bühne hinaus. Sie waren von der Magie ihrer Rolle und vom Scheinwerferlicht beherrscht, das war ihr Lebensinhalt.

Seine Mutter schwankte als Julia, Ophelia, Titania, Nora oder sonst jemand nach Hause, und der Bann wollte tagelang nicht von ihr weichen, steigerte sich gelegentlich auch zu einem Selbstmordversuch.

Die Stimme seines Vaters mit den hundert Schattierungen tönte zu Hause weiter, verbreitete die Sehnsüchte, die Zweifel, die selbstzerfleischenden Grübeleien oder die eisige Gekränktheit jener Helden, mit denen er sich identifizierte.

Sie küßten und sie schlugen sich, nur um sich wieder versöhnen zu können. Sie betrogen einander systematisch, um edel und wirkungsvoll zu leiden. Sie suchten die Dissonanz, beschworen auf perverse Weise die Dämonen des Zorns, der Eifersucht und des eitlen Neids, damit ihre Krise ja nicht für einen Moment aufhörte. Denn sie konnten nur in Krisen leben, sie waren ihr Lebenselement.

Große Liebespaare sind stets tragische Gestalten, vor allem aber haben sie keine Kinder. Ihr Verhältnis ist ein geschlossener Kreis. Und sollten sie sich dennoch fortpflanzen, dann sind und bleiben ihre Sprößlinge ein Nebenprodukt — weil nämlich ihre Umarmungen ein anderes Ziel verfolgen. Alle anderen Dinge außer sie selbst gelten als Requisiten: Blumen, Tiere, Heim, Bücher, Landschaften, Jahreszeiten, Kirchen, ja selbst Gott sind nichts weiter als Requisiten zu einem Spiel, das einem Selbstzweck dient.

Also konnte er in seiner inneren Gedankenwelt nichts mit ihnen anfangen, weil sie sich auch dort widersetzten. Dabei hatte er sich bei dem Versuch, ihnen die Welt zu zeigen, die außerhalb der ihren lag, sehr viel Mühe gegeben. Leider war es ihm nicht gelungen, die Requisiten in ihnen in begeisternde persönliche Zusammenhänge zu verwandeln. Vorerst brannten sie in einem Feuer, das nicht zu löschen war, standen auf Scheiterhaufen, von Flammen umzüngelt, jammerten, flehten und beteten im lustvollen Martyrium des Leibes, der sich allmählich zum Geist sublimierte. Und sie brachten es nicht fertig, über die massiven Ereignisse hinauszublicken, die sich wie eine Lawine über sie ergossen hatten.

Also mußte er außerhalb von ihnen und neben ihnen dahinleben. Er liebte sie, er verstand sie und verlangte nichts von ihnen.

Er hatte nie nach Liebe gestrebt, im Gegenteil: Er selbst war es, der bedingungslos lieben wollte. Daß man seine Liebe erwiderte, kam ihm vor wie ein geheimes Naturgesetz, das erfüllt wurde. Werden Energie und Licht auf die Erde projiziert, erwacht das Leben, und dankbare Pflanzenarme strecken sich der Sonne entgegen. Das ist kein Privileg, sondern eine göttliche Natürlichkeit. Denn die Liebe ist das selbstlose Licht der Sonne, das heiß hernniederstrahlt — kein Tauschgeschäft.

Der Bettler aus Liebe

Sein kleiner Bruder wollte sich nicht damit abfinden, daß man ihn ausgesperrt hatte, weil er selbst nur ein gleichgewichtsloses Bruchstück war. Er litt darunter, nichts weiter als ein Requisit außerhalb der Scheinwerferkegel zu sein, weil er nur eine unbedeutende Nebenrolle spielte: der Schattenrivale seines Vaters, der Schattengeliebte seiner Mutter — eine Figur, die nichts galt und einfach beiseite geschoben wurde. Das war der Grund für seine Hinterhältigkeit. Er versuchte alles, um die Aufmerksamkeit auf sich zu lenken: Er weinte, stampfte mit den Füßen, kränkelte, petzte, war unterwürfig und dienstbereit, deklamierte — war also ein ›liebes, gutes Kind‹, das dann zum verwilderten Halbwüchsigen wurde.

Doch vergebens! Alle Welt lobte ihn, lachte ihn aus, legte ihm Steine in den Weg, nur eben diejenigen nicht, für die er seine Farben wechselte wie ein Chamäleon, um die er wetteiferte und auf die er zustrebte: seine Eltern.

Er war dreizehn und sein kleiner Bruder sieben Jahre alt, als ein kühles, schmales Mädchen mit grauen Augen als Erzieherin zu ihnen kam. Sie war jung, sie war vielleicht auch hübsch, doch das war damals noch nicht wichtig. Sie machte keinen Versuch, das Wesentliche zu verbergen, nämlich den Umstand, daß sich hinter all den Konturen und Farben *ein ganz anderes Wesen* verbarg.

Dieses so nahe, bedeutende Wesen, das sich in ihr Schicksal gedrängt hatte, kam ihm wie das diagonal entgegengesetzte Bild seiner Mutter vor. Die junge Frau war verschlossen, zurückhaltend, unpersönlich und distanziert, doch auf irgendeine säuerliche, kühle Weise dennoch freundlich.

Ihre Persönlichkeit sagte György besonders zu, erschien ihm besonders begehrenswert. Denn sie barg die Möglichkeit in sich, einen Spießgesellen zu gewinnen, den er unbewußt seit langer Zeit vermißt hatte.

Seine Sehnsucht, sich zu offenbaren, die bisher in gesellenloser Dämmerung umhergeirrt war, bekam nun grünes Licht. Da wurde ein Signal gesetzt, weil das neue Fräulein großartig zu fragen verstand. Ihre Fragen berührten nicht nur die Oberflächen, sondern sofort die empfindlichen tieferen Schichten.

Sie stellte nicht die üblichen Fragen: Wie heißt du? Macht dir das Lernen Spaß? Wie alt bist du? Was willst du werden, wenn du groß bist?

Nichts von alledem. Dafür erkundigte sie sich, ob er im Traum ferne Sterne besucht, ob er Hector Servadac gelesen hätte. Was sich seiner Meinung nach in den Tiefen des Meeres verbarg, dort, in jenen Tiefen, in die noch kein Mensch hinabgetaucht war. Ob er Geistergeschichten mochte, weil sie nämlich großartige Märchen erzählen könnte, bei denen man sich herrlich gruseln und fürchten konnte.

Die beiden verstanden sich vom ersten Augenblick an. Zoltán aber, sein jüngerer Bruder, geriet gleich zu Beginn ins Hintertreffen, weil er die Aufmerksamkeit dieses neuen Gefühlszentrums sofort auf sich lenken wollte.

Er kuschelte sich in den Schoß des Fräuleins, jammerte, weinte und klagte. Und während die Erzieherin sich mit György unterhielt, tat er alles, damit sie ihm das

Gesicht zuwandte. Er schleppte seine Spielsachen herbei, sang ihr etwas vor, sagte Gedichte auf, hüpfte mit verzerrtem Gesicht herum, führte Tänze und lustige Szenen auf, jauchzte und johlte, pfiff und versuchte auf ermüdende, aufdringliche, hilflose Weise ein Lob zu ergattern, ja zu erpressen.

Als er aber merkte, daß die beiden anderen ihn nicht beachteten und in der Spannung ihrer gemeinsamen Interessen miteinander Worte mit geheimem Inhalt tauschten, ließ er das Fräulein patzig wissen, daß sich sein Bruder nur ungern die Zähne putzte und daß ihn, als er sechs Jahre alt war, die Schuldienerin einmal hatte heimbringen müssen, weil er in die Hosen genäßt hatte.

»Interessant!« meinte die Erzieherin und schaute die beiden mit fast erleichterter Heiterkeit an. »Genau dasselbe ist mir im Alter von acht Jahren passiert. Ich hatte ein bißchen Angst, daß mich einmal jemand verpetzt, und dann müßte ich mich schämen. Jetzt haben wir also auch das hinter uns. Und da es nun doch bekannt geworden ist, wird es am besten sein, wenn ihr Noemi zu mir sagt.«

Von da an hätte er alles für Noemi getan.

Berauschende Worte

IM ALLGEMEINEN KONNTE NOEMI die Menschen für sich gewinnen, weil sie nichts von ihnen erwartete und sie nicht ändern wollte, nur um das eigene Leben angenehmer und bequemer zu gestalten. Das war allerdings keine Gleichgültigkeit, denn sie interessierte sich für alles. Wenn sie sich irgendwo einsetzen konnte, so tat sie es gern und mit Freuden, doch sie machte kein Aufhebens davon. Sie regte sich nicht auf, war nicht entsetzt, heulte und kicherte nicht, wie etwa Jolán, die Köchin, oder Ida, die Waschfrau.

Mag sein, daß sich Noemis Gestalt während des ziemlich kurzen Intermezzos ihres Auftritts in ihm zu einer nahezu makellosen Figur kristallisiert hatte, weil seine Eltern sie in eine unwürdige Situation brachten, die sie mit beständigem Gleichmut ertrug. Sie blieb sich selbst treu, während sich die Dinge um sie herum heillos verwirrten.

Das Zauberwort war zweifellos in Noemis Wesen verborgen, diese Formel, die seine Vene zum erstenmal öffnete.

Sie war es, die ihn die Schönheit der Mitteilung schmecken ließ. Sie war es, die ihn veranlaßte, eine Brücke zwischen den schöpferischen Prozessen, die in seinem Inneren wie ein Strudel kreisten, und der Außenwelt zu schlagen. Nichts kam mehr seinen damaligen ersten keuschen Erlebnissen gleich, als die noch unsichtbaren Formen, die in seinem Hirn und seinen Gefühlen Gestalt annahmen, allmählich in ein Wortgewand schlüpften. Die zunächst noch übergroßen, formlosen, farblosen Säcke strafften sich und wurden zu feinen, seidigen Hüllen, unter denen sich rätselhafte, wunderschöne Konturen abzeichneten.

Noemis graue Mandelaugen wurden schmal, wie die einer blinzelnden Katze, ohne auch nur den geringsten Schatten eines Lächelns. Nur selten erlebte er sie so ernst. Doch bei diesen Gesprächen, in denen er nach Worten suchend über die Menschen berichtete, wie sie in ihm weiterlebten, wie er ihr Schicksal aus dem winzigen Samenkorn eines einzigen äußeren Moments zum ausladenden Lebensbaum entwickelte, wurde sie immer nachdenklicher, immer ernster und auch immer feierlicher, was sonst nicht ihre Art war.

»Unglaublich, Gyurka!« sagte sie mit ihrer gedämpften, belegten Stimme, die sich stets etwas kurzatmig anhörte, als wäre sie eine Zeitlang auf Zehenspitzen herumgelaufen und versuchte dies nun zu verheimlichen. »Das mußt du alles aufschreiben!«

Er aber schaute sie erstaunt an und horchte in sich hinein, auf all das Material, das sich auf der Schwelle staute und zu Worten werden wollte.

»Das geht nicht«, sagte er nach einer langen Pause.

»Und warum nicht?«

»Es ist viel schwerer als ...«

»Freilich. Doch es ist bedeutender und von Dauer. Wie der Mensch, der auf diese Welt gekommen ist. Nein, noch viel mehr. Denn der Mensch stirbt, das Geschriebene lebt weiter, eine lange Zeit. Und wenn ein Gedankenzauber darin enthalten ist, dann bleibt es in alle Ewigkeit bestehen!«

»Gedankenzauber!« Das Wort gefiel ihm. Er ließ es auf der Zunge zergehen, fasziniert, wie im Rausch. »Sag mir mehr darüber!«

Noemi lachte ausgelassen, als hätte sie etwas getrunken. »Gedankenzauber ... berauschende Worte!« flüsterte sie, als hätte sie ein feenhaft verbotenes, süßes Geheimnis verraten. Weiter sagte sie nichts, fügte nichts hinzu, aber das war auch nicht nötig. Denn diese wenigen Worte reichten aus, um ihm alles zu vermitteln, was ihn befruchtete, was ihn endgültig und unabänderlich schwängerte.

Dies war eine der seltenen Begegnungen zwischen Mantra und Seele, die wie ein Zauberspruch, wie ein magisches Wort verborgene Türen öffnet. Ihm wurde auf einmal soviel klar und offenbar, daß ihm schwindlig wurde und sein Herz wie wild zu schlagen begann. Er wußte, worum es ging, hatte es sofort gespürt. Nur war alles eben so viel gewaltiger und so ganz anders als die körperliche Dimension oder sein Vorrat an Begriffen, den er sich mittlerweile zugelegt hatte, daß er es vorerst weder ganz erfassen noch ausdrücken konnte.

Der Mann im braunen Gewand

In DIESER NACHT, vielmehr in der Morgendämmerung auf der Schwelle zwischen Traum und Wachsein, erblickte er den Mann im braunen Gewand zum ersten Mal in dem großen Saal, dessen Steinfliesen und schneeweiße Wände eine klare, reine Kühle verbreiteten.

Genaugenommen sah er ihn wieder, weil er ihn doch schon öfter gesehen hatte.

Er war aus irgendeinem tief vergrabenen Humus der Erinnerung heraufgestiegen, nebst all seiner wohlbekannten durchgespielten, bis in die kleinsten Details kristallartigen Bedeutung — war durch die Pforte jener beiden Begriffe zu ihm eingetreten, jener Worte, die Noemi als Medium zeitloser Geheimnisse geprägt und ausgesprochen hatte: »Gedankenzauber ... berauschende Worte.«

Der Mann im braunen Gewand ging langsam, in Gedanken versunken, über die schwarzweißen Fliesen auf und ab, mit lautlosen Schritten. Sein Profil hob sich scharf vom Hintergrund des Fensters mit dem Eisengitter ab.

Durch das Fenster fiel der etwas blutarme, kraftlose Sonnenschein eines nördlichen Frühlingstages, und im blassen Goldschimmer dieses Lichts zeigte das gemeißelte Profil feine Züge, strahlte eine nahezu vollkommene Harmonie aus. Da war keine Spur von Mangel, Bedrücktheit oder Überfluß. Das Kinn war fest, aber nicht aufdringlich hart, die Lippen voll, zärtlich, dennoch verschlossen — weder asketisch noch lüstern. Die Nase gerade und ausgeprägt. Auf der hohen, gewölbten Stirn war fast die schattenhafte Vertiefung eines verborgenen dritten Auges zu erkennen.

Noch bevor er ihm in die Augen schaute, dachte er erschauernd an diesen dunklen Blick, hinter dem das Feuer einer titanischen Energie loderte, die sich selbst im Zaum hielt ...

Sie saßen zu viert an dem schweren Eichentisch unter einem braunen Holzkruzifix, in dessen Mitte eine echte rote Rose duftete. Es war seine Aufgabe, dafür zu sorgen, daß jeden Tag eine frische Rose ans Kreuz geheftet wurde. Sooft er sie anschaute, erwachte in ihm sofort die Erinnerung an den herben, feuchten Duft der Gartenerde, an die jungfräuliche, unaufdringliche Pracht der Rosenbüsche, und an seinen Fingern begannen die winzigen Stichwunden der Dornen zu schmerzen.

Ein Stromkreis stummer, gespannter Erwartung verband ihn mit seinen drei Gefährten. Auf dem Tisch stand eine Tonschale, gefüllt mit Holundersaft, dessen dunkelviolette Oberfläche wie ein See schimmerte. Vor ihnen ausgebreitet lagen Pergamentblätter, die sich manchmal geräuschlos zusammenrollten, und ihre scharf gespitzten Federkiele ruhten mit leichtem Zittern auf der gelblichen Fläche.

Sie horchten und lauschten geduldig, aber gespannt in die Stille. Manchmal schweifte ihr Blick ab. Sie schauten durchs Fenster auf die sanft gewellte Hügellandschaft und verfolgten den Flug der Vögel, die aus weiter Ferne mit gläsernem Gezwitscher grüßten.

Dann wurde die Stille plötzlich gebrochen. Aus dem Munde des Mannes im braunen Gewand drangen Worte und Sätze, fein geschliffen wie Edelsteine. Keine überflüssige Pause, keine überflüssige Betonung — nur das, was sich genau mit dem blendenden Sonnenzentrum des sich offenbarenden Gedankens deckte, dessen Strahlen sich auf zahllose Ebenen verzweigten.

Sie tauchten ihre Federn gleichzeitig in die Holundertinte, dann kratzten sie im gleichen Rhythmus über das Pergament. Er konnte seine eigenen, hohen, zittrigen, violetten gotischen Buchstaben, die er aufs Pergament gemalt hatte, deutlich erkennen, all die feinen, kunstvollen Schlingen der Initialen. Und er spürte die Faszination und die Freude, die aus den Worten in seine Seele strömte und sein ganzes Wesen erfüllte.

Das Mysterium des *Wortes*, das in den *Wörtern* zur Gestalt wurde, spielte sich vor seinem staunenden Blick ab.

Er aber erkannte bei vollem Bewußtsein und mit dem ausgeprägten Instinkt seiner Begabung, daß er all dies in der ehemaligen Gegenwart eines Traumes bereits erlebt hatte. Und es gelang ihm, dieses Erlebnis in sein jetziges Leben herüberzuretten, wo er als Dreizehnjähriger aus diesem Traum erwachte.

Den Text an sich, den er seinerzeit im Traum geschrieben hatte, konnte er freilich nicht mehr retten, nur noch seine tiefe Ehrfurcht vor ihm. Dieser Gefühlsinhalt ließ eine unruhige, spannende Freude in ihm weiterschwingen, und das für eine lange Zeit. Das Bild wurde später zu einem wiederkehrenden Traum, zum ständigen Begleiter seiner Krisen. Am Scheideweg seines Schicksals, im Fieber von Ratlosigkeit und Versuchung, auf dem moralischen Tiefpunkt, beim Schweben über den Wolken in geistiger Höhe und Entrücktheit, in der falschen Verzückung wegen prächtiger äußerer Erfolge, selbst in der bleischweren Atmosphäre des Scheiterns tauchte es stets als festes Maß auf, als ewige ausgleichende Kraft, als höchstes Ziel, als heiliges Irrlicht, das ihn von all den Dingen, die unschwer zu erreichen waren, von den kurzen Freuden der Vergänglichkeit immer weiter weglockte.

Die Geburt des Logos

IM ALTER VON DREIZEHN JAHREN wurde er Schriftsteller, ohne jeden Zweifel mit Herz und Seele, obwohl er vorerst noch keine einzige Zeile zu Papier gebracht hatte.

Er schaute sich nur um, häufte die spannungsgeladenen Dämpfe der Eindrücke in sich auf. Er las alles, was ihm unter die Finger kam, ließ sich aber nicht mehr allein durch den Schwung eines steuerlosen Seelenverkäufers mitreißen.

Er entzog sein Bewußtsein all diesen elementaren, blinden Interessen und versuchte, die Werkstattgeheimnisse der Methode mit kühler Überlegung zu ergründen, forschte nach den Quellen von Wirkungen, nach dem Wahrheitsgehalt von Worten, wog sie auf der empfindlichen Apothekerwaage seines verfeinerten ästhetischen Instinkts.

Sobald er aber zur Tat schreiten sollte, begann er zu zögern. *Wenn ich dies alles schreiben und schildern würde!* durchfuhr es ihn, sooft er bei den seltenen gemeinsamen Mahlzeiten seine Eltern beobachtete, wie sie hinter der routinierten Maske tönender Worte und großartiger Gesten sich in der Zeichensprache der Instinkte und Emotionen unterhielten. Doch er schreckte immer wieder zurück, weil ihm das alles wie ein Torso vorkam, wie ein Bruchstück, dessen Herkunft und Entwicklung er noch nicht enträtseln konnte.

Dieses vorübergehende, blitzartige Auftauchen von Menschen und Dingen kam ihm unzulänglich vor. Ebenso wußte er auch, daß er all die Erscheinungen und Bilder, die an ihm vorbeirasten, nicht wahrheitsgetreu schildern konnte, weil sie zu kurzlebig waren.

Doch sein Zögern hatte noch einen weiteren, tieferen Grund. Er liebte und genoß das gespannte Zusammensein mit der explosiven, lebenden Gedankenmaterie, und es gefiel ihm auch, daß er Noemi alles mitteilen konnte, was er gesehen, was er beobachtet hatte und wie er sich ausdrücken würde, wenn er all dies niederschreiben könnte.

»Wie kommt dir zum Beispiel diese Wohnung vor?« fragte Noemi.

Er schaute sich um, dann schloß er die Augen, weil er nicht nur das oberflächliche gegenwärtige Bild sehen, sondern auch all die Schichten beschwören wollte, die sich aus den Stimmungselementen der Jahre zusammensetzten. Dann begann er zu sprechen wie ein Medium, das in Trance die tieferen, komplizierteren Ebenen der Wirklichkeit betrachtet.

»Nichts ist hier fest, nichts von Bestand ...«, sagte er grübelnd mit schwankender Traumstimme. »Nichts ist echt. Alles ist nur provisorisch, und alles ist in Bewegung. Ein verborgenes Fieber schafft eine schwere, verdorbene Atmosphäre. Ich habe das Gefühl, daß sich die Zimmerwände jeden Moment verschieben könnten, wie die Kulissen hinter meinen Eltern, wenn sie aus der Dekoration treten.

Die Möbel sind beleidigt, weil man sie nicht mag, sondern nur benutzt. Ich habe etwas Angst vor dem großen Sessel im Arbeitszimmer meines Vaters. Auf ihm liegen lauter geballte Fäuste. Falls ich mich hineinsetzte, würde er mich vielleicht schlagen und würgen.

Mutters Bilder an der Wand schauen mich nicht an, sie lächeln einem Unbekannten zu, mit dem sie sich gegen alle Welt verbünden. Und weil sie mit diesem unsichtbaren Jemand hinter meinem Rücken ein Bündnis auf Leben und Tod geschlossen hat, kann von Mutter niemand etwas erwarten.

Sie ist ein schöner, kalter Kachelofen. Wenn ich mich dennoch an sie schmiege, kühlt sie mich stärker ab als irgendeine sonstige Berührung von ihr.

Auf diese Weise lächelt Mutter auch ihr eigenes Bild an, wenn sie sich vor ihren dreiflügeligen Spiegel setzt. Dann sind vier Personen vorhanden, vier identische Personen und Gestalten, die man nicht voneinander unterscheiden kann. Sie lächeln sich gegenseitig an und sind nur miteinander gut Freund, während sie alle anderen ausgrenzen.

Unser Zimmer ist ein Nebenraum — ein angeklebtes, verstecktes Zimmer, ein verborgenes Gemach, dessen man sich schämt. Manchmal sinkt es etwas tiefer als die anderen Räume. In der Stille und in der Dunkelheit der

Nacht wird es mit einer unsichtbaren, trüben, zähen Masse zugemauert. Am Morgen fällt es schwer, diese Mauer zu durchdringen, weil dieser *gedachte* Luftwall so widerstandsfähig ist.

Dies ist eigentlich nicht unsere Wohnung. Wir hausen nur eine Weile hier, und keiner hat seine Freude daran.

Zoli möchte hierher gehören, eine Rolle von seinen Eltern zugeteilt bekommen, jedoch vergebens. An dieser Stelle wurde für uns keine Rolle geschrieben oder vorgesehen. Wir müssen jenes Stück suchen, in dem wir fehlen. Denn jeder fehlt irgendwo, das weiß ich gewiß, auch wenn ich es im Moment nicht erklären kann.

Auch das kleinste Lebewesen gehört zu einem Ganzen — zu einem Ganzen, das auseinandergebrochen ist. Auch das kleinste Lebewesen wird irgendwo schmerzlich vermißt.

All diese Dinge aber muß jemand zurechtrücken. Es mag sich kindisch, dumm und überheblich anhören — aber ich fühle, daß es mir gelingen wird, einiges zu verändern und zu verbessern, was andere verdorben und verworren haben ...«

Noemis Augen waren tränenfeucht, und sie legte einen Arm um ihn. Sie gingen zu dritt im Stadtwäldchen spazieren. Zoli aber rannte seinem Reifen nach, so daß sie sich in Ruhe unterhalten konnten.

Er wunderte sich über Noemis Sentimentalität, weil sie sich selbst überhaupt nicht bedauerte. Er wollte auch nicht in dieser Weise auf sie wirken, weil er alles das, was er gesagt hatte, als allgemeine Tatsache voraussetzte.

Obwohl, wenn er noch einmal gründlich darüber nachdachte, kam ihm die ganze Sache irgendwie leer und unvollkommen vor. Es gab da noch eine ganze Reihe von Details, die ... Düstere Möbel, triste Farben und die geheimen Botschaften tanzender Schatten an den Wänden tauchten blitzartig in ihm auf ... Das meiste aber war nicht mehr Wort, sondern Linie, Ton, Farbe und Duft zugleich. Resignation wollte ihn beschleichen.

»Es ist schwer, nicht gut geraten und niemals vollkommen!« sagte er grübelnd. »Vielleicht könnte man die Dinge auch so darstellen, daß sich alles zeigt, alles offenbart, nicht nur außen, sondern auch in … und auch hinter den Dingen!«

»Dir wird es gelingen, Gyurka! Ich weiß es!« sagte Noemi mit ungewöhnlicher Heftigkeit. »Andere müssen jahrelang experimentieren, um an diesen Punkt zu gelangen. Ich habe es selbst versucht. Ich habe es mir so sehr gewünscht! Ich habe sehr viel geschrieben, doch alles war irgendwie künstlich und verlogen. Nur ein Spiegelbild, nur eine Projektion von Dingen, die ich bewunderte. Ich habe mit den Worten anderer gespielt, habe mich mit fremden Federn geschmückt, brannte im Feuer fremder Gedanken, benutzte zum Träumen die Vorstellungswelt anderer Menschen. Das war alles Talmi, lauter Christbaumschmuck, mit dem ich mich behängt habe.

Doch was du sagst und denkst, ist alles von dir. Du betrachtest alles mit eigenen Augen.

Mich haben wahrscheinlich die Bücher verdorben. Doch seit kurzem meine ich, alles ist nur ein Trost für einen selbst. Jeder, in dem das schöpferische Feuer brennt, wird anhand dieser Bücher sein eigenes Mysterium dramatisieren und so zum Sonnentempel des Orpheus gelangen.«

»Das ist schön!« rief er unwillkürlich aus.

»Aber es gehört mir nicht. Auch dies gehört mir nicht. Bei mir verwandeln sich die Bücher in Labyrinthe und Spiegelkabinette. Ich laufe stets im Kreis herum und treffe anstatt lebendiger Wesen immer nur Gespenster!«

Er empfand plötzlich Mitleid und Mitgefühl, welches ihn so sehr überwältigte, daß er stehenbleiben mußte. Und er schaute Noemi, die ein helles Licht ausstrahlte, mit neuen Empfindungen an. Warum wohl war sie so verbittert und so unausgeglichen?

Die Erzieherin wandte ihm das schmale, kühle Gesicht zu. Der Blick ihrer grauen Augen zeugte von herber, empfindsamer Einsamkeit. Diese verwundbare, durstige Schutzlosigkeit erschreckte ihn. Was wird aus ihr? fragte er sich mit klopfendem Herzen, während ihn ein heftiges dramatisches Vorgefühl überkam.

Er hängte sich bei Noemi ein und drückte ihren Arm schützend an sich. Er hätte ihr gerne etwas gesagt, ein Trostwort vielleicht, das Balsam für ihr Gemüt gewesen und sich in ihr zur grenzenlosen, freudigen Hoffnung gewandelt hätte. Doch dieses zukünftige Elixier seines Geistes ruhte vorerst noch unzugänglich im verschlossenen Tiegel seines jungen Körpers. Daß er dadurch zum Schweigen verdammt war, tat ihm in der Seele weh.

»Daß ... daß ich dich gern habe, bedeutet nicht viel ...«, brachte er endlich mühsam hervor, ganz blaß von dem Kampf, den er mit sich selbst ausgefochten hatte. »Doch eines Tages ...«

Noemi schaute ihn mit verschleiertem Blick an, doch ihre Stimme war fest und von ergebener Schlichtheit.

»In diesem Meer von einer Welt ist das mein einziges kleines Floß — daß du mich gern hast, Gyurka. Mit dieser Betonung und auf diese Weise. Du mußt mir glauben, wenn ich dir sage: Sonst habe ich keinen Boden unter den Füßen. Weil du mich aber magst, bin ich wieder etwas wert. Ich bin mir selbst nicht gut genug. Ich habe alles versäumt, bin zerbrochen, gefallen und gescheitert. Weil ich zuviel erreichen wollte und mein Ehrgeiz uferlos war.«

»Was wolltest du werden?«

»Schriftstellerin. Aber da genügt das *Wollen* allein nicht. Zum Schriftsteller muß man geboren sein. Das ist eine Gabe, wie der Körperbau, die Gestalt.«

»Hast du Eltern?«

»Nein. Meine Großmutter hat mich erzogen. Aber auch sie ist schon gestorben.«

»Dein Vater, deine Mutter ... Was ist aus ihnen geworden?«

»Meinen Vater habe ich nicht gekannt. Meine Mutter ... hat nie geheiratet.«

In dieser schnellen, leisen Äußerung war etwas wie eine hartnäckige Verwunderung verborgen. Und da er ein Stadtkind war, wußte er auch sofort, was Noemi meinte.

Ihre Mutter war ein ›gefallenes Mädchen‹, wie die jüngere Schwester der Hausmeisterin. Also war Noemi ein ›uneheliches Kind‹.

Seltsamerweise war sie ihm durch dieses Geständnis nur noch näher gerückt. Und ihm war, als würde sie beide ein noch engeres gemeinsames Schicksal zusammenschweißen, obwohl *seine* Eltern vor der Welt in gesetzlicher Ehegemeinschaft lebten.

Allerdings, vom Standpunkt eines lebensnahen inneren Gesetzes aus betrachtet, verdiente ihr stürmisches, wirres Verhältnis eine solche Bezeichnung in keiner Weise. Die Geburt ihrer Kinder war eine Art ›Unfall‹ ihrer sexuellen Auseinandersetzungen, für welche sie die Verantwortung mit der gleichen verdrossenen Nervosität übernahmen wie für die illegalen Abenteuer des Eros.

»Das heißt gar nichts!« meinte er heftig. »Damit hast du überhaupt nichts zu tun. Ich habe auch nichts mit meinen Eltern zu tun! Du und ich ... Wir haben unsere Nabelschnur abgeschnitten.«

»Du stehst auf eigenen Füßen! Stimmt. Du brauchst sie nicht. Selbst dann nicht, wenn du ... ein uneheliches Kind wärst. Ich aber bin schwach. Nur die Starken können sich lösen. Ich hänge von allem und jedem ab, dennoch gehöre ich nirgendwo hin. Meine Großmutter war lieb und gut, aber sie war ebenso wie ich. Die Jahre, die ich mit ihr verbrachte, haben mich nur noch schutzloser gemacht.

Wir wohnten in Gödöllö. Aber wir hätten ebensogut auf dem Mond leben können, weil wir keinen Kontakt zu anderen Leuten hatten. Auch in der Schule hatte ich keine Freunde. Die Bücher meines verstorbenen seligen Großvaters füllten unser kleines Haus. Wir konnten von einer Rente recht angenehm leben.

Auch meine Großmutter war in die Bücher vernarrt. Sie hat bis zu ihrem Tod Sprachen gelernt, um die Werke im Original zu lesen.

So kam es dann, daß wir das *Leben* nicht erfuhren, nicht lernten und nicht verstanden, sondern nur die Buchstaben.

Wir hatten literarische, philosophische und wissenschaftliche Zeitschriften abonniert und kauften jedes Buch, das irgendwie von Bedeutung war.

Am Monatsende gab es immer nur Kartoffeleintopf, weil wir so knapp bei Kasse waren — dennoch waren wir irgendwie glücklich und zufrieden.

Wir beschlossen gemeinsam, daß ich Schriftstellerin werden soll. Was Mutter anging, hatte man seinerzeit ähnlich gedacht, doch die Ärmste war in einen Abgrund gestürzt, weil sie immer in höheren Regionen geschwebt war und keinen Boden unter den Füßen hatte.

Irgendein Journalist, den sie in der Straßenbahn kennengelernt hatte, verführte sie im Alter von zwanzig Jahren. Er machte ihr Komplimente, die nicht ehrlich gemeint waren. Mutter aber wußte nicht, daß all seine Worte ungedeckte Schecks und Hochstapelei waren. Sie konnte nicht ahnen, welch zynische, hinterhältige, kaltschnäuzige Berechenung sich hinter all diesen geschickten, von Belesenheit zeugenden literarischen Gemeinplätzen verbarg.

Meine Mutter war exaltiert und romantisch, konnte unter dem Einfluß meiner Großmutter auch nicht anders sein. Als das Unglück dann passiert war, ließ sich der Herr Journalist nicht mehr sehen. Meine Mutter aber starb an der Verwirrung, in die ihr Gefühlsleben geraten war.«

»Hat sie Selbstmord begangen?«

»Nein. Sie wollte einfach nicht mehr leben und flüchtete sich in alle Arten von Krankheiten. Auch das ist eine Form des Selbstmordes.«

»Was war dein Großvater von Beruf?«

»Lehrer an einer Mittelschule. Er hatte überwiegend mit Konfektionsgehirnen und gleichgültigen *geistigen Nullreaktionen* zu kämpfen — also suchte er sein Heil bei den französischen Klassikern, um dieser unseligen Tretmühle zu entgehen. Ich war sechzehn, als meine Großmutter starb. Von einer Fortsetzung des Studiums konnte nicht mehr die Rede sein. Unser Haus, unsere Bücher kamen unter den Hammer. Ich aber versuche seit acht Jahren, mich mit Kindern zu befassen und zu befreunden, weil ich mich vor den Erwachsenen fürchte.«

Sie wohnten im Parterre einer zweistöckigen Mietvilla in der Munkácsy-Straße. Der feindselige Hausherr hatte ihnen streng verboten, den Garten dieses zugigen, freudlosen alten Hauses zu betreten.

Ich sitze da und warte, dachte er oft bei sich, während er durchs Fenster auf das kleine Steinbassin hinausblickte, in dem ein dunkelgrünes, fingertiefes Wasser vor sich hinmoderte. Um den Teich herum standen ein paar zerrupfte Akazien. Seit Noemi im Haus war, kam ihm dieses Warten etwas freundlicher und farbiger vor, dennoch wollte es nie aufhören. Und der phantastische, hoffnungsvolle Gedanke, daß er eines Tages zusammen mit Noemi aus dieser trägen Erwartung zu neuen Ufern aufbrechen könnte, heizte seine noch unklaren Pläne an, erfüllte sie mit Spannung.

Eurydike

SEINE MUTTER WURDE SCHWER KRANK, und man brachte sie in ein Sanatorium. Aus dem Geflüster der Waschfrau und der Köchin erfuhr er, daß sie ein Kind bekommen hätte, das sie aber nicht wollte. Sie ließ irgendwie an sich herumdoktern und wäre um ein Haar verblutet, obwohl es sich um einen erstklassigen Facharzt handelte, der die Operation übernahm. Doch die Frau neigte zu schweren Blutungen.

Sein Vater irrte wie ein verschrecktes Gespenst durch die Wohnung, vermied sorgfältig jede Stelle, jeden Raum, jeden Ort, den er früher mit seiner Frau zu besuchen pflegte. Mit seinem massigen Körper, der auf dünnen, unsicheren Beinen ruhte, drang er sogar ins Kinderzimmer vor. Er stellte Fragen und wollte sich mit seinen Kindern unterhalten. Doch da war keine Brücke, die vom einen zum anderen führte.

Zoltán aber, der sich jetzt endlich ins beste Licht hätte rücken können, war vor lauter Lampenfieber erstarrt. Sein Kopf glühte wie Feuer, er stemmte das Kinn gegen die Brust.

Er aber — György — war seinerzeit auch noch kein guter Gesprächspartner. Er brauchte seine Worte für andere Zwecke, als die Wahrheit zu verschleiern.

Also schwieg er, ließ die Arme baumeln und packte nicht das Seil, das ihm sein Vater zuwarf — dieses Seil, an dem er sich festhalten sollte.

Noemi aber war durch die entsetzliche Einsamkeit seines Vaters gerührt — ein Umstand, den er nicht erkannt hatte. Sie sprach mit freundlicher, kühler Stimme zu ihm, und ihre Fragen klangen wie ein Trost.

Dieser Dialog, der ihn trotz seiner Neutralität aussperrte, ließ ein ungutes Gefühl in ihm aufkommen. Ihm kam es vor, als würde Noemi vor seinen Augen mit flinken, leichten Fingern die Wunden eines Raubtiers

versorgen. Sie ahnte nicht die Gefahr, die sie heraufbeschworen hatte. Er aber spürte sie deutlich.

Das gezähmte Raubtier ließ sich dankbar auf seinen
Platz verweisen. Sein massiger Leib, der allmählich an
Fülle zunahm und durch den eleganten Anzug von be-
stem Schnitt kaschiert war, breitete sich träge aus und
füllte den großen Sessel bis zum Rand. Seine Anwesen-
heit war nahezu unerträglich und störend. Doch Noemis
Blick, der auf ihm ruhte, verriet nichts von Unruhe oder
Verwirrung.

Wie wird Noemi meinen Vater sehen? fragte er sich,
und er versuchte, ihn mit ihren Augen zu betrachten.

In seinem unpersönlich eingestellten Gesichtsfeld erschien das Bild eines braunhaarigen Mannes mit grauen
Schläfen, ein weiches, etwas teigiges, hübsches Gesicht
mit Augen, die von schweren gewölbten Lidern über-
schattet waren — Augen, die sich manchmal sentimental verdunkelten und deren Blick oft etwas geistesabwe-
send war.

Doch es war sein Mund, der ihn am meisten abstieß
— dieser schwellende, selbstgefällige, eingebildete,
heuchlerische Mund eines Schmierenkomödianten. Ob
Noemi das merken würde?

Zum Glück merkte sie es beizeiten, gab sich nicht dem
Rausch hin, behielt einen klaren Kopf. Acht Jahre trennten sie von der Möglichkeit, den gleichen Fehler zu begehen wie ihre Mutter, an dessen Folgen diese gestorben war. Seit acht Jahren machte sie ihre Erfahrungen
und studierte das Leben ohne Bücher. Seit acht Jahren
irrte sie allein in der Welt herum.

Das Raubtier aber, das in ihre Schutzburg eingedrungen war, erwachte in seiner ruhelosen Freiheit zu einem
gefährlichen Leben, das eher einer von Selbstmitleid
vergifteten Einsamkeit glich.

Bei Györgys Mutter traten Komplikationen auf: Ge-
fäßverengungen, Lähmungserscheinungen, Stoffwech-
selstörungen. Er und Noemi besuchten sie in ihrem Zim-

mer im Sanatorium, das zu einer Theatergarderobe hochstilisiert und mit Blumen vollgestopft war. Und als er in das geschminkte, harte, schöne Gesicht seiner Mutter schaute, wußte er, daß sie genesen würde. Sie würde wieder gehen und auftreten, weil ihr Lebenswille größer war als die Kraft ihrer Krankheit. Sein Vater aber war während der langen Stunden des Tages einsam und verlassen, hatte sich an Noemis Gesellschaft gewöhnt, wie an eine Droge.

Mit wachsender Beunruhigung flehte György seine Noemi an, die Annäherungsversuche seines Vaters zurückzuweisen. Es war nicht nur die Eifersucht, die ihn trieb, sondern eine böse Vorahnung, die im Lauf der Zeit immer eindringlicher wurde. Ihm war, als würde er sich mit geschlossenen Augen glühenden Kohlen nähern, deren sengende Hitze er bereits schmerzlich empfand. Er sagte Noemi, was sie bereits selbst gemerkt hatte, daß nämlich die Hausbewohner wie die Aasgeier dieses Idyll beobachteten, welches sich da zu entfalten begann. Es war durchaus möglich, daß jemand aus purer bösartiger Sensationslust die Sache seiner Mutter im Sanatorium zuflüsterte. Dann aber …

»Ich weiß«, erwiderte Noemi. »Und ich sehe genauso klar wie du. Ich möchte, ich will diese Beziehung beenden, ich versuche es, doch …«

»Bist du gern bei ihm?« hakte er ein. Seine Frage stieß wie ein Raubvogel auf sie nieder, während all seine Sinne gespannt waren, um auf Untertöne in ihrer Antwort zu lauschen.

»Nein!« Dieses wohlüberlegte Wort war eindeutig. »Am Anfang hat er mir leid getan. Doch seit ich dahintergekommen bin, daß er sich gern bedauern läßt, bin ich eher verärgert. Mir kommt es vor, als wäre ich in eine weiche, klebrige Masse gestürzt. Ich kann tun, was ich will, mit Armen und Füßen rudern — ich komme nicht los, wie ein Mensch, der in einem Sumpf versinkt.«

So war es dann auch. Noemis Versuche, sich zu befreien, lösten bei seinem Vater eine ganz andere Reaktion aus. Diese ›kleine Affäre‹, die er mit überheblicher Nonchalance behandelte, ihr ständiges Ausweichen, ihre Zurückweisungen, die ihn bis aufs Blut beleidigten, wurden in ihm allmählich zur Pestbeule. Er verfolgte sie auf Schritt und Tritt, gesellte sich zu ihnen, wenn sie spazierengingen, und redete ohne Unterlaß. Er zwang sie zu Besuchen in Cafés und Konditoreien, fuhr sie im Wagen spazieren, bot die ganze Skala seiner vielfarbigen, geschulten Komödiantenstimme auf. Er gab sich überlegen und großzügig, poetisch, düster, frivol und pietätisch — während er sich immer lächerlicher machte. Noemi versuchte nicht einmal mehr, ihre Verstimmung zu verbergen. Sie flüchtete vor ihm. Und als er ihr ins Gesicht sagte, sie würde leere Ausflüchte machen, wandte sie sich ihm zu und bekannte freimütig:

»Ja, das tue ich!«

»Warum?« Das Gesicht des Mannes zuckte vor bitterem Zorn.

»Warum nicht?« fragte Noemi schlicht und einfach zurück.

Auch diese Szene spielte sich sozusagen in der Öffentlichkeit ab, doch diesmal kümmerte sich der Schauspieler nicht um die Requisiten. Sie saßen in einem gelb ausgeschlagenen ›Gummiradler‹ und schaukelten über den Wagenkorso der Stefanie-Allee. Und selbst in seiner Aufregung grüßte er nach rechts und links wie ein Potentat.

Dies geschah im Mai des Jahres 1914. Um die enggeschnürten Gestalten der Frauen wallten offene, kittelartige Mäntel. Auf ihre Hüte, die groß waren wie Wagenräder und hoch oben auf dem Kopf mit Nadeln festgesteckt waren, rieselten süß duftende, müde Blütenkelche von den blühenden Bäumen herab. Die Frauen nickten zurück und erwiderten die Grüße aus der Kutsche mit feuchten, gierigen Augen, mit einem Lächeln, das der Frühling aufgeheizt hatte. Ihre Sehnsucht streifte mit unsichtbaren Fühlern dieses Prachtexemplar von einem Mannsbild mit dem gewellten Haar und den lüsternen Lippen, diesen Mann, der sich mit fremden Federn schmückte, sich der Worte von Dichtern bediente, die mit Herzblut geschrieben waren und so auf der Bühne alle Träume erfüllte, die ihnen das prosaische Leben schuldig geblieben war.

Noemi hatte ein staubgraues Kostüm mit langem Rock angezogen und sich vor dem gleißenden, schäumenden Licht schützend in eine Ecke gedruckt. Auf ihren dicken blonden Haarsträhnen, die zu einem Knoten gewunden waren, tanzte ein schimmerndes, schmelzendes Licht. Ihre Mandelaugen wirkten im Schatten der dunklen Wimpern tiefblau und unergründlich wie ein Bergsee, ihre jungfräulichen, spöttischen Lippen waren fest geschlossen und verschwiegen.

Unter ihrem großen, schwarzen Strohhut, der nur mit einem Veilchenstrauß geschmückt war, wandte sie nur ihr kühles, feingeschnittenes Gesicht dem Schauspieler zu, der sie mit puterrotem Kopf beäugte, während vulkanische Kräfte in ihm aufstiegen, die ihn selbst überraschten.

Zweifellos haßte er sie bereits, begehrte sie aber gleichzeitig mehr als jede andere Frau. Das alles waren zwar nur Gemeinplätze — dennoch, vielleicht gerade deswegen füchterlich und elementar.

»Worauf warten Sie denn?« fragte er Noemi überheblich. »Vielleicht auf irgendein spießbürgerliches Idyll, wo Sie dann nach Kind, Kochlöffel und Küche riechen, wo Sie dick und fett werden, ohne auch nur einen Augenblick der Leidenschaft und der Freude kennengelernt zu haben?«

»Es wäre interessant zu erfahren, ob Sie selbst bereit wären, für einen solchen Augenblick Ihr ganzes Leben zu opfern«, sagte Noemi mit undurchdringlicher Miene.

»Ja, und mit Freuden!« kam es wie aus der Pistole geschossen, hastig, verlogen und mit freudiger Erwartung.

Die Frage war Wind in seinen Segeln, und seine Nüstern blähten sich vor lauter Lust. Doch Noemis nüchterner, abweisender Blick wirkte wie eine kalte Dusche.

»Vielleicht für eine Nacht. Oder für die Dauer einer Rolle. Dann würden Sie Ihr Kostüm ausziehen und wieder in Ihre eigenen Kleider schlüpfen, Ihren alten Gewohnheiten und Lustbarkeiten frönen. Das ist für Sie eine ernste Hauptrolle. Der Rest ist nichts weiter als eine vorübergehende Episode, ein Spiel.«

»Also, wenn das Ihre einzigen Bedenken sind ... Wenn Sie sich nur daran stören ...«, brach es siegessicher aus ihm hervor.

»Ich wüßte nicht, was mich stören würde. Hier geht es um ein Prinzip.«

»Man müßte alle Frauen verbrennen, die Prinzipien haben!« gab er hastig zurück, heftig und gereizt.

»Nun habe ich aber zufällig welche«, meinte Noemi, ohne die Stimme zu erheben.

»Lesen Sie einmal die Versuchung des Heiligen Antonius von Flaubert!«

»Hab ich schon gelesen.«

»Glauben Sie, daß Sie zur Nonne geboren sind?«

»Nein. Aber auch nicht zum Gegenteil.«

»Am liebsten würde ich Sie verprügeln!«

»Es wäre besser, sich selbst in die Schranken zu weisen.«

»Wollen Sie mich beleidigen?« fragte er großspurig. Dieser modulierte, pathetische Auftritt, bei dem er seine *echte* Wut zum Ausdruck brachte, wirkte peinlich und lächerlich zugleich.

»Ich würde mich wehren.« Nur ihr blasses Gesicht verriet ihre Aufregung.

»Das bleibt Ihnen erspart. Ich habe noch nie eine Frau überfallen.«

»Vielen Dank. Das beruhigt mich.«

Györgys Vater rief dem Kutscher ein Wort zu, bezahlte und stieg aus, ohne sich zu verabschieden. Er war vor unsinniger Wut hin und her gerissen. Das Krebsgeschwür seiner unberührten, unberührbaren Eitelkeit hatte einen schweren Schlag erlitten. Davon zeugten die roten Flekken auf seinem weichlichen, düsteren Gesicht, die wie Feuer brannten, als hätte man ihm eine schallende Ohrfeige versetzt.

Die Insassen des Wagens waren erleichtert und atmeten auf, als hätte man sie von einer zentnerschweren Last befreit.

Noemi lehnte sich zurück und schloß die Augen. Sie sah sehr müde aus.

»Das ist alles so schwer ...«, sagte sie leise.

»Was wird aus uns, Noemi?« fragte der Junge, neigte sich ihr zu und fröstelte trotz des lauen Frühlingstages.

»Ich weiß es nicht. Wenn ihr beide nicht wärt ... würde ich noch heute abreisen!«

György erschrak. Er hatte noch nie daran gedacht, daß Noemi sie eines Tages verlassen könnte. Ihm war, als würde der Boden unter seinen Füßen beben.

»Aber du gehst nicht fort! Du wirst doch nicht fortgehen?« Seine Stimme zitterte, und sein Flehen rührte Noemi im tiefsten Herzen.

»Ich werde nicht fortgehen, wenn es nur an mir liegt!« Sie legte ihre Hand für einen Moment auf die seine, zog sie aber sofort wieder zurück. »Denn du bist mir wichtiger als ich selbst.«

Sie sagte nicht ›ihr‹. Sie sagte ›du‹. Seine Freude aber wurde durch die Anwesenheit seines jüngeren Bruders getrübt. Er konnte deutlich spüren, daß der Junge beleidigt war. Sonst pflegte Noemi daran zu denken, doch die Spannung des Augenblicks duldete keine Verstellung, und ihre Aufrichtigkeit grenzte den kleinen Bettler um Liebe mit der flachen Stirn und dem Mausgesicht aus. Er warf einen verstohlenen Blick zu Zoltán hinüber. Der saß mit abgewandtem Kopf da, und seine Ohren, die flach am Schädel anlagen, glühten — und diese glühenden Ohren sprachen mehr als tausend Bände.

»Solltest du fortgehen, würden auch wir mit dir ziehen«, erklärte György mit lauter, etwas unnatürlicher Stimme, weil er auch den Bruder wieder mit in die Gemeinschaft einbeziehen wollte. Der aber rührte sich nicht. Und auch Noemi, tief in Gedanken versunken, erwiderte nichts. Die Hufe der gemütlich dahintrabenden Pferde hämmerten einen melancholischen Rhythmus aufs Pflaster, der ein ödes, leeres, hoffnungsloses Gefühl verbreitete.

Der nächste Tag war ein Sonntag. Györgys Vater blieb unter Vortäuschung einer Erkältung im Bett liegen. An diesem Tag trat er nicht auf. Offensichtlich hatte er damit gerechnet, daß am Nachmittag, wie üblich, nur Noemi mit den Kindern zu Hause bleiben würde. Wenn er klingelte, mußte sie zu ihm kommen. Es war ein einfacher, ekelhafter kleiner Plan. Selbst Jolán, die Köchin, grinste vielsagend.

Der Nachmittag, als endlich Ruhe einkehrte und es im Haus still wurde, stand unter einem schlechten Stern. Der Bereitschaftsdienst wollte nicht so richtig klappen.

»Zieh dich um, und geh aus! Auch dir steht ein Ausgang zu!« sagte György zu Noemi. »Wenn er klingelt, werde ich zu ihm gehen. Er kann nichts dagegen einwenden!«

»Wo soll ich hingehen?« fragte Noemi ruhig. »Die Familie, bei der ich jahrelang gewesen bin, wohnt auf dem Land. Außer ihnen kenne ich niemanden.«

»Geh einfach spazieren, durch die Straßen ... mit Zoli! Ja! Auch der Arzt hat gesagt, Zoli muß viel an der frischen Luft sein!«

»Ich will aber nicht!« erklärte Zoli bockig.

»Warum nicht?«

»Papa ist krank. Ich werde ihn bedienen. Geht ihr. Ihr beide!«

Dies war ein unerwarteter Aufstand. Und es war das erste Mal, daß ihm bewußt wurde: Die Schwachen sind oft hinterhältig und rächen sich an den Starken, wo sie nur können.

»Wir bleiben alle da!« beschloß Noemi.

Sie blieben und sie warteten. Jede Beschäftigung war nur ein Vorwand. Die Zeit stand still, wie auf eine Kitschpostkarte genagelt.

Ein gelbes Bündel von Sonnenstrahlen fiel auf den abgetretenen Teppich. Die verstaubten Blätter der Akazie vor dem Fenster kuschelten sich regungslos aneinander. Aus dem Gartenbecken erhob sich eine feuchte, bemooste Steinmuschel, ein verrostetes Eisenrohr ragte aus ihrer Mitte empor. Eine Hummel flog brummend durchs Zimmer. Ihr harter, grünlich schimmernder Leib knallte gegen Möbel und Fensterscheiben, bevor es ihr gelang, diesen unheimlichen Ort, diesen Zauberkreis fluchtartig zu verlassen.

Es wurde dunkel, doch im Zimmer des ›Kranken‹ rührte sich nichts. Noemi las, und György versuchte, sich auf die verschwimmenden Buchstaben eines Buches zu konzentrieren. Zoltán hatte ein Malbuch vor sich und füllte die Vorlagen mit düsteren, matten Farben.

Eigentlich hätte man Licht machen müssen, aber keiner rührte sich, als würde jede Bewegung etwas Unabwendbares heraufbeschwören. Plötzlich merkte er, daß er nach Luft schnappte und daß sein Atem schwer ging.

Zoltáns scharfe, beleidigte Stimme brach die Stille. Und dieser Ton vereinte sich für immer mit all dem, was nachher geschah. Er wirkte fast wie ein Signal, wie der erste Auftakt einer Kette von Ereignissen.

»Ich habe Hunger! Wann gibt es Abendessen?«

Und gleich anschließend klingelte es — lang und befehlend, dennoch befreiend, weil sie alle den ganzen Nachmittag darauf gewartet hatten.

Noemi erhob sich unsicher, als würde sie aus einem Traum erwachen.

»Ich begleite dich!« György war mit einem einzigen Satz an ihrer Seite. Noemi nahm ihn bei der Hand.

Als sie sich dem Zimmer seines Vaters näherten, schlug ihnen ein durchdringender, parfümierter Tabakgeruch entgegen. Und als sie die Tür öffneten, gesellte sich noch der Dunst von Rum, Tee und Kognak hinzu.

Györgys Vater saß mit angezogenen Beinen im Bett, auf große, schwellende, zerknüllte rosarote Kissen gestützt. Um sein Bett herum lagen Zeitschriften, Illustrierte und Bücher verstreut. In der Luft kräuselte sich der Rauch in dichten blauen Wolken.

So, wie er da im Bett lag, war er das Urbild eines kraftstrotzenden, zerzausten, behaarten Mannsbilds. Eine dunkle Locke fiel ihm in die hohe Stirn. Aus seinem offenen Nachthemd schaute ein fetter, gepolsterter Hals hervor. Seine Brust war mit schwarzem Kraushaar bedeckt.

»Dich habe ich nicht gerufen!« fuhr ihn sein Vater an. »Geh in dein Zimmer!« Das hörte sich an, als wollte er einen lästigen, kläffenden Schoßhund verscheuchen. György aber rührte sich nicht vom Fleck.

»Kannst du nicht hören?« Das Bett ächzte unter dem schweren Mann, als er sich vorbeugte. Aus dem aufgeheizten Körper stieg eine Blutwelle in den Kopf.

»Du darfst gehen, Gyurka. Ich komme gleich nach!« sagte Noemi mit reiner, kühler Stimme.

György verließ nur zögernd und ungern das Zimmer. Er konnte gerade noch hören, daß Noemi seinen Vater nach seinen Wünschen fragte. Die Antwort ließ auf sich warten.

Er schloß die Tür hinter sich, blieb jedoch auf der Schwelle stehen und horchte beklommen hinein. Eine Zeitlang herrschte tiefes Schweigen. Dann wiederholte Noemi ihre Frage, und endlich brummte der Vater etwas von Umschlägen, was György genau verstand.

Leichte, huschende Schritte waren zu hören, dann wurde es wieder still.

Ob Noemi sich wohl entfernt hatte oder näher ans Bett herangetreten war? Er stand in höchster Anspannung da. Ein böses, drohendes Gefühl schnitt in seine Nerven. Sein Magen verkrampfte sich. Plötzlich spürte er, daß sein Vater Noemi näher zu sich herangewunken hatte, um sich einen Umschlag auf den Hals legen zu lassen. Und plötzlich, in dieser stickigen Stille, streifte ihn fast greifbar der Luftstrom, den das verbissene Handgemenge im Zimmer seines Vaters aufgewirbelt hatte.

György riß die Tür auf. Das Bild, das sich ihm bot, war derart niederschmetternd und ekelhaft, daß er auf der Schwelle zurückschreckte.

Sein Vater hatte Noemi aufs Bett geworfen und sich mit seinem ganzen Gewicht auf sie gelegt, hatte ihren Mund mit der Hand verschlossen. Seine füllige Nacktheit quoll erschreckend unter dem hochgeschobenen Nachthemd hervor, während er wie ein breitbeiniges Tier das Mädchen zu decken versuchte, das sich standhaft gegen die Übermacht wehrte.

»Papa!« rief er zitternd und entsetzt aus.

Seine Stimme zerriß den roten Nebel. Der wahnsinnige Satyrleib erschlaffte für einen Moment, und Noemi glitt unter ihm hervor. Ihr Gesicht war verzerrt und kalkweiß vor Empörung. Ihr Kleid war aufgerissen, das Haar hing ihr ins Gesicht, ihr Atem ging schwer und keuchend, aber sie weinte nicht. Noemi eilte aus dem Zimmer, und György folgte ihr, ohne seinen Vater auch nur noch eines Blickes zu würdigen.

Noemi ging geradewegs in die Nische, die vom Kinderzimmer durch einen Vorhang getrennt war, legte sich aufs Bett und bedeckte ihr Gesicht. Er sprach sie vergebens an, sie antwortete nicht. Dieses Schweigen erschreckte ihn zu Tode, weil es Noemi vor ihm verschloß und sie ihm auf entsetzliche Weise entfremdete. Ihm war, als wäre sie für ihn gestorben.

Er legte die Hand ängstlich und flehend auf ihre Schulter, unbeabsichtigt an jene Stelle, wo die weiße Haut unter dem zerrissenen Stoff hervorlugte, und spürte plötzlich mit stechender, erschreckender Lust, welch glattes, heißes Fleisch unter seiner Handfläche pulsierte. Er wurde von wilder Zärtlichkeit und Verzweiflung erfaßt.

»Noemi!« flehte er. »Noemi, sag nur ein Wort!«

Endlich begann Noemi zu weinen. Ihr Körper zuckte, kindliche, klagende Töne drangen aus ihrer Kehle. György wurde von grenzenlosem Mitleid ergriffen, so daß er ebenfalls in Tränen ausbrach. Er warf sich aufs Bett, umarmte Noemi und drückte seinen tränenfeuchten, dampfenden Strubbelkopf an ihre feste jungfräuliche Brust.

»Ich kann es nicht mehr aushalten, Gyurka! Das wirst du einsehen. Oh, mein Gott!« keuchte Noemi.

Bei dieser stürmischen Umarmung, in der die beiden Flüchtlinge zueinander fanden, war nichts mehr von Györgys körperloser Unbewußtheit vorhanden. Bebend und berauscht schmiegte er sich an den elastischen Frauenleib, der nach Veilchen duftete. In ihm rauschte ein fast erschreckendes Glücksgefühl auf, und die Tränen kullerten ihm hemmungslos übers Gesicht. Wenn er sie nur für alle Zeiten festhalten könnte! Nur ... nur nicht von ihr getrennt werden! Duft und Hitze ... ein süßer Strudel ...

Noemi ließ ihn plötzlich los, und er wußte im selben Moment, daß Zoltán sie beobachtete. Er drehte sich um und sah, daß sein Bruder neben dem Vorhang stand.

»Geh nur, Kleiner ... und auch du, Gyurka. Ich bringe gleich das Abendessen!« sagte Noemi mit heiserer Stimme und versuchte, ihr wirres Haar hochzustecken.

Doch keiner von ihnen konnte etwas essen, auch Zoltán nicht. Eine Tür schlug zu. Ihr Vater hatte sich wahrscheinlich angezogen und das Haus verlassen.

Am Abend lag György lange Zeit schlaflos da. Er fieberte und war verwirrt. Das Objekt seiner verworrenen Gefühle wachte hinter der dünnen, apfelgrünen Seidendraperie in der kleinen Nische. Das Licht der Nachttischlampe drang durch den Vorhang.

Das war immer so gewesen, seit vielen Nächten. Doch früher hörte er vor dem Einschlafen gerne zu, wenn Noemi die Seiten eines Buches umblätterte, in dem sie gerade las. Die Nische war ihm wie ein sicherer, schützender Hafen der Freundschaft vorgekommen. Ihre Bewohnerin war unter den Kleidern körperlos. Und auch ihr Gesicht zog ihn nur wie eine Zauberformel an, mit deren Hilfe man spannende Worte und feenhafte Gedanken zum Leben erwecken konnte. Heute allerdings ...

Er hatte erst heute gesehen, genauer: erst heute richtig beobachtet, wie sich Noemi aus und umzog. Was war das für ein Staunen, was für ein sündhaftes, süßes Erschrecken, was für eine niederträchtige Verklärung! Seine Kehle war trocken vor sehnsüchtiger Neugier. In seinem Körper schmerzten und brannten all die Wunden, die Amors Pfeil geschlagen hatte.

Während Noemi eine Hülle nach der anderen ablegte, wurden die fein gezeichneten Konturen ihres schlanken Körpers vom Lampenlicht auf den Vorhang projiziert. Sie bog sich, wiegte sich, streckte sich, spannte sich in diesem göttlich-satanischen Schattenspiel. Ihre Locken lösten sich, fielen auf ihre Schultern. Für einen Augenblick waren auch die zauberhaften Umrisse ihrer jungen, spitzen, kleinen Brüste zu sehen, bevor der Vorhang des Nachthemdes über sie niederging.

Er zitterte am ganzen Leib, hätte am liebsten geschrien; er wollte laufen und rennen in seiner ratlosen Spannung. Diese Krise seiner Gefühle hatte nichts mit den schmutzigen, kleinen, halb bewußten Kindersünden zu tun, die aus dem Humus hemmungsloser, einsamer Phantasien hervorschossen. Dazu hätte es der anderen bedurft, der Unerreichbaren, die in ihrem hochgeschlossenen Nachthemd nur ein paar Schritte von ihm entfernt wach in ihrem Bett lag, doch zeitlich weit fort, jenseits der chinesischen Mauer eines Jahrzehnts. Und dieses jahrzehntehohe Hindernis lag zwischen einem kleinen Jungen und einer reifen jungen Frau. Sie aber war keine geheime, billige Erzieher-Dirne, sondern eine einsame Jungfrau: verschlossen, geheimnisvoll und rein, wie die Madonnen der primitiven Maler.

Sie fanden erst spät in den kommenden Tag hinein, da sie nicht über den langgeschwungenen Brückenbogen eines gesunden, erholsamen Schlafes, sondern durch das Labyrinth einer nervenaufreibenden Nachtwache an seiner Schwelle gelangt waren. Schwarze Ringe unter den Augen zeugten von dieser Höllenfahrt der Sinne.

Beide spürten, Zoltán aber wußte, daß etwas geschehen würde. Noch bevor die Wende eintrat, wurden sie in ihrer inneren Welt von Zeit und Raum über die Grenzen gespült und von der Atmosphäre einer fremden Zukunft überflutet.

Um die Mittagszeit ließ Györgys Vater durch die Köchin ausrichten, daß Noemi am Nachmittag im Sanatorium erscheinen sollte, weil die Mutter sie zu sprechen wünschte — allein.

Dann ging alles blitzartig vor sich. Noemi war etwa eine Stunde außer Haus, und als sie zurückkam, war ihr kaum irgendeine Aufregung anzumerken. Sie begann sofort zu packen.

Györgys Knie wurden schwach. Er wagte es kaum, sie anzusprechen. Noemis kleiner Handkoffer stand offen auf ihrem Bett.

»Was ist geschehen?« fragte er schließlich im Flüsterton, als würde jemand im Zimmer schlafen, in schwere, düstere Träume versunken.

»Du mußt dich damit abfinden, Gyurka!« Noemis Stimme hörte sich resigniert, aber entschlossen und ruhig an. In dieser Ruhe lag der Leichnam unabänderlicher Dinge begraben.

»Mir fällt es ebenso schwer. Deine Mutter ... hat mir gekündigt. Ich muß das Haus sofort verlassen. Deinet-

wegen. Versprich mir, daß du Zoli nicht hassen wirst —
und ich bin sicher, du wirst es nicht tun. Denn du weißt
am besten, warum er das getan hat. Er hat mich mißverstanden. Er glaubte, daß ich ihn nicht so gern habe wie
dich. Heute früh ist er zu deinem Vater gegangen ... ich
wollte es dir nicht sagen. Er sagte, daß gestern abend ...
also, daß du gestern abend in meinem Bett gelegen hast
und wir uns umarmt haben. Ein so kleines Kind kann
sich nicht richtig ausdrücken. Es kennt nicht das Gewicht einzelner Worte ... Denn ich habe dich ja wirklich
umarmt, Gyurka!« setzte sie mit erstickender Stimme
hinzu.

Er mußte sich setzen, weil ihn die Kräfte verlassen
hatten. Seine Gedanken fielen auseinander, kreisten ohne Zusammenhang in seinem Gehirn. Es war eine seltsame Ohnmacht, die ihn nur zum Teil ergriff, ohne daß er
dabei das Bewußtsein verlor. Über sein inneres Sichtfeld
geisterten verschleierte Fetzen eines Alptraums. In sich
zusammengesunken, mit hängenden Armen schaute er
zu, wie Noemi ihren Schrank leerte und den Koffer zu-
klappte. Das metallene Klicken des Schlosses hörte er
wie durch eine dicke Watteschicht. Veilchenduft drang ihm
in die Nase. Gewichtslose Worte umflatterten ihn. Über
die Oberfläche seiner Empfindungslosigkeit rannen Tränen, wie Regentropfen über eine Fensterscheibe ...
Dann wurde es still um ihn.

Noemi war gegangen, ohne daß er sie gefragt hatte,
wohin sie ging. Sie war gegangen, und er sah sie nie
wieder, als wäre sie gestorben und über die Schwelle einer unsichtbaren Spiegelwelt getreten.

Die Verbannung

SOLANGE NOEMI BEI IHNEN GEWESEN WAR, hatte er von ihr die allerwichtigsten Eindrücke empfangen. Und der Umstand, daß sie genau während der großen Ouvertüre zur Pubertät gegangen war, bestimmte sein ganzes Gefühlsleben, verschloß in ihm alle Wege, welche in die Tiefe führten. Durch sie hatte er sich der Liebe von der Phantasie, von der körperlos romantischen und unsterblichen Idee her genähert. Und was er auf diese Weise erfuhr, war von der puren körperlichen Lust so sehr verschieden, daß er nicht mehr darauf verzichten mochte.

Auch er wurde von zu Hause auf ein gräfliches Landgut verbannt, um dort seine Sünden zu büßen. Die erfolgreichen Schauspieler, die ›Stars‹ jener Zeit, pflegten sich der privilegierten Klasse in Luftlinie zu nähern. Györgys Eltern verfügten über eine ganze Reihe aristokratischer Freunde und Bewunderer, obwohl diese Bekanntschaft für die großen Herren kaum mehr bedeutete als die zweifelhaften Kontakte mit Hofnarren, Betthäschen und Zigeunerprimasen.

György empfand es nicht als Strafe, daß er sein Zuhause verlassen mußte. Er war eher erleichtert, alle seine Poren atmeten auf.

Er wurde bei einer derben, freundlichen Verwalter-Familie untergebracht, wo vier Buben durch das große, von Sonnenlicht durchflutete Haus tobten, in dem es nach frischem, warmem Brot und nach gestärkter Wäsche roch. Es war ein barockgelbes Gebäude, eine Art Landsitz mit Laubengängen, Säulen, grünen Jalousien und fetten, üppig wuchernden feuerroten Geranien vor den Fenstern. Im offenen Hof tummelten sich Hunde, Katzen, Kaninchen, weiße Tauben mit Pfauenschwanz, zahme Fasanen und Zicklein, weil sich jeder der Buben eine ganze Menagerie hielt. Unter den Bäumen turnten Eichhörnchen in großen Käfigen munter herum.

Die Buben des Verwalters waren semmelblond, sommersprossig, wild, aber einigermaßen gutmütig, weil die Freude der Bewegung und ihre strotzende Gesundheit wie ein Blitzableiter auf ihre Triebe wirkten.

Ihre ebenfalls semmelblonde, kugelrunde Mutter war das Urbild der allumfassenden Mutter Erde an sich. György faßte sofort eine Zuneigung zu dieser einfachen, geduldigen Frau, die Heim und Herd hütete und alle Zärtlichkeit einer fruchtbaren Energie ausstrahlte.

Die Erinnerung an seine eigene Krise schmerzte ihn wie eine Prellung unter der Haut. Der Schock, den ihm sein Vater versetzt hatte, und Zoltáns Verrat gärten in ihm wie ein giftiges Geschwür. Doch an diesem gefährlichen Punkt hatte ihn sein Schicksal bei seinem Physikum gepackt, hatte ihn in den Hexenkessel reicher Geschmäcke und Düfte, neuer Anstrengungen und Bemühungen gestürzt. Seine Ohren wurden durch fröhlichen Lärm verstopft. Seine Augen wurden durch seltsame Lichter und Schatten geblendet. Seine Muskeln waren ständig in Bewegung, um eine gesunde Müdigkeit zu fördern und seine Nerven, seine Phantasie zum Ausruhen zu zwingen.

Den schweigsamen, wurzelzähen, in Pfeifensaft und Tabak gebeizten, braungebrannten Verwalter bekam man nur selten zu Gesicht. Er war viel zu sehr mit diesem großen Gut beschäftigt, zumal er für alles verantwortlich war. Doch wenn er kam, war seine Gegenwart äußerst angenehm. Seine nußbraune Baßstimme verlieh der vielchörigen Natur-Rhapsodie nur noch mehr Harmonie — dieser Rhapsodie, die zu jeder Tageszeit jeweils mit einem anderen Rhythmus und Stimmungszauber die geheime Botschaft des ewig währenden Lebens verkündete.

Die erste Begegnung mit der Natur erschütterte György wie eine Offenbarung. Es gab keine Mißverständnisse, weder mit Pflanzen noch mit Tieren. Er näherte sich allen Lebewesen mit grenzenloser Zärtlichkeit, und er berücksichtigte dabei die jeweilige Schau und Ängstlichkeit, das Mißtrauen, die Sehnsucht nach Lob und die feine Verschlossenheit jedes einzelnen Geschöpfes.

Er wollte das Eichhörnchen nicht festhalten, die Katze nicht an sich ketten, das Kaninchen nicht in seinen Schoß zwingen, den Fasan nicht streicheln, die Tauben nicht in die Hand nehmen und die stolpernden, hüpfenden Zicklein hätscheln. So konnte er mit allen in Frieden und Freundschaft leben. Die schlanken, flinken Vorstehhunde mit ihrem glatten Fell, die vor Lebensfreude bebten, wichen keinen Moment von seiner Seite.

Den vier Buben kam er kaum näher, blieb ihnen aber auch nicht fern. Drei von ihnen waren jünger, einer älter als er. Sein junger Körper, der nach Bewegung dürstete, streifte mit ihnen durch die Felder, ritt mit ihnen oder schwamm mit ihnen in der strudelnden, eiskalten Donau. Er spielte Fußball, rang mit ihnen, warf schwere Steine. Abends saß er an dem schmalen Bach, um Krebse zu fangen, umgeben von herben Gerüchen, eingetaucht im kühlen Silberschein. Nur bei Nacht trennte er sich von den Buben, vergrub sich in den üppigen, kalten Kissen des großen Schlafzimmers mit den weißgekalkten Wänden, wo er müde und von einem wohltuenden Muskelkater gelähmt, mit schwimmenden Sinnen dem berauschenden Gezirp der Grillen lauschte. Doch bevor er in das wolkenweiche Nirwana der Träume hinüberglitt, mußte er stets an Noemi denken, mit einem so süßen, entsetzlichen Schmerz, daß er sich beherrschen mußte, um nicht laut aufzuschreien.

Der Sommer schwand dahin, wie all die schönen, beruhigenden Zwischenspiele, welche das Schicksal in die Krisen des vielbelasteten Lebens einbaut.

Es war der Sommer des Kriegsausbruchs. Doch in dieses stille Land, das sich vor dem Strudel all der wilden Ereignisse zurückzog, brach der Krieg mit seinem denkwürdigen Sturm nur auf elementarer Linie ein —

dieser Sturm, der plötzlich und unerwartet aus heiterem Himmel niederging, große, starke Bäume entwurzelte, Höllenblitze, tosenden Donner und sintflutartigen Regen mitbrachte.

Alle Menschen, die mit der Natur lebten und atmeten, überkam eine düstere Vorahnung. Ihr Instinkt, der die Wirklichkeit ahnte, funktionierte noch unverfälschter als der eines Stadtbewohners, weil er nicht durch eine von der Propaganda betäubte Hysterie der Begeisterung getrübt wurde.

Die Priester der *Materia Prima* bereiteten sich auf schwere Tage vor. Dennoch blieb ihre Aufmerksamkeit für den Herzschlag der Erde, der hohes Fieber verhieß, uneingeschränkt bestehen — und zwar wegen der Würde, die ihnen durch die Beziehung zu den unvergänglichen Dingen verliehen worden war.

Der Bockschädel

Es WAR DER VERWALTER, der die Nachricht brachte. György konnte im ersten Moment nichts damit anfangen. Irgendwo in weiter Ferne war ein Krieg ausgebrochen. Um ihn herum aber herrschten Ruhe und Beständigkeit, in der sich der Himmel wie in einer stillen, regungslosen Wasserfläche spiegelte. In der schimmernden Abenddämmerung schritten Kühe in majestätischer Ruhe zur Tränke.

In der Nacht aber erblickte er wieder den Mann im braunen Gewand in dem Saal mit den schwarzen und weißen Fliesen. Der aufmerksame Blick seiner dunklen Augen ruhte auf ihm. Und aus diesen Augen, aus diesem Blick strahlte eine gewaltige Kraft, ein Strom, der alle Schatten verzehrte.

Er hielt einen glitzernden Gegenstand in der Hand:

ein Pentagramm, aus dickem Draht geflochten. Die Spitze wies nach unten. Der Draht, aus dem grüne Funken sprühten, vibrierte und schwang seltsam, als wäre er der Leib einer lebendigen Schlange, dann begann er Form anzunehmen — die Form eines Bockschädels.

»Der Teufel!« dachte er erschrocken und schaute dem Mann im braunen Gewand ins Gesicht. Der aber lächelte allwissend, ermutigend und mitleidig zugleich.

Im Herbst kam er nach Gödöllö zu den Prämonstratensern, ohne vorher seine Heimat besucht zu haben. Denn da ihm sein Zuhause endgültig fremd geworden war, nahm er nun bewußt die inzwischen eindeutig gewordene Heimatlosigkeit auf sich, diese innerlich unabhängige ›Wanderschaft‹ zwischen einem verlassenen und einem zukünftigen Asyl.

György war in eine Umgebung geraten, die auf feinen Unterschieden aufgebaut war, klug und einigermaßen ungebunden, und deren eisene Regeln erst dann spürbar wurden, wenn jemand versuchte, durch übermäßige Individualität und Selbständigkeit die Schranken zu durchbrechen. Er aber war von Natur aus geduldig und anpassungsfähig, ohne sich dabei selbst auch nur im geringsten aufzugeben.

Die kurze, hitzige Periode, während derer er noch versucht hatte, auf bestimmte Erscheinungen von außen her einzuwirken, lag bereits hinter ihm. Nun begann er sich nach innen auszubreiten und drang nur dort in die Außenwelt ein, wo dies ohne Gewaltanwendung möglich war, wo er offene Türen fand.

Trotzdem gab er die Hoffnung nicht auf, und auch seine Freude am Experimentieren ließ nicht nach, wurde keinen Moment getrübt, während er unverdrossen nach der Lösungsformel der menschlichen Natur suchte. Sein phantastisches, gewagtes, kindliches Christusziel, das Gebundene ungebunden, das Feindliche freundlich zu machen, brannte in ihm wie ein unauslöschliches Feuer. Doch die Nutzlosigkeit gegenläufiger Methoden wurde ihm allmählich klar, als wäre diese Erkenntnis nicht in weniger Kinderjahren, sondern durch die Erfahrung vieler Generationen in ihm gereift.

Er vertrug sich mit jedem, mit seinen Mitschülern und mit seinen Lehrern. Und während er schwieg und hörte, besser gesagt jedem *zuhörte* und sich gutwillig dem Rhythmus des Lernens, der Ruhezeit und der Spiele anpaßte, merkte keiner, daß er nicht am gleichen Strang zog, sondern über einsame Parallelpfade, von rätselhaftem Durst getrieben, seinem eigenen charakteristischen Ziel zustrebte.

Seine Mitschüler versuchten, in der Gärung der Pubertät all die entstehenden Spannungen über die verschiedensten Nebenkanäle abzuleiten. Der verleugnete, totgeschwiegene, verschleierte oder auch verachtete Eros feierte geheime Sabbat-Orgien in den unbewußten Triebzonen. Es gab solche, die ihre Lüste und Triebe in religiösen Schwärmereien austobten, die Priester werden wollten und in endlosen Pönitenzen und Gebeten Zuflucht suchten, um sich selbst und der Versuchung zu entgehen. Andere wiederum kokettierten in geheimer Verschwörung mit dem Atheismus, wobei sie das Risiko eingingen, gewissermaßen degradiert und mit Schimpf und Schande des Instituts verwiesen zu werden.

Zwischen diesen beiden Polen fanden alle anderen Schattierungen Platz: die Schläger und Raufer, als Sportfanatiker, die Intellektuellen, die Pornographen, die Sekten und Gruppen, die es miteinander trieben. Diese einzelnen kleinen Gruppen verfügten jeweils über ein eigenes Ritual, wobei sie sich eingeschmuggelter Bücher, Zeitschriften, Zeichnungen und Fotos bedienten, die sie sorgsam vor forschenden Blicken verbargen.

György gehörte zu keiner dieser Gruppen, kam aber auch mit keiner in Konflikt.

Mit Ausnahme der Opfer solcher sexueller Ausschweifungen — von denen die anderen nur flüsterten, während die Betroffenen im Katergefühl eines ewigen Aschermittwochs mit verworrenem, bösem Gewissen eisern schwiegen — nahm die übrige Clique in seiner Anwesenheit kein Blatt vor den Mund, weil sie wußte, daß er sie niemals verraten würde.

Von diesem inneren Zellensystem hatte die Hierarchie der Lehrer keine blasse Ahnung. Denn die beschäftigten sich nur mit den schwächeren oder besseren Schülern, rechneten nur mit begabten oder weniger begabten, charakterfesten oder zweifelhaften Existenzen im Rahmen der festgefügten Ordnung ihres Instituts.

Am Sonntag pflegten die meisten Schüler, die aus Budapest stammten, nach Hause zu fahren, oder sie wurden von ihren Angehörigen besucht. Györgys Eltern kamen nur ein einziges Mal zu Besuch, als Verkörperung dieser Rolle dem Institut gegenüber, wie die Darstellung vor einem Publikum.

Seine Mutter war bereits vollkommen genesen, und Györgys Lampenfieber, dieses schmerzliche Gefühl, verflüchtigte sich beim Anblick dieser beiden hübschen, lächelnden, modisch eleganten Larven, die ihn entzückt und freundlich begrüßten, wie es die Situation erforderte.

Er brauchte nur einen Augenblick, um sich darüber klarzuwerden, daß sie alles, was geschehen war, vollkommen vergessen hatten, ebenso wie die stürmischen Emotionen ihrer hochdramatischen Rollen. Denn sie wurden stets in neuer Gewalt, in neuen Situationen wiedergeboren, während sie das seelische Skelett ihres berauschten Egoismus, der sie beide umfing, hinter immer neuen Kostümen verbargen.

»Wie geht es Zoli?« fragte er und war über diese Frage selbst überrascht. Doch ihre verlegenen, ratlosen Mienen verrieten, daß er die Frage ebensogut auch an die Bäume im Garten hätte richten können — daß er gegen eine Mauer redete.

»Er lernt fleißig«, erwiderte seine Mutter nach einer kurzen Pause. »Er hat eine sehr gute Erzieherin, ein altes Fräulein.« Ihre Stimme klang schwerelos, ihr Blick war leer und wich dem seinen aus. Auch sein Vater schaute ihn mit kühler, heiterer Freundlichkeit an, ohne mit der Wimper zu zucken, während ihn die qualvolle Erinnerung wie eine Springflut durchströmte.

Das ganze Jahr hindurch fuhr er nicht zu Besuch nach Hause. Die Weihnachts- und Osterferien verbrachte er bei einem Mitschüler, der wegen seiner ängstlichen Unentschlossenheit zwischen allen Stühlen saß, keiner Clique angehörte und ihm mit der untertänigen Schwärmerei eines streunenden Hundes stets auf den Fersen blieb. Die Familie wohnte in Szegad. Die Mutter, Witwe eines Kurienrichters, war eine Art sanfte Irre. Ein entfernter Verwandter, der als gemeinsamer Vormund fungierte, sorgte auch für die Erziehung ihres Sohnes. Auch der romantische Name stammte von seiner Mutter: Oliver.

In diesem seltsamen Milieu der beiden Menschen, die von der Zeit ausgesperrt waren, in diesem Niemandsland ohne Einwirkungen und Beziehungen, begann er zu schreiben. Die Mutter seines Freundes war sozusagen in ihrem eigenen Körper nicht vorhanden. Die alte Köchin, eine Art Mädchen für alles, die auch das Haus betreute, pflegte in der fest versiegelten Klausur ihrer Verdrossenheit mit Wonne jahrzehntealte Wunden und Schmerzen. Sie vermied es nach Möglichkeit, zu jemandem auch nur ein Wort zu sagen — höchstens daß sie in der Küche beim Geschirrspülen mit sich selbst herumstritt. Oliver aber war den ganzen Tag mit seinen Briefmarken und seiner Käfersammlung beschäftigt.

In dieser neutralen Ungebundenheit, wo er nichts und niemandem angehörte, quollen die Worte, die Texte, alles, was er zu sagen hatte und sagen wollte, mit wunderbarer Reife, mit gärender Schärfe aus ihm hervor. Eine verborgene Ader, ein heftig strudelnder Quell hatte den Durchbruch geschafft. Und diese Flut war nicht mehr zu bremsen.

Angespornt durch diese explosive Aktivität, kehrte er

mit einer Menge Notizen unter dem Arm ins Internat zurück. Die Mischung dieser Ladung war so stark, daß man aufhorchte und auf ihn aufmerksam wurde.

Man näherte sich ihm ohne sein Zutun, versuchte, seine Tätigkeit und seine Gedanken zu erforschen.

In seiner Gier, die Welt in allen Einzelheiten neu zu entdecken, zeigte er seine Notizen einigen seiner Mitschüler. Im ersten Moment nahm er mit blitzartig aufleuchtender Freude wahr, daß er mit allem, was er schrieb, beeindrucken konnte. Seine Leser waren entflammt und verblüfft zugleich. Doch nach der eitlen Freude, nach der berauschenden Umarmung mit der Inspiration sank öde Finsternis über ihn herab.

Alles wird kalt, alles wird zu einer blinden Pfütze, wenn die rätselhafte Himmelsscheibe versinkt! vermerkte er am Rand seiner Gedichte und Aufzeichnungen, als der schöpferische Rausch verflogen war. *Dieses entsetzliche, süße Zittern und Beben stößt dich in den tiefsten Abgrund von Ekel und Scham! Ich hasse zutiefst diese dünn gewobenen Sprüche, wo jeder authentische Inhalt durch die Maschen rieselt. Ohnmächtige Wut erfaßt mich. Ich weiß, daß ich es bin, dessen unwürdige Hand nach dem feenhaften, körperlosen Sternenstaub greift. Aber ich will ihn festhalten, fest in meinen Händen halten — darum greife ich nach ihm.*

Sein Hunger, sein Getriebensein wurden immer schlimmer. Er begann systematisch nach dieser rätselhaften Hitze, nach diesem Licht zu suchen, die aus seinen Schriften verschwunden waren. Dennoch hörte er nicht auf zu schreiben, goß jeden kurzen, blitzartig auftauchenden Moment, jedes Gesicht, jede Bewegung, aber auch jede innere Aktivität, die sich hinter Bewegungslosigkeit verbarg, in Buchstaben.

Diese suchende Besessenheit fand zu jener Zeit in seinem Gedicht *Berauschende Worte* ihren Niederschlag.

Ich weiß, das Mantra zündet,
wenn mir sein Same in die Hand fällt.
Zischend, brennend bohrt sich's in mein Fleisch,

und kein Mensch kann es bremsen.
Ich aber rufe laut nach seiner entsetzlichen Glut.
Selbst wenn sie mich verbrennt,
Ich hab es so gewollt.

Die Notwendigkeit genauer Definitionen wurde in ihm zum Zwang, um auf diese Weise mit präzisen Begriffen Menschen, Tiere und Gegenstände seiner Umgebung zu umreißen, abzutasten und zu analysieren. Er brachte Definitionen zu Papier, die gelegentlich zehn, fünfzehn, aber auch zwanzig Zeilen umfaßten. Er sammelte diese schimmernden Mosaiksteine so fleißig, als würde er Marmorziegel schleifen und meißeln für einen Bau, der vorerst nur Zukunftsmusik war.

Während dieser Periode las er nur wenig, weil keine ›fremden Buchstaben‹ in sein Wesen paßten. Er hatte das Gefühl, daß er alles ›aus erster Hand‹ erfahren mußte. Denn auch die besten Bücher, die glänzendsten Werke bargen die Gefahr in sich, seine Beziehung zur Natur, zu den Menschen und Ereignissen in irgendeiner Weise zu verfälschen. Sie waren dazu angetan, ihn irrezuführen, ihn in ein entzückendes, wunderschönes, aber fremdes Universum zu sperren.

Die Welt ist jedoch eine ganz persönliche Sache, das wußte er genau. Also hütete er sich vor verführerischen Eindrücken, fertigen Resultaten, vollkommen geschliffenen Produkten, weil er alles mit eigenen Augen sehen, mit seiner eigenen Seele erleben wollte. »Später werde ich wieder viel lesen. Ich habe eine Menge nachzuholen. Jeder weiß mehr als ich. Doch hier und jetzt geht es nicht darum, sondern um die Quelle, die die meine ist«, vermerkte er in seinen Notizen.

Einer der Priesterlehrer, ein junger, glatter, freundlicher Kanoniker, wurde ebenfalls auf ihn aufmerksam. Er vermutete in György in gewisser Weise ein Genie, eine Art Unding, ein Messer ohne Heft und Klinge, leicht zu handhaben und leicht zu führen. Er wollte György für seine lauteren, festgefügten Ansichten gewinnen, indem er seiner Eitelkeit schmeichelte und seinen Exhibitionismus förderte.

Er protegierte ihn, stellte ihn ins Licht, warf ihn in den literarischen Strudel, der in den jungen Gehirnen gärte.

Das alles wurde jedoch so harmlos und so taktvoll eingeleitet, daß György außer einem leisen Unbehagen kaum etwas spürte, als ihn dieser feine, freundliche, scheinbar so harmlose Mann aufgrund seiner literarischen Aufsätze auszufragen begann. Arglos, wie er war, erwähnte er nebenbei auch seine Experimente und seine Zweifel. Er glaubte, seinen gutmütigen, etwas übertrieben gezierten Literaturprofessor zu kennen, ohne zu ahnen, welche Aggressionen durch diese Menschen in sein Wesen sickerten. Die sehnsüchtigen Ranken eines unbefriedigten Schwächlings hingen wie Kletten an ihm, umgarnten ihn — denn die blutsaugerische Larvengier wollte durch ihn zu Geltung kommen.

Seine Schriften, die er seinem Lehrer überließ, fanden plötzlich innerhalb des Instituts ein breites Publikum, er aber stand erschrocken und blinzelnd im Rampenlicht. György flüchtete und schämte sich so sehr, als hätte man ihn in schmutziger Unterwäsche präsentiert.

»Du lieber Himmel! Was haben Sie mit mir gemacht?« fragte er seinen Lehrer, der vor lauter Selbstzufriedenheit nur so strahlte. »Ich habe Ihnen doch gesagt, daß ich noch nicht einmal begonnen habe, den wahren Sinn der Worte zu erfassen! Mir graut vor jedem Buchstaben, den ich zu Papier gebracht habe! Das ist keine Pose! Ich flehe Sie an, mir zu glauben: Alles, was ich geschrieben habe, ist nichts weiter als armseliges, sinnloses Gestammel!«

Doch sein entschlossener und verblendeter Entdecker schüttelte nur den Kopf nach diesem Ausbruch, wie ein allwissender Wunderarzt, der die Wirkung seines verabreichten Elixiers quittiert.

»Es ist schon recht, mein Sohn. Überlasse es mir, was

ich zu tun und zu lassen habe. Schreib weiter, und sei unzufrieden. Der Rest ist meine Sache.«

György konnte sich noch so sehr sträuben, ihn noch so innig anflehen — sein Lehrer nahm einige seiner Skizzen und zwei seiner Gedichte einfach an sich und ließ sie bei der Schlußfeier vortragen.

Vor der Feier konnte er wochenlang nicht schlafen. Denn er wußte, daß sein eifriger Gönner auch seinen Eltern geschrieben hatte und daß sie die Einladung angenommen hatten. Aus ihrem kurzen Brief, der trotz des zärtlichen Tons irgendwie nach Wachs schmeckte, konnte er herauslesen, daß sein Lehrer schmeichelhafte, verlockende Dinge geschildert hatte. Denn seine Eltern wären beim Duft eines noch so fernen, welkenden Lorbeerkranzes sogar aus ihren Gräbern gestiegen, sofern es etwas mit ihnen zu tun gehabt hätte. Seine Mutter schrieb:

Wir kommen, mein Liebling! Wir kommen, wir fliegen zu Dir! Wir wollen im ersten großen Moment Deines Lebens bei Dir sein! Seit ich den Brief Deines Lehrers, Deines väterlichen Freundes, Deines Gönners erhielt, mußte ich vor Freude weinen. Ich sehe Dich als kleinen Jungen vor mir. Mein Gott, wie schnell die Zeit vergeht! Mich tröstet nur, daß wir einen würdigen Erben haben ...

Welch ein unsinniger Ruf in einen unbekannten Raum! Der erste große Augenblick seines Lebens war, als er Noemi kennenlernte. Der zweite, als seine leidenschaftliche Freundschaft in einer unschuldigen Umarmung zur Liebe entflammte. Als dritter gesellte sich der Verlust hinzu.

Doch jenseits sämtlicher Ebenen seiner Gefühlskrisen lebte gleichzeitig der Mann im braunen Gewand in ihm, dieser rätselhafte Besucher seiner wiederkehrenden Träume, der den Geheimschlüssel und das bestimmte Ziel für irgend etwas bedeutete, dessen Namen er vorerst nicht wußte.

Wie weit waren seine Eltern von diesen Höhen seines

inneren Kosmos entfernt! Wie wenig sie mit ihm gemeinsam hatten! Wie nur konnte ihn seine Mutter als kleinen Jungen sehen, wenn sie ihn damals keines Blikkes gewürdigt hatte? Nie hatte ihr Blick auf ihm geruht, hatte stets zerstreut über ihn hinweg, an ihm vorbei oder durch ihn hindurch geschaut.

Und was sollte es heißen, daß er eines Tages ihr Erbe übernähme? Wo denn? Ihre Wege, die sie gingen, lagen in verschiedenen Sphären, Lichtjahre voneinander getrennt.

Er versuchte, diesen entscheidenden Unterschied in sich genau zu definieren. Seine Eltern projizierten all ihre Glut, das Feuer ihrer Begabung ungefiltert nach außen. Ihr Leben war nichts als leere Dekoration, ein schreiendes Plakat, das käufliche Dinge anpries. Er aber strebte nach Dingen, die nicht so leicht zu erreichen waren, die nicht als gefällige Konfektionsware feilgeboten wurden, nach Dingen, die man nicht fertig aus einer Glasvitrine mit Preisaufklebern erwerben konnte. Ihn interessierte allein die noch nie erlebte, allererste, entscheidende, richtungsweisende Entdeckung, der gefährliche Pfad, der sich durch innere Landschaften wand — der Weg an sich, der auf den Spuen eines tanzenden Irrlichts zu seinem unbekannten Ziel führt.

Die Springflut

In seiner Phantasie spannte ihn die Schande immer wieder auf die Folter — diese Schande, die man bei der Feier in alle Welt hinausposaunen würde. All die Worte, die im unreifen Rausch seines Hirns und seiner Seele geboren worden waren, wurden in seinem Mund zum Bleigewicht, zum Alpdruck seiner Seele. Am Abend vor dem Fest war er durch seine Grübelei so sehr erschöpft, daß er tief einschlief.

Im Traum ging er mit langsamen Schritten neben dem Mann im braunen Gewand auf und ab und betrachtete die schwarzen und weißen Fliesen des Bodens unter seinen Füßen. Ab und zu schaute er zu seinem stummen Gefährten auf. Die kristallene Ausgeglichenheit dieses Antlitzes erfüllte ihn stets mit neuer Freude und neuer Bewunderung. Dieses Antlitz demaskiert vor mir jedes andere Gesicht, dachte er. Vielleicht hatte er es sogar ausgesprochen. Denn die Antwort des Mannes, der neben ihm dahinschritt, wurde plötzlich in seinem Gehirn geboren, auf fremde Weise bekannt, mit strahlendem Gewicht und einer Weite, als hätte er plötzlich durch die Linse eines Teleskops geblickt, das auf einem hohen Berggipfel stand.

Die Schatten weinen

DIE GEDANKEN DES MANNES im braunen Gewand formten sich in ihm wie gewaltige Statuen aus Sternenlicht.

Das betrunkene Kichern der Larven ist wie ein Wind, der um die Ecke weht. Er wirbelt Staub und Unrat auf, um sich dann wieder zu legen. Sollte dies dein Publikum sein? Vor wem schämst du dich eigentlich? Was in dir vergänglich ist, das ist nicht wahr. Doch das Maß Gottes ist ewig. Du mußt dich nackt vor ihn stellen. Oder willst du dich weiter vor ihm verbergen?

»Nein!« sagte er erschrocken. Sein Herz klopfte so heftig, daß er die Hand auf die Brust pressen mußte.

Also entkleide dich. Streif deine Lumpen Schicht für Schicht ab. Befreie dich von ihnen!

Dieser Aufruf machte ihn wach, glücklich und unendlich leicht zugleich. Er gab seinem Kampf mit den Worten einen Sinn, umriß seine Tätigkeit und löste seine Scham. Er konnte nicht anders, mußte sich in der drängenden Masse der Aussätzigen entkleiden, sich die Bettlerlumpen vom Leibe reißen, um seine nackten Wunden im Quell der Genesung und der Wiedergeburt zu baden.

Mit diesem wunderbaren Inhalt in seinem Wesen betrachtete er die Fliesen, welche unter seine Füße glitten, wobei er plötzlich gewahr wurde, daß er stets auf die schwarzen Fliesen trat. Er blieb stehen und wechselte zu den weißen über. Und mit dieser Veränderung löste sich in ihm all das Lampenfieber der Eitelkeit, all die krampfhafte Spannung.

Am Morgen erwachte er mit diesem gelösten Gefühl. Nun fürchtete er sich nicht mehr vor seinen eigenen Schatten. Die Nabelschnur zwischen ihm und seinen Frühgeburten war gerissen. Ihr Schicksal war ihm gleichgültig geworden. Er hatte etwas von sich abgestreift und war weitergegangen. Nun war er wieder frei und unabhängig.

Seine Eltern kamen ihm seltsam blaß, leer und fadenscheinig vor, als er sie bei der Feier wiedertraf, wo sie aus ihren eigenen Zeitgesetzen auftauchend erschienen waren. Sie kamen ihm vor wie jemand, der nur vom Kapital lebt, ohne Ersatz für das Verbrauchte zu schaffen.

Ihrem Alter nach wandelten sie auf dem gefährlichen Grenzgrat der Abenddämmerung, wo die Sonne bereits hinter die Berge geglitten war, während sich ihre theatralischen Sklaven gleich einer Schafherde in den Abgrund der Nacht stürzten. Ihre schlaffen Züge wirkten verkrampft vor lauter Anstrengung, ihr frisches Aussehen zu bewahren und ihre dahinschwindende Jugend zu verschleiern. Ihr Leben war eine einzige Übertreibung, in jeder Hinsicht, während sie sich selbst und anderen pausenlos weiszumachen versuchten, daß sie in ihrem verschlossenen Panzerschrank den einzigen Wert ihres Lebens aufbewahrten, obwohl dort doch gähnende Leere herrschte.

Sie taten ihm leid, also brachte er es fertig, freundlich zu ihnen zu sein — freundlicher und liebenswürdiger als sonst. Seine Mutter war schnell dahintergekommen, wie beliebt er war, und war stolz auf ihn, als wäre es ihre eigene Leistung. Sein Vater bewegte sich wie ein apathischer Hauptdarsteller zwischen der Statisterie. Doch unter dieser Maske lauerte ein beklemmendes Gefühl, weil er unbewußt spürte, daß sich der Kontakt zum Publikum allmählich lockerte und daß sich auch die fruchtbare Einsamkeit nicht vor ihm auftun wollte, daß er zwischen herrlichen Dekorationen durch ein steinhart gefrorenes Niemandsland irrte, im prächtigen Kostüm: Weil er umsonst gelebt hatte, und weil er einsam und allein sterben mußte.

Bei der Feier, während der begabteste Deklamator seine Gedichte und Skizzen vortrug, stellte sich ein Zauber ein. Denn er brachte es fertig, diese Erscheinung als unbefangener Beobachter, der außerhalb und über den Dingen stand, zu betrachten und zu analysieren. All diese armseligen, flachen, leeren Worte füllten sich mit Zündstoff. Zwischen Publikum und Vortragendem sprangen Funken über — dann begann ein lebendiger, leuchtender Heizstrom zwischen ihnen zu zirkulieren.

Was war geschehen? Er lauschte gespannt diesen Worten, die er immer wieder durch sein Gehirn hatte laufen lassen, die er so oft gewogen und zu leicht befunden hatte. Es waren die gleichen Worte. Doch dem Publikum und dem Deklamator gemeinsam war es gelungen, den feurigen Moment, die Lust an der Zeugung noch einmal heraufzubeschwören.

Ein unsichtbarer Geist war eingetreten, und der Saal war plötzlich mit Magie erfüllt. Dieser Geist aber war *nicht* in den Worten verborgen, und er ließ nicht zu, daß sich György täuschte und in diesem glühenden Moment überheblich wurde. In seiner Absicht, in seiner Überzeugung, in seiner Sehnsucht, mit der er schrieb — dort und nur dort brannte der Feuerzauber, dort schlugen die Flammen hoch, die in der Stimme des Vortragenden leuchteten. Das Publikum aber wurde durch diese Flamme versengt, weil die Suggestion im Augenblick des Wunders den Zauber authentisch machte.

Morgen werde ich diese Gedankenembryonen ebenso armselig finden wie gestern, dachte er, sich der Begeisterung verschließend. Das hier ist nichts weiter als Vorschußlorbeer, Zauberei und Beschwörung. Wenn ich mich damit identifiziere, werde ich zum Irren, der seine Messen nicht im Sanktuarium, sondern in einer Schänke am Wegesrand zelebriert. *Die Schatten weinen, und die Larven kichern*, sie lachen mich aus. Ich aber würde für immer ein aussätziger Bettler bleiben.

Beifall brauste um ihn auf. Hände, Leiber, Augen, die Kontakt suchten, drangen auf ihn ein. Namen und Einladungen prasselten auf ihn herab, Netze wurden ausgeworfen, Pläne um ihn gewoben. Lehrer, Mitschüler, Eltern und Freunde standen im Lichtkreis, den die Verzückung des Augenblicks um ihn herum entzündet hatte.

Er aber blieb innerlich so ruhig und gelassen wie die Oberfläche eines stillen Wassers. Der Schutzwall in ihm war das kristallene Gleichgewicht, die Ausgeglichenheit, die Gedanken, die aus dem Antlitz des Mannes im braunen Gewand strahlten. *Das Maß Gottes, das göttlich Maß, das ewig währt.*

Und im Besitz dieses Maßes wußte er, daß alles, was die Menschen von ihm hielten, glaubten oder erhofften, ein Mißverständnis war, weil er nicht bereit war, sich in diese Erwartungen zu fügen oder sie gar zu erfüllen.

Ebensowenig konnten sie sein übermenschliches und daher unmenschliches Geheimnis ahnen — das war der Grund, warum sie ihn feierten. Denn in einem Kind, das noch geboren werden sollte, erwartete jeder seinen eigenen Messias.

Er reiste mit seinen Eltern in die Stadt, wo es nur so gärte und wimmelte, deren Lebenskraft aber bereits spürbar im Sinken war.

Es war im Sommer des Jahres 1916. Die vor Scheinkonjunktur pulsierenden, überfüllten Kaffeehäuser und Theater konnten über die schmutzigen Straßen, die üblen Gerüche, über die Lebensmittelknappheit und über die dahinschwimmende, einst so reiche Atmosphäre dieser Stadt nicht hinwegtäuschen.

Aus der Umgebung der Bahnhöfe, aus den Zügen, die Verwundete brachten, strömte ein ciskalter Schauer in die Gemüter der vorerst noch so fröhlichen Gesellschaft. Beim Anblick der vielen Uniformen fragte er sich verwundert, warum sein Vater in diesem ›Stück‹ nicht mitwirkte, obwohl der Großteil der Stadt in Soldatenkostüme geschlüpft war. Sie fuhren in einem offenen Fiaker heimwärts. Unterwegs begegneten sie marschierenden Kolonnen und Militärkapellen, wobei seine Mutter verträumt bemerkte:

»Auch dein Vater wird in einer Woche einrücken, obwohl er nicht mehr wehrpflichtig ist. Er hat sich freiwillig gemeldet ...«

Ihr Fiaker, der im Schrittempo dahinrollte, zog an einem Menschenauflauf vorbei. Die Menge teilte sich für einen Moment und gab den Blick auf einen einfachen Soldaten frei, der in zerlumpter Uniform zuckend rücklings auf dem Pflaster lag. Györgys Vater beugte sich entsetzt vor. Seine Maske war jetzt ganz verschwunden, und seine Miene verriet den Flüchtling, der im Niemandsland entsetzt auf der Flucht vor sich selbst immer im Kreis herumlief.

»Epilepsie. Oder ein Nervenschock«, sagte er blaß.

»Wohin wird er einrücken?« fragte György seine Mutter leise, während er mit einer Geste auf seinen Vater deutete.

»Er wird in der Stadt bleiben. Schreibtischarbeit. Man bangt um sein Herz. So kann er abends auch auftreten.«

»Aber dann, warum ...«, setzte er zu sagen an, aber er verkniff sich die Frage.

Sein Vater konnte auf sein Tageskostüm nicht verzichten. Sein nacktes, maskenloses Gesicht tauchte plötzlich vor Györgys Augen auf. Und jetzt war er bereits soweit, ihm dieses Narkotikum zu gönnen.

Der blasse, magere Zoltán war in die Höhe geschossen. Seine Züge wirkten irgendwie aufgedunsen, hatten sich während des Wachstums verändert. Seine Nase hatte sich gestreckt und war lang geworden, sein Kinn floh noch schlaffer zurück, seine Lippen waren dick und aufgeworfen, seine Augen von dunklen Ringen umrandet. Sein Wesen strahlte krankhafte Sehnsucht, Hinterhältigkeit und die Empörung einer unerträglichen Einsamkeit aus.

»Zoli ist der beste Schüler seiner Klasse!« sagte die Mutter während der wenigen Minuten Aufenthalt im Kinderzimmer. Ihm aber tat es von Herzen leid, mitansehen zu müssen, mit welch hündischer Ergebenheit der Bruder diesen hingeworfenen Knochen aufgriff.

Er wird in ihre Fußstapfen treten, dachte György. Sofern er nicht ganz zum Spießbürger verkommt.

Und plötzlich war die schmerzliche Erinnerung an jene Zeit wieder da, als der kleine Bruder, ein Baby noch, in seiner unstillbaren Sehnsucht nach der Mutter allein in seiner Wiege weinte und er ihn auf den Arm nahm, um das Kind ins Zimmer der Eltern zu bringen. Dieses hoffnungslose Weinen war immer noch da, wenn auch stumm und verhalten. Die Mutter aber, nach der es ihn dürstete, nach der er sich sehnte, war nirgendwo zu finden.

Nachdem sie allein im Zimmer geblieben waren, wollte er die verlegenen Schuldgefühle seines Bruders lokkern, die ihn fast gelähmt hatten. Also blinzelte er ihm vertraulich zu, wie ein Spießgeselle.

»Hast du die alte Vogelscheuche rausgeschmissen?!«
Denn er hatte unterwegs von seiner Mutter erfahren,
daß sie sich gezwungen sah, das deutsche Fräulein zu
beurlauben, weil es Zoli so sehr verprügelt hatte, daß er
dabei einen Zahn einbüßte.

Auf Zolis Gesicht erblühte ein dankbares, anerkennendes Lächeln. Er trat wortlos an seinen Schrank, holte aus einer Schachtel das hohle *corpus delicti* und legte
es György vor.

»Man müßte das Ding vergolden!«

»Der Zahn hat vorher schon gewackelt, was?«

»Freilich. Ich habe ihn bei dem Gerangel mit der Zunge hinausgestoßen. Es hat ein bißchen geblutet. Ich
steckte den Zahn in einen Mundwinkel und jaulte. Das
ganze Haus wurde alarmiert. Die Sache passierte grade
noch rechtzeitig ... sonst wäre ich ausgerissen.« Seine
Stimme bebte vor Selbstmitleid. In seinen Augen glühte
das Feuer abenteuerlicher Träume. »Ich dachte, ich gehe
zu dir nach Gödöllö. Und dann weiter ...«

»Wohin denn?«

»In die ... in die Fremdenlegion.«

»Ich verstehe. Aber es ist besser so. Das hast du geschickt eingefädelt!« Er versetzte dem Bruder einen
freundlichen Puff, dann drückte er ihn für einen Augenblick an sich. Der schmale, nervöse Knabenkörper
schmiegte sich mit schier ohnmächtiger Unterwürfigkeit
an ihn. György tat der Bursche unendlich leid, wie seinerzeit, als er das Baby in den Arm genommen hatte.
Und wie ein Schwur tauchte der Gedanke in ihm auf: Es
ist unmöglich, daß auch ich dich verlasse! Keiner braucht
dich, keiner will dich haben, weil du armer Wicht zu
mittelmäßig bist!

Noemis Bett stand in der Ecke der kleinen Nische
hinter dem grünen Seidenvorhang. Für einen kurzen
Moment kam es ihm so vor, als ob auch das Mädchen in
seinem hochgeschlossenen Nachthemd auf dem Bett läge, er glaubte die leisen Atemzüge in der Stille zu hö-

ren. Es waren zwei, die sie herbeibeschworen, weil auch Zoli an sie dachte.

»Es tut mir leid ... das von damals ...«, preßte er gequält hervor.

György half ihm nicht, obwohl er wußte, was sein Bruder meinte. Doch bereits beim ersten Wort stieg ein brausendes, ablehnendes Gefühl in ihm auf. Nicht! Nein! Laß die Vergangenheit ruhen.

Zoltáns Schultern sanken herab. Er stand verloren vor György, wie ein geprügelter Hund.

»Du hast mich gehaßt und verachtet, nicht wahr?«

»Du hast nicht gewußt, was du tust. Vergiß es!« Selbst diese kurzen Sätze fielen ihm schwer. Doch als er sah, wie das Gesicht seines Bruders aufleuchtete, war er doch froh, daß er seinen eigenen Widerstand überwunden hatte.

Am Abend, als Zoltán bereits eingeschlafen war, schlich er sich in der Dunkelheit an das leere Bett heran und streichelte die dünne Seidendecke, unter der sich scheinbar immer noch geschmeidige Konturen wölbten.

Noemi ... sagte er lautlos. Dieser Name schmeckte wie ein Kuß. Er kniete vor dem Bett nieder und legte das Gesicht auf die Decke. Unter seiner Haut glühte die glatte Seide auf, und er konnte Noemis Phantom-Pulsschlag deutlich spüren. In ihm aber klang der Rhythmus eines kleinen, stillen Gedichts auf.

> *Lösch das Licht aus, Noemi,*
> *dunkel soll es jetzt sein.*
> *Laß spannen das samtene Tuch*
> *der Nacht über uns,*
> *den lieblichen Schatten deines schwebenden*
> *Antlitzes betrachten,*
> *der im strahlenden Lichte des Gestern*
> *dort dann erscheint.*
> *Meine Hand gleitet über die seidige Decke.*
> *Ist dies hier dein Körper, Noemi?*

Meine suchenden Lippen streicheln dich sanft.
Noemi, verweigere dich nicht.
Es tut so gut, vor dir zu bekennen,
das Unsagbare zu sagen:
Ich hab dich gekannt vor meiner Geburt,
vor meiner Geburt schon liebte ich dich.

In diesen Zeilen, in diesem Gedicht und in der pulsierenden, heißen Seide schwang eine beruhigende, verborgene Süße mit.

Hochzeit der Frösche

DEN SOMMER VERBRACHTE ER zusammen mit Zoltán in einer Pension in Siófok. Dies war das erste Mal, daß sie beide allein verreisten.

Und genau zu diesem Zeitpunkt begann sein jahrelanges stummes Leiden in dieser aufgezwungenen Rolle einer Krankenschwester an der Seite seines Bruders, der sich mit eifersüchtiger, verletzter Liebe an ihn klammerte.

Zoltán war immer kränklich — seine einzige Waffe gegen die Welt. Er produzierte rätselhafte Fieberanfälle, Ausschläge, Nervenschmerzen, Krämpfe und Schwindelanfälle, um seinen unabhängigen, starken Bruder zu bestrafen und ihn an sich zu binden. Seine Beziehungen zu Menschen waren im allgemeinen hinterhältig und feindselig, weil er von keinem jene Sympathie-Bezeugungen bekam, die er erwartete, ohne selbst etwas dafür zu tun. Er machte sich die gleichaltrigen Jungen zu Feinden, weil er sie von oben herab behandelte und sich vor ihnen dauernd mit seinen berühmten Eltern und seinem älteren Bruder brüstete, der alle Hände voll zu tun hatte, ihn den Fäusten seiner aufgebrachten Kameraden zu entreißen.

Mädchen versetzten ihn bereits im Alter von zehn Jahren in ungestüme Erregung. Er war dauernd in ihrer Nähe, stolperte zwischen ihnen herum, versuchte, sie für sich zu gewinnen, ihnen zu imponieren. Am Strand verrenkte er sich in lächerlichen Turnübungen und Kunststücken, während Mädchen sich gegenseitig anstießen, kicherten und ihn auslachten.

Schließlich verliebte er sich in ein dreizehnjähriges, untersetztes jüdisches Mädchen mit breitem Gesicht, Mandelaugen und rabenschwarzem Haar, das sich von ihm abgestoßen fühlte und ihn wie ein lästiges Insekt behandelte. Zoli aber tat so, als würde er nichts merken, und schleppte den Ball, den Stuhl und die Decke unablässig hinter ihr her. Er kämmt mehrmals am Tag seine Borstenfrisur und litt ernsthaft und hingebungsvoll.

»Laß doch endlich diese kleine häßliche Dicke sausen«, sagte György verdrossen zu seinem Bruder, als ihm dessen schwachsinniger Liebeskummer allmählich auf die Nerven ging. »Warum läufst du ihr nach? Du bist zu gut für sie! Die ist zu dumm für dich, und gut tut es dir auch nicht.«

Zoltán schaute ihn mit blassem, zornigem Gesicht an.

»Es ist ganz allein meine Sache! Außerdem laufe ich niemandem nach. Kümmere dich nicht um mich!«

»In Ordnung.«

Am Abend allerdings versuchte Zoltán wieder auf lieb Kind zu machen, nachdem sich die Tür seiner Angebeteten in der Nachbarvilla geschlossen hatte. Er klagte über Halsschmerzen, hatte scheinbar Schüttelfrost.

»Gehst du fort?« fragte er lauernd, obwohl er genau wußte, daß György ausgehen wollte.

»Weiß ich noch nicht. Ich werde dir einen frischen Halswickel machen.«

»Gut. Ich wollte dich am Nachmittag nicht beleidigen.«

»Freilich. Ich dich auch nicht.«

»Dieses Mädchen ... ist dumm. Wirklich. Wie du gesagt hast. Ihr imponieren nur Jungen, die gut raufen können oder ... die berühmt sind. Du weißt schon. Zum Beispiel Schauspieler und Schriftsteller. Die Großen eben. Du ... schreibst zur Zeit nicht?« Und er richtete sich im Bett auf, als hätte ihn ein elektrischer Schlag getroffen. An seinem Hals baumelte der lockere Wickel, auf seinem Gesicht glühten Pusteln.

»Nur sehr wenig. Und sehr unbedeutende Sachen.«

»Was hast du geschrieben? Gedichte?«

»Wieso interessiert dich das?«

»Nur so. Gestern hast du etwas geschrieben. Ich hab's gesehen!«

»Ja. Ein Gedicht.«

»Zeig mal her!«

»Ach geh! Du solltest die Gedichte echter Poeten lesen!«

»Auch du bist ein echter Poet!«

»Noch bin ich es nicht.«

»Zeig her! Gyurka! Bitte, bitte! Nachher kannst du auch fortgehen. Sonst würde ich mich allein fürchten!«

Zoltán flehte so eindringlich, daß György einen Haufen eng beschriebener Zettel aus seiner Tasche hervorkramte und sie aufs Bett warf.

»Leg sie nachher auf meinen Nachttisch!«

Zoltán griff mit fieberhafter Freude nach den Papieren, kümmerte sich nicht mehr um ihn. Er vergaß sogar, auf Wiedersehen zu sagen.

György schlenderte zur Mole hinaus. Die von der Sonne aufgeheizten Steine strahlten selbst in der Abendkühle noch Wärme aus. Kein Lüftchen regte sich. Die bleichen Strahlen des zunehmenden Mondes erstreckten sich weit über das Wasser. Am Horizont lagen schwere, träge Regenwolken. Ihre bauschigen Konturen wurden zeitweise vom roten Licht zuckender Blitze erhellt. Ein berauschendes Froschkonzert drang an sein Ohr. Zwischen den schlammigen Kieseln wimmelte es von rätselhaftem Kleingetier. Der blasse, sinnliche Duft des Hochsommers vermischte sich mit den seltsamen herben Gerüchen des Wassers.

György spürte, wie ein gespanntes, feuriges, sättigendes Gefühl in ihm aufstieg. In seiner Einsamkeit fühlte er sich mit allen verborgenen Einzelheiten der inneren und äußeren Landschaft eng verbunden. Das ist die Vollkommenheit, dachte er. Das ganze ungetrübte Leben.

Hinter ihm erklangen leise Schritte, ein durchdringender süßer Duft stieg ihm in die Nase.

Eta! wußte er sofort, ohne sich umzudrehen. Wie schade! Die Einheit der seelischen und der äußeren Landschaft zerfiel plötzlich in zahlreiche rätselhafte Bruchstücke. Doch während er in Gedanken noch mit stiller Nostalgie der verlorenen Einsamkeit nachtrauerte, lauschten seine Sinne bereits dem Gesang der Nixen.

Eta wohnte in der Pension. Sie konnte kaum älter als fünfundzwanzig sein. Mit ihrem Mann lebte sie in Scheidung. György versuchte, diese rothaarige, klebrig sentimentale Frau mit den spitzen Fingern und dem schwellenden Leib zu meiden, die selbst leblose Gegenstände mit unersättlicher Gier anschaute.

In dieser Nacht aber glühte ein mythischer Zauber. György war sechzehn Jahre alt und noch unberührt wie ein Novize. Seine Phantasie aber führte ihn zu den lockenden Schaufenstern der Liebe, vor denen er stundenlang verharrte. In seinen Träumen hatte er bereits die Liebe erfahren, und seine Sinne kannten die tyrannische Verzückung der Lust.

Warum soll ich mich wehren, wenn diese niederträchtige, herrliche Versuchung jeden Moment meines Lebens verzehrt? dachte er, während sich Etas weicher, duftender Körper dort auf der dunklen Mole an ihn schmiegte.

»Allein? .... Immer allein?« flüsterte die Frau mit

schwüler Stimme. Der blecherne Klang ihrer Worte traf ihn wie ein Schlag, ernüchterte ihn zugleich.

Wozu das alles? fragte er sich. Warum in aller Welt muß sie ihre nackte Neugier hinter so einem Feigenblatt schwülstiger Worte verstecken?

»Die Frösche halten Hochzeit. Hören Sie!« sagte er im Befehlston. Er spürte die Verlegenheit der Frau, während dieser Satz in den leeren Räumen ihres Gehirns wie ein Echo erklang.

»Ich höre es. Aber ich habe nicht gewußt, daß dieses Gequake ...« Der Rest ging in einem wiehernden Kichern unter.

»... ein Liebeslied ist. Nun wissen Sie es und kennen auch den Chor bei der Hochzeit der Frösche.« Er lächelte versonnen vor sich hin. »Seltsam, sich vorzustellen, daß auch die Frösche eine Hochzeitsnacht haben, nicht wahr?«

»Was wissen Sie schon von einer Hochzeitsnacht?« Die Stimme der Frau hörte sich jetzt grob, drängend und obszön an.

»Nichts. Und dennoch sehr viel.«

»Still!« sagte die Frau mit entsetzlicher Geübtheit und küßte ihn auf den Mund.

György war kurz nach Mitternacht bereits zu Hause. Er war nicht enttäuscht, nur irgendwie traurig. Seine Unruhe, seine Reizbarkeit waren verschwunden, aber er kam sich leer und ausgelaugt vor. Selbst das, was einen guten geistigen Brennstoff abgegeben hätte, war in der zischenden Glut verflogen, bei dieser Kollision von Feuchtigkeit und Feuer.

Das ist völlig verkehrt, dachte er, während er sich lautlos auszog. Zoltán atmete schwer im anderen Bett, ächzte, stöhnte, brabbelte, knirschte mit den Zähnen.

Eta wird mir ausgesprochen unsympathisch, sobald sie den Mund auftut. Vor und nach unserer Umarmung kommt sie mir fremder vor als eine Schlange, die sich

auf der Mole zwischen den Steinen sonnt. Dennoch —
in diesem einzigen Augenblick blühen große Freude
und Zärtlichkeit auf. Das aber bezieht sich nicht auf sie,
sondern auf jemand anderen, mit dem man eine vollkommene Pyramide bis hin zum Gipfel der Erfüllung
bauen könnte, um dann auch später beieinander zu
bleiben.

Vielleicht Noemi ... Doch auf diesen Ruf antwortete
kein Echo. In Noemis vollkommene Gestalt wollte dieses stürmische, leidenschaftliche Motiv einfach nicht
mehr hineinpassen. Es war nicht möglich, sie aus der
noch gegenwärtigen Erinnerung, die sie sich in ihrem
hochgeschlossenen Nachthemd kühl und jungfräulich
für alle Zeiten verkapselt hatte, wieder hervorzuholen
und sie in dieses lustvolle, nur bruchstückhafte Experiment zu integrieren.

Vergebens hatte sie ihn an jenem Abend entflammt.
Denn diese handtellergroße Nacktheit, die aus ihrem
aufgerissenen Kleid hervorschaute, war alles, was sie
ihm bot. Weiter ließ sie sich nicht mehr entkleiden.
Noemi hatte die Sexualität im selben Augenblick überwunden, in dem er das Siegel eines echten, greifbaren
Körpers aufgebrochen hatte.

Am Morgen fand er seine Gedichte hübsch geordnet
unter seinem Reisewecker. Zoltán wartete bereits mit
naß gekämmtem Haar, ein quergestreiftes Trikot über
der schmalen Brust, ungeduldig auf ihn.

»Beeil dich!« drängte er. »Ich möchte frühstücken. Ich
habe Hunger.«

»Augenblick. Ich bin gleich fertig.«

György war der Gedanke peinlich, daß auch Eta im
Speiseraum anwesend sein würde, in ihrem seidenen
Morgenrock mit dem großen Rosenmuster, den sie fest
um ihre gepolsterten Hüften und ihren hochgezogenen
Busen wickelte, so daß jeder, der da wollte, genüßliche
anatomische Studien treiben konnte. Wie sollte er sie
nach einer so engen Gemeinschaft ansprechen, nach ei-

nem so intimen Beisammensein, das sie nur noch weiter von ihm entfernte?

Damals kannte er die Frauen noch nicht. Erst später kam er dahinter, daß auch eine weniger begabte Schauspielerin instinktiv eine Meisterin ihres Faches war, wenn es darum ging, sexuelle Kontakte zu vertuschen. Er beobachtete diese Frau, die mit Bekannten tratschte, Kinder streichelte und ihn nach einem flüchtigen Gruß keines Blickes mehr würdigte. Die Frau kam ihm komisch, grotesk und unsympathisch vor.

Alles, was sie umgibt, ist Lüge, stellte er im stillen fest. Ihre Farben, ihre Formen, ihre Gestalt, die sofort auseinanderfließt, sobald sie ihr Korsett lockert — ebenso ihre Bewegungen, ihre Gedanken, ihre Worte und ihre Gefühle. Nur in jenem Moment ist sie sie selbst und auf animalische Art natürlich, wenn nämlich die Ohnmacht der Lust endlich ihre Erfüllung findet. Das allein ist allerdings herzlich wenig, ohne jede Ausstrahlung auf eine menschliche oder gar übermenschliche Ebene.

Er fühlte sich mehr als erleichtert, als er schließlich feststellte, daß er Eta nicht mehr wollte und nicht mehr begehrte und daß er sie nie mehr berühren wollte.

Das aber war leichter gesagt als getan, denn er hatte nicht mit den Folgen seines Tuns gerechnet.

Eta tobte, weil sie ihre Beziehung nicht mehr selbst bestimmen konnte. Ihre unerfüllten Wünsche, ihre verletzte Eitelkeit und seine beharrliche Verweigerung löste eine wahnsinnige, unstillbare, leidenschaftliche Reaktion in ihr aus.

Sie begann, ihm auf die primitivste Weise nachzustellen, schickte ihm sentimentale Briefe, belauschte ihn, spionierte ihm nach, bekam Herzanfälle, machte Szenen, drohte ihm und flehte ihn an. Sie legte jede Scheu, jede Scham ab und gab besessen und geschmacklos jedem, der es hören wollte, bereitwillig ihre Gefühle preis, bis sie sich so lächerlich gemacht hatte, daß man sich über sie lustig machte und sie zum Gespött des ganzen Badeortes wurde. Doch ihre heftige, unverhüllte Begierde brachte eine seltsame Epidemie ins Rollen, fachte eine erotische Hysterie in den anderen Frauen und Mädchen an, die nun seine Person zum Ziel hatte. György aber wich erschrocken und verwirrt all diesen auf durchsichtige Weise geschaffenen Gelegenheiten und Anträgen aus, die er bislang selbst in seinen kühnsten Träumen nicht für möglich gehalten hätte.

Auch Zoltáns dreizehnjähriger Schwarm machte sich eines Tages an ihn heran. Das Mädchen schwamm ihm nach, als er in einem Boot aufs Wasser hinausruderte. Er sonnte sich arglos, ziemlich weit vom Ufer entfernt, als er plötzlich ihr Prusten und Niesen vernahm, als würde ihn eine fette Robbe umkreisen. Er sah sich genötigt, dieses müde um sich schlagende, gedrungene kleine haarige Wesen an Bord zu hieven, da dem Mädchen bei der ungewohnten sportlichen Leistung die Puste ausgegangen war.

»Es ist vielleicht schwierig, an Sie heranzukommen!« meinte sie, während sie nach Luft schnappte und ihre Badekappe aus gelbem Wachstuch abnahm. Ihr dichtes schwarzes Haar, das tief an der niedrigen Stirn ansetzte, breitete sich über ihre Schultern aus. »Dabei wollte ich Sie nur etwas fragen. Unter vier Augen.« Sie kramte ein paar zerknüllte Zettel aus ihrer Bademütze hervor. »Das sind doch Ihre Gedichte, nicht wahr?« Auf dem Papier, das sie ihm reichte, waren Zoltáns kindliche, nach links geneigte Schriftzüge zu erkennen.

Rendezvous

Der Tor, betrogen von der Zeit,
wartet noch immer, wartet auf seine Stunde,
schaut nach rechts und nach links,
tritt auf der Stelle.
Stock und verwelkte Blumen in der Hand,
Monokel mit Schnur,
dahinter ein trübes Auge.

Augenblick

Der Abend hat die roten Bäume des Herbstes
mit Silber überzogen.
Der gewaltige Leib des Wassers
dehnt sich schläfrig und dunkel dahin.
Der Mond: eine aufgeblasene Lichtspinne,
die Träume verscheucht,
an den Himmel geheftet.
Heute webt er störende Netze
in der geheimnisträchtigen Stille.
Die Sehnsucht der Lebenden ist schmerzlicher,
wenn die kalte Klinge in sie dringt,
doch seine Strahlen umspinnen nicht
nur die Lebenden.
Er hat Geisterperlen in das
dumpfe, strähnige Haar der Sträucher
am Ufer geflochten,
und weinende Tote zu den Steinen
der Mole gezogen.
Ein weißer Kranz schäumenden Wassers
hämmert ›mea culpa‹ bis zur Morgendämmerung,
bis der Hahn schreit.
Irgendwo in einem fernen Garten
flattert der Geist eines Lampions empor,
wie ein Schmetterling.
Und er ist blau, wie die Erinnerung.

Dann erblickte er unter den beiden Gedichten die Unterschrift und die Widmung:

Für Serenchen, ihr bis zum Grabe getreuer ...

Zoltán.

»Das ist Zoltáns Schrift«, sagte er ruhig. »Ich habe nichts damit zu tun.«

Das Mädchen schaute ihn erstaunt an.

»Das ist nicht wahr. Er hat es gestanden. Weil mir die Gedichte nicht gefallen haben. Ich mag ganz andere Gedichte.«

»Ja, und welche?«

»Liebesgedichte!« Das kleine Mädchen schaute ihn erhitzt an und streckte ihren kleinen Busen hervor, der eher etwas fett als entwickelt war.

Höchste Zeit, daß wir heimfahren, dachte er. Hier herrscht bereits dicke Luft! Er ruderte zum Ufer, so schnell er konnte, während die kleine triefende Robbe es sich vorn im Boot bequem machte und ihm ihren Traum erzählte, in dem er sie beim Duschen in der Badewanne überrascht habe.

Es war ein lehrreicher Sommer — enttäuschend und richtungsweisend zugleich. Er hatte das Gefühl, daß ihm seine kleinen, unbedeutenden Erlebnisse und seine Beobachtungen zu großen Erkenntnissen verholfen hatten, die fast wie eine Erinnerung wirkten. Ihm war, als hätte sich ein riesiger Erfahrungsspeicher vor ihm aufgetan. Ein paar Takte des Leitmotivs ließen in ihm die ganze Symphonie erklingen.

Diese einschichtige Form der Freude und Befriedigung wertete er bei sich wie ein Geschäft, so, als würden geschickte Händler bei einer Expedition echte Perlen und Rohdiamanten gegen Glasperlen eintauschen wollen. Nun war er zwar ein einsamer Eingeborener in dieser von jungfräulicher Sehnsucht erfüllten, elementaren Urlandschaft der kreativen Kräfte — dennoch war er nicht geneigt, für Schrott, Schund und Talmi mit unermeßlichen Werten zu bezahlen. Der falsche Glanz blendete ihn nicht, denn er besaß das richtige Maß: seine feurige Unzufriedenheit, die sich nach Vollkommenheit sehnte. Und er wußte, daß er seine Unabhängigkeit nur dann opfern konnte, wenn er Feuer gegen Feuer, Gedanken gegen Gedanken, Schönheit gegen echte Schönheit tauschen konnte.

Die Wiege der Buchstaben

In diesem Herbst lernte er Géza Rotter, den jüdischen Intellektuellen, kennen, der in einem Zustand aufgelöster Konturlosigkeit in den Werken anderer schwebte und im untertänigen Dienst dieses literarischen Wustes seine eigene Persönlichkeit einzubüßen drohte. Zum selben Zeitpunkt begann auch seine Freundschaft mit Ivan Ruff.

Einer seiner Mitschüler im Institut, der mit ihm in der gleichen Bank saß, hatte seine Gedichte an eine literarische Zeitschrift gesandt, ohne ihn zu fragen. Als er von Lelle zurückkam, fand er Rotters Brief vor.

›Es würde mich freuen, wenn Sie mich in der Redaktion besuchen würden. Wir wären bereit, einige Ihrer Gedichte und Skizzen zu veröffentlichen. Das hat freilich vorerst noch gar nichts zu bedeuten. In so jungen Jahren und in diesem Zustand geht so mancher Dichter mit der Zeit unter, sobald er die Hitze der Pubertät hinter sich gebracht hat. Ihre Begabung aber ist mehr als nur ein Versprechen. Ich würde gern etwas zu seiner Förderung beitragen.‹

Dieser Brief rührte ihn, beunruhigte ihn aber auch zugleich. Das Angebot enthielt möglicherweise die gleiche Verlockung, sich zu binden, wie es seinerzeit bei seinem Lehrer der Fall gewesen war. Irgendeiner glaubte auch diesmal, einen Rohstoff in ihm entdeckt zu haben, der sich nach seinen Gesetzen und Vorstellungen formen und entfalten ließ.

Wie dem auch sei — die Redaktion verblüffte ihn. Denn er hatte sich die ›heilige Wiege der Buchstaben‹ anders vorgestellt. Seine Enttäuschung beruhte wahrscheinlich auf dem Umstand, daß ein Teil von Noemis grenzenloser Literaturschwärmerei in ihm fixiert und verkapselt war; dadurch war alles zum Fetisch geworden, was mit dieser vielschichtigen, widerspruchsvollen und oft schizoiden Tätigkeit zu tun hatte.

Das lädierte Schild der Redaktion hing in der verstaubten, übelriechenden Toreinfahrt einer grauen, engen Nebenstraße an einer verschmutzten, verklebten Tür, die an sich schon düster und abweisend wirkte. Er überlegte eine Weile zögernd, ob er einfach eintreten sollte, weil ihm anstelle der Klingel ein feindlicher gebogener Draht entgegenstarrte. Schließlich drückte er dann doch die Klinke, von der der Beschlag abgefallen war und die knirschend unter dem Druck nachgab.

Er betrat ein dunkles Vorzimmer, wo es muffig nach ungelüfteten, unbewohnten Räumen roch. Hinter unsichtbaren Türen waren Stimmen und Gemurmel zu hören. Er tastete sich an der Wand entlang und öffnete die erstbeste Tür, die er finden konnte.

Sein Blick fiel in ein kleines, rechteckiges Zimmer. Vor dem hohen Fenster, das auf den Hof ging, stand einsam und verloren ein gewaltiger Schreibtisch. Von der schmutzigen Fensterscheibe, die mit eisernen Blumen dekoriert war, hob sich das Profil eines Mannes mit scharfer Nase, hoher Stirn und Löwenmähne ab. Für einen Augenblick faszinierte ihn die Ähnlichkeit dieses Gesichts mit dem Antlitz des Mannes im braunen Gewand. Doch dieser Eindruck verschwand sofort, weil dem Kopf dort am Fenster die Ausgewogenheit fehlte. Das Kinn war schlaff, der Zug des Mundes viel zu selbstquälend.

Der Mann schaute nicht zu ihm auf, sondern schrieb vornübergebeugt einfach weiter. Er schrieb Zeile um Zeile mit solcher Geschwindigkeit, als befürchtete er, seine Verfolger könnten die Tür einbrechen, bevor er sein Testament zu Papier gebracht hätte. Dennoch mußte er Györgys Anwesenheit wahrgenommen haben, weil er ihn anknurrte.

»Schon gut, schon gut! Sofort! Warum machen Sie die Tür nicht zu? Merken Sie nicht, daß es zieht?«

Das war allerdings ein ziemlich niederschmetternder Anfang, dennoch fand er die Situation auf seltsame Weise amüsant. Nun trat er ins Zimmer, gesellte sich zu diesem Sklaven des Schreibtisches. Er stand still da und beobachtete den aufgewühlten Mann, der offensichtlich mit unsichtbaren Gegnern kämpfte, auf dunklen Tintenpfaden atemlos vor ihnen flüchtete. Dann hielt er plötzlich inne, seine Feder ruhte auf dem Papier. Seine Hand erschlaffte, als wäre mit dem geistigen Blutstropfen des Punktes hinter dem letzten Satz seine ganze Seelenkraft ausgeblutet. Er lehnte sich zurück, aber er schaute immer noch nicht auf.

»Würden Sie mir einen Gefallen tun?« fragte er müde, während er mit den Fingern seine Augen massierte.

»Sehr gerne!«

Der düstere Löwe schob ihm die eng beschriebenen Blätter zu.

»Schaffen Sie dieses Zeug ins Klo, und spülen Sie es runter!«

Dieser Satz kam so unerwartet und verblüffte ihn so sehr, daß er mit einem explosionsartigen Gelächter reagierte. Er spürte zwar, daß er sich danebenbenommen und einen nicht wiedergutzumachenden *faux pas* begangen hatte, dennoch war es ihm unmöglich, seine hysterische Heiterkeit zu unterdrücken.

Der Mann am Schreibtisch warf den Kopf hoch und schaute ihm zum erstenmal in die Augen. Sein hageres, strenges Asketengesicht verriet noch mehr über seinen inneren Kampf. Tiefe Furchen zogen sich von den Augen hinab bis zum Kinn, seine Augen schimmerten aus dunklen Ringen hervor.

Er wird mich gleich hinauswerfen, dachte György, aber das Lachen tobte, zum selbständigen Leben erwacht, weiter in seinem Körper.

Die finstere Keramikmaske brach plötzlich entzwei und rieselte in Scherben herab. Der Mann hinter dem Schreibtisch brach in wieherndes, bellendes Lachen aus, und hinter der geborstenen Maske lugte das Gesicht eines Kumpels hervor, mit dem man Pferde stehlen konnte. Er wiegte sich in seinem Sessel, schaukelte vor und zurück, wand sich wie ein Aal.

»Nein, so was!« schnaufte er in einer Atempause, während er sich auf die Schenkel klopfte. »Da soll mich dieser oder jener ... Ich werde gleich ...«, und er setzte auf zotige Art hinzu, was ihm gleich passieren würde.

Als die beiden dann endlich Luft holen konnten und die losgelassenen Geister der Heiterkeit wieder im Griff hatten, erhob sich der Mann hinter dem Schreibtisch — das heißt, er stützte seinen grandiosen Oberkörper auf zwei extrem kurze Beine und trat zu György.

»Ivan Ruff«, sagte er hinter seiner Asketen-Maske, die er inzwischen wieder zusammengeflickt hatte. »Und wer bist du?«

Und nachdem sich György vorgestellt hatte, setzte er mit sarkastischem Lächeln hinzu:

»Hm ... Eine neue Bajadere aus Esmeralda Rotters intellektuellem Harem.« Er schaute György scharf an. »Diesmal, glaube ich, hat sie ein bockiges und unverdauliches Einhorn aus der Mythologie erwischt.« Der Kumpel lugte erneut hinter der Maske hervor und zwinkerte ihm zu. »Auf jeden Fall ist ein solches Gelächter der sicherste Keuschheitsgürtel gegen jede geistige Defloration! Geh nur zu Géza rein. Er hockt im Zimmer nebenan. Wahrscheinlich hat er unser Gewieher gehört und einen Nervenzusammenbruch erlitten.«

Györgys seltsame Vorahnung wurde noch eindringlicher, als er Géza Rotters Zimmer betrat, einen ebenso kleinen, schmalen Raum, wo Rotter hinter einem Schreibtisch saß und auf ihn wartete.

Doch dieser peinlich saubere Raum hatte etwas Feminines an sich, war von ungesunder Sehnsucht und hoffnungsloser Jungfräulichkeit erfüllt. Vor dem Fenster hingen Spitzengardinen wie Wolken, die Luft roch nach Mottenpulver.

Die hagere, hochgewachsene, düster schlaffe Gestalt erhob sich sofort und kam ihm freundlich entgegen — doch seltsamerweise ließ sie sich kaum ermessen oder fixieren, so nahe man auch an sie herantrat. Denn sie schwang, sie schwebte irgendwie unsichtbar und unauffällig, ihre Konturen verschmolzen mit dem Hintergrund.

Zunächst glaubte György, daß es das Dämmerlicht war, welches dieses blasse Fresko hervorrief, weil der graue Schein des Hofes kaum durch das verhängte Fenster drang. Erst später kam er dahinter, daß diese Mimikry, diese Anpassung an seinen Lebensraum, an Lebewesen und Gegenstände zur optischen Täuschung seiner Feinde und Opfer zu Géza Rotters seelischen Eigenschaften gehörte. Er sprach sehr leise, so daß man seine Worte auf jede gewünschte Art auslegen konnte, je nachdem, welchen Sinn man aus den halb verschluckten Texten herauslas.

Dennoch konnte sich György diesem Einfluß nicht entziehen, weil Rotter jeden, der in seine Nähe kam, in seinen Bann zog. Er mußte sich zwar unablässig gegen dieses Narkotikum wehren und sich Ivan Ruffs Antitoxinen bedienen. Er mußte aber auch zugeben, daß er diesem tragisch degenerierten, fanatischen, genialen, grenzenlos opferbereiten Menschen sehr viel zu verdanken hatte.

Géza Rotters Informationsmaterial, seine Allgemeinbildung und sein Erinnerungsvermögen waren erstaunlich. Er wußte alles, was sich je ein Mensch vorgestellt oder was er beschrieben hatte. Er kannte die verborgenen Zusammenhänge, die Entwicklung der verschiedenen Kunstrichtungen, die Extreme, die entscheidenden Wechselwirkungen und das tiefe Verwurzeltsein der Persönlichkeit. Drei perlenschnurgleiche Zeilen eines fernöstlichen Gedichts waren für ihn ebenso wichtig und bedeutungsvoll wie die herbe Schlichtheit eines finnischen Epos.

Er selbst aber lebte nicht. Von der Wirklichkeit, die sich vor und hinter den Buchstaben als geheimnisvolle Endsumme niederschlug, hatte er keine Ahnung, nahm ihr Vorhandensein nicht einmal wahr.

Ivan Ruff dagegen war von dieser Synthese, die sich kaum in Worte fassen ließ, besessen und inspiriert. Das war der Grund, warum er die Buchstaben haßte und mit schriftlich fixierten Worten ständig im Kampf lag.

»Mumien!« sagte er verächtlich. »Man kann die Erscheinungen, die ständig im Wandel begriffen sind, nur dann einfangen, wenn man sie exekutiert. Schreiben ist Mord!«

Im Schraubstock dieser beiden Extreme kämpfte György um seine eigene Persönlichkeit. Er leistete Widerstand, wehrte Versuchungen ab, gab rohe Formen auf, sammelte seine Kräfte. Géza Rotter überschwemmte ihn mit Büchern, lehrte ihn systematisch zu lesen, brachte ihm bei, das Reich der Buchstaben aus der Vogelperspektive zu betrachten, und duldete keinen weißen Fleck auf dieser geistigen Landkarte.

Ivan Ruff aber lockte ihn zu ungeschriebenen inneren Mysterien, ließ ihn das Leben durchs Lesen und Deuten der sonderbarsten Geheimzeichen schmecken. Und aus dieser Beziehung wuchs auch die niederträchtige oder graue Erscheinung vor seinen Augen zu einem gewaltigen Symbol empor. Denn er hatte einen Neophyten entdeckt, der durch seine Auffassungsgabe, seine Rezeptivität selbst den Meister in seinen Bann zog. An sich war Ruff gesprächig. Er liebte es, im Dampf der Worte zu trudeln, wie ein tanzender Derwisch in Trance.

»Verachte nichts, unterschätze nichts, was dir auf deinem Weg begegnet, Gyurka«, sagte er beschwörend, während er ihn ins Zentrum eines Wortstrudels hineinzog. »Und schließe die Dinge nicht zwischen Schranken ein. Die Defäkation ist, wie der Beischlaf, gleichzusetzen mit einem Geschwür, es handelt sich um eine Verzerrung des Leibes. Der Wahn, die Gotteslästerung, der

Mord, der Raub, die Blutschande, die Unzucht sind nur entstellte, in die Tiefe projizierte Symbole, deren Sinn auf höheren Ebenen zu finden ist, wie der Sinn der ägyptischen Hieroglyphen.

Die Wurzel der sichtbaren Dinge läßt sich in der Region der unsichtbaren Ideen und der magischen Gefühle ertasten. Sobald du zu diesen Wurzeln vorgedrungen bist, wirst du hinter der Trivialität das Erhabene und das Tragische erkennen: Das Mysterium des gefallenen Erzengels, der seine Schande erzeugt, sie verwirklicht und der Vergänglichkeit preisgibt. Denn eine irrige Vorstellung muß man in der Hölle der dichten Welt des Todes materialisieren, die latente Sünde muß Gestalt gewinnen, weil die Vernichtung nur dort greifen kann. Doch dieser Untergang ist wie ein Fegefeuer, die Auferstehung in einer höheren Region. Der Sumpf, das Elend, das Leid, die Todespein und der Scheiterhaufen sind für die Erlösung ebenso wichtig wie das Blutopfer der Messiasse!«

Einmal fragte er Ivan Ruff, warum er unermüdlich Tag und Nacht schreibe, wenn er das Schreiben verachte und für Mord hielte.

»Weil ich auf der Jagd nach dem Unmöglichen bin!« erwiderte Ruff mit bitterer Grimasse, die der tragischen Maske antiker Mysterien ähnelte. »Weil ich ein Unding zustande bringen will, und weil ich ein eitler, elender Clown bin. Darum. Mein Kopf ist in den Wolken, meine Füße irren über den Boden. Könnte ich zugunsten des einen oder des anderen entscheiden, würde ich mein Leben gewinnen. Ich aber will Gott und den Kaiser haben. Diese zwei gegensätzlichen Mächte zerren an mir, und ich werde in diesem Kampf zerbrechen. Was immer ich tue, ist nur halb getan. Auch mein Körper ist nur ein Zwischending. Ich möchte das größte Werk vollbringen und verlange den größtmöglichen Erfolg dafür. Mich dürstet nach dem Erfolg! Doch das Große Werk kann nur ein ganzer Mensch vollbringen, der sich in die Arbeit vergräbt, ohne an deren Frucht zu denken. Das Werk darf das einzige Ziel sein. Diesem Ziel aber muß man seine Persönlichkeit restlos opfern, all seine Kraft einsetzen, seine Leidenschaften, den Brennstoff seiner Gefühle, die überschäumenden Wildwasser seiner Sehnsucht — bis es einen restlos umformt, verwandelt und alles, was erbärmlich und gemein in einem ist, zu dem Ideal transmutiert. Man kann nicht einfach als elender Hanswurst seiner Arbeit hinterherhinken! Wenn man aber dieses Werk vollbracht hat, welches stets das Werk der Erlösung ist, ist man zum Adepten geworden, befreit von der eitlen, törichten, hoffnungslosen Vergänglichkeit. Da gibt es kein Wenn und kein Aber. Entweder — oder. Ich aber versuche zu feilschen, Tag für Tag. Das ist meine große Schande.«

Im Herbst kehrte er bereits mit den Bindungen dieser beiden entscheidenden Beziehungen ins Institut zurück. Seine Koffer waren mit Géza Rotters Büchern prall gefüllt, sein Wesen von den Inspirationen des Geistes dieser Bücher. Der Rausch seiner Phantasie brodelte, gärte und lief in ihm über. Er korrespondierte in endlos langen Briefen mit Rotter und Ivan Ruff.

Die Lektüre allein reichte ihm nicht mehr aus angesichts jener zahllosen Lavaquellen, welche die Buchstaben in seinem Gehirn zum Sprudeln brachten. Seine Novellen, seine Studien nahm Rotter mit verhaltener, wohldosierter Begeisterung entgegen. Ivan Ruff dagegen zeigte sich dieser seiner Schaffensperiode gegenüber auf säuerliche Weise eher abgeneigt. Er aber empfand Ruffs Meinung stets als richtungsweisend, wie ein Leuchtfeuer, das ihn zu seinem rätselhaften, verborgenen Ziel führte.

Györgys Priesterlehrer merkte sofort, daß sich sein Zögling verändert hatte.

Zunächst versuchte er, ihn mit sanfter Gewalt eines väterlichen Freundes und eines bitter enttäuschten Protektors in seinen eigenen geistigen Interessenkreis zurückzuführen. So eifrig György auch bestrebt war, der unterschwelligen Gewaltanwendung und der gefühlsmäßigen Erpressung eines subjektiven Besitzanspruchs friedlich auszuweichen, war er doch immer wieder gezwungen, sich in fruchtlose Auseinandersetzungen zu verstricken, welche dann die Situation restlos und endgültig vergifteten.

Der Lehrer fand Györgys Argumente, Vorstellungen und seine neuen Werke skandalös und dekadent, hielt sie für einen gefährlichen Angriff auf die religiöse Ethik. In seiner verletzten Eitelkeit, seiner gekränkten Weltanschauung wurde sein Wohlwollen plötzlich zur heftigen Feindseligkeit. Er begann, sein ehemaliges Mündel krankhaft zu beobachten, öffentlich zu kritisieren, ja sogar zu verspotten — diesen jungen Menschen, der es gewagt hatte, aus seinem Bannkreis auszubrechen. Er trieb jeden Konflikt mit ihm auf die Spitze. Seine bloße Gegenwart brachte ihn so sehr in Rage, daß György zur permanenten Zielscheibe seiner Angriffe wurde. Nun herrschte um sie herum eine eisige Atmosphäre. Dann aber wurde recht bald der Vorwand geboren, welcher die endgültige Lösung explosionsartig herbeiführte.

Géza Rotter begann in Budapest die Werbetrommel für György zu rühren. Seine Gedichte, Novellen und Studien erschienen der Reihe nach regelmäßig in dieser Literaturzeitschrift, später auch in einigen Tageszeitungen. Da aber solche öffentlichen Auftritte von Schülern nach den Regeln des Instituts streng verboten waren, kamen die publizierten Werke vor eine Lehrerkonferenz.

Unter anderen Voraussetzungen hätte man ihn höchstens verwarnt und ihm nahegelegt, auf öffentliche Auftritte dieser Art zu verzichten. So aber, unter dem Einfluß seines Lehrers für Literatur, wurden seine Gedichte und Novellen allgemein als ›erotisch und zynisch‹, seine

Studien und Artikel als ›liberal‹ eingestuft. Und die Folge dieser Beurteilung: Er wurde des Instituts verwiesen.

Erleichtert verließ er Gödöllö. Er spürte, daß er zu Hause Boden unter den Füßen gewonnen hatte. Also mußte er sich auch nicht um die bittere Empörung seiner Eltern kümmern, weil er ihnen bei ihren wachsenden Sorgen nicht zur Last fallen würde. In der Redaktion der Zeitschrift erwartete ihn eine feste Anstellung, bei den Tageszeitungen wurden ihm Möglichkeiten geboten, die er nur wahrzunehmen brauchte.

All dies hatte er Géza Rotter zu verdanken, wenn auch seine Dankbarkeit ihm gegenüber wiederum Abhängigkeit und Ausweichmanöver bedeutete — mit dem Unterschied, daß er jetzt genügend Zeit dazu hatte. Er beschloß, keine Schulen mehr zu besuchen, weil ein solcher Rahmen ihm bereits ins Fleisch schnitt. Daß er aber weiter seinen Studien nachgehen wollte, daß er auf diese Weise mehr Lasten und Mühe auf sich nahm und seine Kenntnisse weitaus zielbewußter erweiterte, war für ihn ebenso selbstverständlich wie das Atmen.

Zerfall der Kulissen

ZOLTÁN ERWARTETE IHN vollkommen ausgeblutet in der drückenden heimatlichen Atmosphäre. Er verfügte nicht über die erforderliche Widerstandskraft und Leichtigkeit, um sich gegen Einwirkungen dieser Art zu wehren. Die äußeren Umstände lagen auf ihm wie eine schwere Last, drangen in sein Wesen ein, vergifteten ihn, saugten ihn aus. Die Ankunft seines Bruders ließ ihn aufatmen wie einen Todeskandidaten, der in einer Gaskammer nach Luft ringt.

»Jetzt wirst du nicht mehr verreisen, wirst nicht mehr

fortgehen, nicht wahr?!« fragte er mit krampfhafter Hoffnung.

Er war wieder ein ganzes Stück gewachsen, doch seine Kräfte hatten nicht zugenommen. Im Gegenteil. Es war, als hätte man das bißchen Masse, das noch vorhanden war, in Brand gesetzt. Der Junge war noch zerbrechlicher, dünner und kränklicher geworden. Seine Jacke, aus der er längst herausgewachsen war, ließ am Rücken zwei spitze Schulterblätter ahnen.

»Auf jeden Fall bleibe ich in Pest«, wich ihm György aus.

»In Pest? Soll das heißen, daß du hier ausziehst?«

»Das weiß ich noch nicht genau.«

Zoltáns langgezogenes, verstörtes Bubengesicht, das irgendwie an einen jungen Ziegenbock erinnerte, drückte ein solches Entsetzen aus, daß György vor lauter Mitleid unwillkürlich wieder eine Verpflichtung einging.

»Nur keine Angst! Es mag kommen was will — ich werde dich nicht verlassen!«

Zoltáns große, wäßrige Augen mit den dunklen Rändern füllten sich mit Tränen.

»Dann ist es gut. Dann ist alles wieder gut!«

Zu Hause standen die Dinge nicht zum besten, es herrschten Elend und Not. Der verweichlichte Leib seines Vaters, dieses ehemaligen Helden und Liebhabers der Bühne, begann sich allmählich aufzulösen. Seine Mutter torkelte ohne ihn gelähmt über ihre Bahn, als hätte sie nur noch einen Arm und ein Bein, ruhelos und getrieben durch ein zielloses Leben.

Diese beiden Marionetten großartiger, feierlicher Liebesszenen, Leidenschaften und Tragödien begann allmählich aus dem modischen Ensemble auszuscheiden.

Jetzt erst wurde deutlich, jetzt erst kam es an den Tag, daß keiner von den beiden je eine schillernde, flexible Persönlichkeit gewesen, sondern stets nur eine Dekoration, ein seiner selbst nicht bewußtes sexuelles Prachtexemplar war, das in keine andere Rolle schlüpfen konnte.

Sie waren zu klein für die Maske, für das Kostüm der liebenden, freundlichen, heiteren Eltern, des finsteren Intriganten, der humorvollen Kabinettfigur oder des Nebenbuhlers — weil all diese Rollen mehr Charakter, einen tieferen Intellekt, eine reichere Gefühlswelt, eine schärfere Beobachtungsfähigkeit, ein weitaus größeres Interesse an der menschlichen Gemeinschaft gefordert hätten. Sie aber lebten und spielten in allen Rollen stets nur sich selbst, trugen den Zweikampf als ewige Gegenpole der Liebe in allen Variationen projizierter Phantasien der verschiedensten Autoren aus. Dies war das einzige Feuer, das in ihnen brannte, das sie verzehrte und sie beim magischen Lodern zu leuchtenden Flammen eines Scheiterhaufens machte.

Die Todesangst seines Vaters öffnete einer Reihe von Krankheiten Tür und Tor. Seine psychische Aufmerksamkeit war nunmehr mit tragikomischem Geschiele nur noch der eigenen Person gewidmet. Er forschte mit einer derart suggestiven Kraft nach gefährlichen Krankheitssymptomen, daß es ihm schließlich tatsächlich gelang, solche Symptome und die damit verbundenen organischen Veränderungen allmählich hervorzurufen. Es war ein böser, verborgener Stigmatismus, und kein Mensch auf dieser Welt hätte ihn aus der Falle seiner Einbildung, seiner Phantasie, die von panischer Furcht geprägt und geplagt war, befreien können.

Es wurden Angina pectoris und Diabetes bei ihm konstatiert. Er aber hatte bereits auch Basedow und Krebs vorprogrammiert. Die Wohnung wurde zu einer Klausur drangvoller Enge und verzweifelter Bemühungen, zu einem Taubenschlag, der allmählich jedem auf die Nerven ging. Ein ganzer Pilgerzug von Ärzten und Scharlatanen strömte pausenlos ins Haus. Die ständige Bereitschaft zu immer neuen, immer komplizierteren Untersuchungen und Therapien, alle die Geräusche, Gerüche und Spannungen, das ganze Fiasko von Injektionen, Einläufen, Dampfbädern, Packungen, Heilbädern, Diäten und Gegendiäten verpesteten die Atmosphäre.

Auf die kurz aufflackernde Hoffnung, die man in Bestrahlungen und Massagen setzte, folgte alsbald der Veitstanz von Fieberanfällen, Krämpfen und Neuralgien. Und im Zuge dieser Auflösung wurde die Familie von demütigenden finanziellen Problemen bedrängt, die sie langsam, aber sicher in die Verzweiflung trieben.

Bei diesem Lawinensturm, bei diesem Erdrutsch kümmerte sich niemand darum, daß György zurückgekommen war. Er aber versuchte zu ermessen, was er für die Familie tun konnte. Zunächst war gar nicht daran zu denken, daß er mit Hilfe seiner vorerst recht bescheidenen Einkünfte maßgeblich dazu beitragen könnte, all diese gewaltigen Löcher zu stopfen. Zwar gab er jeden Pfennig zu Hause ab, doch diese Summen wirkten wie verschämte Trinkgelder angesichts der schrecklichen Rechnungen, die ins Haus flatterten. Also mußte er eine andere Lösung finden, zunächst hilflos vor den tobenden Elementen kapitulieren, sich zurückziehen und abwarten, bis sich der Sturm gelegt hatte.

Gleich am nächsten Tag trat er seine Stelle in der Redaktion der Literaturzeitschrift an, unter Géza Rotters Führung, der ihn mit kühler Pedanterie in die technischen Eigenarten eines Buchstabendienstes einweihte. Doch all das, was ihn unter anderen Umständen verletzt, verbittert oder gelangweilt hätte, kam ihm nach den Hexennächten, die er zu Hause erlebt hatte, wie eine erfrischende, beruhigende geistige Emigration vor.

Die Konzentration, während er sich über die Korrekturfahnen beugte, tat ihm wohl, beruhigte seine Nerven. Und auch die Aussicht auf die finanzielle Vergütung spornte ihn an. Er arbeitete von früh bis spät.

Freilich gab es auch auf diesem Gebiet so manche Schwierigkeiten. Die Tageszeitungen, die ihn zunächst mit Wohlwollen akzeptiert hatten, wiesen jetzt, da er sich krampfhaft in die Arbeit gestürzt hatte, einige seiner unzeitgemäßen Artikel, seiner Novellen, die delikate Themen behandelten, seine mehr als abstrakten Gedichte zurück.

Doch diese Mißerfolge spornten ihn nur noch zu größeren Leistungen an. Er konnte sich einen beleidigten Rückzug einfach nicht erlauben.

Er begann nachzuforschen, zu lesen und sich zu orientieren: Wo liegt, so fragte er sich, jener Themenkreis, auf den der schmale Strahl des allgemeinen Interesses durch die Projektionslinse der Presse fällt, die immer wieder andere Gebiete beleuchtet? Wie kann man einen Takt früher die Richtung dieses wandelbaren Lichts bestimmen? Vor allem aber galt es festzustellen, auf welche Weise sich die Reichweite und die Energie des Ausdrucks steuern und eingrenzen ließ, damit sich das, was er zu sagen hatte, nicht in ultravioletten Bereichen verlor und damit dem durchschnittlichen Auffassungsvermögen entglitt, das auf einen engeren Raum eingestellt war.

Dennoch hatte er nicht vor, sich für immer in einer solchen mittleren Skala zu beugen, unter und über der ihm der Durchschnittsleser nicht mehr folgen konnte. Ihm war klar, daß er ein Sumpfgebiet betreten und in den bodenlosen Tiefen erbärmlicher Durchschnittsleistungen rettungslos versinken würde. Also versuchte er, geschickt zu täuschen und zu blenden, agierte wie ein Jongleur, schmuggelte auf gefällige Weise das Besondere in seine Texte, so daß seine Leser durch das latente Neue allmählich angesteckt wurden. Sie freuten sich über seine ungewöhnliche Diktion, waren von seinen frischen, herben, einfachen Bildern hingerissen.

Dennoch kam es immer wieder vor, daß die Redakteure vor seinen seltsamen Themen, seinen facettenreichen Analogien, seiner ›zeitlosen, unzeitgemäßen‹ Betrachtungsweise zurückschreckten. In solchen Fällen pflegte er seinen inneren Reflektor auf ›zeitgemäße‹

Themen und Probleme zu richten, befragte Diebe, Mörder, Betrüger, Angehörige von Opfern, Bettler, Prostituierte, Alkoholiker, Drogensüchtige, Homosexuelle und unheilbar Kranke. Er verstand es, all diese Fälle, all diese Probleme auf konzentrierte, farbige, pulsierende Weise zu dramatisieren. Er verfaßte spannende Studien über sie, um sie dann auf eine für ihn charakteristische Art Schicht für Schicht abzutragen, sich an die unsichtbaren Wurzeln ihrer Verzerrungen und ihres Dramas heranzupirschen und das Außerordentliche in all den Geheimplätzen bloßzulegen.

Jahre später schämte er sich wegen dieser marktschreierischen, plakativen Jongleurskunst, hinter deren unbegreiflicher Routine sich oft eine kindliche Naivität verbarg. Wie dem auch sei, diese wirkungsvollen, beeindruckenden Artikel dienten ihm als bahnbrechende Steinaxt, die er im Dschungel seines Handwerks nur zu gut gebrauchen konnte.

Ihm war von vornherein klar, warum er ausgerechnet in dieser Entwicklungsphase einen so großen Erfolg zu verzeichnen hatte. Denn dies war der Schnittpunkt, wo er sich am meisten jenen Ansprüchen näherte, von denen er stets den größten Abstand bewahren wollte. Zu dieser Zeit hielt man ihn für einen literarischen ›Tausendsassa‹. Seine Attribute, seine Gleichnisse, all diese ›Volltreffer‹ machten Furore und wurden überall zitiert. Im allgemeinen aber wurde von ihm erwartet, was schon sein Lehrer in Gödöllö von ihm verlangt hatte: Daß er nämlich in den seichten Gewässern seiner Förderer, seiner Gönner, seiner treuen Lesergemeinde, die seine Schriften ebenso schockiert wie amüsiert verschlang, weiterpaddeln sollte.

Alle werden von mir enttäuscht sein, dachte er oft in peinlicher Hilflosigkeit, nur Ivan Ruff nicht. Denn er allein weiß genau, was ich will, und wird mich nicht durch unerfüllbare Auflagen knebeln.

Wider Erwarten verdiente er große Summen, doch all

sein Geld schmolz im verheerenden Erdrutsch des Schicksals seiner Eltern dahin. Sein Vater wurde unter der Obhut seiner Mutter in ein Bergsanatorium verlegt, um ständig unter ärztlicher Beobachtung zu sein. Aufgrund ihrer gemeinsamen Beziehungen war es zwar gelungen, irgendwelche Vergünstigungen und Ermäßigungen auszuhandeln, doch ihr unzeitgemäßes Wesen und die Lebensform dieser sterbenden Saurier riß ein tiefes Loch in ihre Kasse.

Bis zum Tode seines Vaters, der während der Oktoberrevolution verstarb, löste György den Haushalt nicht auf, behielt die unwohnliche Stätte, die schon lange kein Zuhause mehr war. Der Herr des Hauses war nur heimgekehrt, um hier zu sterben und die seelenlosen Kulissen mit der Erinnerung an seine Auflösung bei lebendigem Leib zu tränken.

Der Rest der Familie wollte entsetzt und zerschmettert aus der Klausur dieser furchtbaren Zelle flüchten. Es war fast ein Kunststück, das Unmögliche zu versuchen, um dieser Wohnung zu entfliehen — doch der Versuch gelang.

Sie fanden eine passende Bleibe am Fuße des Adlerhügels in Ofen, in einer Gegend, die damals noch als Außenbezirk galt, in einem einsamen Haus, das in einer erst jüngst erschlossenen Straße zwischen unbebauten Grundstücken stand: Zwei Zimmer und eine große Terrasse an der Grenze zwischen Stadt und Land, dort, wo der Lärm und die Lichter der Stadt, die herben Düfte der dampfenden, nackten, von Unkraut überwucherten Wiesen, das Gezirp der Grillen, das Madrigal der Frösche und der flehende Gesang der Vögel aufeinanderprallten.

Die verirrte Rolle

SEINE MUTTER, aus allen Welten gefallen, streunte den ganzen Tag rastlos umher. Sie ging zu Fuß in die Stadt, kehrte wieder heim, schritt unruhig durch die Zimmer und über die acht Meter lange Terrasse auf und ab. In ihrer verzehrenden Hast und Eile war sie stets reisebereit, befand sich ständig im Aufbruch. Ihre einst hohe, biegsame Heldenfigur war zu einer hageren, kantigen, einsamen Matronengestalt verdorrt. Die dick aufgetragene Schminke auf ihrem verwelkten Gesicht, die einst ihren verschleierten Augen, die neugierig in die Welt schauten, ihren Glanz verliehen hatte, wirkte jetzt wie eine schreckliche Maske auf dem Gesicht einer Toten.

Immerhin machte sie Konversation, empfing Gäste, manchmal lachte sie auch, und ihr Lachen hörte sich an wie das Geklapper von Kieselsteinen in einem blechernen Becher. Sie schmiedete Pläne, beschäftigte sich mit Rollen, verhandelte und wehrte sich krampfhaft dagegen, sich selbst zu gestehen, daß sie doch nur das Unvermeidliche hinauszögerte.

Eigentlich hatte sie hier nichts mehr zu suchen. Ihr Auftritt sollte auf einer anderen Ebene, auf einer anderen Bühne erfolgen — sie aber wartete mit aufgeputschten Nerven und beklemmendem Lampenfieber auf ihr Stichwort.

Sie fürchtete sich bei Nacht. Ihre namenlose, gestaltlose, feuchte Angst griff auch auf Zoltán über. Die Last ihrer Furcht legte sich auf den Fußboden, auf die Möbel, die sich mit massiver Gewalt krachend gegen den Druck dieser krankhaften Gefühle wehrten.

»Habt ihr's gehört?« drang das erstickte Geflüster der Mutter durch die offene Tür wie ein eisiger Hauch in ihre Zimmer. »Bitte, Gyurka, mach Licht! Ich werde noch wahnsinnig!«

Er ging in das Zimmer der Mutter hinüber und drehte das Licht an. Fast schreckte er vor ihr zurück, vor dieser Gestalt, die im milchigen Licht mit steifem Rücken hochaufgerichtet in ihrem Bett saß. In die Vertiefungen um ihr Schlüsselbein fielen dunkle Schatten. Ihr schwarz gefärbtes, schütteres, drahtiges Haar stand in hartem Kontrast zu ihrem dick eingecremten, grauen Gesicht. Ihre Augen starrten über ihn hinweg in weite Fernen. Ihr Mund war eingesunken, weil sie ihre Perlenprothese über Nacht abgelegt hatte.

Das Stichwort! dachte er mit beklommenem Herzen bei einer solchen Gelegenheit. Sie hat es bereits gehört, aber sie klammert sich immer noch krampfhaft fest. Sie will immer noch nicht wahrhaben, daß sich der Schwerpunkt ihres Lebens auf die andere Bühne verlagert, wo sie ihr einziger Partner erwartet.

»Wovor fürchtest du dich?« fragte er zärtlich. Er legte die Hand auf ihre Schulter und spürte, wie sie bei der Berührung zusammenfuhr.

»Da war jemand. Die Schritte näherten sich meinem Bett. Ich hörte, wie seine Sohlen schwer auf den Fußboden stampften. Ein großer, schwerer Mann. Er blieb an meinem Bett stehen, atmete keuchend und laut. Er beugte sich zu mir nieder, und da drang mir ein Geruch in die Nase ...« Sie schüttelte sich vor Abscheu und Ekel.

»Aber warum sollte man sich vor Vater fürchten, wenn er vielleicht ...«

»Vater?« Ihr verwirrter Blick streifte sein Gesicht, dann flog er davon, wie ein flüchtender Falter. »Nein. Das kann er nicht gewesen sein. Dieser Geruch ... es war ein Leichengeruch!«

»Wenn einer gestorben ist und dennoch lebt, kann er keinen Leichengeruch verbreiten«, meinte er ruhig. »Es sind nur deine erschöpften Nerven, die dich schrecken. Vater würde dich nie auf diese Weise heimsuchen.«

Die Mutter hob den Blick zu ihm empor, ganz langsam und verträumt, bis er ihrem Blick begegnete. Ihr Gesicht entkrampfte sich, ihre Züge glätteten sich, als wäre eine Zentnerlast von ihr gefallen. Dann lehnte sie sich in ihre Kissen zurück. »Du hast recht«, sagte sie mit bebenden Lippen, die sich zu einem freudlosen Lächeln öffneten. »Du bist ein guter Junge, Gyurka.« Ihre gefältelten, schweren Augenlider schlossen sich wie ein fadenscheiniger, ausgebleichter Vorhang. »Laß das Licht brennen ... ich mache es aus«, murmelte sie.

Eines frühen Morgens brach sie auf und ging fort. György war es, der ihr die engen Lederhandschuhe zuknöpfte. Sie sagte kaum ein Wort, hatte es offenbar sehr eilig. Sie hätte eine Besprechung, bemerkte sie beiläufig, vielleicht würde sie sogar zur Leseprobe bleiben. Sie setzte eine Art Reitzylinder auf und verbarg die schreiende, violette Puderschicht auf ihrem Gesicht hinter einem weißen Schleier. Ein durchgeknöpftes enges Samtkleid umspannte ihren hageren, gebeugten Körper. Eine tragische Erscheinung, unzeitgemäß, wie die wahnsinnige Heldin eines Horrordramas.

Sie ging fort und kam nie wieder. Wohin sie in ihrem erstaunlichen Kostüm, das meilenweit Aufsehen erregen mußte, verschwunden war, blieb ein ungelöstes Rätsel. Es ließ sich nicht feststellen, ob sie mit jener nackten weiblichen Leiche identisch war, die aus der Donau gefischt wurde, oder mit dem Opfer eines Lustmörders, dessen Leiche ausgeplündert, halbnackt und verstümmelt im Kammerwald verscharrt worden war. Nach verschiedenen Untersuchungen und Nachforschungen konnte sie jede von beiden, aber auch keine von beiden sein.

György war bei der Leichenschau, die seine letzten Kräfte verzehrte, nicht in der Lage, seine Mutter zu identifizieren. Die phantastischsten Vorstellungen überfielen ihn und machten ihm zu schaffen: Vielleicht hatte sie das Gedächtnis verloren und irrte in Lumpen gehüllt über ländliche Straßen. Vielleicht bettelte sie, und man hatte sie ohne einen Pfennig Lohn irgendwo zur Zwangsarbeit verpflichtet.

Er ließ alle seine Beziehungen spielen, um sie ausfindig zu machen. Die widersprüchlichsten Nachrichten trafen bei ihm ein. Doch wenn er einer Spur nachgegangen war, stellte sich heraus, daß sie nirgendwo hinführte. Denn einmal hatte man sie angeblich als Bettlerin gesehen, die auf den Treppenstufen einer Kirche hockte, dann wieder als Prostituierte, die sich betrunken im Graben einer Vorstadt wälzte, dann wieder als hilflose, irre Dorfnärrin. Manchmal glaubte György, daß sie ihm auf der Straße entgegenkam. Ihr Gang, ihre Gestalt, ihr Gesicht erschienen auf einer beliebigen Person als Projektion, und diese Freude, die sein Herz höher schlagen ließ, verflüchtigte sich erst, wenn diese Person näher kam.

Ivan Ruff beobachtete eine ganze Weile Györgys Zustand, der immer bedenklicher wurde.

»Warum suchst du dauernd draußen nach ihr? Siehst du denn nicht, daß du in einem Müllhaufen wühlst, der die Wirklichkeit verdeckt und bis in den Himmel reicht?« fragte er schließlich aggressiv, um sein Mitleid zu verbergen. »Auf diese Weise wirst du sie niemals finden!«

»Mag sein. Trotzdem werde ich weiter nach ihr suchen. So kann ich wenigstens etwas für sie tun.«

»Da täuschst du dich. Du tust gar nichts für sie. Dafür schaffst du dich selbst ins Irrenhaus!«

»Was sollte ich deiner Meinung nach tun?« fragte er seinen Freund ohne Umschweife, da er ihn genau kannte. Er wußte, daß er ihm nicht mit solchen Vorwürfen kommen würde, wäre in ihm der Hilfsplan nicht bereits gereift.

»Versuche dich ihr an jenem Ort zu nähern, an dem sie sich befindet!«

»Und wie kann ich mich ihr nähern?«

»An ihrem eigenen Faden, der sie durch ihr Blut mit dir verbindet!« sagte Ivan Ruff ernst. »Oder glaubst du, daß dieser Ariadne-Faden in dir nicht vorhanden ist?«

»Werde deutlicher!« György spürte plötzlich eine seltsame Erregung. Der Text, den er vernahm, erweckte verschwommene Erinnerungen in ihm.

»Suche Kontakt mit ihr, und horche nach innen! Ruf sie! Immer dann, wenn du allein und ungestört bist. Befrag sie selbst! Mache deine Experimente bei Nacht. Denn zu dieser Zeit geistert sie im Traum durch andere Welten, auch wenn sie noch am Leben ist.«

Kerzen vor dem Spiegel

SEINE ERSTEN EXPERIMENTE schlugen freilich fehl. Er angelte in einem vernebelten inneren Raum, tastete blind in sich selbst herum, und auf seinen Ruf folgte kein Echo.

Doch seine Träume waren prall gefüllt und seltsam. In schwüler Finsternis wandelte er durch endlose Gänge an numerierten Türen vorbei. An einigen Türen war das Schloß aufgebrochen oder die Klinke herausgerissen, sie schlugen immer wieder auf und zu.

Er blickte in Theatergarderoben voller Spinnweben, in Räume, die man offensichtlich in höchster Eile verlassen hatte. Überall lagen offene Tiegel und verstreute Kleidungsstücke herum. An weit geöffneten Schranktüren hingen steife, starre Kostüme, weite, geraffte Frauenkleider aus Brokat und zerschlissenem goldenen Spitzenbesatz, perlenbestickte Abendkleider, griechisch anmutende Seidengewänder. Auf weißen Tischen, deren Lackierung gerissen und abgeblättert war, baumelten an Ständern verrutschte blonde, rote, schwarze Haarteile, auch weiß gepuderte Rokokoperücken, deren

Locken von einer dicken Staubschicht bedeckt waren. Auf dem schmutzigen, mit Abfall übersäten Fußboden lagen zwischen Stühlen und Fußbänken achtlos hingeworfene spitze seidene Schnallenschuhe, Damen-Reitstiefel und gestickte, hochhackige Pantoffeln mit schiefen Absätzen herum.

Während er noch durch den Flur streifte und jeweils einen Blick in die Garderoben riskierte, hörte er hinter seinem Rücken das Geklapper spitzer Absätze von Damenschuhen. Er drehte sich um, doch hinter ihm geisterten nur körperlose Schatten. Ihm war, als würde jemand über ihm auf Zehenspitzen eilig über einen Gang huschen.

Hinter einer geschlossenen Tür hörte er Gläser klingen. Er öffnete die Tür und trat ein. Auch dies war eine Garderobe. Vor dem blinden Spiegel brannten zwei Kerzenstümpfe, und auf dem Stuhl saß das Kostüm der Maria Stuart. Beim Anblick des hohen, leeren Kragens und der lebensecht ausgestreckten, handlosen Ärmel packte ihn das Grauen.

»Wo bist du?« rief er beklommen.

Im Spiegel tauchte das bleiche, aufgewühlte Antlitz seiner Mutter auf. Es sah aus, als bestünde es aus grauem Zigarettenrauch, der ständig waberte und schwebte, sich auflöste und verdichtete: ein verwaschenes, unscharfes Bild.

»Ich weiß es nicht ...«, klang es verträumt in sein Ohr, wie aus weiter Ferne.

Als er seinen Traum Ivan Ruff erzählte, wurde ihm geraten, seine Gedanken beim nächsten Experiment auf das Zigarettenrauch-Porträt im Spiegel zu konzentrieren.

Was war das nur für ein rätselhafter, flüchtiger Stoff dort im Garderobenspiegel, der von Spinnweben umrahmt war! Selbst beim leisesten Annäherungsversuch löste es sich auf, wie aufsteigender Rauch im Wind.

Wenn er aber, halb träumend, halb wach ins Unendliche lauschend versuchte, ihn in seine innere Bildregion zu ziehen, schlüpfte er in die Gestalt seltsamer Nebenassoziationen, die in sein Bewußtsein drangen, und er wucherte anderswo weiter.

Erst nach geduldigem, langem Bemühen gelang es ihm, dieses Gebilde einigermaßen zu stabilisieren. Doch selbst dann war es immer noch so empfindlich wie eine vor Luftzug geschützte Kerzenflamme.

»Lebst du?« fragte er vorsichtig, um zu verhüten, daß der Sturm der Erregung die Vision seiner inneren Traumregion wieder verwehte.

»Ich lebe.« Es war keine Stimme, eher das Negativ eines Gedankens.

»Wo lebst du? Hier oder im Jenseits?«

»Ich weiß es nicht. Ich kenne keinen Unterschied.«

Marionetten

AUS DER RATLOSEN, VERNEBELTEN UNSICHERHEIT seines schwankenden, taumelnden Bewußtseins tauchte plötzlich in grellen Farben das Bild eines Lagerhauses auf, das mit kleinen, schlaffen Marionetten gefüllt war. Von ihren baumelnden Armen und ihren verdrehten, hilflos ausgestreckten Beinen führte ein Gewebe aus lockeren Fäden nach oben und verlor sich im Schatten der himmelhohen Decke des Saals.

All die grotesk bemalten Puppengesichter glänzten wie Lack, in einem einzigen Ausdruck, einer einzigen Grimasse erstarrt. Eins von ihnen weinte, ein zweites drückte Furcht aus, ein drittes grinste hämisch, ein viertes war entsetzt, ein fünftes wunderte sich — aber es gab auch solche, die verträumt und sehnsüchtig nach oben schauten, die schliefen oder die schielten wie Betrunkene. Sie lagen da, unbeweglich, wie tot. Doch als er sich ihnen näherte, merkte er, daß in ihnen ein schwaches, bruchstückhaftes, zusammenhangloses Leben pulsierte.

Warum rührt ihr euch nicht? erklang der Gedanke in seinem Gehirn. Und diese körperlose Frage erwachte in der großen Lagerhalle zu einem heftigen, aggressiven Leben, kam als rauschendes, wallendes Echo zurück. *Rührt euch doch! Erhebt euch!*

Glitzernde, glänzende Glasaugen begannen sich zu bewegen. Über das Gesicht mit dem weinenden Mund rannen Tränen. Aus der Kehle des Lachenden drang ein silbernes Gelächter. Der, der sich wunderte, ließ einen erstaunten Ruf hören. Der Sehnsüchtige stieß einen keuchenden Seufzer aus. Der Schlafende öffnete die Augen.

»*Warum rührt ihr euch nicht?*« wiederholte jeder in seiner eigenen Tonart: tragisch, trillernd, schluchzend, seufzend und flehend. »*Rührt euch doch! Erhebt euch!*« In dieser Kakophonie mechanisch wiederholter Texte ging der ganze Saal unter und verschwand.

Er blickte auf eine kleine Bühne in schwindelnder Ferne, auf der ein kostümiertes Miniatur-Liebespaar agierte, sich umarmte, sich freute, sich stritt, flehte und sich versöhnte, sich voneinander verabschiedete. Dabei hörte er die geschmeidige, ziselierte Stimme seiner Mutter, wie früher, wenn sie Verszeilen wie Perlenschnüre skandierte, und den Kontrapunkt der einschmeichelnden, üppigen Baritonstimme seines Vaters als Antwort auf flehende Fragen.

Sie haben noch einen Vorrat an Texten, dachte er, von einer seltsamen Eingebung beflügelt. *Aber was kommt, wenn all die vielen fremden Gedanken einmal verbraucht sind?*

Mitleid, Erbarmen, Hilflosigkeit und Ungeduld ergriffen ihn. Er wollte seine Mutter fassen, wollte im Hintergrund dieser grotesken, phantastischen Darstellung zu ihr vordringen, ihren Leichnam oder ihren geistlosen, lebendigen Körper ans Licht bringen.

Diese Forderung wurde in ihm zu einer wild strudelnden Kraft, als würde eine schwere, dichte Wassermasse plötzlich durch sein ganzes Bewußtsein stürzen. Er schnappte nach Luft, als hätte jemand seinen Kopf mit Gewalt ins Wasser getaucht. Seine Adern drohten vor lauter Spannung zu platzen. Dann aber, in tiefster Tiefe, in einem Netz aus Drähten, Felsbrocken und zähen Lianen gefangen, spürte er für einen Moment dieses dunkle, weiche, verwitterte Etwas, zwischen dessen wehendem Haar silbrige Fische huschten.

Zitternd und in Schweiß gebadet kämpfte er sich aus der Unterwelt dieser entsetzlichen Umgebung wieder an die Oberfläche. Und als dann das Bewußtsein wieder in seinen Körper zurückkehrte, lehnte er sich erschöpft zurück.

In die Trauer der endgültigen Gewißheit, daß er nun wirklich zu dem unbekannten Grab seiner Mutter in die Tiefen der Donau hinabgetaucht war, mischte sich die düstere Freude an diesem Erlebnis.

Die philosophische Konzeption dieser transzendenten Wirklichkeit, die er durchlebt hatte, war schwindelerregend. Denn er hatte es fertiggebracht, über seine überspannten Sinne einen Kontakt zu den ins Ultraviolette, ins Unendliche schwingenden Geheimnissen des Daseins herzustellen.

Nun wußte er gewiß: In der Materie tut sich ein verborgenes Tor auf, das zu den Ebenen ewiger Ideen und Energien führt. Es gilt nur, den passenden Schlüssel zu finden.

Praxis

VON DIESEM ZEITPUNKT AN begann er regelmäßig zu meditieren. Die halbe Stunde am Tag, die absolute innere Ruhe im Zauberkreis der Vorstellung, der die Außenwelt und ihre Einflüsse vollkommen ausgrenzte, das Verweilen in dieser Klausur wurde ihm zum Bedürfnis wie die Nahrung, wie das tägliche Brot.

Seine Übungen wurden von Ivan Ruff geleitet, mit großer Umsicht und sehr viel Wissen. Er trainierte Györgys Konzentrationsfähigkeit wie ein Sportlehrer die Muskeln seiner Schüler.

Er offenbarte ihm die Magie der Posituren, die auf Seele und Körper einwirkten, weihte ihn in die Geheimnisse der bewußten Atmungstechnik ein, deren Macht beruhigend und verjüngend wirkte, während sie den Kontakt zu ewigen, nie versiegenden Energiequellen herstellte.

Er illustrierte die Beziehungen all jener Symbole und Analogien, die jede Erscheinung bis in ihre Wurzeln erhellten. Zahlen, geometrische Figuren schienen auf wie metaphysische Strukturen, die das Schicksal durchsetzten und bestimmten. Und die Sterne, ins All der Menschen gewoben, begannen zu leuchten: ein Mikrokosmos, der alle Mysterien des sichtbaren und unsichtbaren Universums in sich barg.

Jeder Moment dieser Übungen und Studien erklang in ihm gleich einer glücklichen Erkenntnis. Doch dies war nicht die erste Begegnung dieser Art. Denn jenseits seines persönlichen Bewußtseins, jenseits seiner Erinnerung bedeuteten sie die Wurzeln seines Wesens und seines Daseins.

Seine Kraft und sein Interesse ergossen sich mit gewaltigem Schwung und Schwall auf jenes Gebiet, wo alle Schranken fielen, wo aus jedem Torso ein Ganzes wurde, wo anstelle von Flammen, die in Asche erstickten, ein ewiges Feuer entfacht wurde, wo das ewige Leben den allgewaltigen Tod verdrängte.

Während dieser Zeit der inneren Sammlung und der angewandten Lebensweisheit, die insgesamt etwa zehn Jahre in Anspruch nahm, ging er einer Art ablenkender Beschäftigung nach, wobei er versuchte, seine Mimikry zu bewahren, um sein und Zoltáns Leben zu finanzieren.

Doch im Lauf der Jahre und bei fortschreitender Entwicklung wollte es ihm immer weniger gelingen, seine wahren Absichten zu verbergen. Seine Verse wurde mehr und mehr von immer neuen, fremden Säften erfüllt, die in und zwischen die Zeilen sickerten. All jene aber, die in ihrer geistigen Platzangst den Schritt ins Universum nicht wagten, empfanden den ideellen Inhalt seiner Artikel, seiner Studien, seiner Novellen allmählich als krankhaft.

Schließlich begann er die beleidigte Reaktion zu spüren. Man behandelte ihn, als hätte er ein stilles Abkommen gebrochen. Seine Hinweise, die über eine genau vermessene, zivilisierte, mit Drahtzaun umgebene Region hinausgingen, wurden als undankbare Grobheit gewertet. Seine Leser schreckten allein schon vor dem Gedanken zurück, daß es außerhalb dieses Kordons überhaupt noch etwas geben könnte, zum Beispiel nicht kartographiertes Land, wilde, weite Gebiete, geheime, transzendente Spuren von Kultur.

»Du machst dich lächerlich!« sagte Géza Rotter, der als erster und am empfindlichsten auf seine Verwandlung reagierte. »Du hast ganz einfach den Boden unter den Füßen verloren. Das ist keine Literatur mehr, sondern ein eingeschleustes, unkünstlerisches Programm: die schiere Metaphysik. Wohin strebst du eigentlich?«

»Genau dorthin, zu jenem Ziel, das jeder kreative Mensch erreichen will: zum Großen Werk, zum *Opus magnum*.«

»Das wiederum ist Esoterik. Für einen Philosophen

581

bist du viel zu sehr Künstler, für einen Künstler aber von viel zu spekulativer Natur. Paß auf, daß der eine den anderen nicht verdirbt oder daß du in diesem Zweikampf nicht selbst zum tragischen Kentaur wirst. Denn ein Kentaur ist ein entartetes Tier und ein entarteter Mensch zugleich.«

»Wärst du nicht in unlösbare ästhetische Dogmen, in Entsetzen und Grauen verstrickt, die dich hemmen, könntest du mir auf dem Weg zu meinem mystischen Gondwana folgen. Und du würdest entdecken, daß diese Nostalgie auch in dir lebt, ebenso wie in den französischen Psychoanalytikern, im Messianismus der Russen oder in der Revolution der auch von dir geschätzten Futuristen, Kubisten, Expressionisten, die nach neuen Ausdrucksformen suchen. Freilich könnte ich ebensogut auch sämtliche Richtungen der Dekomposition aufzählen.«

»Was verstehst du unter Dekomposition?« fragte Rotter fast persönlich beleidigt. War er doch ein Bewunderer und Förderer all jener revolutionären Experimente von Menschen, die zwischen den beiden Weltkriegen vor dem Fiasko der sozialen Gemeinschaft, vor der Ausweglosigkeit ihres Schicksals flüchtend ihr Heil in der Emigration, in auf den Alltag übertragenen bizarren Traumassoziationen, in schizoiden Visionen verzerrter Katabolismen suchten.

»Unter Dekomposition verstehe ich jene Verhaltensweise, die zunächst zerstört, anstatt Neues zu schaffen, die alles verwirrt und in Frage stellt. Ich will nicht behaupten, daß ein solcher Vorgang nicht einer dringenden Notwendigkeit entspricht. Doch die ständige Verseuchung durch all die prähistorischen tiefen Schichten hindurch birgt große Gefahren in sich. Das Tiefenbewußtsein des Subjekts, das alles verneint, ist finster und konturlos. Keiner kann dem Künstler in diese Region folgen, außer demjenigen, der die Fähigkeit besitzt, sich auf gleiche Weise zu deformieren. Dieser explosive Gegenpol aber wird zu einem Strudel, der den intakten Geist mitreißt und verschlingt, sollte es nicht gelingen, nach einer Übergangszeit von Gärung und Läuterung einen Ausweg zu finden.«

»Hast du einen Ausweg gefunden?«

Géza Rotters Stimme schoß auf ihn zu wie ein spöttischer, beleidigter Pfeil, konnte ihn aber nicht verletzen.

»Das war nicht weiter schwer. Ich habe lediglich die drängenden Erscheinungen in mich eindringen lassen, deren Strom das menschliche Nervensystem zum Klingen bringt.

Auch du kannst nicht leugnen, daß jetzt etwas zu Ende geht und etwas Neues beginnt. Grundwasser sickert aus den Tiefen hervor. Zeichen erscheinen am Himmel. Aus dem Kosmos regnet das Sperrfeuer neuartiger Wirkungen herab. Die Erde bebt und grollt nicht nur unter meinen Füßen.

Durch dich, durch mich, durch die ganze Menschheit wird sich die Welt verändern. Wissenschaft, Kunst, Religion, Philosophie, Soziologie umfassen heute einen anderen Inhalt als gestern. Und dieser Inhalt nimmt jeden Moment um neue Dimensionen zu. Im Kataklysmus der ständigen Geburt und des ständigen Todes gewinnen die Dinge ein anderes Gesicht, neue Seelen und neuer Geist werden geboren.

Nun ... Ich bin bereit, in diesen Rhythmus einzufallen. Aber ich will mich nicht mit den Mantras der Vernichtung im ekstatischen Rausch der Worte, Töne und Farben zu den Totengräbern gesellen — ich will den Schritt in die Zeitlosigkeit wagen. Ich stelle mich ins Zentrum aller Extreme. Dorthin will ich alle Werte dieser versinkenden Kultur als ewige Samenkörner hinüberretten.«

»Was du sagst, besitzt Kraft und Energie, bist du doch ein Künstler und ein fanatisch Besessener obendrein. So was verfehlt durchaus nicht seine Wirkung. Doch wenn ich das Wesentliche deiner Worte betrachte, kommt es mir niederschmetternd und abstoßend vor. In welch einen Sumpf bist du geraten! Ivan Ruff, dieser gefallene literarische Schmierfink mit seinem verletzten Selbstbewußtsein, hat dich verdorben! Er will dein Talent verschleudern, wie er das seine vernichtet hat. Er hat dich mit einer fixen Idee infiziert, mit der Idee des *Opus magnum*, dieses mentalen Perpetuum mobile, das jedes geistige Gut, die Kraft, die Jugend, das Feuer verzehrt, ohne daß du der Verwirklichung auch nur einen Schritt näherkommst! Dein armseliger Luzifer dreht deinen Kopf himmelwärts, damit du das Ziel nicht mehr siehst, dieses Ziel, das einzig und allein *der Weg* ist!«

György betrachtete Rotters bittere Empörung mit hilfloser Traurigkeit. Auch sein Wesen lag wie ein schwerer, fest verschlossener quadratischer Klotz im Strudel seiner Erlebnisse, dessen Wellen vom Unsichtbaren ins Sichtbare und vom Sichtbaren ins Unendliche schlugen. Er war einfach unerreichbar.

»Jedes Wort zwischen uns ist ein Mißverständnis«, sagte er leise. »Ich bin es, der den Weg, die Strecke abschätzt. Und für jeden Schritt arbeite ich fleißig. Doch ich möchte eines Tages irgendwo ankommen. Wenn ich durch irgendein großes Opfer, durch eine körperliche Verstümmelung diese böse Entfremdung zwischen uns aus der Welt schaffen könnte, wäre ich gern und mit Freuden dazu bereit. Du kannst ja nicht ermessen, was ich dir alles zu verdanken habe.

Ivan Ruff bringe ich jeden schuldigen Respekt entgegen, doch was seine Rolle in meinem Leben betrifft, so neigst du anscheinend zu Übertreibungen. Ich habe so manchen fruchtbaren Gedanken von ihm empfangen. Doch zwischen euch beiden weiß ich abzuwägen, besitze das richtige Maß. Das *Opus magnum* ist nicht Ivan Ruffs fixe Idee, die er eingeschleust hat, sondern meine eigene seelische Schwangerschaft, die ich seit meiner Geburt in mir trage.«

»Deine Anspielungen hören sich schwülstig und verschwommen an. Nun möchte ich von dir die genaue Definition des *Opus magnum* hören!«

»Das *Opus magnum* ist die vollkommene Darstellung der Wirklichkeit: ein lebendiger Kristall, der mit seinen Facetten des vollkommenen Lebens Energie ausstrahlt und Energie verschlingt. Er hat Kontakt zu allen Ebenen der Natur und stellt den magischen Rhythmus der Erscheinungen über diese verborgene Nabelschnur auch in sich selbst her. Er ist authentisch, weil er das Dasein mit seinen tausend Geheimnissen selbst ist. Worte, Gedanken, Ahnungen und Gefühle decken sich dort aufs Haar genau. Seine Begriffe werden von Farbe und Musik, seine Musikalität von Vernunft, sein Sinn von grenzenloser Intuition durchdrungen. Sein göttliches Gleichgewicht ist das große Lebenselixier, das nicht nur den Tod und den Kampf der beiden Widersacher, sondern auch die Auferstehung in sich birgt. Die Symbolsprache des gebärenden Schoßes, des Friedhofs, der Lust, des Leidens, des Weinens und Lachens, des Elends, der Völlerei, der Erschöpfung, der schäumenden Urkraft bleibt nicht nur ein Bruchstück in dieser wunderbaren Essenz, sondern löst sich in heilende Erkenntnis, in Licht auf. Denn das *Opus magnum* ist das Werk der Erlösung.«

»Also das ist des Pudels Kern.«

»Richtig.«

»Entsetzlich!«

»Mag sein. Aber dies ist mein Weg.«

Als er Ivan Ruff über dieses Gespräch berichtete, hüllte sich dieser eine Weile in schroffes Schweigen.

»Der arme Géza Rotter«, meinte er dann versonnen und seltsam besorgt. »Er spürt so manches, ahnt so manches, doch er kann kaum die Hälfte begreifen. Darum zieht er stets die falschen Schlüsse. So liegt er in etwa richtig, wenn er glaubt, daß dein zukünftiges Schicksal voller Krisen und Gefahren steckt. Obwohl — wärst du seinem Weg gefolgt, hättest du dich der gefälligen

Prostitution eines Bestseller-Autors mit Sicherheit entzogen. Dieses Prädikat aber wäre, wenn es nach den Literatursnobs ginge, ein Markenzeichen, ein heiliger Wahn, eine ansehnliche Schizophrenie, zumindest aber eine handfeste Paranoia. Die Sache dagegen, der du dich verschrieben hast, wirft eine These auf, die einsamer ist als der Tod, dennoch kollektiver als jede andere: Das *Opus magnum*.

Géza Rotter hat auch recht, wenn er meint, ich hätte meine Begabung vergeudet. Die Bezeichnungen ›armseliger Luzifer‹ und ›literarischer Komödiant‹ fordern geradezu zum Beifall heraus.

Aber es gibt eine Sache, von der er keine Ahnung hat, etwas, das ich besser weiß: daß du nämlich dieses mystische Kind gebären wirst. Nicht für ihn und nicht für mich — und jetzt nicht einmal mehr für dich selbst. Denn die Befruchtung hat nicht durch mich und nicht auf der Ebene des Menschen stattgefunden. Der Unterschied zwischen dir und mir ist, daß ich etwas Totes in mir herumtrage, du aber etwas Lebendiges. In der Tiefe all deiner Werke verborgen pochen schwach, aber deutlich die Herztöne dieses Cherubs *in statu nascendi.*«

»Deine bitterböse Selbstkritik tut mir ebenso weh, als würdest du mich ins Gesicht schlagen!« gab György zurück. »Du sprichst, als würdest du an einer moralischen Verzerrung leiden, was deine Person betrifft. Deine Beziehungen *zu deinem Nächsten* hast du einigermaßen geklärt, doch die Beziehung zu deinem eigenen Ich, zu dir selbst, ist mehr als getrübt.

Ich kann einfach nicht begreifen, warum du trotz deiner Fähigkeiten, die du auch selbst nicht leugnen kannst, deiner umfassenden Bildung, deines untrüglichen, klaren Blicks und deiner analytischen Virtuosität in eine solch feindliche Beziehung mit deiner eigenen Person geraten konntest.

Christus hat den Menschen nicht umsonst geraten: *Liebe deinen Nächsten wie dich selbst.* Man kann dieses

Problem nicht einfach verdrängen oder versuchen, ihm auszuweichen. Bevor du mit dir selbst keinen Frieden schließt, kannst du kein gültiges Maß anderen Menschen gegenüber haben!«

»Freilich, ja! So weit, so gut. Aber ich muß mit mir selbst so verfahren. Es ist unerläßlich, daß ich die Geißel all der Narzisse bin, die sich unter meiner Haut verbergen. Nur auf diese Weise kann ich Meister und Schüler gleichzeitig sein. Dies ist die mißverständliche, aber unumgehbare Phase des alchimistischen Vorgangs: Putrefactio.

Sonst kann ich meine Toten nicht erwecken — sonst wird all meine Kraft nach außen projiziert. Mein Heiligtum bleibt leer, mein Wissen nichts als ein kalter Widerschein. Der Mensch kann den anderen gegenüber nicht weise und sich selbst gegenüber töricht sein. Eins von den beiden Extremen muß vernichtet werden. Das Ende dieses Kampfes unterliegt keinem Zweifel, höchstens vorübergehend, für kurze Zeit.«

Über Ivan Ruffs gewaltigen Löwenkopf streifte der Scheinwerferstrahl eines utopischen Fluidums, ein tastendes, suchendes Licht aus den Dimensionen der Zukunft. Ruff aber, während eines kurzen Waffenstillstandes mit sich selbst, zwinkerte György mit ungewöhnlicher, fast friedlicher Heiterkeit zu.

»Vergiß nicht, Gyurka, daß mir kaum mehr etwas Schlimmes zustoßen kann. Denn ich mag ein noch so armseliger Clown sein — irgendwo hat mich die Wirklichkeit gestreift. Ich rebelliere, ereifere mich, bin neidisch, verhalte mich wie ein lächerlicher Holzkopf — doch hinter der Kapuze meines Kostüms weiß ich, daß ich in einem Mysterium mitspiele, das sich hinter dem Tod in weite Fernen verliert. Ich habe diese Bühne aus vorangegangenen Komplikationen heraus betreten. Die geheimnisvollen, oft erschreckenden Konflikte aber treiben die Handlung der einzigen, der endgültigen Lösung zu.«

György mußte schon sehr früh feststellen, daß die unbeabsichtigte und unbewußte Ausstrahlung seiner Persönlichkeit auf viele Frauen so zündend wirkte, als würde man Sonnenstrahlen durch ein Brennglas auf trockenes Laub projizieren. Zitternde, bebende, verworrene, amokläuferische Leidenschaften wurden wach, die ihn meistens abstießen, erschreckten oder auch hilfloses Mitleid in ihm auslösten.

Auf den strikten Befehl seiner rebellierender Drüsen hin ging er gelegentlich ein Verhältnis mit irgendeiner herrenlosen Frau ein. Umsichtig, aufrichtig und maßlos naiv, wie er war, offenbarte er seiner jeweiligen Partnerin all das, was er ihr zu bieten hatte. Doch solch vernünftige Übereinkünfte büßten im Laufe eines Verhältnisses ihre Gültigkeit ein, obwohl es sich bei seinen Auserwählten stets um intelligente Frauen handelte. Jenes unsympathische Abenteuer mit Eta hatte ihn endgültig von all den kopflosen Weibsbildern kuriert, die außer den Decknamen für die primitivsten Reize höchstens noch über eine eindeutige Zeichensprache verfügten.

Das Androgyn

DIE SELTSAMSTE GESTALT in seinem Leben war zweifellos Rita, eine Kollegin bei einer Zeitung. Dieses rothaarige, leicht sommersprossige, sehr schlanke Mädchen mit dem großen Busen durfte vielleicht fünf Jahre älter sein als er. Ihre Frisur war stets zerzaust. Ihre wassergrünen Katzenaugen mit dem flinken Blick wurden durch eine schwarzumrandete Brille in ungewöhnlichem Maße verzerrt. Ihre Nase war kräftig, aber schön geformt. Aus ihrem großen, frischen Mund blitzten weiße Wolfszähne hervor. Sie lächelte oft, oder sie riß einfach den Mund mit den geschminkten Lippen weit auf und brach in hemmungsloses, kreischendes Gelächter aus. Wenn sie aber die vollen Lippen in selbstvergessenem Schweigen zusammenkniff, gruben sich tiefe Kerben um ihren Mund, die an zwei Klammern erinnerten.

Ihre Kleidung war unordentlich und geschmacklos, schlampig und ungepflegt. Ihre Strümpfe waren voller Laufmaschen, fehlende Knöpfe wurden stets durch Sicherheitsnadeln ersetzt. Ihre Stimme war heiser von den zahllosen Zigaretten, die sie täglich konsumierte, an ihren Fingern blühten gelbe Nikotinflecken. Das Geld, das sie verdiente, hielt sich nicht lange in ihren Taschen, es schwand einfach dahin, obwohl sie von der Zeitung sehr gut bezahlt wurde. Oft war sie so weit, daß sie kaum ihren geringsten Bedarf decken konnte.

Sie wanderte von einer Untermiete zur anderen. Sie zog stets nur mit einer Aktentasche um, in die sie ihr Nachthemd, ihre Zahnbürste und ihre Kosmetiksachen gepackt hatte, weil sie wegen all der unbezahlten Rechnungen ihr ganzes Hab und Gut zurücklassen mußte. Bei Gericht wurde sie als Stammgast geführt. Bei all ihren zahlreichen Prozessen, die sie sich auflud, stand ihr der Rechtsanwalt der Zeitung zur Seite, zum Teil aus Freundschaft, meistens aber, weil ihm die Sache Spaß machte. Ihre Gläubiger hatten ihr Gehalt bereits auf Jahre hinaus gepfändet.

Alle Welt liebte Rita, und jeder half ihr, so gut er konnte, wie einer Person, die eigentlich nicht zählte. Denn sie war bereit, heiter und gelassen im Morast zu versinken, ein Umstand, den sie mit dreister Selbstironie unumwunden zugab. Ihre Kolleginnen und Kollegen aber waren ihr zugetan, weil sie schlicht käuflich war.

Rita trank auch und pumpte jeden ohne Scheu an. Gab es einen Mann, der sie mochte, gab sie sich ihm hin. Und in der Ungebundenheit dieser moralischen Verderbtheit gab es keinen Stützpunkt, keinen Ansatz, so daß man ihr auch nicht ins Gewissen reden konnte, weil sie auf kluge, geistreiche Weise mit natürlichem Humor jede Beschuldigung, jeden Vorwurf, jede Bitte, jede entsetzte Reaktion akzeptierte und aus lauter Spaß immer noch einen Schritt weiter ging.

Sie arrangierte derart satirische Fugen, daß ihre Seelenretter und Zuhörer sich vor Lachen bogen. Man konnte sich kaum vorstellen, daß sie jemals zu Eltern, Verwandten oder Liebhabern gehört hatte. Die Zeitung allein war ihr Haus und ihre Burg. Nur dort gelang es ihr einigermaßen, die Spannungen ihrer außerordentlichen Begabung zu lösen und Dampf abzulassen. Doch auch dies ganz ohne System, auf oberflächliche, nachlässige Weise. Ihre Artikel, ihre Novellen und Gedichte explodierten wie ein groteskes Gemisch aus Nitroglyzerin, Lachgas und mit vollen Händen verstreutem Paprika, brannten, juckten, verblüfften und amüsierten zugleich.

Satire und Fantasy waren ihr Lebenselement. Und sobald jemand in ihrer Gegenwart die Worte ›Wirklichkeit‹ oder ›Wahrheit‹ auszusprechen wagte, löste er eine echte Springflut von Spott und Hohn aus, die wie eine Fontäne emporschoß. Es ging um diese gewisse wichtigtuerische Kleinlichkeit, welche die zwischen den ganzen Zahlen und Regeln hervorwuchernden Lebenserscheinungen untergräbt oder verdeckt, um sie in die eigene festgefügte Statistik einordnen zu können.

»Dieses Wort haben all die schmalköpfigen Bleifresser schon derart verhunzt und verschlissen, daß man es am liebsten aus dem Wortschatz des Menschen löschen möchte!« verkündete sie am berühmt-berüchtigten Künstlerstammtisch des Café New York, der unter dem Motto *Eigenlob stinkt nicht* nach dem Ersten Weltkrieg gegründet worden war. Dieses Schlagwort heiligte auch die einzigartige Verhaltensweise, welche all jenen egomanischen, neurotischen, schizophrenen Charakteren entsprach, die sich um diesen Tisch scharten. Denn unabhängig davon, welcher Kunstrichtung sie sich verschrieben hatten, und mochten sie auch noch so begabt oder gar genial sein: Unter ihrer Haut lauerte stets der düstere, affektierte, empfindliche Narziß, dessen hemmungsloser Liebe und Lust nur auf sich selbst ausgerichtet war.

Rita machte es einen Riesenspaß, diese eingebildeten oder wirklichen Riesen der Literaturgeschichte zu provozieren, die sich nach ihren Worten »in dem nach Schweiß riechenden Sumpf des Verismus breitmachten wie die Urviecher im Tanggeflecht vorgeschichtlicher Tropenwälder.« Das brüllende Gelächter und die Wellen der Empörung, die da aufbrausten, waren eine Bestätigung dafür, daß sie wieder einmal ins Schwarze getroffen hatte. Dann ging das übliche Hickhack wieder los, das mehr Zuschauer und Kiebitze von den Nebentischen herbeilockte als eine spannende Tarockpartie.

Der Dichter mit den schweren Lidern und dem welken Mund, der selbst den Würfelzucker mit einer Serviette abzutupfen pflegte, bevor er ihn in seinen Kapuziner fallen ließ, und dessen Nagel am vornehm gespreizten kleinen Finger so lang war wie der einer kambodschanischen Tempeltänzerin, bezeichnete Rita mit feinem, süffisantem Lächeln als Hohepriesterin des ethischen Misthaufens. Er scheute sich auch nicht, sie zu fragen, welcher Kunstrichtung sie ihr Leben zuordne.

Rita aber lehnte sich genüßlich zurück und rieb ihren Rücken an der Stuhllehne. Sie benahm sich, als hätte man ihr ein Kompliment gemacht. Diesen Dichter mit den schweren Lidern hatte sie schon oft aus dem Konzept gebracht, hatte ihn so weit getrieben, daß er im Kaffeehaus herumschrie wie eine hysterische alte Jungfer. Denn um ihn scharten sich all jene aus dem Asphalt gesprossenen, unrasierten Salon-Naturalisten mit den wilden Mähnen, die heiße, nach Erde riechende Liebesbeziehungen in Verse faßten, ganze Oden über Ställe schrieben, sich den Rost uralter Eisengitter auf der Zunge zergehen ließen und in Nostalgie zerfließend als Erinnerung an das Liebeslager im Heu, wo sie sich in der Morgendämmerung wälzten, nichts weiter behielten als einen tüchtigen Heuschnupfen, den sie sich dort eingehandelt hatten.

Rita aber nahm den Fehdehandschuh auf und konterte auf ihre Weise.

»Du hast absolut recht, meine kleine Seidenraupe«, meinte sie mit einer boshaften Anspielung auf die Seidenhemden, welche der Dichter täglich zu wechseln pflegte. »Ich könnte wohl der fetteste Brocken für euch Veristen und Naturalisten sein. An all dem Schmutz, den ich erlebt habe, durch den ich gewatet bin, könnten sich eure Leser jahrelang onanierend ergötzen.

Aber es gibt etwas, das ihr nicht wißt, weil euch das Organ dafür fehlt. Ich meine nicht eure Genitalien, denn die sind euer Ressort. Oder das Gerücht, das ihr in die Welt setzt und verbreitet. Ich meine etwas, das ihr im Kopf haben müßtet.

Dann würdet ihr *sehen*, wie ich *sehe*, daß der Mensch mehr ist als ein armes, geschundenes Würmchen, wie ihn die Realisten darstellen. Ihr größter Bluff ist, daß sie den anderen Holzköpfen weismachen wollen, nur die Nacht, der Mist, der Leichengestank sei das einzig wahre, der Sonnenschein aber eine Lüge.

Meine bloße Geschichte, mein Fleisch, meine durchlöcherten Strümpfe, meine Herzstörungen, meine Liebhaber und meine Schulden verraten ebenso wenig über die Wirklichkeit meines Lebens wie eine winzige Schabe über eine Kathedrale, die über ihr hervorragt.

Denn die Wahrheit an sich ist nur das, was ich denke, und auf der Welt gibt es nur das, was ich mir vorstelle.

Leider visioniert ein etwas müder Gott, der ein Nikkerchen hält, so stark in mir, daß sich die Gestalten meiner Visionen zu Horrorgestalten verdichten, die miteinander kämpfen und allmählich selbst an ihr unvorstellbares Dasein glauben.

Ich aber weiß, daß ich nur träume und daß es für solche Träume eine Zauberformel gibt, die mich eines Tages wieder erweckt. Und dann werde ich mich über all den Unsinn totlachen, den ich mir in einem kurzen Moment eines äonenlangen Alptraums zusammenphantasiert habe.«

»Husch-husch!« seufzte der Dichter mit dem welken Mund und schloß die schweren Lider. »Verschwinde mit dem ganzen Schwulst deiner In-Philosophie. Man muß sich ja schämen. Wenn du wenigstens etwas Originelles erfinden würdest, etwas, das nach Leben riecht — etwas Authentisches.«

»Was verstehst du unter den Gerüchen des Lebens? Vielleicht gewisse Abläufe des Stoffwechsels?« fragte Rita.

Sie streckte die Hand nach der Tasse des Dichters mit den geschlossenen Augen aus, trank den restlichen Kaffee und schüttelte sich.

»Pfui! Wie kann man dieses Gesöff nur so verzukkern? Das reinste Brechmittel!«

Der Dichter riß die Augen ungewöhnlich weit auf, sie wurden rund vor lauter Empörung.

»Wenn du noch einmal meinen Kaffee schnorrst, fliegst du hochkant raus!« rief er.

»Verzeihung!« erwiderte Rita gelassen. »Ich dachte, du wärst in Meditationen versunken und würdest irdische Labsal ablehnen.«

»Du Pumpgenie, du diebische Elster! Demnächst wirst du mir wohl meine Uhr klauen, wenn ich die Augen schließe!«

»Da irrst du dich aber gewaltig. So vertraut sind wir nicht. Ich suche mir meine Leute aus, die ich bestehle. Am liebsten würde ich dir auch deinen Kaffee zurückgeben, doch der würde *zu sehr nach Leben riechen*.

Außerdem solltest du es lassen, den Ober herbeizuwinken. Der hofft nur so lange, wie er mich sieht. Meine unbezahlte Zeche bei ihm ist schon so groß wie mein eigenes Gewicht.«

Auch György war, wie alle seine Kollegen, Rita in liebevoller, kumpelhafter, von Humor gewürzter, asexueller Freundschaft verbunden — einer Freundschaft, die sein Geldbeutel oft genug schmerzlich zu spüren bekam.

»Du bist der freigebigste von allen«, sagte Rita zu ihm auf dem Elisabeth-Ring, wo sie sich grußlos bei ihm einhängte. »Das muß einmal gesagt sein. Keiner hat bisher eine Psychologie des Gebens verfaßt, keiner, der je auf eine milde Gabe angewiesen war. Dafür wird um so mehr über die Bettler geredet. Weißt du eigentlich, wie charakteristisch es für die Menschen ist, auf welche Weise sie ›wohltätig, mildtätig und karitativ‹ wirken?

Vielleicht bin ich weit und breit die einzige, die die ganze Skala dieser unlustig ausgeübten moralischen Pflichten kennt. Denn es hat wohl kaum einen gutbetuchten, nickenden Mandarin an den Fleischtöpfen Ägyptens gegeben, den ich auf mehr oder weniger schmerzliche Art nicht geschröpft hätte.

Was die Bettler angeht — die gehören nicht dazu. Sie geben freiwillig, wenn sie etwas zu geben haben. Die meisten Menschen sind aus einem finsteren Voodoo-Aberglauben heraus karitativ, und dies mit einer verborgenen Bestechungsabsicht, weil sie die unschuldigen Himmelsmächte korrumpieren möchten, um ihr böses Gewissen zu beruhigen, ihre Schuld zu bezahlen und ihre Selbstachtung von einer imaginären Steuer abzusetzen.

Es gibt auch solche, die ihren ›ideellen‹ Pflichten nachkommen und sich mit einem hingeworfenen Obolus Kerzen mit goldenem Blumendekor für den Altar ihrer Selbstvergötterung erkaufen.

Aber ich hatte auch schon mal solche Opfer, die mich regelmäßig bezahlten, nur um mir etwas vorpredigen zu können.

Diese Sorte fand ich am widerlichsten, weil ich wußte, wie geschmacklos, wie hoffnungslos sie dabei ihrer Wollust frönten und das zarte Pflänzchen ihrer Tugend mit hypokritischen Coué-Texten bedrängten, um dem Übergewicht der Verletzung abzuhelfen.

Doch in einem Punkt waren sich alle gleich: Sie streckten die Hand eitel, gereizt, aggressiv und fordernd nach dem Tauschobjekt aus, wobei sie wie ein Schießhund aufpaßten, um nur ja ein gutes Geschäft zu machen. Wenn du wüßtest, welch fette Zinsen ich für lächerlich kleine Summen ausgeschwitzt habe, während ich vor dem Betreffenden in Bewunderung erstarb, ihm in ergebener Dankbarkeit lauschte, seine Schweinigeleien mitmachte, ihm schamlos oder gar artistisch um den Bart ging, würde sich dir der Magen umdrehen.

Du aber gibst, ohne etwas dafür zu verlangen. Kein krankes Sekret des Selbstbewußtseins klebt an deiner Gabe. Du bist nicht verschämt, du bist nicht überheblich. Du gibst — verzeih mir den Vergleich — als wärst du selbst ein Bettler, obwohl ...

»Dabei bin ich wirklich einer!« lachte er und schaute sie zum erstenmal befangen an.

»Nein«, gab Rita ernst zurück. »Du wirst nie ein Bettler sein. Das läßt sich bei einem Menschen ertasten. Wer vom Elend geplagt wird, riecht meilenweit gegen den Wind, selbst wenn er auf seinen Geldsäcken hockt. Die Symptome verraten ihn.«

»Welche Symptome?« fragte er amüsiert.

»Er dreht den Kopf hin und her, blickt heimlich über die Schultern zurück, zittert und bangt, als hörte er den schleichenden Schritt hungriger Wölfe hinter seinem Rücken. Jeder weiß genau, was ihn erwartet — nicht mit dem Verstand, sondern mit den Nerven, dem Instinkt, den Sinnen, und dies um so mehr, weil dies jene Elemente sind, die in ihnen dafür sorgen, daß sich ihr Schicksal erfüllt. Und dieser geheime Ego-Herrscher ist es, der bei den meisten Menschen für Ziele kämpft, die dem rationalen Bewußtsein und dem Streben, dem Geraufe des Fleisches nach dem Libido diagonal entgegengesetzt sind.

Er setzt wie ein Blitz aus heiterem Himmel die Zufluchtstätten der Sterblichen in Brand, um sie unter den nackten Himmel zu treiben.

Ich habe diese transzendente Absicht begriffen und lebe in seltener Harmonie mit dem unsichtbaren Intendanten, der jeden fiktiven Boden unter ihren Füßen wegzieht. Nie würde ich mich für ein anderes Schicksal entscheiden als für das Schicksal eines verachteten, streunenden Hundes und für die Rolle des ›Narren‹. Denn der Mensch kann nur außerhalb der Schranken der Gesellschaft unabhängig sein. Ich glaube, du verstehst mich und weißt, was ich meine.«

»Ich verstehe, und ich weiß«, sagte er leise.

An jenem Novembertag kam Rita gegen zehn Uhr abends zu ihnen, wie ein streunender, verdreckter, todkranker Hund. Von ihrem tropfnassen, dunkelblauen, weiten Regenmantel rann das Wasser in Strömen herab und bildete auf dem Fußboden große Pfützen. Ihr Haar hing in langen, feuchten Strähnen unter ihrer Baskenmütze herab. Sie war bleich wie die Wand, schniefte, offensichtlich erkältet, zitternd und bebend, von Fieber geschüttelt. Durch die Risse ihrer schmutzigen Schuhe drang schlürfend das Wasser bei jedem Schritt. Diesmal schien sie vollkommen los und erschlagen zu sein.

»Du wärst der letzte gewesen, zu dem ich normalerweise gegangen wäre«, sagte sie heiser. »Das kannst du mir glauben, Gyurka. Am liebsten würde ich jetzt irgendeinen verblüfften Puritaner beglücken. Aber ich brauche dich auch anderweitig.

Müßte ich mich vor einem anderen in diesem desolaten Zustand eines elenden Misthaufens zeigen, würde ich ihn lieber ermorden, ihm ins Gesicht speien oder einen Weinkrampf bekommen, wie eine in ihrer Sexualität beleidigte Hure!«

Hilflos und zitternd duldete sie, daß György sie aus ihren dampfenden Lumpen schälte, ihr am frisch entfachten Feuer Schuhe und Strümpfe auszog. Während er sich noch mit ihr beschäftigte, tauchte auch Zoltán in seinem bodenlangen Bademantel aus dem Nebenzimmer auf, das Buch noch in der Hand, das er im Bett gelesen hatte.

Sein mit Pusteln übersätes Bubengesicht schwankte und schwebte wie ein glühendes Fragezeichen unter der Tür, während er diese zitternde Frau mit den nassen Haaren und den üppigen Formen anstarrte, die sein Bruder jetzt Schicht für Schicht entblätterte.

»Der Nikolaus ist da, mein Junge«, sagte Rita ernst. »Stell deine Schuhe hübsch brav vor die Tür!«

Zoltán zog sich beleidigt und verwirrt zurück. Er ließ sich erst wieder blicken, als er gefragt wurde, ob er Tee trinken möchte.

»Wer ist diese Frau?« fragte er mißtrauisch, ohne seine Antipathie zu verbergen.

György sagte es ihm. Zoltán kannte Ritas Namen und ihre Schriften recht gut, und seine Neugier war größer als sein linkischer Zorn. Die drei setzten sich ans Feuer und genossen den trauten, winterlich anmutenden, duftenden Tee.

Rita in ihrem bodenlangen, tabakbraunen Herren-Schlafrock, mit ihrem allmählich trocknenden, zurechtgekämmten rötlichen Haar und den geborgten Riesenpantoffeln sah zwar grotesk aus, dennoch wirkte sie auf seltsame Weise elegant. Ihr Gesicht hatte dank der steigenden Temperatur allmählich an Farbe gewonnen. In ihren Augen flackerte ein kluges, spöttisches Irrlicht von kentaurischer Heiterkeit.

»Nun ist es gut!« sagte sie zufrieden. »Es ist egal, was gestern war und was morgen sein wird.« Sie zog die Beine an und legte ihre knochigen, empfindsamen Finger um die heiße Tasse. »Das ist mein Geheimnis, Zoli. Du könntest es von mir erfahren.« Durch ihre etwas hervorstehenden, gerillten Zähne wirkte ihr Lächeln etwas schief, dennoch war es lieb und freundschaftlich.

Zoltán entwickelte in ihrer Nähe eine geradezu merkwürdige fieberhafte, unterwürfige Aktivität, geriet schier aus dem Häuschen. Auf seiner unreinen, fetten Haut glühten und blühten große eitrige Pusteln.

György aber beobachtete seinen Bruder mitleidig und beunruhigt. Denn er konnte die Spannungen, die wilden Wallungen seiner pubertären Zeit durchaus verstehen und mitempfinden. Und er konnte der Versuchung nicht widerstehen, diese unmögliche, geniale, verkommene und doch so attraktive Frau, die in keinen Rahmen paßte, mit Zoltáns Augen zu sehen.

Die Haut an ihren hochgezogenen, nackten Beinen war makellos weiß, ihre festen, großen Brüste durchbohrten fast die Seide des Morgenmantels. Ihre großen, gelbgrünen Augen, ihre vollen Lippen zeugten von einer Routine, die all den hoffnungslosen Kummer liebloser Umarmungen gekostet hatte.

György war nicht wohl, und eine schlimme Vorahnung huschte wie ein Schatten durch ihn. Er mochte Rita, hielt große Stücke auf ihre Begabung. Doch er hätte sie nie nahe an sich herangelassen, weil er wußte, daß sie ihre Einsamkeit mit niemandem teilen wollte. Er aber brauchte eben diese Gemeinsamkeit, die friedliche Spiegelung im anderen.

Jede gefühlsmäßige Beziehung zu Rita mußte zwangsläufig zu einem ätzenden, demütigenden Chaos geraten, und dies insbesondere wegen ihrer glänzenden Fähigkeiten und ihres ungewöhnlichen Intellekts. Sie war nicht bereit, sich anzupassen, und es war ebenso unmöglich, sich ihr anzupassen und ihr gerecht zu werden.

Eigentlich war sie sich selbst genug. Gleich den Androgynen in Platons Gastmahl, die in ihr geheimes inneres Verhältnis versunken waren, war sie von einem rätselhaften, verzauberten Hexenkreis umgeben, der sie gegen die astromentalen Mangelgefühle anderer, bruchstückhafter Egozentren abschirmte.

Dies war der Grund, warum er sie nie begehrte, so

wenig, wie eine Schwalbe Lust hat, sich mit einer Fledermaus einzulassen.

Zoltán aber, mit dem gnadenlosen, hungrigen Wolf der Pubertät im Leib, war ihr schutzlos und arglos ausgeliefert. Rita war zur denkbar schlechtesten, unpassendsten Zeit gekommen, und in einem Zustand, in dem man sie einfach nicht wegschicken konnte. Sie hatte hohes Fieber, das wie ein Narkotikum auf sie wirkte — sie war im wahrsten Sinne des Wortes berauscht. Sie redete unaufhörlich, gab eine sprühende Gedankenlarve von sich. Ihr Hirn wurde zu scharfgeschliffenen Tigerzähnen und riß auch Zoltáns verwirrte Phantasie in die wilden Delirium-Bilder ihrer Vorstellung mit. Sie war faszinierend, unwiderstehlich, verwirrend und schrecklich zugleich.

Schließlich gelang es György, ihr ein Thermometer in die Achselhöhle zu stecken, und die Quecksilbersäule schnellte über vierzig Grad hinaus. Er richtete ihr in seinem Zimmer ein Bett. Als er dann Ritas weißen, glühenden, halb knochigen, halb weichen, traulichen Leib in seinen Schlafanzug steckte und das Licht der Leselampe auf ihre hohe, nachdenkliche, gewölbte Stirn, auf ihre kühn geschwungene Nase und auf ihren sinnlichen, spöttischen, breiten Mund fiel, tauchte in ihm blitzartig erneut der Gedanke an ein androgynes Wesen auf.

Sie ist nicht physisch zweigeschlechtlich, dachte er, sondern auf psychische Art: Eine Mischung aus Hure und männlichem Genie. Das ist der Grund dafür, daß sie so einsam und unverträglich ist. Ein Ungeheuer also. Und der Himmel möge jenem gnädig sein, der ...

Plötzlich drängte sich Zoltáns unglückliches, begehrliches kleines Satyrgesicht in sein Bewußtsein. Instinktiv drehte er sich um. Die hohe, hagere, weiße Gestalt seines Bruders war aus dem Dunkel des angrenzenden Zimmers aufgetaucht, wie ein Gespenst. Stumm und reglos stand er da, horchend und lauernd.

Ritas Anwesenheit war für sie eine Last, ihr Tagesablauf geriet durcheinander. Ihre Zugehfrau, die sonst in stiller Gleichmäßigkeit ihre Arbeit verrichtet hatte, kündigte beleidigt unter einem fadenscheinigen Vorwand. In der Wohnung lösten sich jetzt unzuverlässige Putzfrauen ab, an deren Händen jeder nur denkbare bewegliche Gegenstand kleben blieb. Die anständigen Frauen verschwanden bereits nach ein oder zwei Tagen. Diejenigen aber, die versuchten, sich dieser wilden Unordnung anzupassen, trugen nur dazu bei, dieses Chaos von Gegenständen, Stimmen und Gerüchen ins Unerträgliche zu steigern.

Rita war zehn Tage lang schwer krank, und Zoltán rührte sich kaum von ihrem Bett. Er lernte nichts, schwänzte die Schule, nur um bei ihr zu sein, leistete ihr Dienste, die György niemals für möglich gehalten hätte.

Eines Tages, während Ritas Fieberperiode, kam er zu einer ungewöhnlichen Zeit nach Hause. Das Grammophon lief auf voller Lautstärke, so daß keiner es merkte, als er das Nebenzimmer betrat.

Rita sprach sehr laut, aufgeheizt durch den Astralstrom von Tschaikowskys Streichquartett, vom Fieber berauscht, lauter als sonst. Aus ihrem Bewußtsein heraus, das durch alle Höhen und Tiefen wallte, aus weiter Ferne rief sie Zoltán zu, der wieder einmal, wie üblich, auf ihrer Bettkante dicht bei ihr hockte.

Rita stolperte offensichtlich an der Grenze der Bewußtlosigkeit entlang. Ihre krankhafte Überspanntheit war in Begleitung dieser schwülstigen, beständig erigierten Musik ansteckender als eine Kultur von Leprabazillen, die direkt in die Blutbahn geraten waren.

Noch hatte er die beiden nicht erblickt. Er konnte nur Ritas Stimme hören, das exaltierte Schweigen von Zoltáns schmachtender Nähe spüren. Peinlich berührt und beschämt blieb er stehen, als hätte er jemanden ›in flagranti‹ ertappt.

»Du bist ein Narr, Junge!« sagte Rita scharf und keuchend. »Nimm deine Hand da weg und übe dich in Geduld. Ich liege sowieso in der Gosse. Zu mir kann jeder ins Bett schlüpfen, der diesen Fetzen, dieses letzte Geschmeiß begehrt. Das müßtest du wissen. Doch selbst ein krankes Tier läßt man in Ruhe. Selbst das Fiakerpferd an der Ecke wird dich auslachen, wenn du dich viel um mich scherst!«

»Was Sie nicht sagen!« hörte er Zoltáns vor Erregung erstickte Stimme. »Sie wollen sich vor mir schlechtmachen, um mich loszuwerden. Sie halten mich für ein Kind, obwohl ich schon ...«

Rita lachte laut auf und sprach das Wort gemein und gewöhnlich aus, das sich Zoltán verkniffen hatte.

»Also gut, ich will dir glauben«, sagte sie mit monotoner Traumstimme. »Und jetzt entferne dich von meinem Bett. Du wirst dich noch erkälten! Und laß den Kopf nicht hängen. Zu gegebener Zeit werde ich auch dir nichts verweigern. Du rennst offene Türen ein, weil du das Schild nicht lesen kannst: *Öffentliche Bedürfnisanstalt!*«

Er wollte bereits eintreten, um dieser peinlichen Szene ein Ende zu bereiten, als er seinen Namen aus Zoltáns Mund hörte. Seine Stimme hörte sich verletzt und aggressiv an.

»Mit Gyurka reden Sie anders. Weil Sie in ihn verliebt sind! Ihr beide führt mich an der Nase herum! Mich schicken Sie weg weil Sie ein Verhältnis mit ihm haben. Ich weiß es schon lange. Er hat es mir selbst gesagt!«

»Tatsächlich?« sagte Rita mit heiterer, etwas belegter Stimme. »Da bist du aber auf dem Holzweg, mein Junge. Wenn es sich um einen anderen handeln würde, so könntest du mich tatsächlich in Verlegenheit bringen, weil ich selbst nicht genau wüßte, ob du vielleicht recht hast. Was Gyurka betrifft, so liegt die Sache ganz anders. Von ihm weiß ich genau, daß er mich noch nicht berührt hat. Leider. Er hat es nicht einmal versucht. Das war immer so, und das bleibt auch so. Weil ich ihn begehre. Er wäre der vollkommene Liebhaber. Kitschig vornehm, leidenschaftlich und selbstlos — ein Mann, für den jede Frau sofort bereit wäre, auf alle Lügen und Bedingungen zu verzichten. Doch Gyurka ist für mich tabu. Denn ich bin weder Frau noch Mann, auch kein Homosexueller. Vielleicht bin ich nicht einmal ein Mensch, nur irgendeine zweigeteilte Substanz oberhalb und unterhalb der menschlichen Ebene. Ich möchte noch eine Weile bei euch im Unterschlupf bleiben — dann gehe ich ein Haus weiter.«

An diesem Punkt öffnete György leise die Tür und schlug sie lautstark zu. Im Zimmer wurde es still.

Rita genas, doch von ihrer Absicht, ›ein Haus weiter zu gehen‹, blieb nicht viel übrig. Im Gegenteil. Sie begann sich auf einen längeren Aufenthalt einzurichten. Bis morgens um zwei oder drei brannte bei ihr Licht, sie las oder sie schrieb und stand erst am Nachmittag auf. Sie rauchte wie ein Schlot, saß stundenlang in der Badewanne. Und all dies tat sie in einer so selbstverständlichen, unbewußten Zerstreutheit, daß man es ihr nicht übelnehmen konnte. Ihre starke Persönlichkeit hatte um sie herum ihre eigenen ungesetzlichen Gesetze geschaffen.

Zoltán aber starrte sie fasziniert an, wie ein Karnickel die Riesenschlange, mit verschleiertem Blick.

Györgys Nerven wurden durch den unruhigen, unbeständigen Rhythmus von Ritas Wesen auf unangenehme Weise übermäßig strapaziert. Er flüchtete von zu Hause, und auch deswegen war er mit sich selbst unzufrieden. Er hatte das Gefühl, auf den jüngeren Bruder aufpassen zu müssen, um ihn zu schützen und zu bewahren ... aber wovor? Und wie? Der Sittenwächter ist die lächerlichste Rolle im Leben, und auch die undankbarste, hoffnungsloseste zugleich.

Schließlich ging sie dann doch, freiwillig und von sich

aus. Sie war zum falschen Zeitpunkt gekommen und zum falschen Zeitpunkt gegangen.

Eines Abends empfing ihn ungewöhnliche Stille. Die Wohnung war dunkel und leer. Ritas Geruch: Tabak, ungelüftetes Bettzeug, bitteres Kölnisch Wasser hatte seine Quelle verloren, schwebte wie Erinnerungsdunst, der sich langsam auflöste, in der Luft.

Bevor sie aufbrach, hatte sie die Zimmer aufgeräumt, sogar die Betten gemacht. Sie wollte sich um Entschuldigung heischend ›als Mensch‹ benehmen — ein letztes Mal. Auf dem Brief, der auf seinem Schreibtisch lag, erkannte er sofort ihre spitzen, nervösen, schwungvollen Buchstaben.

›Ich bin in die Klemme geraten, Gyurka, und weiß nicht, wie ich mich vor Dir reinwaschen soll. Reicht es als Entschuldigung, daß ich es nicht gewollt habe? Keineswegs. Und daß ich nicht damit gerechnet habe, ist in meinem Fall ein erschwerender Umstand. Ich habe in Gemeinplätzen gedacht, und das ist nicht nur in der Literatur eine unverzeihliche Sünde. Ich habe geglaubt, daß es mir gelingen würde, mit einer gewissen bewährten Methode Deinen Bruder zur Vernunft zu bringen. Freilich habe ich einen Narren aus mir gemacht. Was mich eigentlich überhaupt nicht interessiert. Aber daß ich Dir Unannehmlichkeiten bereitet habe, dafür könnte ich mir den Kopf abreißen. Ich war ein Zauberlehrling. Jetzt sehe ich keinen anderen Ausweg mehr, als mich aus dem Staub zu machen. Ich hätte es schon früher tun können. Aber ich blieb, um diesen hungrigen kleinen Hengst bis zum Ekel vollzustopfen. Bis jetzt hat mich noch jeder angespuckt, nachdem er mich bekommen hatte. Er nicht. Dieser Bursche ist krank. Gefühlsmäßig gleicht er einer Nymphomanin. Er hat mich mit seinem Masochismus, mit seiner Schwäche erpreßt. Er war bereit, dafür zu sterben, daß die Stärkere, die er mit tödlichen Lianenarmen umklammerte, die seine bliebe.

Was ich hatte, habe ich ihm gegeben. Er verlangt aber etwas, worüber ich nicht verfüge. Das hast Du nicht von mir verdient. Zum erstenmal spüre ich einen moralischen Brechreiz mir selbst gegenüber. Am allerliebsten würde ich Dir eine Liebeserklärung machen.
Rita.‹

Der Brief war offen, so wie sich Ritas ganzes Leben vor nachlässig offengelassenen Türen und Fenstern abgespielt hatte. Zoltán hatte ihn sicher gelesen, als er gegen Mittag aus der Schule zurückgekehrt war. Zweifellos war er hinter Rita hergeeilt. Sein Wesen war eine Bedrohung, die über der leeren Wohnung schwebte, auf die sich die bedrückende Nacht langsam herabsenkte.

György begann unwillkürlich nach ihm zu suchen, durchstreifte verzweifelt und ruhelos die ganze Wohnung, ging von Zimmer zu Zimmer. Auf Zoltáns Bett fand er endlich den angehefteten Zettel.

Ich suche Rita. Wart nicht auf mich!

Auch diesmal, welch feminine Geste — dachte er. Wie die der Heldin eines billigen Fortsetzungsromans. Trotzdem. Solche Gemeinplätze sind die erschreckendsten, hoffnungslosesten Fälle.

Er spürte, daß Zoltán jetzt so entsetzlich litt, als wäre er von Kopf bis Fuß in Vitriol eingeweicht.

György wollte sein Gewissen dadurch beruhigen, daß er bei der Polizei anrief. Dann wartete er ab. Etwas anderes blieb ihm nicht übrig. Es kostete ihn eine Menge Selbstbeherrschung, zu Hause zu bleiben, doch er hatte keinen Anhaltspunkt, in welche Richtung er gehen sollte. Im Zimmer gärten unverdaute Minuten. Er baumelte an einem einzigen unsicheren Ast einer bösen, sorgenvollen Ahnung über einem finsteren Abgrund.

Kurz nach Mitternacht rannte er auf die Straße, setzte sich in ein Taxi und besuchte ein paar Kaffeehäuser, Wirtschaften und Bars, von denen er wußte, daß Rita dort gelegentlich auftauchte. Doch man hatte sie seit Wochen nicht mehr gesehen.

Er war vielleicht anderthalb Stunden unterwegs. Als er wieder nach Hause kam, sah er, daß durch die Milchglasscheibe der Vorzimmertür Licht schimmerte. Die gleich einer Stichflamme aufblitzende Freude wurde von jäher Beklemmung abgelöst, einem Vorgefühl, das keine Zweifel mehr zuließ. Der Schlüssel steckte von innen im Schloß. Er läutete, doch niemand rührte sich. Er drückte wieder auf den Klingelknopf, diesmal kräftiger und länger, doch das scharfe, erschrockene Surren alarmierte keine menschliche Bereitschaft, raste über hohle Stille, über taube Bewußtlosigkeit hinweg, hallte von kalten, öden Wänden wider.

Nach langen Bemühungen gelang es ihm schließlich, mit seinem eigenen Schlüssel den von innen steckenden Schlüssel umzudrehen und aus dem Schloß zu stoßen. Er war in Schweiß gebadet. Er hatte das Gefühl, als wäre er es, aus dem sich das Leben schrittweise davonstahl. Vor eiskalter Todesangst zitterte er am ganzen Leibe.

György fand Zoltán im Badezimmer, wo dieser angekleidet in der Badewanne saß und seine beiden blutenden Handgelenke mit einer Art gespenstischer Pedanterie über den Ablauf hielt. Sein Gesicht war grüngelb, sein Kopf ohnmächtig zur Seite geneigt. Er röchelte.

Györgys Gehirn funktionierte scharf und klar. Er hatte es seinem langzeitigen okkultistischen Training zu verdanken, daß er seine Gefühle lenken konnte, sobald er sich auf den Bruder konzentrierte. Jetzt schob er seine Besorgnis beiseite, schaltete seine Vorstellung aus, weil er handeln mußte: schnell, präzise und noch rechtzeitig.

Er schälte Zoltáns schlaffen, sich sträubenden Körper aus der Jacke, umwickelte die blutenden Handgelenke mit Gazestreifen. Dann ließ er ihn in der Badewanne sitzen und rannte davon, um den im Haus wohnenden Arzt zu holen. Mit vereinten Kräften gelang es ihnen, den bewußtlosen Jungen mit seinen verbundenen Gelenken ins Bett zu bringen.

In der Morgendämmerung kam er endlich wieder zu sich. Sein Herz schlug schwach, aber regelmäßig. Sprechen konnte oder wollte er nicht. Am Morgen wurde er in ein Sanatorium gebracht.

Zoltáns Anklageschrift, die er in dessen Jackentasche fand, las er erst später. Er mußte den Brief in einem Kaffeehaus geschrieben haben, auf billigem Briefpapier, außer sich vor stürmischem Schmerz, vielleicht auch betrunken.

›Auch dies geschah nur Deinetwegen. Deinetwegen allein. Du stiehlst mir die Luft, allein durch Dein bloßes Dasein. Mir bleibt stets nur der Schatten, der abgenagte Knochen, der letzte Platz. Hättest Du nicht zwischen uns gestanden, wäre Rita bei mir geblieben. Woher sollst Du auch wissen, wie sehr ich sie brauche! Es schmerzt, schmerzt, schmerzt. Ihr habt mich bei lebendigem Leibe gehäutet und meine Wunden mit Salz eingerieben. Womit habe ich das verdient? Rita liebt Dich. Auch Rita. Sie ist in Dich verliebt. Sie hat es mir gestanden. Ich wünsche Dir, daß Du dasselbe empfindest wie ich jetzt, da ich diese Zeilen schreibe. Dazu will ich Dich verdammen. Ich kann es nicht länger ertragen. Ich hasse Dich auch, weil Du gut zu mir bist, wie zu einem räudigen Hund, der in den letzten Zügen liegt. Von oben herab. Ich kenne Dich nur zu gut. Du warst es, der mir alles und jeden genommen hat. Ich bin Dein Opfer seit meiner Geburt. Sieh, was Du angerichtet hast. Ich habe nichts Böses gewollt, wollte nur zu jemandem gehören. Ich brauch jemanden, der ganz mir gehört, und nicht Dir. Gott möge Dich strafen.‹

Er spendete Blut für Zoltán, weil ihre Blutgruppe identisch war. Aber der kam nur schwer wieder auf die Beine, weil ihn irgendeine Mattigkeit gefangenhielt. Er erbleichte, oft war ihm schwindelig, lag in farbloser Hoffnungslosigkeit darnieder. Er redete nicht, er las nicht, als wollte er im Grenzbereich der rechtmäßigen Kraftlosigkeit, der Bewußtlosigkeit verweilen, ohne jedes Gegrübel, ohne jede Verantwortung.

»Man müßte ihn irgendwo hinschicken, wo er unter jungen Leuten sein kann«, meinte der Arzt. »Er braucht dringend einen Tapetenwechsel, eine andere Umgebung.«

Zu dieser Jahreszeit war dies ein fast unlösbares Problem. Weihnachten stand vor der Tür. Nach einigem Bemühen gelang es ihm schließlich, eine Unterkunft in einem kleinen Kurort in der Matra zu finden. Zoltán widersprach nicht. Er duldete gleichgültig, daß György alle Angelegenheiten für ihn regelte. Als dieser dann das Gepäck im Netz des Abteils verstaut hatte, bedankte er sich ohne sichtliche Regung.

Auch dies muß ich anders machen, dachte György, als er allein auf dem Bahnhof zurückblieb, in kaltem, grauem Licht, in staubiger Zugluft. Ich werde ihn verzehren, wenn wir miteinander leben. Ein Gesetz, das in mir vorhanden ist, aber unabhängig von meinem Willen wirkt, scheint tatsächlich seine Lebenskraft aufzusaugen. Wir dürfen nicht beieinander bleiben, weil alles, was wir tun, schicksalhaft miteinander kollidiert. Ich muß mich um ihn kümmern, ich muß ihn behüten, aber aus der Ferne.

Ein schweres, dumpfes, schmerzliches Gefühl bedrückte sein Herz, als hätte er unabsichtlich einen schweren Unfall verursacht. Und in seinem hilflosen Schuldbewußtsein erglühte sein einstiges Gelübde zur fast magischen Entschlossenheit: Er wird Zoltán nicht verlassen! Er wird all seine moralische Kraft einsetzen, um ihm keine neuen Leiden zuzufügen.

Dies war der Zeitpunkt, da der immer wieder hinausgeschobene Gedanke an eine Auslandsreise in ihm zu reifen begann. Er spürte, daß er gehen mußte. Es bot sich so manche Gelegenheit an. Jede Tageszeitung hätte gern seine Berichte gedruckt. Deutschland mit seiner entsetzlichen, gärenden Atmosphäre der Nachkriegszeit zog ihn am meisten an. Sein wiederkehrender Traum suchte ihn zu dieser Zeit öfters auf, während ein seltsames, drängendes Gefühl in ihm immer stärker wurde.

Zoltán kehrte erholt und braungebrannt aus der Matra zurück, und von seiner schüchternen Verschlossenheit abgesehen, pflegte er mit dem Bruder einen nahezu unbefangenen Umgang. Seine Annäherungsversuche fanden weniger in Worten, als in seinem Eifer Ausdruck. Er stürzte sich mit emsigem Fleiß in seine Studien, holte die versäumten Monate in wenigen Wochen nach und bestand schließlich sein Abitur mit Auszeichnung. Über Rita fiel zwischen den beiden kein Wort mehr. Er korrespondierte mit mehreren neuen Damenbekanntschaften, die er in der Matra kennengelernt hatte.

Den Sommer verbrachten sie diesmal getrennt. György blieb in Budapest, um sich auf die Reise im Herbst vorzubereiten, Zoltán schickte er zum Plattensee. Sie einigten sich auch darüber, daß sich Zoltán im Herbst an der Universität einschreiben und bei einem älteren Journalisten-Kollegen wohnen sollte, dessen Familie er bereits öfters besucht hatte. Das bescheidene, kinderlose Ehepaar lebte in knappen finanziellen Verhältnissen. Außer ihnen gehörte auch noch die ältere, altjüngferliche Schwester zur Familie, die mit blutloser Sehnsucht auf ein geeignetes Objekt ihre herrenlosen Gefühle wartete. Zoltán hatte bei ihnen ein wirkliches Zuhause, und György glaubte mit Recht, seinen Bruder in einer sicheren, beruhigenden Umwelt zurückzulassen.

Hugo von Denstahl

NACHDEM ER DIE ANHEIMELNDE, schmerzerfüllte, dennoch so prägende Atmosphäre seiner Heimat verlassen hatte, war er selbst überrascht, wie herzbeklemmend vertraut ihm das ›Ausland‹ vorkam. Es war stets und überall anwesend, wie ein ›wiederkehrender Traum‹, selbst wenn sein Weg über Friedhöfe und durch abgeschlossene Tragödien geführt hatte. Dieses rätselhafte Erkennen aber erklang in ihm mit fast musikalischer Erhabenheit.

Das ewige Antlitz der Landschaften hatte sich kaum verändert, hatte sich nur von den hoch aufragenden häßlichen Gebäuden abgesetzt. Er erlebte den Geschmack der Luft, die charakteristischen Schattierungen des Lichts, die Wölbungen der Hügel und Berge, die Farbe, den Geruch der Gewässer, die sprechenden Formen der Bäume und spürte, daß sie ihn mit dem tristen Taktgefühl der allwissenden Dinge begrüßten. Hinter seinen geschlossenen Augen, diesseits der Schwelle seiner Gedanken, geisterte stets auch die Spannung seines wiederkehrenden Traumes. Und er war sich gewiß, daß sein jetziges fest umrissenes Ziel auch nichts weiter als nur ein Deckname war. In Wirklichkeit eilte er einer Begegnung oder Erfahrung entgegen, die sein eigentliches Selbst zum Rendezvous bestellt hatte.

Berlin, diese große, rasende Stadt mit ihrer Rastlosigkeit, ihrer drangvollen Lieblosigkeit machte auf György einen öden und trostlosen Eindruck. All die Zerstreuungen, die entschlossene, übertriebene, brutale Jagd nach dem Genuß kamen ihm vor wie die hoffnungslosen Versuche einer frigiden Frau, die um jeden Preis Lust erzwingen will. Die zahlreichen zwanghaften Freuden wurden aus künstlichen Zutaten gemixt, die mechanischen Umarmungen, die organisierten Ausschweifungen entbehrten jeder individuellen Leidenschaft, jedes

Geheimnisses und jeder Schönheit. Eine durch Rauschmittel hochgepeitschte, ungesunde Konjunktur bäumte sich über all dem verletzten Selbstbewußtsein, all dem Elend und der Unzufriedenheit auf, füllte die weiten, sauberen Straßen, machte sich im Sog der Theater, Filmateliers, Kinos, Lokale, Kabaretts, Cafés, Kaufhäuser und Bordelle breit. Die Sportplätze waren von einer rastlosen neuen Generation bevölkert, die ihre Unsicherheit, ihre Schwächen durch Muskelkraft zu kompensieren versuchte.

Was habe ich hier eigentlich zu suchen? fragte er sich oft, wenn er von der Terrasse des Romanischen Cafés oder des Café Wien die vielgesichtige, in ihrer wurzellosen Leere dennoch so konfektionierte Menge betrachtete.

Er wohnte in der Schlüterstraße bei einer pensionierten Witwe, einer Thusnelda mit feuchter Haut und stämmigen Beinen, deren welkes, scharfgeschnittenes Gesicht von kanariengelben, steifen Löckchen umrahmt war. Sie lebte einsam, zutiefst beleidigt, mit den blutroten Wellen der Wechseljahre in den aufgewühlten Zügen. Ihren Zorn ließ sie hauptsächlich an den Gegenständen ihrer Wohnung aus. Es war, als wollte sie die schwüle, drückende Finsternis aus den Zimmern fegen, die Unordnung aufräumen, die in ihrer eigenen Seele herrschte.

Von morgens bis abends war sie am Putzen, Scheuern, Staubwischen, Polieren und Fegen. Sie rüttelte, zerrte, hievte, schob Möbelstücke und Gegenstände hin und her und unterbrach ihre Aktivitäten nur für kurze Zeit, um zum Einkaufen oder in die Kirche zu rennen. Es war ein großes Zugeständnis und kostete sie sehr viel Selbstbeherrschung, daß sie ihren Mieter, wenn er zu Hause war, in seinen zwei Zimmern in Frieden ließ. Doch ihre Putzwut brandete von außen gelegentlich gegen seine Schwelle und pochte an seiner Tür, einer Springflut ähnlich. Er aber war viel zu kraftlos, um sich eine andere Wohnung zu suchen, betrachtete er doch Berlin als Provisorium und Übergang.

Seine Arbeit nahm nur wenige Stunden in Anspruch. Tagsüber streunte er durch die Stadt, besichtigte Museen und Bildergalerien und genoß die Vielfalt des Dargebotenen bis zum Überdruß, bis ihm der Kopf brummte. Er suchte ferne Stadtteile auf, drang in die Atmosphäre immer neuer Straßen mit verschiedenen Gerüchen und Farbmischungen ein. In Wirklichkeit aber eilte er jenem Ereignis oder jenem Menschen entgegen, der ihn veranlaßte, hier zu verweilen.

Einer seltsamen Ahnung folgend begann er die Antiquariate zu durchstöbern. Vielleicht wartete irgendwo ein wichtiges Buch mit gewissen fehlenden Schlüsseln auf ihn. Es war eine fürstliche Unterhaltung, die ihm Tag für Tag neue Überraschungen bescherte. In kleinen versteckten, elenden Lädchen wurde er fündig, hob so manchen Schatz aus all dem angebotenen Ramsch heraus: Okkulte Seltenheiten von hohem Wert mit rätselhaften *Ex libris*, die Schätze verstorbener Bücher-Sektierer, die je nach ihrem individuellen Schicksal über seltsame Nebenpfade zu denjenigen weitergeströmt waren, die es rechtzeitig zu erreichen galt.

In einer kleinen okkulten Buchhandlung in der Bülowstraße traf er mit Hugo von Denstahl zusammen. Er hatte den dunklen Eckladen wenige Minuten nach György betreten. Es war später Nachmittag.

György erkundigte sich nach Johann Valentin Andreas Werk ›Chimische Hochzeit‹, das man ihm telefonisch zugesagt hatte. Das Buch war unter den Antiquaren von Hand zu Hand gegangen. Von ihnen hatte er auch diese Adresse erfahren, wo er schließlich das einzige noch vorhandene Exemplar aufspürte. Ivan Ruff war es gewesen, der ihm ans Herz gelegt hatte, sich das Buch unbedingt zu beschaffen.

Der Händler war ratlos und sichtlich in Verlegenheit.

»Es tut mir leid, mein Herr«, sagte er zögernd. »Hier

muß ein Irrtum vorliegen. Waren nicht Sie es, der wegen des Buches angerufen hat?« wandte er sich an die Gestalt im Hintergrund, die in der Dunkelheit des Ladens eher einem Schatten glich.

»Nein!« antwortete die Gestalt kühl und leise.

»Dann gehört das Buch diesem Herrn. Ihm haben wir es versprochen.«

Die Gestalt trat einen Schritt vor und geriet in den Lichtkreis einer Straßenlampe. György aber wurde sich plötzlich bewußt, daß er von der ersten Sekunde an diesen Schatten aus dem Augenwinkel registriert, auf seltsam vertraute Weise gespürt hatte. Angesichts dieser Gestalt verschwand aber jener unerklärliche Eindruck und machte einem starken, sympathisierenden Interesse Platz. Der Mann trat zu ihm und stellte sich vor.

»Denstahl«, sagte er kurz und bündig. »Obwohl uns Johann Valentin Andreae bereits einander vorgestellt hat.« Ein kleines Lächeln huschte über sein hageres Gesicht und erheiterte für einen Moment seine Züge. »Wenn Sie nichts Besseres zu tun haben, könnten wir eine Tasse Kaffee miteinander trinken.«

Als sie sich dann im Café gegenübersaßen, fragte sich György, wie alt der Mann wohl sein mochte. Sein Haar war stahlgrau, sein Gesicht braun und fleischlos, aber glatt. Seine schmalen, nur einen Spaltbreit geöffneten Augen erinnerten irgendwie an Noemi. Seine dünnen Lippen öffneten sich nur selten für ein Wort oder für ein Lächeln, zeugten aber nicht von verschlossener Schwermut, sondern von einsamer Nachdenklichkeit. Mit seiner sehr hohen Gestalt in einem etwas glänzenden dunklen Anzug war er eine elegante, eindrucksvolle, seltsame Erscheinung — ein Mittfünfziger, ein Mann in den besten Jahren.

Auch György schwieg und rührte in seinem Kaffee. Denstahl schaute durch ihn hindurch, als hätte er seine Anwesenheit vergessen. Doch dieses Schweigen, das zwischen ihnen herrschte, war nicht unangenehm. Mit Denstahl ließ es sich gut und lange schweigen, und dieses Schweigen war von einem unaussprechlichen Inhalt erfüllt.

»Merkwürdig«, sagte Denstahl nach langem Schweigen. »Ich habe geahnt, daß mir während meines Berlinaufenthalts etwas Ähnliches begegnen würde. Freilich war ich mir nicht sicher.«

»Ich wohne in A ...« Hier nannte er den Namen einer süddeutschen Kleinstadt in der Nähe von München. »Ich mußte meinen Anwalt in einigen Angelegenheiten aufsuchen, die sich nur persönlich erledigen ließen, die aber ebenfalls nur ein Vorwand waren. Gewisse Umstände, über die wir später noch sprechen werden, deuteten darauf hin, daß ... Aber wir wollen den Dingen nicht vorgreifen. Ich möchte wissen, wie weit sie mit der Erkenntnis gekommen sind und wo Sie hingehören.«

György bremste plötzlich seine Aufregung, sein Mitteilungsbedürfnis, das in ihm aufgestiegen war. Denn Jupiters leichtgläubige Begeisterung pflegte nur zu oft strahlende Himmelspforten auf schmutzige Brandmauern zu projizieren.

»In welchem Sinne?« fragte er vorsichtig. Doch als sein Blick den kühlen, sanften, klugen Augen seines Tischgenossen begegnete, schämte er sich.

»Sie brauchen sich nicht zu wehren«, meinte Denstahl freundlich. »Das wäre mühsam für uns beide und obendrein völlig überflüssig. Oder sind Sie anderer Meinung?«

»Nein. Nur im ersten Moment war ich etwas verwirrt. Ich schreckte zurück, weil ... es mir zuviel bedeutet. Ich warte schon so lange darauf, und es ist so ungewohnt, so dimensionslos. Sie verstehen sicher, was ich meine. Es ist wie im Traum, wenn man eine Positur findet, die einem das Fliegen ermöglicht. Dann erinnert man sich plötzlich wieder daran, daß diese Lähmung, dieses Krie-

chen auf dem Bauch nichts weiter war als pure Vergeß-
lichkeit. Nehmen Sie es mir nicht übel ...«, fuhr er fort,
nach Worten suchend. »Als Sie mich vorhin fragten, wie
weit ich mit der Erkenntnis gekommen bin und wo ich
hingehöre, haben Sie bei mir eine Bewußtseins-Turbu-
lenz ausgelöst. Mir war, als wäre der bisher noch be-
nommene Bruchteil meines Bewußtseins auf einen Prozeß gestoßen, der bereits unbemerkt im Gange war.
Dieses Ereignis ...«

»... besteht darin, daß der Vorhang der Erscheinungen an der Oberfläche zerreißt und irgendeine Figur der
ewigen Handlung die Bühne betritt«, beendete Denstahls leise, sanfte, glatte Stimme Györgys Satz. Diese
Worte, die gewichtslos und leicht hervorglitten, schalte-
ten einen großen, starken Strom ein. György richtete
sich unwillkürlich auf und atmete tief ein, als würde er
eine sonnendurchflutete, heimlich mit Ozon geschwängerte Luft atmen. Es war eine Bewegung in mehreren
Dimensionen. Erinnerungen wurden wach, undefinierbare Bilder solarisierten im blendenden Licht.

»Eine Art Projektion scheint auf ... ein ganzer Rund-
blick, doch die Konturen werden verwischt, wie es beim
Projizieren im Sonnenlicht der Fall ist. Vielleicht muß
ich andere Bedingungen schaffen, um vollkommen und
klar zu sehen und zu erkennen. So weit bin ich gekommen.«

»Das ist nicht wenig!« Denstahls Blick glitt wieder
von György ab. »Ich habe daheim ein paar bemerkens-
werte Bücher und Handschriften. Die können Sie gern
einmal durchblättern«, sagte er gleichgültig. »Leider
konnte ich in den letzten Jahren nur wenig Zeit für die
›Wunderbücher-Fischerei‹ aufbringen. Früher dagegen ... Ich habe das eine oder andere ergattert, das ...
Aber Sie werden ja sehen.«

Keiner von beiden dachte daran, daß es auch anders
kommen könnte. Die Einladung war keine launenhafte
Idee, sondern ein Knotenpunkt des Schicksals. Damals

wußte György bereits, warum er nach Deutschland gereist war.

Rosenkreuz

IN DER ÖDEN, WINTERLICHEN STILLE der deutschen Kleinstadt war die Zeit stehengeblieben. Hinter den Fenstern mit den braunen oder grünen Rahmen, hinter dichten Gardinen drehte sich blasses, spannenlanges Leben im eigenen Zauberkreis, der Welt und einander den Rücken zugekehrt, als trauriges Rätsel seiner selbst.

Denstahls Haus stand außerhalb der Stadt auf einem Hügel, hinter schütteren, langstämmigen Rotfichten, von einem hohen grünen Gitterzaun umgeben. Die von einem uralten Gemäuer umgebaute rötliche Steinvilla im gotischen Stil wirkte wegen ihrer geschlossenen Jalousien unbewohnt. Die Begegnung mit dieser Stadt, diesen Hügeln, diesen Bäumen war ein seltsames Erlebnis. Und er schritt behutsam über den festgestampften gelben Lehmboden der Serpentine, um ja nicht aus diesem angenehmen Zauber gerissen zu werden.

Vom Gittertor führte ein Arkadengang bis zur Haustür, von sorgfältig eingepackten Rosensträuchern flankiert. Seine Schuhe klapperten über schwarzweißes, schachbrettartiges Steinpflaster — und dieses Geräusch paßte genau in jenes mystische Musikwerk, das mit seltsamen Variationen in ihm rauschte und wogte: Das Opus einer müden, schmerzlichen Freude über die Wiederkehr.

György zog an der Klingelschnur. Der Ton erschallte in dumpfem, tiefem Moll und rollte wie eine Welle durchs Haus. Dann tauchte Denstahl höchstpersönlich im Türrahmen auf, in einen langen, kuttenartigen Hausmantel gehüllt. Dieses Mönchsgewand wirkte passender als der moderne Anzug, den er bei der ersten Begegnung getragen hatte. Das Zimmer aber, das György jetzt betrat, ließ die Erinnerung an jene bewußte Bewegung in mehreren Dimensionen aufleben. Denn er bewegte sich hier nicht nur im Raum, sondern auch in der Zeit.

Gegenstände, Lichter und Farben lockten Momente aus Vergangenheit, Gegenwart und Zukunft hervor, strahlten ultraviolette Bilder, Ereignisse, verklungene Worte aus.

Über den Möbeln, Teppichen, Bildern, über Skulpturen und Porzellan schwebte ein feiner Silberschleier, der ihren Glanz dämpfte: der Mondnebel vergangener Dinge. Das von draußen hereinfallende Licht warf die dunklen Linien des Fenstergitters auf die gelblichen, bodenlangen, sterngemusterten Vorhänge.

»Es freut mich, daß Sie endlich da sind«, sagte Denstahl.

György aber nahm mit dankbarer Gewißheit die andere, weitaus wichtigere und tiefere Bedeutung dieser Worte wahr.

Nach einem gemeinsamen Mittagessen betraten sie Denstahls Arbeitszimmer. Ein gebündelter Sonnenstrahl fiel auf die Wand gegenüber der Tür und beleuchtete wie ein Reflektor das braune Holzkruzifix, in dessen Mitte eine lebende rote Rose glühte. Dieser seidige, von frischer Jugend betaute Farbfleck entflammte eine tiefere Freude in ihm, als jede sinnliche Lust es vermocht hätte.

György stutzte und hielt inne. Zwar schaute er Denstahl nicht an, doch er wußte, daß sein Gastgeber neben ihm stand und deutlich jene Erregung wahrnahm, die ihn fast in die Knie zwang. Zum Opus der Wiederkehr entfaltete sich nunmehr das Leitmotiv. Er erkannte Denstahl, ohne sich ihm zuzuwenden. Denn ihre Zusammengehörigkeit konnte nur auf diese Weise zu einem unzerstörbaren Werk verschmelzen: aus dem Augenwinkel. Im gemeinsamen Verharren und Warten, in konzentrierter Aufmerksamkeit, zusammengeschweißt, mit spitzer, geschweifter Feder in der Hand, am Tische des Traumsaals.

Sie saßen zu diesem Zeitpunkt beisammen, in den Tiefen von Jahrhunderten, die im Zauber der ›Dimensionsbewegung‹ wieder zur Gegenwart wurden. Sie warteten auf das WORT, das da von den Lippen des Mannes im braunen Gewand kommen sollte, der mit gemessenen Schritten auf den schwarzen und weißen Fliesen hin und her ging. Seine hohe, schmale Gestalt, sein magisches Profil tauchten manchmal schattenhaft vor dem hellen Hintergrund des Fensters auf. Hinter dem Fenster lag die süddeutsche Landschaft in blasses, blutarmes Sonnenlicht getaucht.

Es gibt Bilder, die nicht durch Materie zu verdecken sind, durchfuhr es ihn wie ein flüchtiger Gedanke — Bilder, die auch durch die Steindämme der Grabgewölbe hindurchleuchten.

»Solche Symbole sind die Wählscheiben der Zeitdimension«, sagte Denstahl, als wollte er Györgys Gedanken ergänzen. Dieser aber wunderte sich nicht — er nickte nur.

Die fehlenden Teile waren alle bei Denstahl. Über seine verwandtschaftlichen Beziehungen war ihm der Zugang zu geheimen Handschriften möglich, und er verwendete zehn Jahre seines Lebens fast ausschließlich darauf, diese Schriften zu kopieren. Doch auch die wertvollsten Werke, die gedruckt erschienen waren, befanden sich in seinem Besitz, Bücher, die — von aller Welt mißverstanden — nach dem Tod ihrer ehemaligen Besitzer unbeachtet in Antiquariaten herumlagen. Denstahl gab ihm die Quellen mit Schlüsseln und Erläuterungen zum Verstehen in die Hand, aus denen er selbst geschöpft hatte, doch die große ›Amnesie‹, das

heilende Arkanum, vermittelte er über seine eigenen
Übungen.

Alle Einzelheiten seines wiederkehrenden Traumes
paßten so genau zu Denstahls Erinnerungsmaterial, wie
die verstreuten Steine eines Mosaiks. Durch ihn wurde
die zum Teil stumme Pantomime vertont. Er war es, der
den Text am Rande der Bilder von Györgys wiederkehrenden Träumen synchronisierte.

Die Identität des Traumraums, der Regionen von Tod
und Jenseits und der Meditations-Dimensionen wurde
durch die Tatsache erlebnisreich bestätigt, daß Denstahl
in retrospektiver Meditation in sich selbst das gleiche
Erinnerungsmaterial an die Oberfläche brachte, zu dem
György im Traum gelangt war. Diese Gewißheit des
Auserwähltseins hatte außer bei ihnen noch bei zwei
anderen Gesellen die Finsternis der Gräber durchbrochen. Denstahl suchte und fand Kontakt mit all jenen,
denen Christian Rosenkreutz die Ergebnisse seiner Forschungen und Experimente im 14. Jahrhundert diktiert
hatte. Zwei der vier Schreiber lebten fern von Europa:
der eine in Indien, der andere in Südamerika. Denstahl
korrespondierte ständig mit ihnen.

Nach seinen Vorstudien, die ihm lediglich dazu verholfen hatten, das in ihm aufgetürmte Material zu über-
schauen und zu ordnen, übergab ihm Denstahl den aus
gutem Grund sorgfältig geheimgehaltenen Plan und das
Handbuch. Er erlaubte György, das von ihm geschriebene Bündel von Notizen zu kopieren, welche nicht nur
die durch bewußte oder unbewußte Vermittler wirkende
ewige Idee offenbarten, sondern auch die Methode, die
ohne Gewalt mittels unsichtbarer und unabwendbarer
Gedankensamen die vergehenden Jahrhunderte durch
die hervorragendsten Geister befruchtet hatte.

Die Operationen dieser mentalen Alchimie kannten
nur Phasenwerte, keinen Tod. Aus ihrer Relation stellten selbst die finstersten oder auch glänzendsten Mo-

mente der Menschheitsgeschichte lediglich ein Übergangsstadium dar, nämlich jeweils eine Stufe des *Opus magnum* des Geistes. Die große Gärung, der Zustand des ›Finale‹ in diesem Zeitalter machte es notwendig, daß ein Teil der Botschaft in einem entsprechend verschleiernden, aber künstlerischen Rahmen veröffentlicht wurde. An dieser Arbeit sollte György mit seiner Schreibbegabung und seinen Beziehungen teilnehmen. Denstahl und er führten lange Gespräche über die Wirkung und den Wert dieser Mitteilung.

»In den Regionen der Kunst verlieren die Menschen den Boden unter den Füßen«, sagte Denstahl. »Sie werden von Magie durchdrungen und geformt. Doch da sie unwissend sind, glauben sie, daß dieses Phantasiegebilde, so suggestiv es auch sein mag, nicht *wahr*, sondern der Wahrheit nur *ähnlich* sein kann. Ähnlich wie der gemalte Gegenstand dem *echten* Gegenstand, die projizierte Landschaft der echten Landschaft. Sie ahnen zwar, doch sie wagen es nicht als Tatsache hinzunehmen, daß der ›echten‹ Landschaft stets die Phantasielandschaft und dem *echten* Gegenstand stets die abstrakte, künstlerische Inspiration vorausgeht. Große Geheimnisse und große Wahrheiten lassen sich bei bewußter Steuerung in Kunstwerke einschmuggeln, ohne daß der Künstler selbst von dieser unsichtbaren Impfung weiß. Heutzutage entstehen immer mehr Kunstwerke, die aus solchem in ›Traumböden gesäten Samen‹ sprießen. Die verborgene Botschaft ist in ihnen genauso deutlich zu erkennen wie das Staubkorn hinter der schimmernden Perle.«

Das Testament des Christian Rosenkreutz

DENSTAHLS AUFZEICHNUNGEN FOLGTEN trotz ihrer scheinbaren Verworrenheit und Bruchstückhaftigkeit mit fast wahnhafter Pedanterie dem Faden der Ordensgeschichte von den in Symbolen, Hieroglyphen und Sagen versunkenen Anfängen durch das Gespinst jahrtausendelanger Geschichte bis zur Gegenwart. Daten, Namen, Geistesströmungen, religiöse Zwistigkeiten und Unruhen, Kriege, Revolutionen — all die verworrenen Szenen gewannen hinter den Kulissen neuen Sinn und neue Zusammenhänge aus einer geistigen Relation, die als Wurzel menschlicher Leidenschaften und Verhaltensweise die Revolte gegen die Finsternis des Todes erkannte.

Aus dem gemischten Heimweh des mit der Vergänglichkeit belasteten Leibes, der ins Wolkenspiel von Blendwerk geratenen Gefühlswelt und des aus dem Paradies der Ewigkeit vertriebenen Geistes erwuchsen Spaltung, innerer Widerspruch, Krieg und der Wahnsinn der Seele und der Phantasie empor. Und aus diesem inneren Konflikt kristallisiert sich alle Disharmonie des menschlichen Zusammenlebens heraus.

Dem Menschen und seiner Projektion, der Welt, kann nur derjenige helfen, der sich dem Problem von der Seite des Geistes her nähert. Er heilt und löst dort, wo die Infektion und die Bindung stattgefunden hat: in der Klausur des Individuums und der Persönlichkeit.

Der Messianismus ist nichts anderes als die Annäherung von der geistigen Seite her. Der Messias ist der bedeutendste Ideenknoten des Universums. In jedem Individuum und in jeder Idee, die das in die Vergänglichkeit eingekapselte Leben zur Unsterblichkeit führt, erwacht ER zum Bewußtsein.

In Denstahls Aufzeichnungen war die Erde ein Planet des Kosmos, das Versuchslabor des sich in vielfältigen Variationen entfaltenden Lebens, ebenso wie die anderen Planeten, Sonnen, Sonnensysteme, Sternhaufen und Nebelsysteme. Nach diesem Weltbild ist die durch die verschiedenen alchimischen Stadien gebrannte intelligente Energie unzerstörbar, unsterblich. Wenn ihre Existenz auf irgendeiner Ebene aufhört, wallt sie in andere Regionen hinüber, nimmt eine andere Form, einen anderen Aggregatzustand an, wird aber niemals vernichtet.

Materie, Energie, Intelligenz: Das sind die drei Stufen des Geistes, die drei Aggregatzustände seiner Existenz. Die Materie ist unbewußt, die Energie instinktiv, elementar, die Intelligenz bewußt. Doch allein das *Bewußtsein* ist zur Steuerung, zur Erkenntnis fähig. Darum verbündet sich der Messianismus mit der Intelligenz. Der messianische Intellekt ist kein kühler Beobachter, kein Außenstehender, sondern ein *Eingeweihter*, der, durch Armageddons Krieg geläutert, Frieden mit sich selbst geschlossen hat. Er beherrscht seinen Körper, kann seine Energien steuern. Seine geistige Funktion ist eine sich auf mehrere Dimensionen erstreckende *Vision:* ein *Sehen* und *Erkennen*, das den ins Unsichtbare hinüberwallenden Lebensstrom aufmerksam verfolgt!

Die bewegenden Kräfte zur Wiedergewinnung dieser Fähigkeit sind der Messias und alle messianischen Diener.

Der Orden ist die Organisation dieses messianischen Dienstes, die sich gleich dem Kristallgitter der Mutterlauge infolge der Existenz der die Materie organisierenden Ideen in jeder Epoche wandelt. Denn hinter den sichtbaren Erscheinungen stehen unsichtbare Abstraktionen. Die Wurzeln der sichtbaren Dinge liegen im Unsichtbaren.

Die erste Kristallisation des Ordens kann in jenen Zeitpunkt gelegt werden, als die direkte Verbindung zwischen dem Menschen und dem Kosmos abriß. Das alle Lebenserscheinungen umfassende und bis zu den magischen Gründen vordringende Weltbild verengte sich. Das menschliche Gehirn geriet unter jenen tragischen ›Raster‹, der den ganzen Sinn des Lebensgeheimnisses aus dem Lösungsschema der fünf Sinne und der drei Dimensionen ausgrenzte.

Denstahls Aufzeichnungen befaßten sich in langen Passagen mit dieser Epoche. Durch den Vergleich mittelamerikanischer Kodizes, Ur-Sagen, Riten, Bestattungszeremonien, Hieroglyphen, geologischer Funde, Ausdrucksformen, bewertender Thesen, Offenbarungen und Bruchstücken von Aufzeichnungen fügte er die Mosaikteile zu einem einheitlichen Werk zusammen, dessen wunderbare Zeichnung auf diese Weise ein vollständiges Bild zeigte. All die phantastischen, mythischen Thesen wurden durch feste und geistreiche logische Treppen untermauert.

Die Idee, daß auch der Mensch — gleich der im Sternenraum ständig dahinrasenden Strahlung, dem Energiestrom, den in Raumschiffen aus Sternenstaub reisenden verschiedenen Mikroorganismen — aus dem Kosmos auf die Erde gekommen war, schien, folgte man dem Faden seiner Schlußfolgerungen, eine Gesetzmäßigkeit zu sein. Der unerschöpfliche, mit Hilfe gewisser Methoden anzapfbare Inhalt seiner in seinen Triorganismus integrierten rudimentären Organe, Triebe, Instinkte, Ahnungen, des Unbewußten — ergibt den Beweis für jenen universalen Zusammenhang, der keinen Anfang und kein Ende hat.

Mit Hilfe verschiedener biologischer und physikalischer Analogien beleuchtete er die Energieverdichtung und das Schwererwerden jener intelligenten Ankömmlinge, die mit dem höheren Schwingungsstrom des ›Lichtleibes‹ auf die Erde gekommen waren, sowie jene Umstände, die zur Trübung ihrer geistigen Sicht, zur Spaltung ihres Wesens, zum Rückzug ihrer kosmischen Erinnerung auf die Ebene der unbewußten Ahnungen beitrug.

Darum lebt demnach in jedem Wesen trotz des permanenten Alpdrucks der Todesfurcht, die über den Menschen gekommen ist, gleichzeitig auch die Ahnung der Unsterblichkeit weiter. Das Zusammenspiel seiner in die Tiefe versunkenen, schwer gewordenen, verzerrtverkrusteten ätherischen Eigenschaften und deren Geltung in der Unterwelt ist wie ein geheimnisvolles Signal, das eine Oktave höher erklingt. Die Befriedigung seiner Libido beschwört die Nostalgie der Ekstase herauf. Sein Machttrieb, der sich gewaltsam seinen Weg bahnt, ruft jene magische Energie an, die alle Lebewesen, Formen, Tendenzen, alles Wirken und alle elementaren Kräfte beherrscht.

Das Tragische und das Großartige seines Zustandes liegen darin, daß er ihm nicht durch Mord und Buße, durch Gebete und Prasserei, durch Prahlerei und durch den Bau gaukelnder Raumschiffe entfliehen kann. Denn zur Ruckkehr in den Kosmos steht ihm nur ein einziges Vehikel zur Verfügung: die Transmutation, die Reinigung all seiner Energie, seiner Fähigkeiten, seines Ehrgeizes im Feuer eines mentalen alchimistischen Vorgangs.

Der Orden war von Anbeginn der Hüter und Nährer des Feuers. Im Besitz der Schlüssel in Form von geheimen Namen, Symbolen und Analogien hebt er aus allen Sintfluten der Unwissenheit das kosmische Bewußtsein des Menschen wie ein Boje an die Oberfläche.

Das Originalemblem des Ordens ist ein dreigestuftes stehendes Kreuz mit einer lebenden roten Rose in der Mitte. Diese Blume, diese Analogie zur Lotusblüte, dem Symbol der fernöstlichen Weisheit, weist auf das rätselhafte Gleichgewicht des Mittelpunktes zwischen den Extremen, auf den Schlüssel der Erlösung hin — ein geheimer Ausgang aus dem durch Sehnsucht und Kampf geborenen Strudel am höchsten Punkt der drei Ebenen.

Die rote Rose ist das Symbol des Mysteriums der Liebe, die zwischen Haß und Leidenschaft erblüht.

Die Bezeichnung ›Rosenkreuzer‹ ist das Gütesiegel der Erkenntnis, welche die Gegensätze in sich miteinander versöhnt. Doch kann es sich niemals um einen bloßen Namen und ein äußeres Dekorum handeln, sondern stets nur um einen inneren Rang. Das Rosenkreuzertum ist ein ewiges Bündnis, um alle hohen geistigen Werte zu vereinen und zu bewahren. Jeder, in dessen Wesen die messianische Idee Wurzeln getrieben hat, gehört dieser Gemeinschaft an: Jeder, der anstatt abzugrenzen, auszugrenzen, sich fanatisch abzusondern, nach dem einzig entscheidenden Zusammenhang zwischen den Lebewesen sucht.

Denstahl beschäftigte sich erschöpfend mit der Gestalt des Pharaos Echnaton, den er als Vorläufer Jesu und die beiden als ›Zwillingserlöser‹ bezeichnete. Durch die Kombination verschiedener Rituale, philosophischer Hinweise, Kultgegenstände und Mythen deckte er die aus einer Wurzel stammende Verwandtschaft zwischen christlicher Mystik und Moral und der ägyptischen Mysterien auf. Als Hintergrund der ägyptischen Philosophie aber beleuchtete er die logischen, archäologischen, geographischen und astronomischen Beweise für die in dichtes Dunkel gehüllte atlantische Herkunft.

Als historische Stationen der verschiedenen Manifestierungen des Ordens legte er das Wirken der Gnostiker, Pythagoräer und Essäer durch präzise Daten mit Hilfe der Vergleichsmethode dar, dann ging er zu Leben und Werk des Christian Rosenkreutz über.

Der deutsche Ritter hatte all jene Elemente, die der immer mehr erstarrende christliche Dogmatismus aus Europa ausgegrenzt hatte, in einer Schule für Esoterik in Damaskus gesammelt. Im 14. Jahrhundert wurde die ursprüngliche Lehre, die sich mit der universalen mystisch-magischen Tradition identifizierte, bereits genauso verfolgt wie das frühe Christentum. Die ›von den

Sternen herabgestiegene‹ Uroffenbarung, zu deren organischen Bestandteilen Echnaton ebenso gehörte wie die Analogielehre des Hermes Trismegistos, der große Versuch Mose mit seinem Volk und das mystische Martyrium Jesu, hatte sich zu einer Geheimlehre konzentriert. Ihre magischen Elemente wurden von den Gnostikern, ihre Mysterien von den Essäern gehütet.

Im Lichte von Denstahls gewagten, gründlichen, vorurteilsfreien Forschungen schienen überraschende Facetten so mancher Gestalt der Geistesgeschichte auf. Apollonius von Tyana, Simon der Magier, frühere und spätere Alchimisten, die hermetischen, die kabbalistischen Lehren, die Elemente der Uralchimie sowie die Beziehungen zwischen Magie und Alchimie wurden allesamt in die große Synthese des Messianismus integriert.

Die Rolle des Christian Rosenkreutz glich, wie von Zeit zu Zeit die Rolle der Auserwählten mit dem ›polidimensionalen Blick‹ auf diesem Gebiet, der einer Linse, die das verstreute Licht in einem Brennpunkt sammelte. Er ließ die komplette Überlieferung wiederauferstehen, schuf sie neu und verdichtete sie zu einem flammensprühenden Feuerkern, befruchtete die an Fanatismus und Befangenheit erkrankte christliche Mystik durch den Gedankensamen der Wissenschaft, der Religion und der Philosophie.

Rosenkreutz schälte die magische Idee der Urreligion aus der schlackigen, dichten Materie der Erde und schloß sie in die Klausur eines kleinen, aber zuverlässigen und starken geistigen Bundes ein. Die Mitglieder dieses Kreises, die Gruppe der sogenannten Lehramtskandidaten, waren Mitarbeiter, die solche Proben bestanden hatten, deren Vorbilder in den Einweihungshallen von Urtempeln in den Tiefen der Zeit existierten.

Diese Proben waren dazu angetan, jede spätere Enttäuschung gleich welcher Art von vornherein auszuschließen. Damit begann der Kampf gegen die Finsternis, die sich hinter der Macht und den Traditionen verschanzte. Dieser Kampf wurde nicht mit Waffen, sondern mit der im Menschen erweckten ewigen Sehnsucht und Ahnung ausgetragen. Seine Berechnung beruhte nicht auf einer einzigen Generation, sondern plante über viele Grenzsteine des Todes hinaus. Entzündlich gereizte Punkte wurden nicht angegriffen und nicht berührt. Eine umfassende Kenntnis und eine Praxis, die Gewißheit schuf, hatten ihn gelehrt, daß Leben und Gesetzmäßigkeit der Ideen in andere Dimensionen gehören als das Physikum des Menschen. In geistiger Beziehung sind Tod und Verwesung nur Etappen der großen alchimischen Operation, auf welche die Auferstehung folgt.

Er wußte, daß die Menge, das vervollkommnete physikalische System und das an die Macht gelangte erstarrte Dogma auf katastrophale Weise verwässert worden waren. Die Fehler wurden offenbar: Alles war von Zwiespalt, Leere und Labilität bestimmt. Und er war auch davon überzeugt, daß sich die Schlacht um die Seele nur über die Seele *jedes einzelnen Menschen* gewinnen ließ.

Er sah sich gewaltigen Hindernissen gegenüber, doch er zweifelte nicht. Die magische Konzeption der Welt wurde stets von der magischen Konzeption *eines einzigen Menschen* zerschmettert, verändert oder neu gebaut.

Das Leben des Christian Rosenkreutz war eine einzige gewaltige magische Konzeption. Der Kreis seiner Schüler war eine alte Eskorte der Idee in verschiedenen Kostümen zwischen den veränderlichen Kulissen von Zeit und Raum. Das Ritual aber, das sie zum Leben erweckt hatte, war der gleiche Kult, der das keimende Leben mit dem Blutkreislauf des Kosmos verband.

Die vier ausgewählten Schüler, denen er sein Vermächtnis diktierte, symbolisierten den Grundstein der vier okkulten Tugenden, die als Basis der Pyramide seine Reformen stützten. Dieses Werk beinhaltete alles, was er während seiner Orientreise über Hermetik, Alchimie, Magie, Kabbala und Astrologie gelernt hatte. Seine Kenntnisse ergänzte er durch die ewigen Werte und Erlebnisse der christlichen Mystik und Kosmogonie, die weit über den engen Radius der esoterischen Weisheit hinauswuchsen. Unter all den wertvollen Einzelheiten, all den vergänglichen religiösen Bruchstücken enthielt die Synthese des Christian Rosenkreutz die magische Algebra der Schlüssel, Symbole und Analogien, die alle Erscheinungen miteinander verknüpften.

Durch geniale Gehirne, welche das Wesentliche erfaßt haben, wird der Logos projiziert. Auch im Intellekt des Christian Rosenkreutz war das Wort wieder Fleisch geworden; das Gleichgewicht des Daseins und das Ende aller Leiden: die Erlösung.

Denstahl erörterte ausführlich die Bedeutung dieser geistigen Befruchtung und die Gärung um den geistigen Sprößling, der in seiner Klausur heranwuchs, dann die Entfaltung des ›Samenzaubers‹ in den Eliteköpfen späterer Generationen. Er legte die unmittelbare oder mittelbare Rolle von Reuchlin, Agrippa von Nettesheim, Paracelsus, Andrea Valentin, Luther, Zwingli, Ulrich von Hutten und der anderer, kleinerer Reformatoren bei der Aufrechnung der Dogmen dar. Aus dem starren, toten Körper stieg der lebendige Geist empor, selbst wenn die Nekromanten unter hundertfaches Anathema gerieten. Überall waren sie von den Netzen der katholischen Kirche eng umspannt. Gelang es, sie zu fassen, wurden sie eingekerkert, gefoltert und getötet. Die Essenz der Lehren ruhte in den Katakomben der strengsten Esoterik. Sie waren sozusagen nur nach jahrhundertelanger Vorgeschichte zugänglich. Die Durchführung der magischen Pläne des Christian Rosenkreutz aber wurde ohne Unterlaß fortgesetzt, bis zum heutigen Tag.

›Der Berg der Adepten‹

Bei Denstahl lernte er die schwindelerregenden Dimensionen der Magie und der Alchimie kennen, das heißt, es war dort, wo er sich daran *zurückerinnerte*. Eine Reihe von Empfindungen, Sehnsüchten und Ahnungen wurden beim Namen genannt, bei denen es sich im wesentlichen um magische, alchimistische Vorgänge handelte.

»Denken heißt so viel wie Magie ausüben«, erklärte Denstahl ihm. »Die Bestimmung endet dort, wo die Magie beginnt!«

Als er die beiden überraschenden Gedanken, die dennoch eine vertraute Freude in ihm aufkeimen ließen, in jeder Beziehung entfaltete, erfuhr seine innere Haltung eine vollkommene Veränderung. So wurde ihm die schöpferische, lösende oder bindende Macht des Denkens bewußt: die Tatsache, daß alle Dinge auf der Ebene der ›Vorstellungen‹ Wurzeln treiben. Von dort kommen demnach das Licht oder die Finsternis, die Suggestionen, welche Krankheiten und Seuchen auslösen, oder auch ein regenerierendes Wunder im gesamten Organismus. Sie strahlen über die Sperren des Individuums hinaus, durchdringen und beeinflussen die Umwelt, auch die guten oder schlechten Beziehungen zu den Menschen. Er erkannte, daß die Gedanken lebendige Kräfte sind, die zum Gegenstand ihrer Konzentration vordringen und diesen je nach Ladung anziehen, abstoßen, aufheizen, umstimmen oder mit unbestimmter Erregung erfüllen.

Vor dem Sanctum in Denstahls Arbeitszimmer brannten sechs Kerzen. Seit seinen symbologischen Meditationen kamen ihm die Ereignisse wahrhaftig wie ›an Formen gebundene, magische Kräfte‹ vor.

Die Zahl Sechs beschwor das himmlische und irdische Gleichgewicht der beiden sich gegenseitig stützenden Dreiecke, des sechszackigen Sterns herauf. Der lodernde Flammenkopf der Kerzen aber tat sich auf wie eine geheime Pforte: die Öffnung des *Lebendigen Feuers*, die zu höheren Ebenen führte — das geheimnisvolle Laboratorium jeder Wandlung, jeder Abstraktion.

Auf einem dreistufigen Gestell zwischen den Kerzen stand das massive goldfarbene Kreuz mit einer lebenden roten Rose in der Mitte, deren Kelch noch fast geschlossen war. Das dünne Pergamentblatt, das am Kreuz lehnte, war in einen schmalen Goldrahmen gefaßt. Auf dem Pergament schlängelten sich altersgebräunte Initialen in gotischer Schrift.

Diese Handschrift strahlte Zauberkräfte aus. Erinnerungen rissen in ihm auf wie Wolkenschichten, die sich allmählich auflösen.

Er kannte die Worte bereits, noch bevor er sie gelesen hatte. Tief in der Seele wurden ihm all die auffliegenden Kommata, die schwungvollen Streichungen und das Ruhen der Feder bewußt. Er durchlebte klar und deutlich erneut jenen Augenblick, in dem das dunkelviolette Blut des Holunders wie ein dichter Punkt aufs Pergament getropft war.

Die Spannung und die freudige Erwartung verursachten keine Verwirrung in ihm, brachen nicht die kristallene Stille seiner Klausur. Er empfand Denstahls Gegenwart wie einen hilfreichen Strom. Dies war das mythische Symbol ihrer gemeinsamen Arbeit, die sich über ihre Zusammengehörigkeit und ihre Person hinaushob: Beieinandersitzen, auf das Licht achten, es absorbieren und weiterprojizieren ...

Sein Blick trug als erstes die oberste Schicht des Sinnes dieser bräunlich-violetten Zeilen ab.

Pythagoras sagt, du sollst nicht von Gott reden, nicht ohne Licht. So erstrahlt das Ewige Licht in der Kirche oder das Licht der lodernden Kerze zu Haupte eines Toten gleichsam, um die Wesen der Finsternis zu vertreiben und die Engel des Lichts zu beschwören.

Die Daseinsform des Dämons ist die Finsternis. Daraus bezieht er seine Kraft. Das Licht aber tötet den Dämon, wie die Luft den Fisch auf dem Trockenen.

Das Himmelslicht ist die lebenspendende Atmosphäre des Geistes. Diese Flamme in der Höhe versengt nicht, sie erleuchtet.

Das Feuer in den Tiefen des Daseins ist ein Glühen, welches brennende Wunden schlägt und die Materie verzehrt. In der Mitte aber, zwischen Himmel und Hölle, vereinigt es die Eigenschaften beider Extreme und gleicht sie in sich aus. Das Geheimnis der Überbrückungselemente und der Schlösser, die sich öffnen lassen, ist das Mysterium der Mitte. Konzentriere dich stets auf den Mittelpunkt, der zwischen den Extremen verborgen liegt!

Nach der ersten Schicht lösten sich auch die anderen nach und nach von selbst auf. Mit seltsamer bewußter, dennoch auf unendlich eingestellter Aufmerksamkeit betrat er zusammen mit Denstahl die von rechts nach links gebogene Serpentine all der Ebenen, die sich auftaten, diesen gewundenen Pfad, der nach innen führte. Im Glanze des gemeinsamen geistigen Zentrums war ihre Einheit vollkommen und stark. Jeder empfand die Gedanken, die Vorstellungen des anderen wie seine eigenen. In ihrer inneren Haltung zerschmolz die Knolle der eigenen Persönlichkeit, und für wenige überzeitliche Momente durchlebten sie den Sinn des tiefsten Axioms der Mystik:

Zwischen Gott und mir stehe ich!

Das Wunder der einzigartigen inneren Bewegung durchfuhr sie, die das zwischen *Gott* und *Mir* stehende vergängliche Ich dem Banne der vervielfältigenden Blendspiegel entzogen. Und plötzlich ward die Übereinstimmung von Gott und Wesen, von Ich und Du offenbar.

Ihre innere und äußere Haltung führte in die Vergangenheit zurück. Und um die violettbraunen Zeilen des Pergaments herum gewann jene Umwelt allmählich Gestalt, in der die Schrift verfaßt worden war. Die Bilder entstanden zunächst aus schwingender Visionsmaterie, die sich bei den Reflexen der aus traumverlorener Benommenheit aufschreckenden Ratio rasch verflüchtigte. Doch dann strömte das Elixier der Wirklichkeit in ihre scheintoten Adern der Erinnerung: das Erlebnis.

Die Erinnerung verdichtete sich zur Gegenwart, wurde mit bunten, klingenden, verzweigten Beziehungen erfüllt.

In ihrem Zimmer öffneten sich von Schatten und Licht belebte Nischen, Räume, durch die sie schon so oft gewandelt waren. Die Blumenbeete des Gartens um das Haus herum, die gestutzten Büsche, die Arkadengänge, die Tannen, die mit dem Wind kämpften, traten aus dem Gestern ihres Bewußtseinsspeichers hervor und wurden zum Heute. Das Gebäude, in dessen Mittelpunkt dieser Dimensionszauber ihres Bewußtseins stattfand, stand nicht isoliert im nebelhaften Raum eines Traumes. Altertümliche Gäßchen, steile Straßen, die hügelauf kletterten, ausgetretene Treppenfluchten, die sich aufwärts wanden, schmale Fenster mit ausgestellten Holzläden — all dies gesellte sich gleich einer Erinnerung zum Haus. Diese Bilder aber waren durch verborgene, wohlbekannte Lichter, baumelnde schmiedeeiserne Lampen mit Ziermuster, die arabeskenartige Konturen auf die Hauswände projizierten, durch den Duft frischgebackenen Brotes, Kindergeschrei, Weibergeplärr, dem Gequietsche von Schubkarrenrädern, durch tausendfache Geräusche und Farben menschlichen Lebens schattiert.

Im Schicksalsrahmen der Fenster tauchten platte, fette oder schrecklich magere Gesichter auf, auch bekannte Gestalten, in das Kostüm der Zeit gehüllt. Namen von Menschen und Straßen stiegen in ihm auf, schließlich mit seltsamer Erschütterung auch sein eigener Name nebst den Umständen, an die er mit den Spinnenfäden erpresserischer Minuten während der langsam verstreichenden Jahre einer vergangenen Epoche gefesselt war.

Der Mann im braunen Gewand stand mit dem Rücken zum Saal und schaute zum Fenster hinaus. Draußen sank die Abenddämmerung herab. Über der Landschaft vor dem vergitterten Fenster wehten kühle Trauerschleier.

György wartete geduldig, bis sich der Mann langsam umdrehte und ihm einen kleinen Gegenstand reichte. Diese Bewegung war von keinem Text begleitet, weil sich viel Vorangegangenes damit verknüpfte.

Bei dem Gegenstand handelte es sich um ein kleines Elfenbeintäfelchen, auf dem sich die Linien einer sehr feinen Zeichnung schlängelten. Sein schriftstellerisches Bewußtsein, das alles genau definieren wollte, kämpfte in ihm mit der mehrschichtigen, kaum auszudrückenden Bedeutung dieses Gegenstandes. Es gab dafür keine erfaßbaren Begriffe.

Das Täfelchen bedeutete das *Sehen*, die vieldimensionale Vision, so wie man eine Hieroglyphe oder ein mehrschichtiges Traumbild betrachten muß. Es legte ihm nahe, auf diese Weise sehen zu lernen, die Zeichnung auf der Tafel mit diesem visionären Blick zu betrachten, der das Wesentliche berührte.

Die Zeichnung zeigte einen offenen Tempel mit sechs Stufen, vom Kranze der Tierkreiszeichen umwunden. Auf der Kuppel war das Zeichen von Sonne und Mond zu sehen, über der Kuppel schwebte ein Adler mit ausgebreiteten Flügeln. Der Tempel war in die Mitte eines pyramidenförmigen Berges eingekeilt. Zwischen den Säulen des offenen Tempels saß sich ein Brautpaar gegenüber: die nackte Jungfrau und der gekrönte König, mit einem Rosenzweig in der Hand. Auf den sieben Stufen des Pyramidenberges standen die Symbolfiguren der sieben Planeten. Am Fuße des Berges irrte ein Mann mit verbundenen Augen umher. Zu seinen Füßen huschte ein Hase dahin. Ein anderer Mann in gebückter Haltung griff nach dem Tier, das auf die kleine Höhle am Fuße des Berges zueilte. An den vier Seiten des Tierkreiszeichens standen die lateinischen Namen der Elemente in vier kleinen Kreisen.

Seine Konzentration, die auf jede Einzelheit gerichtet war, löste sich allmählich in meditative Verzückung auf, die gleich einer Wolken durchdringenden Sonnenglut ein andersartiges, durch die Erregung sich auf rätselhafte Weise erinnerndes Bewußtsein beleuchtete. Viel intensiver aber als diese taghelle Wahrnehmung erkannte er mit unpersönlicher Freude dieses Bild wie im Halbschlaf zwischen Traum und Wirklichkeit. Auch der Name tauchte in seinem Bewußtsein auf eine Art und Weise auf, daß keine rationale Sperre ihn davor zurückschrecken ließ: *Der Berg der Adepten.*

Ganz selbstverständlich ging der Sinn dieses Symbols in ihm auf. Das Mysterium der ›Chymischen Hochzeit‹, die auf dem Gipfel des Berges stattfand, weitete sich aus und wurde lebendig. Zu allen Gestalten und Momenten dieses geheimnisvollen Rituals entstand eine viel tiefere Beziehung als zu gleich welchen Erscheinungen der physischen Welt oder selbst zu seinem eigenen Spiegelbild.

Die hoffnungslose Einsamkeit, das Ausgegrenztsein aus dem menschlichen Nebeneinander erklangen seiner Gefühlswelt als Gegensatz zu diesem vollkommenen Miteinander.

Jetzt war er drin, im geheimen Kern von Formen und Projektionen, den er aus den Erfahrungen von Jahrtausenden herausgeschält hatte. Die Vereinigung von König und Jungfrau im Sanctuarium des Mittelpunkts löste den Geschmack des Todes im Sonnengold göttlicher Freude auf, ebenso die Verzweiflung des Mannes, der mit verbundenen Augen am Fuße des Berges umherirrte. Die finsteren Verliese der Höhlen der Tiefe, all der unbekannten, von Versuchung überschatteten Fallen, wurden von Lichtströmen erfüllt — und diese überquellende, dichte Strahlung spülte das lichtscheue Gesindel der Triebwelt an die Oberfläche.

Alle versunkenen Kräfte strömten und dampften, wurden im sprühenden Glanz transmutiert, schwangen sich zum Brennpunkt der Feier empor. Die Berufenen rüsteten zum großen Finale bei der rauschenden Sternensymphonie der Sehnsucht, um an der endgültigen Hochzeit teilzunehmen, bei der alle Erscheinungen einer vergänglichen Schöpfung vergehen und der Messias empfangen wird.

Der Mann im braunen Gewand nahm eine Lichtputze und löschte über Györgys Schulter hinweg von rechts nach links die bunte Kerzenreihe des bis in den Himmel reichenden Heiligtums. Parallel zu diesem inneren Vorgang löschte Denstahls Hand die Kerzen des wirklichen Sanktuariums vor ihm. Das zurückkehrende Bewußtwerden seines Körpers und seiner Persönlichkeit zog ihn wie ein Sandsack, der sich allmählich zu füllen begann, nach unten. Nur widerwillig schlug er die Augen auf und schaute in das blendende Dämmerlicht des Raumes.

Denstahl zündete die Lampe an und legte Papier für den Bericht zurecht. Sie wechselten kein einziges Wort. Denstahl schrieb an seinem Schreibtisch, György an einem kleinen Tisch in einiger Entfernung. Fast eine Stunde lang war nichts weiter zu hören als das leise Kratzen ihrer Federn auf dem Papier. Und dieser Ton war der freudige Ausklang ihrer gemeinsamen Dimensionsreise.

Bevor er sein eigenes Schriftstück gegen das Meditationstagebuch Denstahls tauschte, wußte er bereits, daß es den Beweis ihres geteilten astromentalen Erlebnisses barg. Die Berichte deckten sich in allen Einzelheiten, nur ihre Ausdrucksweise war abweichend gemäß ihrem eigenen Stil. Der seine war von jupiterischem Feuer gefärbt, Denstahls von merkurischer Kühle und Knappheit. Doch beide enthielten die authentische Beschreibung des Weges, den sie gemeinsam gegangen waren.

Harlekin

MONATELANG VERWEILTE ER in Denstahls Haus und kehrte auch von seinen Reisen immer wieder dorthin zurück. Sein Fortschritt beschleunigte sich, sein Leben konzentrierte sich im Dienste seiner gemeinschaftlichen Ziele zu einem immer unpersönlicheren Wert. Er hatte für alles Zeit, obwohl auf das Rufsignal seines Wesens, das in diese Dimensionen drang, eine Vielzahl an Dingen auf ihn zutrieb: Menschen, Studien, Rebusse in der Symbolsprache seines Schicksals tauchten auf.

Zoltáns Ausbildung und auch der eigene Lebensunterhalt kosteten eine Menge Geld. Doch durch die aktuellen Ereignisse des Tages, die entsetzliche Krisen und vielerlei Unrat aufrührten, wurden die Kontakte zu Géza Rotter und zu den Zeitungen in der Heimat erheblich erschwert. Dennoch mußte er sich seine geistige Unabhängigkeit als ›Diener zweier Herren‹ mühsam erkaufen.

Zoltán studierte Jura in Budapest, und zwar mit überraschendem Fleiß und ausgezeichnetem Ergebnis. Seine neue Umgebung übte einen positiven Einfluß auf ihn aus. Das kinderlose Ehepaar und die von Sehnsucht verzehrte alte Jungfer vergötterten den endlich gefundenen Götzen ihrer herrenlosen Gefühle in ihm. Zoltáns eitle, aus verletzter Liebe entstandene erpresserische Schwäche erblühte in diesem Treibhaus der ausufernden Sehnsucht nach Beistand, und er spielte glücklich die für ihn vorgesehene Rolle: Er war ein guter Junge. Tugendhaft und fleißig, einer, ›auf den eine große Zukunft wartete‹. Von seinen ›echten‹ Eltern, den ›lieben Stiefeltern‹ erhielt er hemmungslos schwülstige Briefe, die von beschämenden Lobeshymnen strotzten. Zoltáns Taten und Worte wurden ihm so geschildert, als wäre sein jüngerer Bruder eine Kreuzung aus lallendem Säugling und welterlösendem Genie. György war sich darüber im klaren, daß diese Briefe mit Zoltáns Wissen an ihn gesandt wurden, obzwar dieser stets bescheiden tat, dennoch berechnend nach ihm schielte. Ihm grauste vor diesen süßlichen, klebrigen Briefen, doch er freute sich auch über sie. Er mußte mit etwas schamhaftem Mitleid feststellen, daß sein Bruder erst jetzt, in diesem daunenweichen Astralpfuhl, der von feuchten Küssen dampfte, den richtigen Platz gefunden hatte.

Während der ersten Jahre seines Auslandsaufenthalts pflegte ihn Zoltán während der Sommersemesterferien zu besuchen. Sie verbrachten erst in Berlin, nachher in Paris und schließlich in Wien ein paar gezwungene, von beiden Seiten in aufrichtiger guter Absicht gestaltete, dennoch hoffnungslose Wochen. Ihre Trennung erfolgte dann stets schuldbewußt, doch mit immer größerer Erleichterung — so sehr waren sie durch die erfolglosen Anpassungsversuche seelisch belastet.

Tatsächlich entfernten sie sich Jahr für Jahr immer mehr voneinander. Sie hatten keinen einzigen gemeinsamen Gedanken, keine gemeinsamen Interessen mehr. Sie redeten in ein taubes Vakuum vor sich, wenn sie scheinbar in ein Gespräch vertieft waren.

Im vierten Jahr reiste Zoltán nicht mehr zu ihm nach London, sondern nahm die Einladung von Verwandten seiner neuen Familie nach Wien an.

Von da an trafen sie sich nur noch, wenn György nach Budapest zu Besuch kam. Zoltáns Apanage aber wurde stets pünktlich überwiesen, wofür ihm dieser beschämte Dankbarkeit zollte. Zwar tat ihm der jüngere Bruder leid wegen der qualvoll verfaßten Dankesbriefe, doch er entband ihn nicht dieser lästigen Pflicht. Er wußte, daß ein solches Unterbinden Zoltáns Selbstbewußtsein noch mehr verletzen würde. Er ließ es also zu, daß er sich quälte und daß sich in diesen Qualen seine Dankbarkeit zur namenlosen Wut entfaltete.

Seine Reisen erfolgten bereits fast schon auf der dritten Ebene. Der Rahmen war ganz nebensächlich geworden — Knotenpunkte, die immer noch erstaunlich ungebrochen aus den geistigen Katakomben des alten Europa strahlten. Die verschiedenen Länder und Städte bedeuteten stets irgendein neues Buch, eine Begegnung mit einer wichtigen Gestalt seiner Lebenshandlung, ein neues Moment seiner Arbeit. Der Journalist berichtete treu und brav über die an der Oberfläche strömenden Ereignisse. Der Diener des Ordens aber sammelte fleißig die Zusammenhänge und den wahren Sinn des Geschehens.

Mit Iván Ruff führte er eine rege Korrespondenz und war froh, dessen unermeßlich wertvolle und entscheidende Inspirationen auch seinerseits mit geistigen Gütern zu vergelten.

Während seiner Reisejahre und vor allem in Denstahls Haus reifte jene Methode in ihm, mit deren Hilfe er mit den Vorbereitungen des *Opus magnum* beginnen konnte. Bei der Konzeption des ›Wassermann-Romans‹ handelte es sich um nichts anderes als die Anwendung der alten Gesetze auf einem Gebiet, auf dem bisher mit dieser Methode noch nicht experimentiert worden war. Höchstens war man instinktiv darüber gestolpert — und dann entstand jeweils ein Werk von unabwendbarer, durchschlagender Wirkung.

Bereits bei seiner ersten Begegnung mit der Schriftstellerei wußte er intuitiv, daß ein Schriftsteller nur dann Kontakt zum Leser findet, wenn seine Gestalten als eindringlichere und lebendigere Wirklichkeit zum Leben erwachen als ein Mensch, der im Strom der Masse treibt. Warum und wieso aber die Gestalten dieser magischen geistigen Schöpfung zum Träger seelenformender und gesellschaftsbildender Kräfte wurden, begriff er erst, als sich seine Methode in allen Einzelheiten zu einem geschliffenen, plastischen Ganzen zusammenfügte.

Doch dieser nach jahrzehntelanger Schwangerschaft geborene Sprößling konnte erst aus seiner Klausur entbunden werden, als sein Auge jene Analogien erblickte, die sich auf allen Ebenen des Lebens offenbarten, und er aus den um ihn herum sich vernetzenden Erscheinungen die Symbol-Zeichensprache herauslesen konnte.

Mit freudiger Erregung erkannte er das Gesetz der vollkommenen Identität jeglicher Schöpfung — daß nämlich alle Kreaturen eines Schriftstellers vom gleichen göttlichen Zauber erfüllt sein müssen, der die sich zur Materie verdichtende Welt hervorgebracht hat. Das Mysterium des Logos ist in beiden Fällen dasselbe.

Wenn in einer ›Imago‹ der ›Atem Gottes‹ pulsiert, schaltet sich sein Herzschlag in den Blutstrom des Lesers ein. Kalte Schauer durchfahren ihn, sein Körper wird von einer Gänsehaut überzogen.

Die Authentizität und die Wirklichkeit seines Daseins ist nur eine Frage der Reihenfolge. Sie schlägt erstmalig nicht im Mutterschoß Wurzeln, sondern auf der Ebene der Phantasie, in der Welt der *magischen Ursachen*, im unsichtbaren Humus jeder materiellen Konfiguration, in der Region der abstrakten Ideen und mathematischen Formeln, die hinter der Materie stehen.

Denn in der Tiefe jeder Verwirklichung steht die Imagination. Und wenn der Autor seine Helden auf der Grundlage der einheitlichen Gesetze der Schöpfung erschafft, dann werden diesen ein von Leben durchglühter Körper, eine von universalen Geheimnissen geschichtete Seele und Augen mit einem Blick für die unendlichen Bewußtseinsdimensionen beschert. Mag das in der Phantasie erzeugte Bild noch so bizarr und schwindelerregend sein, so erwacht es doch zum Leben: weil Denken und Vorstellung einem Schöpfungsakt gleichkommen. Erschaffen aber heißt, die im Universum vorhandenen Ideenkeime zur Entfaltung zu bringen.

Im menschlichen Gehirn kann keine Vorstellung zustandekommen, die nicht irgendwo in der Dimension der Zukunft oder der Vergangenheit Wirklichkeit wäre, ebenso auf der unendlichen Skala der sich gegenseitig durchdringenden Universen, die aus dem Sichtbaren ins Unsichtbare hinüberschwingt.

Der Unterschied zwischen dem zur Materie verdichteten Menschen und der literarischen Phantasiegestalt liegt darin, daß der Mensch einen Körper besitzt. In seiner mystischen Wurzel aber ist auch er nichts weiter als eine *Idee* im festen Aggregatzustand, umschlossen von einer komplizierten Persönlichkeit. Doch in diesem Ideenkern seines Wesens allein liegt jener geheimnisvolle Freiheitsfunke verborgen, mit dessen Hilfe er sich in die Erscheinungswelt einbinden, sich ihr aber auch entziehen kann.

Also muß der Schriftsteller solche durch göttlichen Freiheitsfunken geimpfte *Ideen* zusammenfassen und sie zu einer Persönlichkeit verdichten, die im Mittelpunkt unendlicher Ursachen und Wirkungen steht, ebenso wie der durch das Karma bestimmte wirkliche Mensch.

Mit seinen magischen Geschöpfen hatte er wundersame Erlebnisse. Zunächst schrieb er aufgrund der erkannten Methode versuchsweise ein Theaterstück. Sobald sich das Gerüst des Themas zu formen begann, zeichnete er das detaillierte Charakterbild der einzelnen Typen, erstellte präzise Horoskope, bestimmte das intellektuelle Niveau seiner Gestalten, ihren Charakter, ihr Triebleben. Dann umhüllte er die innere Konstruktion mit dem vollkommenen physischen Habitus.

Bevor er noch mit dem Schreiben seines Stückes begann, kannte er bereits die körperlichen, seelischen und geistigen Eigenschaften seiner Gestalten so genau, daß er sie deutlich *sehen* konnte. Er sah ihre Bewegungen, ihre Manieren, erkannte ihre peinlich verborgene, geheime Schande. Er wußte, welchen Geschmack sich ihr Gaumen wünschte, welche Formen ihr Auge entzückten, nach welchen Worten, welchen Klangfarben ihr Ohr dürstete, nach welcher Befriedigung sich ihre Sinne sehnten. Mit seinem visionären Auge durchleuchtete er ihren Organismus, verfolgte ihre gedämpften oder heißhungrigen organischen Funktionen, die Quellen ihrer Gereiztheit und ihrer Ängste.

Er drang in ihre Gefühlswelt ein und belauerte die verräterische Kette ihrer Assoziationen. Ihre ausgewählten Sterne sperrten sie hinter Kerkermauern der Umstände ein, ebenso ihre Beziehungen zu Eltern, Geschwistern, Verwandten, Freunden, Liebhabern, Ehegatten und Kindern, bestimmten die roten Knotenpunkte des Todes, den Zusammenprall mit der Außenwelt, dessen Beweggründe aus ihrem eigenen Charakter hervorgingen. Nach der Analyse der Formel ihres gegenwärtigen Lebens kam die Aufdeckung und Enthüllung der Vergangenheit an die Reihe, das Inkarnationshoroskop, und schließlich, wenn ihr Todesdatum feststand, der Einblick in die Perspektive der nächsten Existenz.

Als er nach der Sisyphusarbeit all der Berechnungen, Notizen, Zusammenfassungen und astrologischen Symbolmeditationen von einer der Gestalten das Baugerüst entfernte, stand vor ihm ein Mensch aus Fleisch und Blut und Nerven, ein lebendiges, fühlendes echtes Wesen, aus dem Gedankenblitze schlugen und sprühten, mit dem schweren Gewicht des Karma auf den Schultern, das der eigene Charakter in Freuden, Tragödien, Liebe und Tod ummünzte. Er brauchte dieses Wesen nur noch auf jenen Tintenpfad zu stellen, der aus seiner Feder floß, wo es dann auf eigenen Füßen selbständig zu laufen begann.

Bei der seltsamen Seelenschwangerschaft mit seinen magischen Geschöpfen schwangen während der Arbeit geheimnisvolle, fremde Strömungen, Gefühle, Gedanken und Pläne durch ihn hindurch, selbst dann, wenn er nicht am Schreibtisch saß — etwa bei der Lektüre oder bei einem Spaziergang. Manchmal riß ihn das qualvolle Wachsein irgendeiner Figur, die in einer Krise steckte, aus seinen Träumen oder veranlaßte ihn, sich mit anderen Angelegenheiten zu beschäftigt, plötzlich ein Gedicht zu verfassen, um die von ihm vollkommen unabhängige Nervenspannung zu lockern und zu lösen. Die Dialoge seiner Phantasiegeburten tönten pausenlos in ihm. Alles, was er sah und hörte, wurde durch seine Augen und Ohren auch von ihnen belauscht, und er empfand seinerzeit ihre Resonanzen scharf von seinen eigenen Eindrücken getrennt.

Diese wundersame Symbiose dauerte so lange, bis er einen Punkt hinter seine Arbeit setzte. Die Aktionen waren allesamt abgelaufen. Aus den Krisen war die endgültige Entfaltung herausgegoren. Die Gestalten waren müde geworden, verhielten sich still und ruhig oder verstarben gemäß dem durch ihren Charakter gefällten Urteil.

Die erschaffene Welt trennte sich von ihrem Schöpfer und schloß sich zu einem vollendeten Werk zusammen. Seine dramatische Vollkommenheit war nicht mehr zu ändern, weil sie ihren Platz in der Dimension der Vergangenheit eingenommen hatte, zu einem Toten geworden war, der seine abgelaufene Geschichte nicht mehr umbilden konnte. Seine Imagines brannten und spukten in György wie die Erinnerung an die Verstorbenen zwischen den neuen Farben und Erlebnissen der lebendigen Wirklichkeit.

Sein Stück wurde im vulkanischen Winter 1932 in Berlin uraufgeführt, als die Theater wegen der drastischen Konkurrenz des politischen Todesreigens vor Leere gähnten und die Freikarten durch den Briefschlitz in die Wohnungen geworfen wurden. Die erfolgreichen Stücke dienten allesamt extremen Parteizielen und peitschten die Zuschauer auf, so daß die Vorstellungen stets mit Demonstrationen und Raufereien einhergingen. Die falsche, impotente Sicherheit des alten Systems lag angesichts dieses unbändigen Chaos in den letzten Zügen. Ihre Potemkinschen Kulissen wurden von Abwasserströmen fortgerissen.

Zwar war sein Werk mit seinen ewigen Problemen, die weit über die marktschreierische, heruntergekommene, pubertäre Ideologie der Gegenwart hinausragten, dort und damals unzeitgemäß — dennoch war seine Wirkung gewaltig.

Sein Held war Harlekin, dieser gefallene, seltsame Schlemihl, der als rätselhafter Gast einer wohlhabenden, angesehenen Familie die glatte Oberfläche des Zusammenlebens in Wallung bringt, versunkene, versteckte Gefühls- und Geistesleichen ausgräbt, entsetzliche Gespenster und Geister beschwört, geheime Geschwüre beleuchtet, die finsteren Tiefen gähnender Abgründe in grelles Licht taucht, einfach dadurch, daß er mit seiner freien, schrecklichen Sicherheit die Wahrheit berührt, die sich hinter dem schönen Schein verbirgt. In Relation zu seinem von allem und jedem unabhängigen, in sich vollkommen ausgeglichenen Wesen werden alle Maßlosigkeiten, alle Lügen des menschlichen Zusammenlebens offenbar. Krisen brechen innerhalb der Familien aus, unterdrückte Kräfte revoltieren, latente Gegensätze bekennen Farbe. Der Haß wird zur verübten Tat, geheime Tugenden zur übertriebenen Rechtfertigung.

In dieser wilden Gärung verschwört sich die Welt der Heuchelei, die ihre Felle davonschwimmen sieht, gegen Harlekin. So mancher versucht, ihn umzubringen, wobei man geniale Pläne schmiedet, damit die Sonne diese ruchlose Tat niemals an den Tag bringt. Im spannendsten Moment des wohlvorbereiteten, fast perfekten Verbrechens aber verschwindet Harlekin plötzlich auf unbegreifliche Weise. Und jetzt stellt sich heraus, daß keiner ihn jemals gerufen hat. Eine sanfte alte Tante, die unschuldige Einfältige der Familie, schmückt das in ihr Zimmer verbannte Kruzifix weiter mit frischen Blumen, murmelt nach wie vor ihre unverständlichen, klagenden, kosenden Gebete vor sich hin — ebenso wie damals, als Harlekin zum erstenmal das Zimmer betreten und sie wie ein freundlicher, heiterer Verwandter beim Namen genannt hatte.

Jetzt, während in der Wohnung prasselnde, brodelnde Aufregung waltet, schaut die einfältige Tante spitzbübisch zum Kruzifix empor.

»Zu spät!« sagt sie zu ihren rastlos umherirrenden Verwandten, die sie kaum beachten. »Ihr habt ihn schon einmal getötet. Darum wird er ewig leben!«

An diesem Thema schien jeder einzelne Zuschauer auf die eine oder andere Weise interessiert. Da mit Ausnahme der Einfältigen und des Harlekin keine Figur ungeschoren davonkam, ohne daß ein kleiner dunkler Komplex verletzt worden wäre, waren die meisten nach der kreischenden oder atemberaubenden Fahrt mit der geistigen Achterbahn der Handlung empört und wollten über das Stück debattieren. Verschiedene politische Kreise vermuteten, daß man ihrer Ideologie in den Rükken fiel, Vertreter von Religionen und Konfessionen witterten ein Sakrileg, Atheisten verborgenen Pietismus und klerikale Schleichware.

Es gab aber auch einige unabhängige Schriftsteller und Journalisten, die leidenschaftlich für das Stück Partei ergriffen. Die heißen Kontroversen in den Spalten der Tageszeitungen bahnten den Weg zu einem ernsthaften Erfolg, der nur mit Gewalt unterdrückt werden konnte.

Der ›Harlekin‹ wurde wegen der blutigen Raufereien und Demonstrationen in seinem Umfeld plötzlich verboten. Dennoch wurden bereits neue Kontakte geknüpft. In Wien und Zürich wurde das Stück unter Vertrag genommen, in Paris waren die Proben bereits angelaufen.

Tore taten sich auf, Strudel zogen ihn an. Hitlers Deutschland war für einen Menschen seines Schlages sowieso unerträglich. Bevor er aber noch unter den sich bietenden Möglichkeiten wählte, reiste er zu Denstahl, weil er im Schnittpunkt der verschiedenen Anziehungskräfte stagnierend eine böse Lähmung verspürte. Welchen Weg sollte er einschlagen? Welcher Pfad dürfte direkt zum Ziel führen? Denn von all den Umwegen hatte er genug. Er wollte sich zu nichts verpflichten, nur um seinen Lebensunterhalt zu finanzieren — zu nichts, was ihn von dem einzigen Opus abhielt, dem zu dienen er geboren worden war.

Weltendämmerung

DENSTAHL PACKTE, GYÖRGY ABER WAR BETROFFEN, dieses in seinem Bewußtsein fixierte Asyl im Zustand der Verschiebung und der Auflösung vorzufinden. Auf den Bücherborden, in Schubladen und Schränken herrschte bereits gähnende Leere. Naturfarbene quadratische Säulen großer eisenbeschlagener Holztruhen türmten sich in der Diele bis zur Decke.

»Wo wollen Sie hin?« fragte er den Freund fast erschrocken. Denstahl aber fuhr fort, den Inhalt seines Schreibtisches mit gelassener Pedanterie zu ordnen.

»Vorerst noch nirgendwo hin«, erwiderte er lächelnd. »Vorerst werden nur die Bücher und Manuskripte reisen.«

»Wohin?«

»Nach Belgien. Dort werden einige Handschriften kopiert ... und dann ... das Datum kenne ich noch nicht genau ... reisen sie weiter nach Amerika.«

Für György nahm der Kriegszustand des europäischen Geistes dort in Denstahls Haus wahrhaftig ihren Anfang, seine Flucht vor der ›vertikalen Sintflut‹, die aus der Triebwelt des Weltkörpers hervorbrach.

»Ich fahre nach Hause«, sagte er plötzlich, auch für sich selbst unerwartet.

»Das habe ich mir gedacht«, nickte Denstahl. »Das Klügste, was Sie tun können. Dort können Sie für ein paar Jahre noch einigermaßen ungestört arbeiten.«

»Man ruft mich nach Wien, nach Paris ...«, überlegte György laut, »als wollte man versuchen, mein Stück an die Kette zu legen, nach sich ziehen ...«

Denstahl blickte auf.

»Ich weiß nicht recht ...« Seine Stimme drang so ernst und mit einem solchen Unterton an Györgys Ohr, daß er genau hinzuhören begann. »Im Augenblick ist es nicht so wichtig, daß Sie auf einem sinkenden Schiff ewige Werte zur Schau stellen. Es ist auch nicht ratsam, als gezeichnetes Wild der großen Jagd ihre Richtung auf Plakaten zu verraten. Ich empfehle Ihnen, sich jetzt ganz ruhig zu verhalten und sich für die Zeit nach dem Kataklysma vorzubereiten. Die Welt wird sich bis dahin noch ein paarmal überschlagen und kopfstehen. Wer oben war, kommt nach unten, gerät unter die Räder und wird von den aus der Tiefe hervorbrechenden Massen zertrampelt. Allein der *Mittelpunkt* bleibt im Gleichgewicht sowie jene Auserwählten, die, sich in den Mittelpunkt des Gleichgewichts flüchtend, zu namenlosen Unbekannten werden.«

György kam im Herbst 1934 in der Heimat an, in dem, vom Standpunkt europäischer Distanz aus betrachtet, herzerweichend geschrumpften Budapest. Trotz ihrer sozialen Extreme loderte und glühte seine Heimatstadt wie eine seltsame spätsommerliche Flamme, gleich einer alternden schönen Frau in den Wechseljahren, die hemmungslos ihre letzte Leidenschaft genießt.

Die Schaufenster des ›sinkenden Schiffes‹ wurden in der Tat von hastigen, gierigen Händen immer appetitlicher dekoriert. Geldknappheit, Korruption, Beamtenherrschaft, all die unerledigten, abgestandenen Angelegenheiten des Elends belasteten nur das Unterbewußtsein der Stadt mit ihrer krankheitserregenden Gärung.

In den Außenbezirken wuchsen junge Straßen im Glanz frischer Farben, dort, wo sich ehedem Bauplätze, von Unkraut überwuchert, breitgemacht hatten. Vor den Luxushotels der Innenstadt, vor den überquellenden Läden, auf dem Korso, im Hangli auf der Margarethcninsel herrschte babylonisches Sprachgewirr. Der Westen hatte mit durstiger Neugier diesen scharfen, originellen Cocktail entdeckt, der den ganzen Zivilisations-Niederschlag der ganzen Welt und das Exotikum einer charakteristischen Kultur in sich vereinte, von billigen, üppigen, scharfgewürzten Volksgenüssen bis hin zu einer in Champagner und Kokain gedünsteten Lokalromantik. Und all dies wurde dem ausländischen Besucher in einem wahrhaft malerischen Rahmen präsentiert. Nur wenige sahen das sich anhäufende, rissige, blutrote Elefantenfleisch jener Lava, die in Deutschland ausgebrochen war und sich unaufhaltsam auf die Grenzen zuwälzte. Diejenigen aber, die es sahen, konnten auch nichts weiter unternehmen als sich in eine aktive geistige Opposition zu begeben.

Zoltán agierte bereits als unentbehrliche rechte Hand eines opportunistischen Rechtsanwalts und Abgeordneten in der Innenstadt. Seine Zieheltern hatte er nicht verlassen, weil er ihre stündlichen hingebungsvollen Huldigungen ebenso brauchte wie sie ihn.

Sobald György die gesteckt volle Wohnung betrat, wo von religiösen Stichen, Familienfotos und süßlichem Nippes bis hin zum sezessionistischen Tafelsilber sämtliche äußeren Requisiten des Lebens zusammengepfercht waren, spürte er sofort, daß er auch dort auf der Oppositionsbank saß. Nicht als ob er selbst oder Zoltáns neue Familie es so gewollt hätte. Doch die Situation gestaltete sich auf der Basis innerer Kräftebeziehungen, unverzüglich und elementar. Sie wehrten sich gegen ihn, als wäre er der Spion einer gefährlichen fremden Macht, der ihre Daseinsform mit allem, was er sagte, bedrohte, noch mehr aber damit, was er verschwieg. Freilich war ihr Kontakt an der Oberfläche herzlich, eifrig und falsch zugleich. Sie lobten Zoltán mit fast schamloser Heftigkeit, und aus dieser Lobhudelei war deutlich ein verdammtes Urteil herauszuhören. »Siehst du? Für dich war er nicht gut genug! Du hast ihn unglücklich gemacht, ja fast vernichtet, nur um deine eigene Person zur Geltung zu bringen!«

György flüchtete mit zerzausten Nerven, Kopfschmerzen und einer Menge finanzieller Verpflichtungen aus der Wohnung, doch er hatte seine Unabhängigkeit bewahrt. Als dann sein seelisches Gleichgewicht wieder ins Lot kam, war er der Familie, die um Zoltán herum religiöse Rituale zelebrierte, eher dankbar. Er freute sich, daß sie ihn dafür entschädigte, was er ihm unter keinen Umständen bieten konnte.

Er mietete ein Apartment mit Balkon in der Pasareter Allee, in einem pastellgrünen Neubau, dessen Fensterbühne mit natürlichen Kulissen in Form von Hügeln bestückt war, die sich terrassenförmig übereinandertürmten. Aus dem bunten Laubmeer dieser unwahrscheinlich malerischen Landschaft mit seinen hundert verschiedenen Schattierungen blitzten heitere kleine Villen hervor.

In den weiten Raum seines Zimmers stellte er einige massive Möbelstücke, deren Nußfarbe sich mit eindrucksvoller Schlichtheit vom Elfenbeinton der Wände abhob. Nußbraun war auch das Kruzifix an der Wand über dem mattgrünen Osiris, dessen Sessel sich auf einem kleinen Wandgestell zwischen zwei Kerzen erhob. Zwei von den Zimmerwänden waren mit Bücherregalen bedeckt, die bis an die Decke reichten. Auch der glatte, große Schreibtisch, einige tiefe Sessel und Lampen mit trautem Licht fanden ebenfalls ihren Platz. So war er von dieser provisorischen Alchimistenwerkstatt umschlossen, wobei dieses Provisorium seine Arbeit keineswegs behinderte. Denn für das Werk, das er erbaute, war jede improvisierte Stätte nichts weiter als ein tarnendes Vorfeld. Seine Experimente aber gingen in einer tieferen Dimension vor sich, im ›Sanktuarium der Mitte‹, wo die Minuten auf die Perspektiven der ewigen Gegenwart hinausgingen.

Die Wohnung lag weit entfernt vom Stadtzentrum, wo das gereizte, hektische Leben strudelte und sprudelte, in dessen Sog eine magische Bindung die meisten Kollegen wie ein Karussell herumwirbelte und aufrieb. György aber pflegte bereits als bewußter ›Outsider‹ die Buchstabenmesse zu besuchen, dem Faden auftauchender Verpflichtungen folgend. Die übrigen Schreibkundigen registrierten zwar mit gekränkter Empfindlichkeit das Fremde an ihm, doch brachte man ihm aus einer verborgenen Nostalgie heraus auch Achtung entgegen. Seine Auslandskarriere umgab ihn mit einem Nimbus, der sich aus verschiedenen Elementen zusammensetzte, einem seltsamen Gemisch aus Neid, Selbstanklage und verdrossener Anerkennung.

Er fand auch Géza Rotters bitteren, religionslosen Fanatismus und Iván Ruffs aufgeriebenes Kentaurenwesen wieder. Die beiden kamen auch zu Besuch, Géza Rotter eher selten, Iván Ruff dagegen mehrmals in der Woche.

Diese freundlichen Helfer seiner Jugend hatten sich äußerlich ziemlich abgenutzt. Das In-sich-Hineinsinken, dieser geisterhafte Schrumpfungsprozeß, für den die Fünfziger in geräuschloser Schattensprache das Startzeichen geben, hatte bereits eingesetzt.

Géza Rotters Konturen wurden durch sein ergrautes, schütteres Haar immer mehr verwischt. Auch Iván Ruffs kampflustige Löwenseele zog sich allmählich aus seiner äußeren Hülle zurück. Sein Gesicht war von tiefen, lockeren Furchen bedeckt.

Zoltáns Beziehung zur Wohnung des Bruders war recht merkwürdig. Es war, als würde ihn dieser Ort auf provokative Weise wie ein Magnet anziehen. György traf ihn mehr als einmal in der Gegend an. Wenn er Zoltán ansprach, versuchte er, sich mit verlegenem Gestotter zu rechtfertigen, konnte jedoch keinen plausiblen Grund anführen, warum er in dieser Gegend herumgeisterte, die von seiner eigenen Wohnung und seinem Büro so weit entfernt lag.

»Warst du unterwegs zu mir?« fragte György freundlich. Die Abweisung aber kam plötzlich und heftig.

»Nein! Wieso denn? Ich bin nur spazierengegangen. Hier ist es sehr schön. Ich habe diese Gegend immer schon gemocht. Es ist so still und so ländlich hier ...«

György schämte sich, den Bruder so nackt und schutzlos zu sehen und das schmerzliche Geheimnis seiner Schwäche so unverhohlen zu betrachten. Dabei hielt sich Zoltán äußerlich ziemlich bedeckt. Seine pubertären Ecken und Kanten, seine Unbeholfenheit hatten sich abgeschliffen. Er war ein hochgewachsener, vielleicht etwas zu hagerer und steifer, gutgekleideter junger Mann mit erstklassigen Manieren und etwas trübem Blick, mit sehnsüchtig dienstbereiten Augen, einer großen, empfindlichen Nase, schmalem Mund und kraftlosem Kinn.

»Es würde mich freuen, wenn du zu mir raufkämst!« sagte György mit Wärme.

»Nein! Tut mir leid! Ich habe wirklich keine Zeit. Vielleicht ein andermal. Vielen Dank! Unbedingt ...« Dann schwankte er mit eiligen Storchschritten davon, als würde man ihn jagen.

»Er flüchtet!« dachte György aufgewühlt und hilflos.

»Das ist entsetzlich — weil ich ihn verstehe und weiß, daß er recht hat.«

Während sich in der Außenwelt die Fronten entwickelten und sich der heiße, beißende Schwefelgestank der nazistischen Lava über das Land ausbreitete, stellte er das Gerüst seiner großen Romans zusammen. Seine Figuren waren bereits lebendig. Mit ihrem nahezu sichtbaren Astralleib umschwärmten sie ihn, wie Kinder ihr Familienoberhaupt.

Er machte sich tausend glückliche, beklemmende Sorgen um sie. Noch bevor er sie in den strengen Rahmen des Romans trieb, waren sie ihm bereits behilflich. Sie vermittelten ihm Ideen, warfen Themen auf, erzeugten Gedichte, Studien und Novellen in ihm, unabhängig von ihrer eigenen Geschichte, und ernährten ihn auf diese Weise. Denn aus den Nebenprodukten der Hauptarbeit konnte er seinen materiellen Bedarf decken. Wochenzeitschriften, aber auch Tageszeitungen räumten ihm wohlplazierte Spalten ein und druckten vorerst jede Zeile aus seiner Feder bedingungslos.

Sein Roman ›Emigranten‹ handelte vom physischen und psychischen Leben einer kreativen Menschengruppe, die zwischen die engen Grenzen und in die elenden Verhältnisse eines kleinen Landes gepfercht war. Er beschrieb die qualvolle, zwanghaft emporstrebende Emigration dieser im Fleische ruinierten, gehemmten, niemals befriedigten Menschen und die fleischliche Auflösung der in der Materie erstickenden Genießer in ihrer Umgebung. Er warf eine heikle, entsetzliche Frage auf: das Problem der Leidenschaft und des Leidens, das auf eine bestimmte Weise zu lösen war, so daß nicht nur eine Diagnose gestellt, sondern aus all dem Elend auch ein Impfstoff gewonnen werden konnte.

Manchmal wagte Zoltán dennoch einen kurzen Besuch, hoffnungslos hoffend, daß sich irgendein blitzartiger

Zauber ereignen mochte, der die sternenfernen Dimensionen zwischen ihnen überbrückte. Doch dieses Wunder ließ auf sich warten. Sie nahmen einander auch weiterhin nur als Projektion in ihrer eigenen, strikt festgesetzten Geschichte wahr. Zum Habitus des anderen, zu seinem Text wurde kein einziges Wort, keine Schattierung hinzugefügt.

Nun verbrachte Zoltán seinen Urlaub stets bei den Verwandten seiner neuen Familie in Wien, in der Schutz- und Trutzgemeinschaft tiefster Geheimniskrämerei. Alle achteten krampfhaft darauf, daß György gar nichts über die dortige Lage erfuhr, ganz so, als würde Zoltán allein dadurch gehemmt werden und versagen, daß dem Bruder über ihn etwas zu Ohren kam. Wien war Zoltáns vergrabener Knochen, der Quell seines geschwollenen Selbstbewußtseins. Seine kurzen, konventionellen Wiener Briefe wiesen ein verräterisch nach rechts geneigtes Schriftbild auf, während sich die Buchstaben gefühlvoll und flehend verneigten. Diese verschnörkelten Striche verrieten, daß Zoltán verliebt war. Doch bis zum März 1938 kannte György keine Einzelheiten dieser Gefühlsverbindung.

Sein Roman erschien 1938, genau zum Zeitpunkt des ›Anschlusses‹, und wurde daher ebenso in der düsteren, blutroten Abenddämmerung der geistigen Freiheit veröffentlicht wie seinerzeit sein Stück in Berlin. Auch die erzielte Wirkung war auf ähnliche Weise stark und sehr gemischt. Er wurde wüst beschimpft oder über den grünen Klee gelobt, doch überwiegend wurde er bedroht, weil das Werk nicht die geringste Spur des alleinseligmachenden Ersatzelixiers, sprich der ›epochemachenden Idee‹ enthielt. Und dies galt nach dem Anschluß als unverzeihliches Verbrechen.

Es war ein dichtes, schweres Jahr, ein von Sonnenflecken und Delirium gekennzeichneter Knotenpunkt der Zeit, wo politische Leprageschwüre an die Oberfläche kamen. Géza Rotters Zeitung ging in Konkurs. Er selbst, in seinem asketischen Elend, flüchtete zu György in die Pasareter Allee, todkrank, in unheilbarem Zwiespalt mit seiner Zeit und mit sich selbst. Seiner jüdischen Empfindsamkeit wurden Wunden geschlagen, durch die er seelisch verblutete.

»Ich habe nie etwas zur rechten Zeit getan«, sagte er in seinem Todeskampf auf dem Krankenbett. »Aber es ist sicher, daß ich zur rechten Zeit sterbe.«

Die Todesursache war Leukämie. Bei seiner Beerdigung erschien so mancher nicht mehr, der seinen schriftstellerischen Rang nur ihm zu verdanken hatte.

György und Ivan Ruff verharrten am Grab, auch als sich die sehr kleine Trauergemeinde bereits aufgelöst hatte. Ein Großteil der Trauernden bestand aus jüdischen Schriftstellern und Journalisten, die um ihr eigenes Schicksal bangten und über Géza Rotter den Leichnam ihrer eigenen Karriere beweinten.

Die beiden standen wortlos da zwischen ihren rauschenden Erinnerungen und konnten sich von dem feucht dampfenden, kleinen, gelben Tonhügel nicht trennen, unter dem die abgestreifte Kutte des reinsten, ärmsten Novizen der Buchstaben lag.

Der Scheiterhaufen

Im Frühjahr 1938 brachte Zoltán Lidia aus Wien nach Hause. Ihre stille Hochzeitsfeier, ihre standesamtliche Trauung in gedrückter Atmosphäre wirkte eher wie ein Leichenschmaus. Lidia trug wegen ihres Vaters, der am ersten Tag des Anschlusses Selbstmord begangen hatte, tiefe Trauer. Er war ein jüdischer Universitätsprofessor gewesen. Seine christliche Frau ungarischer Abstammung lebte schon lange nicht mehr. Lidia war über ihre Mutter mit Zoltáns neuer Familie nahe verwandt. Und sie war es, die den Bruder Jahr für Jahr wie ein Magnetpol nach Wien gelockt hatte.

Vor der Hochzeit benachrichtigte Zoltán den Bruder in einem knappen Brief über die große Wende in seinem Leben.

›Ich werde heiraten. Meine Braut liebe ich schon seit Jahren. Wir hätten noch eine Weile mit der Hochzeit gewartet, wären nicht solch tragische Ereignisse dazwischengekommen, die an unserer Stelle entschieden haben. Sie selbst ist durch die österreichische Wende in eine unmögliche Situation geraten. Sie mußte Wien verlassen. Ich bin froh, daß ich ihr in diesen Krisenzeiten zur Seite stehen konnte, ihr einen neuen Namen, eine neue Heimat und ein Zuhause bieten kann. Es ist uns gelungen, ein paar Wertsachen aus Österreich herüberzuretten, die die Unkosten decken werden, um mich selbständig zu machen. So brauche ich Dich nicht damit zu belasten. Ich hoffe, daß ich jetzt die Last meines Lebens ganz von Deiner Schulter nehmen kann. Noch mehr — vielleicht kann ich jetzt sogar damit beginnen, meine ungeheuren Schulden bei Dir abzutragen. Ich weiß, daß Du es nicht von mir erwartest, doch ich halte es für notwendig. Obwohl das, was Du getan hast, nicht mit Geld zu bezahlen ist.

Es wäre mir sehr lieb, wenn Lidia und Du gute Freunde würden!‹

György sah seine Schwägerin am Tag der Hochzeit zum erstenmal. Sie hob sich in fremdartiger, tragischer Schönheit vom Hintergrund der vollgestopften, unschönen Wohnung ab, und selbst in ihrer Niedergeschlagenheit strahlte sie Kraft, Ausgeglichenheit und reine Sanftheit aus. Und plötzlich begriff er, daß wieder einmal, wie eh und je, Zoltán sich auf seine Partnerin stützte. In seiner sehnsuchtsvollen Schwachheit schmiegte er sich instinktiv an den Urmutterleib, und auch Lidia war ihm in mütterlicher Zuneigung und Mitleid zugetan.

Das ist gut so! dachte György, während er sich auf den steigenden Wogen der Sympathie seiner Schwägerin näherte, die ihm ihrerseits entgegenkam, bis sich ihre Blicke und ihre Hände trafen.

Wenn er an diesen Augenblick zurückdachte, wunderte er sich, wie arglos er damals geblieben war. Unpersönlich, ganz offen ließ er Lidias Persönlichkeit an sich herankommen. Der Glanz ihrer grauen Augen, in denen goldene Pünktchen schimmerten, die klassische Harmonie ihrer Nase, ihr voller, kluger roter Mund, ihr duftig schattiertes blondes Haar und der Perlmuttglanz ihrer Haut erfüllten ihn mit fieberheißem Glück und Dankbarkeit. Ihre Stimme gab auf längst gestellte Fragen eine einzige Antwort. Er aber blieb dennoch arglos.

»Du bist schuld, daß ich schläfrig zu meiner Hochzeit gehe«, sagte Lidia mit einer Stimme, die wie durch einen leichten Schleier kam, die fast wie eine Sensation auf ihn wirkte. »Bis morgens um drei habe ich dein Buch gelesen.«

»Dann bin ich ganz schön ins Hintertreffen geraten«, erwiderte er, während sich in seinem Körper plötzlich ein Strom der Erregung einschaltete.

»Warum?«

»Während du unbekannt draußen im Dunkeln standest, habe ich mich im Viereck eines erleuchteten Fensters bis auf die Haut ausgezogen!«

Lidia schenkte ihm ein Lächeln.

»Nun sind wir uns aber begegnet, und du weißt, daß du dich nicht zu schämen brauchst.«

Dieser leise, vertrauliche Satz ließ die Dämonen des Hades von der Kette.

Was wird jetzt? — fragte er benommen, während Lidia von den Verwandten und Gästen umringt wurde. Man sprach auch ihn an, und er antwortete, doch all die

Gestalten und Stimmen versanken im Nebel. Was wird jetzt? Was wird aus uns?

»Gebt euch einen Kuß!« sagte Zoltán hochrot, lärmend, verklärt und linkisch im staubigen Vorzimmer des Standesamtes nach der Trauung im Kreise der Hochzeitsgäste, die Gemeinplätze wie leeres Stroh droschen.

»Nein!« Lidia war erschrocken und blaß. Ihr verdunkelter Blick suchte nach einem Ausweg. »Nicht hier. Später. Zu Hause.« Sie schaute zu György auf, schaltete sich mit jedem einzelnen Nerv in sein Wesen ein. »Das ist ein schrecklicher Ort, nicht wahr?« In ihrer Stimme schwangen verräterische Farben mit, so daß György ganz kalt wurde vor Angst, daß sein ewig mißtrauischer Bruder, der stets Böses ahnte, vielleicht doch etwas merkte ...

Doch Zoltán war im Fieber der Erfüllung völlig taub geworden. Er legte den Arm um die Schulter seiner Frau und begann stolz, eitel und wortreich zu schwatzen. Er blieb außerhalb jenes Stromes, der zwischen Lidia und György gefährliche Funken sprühte.

Vielleicht irre ich mich? grübelte er auf dem Heimweg vor sich hin. Lidia war bei der neuen Wende ihres Lebens nervös, erhitzt und von Lampenfieber erfaßt. Sonst nichts. Was ich gefühlt habe, war lediglich eine Lichtbrechung meines eigenen Wunsches. Die Liebe ist oft nur eine einseitige Angelegenheit, die sich einen Götzen baut, mit dem das Modell nichts zu tun hat, weil es, in den erotischen Zauberkreis der Sexualmagie eines anderen Partners eingeschlossen, geschützt und unverwundbar ist. Die Sexualmagie der Leidenschaft ist gegenüber einer solchen Klausur hilflos. Denn der partnerlose Sehnsüchtige glaubt in jedem Kostüm, das ihm begegnet, eine aus seinem eigenen Mangelgefühl projizierte Anima zu entdecken.

Lidia gehörte Zoltán. Das Schicksal hatte sie ihm gegeben, hatte sie mit komplizierter, präziser Berechnung zu ihm geführt, ihren Lebensfaden mit ihm verwoben. Dieses Bindung war — ein Kordon! Das Verbot eines höheren Ethos, das er nicht überschreiten konnte. Die größte Hilfe wäre gewesen, wenn Lidia ganz unberührt geblieben, nie auf den Gedanken gekommen wäre, daß sie beide ...

Eine kalte, erschrockene Traurigkeit erfüllte ihn, die nie empfundene Hoffnungslosigkeit der öden Einsamkeit. Plötzlich kam es ihm unmöglich vor, daß sie in dieser Nähe, eingeschlossen in die Familiengemeinschaft, stumm und fern von ihrer eigenen Vollkommenheit leben und voneinander getrennt gleich einer zerschnittenen Eidechse sich in Krämpfen winden sollten bis zum Sonnenuntergang.

Zoltáns Zeilen, ein Bruchstück seines Briefes, den er seinerzeit bei seinem Selbstmordversuch geschrieben hatte, tauchten vor ihm auf: *Ich kenne Dich nur zu gut. Du warst es, der mir alles und jeden genommen hat. Ich bin Dein Opfer seit meiner Geburt. Sieh zu, was Du angerichtet hast. Ich habe nichts Böses gewollt, wollte nur zu jemandem gehören. Ich brauche jemanden, der ganz mir gehört.*

Schwere, unruhige Wogen brandeten gegen die Klippen seiner Insel, gegen die Geschlossenheit seines Lebens. Es gab Stunden, da er einfach nicht arbeiten konnte. Straßenbänder langer Spaziergänge glitten unter seine Füße. Und alle diese Wege führten zur neu eingerichteten Wohnung Zoltáns in der Innenstadt. Meistens widerstand er der Versuchung, doch dieser Kampf zehrte an seinen Kräften. Er mied die Orte und Gesellschaften, wo eine Begegnung wahrscheinlich war. Manchmal aber ertönte Lidias Ruf in seinen Gefühlen mit solcher Heftigkeit, daß er ihre Stimme, die eine schreckliche Freude in ihm entfachte, zu hören glaubte.

»Ich muß zu Lidia!« dachte er entschlossen. »Ich will sie sehen, um durch die Wirklichkeit ihres Wesens die Diktatur meiner Phantasie zu brechen! Diese ewige Flucht ist beschämend und sinnlos. Denn ich ziehe alles an, wovor ich mich fürchte. Alles, wovor ich davonlaufe, gewinnt Macht über mich.«

Als er am Széll-Kálmán-Platz in den Bus umsteigen wollte, traf er Lidia. Die Schwägerin trug ein weiches, matt glänzendes, gefälteltes Wollkleid. Ihr blondes Haar, in dem tausend Lichtpunkte glänzten, war unbedeckt. Sobald er sie erblickte, spürte er deutlich, wie ihn eine wunderbare Ruhe durchströmte. Die Müdigkeit all dieser fieberhaften, schlaflosen Wochen war aus seinem Körper gewichen. Er fühlte sich wohl und ausgeglichen.

»Wo eilst du hin?« fragte er wie zur Selbstkontrolle, weil er die Antwort bereits kannte, erhoffte und fürchtete.

»Zu dir«, gab die Frau schlicht zurück. »Ich bin das Warten leid. Warum schaust du nie bei uns herein?«

»Ich habe gearbeitet«, erwiderte er ausweichend, während eine stechende Erregung, Panik und ein sieghafter Jubel in ihm aufbrauste. »Gehen wir dann zu mir zurück, ja?«

»Wenn du nichts Besseres zu tun hast, gerne. Ich werde mich bei dir mit Zoltán treffen.«

»Ich habe nichts anderes zu tun. Auch ich war gerade auf dem Weg zu euch.«

Lidia verhielt für einen Moment ihre Schritte. In ihren Augen riß jener Nebel auf, der ihr Geheimnis verbarg.

»Wann hast du beschlossen, mich zu besuchen?« Ihre Stimme hörte sich beklommen und ganz leise an.

»Ich habe es schon seit Tagen vor. Doch vor etwa anderthalb Stunden spürte ich entschieden, daß ich kommen muß.«

»Warum?«

Er schaute Lidia an und antwortete nicht, half ihr in den Bus. Auf der gedrängt vollen Plattform standen sie einander gegenüber, fest aneinandergepreßt. Lidia hatte den Kopf gebeugt, er aber schaute über ihr glitzerndes Haar hinweg, während er in seinem ganzen Körper das

Pulsieren seiner Adern und das wilde Herzklopfen der jungen Frau spürte.

Dann stiegen sie aus und gingen die Straße hinauf, die hügelan führte, an der stillen, langen Villenreihe entlang. Eine Weile sprachen sie kein Wort miteinander.

»Weißt du, daß Zoltán meinetwegen ein Leben lang unglücklich gewesen ist?« fragte er Lidia nach einer Weile.

»Ja, ich weiß.«

»Ich habe es nie gewollt, dennoch ist es so gekommen.«

»Ja.«

»Einmal hat er einen Selbstmordversuch gemacht ...«

»Er hat es mir erzählt. Du hast ihn wieder ins Leben zurückgeholt. Du hast viel für ihn getan. Er ist dir dankbar.«

»Er haßt mich.«

»Er bewundert dich. Und er fürchtet sich vor dir.«

Er blieb stehen und wandte sich der jungen Frau zu.

»Er ist krank. Du mußt ihn heilen. Du mußt ihm beibringen, daß ich ...«

»Er wird es nie begreifen.«

»Dann wirst du ihn eben für alles entschädigen, was ...«

»Verlangst du das wirklich von mir?«

Diese gehauchte Frage stürzte zwischen die beiden wie eine schicksalentscheidende Prüfungsfrage.

Ich kann nichts anderes verlangen, hätte er am liebsten in einem feigen Kompromiß gesagt, mit jenem sich verjüngenden Wunsch, der sie auf die offene Tür in ihm hinweisen sollte. Doch in diesem Augenblick tauchte unerwartet das Antlitz des Mannes im braunen Gewand in ihm auf. Er sah den Blick seiner beharrlichen Augen, der in die nackten Tiefen seines Wesens eindrang, der weder anklagte noch drängte. Dennoch konnte man sich vor ihm nicht in schmutzige kleine Teillösungen flüchten. Diese Tür durfte nicht offen bleiben. Denn Lidia gehörte Zoltán, nur ihm allein!

»Das ist es, was ich mir von dir wünsche«, sagte er heiser. Dann setzten sie ihren Weg fort.

Die düstere, schmerzerfüllte Atmosphäre um sie herum war so dicht, daß sie auch Zoltán berührte.

»Fühlst du dich nicht wohl?« fragte er Lidia.

»Ich habe Kopfschmerzen.«

Was nicht alles in die Kopfschmerzen einer Frau hineinpaßt! — dachte er, während er Lidia und die dunklen Ringe um ihre Augen beobachtete. Zoltán stapfte mit hilflosem Ungeschick um sie herum, bettete sie auf die Liege und flößte ihr ein Beruhigungsmittel ein. Lidia ließ sich alles gefallen. Dann lag sie still mit geschlossenen Augen da, während sich die beiden Brüder in ein gemurmeltes leises Gespräch vertieften.

Ihre Worte stürzten in gähnende, leere Tiefen, und keiner von beiden suchte nach ihrem Sinn. Lidias stumme Anwesenheit im Zimmer war aber laut und heftig. Diese liegende Frauengestalt war bereits zu einem Phantom seiner einsamen Behausung geworden, einem Phantom, das sich nicht vertreiben ließ. Mit schmerzlicher Freude wußte er, daß er sich nicht dagegen wehren konnte. Es kommt wie die Krise einer tödlichen Krankheit. Ihre visionäre Gestalt wird in der Nacht ihre Stelle einnehmen. Das Kissen, auf dem ihr Kopf jetzt ruht, wird den Duft ihres Haares atmen. Ihr Wesen hatte die ganze Wohnung geweiht, alles war besessen, überflutet davon.

Das Beruhigungsmittel löste Lidias seelischen Schock in sanfte bittere Resignation auf. Sie wollte nicht liegenbleiben, ging im Zimmer auf und ab, berührte und streichelte jeden Gegenstand, blätterte in seinen Büchern, setzte sich an seinen Schreibtisch und warf einen Blick in sein Manuskript. Dabei warf sie ihm leichte, flatternde Fragen zu, doch sie erwartete Antwort auf andere, unausgesprochene Fragen. Während György, nach beiden Seiten sichernd, die schwerelosen Wortbälle zurückgab, beobachtete er jene Fäden, die Lidia um ihn zu spinnen begann, ihre Konspiration mit den Gegenständen und die Art und Weise, wie sie in jeden Gegenstand ein Teil ihres Wesens hineinschmuggelte. Sie behängte sie mit langen, schleierartigen Erinnerungsbändern, die im ständigen Windhauch seiner Phantasie sich flatternd an sein Gesicht, an seine Gefühle schmiegen, auch dann, wenn er mit ihnen allein bliebe.

Und es geschah wie erwartet. Als Lidia in Begleitung von Zoltáns Schattengestalt aus der Tür trat, erwachte ihre zurückgelassene Schimäre zum Leben, entzündete ein Malariafieber in seinem Körper und ergriff von ihm Besitz.

Im Frühling 1939 kam ein Brief von Denstahl. Der Brief kam aus Brüssel. Er schrieb, er möchte ein paar Wochen mit György verbringen, bevor er nach Amerika aufbräche.

Über diesen Brief klammerte er sich an Denstahl fest, wie ein Ertrinkender an die rettende Hand. Er fühlte sich erschöpft und verfolgt. Sein Verfolger hielt ihn im eigenen Körper unter ständigem Trommelfeuer.

Er konnte sich vor Lidia verschließen, wie er wollte, ihre Wege kreuzten sich ständig. Zwischen ihnen bestand ein rätselhafter unbeabsichtigter Funkkontakt. Ihre Assoziationen, ihre Reize und Impulse harmonierten, wie der gemeinsame Rhythmus zweier Musikstimmen.

Wenn er während seiner unruhigen Flucht seine Schritte zu dem noch kahlen, von grauen Nebeln umwallten Johannisberg lenkte, stieß er an irgendeiner Wegbiegung mit Sicherheit auf die einsam dahinschlendernde junge Frau, auf deren Gesicht seine eigene erschrockene, freudige Überraschung erglühte. Doch er traf sie auch, wenn er ganz weit gelegene Gegenden aufsuchte: im Stadtpark, in der Burg, auf der Fischerbastei, in den winkligen Gäßchen von Altofen oder auf dem Gellertberg. Dies waren spukhafte, geisterhafte Begegnungen, die niemals vorher abgesprochen waren.

Seltsamerweise wurde er in Lidias Gegenwart sofort ruhig. Eine verdächtig berauschte Erleichterung, die einer Auflösung gleichkam, ergriff ihn. In Wirklichkeit aber handelte es sich um die Wirkung des Narkotikums, und sobald sie verflogen war, forderte sein Körper unweigerlich eine höhere Dosis.

Endlose Netze dichter, reicher, herrlicher Themen umspannen sie. Nie kam er sich so überschäumend fruchtbar und befruchtend vor wie in diesen Augenblikken, da ihm die junge Frau zuhörte, Fragen stellte und ihn und sein Wesen widerspiegelte. Doch sobald sie sich trennten, stürzte er immer tiefer.

Die immer häufigeren Unannehmlichkeiten, seine offen zur Schau getragene Opposition gegen die immer aggressiveren politischen Strömungen, die Demütigungen und seine unsichere finanzielle Situation berührten ihn kaum. Doch die Sehnsucht nach Lidia bereitete ihm maßloses Leid. Es waren mythische Qualen: Tantalusqualen, weil sie sich fast täglich begegneten. Und hinter den halben Sätzen, den kleinen Anspielungen und dem Schweigen der jungen Frau konnte er seine eigene Krise erblicken.

An jenem Tag, als er beschloß, nach Brüssel zu reisen, kam ihm Lidia in einem taubengrauen Kostüm auf dem Spazierweg der Insel entgegen. Die Amphorenkonturen ihrer hohen Gestalt stiegen aus dem graziösen Stiel schlanker Fesseln empor. Ihr Gesicht war farblos und schimmerte matt, wie das Antlitz einer Statue. Ihre Augen, die unter der Einwirkung seltsamer Schatten dauernd die Farbe wechselten, und die Schönheit ihres Profils waren für ihn stets eine Überraschung, überstiegen seine Vorstellungen, seine Erinnerungen an sie.

»Bist du müde?« fragte er, nachdem er sie begrüßt

hatte. Jetzt hatten beide das Experimentieren mit ungeschickten Ausreden aufgegeben. Und das Thema, über
das sie schweigen mußten, ging unsichtbar, aber mit
durchaus ertastbaren Umrissen neben ihnen her.

»Mir träumte, daß du verreist«, setzte Lidia ihr nie
begonnenes und nicht unterbrechbares Zwiegespräch
fort.

»Ich verreise.«

»Es wird Krieg geben.«

»Ja.«

»Du könntest auf der anderen Seite steckenbleiben.«

»Vielleicht kann ich es so leichter ertragen.«

»Richtig. Die schwierigeren Probleme liegen hier. Willst
du davonlaufen?«

»Ich möchte schon, aber ich kann nicht. Ich komme
zurück.«

Lidia schaute ihn an, offen und verzweifelt, wie jemand, der schutzlos ist und den Tatsachen ins Auge
schauen muß. Doch ihr fest verschlossener Mund öffnete sich nicht für den hämmernden Gedanken. Auch ihr
Blick zog sich zurück, stellte sich auf seltsame Weise auf
unendlich ein, während er auf ihm ruhte.

»Ja«, sagte sie dann mit murmelnder Traumstimme.
»Du wirst zurückkommen. Alles in Ordnung.« Dann
ging sie weiter, als hätte sie sich auf geheimnisvolle
Weise der Zukunft verpflichtet.

Die Reisenden

GYÖRGY FAND DENSTAHL in der Villa eines Ordensbruders
in Brüssel. Über dem Haus standen bereits düstere Vorahnungen wie dunkle Wolken. Doch die Bewohner sahen
mit einer Entschlossenheit, die über die Zeiten hinwegreichte, der nahenden Gefahr entgegen. All die schönen

und zärtlichen Gegenstände, die vergänglichen Symbole ewiger Ideen waren ohne Empörung zum Tode bereit. Die seit langem bewohnten Räume waren vom Abschiedsprovisorium durchtränkt.

Denstahl zapfte zunächst aus der stummen, dichten Ausstrahlung von Györgys Wesen, aus seiner Aura die Diagnose seiner Gefühlsmalaria ab. Jetzt konnte der Patient auch beichten, konnte seine Wunden in der bösen Gärung der Entzündung einem Arzt vorzeigen, der die Wurzeln der sichtbaren Dinge im Unsichtbaren ertastete.

»Die Symptome schließen so gut wie jeden Irrtum aus«, sagte Denstahl. »Es ist eine übermenschliche Prüfung und Provokation, wenn die zwei Protagonisten der kosmischen Tragödie in solch einer Beziehung in die Raum-Zeit-Welt projiziert werden. Denn nirgendwo ist die Einheit eines zerrissenen Androgyns hoffnungsloser als in der physischen Gestalt. Sie sind durch den ganzen Zellen-Mikrokosmos des Fleisches voneinander getrennt, durch Millionen Lichtjahre von Galaxien, Sonnensysteme und Planeten. Alle aufgetürmten Hindernisse dieses isolierten Gebildes müssen abgebaut werden, um eine Wiedervereinigung zu ermöglichen. Auf Erden, auf diesem Stern, der in der ständigen Kollision endlicher Leiden und Gegensätze glüht, pflegen die Teile des zerrissenen Ganzen meistens gegenseitig ihren Spuren zu folgen, wechseln sich ab wie Tag und Nacht, wie Mond und Sonne. Auch ihre Kräfte werden geteilt. Was dem einen mangelt, hat der andere inne. Je nachdem, ob die feminine oder die maskuline Ladung überwiegt, ist auch ihr Erfahrungskreis völlig verschieden und vereinigt sich erst zur geistigen Essenz verfeinert wieder.«

Dies waren schöne, weitreichende Gedanken. György spürte auch die Wahrheit, die in ihnen steckte, doch sie schwebten weit entfernt von seinem vor Zwiespalt schmerzenden Wesen, Sternbildern gleich.

»Ich fürchte, daß mich Lidia all dem entzieht, wofür

ich geboren wurde«, setzte er seine Beichte über jenes Problem fort, das in seinem Körper wütete. »Wenn ich in ihrer Nähe bin, habe ich das Gefühl, daß sie langsam, aber sicher meinen Widerstand aufreibt und bricht und mich in einen Zustand mitreißt, dessen Niederträchtigkeit ich nicht ertragen könnte. Man muß heutzutage mit so vielen Schwierigkeiten fertigwerden. Ich hätte eine Menge zu tun. Manchmal werde ich von Rebellion erfaßt. Ich klage all diejenigen an, die mich davor retten könnten. Warum mußte ich ihr begegnen, als einem Tabu, das Zoltán gewidmet ist? Und wenn uns der Zufall schon zusammengeführt hat, warum müssen wir diese kostümierte, böse Komödie vor uns und vor der Welt aufführen, wo wir einander anziehen wie der negative und positive Pol eines Magneten?«

»Die Prüfungen der Einweihung muß man stets im Dunkeln, allein, mit verbundenen Augen durchstehen. Und die Aufgaben belasten den Neophyten bis zu den äußersten Grenzen seiner Kräfte. Doch *während* des Vorgangs kann er niemals den Zweck seiner schweren Belastung erkennen, erst hinterher, wenn er das Ziel erreicht hat. Doch selbst bei der größten Versuchung, bei den schwersten Proben ist es nicht ratsam, daran zu zweifeln, daß solche Erlebnisse einen *Sinn* haben!«

»Mein Verstand weiß das. Meine Gefühlswelt aber rebelliert. Letzen Endes ... wie immer ... muß der Geist siegen. Doch zu welchem Preis!«

»Der Mensch verspürt gewöhnlich einen gekränkten, erschrockenen Zorn, wenn seine Ideale in seine Gefühlswelt einfließen und die Materie um ihn herum aufzulösen beginnen. Der Glaube, die Ideenwelt des schwachen, erbärmlichen Menschen, ist eine blasse Abstraktion. Der Starke wird von Willensmagie erfüllt und duldet die Trennung zwischen Himmel und Erde nicht mehr. Sie haben bereits gewählt, können nicht auf halbem Wege stehen bleiben. Vorübergehende Schwächen zählen nicht. Sie werden tun, was Sie tun müssen. Sie tun mir leid, ich habe hilfloses Mitleid mit Ihnen. Aber ich habe keine Angst um Sie!«

Drei Wochen verbrachte er mit Denstahl in Brüssel, und während dieser Zeit übernahm er von ihm eine Menge Anweisungen nebst einem Haufen Arbeit, die zu erledigen war — Denstahls ganzes europäisches Erbe. Noch nie hatte er den lösenden Balsam der Unpersönlichkeit so stark empfunden wie während dieser Tätigkeit, die ihn über seine eigenen Probleme hinaushob.

Er begleitete Denstahl nach Cherbourg. Sein Schiff stach Mitte Juni in See. Sie wandelten in einer hastigen, aufgeregten, argwöhnischen Atmosphäre über seismischen Boden. Verspätetes Wollen, überreife Leidenschaften prallten aufeinander zwischen explodierendem Durcheinander, Uneinigkeit und argwöhnischer Erregung. Diejenigen, die an Bord dieses Schiffes Frankreich verließen, ahnten, daß sie in der Arche Noah saßen.

Aber sie wußten nicht, welch uralte, seltsame Fracht sie außer ihrem eigenen, kurzfristig geplanten, mühseligen Leben nach Amerika hinüberretteten. Mit ihnen reiste eins der reichsten Archive des Hermetischen Ordens — eine Sammlung von geheimen Handschriften und Büchern, die in Nebel versinkende Traditionen bargen, die Zukunft projizierten, deren Existenz geleugnet wurde, die verlacht und verachtet wurden oder an die man abergläubisch glaubte, um die die Legenden erstarben, dann aber wieder auferstanden gleich dem auflebenden Wind oder den Wogen des Meeres.

Flaschenpost

LAUT SEINER ABSPRACHE MIT DENSTAHL mußte er nach Rom reisen. Dort erwartete ihn ein schönes, ruhiges Zimmer in der Via Alessandria bei einem gewissen Professor Umberto Egidio, der in der Obhut seiner betagten Schwester als Pensionär zwischen seinen Büchern lebte.

Der fünfundsechzigjährige kleine alte Herr ging ihm in allen Dingen bereitwillig zur Hand. Er erledigte an Györgys Stelle den minutiösesten Teil seiner Arbeit, nämlich das Schmökern im Buchstabenmeer und das Zusammenstellen. Was ihm zur Last gefallen wäre, war die größte Passion des Professors. Ihn konnte nur noch die Konstruktion, die Zusammenfassung, die aufscheinende Präzision des Ausdrucks begeistern.

Professor Egidios Gesichtshaut war wie dunkelbraun gedörrtes Pergament. Mit seiner weißen Apostelfrisur um die Tonsur und seiner hervorspringenden Adlernase beschwor er beinahe eine Kutte und eine Klosterzelle in seiner näheren Umgebung herauf. Auch seine Arbeit erinnerte an die fromme Tätigkeit sanfter Klosterbrüder des Mittelalters, die mit dem Kopieren heiliger Schriften beschäftigt waren. Er fraß sich durch Hunderte von verstaubten, komplizierten, schweren Bänden. Seine Notizen, die klar leserlich waren und wie gedruckt aussahen, füllten eine Menge Hefte. György brauchte nur die Sammlung zu studieren. Das Material wurde ihm nahezu fertig, gesäubert und konzentriert zur Verfügung gestellt.

Professor Egidio hatte früher Griechisch und Latein an der Universität gelehrt, aber er konnte in mindestens sechs Sprachen lesen, beherrschte sie perfekt in Wort und Schrift. Die Bücher in seiner Wohnung wirkten wie ein Schutzwall gegen die harten, eiskalt dahinströmenden Ereignisse der Außenwelt und machten auch seine Gestalten vor jenen kostümierten Larven unsichtbar, die an der Oberfläche agierten. In jenen etwas ironischen Momenten, in denen er in die Gegenwart zurückfand, pflegte er über diese Figuren zu sagen, daß ihr Kopf nur deswegen nicht davonflöge, weil er am Hals festgewachsen sei.

György war in der Tat mit dieser mitleidigen Verachtung jener Besessenen hochzufrieden, weil sie die Panzerung seines Abwehrkraftwerks bedeuteten. Er genoß die kurzen Bemerkungen seines sonst eher wortkargen Wirtes, die sein weites Weltbild aufblitzen ließen wie das Okular eines Riesenteleskops den Sternenhimmel.

»So manch prunkvolles Clownskostüm führt den Menschen in die Irre. Er glaubt, daß der Hauptdarsteller und der bombastische Text des Stückes ebenfalls in seinem eigenen Kopf geboren werden. Obwohl auf der Bühne nur Statisten agieren. Der Hauptdarsteller bleibt hinter den Kulissen, und das Stück wird von einem unsichtbaren Autor geschrieben.«

Die Aufgabe, mit der György betraut wurde, war die Neufassung der Texte aller wissenschaftlichen Arbeiten über die Hermetische Philosophie, anonym und unpersönlich, in die Fußstapfen ebenfalls anonymer Vorfahren tretend. Dies war eine dimensionale Inkarnation der Urbilder und Grundformeln, die Auferstehung im Weltbewußtsein in neuen Begriffen, in einem neuen Kleid.

Die unermeßliche Bedeutung der hermetischen Schlüssel lag darin, daß sie die Grundbegriffe, Symbole und Analogien der Ideen hinter den Erscheinungen, der materieformenden ›abstrakten mathematischen Formeln‹ enthielten. Jenes Gesetz, das seine Bilder in jedem Medium immer wieder hervorbrachte, ähnlich dem Kristallgitter der Mutterlauge oder den Chladnischen Tonfiguren, die aus feinem, auf eine Glasplatten gestreutem Sand entstanden, wenn eine auf eine bestimmte Tonhöhe gestimmte Saite zum Klingen gebracht wurde. Das neue Medium dieser ›Logos-Töne‹ war die Form, die in der Nomenklatur der fortschreitenden Wissenschaften und der sich wandelnden Weltanschauung ihren Ausdruck finden mußte.

Im Sommer 1939 begann er mit der Arbeit, an der Schwelle des großen Kataklysma, in der ›ewigen Stadt‹, inmitten des Veitstanzes politischer Halbstarker und Clowns mit blutigen Händen. In den Straßen wimmelte es von Soldaten, wurde die angeberische Parodie von Heldenspielen aufgeführt. So wurde die hermetische Philosophie des neuen Zeitalters geboren, bei Glockenklang, der in der Via Alessandria die Vergänglichkeit einläutete, bei der Agonie der Kirche, die allmählich ihre Macht einzubüßen begann, bei Ideen, die dem Untergang geweiht waren und mit einem ganzen Zeitalter abrechneten.

In der Abenddämmerung, wenn die Hitze ihre aggressive Zudringlichkeit bereits aufgegeben hatte, wandelte er über die Via Bonella zu der kleinen Kirche S. Giuseppe di Falegnami, unter deren Treppen der Eingang zum berüchtigten Carcer Mamertinus, dem alten Staatsgefängnis, lag. Die traurigen Spukgestalten, die zu Tode gemarterten Heiligen und Ketzer umdrängten ihn, und auch Lidias Phantom trat zu ihm, um ihn wieder zu einem sich seiner selbst bewußten, erinnernden, elenden einsamen Menschen zu machen.

Lidias Briefe erreichten ihn regelmäßig, obwohl er sie nur äußerst selten beantwortete. Seine Feder war zur Zeit nicht zu Kompromissen bereit. Der Strom aus dem Quell der Inspiration aus der ›großen Zentrale‹ rüttelte, schüttelte verzehrte und verbrannte ihn ohne Unterlaß. Er führte ein asketisches Leben, schlief wenig, magerte in dem lampenfiebrigen Kampf mit dem Ausdruck zum Skelett ab, in ständiger Angst vor einem plötzlichen Kurzschluß oder vor der Fehlinterpretation eines Details infolge seiner eigenen Unzulänglichkeit.

Manchmal staunte er über die reine suggestive Kraft eines Abschnitts, um sich dann wieder in die scheinbar

ausweglose Sackgasse des nächsten Satzes zu verwik-
keln.

»Dieser Gedanke ließe sich viel einfacher ausdrük-
ken!« dachte er rebellisch. »Wer kann schon dem Unbegreiflichen Konturen verleihen?« Dann, plötzlich und
unerwartet, wurde das Problem dennoch gelöst: Im
Traum, vielleicht auch bei einem Spaziergang auf dem
Foro Trajano, vor der Statue des St. Petrus, kam ihm die
Eingebung, wurde ihm die präzise Formulierung bewußt.

Lidia schrieb:

›Sperr mich nicht aus Deinen geistigen Freuden aus!
Seit Du fort bist, komme ich mir wie eingemauert vor.
Durch die dünne Wand dringen Geräusche, silbernes
Geklingel, erhabene Musik und das Summen geheimnisvoller Texte an mein Ohr. Doch ich kann den
zusammenhängenden Inhalt dieser Geräusche nicht
begreifen, was mich mit fast panikartiger Verzweiflung erfüllt. Auch ich will wissen, nicht nur ahnen,
wie der Blinde, der das Gesicht der Sonne zukehrt!
Ich wandere mit ausgestreckter Hand in die Richtung
meines Durstes, ohne Führer. Laß mich nicht verlo-
rengehen! Du kennst den Weg!‹

Dieser Aufforderung konnte er nicht ausweichen. Er
wußte, daß bei Lidia diese Bitte nicht nur ein Vorwand,
sondern ein starker metaphysischer Durst war. Durch
jene geheimnisvolle Nabelschnur, die sie verband,
schwangen seine mystischen Erlebnisse in das Wesen
der jungen Frau über. Mitleid und Schuldbewußtsein
übermannten ihn. Er durfte Lidia nicht strafen, sie wegen seiner eigenen körperlichen und seelischen Sehnsucht hungern lassen.

Schon der erste Brief, den er an sie schrieb, ließ einen
Stein von seinem Herzen fallen. Lidia war auf dem Gebiet der Erscheinungen, die sich im ultravioletten Bereich fortsetzten, keine Anfängerin. Während ihrer lan-

gen Gespräche, bei ihren rätselhaften Begegnungen hatten sie viele Themen berührt, ihre Grundbegriffe geklärt und abgestimmt.

Was er Lidia schrieb, war nicht nur eine Lösung seiner inneren Spannung, eine mit sich selbst geführte Debatte und eine gelegentliche Belehrung, sondern auch die Vorschule der Fakultäten.

Als er beim Abendspaziergang den Brief in den Kasten warf, wurde er selbst in den hysterischen Geräuschwogen der von Kriegsnachrichten dröhnenden Stadt von einem weichen, heiteren Frieden erfaßt, als würde er nach der glücklichen Vereinigung an der Seite der Geliebten ruhen.

Revolution der Schlangen

SIE VERKEHRTEN MIT NIEMANDEM, doch mit der drückenden gelblichen Hitze drang Roms gereiztes, beklommenes, schlechtes Allgemeingefühl auch zu ihm durchs Fenster. Im Sommer 1941 war bereits jedem klar, daß der traurige Epigone Italien in ein katastrophales Abenteuer gerissen hatte. Der Augenblick, den er für die Aufgabe einer Schein-Neutralität gewählt hatte, war ein später Entschluß, und übereilt obendrein.

Der niedergestreckte Gegner empfing, wie einst Antäus, stets neue Kraft aus der Erde, erwachte zum Leben und begann mit einer gefährlichen Aktivität. Der ins Meer ragende, schutzlose Stiefel wurde von den modernen Dämonen des Wassers und der Luft bedroht. Die Luftangriffe gaben der Unternehmungslust des labilen lateinischen Temperaments endgültig den Rest. Der künstlich aufgeputschte Massenrausch schlug in offenen Verdruß um. Die Lebensmittelversorgung ließ zu wünschen übrig, die Vorräte wurden knapp, die Menschen hatten Angst und konnten nicht einmal über den feisten Schmierenkomödianten lachen, der in einem durchgefallenen Stück agierend den siegreichen antiken Helden mimte.

Die Korrespondenz mit Lidia wurde immer spärlicher, weil es wegen der Zensur immer riskanter wurde, das, was sie sich zu sagen hatten, der Post anzuvertrauen. Und sobald der enge geistige Kontakt zwischen ihnen abgerissen war, erwachte die rote Schlangenkraft seiner Sinne zu neuem Leben. Trotz seiner asketischen Lebensweise, seiner Kost und seiner angespannten Arbeit, begann sein Bett in warmen, hellen Nächten, wenn der Vollmond am Himmel stand, wieder zu glühen.

Es geschah in einer solchen Vollmondnacht Anfang Juni 1941. Tagsüber hatte er Fieber gehabt, hatte nur wenig gearbeitet und kaum etwas gegessen. Seine Glieder waren müde und schwer wie Blei. Er hatte nicht die Kraft, sich zu rühren, doch sein schmerzlich waches, pulsierendes Gehirn mahlte unfruchtbare Gedanken. Normalerweise konnte er gegen diese abstrakten Raubvögel ankämpfen, jetzt aber rührten ihre lautlosen Schwingen ein heißes Schaudern auf und stießen auf ihn herab.

Durch das offene Fenster wallte ein milchweißer Mondnebel herein, umfaßte die Schatten, verbarg sich hinter Formen, die sich dunkel entfalteten, und bot sie wie ein Kuppler seiner durstigen Phantasie an.

Er erwachte aus seiner tiefen Benommenheit, weil ihn jemand beim Namen rief. Es war eine leise Frauenstimme, wie ein Hauch. Er vernahm sie nicht nur mit den Ohren, sondern mit seinem ganzen rebellierenden, bebenden, durchglühten Körper, als wäre es nicht nur eine Stimme. Ihm war, als spürte er die Berührung weicher, feiner, seidiger Finger. Im Banne dieser entsetzlichen, stechenden, lustvollen Nähe stöhnte er auf:

»Lidia!« Durch den Deckel seiner Lider drang ihm scharfes Licht in die Augen. »Der Mond scheint mir ins

Gesicht«, huschte ein Gedanke durch sein Hirn, doch er konnte sich nicht rühren.

Er öffnete die Augen — zumindest meinte er sie zu öffnen. Lidia stand nackt an seinem Bett. Ihr Fleisch war nicht aus leblosem Mondnebel verdichtet, sondern pulsierte gelblich-rosa mit lebendigem Perlenschimmer. Er streckte die Hand nach ihr aus, seine Handfläche glitt über lebendige Gänsehaut. Er zog den Körper der Frau an sich und schloß die Augen wieder, um seine sinnliche Gewißheit nicht länger zu bezweifeln.

Monatelang erhielt er von Lidia keine einzige Zeile. Im April 1943 teilte Zoltán ihm in einem knappen Brief mit, daß Lidia einen Knaben geboren hatte, der auf den Namen Zoltán György getauft worden war. Auf Lidias Wunsch hin hatten sie ihn als Taufpaten angegeben. Lidia sei durch die Pflege und die Ernährung des Kindes sehr beschäftigt und bäte um Nachsicht, daß sie dem Brief keine eigenen Zeilen hinzufügte. Sie ließe durch Zoltán liebe Grüße bestellen. Jenseits des Sinnes dieser Worte verrieten Zoltáns durcheinandertaumelnde Zeilen und der krampfhafte Duktus eine große seelische Krise; die dolchartigen Endungen, Knoten und ärgerlichen Dehnungen einen äußeren und inneren Kampf; die abfallende Wortenden Scheitern, Resignation und tiefe Depressionen.

Zoltán hat Lidia verboten, mir zu schreiben! zeichnete sich der Sinn dieser lärmenden Symbolsprache deutlich in ihm ab. Er hat ihr ein Versprechen abgerungen, hat sie erpreßt — nicht durch Wutausbrüche, sondern indem er ihr Mitleid erweckte. Das ist seine stärkste Waffe. Er hat erreicht, was er wollte — dennoch ist er gescheitert, weil ihm Lidia ... trotz des Kindes ... nicht gehört!

Der Zauberkreis

Im Januar 1943 war das wissenschaftliche Werk fertigge-
stellt, und fast gleichzeitig wurde auch ihre Übersetzung vollendet, weil Professor Egidion parallel mit ihm
arbeitete und seine Schwester die Manuskripte tippte.
Es wurde darauf geachtet, daß das komplette Werk keinen zu großen Umfang annahm. Die Schriften umfaßten
jeweils nicht mehr als 40 bis 50 Seiten, und zwar jeweils
unter klar gegliederten Überschriften, so daß die einzelnen Kapitel in deutlicher Ausführung all das enthielten,
was die Geheimzeichen zahlreicher dicker Folianten bis
dahin eher vernebelt hatten.

Die Reife der geschichtlichen Prozesse, der Augenblick und der Zeitpunkt, in dem die Arbeit abgeschlossen wurde, deckten sich auf merkwürdige Weise. Es war
unmöglich, seinen Italienaufenthalt zu verlängern. Bei
all den verwilderten Affekten, bei der tobenden Todesangst kamen scheinbar grundlose, in Wirklichkeit aber
planmäßige Übergriffe vor. Mit Hilfe von Freunden mußte Professor Egidio flüchten, er aber wurde des Landes
verwiesen.

Die Heimreise war außerordentlich ermüdend, langwierig und gefährlich. Er wurde zweimal bestohlen, der
Großteil seines Gepäcks ging verloren, er wurde krank.
Die Handtasche jedoch, die das Manuskript ihrer Arbeit
in vier Sprachen barg, kam schließlich zusammen mit
ihm unversehrt in Budapest an.

»Hast du meinen Brief bekommen?« empfing ihn Iván
Ruff in seiner Wohnung, die er dem Freund für die Dauer seiner Abwesenheit überlassen hatte. Freilich hatte
György seit Monaten keine Zeile von ihm zu Gesicht
bekommen, dennoch kam er genau zur rechten Zeit an.
Ruff hatte für ihn ein ausgezeichnetes Asyl hinter den

Barrikaden einer hinterlassenen Bibliothek verschafft. Die Aufarbeitung des Materials würde mindestens anderthalb Jahre in Anspruch nehmen.

Das gräfliche Schloß, wo er die vielen tausend Bände, die der Besitzer der Stadtbibliothek vermacht hatte, ordnen, katalogisieren und verpacken lassen mußte, lag an der Donau, sechsundzwanzig Kilometer von Budapest entfernt. Bis die Arbeit beendet war, konnte er in dem herrenlosen Schloß wohnen, das dem alten Verwalterehepaar anvertraut worden war. Eine bessere Umgebung für die heranrückenden Krisenzeiten konnte man sich kaum vorstellen.

Bevor er seine Stelle antrat, besuchte er Zoltán in seiner neuen Residenz am Gellertberg. Die Kanzlei des Bruders war nach wie vor in der Innenstadt untergebracht. Die Nachrichten, die ihn erreichten, zeigten die Kurve des kometenhaften Aufstiegs eines ›opportunistischen‹ Karrieristen.

Anfang Juni ging er zu ihnen in ihre Villenwohnung hinauf, die an der Jungfrau-Maria-Allee lag. Es war später Nachmittag. Seine Aufregung darüber, daß er nach so vielen Jahren Lidia wiedersehen würde, nicht als Phantom, sondern aus Fleisch und Blut, war so belastend und gewaltig, daß er um ein Haar auf halbem Weg umgekehrt wäre. Ihm kam nicht der Gedanke, daß sich Lidia womöglich verändert haben, daß sie nach der Geburt vielleicht unförmig und häßlich geworden sein könnte, weil äußere Umstände nicht bis zu dem Wesentlichen, das sie miteinander verband, vordringen konnten. Er hätte das gleiche Lampenfieber empfunden, wenn er jetzt zum Rendezvous mit einer Matrone geeilt wäre.

Der gepflegte, von Sonnenschein durchglühte Garten mit seinem grünen Rasenteppich, all den Blumen, den verzweigten gelben Kieswegen und den roten Bänken sowie die aus rosa Natursteinen erbaute Villa mit der großen Terrasse machten einen etwas protzigen, neureichen Eindruck.

Ein Hausmädchen mit weißer Schürze und Häubchen führte ihn in Zoltáns Arbeitszimmer. Der Bruder kam ihm nicht entgegen. Auf das Ansehen seines prächtigen Schreibtisches, seines Bücherregals, seiner schwellenden Sessel und seiner massiven, schweren Schränke gestützt, erhob er sich gerade noch aus seinem Armsessel und wartete, bis György über den weichen Orientteppich, ein wahres Märchenexemplar, zu ihm kam. György spürte, daß ihn Zoltán im hellen Rahmen der mit gelblichen, bodenlangen Gardinen verhängten Fenster ebenso musterte wie er seinerseits den Bruder, diesen jetzt etwas rundlicheren, selbstzufriedenen, rosig rasierten Mann mit der angehenden Stirnglatze — eine zweifellos wirkungsvolle Erscheinung in seinem tadellos geschnittenen Anzug.

»Herzlich willkommen!« sagte Zoltán mit wohlabgestimmter, förmlicher Höflichkeit. Seine routinierte Freundlichkeit barg jetzt keinerlei Übertreibung, war vielmehr ein Produkt des Selbstbewußtseins eines erfolgreichen Mannes. »Daß du endlich gekommen bist! Lidia und der Kleine sind im Garten. Ich werde dich sogleich zu ihnen führen.« Sein Händedruck aber war immer noch der eines gekränkten Halbwüchsigen. Er reichte dem Bruder die schlaffen Finger, ohne ihm richtig die Hand zu drücken, um sie dann beklommen zurückzuziehen, als hätte er in Brennesseln gefaßt. »Erzähl was von dir! Wie geht es dir? Wir haben in letzter Zeit so wenig von dir gehört!«

In Zoltáns Schlußsatz lag bereits ein Stachel, und Triumph schwang in seiner Stimme mit. Was ihn betraf, so war immer mehr über ihn zu hören. György betrachtete dieses durch krampfhafte Bemühungen gespannte Gesicht mit stillem, kühlem Mitleid, und anstatt über sich selbst zu sprechen, begann er die Villa und den Fleiß des Bruders zu loben und über die gute Nachricht seiner

Erfolge zu berichten. Denn er wußte genau, daß man diesen Knochen von ihm erwartete, weil der andere bis zum heutigen Tag gegen ihn wirkte, strebte, kämpfte, hamsterte, reklamierte und sich dekorierte — nur um das Offensichtliche zu leugnen.

Zoltán schlürfte die Lobeshymnen wie ein Verdurstender das frische Wasser. Die schmeichelnden Worte aber wehrte er mit vorsichtigem Staccato ab, um den Bruder mit seinem Protest nur ja nicht zu überzeugen und ihn zum Schweigen zu bringen.

»Ach ... nicht doch! ... Aber keineswegs ... Auch meine Laufbahn hat ihre Schattenseiten ... Wenn du wüßtest, wieviel ich arbeite! Oft gehen meine Nächte drauf! ... Ich bin überlastet und habe manchen Ärger! ... Die Menschen sind neidisch! ... Alles hat seinen Preis!«

Unten im Garten fanden sie Lidia und den Jungen in einem offenen Kranz von Büschen. Sobald György die Frau erblickte, ergriff die alte Ruhe wieder von ihm Besitz, obwohl er vorher befürchtet hatte, daß ihn seine Nerven verraten würden.

Lidia war ihm noch nie so strahlend schön und vollkommen vorgekommen. Er hatte geglaubt, seine Gefühle ließen sich nicht mehr durch neue Farben bereichern — dennoch gesellte sich jetzt ein wunderbares Plus hinzu: Lidia war Mutter geworden. Ihre fröhlichen, feuchten, großen Augen spiegelten den wolkenlosen, kristallblauen Himmel wider, als sie ihn erblickte und ihm entgegeneilte.

»Schau dir dein Patenkind an!« sagte sie mit einer Stimme, die von rätselhaftem Jubel durchglüht war. Sie sagte nicht: »meinen Sohn«, oder »unseren Sohn«. Sie verband das Kind mit ihm, verwies es in seinen Besitz.

Über der hohen Stirn des fünfzehn Monate alten Knaben kräuselten sich schimmernde braune Ringellokken. Seine Haut war mit feinem Sonnengold emailliert. Über seinen roten Apfelbäckchen erwiderte ein großes braunes Augenpaar seinen Blick. Der Kleine trottete unaufgefordert zu ihm, umarmte Györgys Knie und wollte auf den Arm genommen werden. Sein erschütternd vertrautes Kindergesicht glänzte in der Höhe seines eigenen. Und jeder Zug dieses Köpfchens war ihm wie aus dem Gesicht geschnitten, so daß er sein eigenes Abbild betrachten konnte. Es war, als hätte ihn Lidias durstige Sehnsucht fotografiert und ihn selbst in der geheimnisvollen Dunkelkammer ihres Leibes entwickelt. Ängstlich und aufgewühlt berührte er die weiche Haut des Kindes und stellte dann den federleichten kleinen Körper wieder zu Boden. Keiner sagte auch nur ein Wort. Dieses Erlebnis war so erschreckend und eindeutig, daß er jeden Versuch einer verzweifelten Heuchelei vereitelte.

Später, nach dem Abendessen, saßen sie auf der Terrasse beieinander, in einer lauen Vollmondnacht. Die Hausdächer des verdunkelten Ofener Stadtviertels waren mit silbrigem Sternenstaub bestreut. Der rasselnde Lärm des fernen Massentreibens, das hinter schwarzen Tüchern tobte, konnte die traurige bläuliche Stimme des Grillenkonzerts um sie herum nicht übertönen.

Sie ruhten in Liegestühlen Seite an Seite. Das Gesetz hatte die Lampen gelöscht, doch die riesige gelbe Laterne des Mondes strahlte wie in aufrührerischer Sabotage über der sich beklommen duckenden Landschaft.

»Genau vor vierundzwanzig Monaten ...«, sagte Lidia aus der Dämmerung, während der bittere Rauch aus Zoltáns Zigarette sie umstrudelte. »Da stand genau so ein Vollmond am Himmel. Der Vollmond aber beschwört bei jeder Mondsklavin die Unterwelt, aber auch das andere Ende der siderischen Skala der Gefühle herauf. Alles das, was unendlich schön und unerreichbar ist. In jener Nacht habe ich von dir geträumt, Gyurka!« setzte sie hinzu und lachte leise und seltsam auf.

»Lidia hat stets bedeutungsvolle Träume!« warf Zoltán als erbärmliche Randnotiz ein.

»Ja … Freilich …«, stimmte György eifrig zu, von der quälenden Hilflosigkeit des Mitleids erfaßt.

»Es war ein bedeutungsvoller Traum, jawohl.« Lidias Stimme hörte sich an, als ob sie in der Dunkelheit weinen oder lächeln würde. »Wir hatten die Rolläden nicht heruntergelassen, weil es sehr heiß war. Eine milchige, ständige Hitze, und …«

György legte in der Dunkelheit seine Hand auf Lidias, um sie zum Schweigen zu bringen. Es geschah zum erstenmal — die einzige vertrauliche Geste zwischen ihnen. Die heiße, schmale Hand der Frau erbebte, dann drehte sie die Hand hastig um, mit der Fläche nach oben. Ihre Finger verflochten sich mit den seinen, während im geschlossenen Stromkreis ihrer Sinne das schöpferische Erlebnis ihres wild aufflammenden, raumdurchkreuzenden mystischen Ehebruchs erglühte.

»Ich bringe dich nach Hause«, sagte Zoltán nach Mitternacht, als er Anstalten machte aufzubrechen.

Er fuhr einen schimmernden, schwarzen Mercedes aus der Garage. Der weich gefederte, chromgeschmückte Luxuswagen kurvte lautlos über die weiße Serpentine abwärts. Sie saßen stumm nebeneinander. Eine schlimme, unabwendbare Spannung stieg zwischen ihnen auf. György wußte, was jetzt kommen mußte, und ergab sich seinem Schicksal. Als sie vor dem Tor seines Wohnhauses hielten, sagte Zoltán kurz angebunden: »Warte!«

György spürte seine ungeheure Erregung, während er mit den Worten kämpfte, die ihn innerlich mit bitterem, beißendem Gift erfüllten. Sein Atem wurde schwer.

»Nun?« fragte György ruhig und traurig.

»Komm nie mehr zu uns!« Plötzlich knipste er das Licht an. Ein in blaues Papier gehülltes geisterhaftes Licht fiel auf die beiden.

György wandte sich Zoltán zu und merkte, daß dieser am ganzen Leib zitterte. Sein zuckendes Gesicht hatte sich zur antiken Maske des Weinens und der Wut verzerrt.

»Laß Lidia in Frieden!« rief er mit unartikulierter Stimme. »Ich verbiete dir, ihren Weg zu kreuzen! ... Du Schuft! ... Du Dieb! ... Du Spitzbube!«

Er hob die Faust, aber György rührte sich nicht. Er wartete mit hängenden Armen, daß ihm der Bruder ins Gesicht schlüge. Doch er tat es nicht.

Um die beiden wurde es wieder dunkel. Das Licht erlosch, und in der blinden, schwarzen Finsternis spürte er vielmehr, daß sich Zoltán mit der erhobenen Hand selbst ins Gesicht schlug, die Finger im Gesicht verkrampfte und sich tief über das Lenkrad beugte.

»Geh!« vernahm er die gequälte, dumpfe, schluchzende Stimme. Er stieg aus dem Wagen und wartete, bis dieser davonfuhr. Er glaubte, daß er nie mehr in seinem Leben etwas Unerträglicheres erleben würde. Aber er irrte.

Im Ultraschallgebrause der Bücher hatten die Tage keinen Namen, nur der Tag und die Nacht regierten und schieden Licht und Finsternis. Wochen und Monate schlichen still über ihn hinweg. Die Ereignisse riefen im Vorübergehen durchs Fenster, dann trieben sie weiter.

Im Jahre 1944 arbeitete er immer noch in der geheizten Bibliothek, im kalten Keller oder auf dem schwülen Dachboden des Schlosses. Manchmal trödelte er, und er ließ sich viel Zeit. Denn er wußte, daß er am richtigen Platz war.

Im März 1944 wurde das nach zwei Seiten schielende Land von den Deutschen besetzt. Die Schonzeit war vorbei. Die Luftangriffe begannen. Jetzt war keine Rede mehr davon, die Bücher in die Stadt zu transportieren. Der Nachlaß mußte an Ort und Stelle sichergestellt werden.

Das Dorf war zwei Kilometer von ihnen entfernt. Auf der Landstraße, die sich unter dem Schloßpark dahinschlängelte, pendelte die schier endlose Karawane von Pferdefuhrwerken, Autos, Lastwagen, Fahrrädern und Fußgängern zwischen Stadt und Dorf. Manchmal kroch auch der träge Raupenleib eines deutschen Panzers durchs Gesichtsfeld.

Abends und nachts wurde die Schloßterrasse zur Loge eines Infernos von schauriger Schönheit. Von Grauen gepackt, beobachteten sie den von Scheinwerferstrahlen zerkritzelten Himmel, die ›Weihnachtsbäume‹, die wie Lüster in Trauben herabhingen, die roten Perlenketten der Leuchtspurgeschosse, das Blitzen der Minen, Bomben und der Flakmunition, das von brüllenden, pfeifenden, kreischenden Geräuschen begleitet war. Der Horizont war von Feuerschein umkränzt. Aus dem schrecklichen flammenden Pharus der Häuser, Fabriken und öffentlichen Gebäude stiegen auch noch bei Tage dichte, zornige Rauchsäulen auf.

Anfang Juli kam Iván Ruff bei ihm an, zu Fuß, todmüde, vor Hunger schwankend, abgerissen und mit Brandwunden von Erlebnissen in seinem Wesen, vor denen er sich in trunkene Benommenheit flüchtete. Die Wohnung in der Pasaréter Allee hatte einen Minentreffer abbekommen und war unbewohnbar geworden.

»Ich halte es nicht mehr aus«, sagte Iván Ruff mit seiner leisen, glanzlosen Stimme. Er saß mit vorgesunkenen Schultern da und starrte vor sich hin. »Nicht mein Verstand, meine Nerven haben versagt. Bei diesem Durcheinander fällt hier einer mehr sicher nicht auf. Es kümmert sich ja keiner darum, wenn einer fehlt.«

Er schaute György mit einem seltsamen freudlosen, etwas irren Lächeln an, und dieser Ausdruck weckte ein solch heftiges Mitleid in György, als hätte man ihn mit konzentrierter Säure berührt.

»Ich möchte mich an dir festhalten«, setzte Ruff hinzu. »Wie an einem Fixpunkt.«

Das Auftauchen des Freundes war ein unerwartetes Geschenk. Im apokalyptischen Drama des menschlichen Zusammenlebens wurden die Gesetze und die Schranken fließend. Nackte Gefühle und Instinkte brachen aus der Tiefe hervor. Mit der unbarmherzigen, niederträchtigen Raffgier wurde aber auch die bedingungslose Barmherzigkeit im Kellerabgrund zwischen gestern und morgen offenbar, und kein Mensch kannte den Ausgang.

Iván Ruff blieb also im Schloß, das sich schutzlos im Niemandsland erhob wie jedes andere Asyl, nur eben markiert mit dem Geheimzeichen des Schicksals.

Die Nachricht, die Iván Ruff über Lidia gebracht hatte, bestätigte wieder einmal seine innere Ahnung. Während der Bombenangriffe hatte er die Frau nicht in der Stadt gespürt. Und jetzt erfuhr er von seinem Freund, daß Zoltán seine Familie wegen der Luftangriffe auf dem Lande untergebracht hatte.

Am Morgen des 15. Oktober wagte der Reichsverweser eine verspätete, krampfhafte Geste in Richtung Befreiung: Er richtete einen Friedensappell an die Alliierten. Am Abend hatte bereits die tobende Pfeilkreuzler-Regierung mit deutscher Unterstützung die Macht übernommen. Diese blinden Dilettanten der Auflösung, besessen von einer Manie des Tötens, begannen Amok zu laufen. In der Gestalt unreifer Halbstarker brachen Dämonen über Tausende und Abertausende ausgelieferter Menschen herein. Sie mordeten, mordeten und mordeten, ertränkten ihre eigene irre Furcht in Strömen von Blut.

In diesen Monaten achtete er nicht auf seine körperlichen Sinne, führte absichtlich einen Kurzschluß zwischen seiner Person und seinem Intellekt herbei. Das war nichts weiter als Selbstverteidigung. In seiner gelähmten, überwältigten Gefühlswelt brannte das Mangelgefühl in roter Dämmerung, doch er identifizierte sich nicht damit. Er hütete sich, das schwer belastete, mit Sehnsucht und Beklommenheit infizierte Mantra auszusprechen: *ich!*

Es gab nur *Das. Sie. Andere.* Dinge, die in sich selbst existierten. Körperlose Ideen. Fremde Universen, die sich aus Büchern auftaten. Die Arbeit.

Und die Flüchtlinge. Verfolgte, die sich aus der Stadt schlichen, die aus jedem Asyl vertrieben worden waren, sich in einer moderigen Nische hinter dem Weinkeller des Schlosses verbargen, auf die Nadel des Entsetzens gespießt: zwei jüdische Journalistenkollegen nebst Familien. Das Verwalterehepaar war zu jeder verbotenen Tat bereit — aus einem Gemisch von materiellem Interesse und Mitleid heraus. Mit diesem seinem unpersönlichen Teil fürchtete er sich vor nichts und vor niemand, obwohl Gendarmen das Schloß umkreisten und deutsche Soldaten einsickerten. Luftangriffe bei Tag und bei Nacht wechselten sich ab. Die Sirenen heulten bereits jede Stunde.

Unter dem rot flammenden Himmelszelt wankten die rußigen Schatten zielloser Soldatengruppen einher. Dichte, schwarze Büsche hatten plötzlich eine Stimme. Deserteure bettelten aus dem Unsichtbaren um Zivilkleidung, und wenn ihre Gesichter aus der Dämmerung hervorblitzen, ähnelten sie den Visionen kranker Träume.

Die verlassenen, einsamen Häuser der Umgebung wurden von Plünderern heimgesucht, ihre Rattenherde tauchte auch im Schloß auf. Unter Flüchen und Drohungen schleppten sie mit bockigen, irren Golemgesichtern alles weg, was ihnen in die Krallen kam. Sie schleiften und schleppten ihre sinnlose Last dahin, und wenn sie etwas verloren, bückte sich keiner danach.

Im aufgelösten Rhythmus des Lebens flüchteten die Menschen aus der Stadt und auf die Nachricht von den heranrückenden sowjetischen Truppen wieder in die Stadt zurück. Auf der Landstraße gerieten sie sich mit einer Gruppe verhärmter, zitternder Arbeitsdienstler in die Haare, die von Wachen mit Pfeilkreuzbinde eskortiert wurden. Bei all dem Geschrei und Geschieße flüchteten die Gefangenen in alle Windrichtungen. Die Pfeilkreuzler-Wachen drangen in die naheliegenden Häuser ein, scheinbar nach Deserteuren suchend, in Wirklichkeit aber, um zu plündern.

Auch das Schloß wurde durchsucht. Im Keller, hinter dem großen Faß, klapperte Todesangst mit den Zähnen. Er aber fürchtete sich nicht, weil er unpersönlich war. Nicht *ich*, sondern *das*. Am Straßenrand, auf den Wiesen, in den Gärten lagen Leichen von Juden, die man auf der Flucht erschossen hatte. Er und Iván Ruff aber waren Nacht für Nacht damit beschäftigt, die Toten zu begraben.

Das Rufzeichen

AM 26. DEZEMBER 1944 WURDE DIE Landstraße leergefegt. Achtundvierzig Stunden lang ließ sich keine Menschenseele blicken. Die mit Rauhreif bedeckten riesigen Bäume standen wie verzaubert regungslos vor dem Hintergrund des bleigrauen Himmels.

Dann rasselte ein Fuhrwerk aus Richtung Dorf auf die nächste russische Kommandantur zu. Männer in schwarzen Mänteln hockten auf dem Wagen, unter Pelzmützen und Hüten, mit schlaflosen, wachsbleichen Gesichtern. Einer trug ein schmutzigweißes, schlaff hängendes Fahnentuch unter dem Arm.

Am dritten Tag endlich ritt auf tänzelndem Roß ein Kosakenoffizier mit weißer Pelzmütze und langem weißem Pelzmantel auf das Dorf zu, unter erstarrten Eisspitzen über einen weichen Schneeteppich, gleich einer exotischen Märchengestalt ferner, zeitloser russischer Steppen: ein traumschönes Bild. Der Kessel entlang der Donau geriet kampflos in sowjetische Hand, doch in Budapest ging der Tanz jetzt erst richtig los. Von allen Nachrichtenquellen abgeschnitten, auf Mutmaßungen,

Ahnungen, auf die rätselhaften Lichter und Töne der fernen Totenpantomime angewiesen, beobachtete man den Todeskampf der von inneren und äußeren Angriffen in die Zange genommenen Stadt mit Grauen. Man mußte glauben, daß dort drin niemand mehr am Leben sein konnte, von Feuer, Hunger, Wassermangel, Krankheit und Entsetzen vernichtet.

Nur gut, daß Lidia und ihr Sohn auf dem Lande sind, huschte manchmal ein Gedanke im Halbschlaf durch ihn hindurch. Hatte es sein unglücklicher Bruder wohl geschafft, beizeiten zu ihnen zu flüchten, oder ...

An diesem Punkt begann ein verborgenes eitriges Geschwür in seiner ausgegrenzten Persönlichkeit zu gären. Er durfte es nicht berühren, weil ihn dann plötzlich der Krampf einer Beklemmung durchzuckte.

Bei einem nächtlichen Luftangriff gingen die Fenster des Schlosses zu Bruch. Mitte Februar 1945, als er im Keller des ausgeplünderten Schlosses vor der einzigen Feuerstelle hockte, schlief er bei dem Gemurmel um ihn herum, beim Summen der leisen Gespräche ein. Frei von Gefahr waren jetzt alle beieinander: das Verwalter-Ehepaar, alte und neu hinzugekommene Flüchtlinge, zusammengepfercht, dicht zusammengerückt in greifbarer Nähe.

Sobald die Lähmung ihres starren, gefrorenen Wesens nachließ, begannen sie all ihre Mangelgefühle, Demütigungen, Krankheiten und Ängste in gesteigertem Maße zu spüren. Das wiedererwachende Leben meldete sich auch diesmal mit ungeduldigem, blindzornigem, schmerzlichem Kindergeschrei zurück. Sie zankten sich und stritten, beschuldigten sieh gegenseitig, von ratlosem Tätigkeitsdrang, von fiebriger Ungeduld gebrannt und getrieben.

Außer ihm und Iván Ruff wäre ein jeder am liebsten aufgebrochen, losgerannt, hinter seiner Verwandtschaft, hinter seinen Sorgen und Hoffnungen her, um den verlorenen Faden seines Lebens wieder aufzunehmen.

Doch obwohl die Belagerung vorbei war, lag die Stadt ohnmächtig und ausgeblutet da, ohne Verkehrsmittel, Wasser, Strom und Gas, eine Beute freigewordener Erregungen, und damit war sie so gut wie unerreichbar.

Iván Ruff und György aber hatten es mit dem Aufbruch nicht so eilig. Denn sie wurden nirgendwo und von niemandem erwartet.

Als György in der stickigen Dämmerung eingeschlafen war, in den Schoß seines Liegestuhls geschmiegt, geriet er plötzlich in einen seltsamen Zustand, der zwischen Träumen und Wachen eine seltsame Wachsamkeit in ihm entzündete. Diese heftige Intensität zwischen Benommenheit und Wachsamkeit glich der Bedrückung eines Alptraums, weil er sich nicht rühren konnte und unter einem Wahrnehmungsterror jenseits der physischen Sinne stand.

Er hörte Klopfgeräusche, ein dumpfes, fernes Klopfen. Formlos ringende, wimmelnde ominöse Gefühle gesellten sich dazu. Das Klopfen wiederholte sich rhythmisch. Müdigkeit, Hoffnungslosigkeit, etwas entsetzlich Mechanisches lag darin, wie in den Reflexen von Sterbenden.

Es waren immer drei Klopfzeichen. Drei und nochmals drei, letzte klägliche Tropfen erlöschender Lebenskraft, in den Zeitwellen einer ohne ihn abgelaufenen Vergangenheit, die ersten heftigen, tobenden, hämmernden Schläge — ein Ausdruck der Sehnsucht nach Befreiung, indem man sich die Fäuste blutig schlug.

Bei diesem Herüberschallen wurde der Gedankentext dieses Erlebnisses geboren: Jemand war begraben worden! Menschen, bei lebendigem Leibe begraben, klopften irgendwo. Unter Trümmern ringend, riefen sie um Hilfe!

Seine schmerzliche Furcht drang jetzt unabwendbar in seine Gedankenbahnen ein und füllte zuerst Lidias, dann Zoltáns und schließlich des Kindes Konturen aus, bis sie Gestalt annahmen.

Lidia und das Kind? ...Was hatten sie in der Stadt zu suchen? ... Sie waren doch auf dem Lande!

Er wehrte sich, protestierte gegen den Inhalt, der gewaltsam in ihn hineinströmte, doch die Tatsachen, die über ihn hereingebrochen waren, hatten ihn bereits überflutet. Der Kontakt war hergestellt, mit einer elementaren Kraft, die über sämtliche Tatsachen und Überzeugungen seines rationalen Bewußtseins hinauswuchsen: Lidia, Zoltán und das Kind ... alle drei sind beieinander ... in höchster Gefahr, unter Trümmern begraben ... Sie rufen nach ihm! ... Sie rufen ihn, die Sterbenden!

Wieder vernahm er das Klopfen, und ihm war, als würde frische Kraft in ihn strömen: erneute Verzweiflung, von Hoffnung genährt. Drei Klopfzeichen. Und nochmals drei. Hilf uns doch! Hilf uns doch!

Das Klopfen sprach bereits mit erstickter menschlicher Stimme zu ihm. Lidias Stimme flüsterte, keuchte, erstickte mit so heftigem Drängen, daß er aufstöhnte.

»Wo bist du? Antworte! Ich komme schon ... ich eile!«

Und dann riß der letzte Nebelvorhang der inneren Dämmerung auf. Im Raum hinter seinen geschlossenen Augen herrschte helle, kalte, klare Nacht. Das milchige Licht ergoß sich über öde, zerwühlte, finstere Dinge.

Das Skelett eines ausgebrannten Panzers. Ein umgekippter Personenwagen. Die Leiche eines Soldaten, auf dem Gesicht liegend, mit angezogenen Beinen neben einem aufgedunsenen Pferdekadaver. Rußige, verzerrte Konturen gesprengter Villen am Himmel. Der plattgedrückte schwarze Schatten von Zoltáns Haus sah aus wie von einem titanischen Stiefel zertreten, die beiden Stockwerke aufeinander und zu Boden gedrückt.

Er brauchte nicht aus dem Traum zu erwachen, weil es zwischen Traum und Wachsein keine Grenze mehr gab. Ein Schwung, der keinen Aufschub duldete, riß ihn aus seinem Liegestuhl. Und während er sich hastig zum

Aufbruch bereitmachte, klang das Klopfen ständig an sein Ohr. Nur halb bewußt achtete er auf die betroffenen Fragen, Proteste und Ratschläge, weil er mit all seiner Kraft die Antwort an die Verzweifelten ausstrahlte:

»Ich komme schon ... ich eile!«

Iván Ruff lief eine Weile keuchend neben ihm her und versuchte während Györgys lückenhaftem Bericht verzweifelt auf diesen einzureden:

»Man wird dich unterwegs kassieren ... Du kannst unmöglich durchkommen! ... Bis du dort ankommst, ist schon alles vorbei ... Es ist sowieso alles vergebens! Warte! ... Gyurka! ... Nimm doch Vernunft an! ... Vielleicht ist es gar nicht geschehen, was du geträumt hast ... oder es ist alles Vergangenheit, alles längst zu Ende!«

»Sie leben noch! Ich höre ihr Klopfen! Ich muß mich beeilen!« sagte er halsstarrig, während er mit langen Schritten über die dunkle, holprige Straße eilte.

»Willst du in diesem Tempo weiterlaufen?« fragte Iván Ruff und preßte sich die Hand auf Herz. Sein Atem ging laut und keuchend. »Die Strecke ist sechsundzwanzig Kilometer lang!«

»Länger!« gab György hartnäckig zurück. »Ich gehe über die Berge.«

Der Freund blieb hinter ihm zurück, er aber folgte weiter seinem Instinkt, über Pfade, die unter seine Füße glitten, zwischen rohen, kalten, feuchten Gerüchen und Geräuschen — doch er spürte keine Müdigkeit und achtete auf nichts.

Sein Ziel zog ihn in Luftlinie an, sein Körper hatte kein Gewicht. Er nahm steile Hänge und überwand sie. Büsche und Bäume rauschten auf beiden Seiten an ihm vorbei, als wäre er selbst ein unpersönliches Vehikel, das sein brennender Fanatismus vorantrieb.

Bei diesem inneren Toben stob in ihm aus tiefster Tiefe etwas auf, verschmolz mit den Fähigkeiten und dem Wissen seines heutigen Wesens. Bergrutsch und Erdbeben ließen eine unterirdische Quellenader in ihm sprießen.

Nur beiläufig und schwach, ohne besondere Überraschung, ja ganz ohne Interesse nahm er die Wiederauferstehung seiner Fähigkeit zur Kenntnis, die er jenseits vieler Leben und vieler Tode erworben — jene Fähigkeiten, die er sich durch jahrzehntelange asketische Übungen in Tibet angeeignet hatte.

Durch den gebrochenen Damm der Erinnerung drangen Bilder herein, und sein Bewußtsein verschmolz mit jenem Bewußtsein, das in jenen weit zurückliegenden, längst vergangenen Zeiten einen anderen, schwerelos gewordenen Körper mit sich gerissen hatte, mit gleichförmiger, schwebender Geschwindigkeit in seltsamem Trancezustand tagelang unter den brausenden Winden der öden Hochebene wandernd, über so manchen schneegepeitschten Berggrat seinem Ziel entgegen.

Seine Gestalt kam denjenigen, die sie erblickten, wie eine Erscheinung vor. Bergräuber wichen ihm abergläubisch aus, weil sein Zustand und seine Haltung Achtung geboten und ihm einen magischen Schutz sicherten.

Sein Körper nahm unwillkürlich die vorgeschriebene tibetische Positur an, was sein Tempo beschleunigte. Er atmete leicht, mußte nicht um Luft ringen, nichts störte und hinderte ihn. Sein Organismus wurde von einer größeren als der physischen Kraft gesteuert und vorangetrieben.

Es klopfte und klopfte unentwegt, so daß sein Gehirn gequält zu pulsieren begann, weil die Lautstärke des Dreierrhythmus immer mehr zunahm, als würde er sich einer Legion dröhnender Trommeln nähern.

Im Brennpunkt seines Blickes tauchte allmählich die unsichtbare Landschaft aus dem Dunkeln auf. Immer mehr Bäume, Büsche und Hügel stahlen sich auf ihre Plätze zurück, wo sie jetzt bei Tageslicht zu sehen waren.

Am Stadtrand sprach ihn die erste Streife an, doch er ging einfach weiter. Er hörte hinter seinem Rücken einen Knall, eine Kugel pfiff dicht an seinem Hals vorbei. György aber setzte unbeirrt seinen Weg fort. Schwere Stiefel stapften im Laufschritt hinter ihm her, doch das Geräusch der Verfolgung verblaßte neben dem pfeifenden, pulsierenden Dreiklang, neben diesem Rhythmus, den titanische Hände auf dem Trommelfell des Himmels hämmerten.

Er ging weiter, wurde von einem Arm gepackt. György nahm eine nackte Willensklinge in die Hand, die ins Fleisch schnitt und deren Schneide diesen Arm von seinem Körper trennte. Drohende Stimmen, wütendes Geschrei drangen nicht in sein Bewußtsein.

Das Durcheinander wandelte sich zur Stille. Er zählte nicht die Hindernisse, die sich unterwegs vor ihm auftürmten, bis der Pfeil, der vom Bogen seiner Absicht abgeschossen wurde, sich in den Mittelpunkt seines Ziels bohrte.

Als er am Schauplatz seines Traums angekommen war, vor der plattgewalzten, zusammengesackten Villa Zoltáns, war es etwa vier Uhr morgens. Die Dämmerung hockte noch wie eine fröstelnde Glucke über der Landschaft. Vor ihm ragten die Reste des ausgebrannten Panzers empor, das umgekippte Auto und die rußigen Konturen der zur Ruine zermalmten Villenreihe. Die aufragenden vier Beine des Pferdekadavers waren in einem seltsamen himmlischen Traben erstarrt. In der Nähe rührte sich keine Menschenseele. Die auf dem Gesicht liegende männliche Leiche war regungsloser als die Steine der Ruinenwohnung.

Ich müßte nachschauen, ob vielleicht jemand, den ich kenne ..., dachte er unsicher, doch diese Vorstellung fiel sofort aus seinem Kopf wie rieselnde Kieselsteinen.

Er machte sich an den formlosen Schutthaufen heran, versuchte Drähte und verbogene Eisenschienen auseinanderzubiegen, schleuderte nicht explodierte Munition beiseite, verletzte sich die Hand, doch er kam nicht weiter. Schließlich richtete er sich hilflos auf.

Ich muß jemanden finden, der mir hilft und mir zeigt, wo der Keller liegt! dachte er und schaute sich mit bebender Ungeduld um. Dann rief er laut:

»Hallo!«

Die klar erklingende, weitreichende Stimme schürfte die Hülle der Stille auf. Geduckte, flüsternde Dinge bewegten sich unter ihm. Hinter einem nahen Schutthaufen, irgendwo aus dem Boden tauchte ein unrasierter, alter Mann auf und musterte ihn mit erschrockenem Blick. Eine schmutziggraue, kalte Morgendämmerung strömte von Himmel in sein eingefallenes Gesicht.

»Seien Sie still!« sagte er aufgebracht. »Was wollen Sie? Sie werden die Wache herbeilocken.«

»Da liegen Menschen unter den Trümmern! Sie leben noch. Helfen Sie mir, sie auszugraben!«

Auf seinen Befehlston hin sackte der alte Mann mit dem eingefallenen Gesicht zusammen und trat einen Schritt zurück. »Woher wollen Sie das wissen?«

»Ich kann ihr Klopfen hören! Kommen Sie, zeigen Sie mir, wo der Keller lag!«

Der Alte trat zögernd näher, da ihn die Magie von Györgys Wunsch packte und an sich zog, wobei er aber vor sich hin brabbelnd portestierte.

»Die sind mindestens seit einer Woche tot!« Er bückte sich schwerfällig, hob einen Ziegelstein auf, schleuderte ihn beiseite und richtete sich dann stöhnend auf. »Hören Sie auf mich. Ich weiß es. Wir haben vier Tage nach ihnen gesucht, weil wir ihr Klopfen hörten. Dann wurde es still. Ich wollte die Arbeit nicht einstellen, weil ich das Kind gemocht habe. Auch die Frau war gut. Und schön. Doch da war noch eine Explosion im Inneren, durch die die ganze aufgetürmte Last platt zusammensank. Es gibt keinen Kellerraum mehr! Verstehen Sie?! Er wurde mit Schutt gefüllt. Das ganze Haus liegt auf ihren Körpern!«

György schaute dem Alten benommen in die Augen. Der Dreierrhythmus hämmerte pausenlos von innen gegen seinen Schädel, protestierte gegen die Tatsachen, die über ihn hereinbrachen. Doch der Zweifel hatte ihn bereits verwundet, sein Gift begann sich in ihm auszubreiten. Das Klopfen kommt gar nicht mehr aus dem Keller, sondern aus der Gefangenschaft der Vorstellung dieser lebendig Begrabenen, von ... von der anderen Seite, von dort, wo sie ihren zu Brei zerquetschen Körper verlassen haben und ...

»Nein!« rief er laut aus. »Ich glaube es nicht! ... Holen Sie doch noch mehr Leute herbei! Jüngere! Kräftigere!«

Seine Verzweiflung rührte den alten Mann.

»Wer war der Rechtsanwalt ... Doktor Baráth?« fragte er leise.

»Mein jüngerer Bruder.«

Nach einer knappen Stunde waren bereits sechs Mann mit dem Wegräumen der Ruinen beschäftigt: klapperdürre, ausgehungerte Gespenster mit bleiernen Bewegungen, die bereitwillig und wortlos diese Arbeit erledigten, die nach ihrer Überzeugung sinnlos war. Sie starrten György an wie einen Besessenen, obwohl sie eigentlich alle miteinander von ihm besessen waren. In diesen Zeiten hatte noch niemand seinen Namen, seinen Rang und seine Ansprüche zurückerhalten. Sie waren nichts weiter als winzige Zwerge, unbedeutende Menschlein, die am Rande der Existenz entlangtaumelten, zu Unpersönlichkeiten reduziert. Und durch ihre Beklommenheit konnte die Suggestion eines stärkeren Willens ungehindert in sie eindringen.

Kurz vor dem Dunkelwerden stießen sie zwischen Ziegelsteinen und Eisenbruch auf die unidentifizierbaren, ekelerregenden Überreste. Die Explosion und die herabstürzenden Ruinen hatten nicht nur das weiche Menschenfleisch, sondern auch die festen Knochen zermalmt.

Er stellte die Hacke weg und wandte sich an die Männer.

»Danke. Vielen Dank«, sagte er mechanisch, während er sich mit steifem Kreuz und schmerzendem Rücken schwerfällig verbeugte. »Ich bin György Baráth.«

Daß er die Fetzen seiner Persönlichkeit wehen ließ, kam ihm für eine kurze Zeit wie ein Ausweg vor — ebenso denjenigen, die ihn in der sinkenden Dämmerung ratlos umringten: eine Brücke zwischen unbegreiflichem Grauen und dem Wehrwall der Persönlichkeit. Gemurmelte Namen berührten die Schwelle seines Bewußtseins, ohne daß er sie richtig wahrnahm.

Die Schatten verschwanden zwischen den Trümmern, und er glaubte, allein zurückgeblieben zu sein. Alle Anschuldigungen, alle Forderungen seines ausgepreßten Körpers brachen auf einmal über ihn herein. Eine tödliche Müdigkeit zog ihn zu Boden.

Er setzte sich auf einen Steinhaufen. Seine Muskeln, seine Knochen schmerzten so sehr, daß er unwillkürlich laut aufstöhnte. In seinen Eingeweiden wütete der Hunger. Doch sein physisches Elend wurde von Trauer und Grauen überdeckt.

Lieber Gott! Warum mußten sie auf diese Weise sterben?! Und wenn sie schon sterben mußten, warum hatte sie die Explosion nicht sofort getötet? Welche Schuld hatte auf diesem schwachen Mann, auf dieser sich nach Licht sehnenden Frau, auf diesem Kind gelastet, auf diesem geheimnisvollen Spiegelbild seines Körpers und seiner Seele, daß sie das Schicksal so fürchterlich gestraft hatte, daß sie die Strafe des lebendig Begrabenseins erdulden mußten?

Das Klopfen in ihm wurde schwächer, war aber immer noch zu hören. Immer noch pulsierte, jagte und drängte es: Hilf mir doch!

Hilf mir doch!

Er vergrub den Kopf zwischen beiden Händen. Hinter seinen geschlossenen Lidern tanzten feurige Ringe.

Dann streckten sich Hände nach ihm aus, Hände von Kindern, Frauen und Männern mit scharrenden, zitternden Fingern.

Als jemand seine Schulter berührte, fuhr er wie vom Blitz getroffen zusammen, als wäre er aus schwindelnder Ferne an jenen Platz zurückgestürzt, wo er saß. Der alte Mann stand neben ihm und hielt ihm einen blechernen Napf hin.

»Trinken Sie das«, sagte er.

György nahm den Napf folgsam entgegen. Es war eine heiße, salzige Suppe, und mit der dünnen Brühe strömte neues Leben, neue Kraft, neuer Schmerz in ihn.

»Kommen Sie zu uns herunter. Dort ist es wenigstens warm, und Sie können sich für ein paar Stunden hinlegen«, drängte der Alte.

»Nein. Noch nicht. Noch nicht!« wehrte er sich gegen dieses krustenerweichende Mitleid, das die Dämme seiner Selbstbeherrschung zu überfluten drohte. Er hätte dem Alten gern vermittelt, wie schwer es ihm fiel, jetzt das Gleichgewicht zu wahren. Ein einziges Wort, ein Ton von draußen, ein Farbfleck oder Hitze, das zitternde Licht einer Lampe hätte genügt, um den krampfhaften Drahtseilakt seiner Nerven scheitern zu lassen.

»In Ordnung«, nickte der alte Mann, als würde er seinen Gedanken beantworten. »Ich warte. Auch ich warte noch ein wenig. Es ist ja nicht mehr so kalt.«

Er nuschelte vor sich hin, berührte György mit dumpfen, teilnahmsvollen Worten. Das gleichmäßige Gemurmel seiner Stimme kam György vor, als würde man kühlen, leichten Sand auf seine heiße Haut streuen.

»Ich habe der Frau gesagt ... Es war Wahnsinn, mit dem Kind vom Lande zurückzukommen ... Sie wollten miteinander Weihnachten feiern. Der Mann konnte nicht zu ihnen. Er war krank, hatte eine Lungenentzündung. Die Frau war gut ... Sie war gut. Sie wollte ihn pflegen ... Verständlich, nicht wahr?« fragte er und gab sich gleich geduldig die Antwort. »Sie liebten sich. Ihr Bruder vergötterte seine Frau. Die Frau ... Nun, sie war ihm eher eine Mutter ... Er tat ihr leid. Sie sorgte sich um ihn, kam zu ihm zurück. Er hat sie mit seiner Krankheit zurückgerufen ... Dann blieb sie hier stecken. Vielen erging es so. Wo haben Sie die Belagerung überlebt?«

György sagte es ihm. Der alte Mann aber schwieg verwundert und nachdenklich eine Weile.

»Woher wußten Sie dann, was hier geschehen ist?« fragte er dann. »Ich dachte, daß noch niemand aus der Stadt hinausgekommen ist.«

»Ich habe das Klopfen unter den Trümmern gehört«, sagte er und wandte sich angestrengt und vorsichtig dem Alten zu, als würde er zerbrechliches Glas auf dem Kopf balancieren. »Ich habe es dauernd gehört!« erklärte er.

Plötzlich wurde ihm bewußt, wie sehr die niederdrückende Last dieser bizarren Erklärung das Gehirn des alten Mannes beanspruchte. Und sobald er den Blick von sich selbst weg und dem anderen zuwandte, konnte er bereits wieder freier atmen.

»Das ist schwer zu begreifen«, meinte er entschuldigend. »Dennoch war es so und nicht anders. Ich spürte, daß ... daß sie in Schwierigkeiten geraten waren, doch viel zu spät. Ich bin zu spät gekommen.« Er stand auf, weil er sah, daß der Alte sein Gewicht von einem Fuß auf den anderen verlagerte, daß er vor Kälte schlotterte; dennoch wollte er ihn nicht allein lassen.

»Jetzt können wir hineingehen. Und ... vielen Dank für alles!« murmelte György hinter dem Rücken des alten Mannes, während er ihm folgte.

Sie stiegen in die dampfende Kulisse eines Fiebertraums, in einen Keller hinab. Um ein Öllämpchen herum, das auf einer umgedrehten Kiste stand, lagen Menschen ohne Gesichter. Gegenstand und Wesen verschmolzen in seinem schwindenden Bewußtsein, und die neue Umgebung vermischte sich mit der ähnlichen Atmosphäre des Schlosses.

Der alte Mann half ihm, sich auf einen Haufen dunkler, weicher Lumpen zu setzen, die einen beißenden Schimmelgeruch verströmten. Dennoch war es gut, darauf zu liegen, seinen Körper endlich in den tiefen Brunnen der Bewußtlosigkeit zu versenken.

Die Ordnung von Zeit und Raum löste sich in ihm vollständig auf. Bilder und Zeitpunkte, die durch Jahre voneinander getrennt waren, gerieten nebeneinander. Auch ihre Reihenfolge war ein wahnsinniger, genialer Irrtum. So zum Beispiel wimmelte eine Gruppe gleichaltriger Kinder durcheinander, alle einander ähnlich, gleichzeitig dennoch mit vollkommen verschiedenen Zügen, wie die immer dunkler werdenden Abstufungen einer Farbskala.

In jedem Kind erkannte er widerstrebend sich selbst, als würde er seine abgeschnittenen Glieder mit der Panik abartigen Mitleids und des Grauens betrachten.

Dann wieder schlich er als Bettler hinter seiner eigenen Herrengestalt her, lag als alter Mann sterbend auf einem Bett. Als junger Heißsporn liebte er unter dem düsteren Fenster des Alten bei Nacht ein Weibsbild mit feuchtem, glühendem Fleisch und hungrigem Schoß bei leuchtkäferhellem Grillengezirp — ein Weib, das er haßerfüllt begehrte, ohne zu wissen, wie sein Gesicht aussah.

Jede Erinnerung, die an die Oberfläche kam, beschwor ihr eigenes Gegenteil. Dieses traumverlorene Schattenspiel dauerte nur so lange, bis es seinen Fixpunkt im Mann mit dem braunen Gewand fand.

Sobald ihn der feierliche Strom seines geheimen Traumsanktuariums überflutete, strömten die vielen launischen kleinen Bächlein der Erinnerung, die durch sein Bewußtsein rauschten, allesamt in ihr Bett in der Unterwelt zurück. Allein das ewige Symbol des Saales mit den schwarzen und weißen Fliesen blieb im Mittelpunkt zurück.

Der Mann im braunen Gewand stand eine Armlänge von ihm entfernt und schaute ihm in die Augen.

»Wie hochgewachsen er ist!« dachte György.

Er versenkte sich in die strahlende Unendlichkeit dieser Augen, die für alle Tiefen freudig offen standen, und hatte dabei das Gefühl, sein verkrüppeltes Wesen in das Wasser eines wundertätigen Brunnens zu tauchen. In dieser beschützenden Gewißheit wurde er vom Griff böser Krallen befreit; drückende Reife barsten und fielen von ihm ab.

Hinter dem Mann im braunen Gewand, am Eisengitter des Fensters, zogen plötzlich drei dunkle Schatten vorbei.

Vögel! flatterte die stechende, abwehrende Angst in seine Sinne. Große, schwarze Vögel!

Und schon tauchten sie draußen auf, als hätte er sie heraufbeschworen, mit Geierköpfen und gebogenem Schnabel, auf dunklen, trägen Schwingen.

»Nicht doch! Ich will das nicht!« rief er.

Die Vögel prallten bereits gegen das Fenstergitter, ihre schweren, kompakten Körper knallten und klopften laut.

Einer nach dem anderen griff das Fenster an. Sie sanken, stürzten ab und nahmen einen neuen Anlauf. Der erste ... der zweite ... der dritte! ... Immer ein dreifaches Klopfen, drei und wieder drei.

»Warum nennst du sie nicht beim Namen?« vernahm er die Stimme des Mannes im braunen Gewand. »Wekke die Träumenden! Hast du die erlösenden Worte der Alpträume, der Schwelle des Todes, vergessen?«

Ein reicher Wasserfall von Tönen rieselte auf ihn herab, als würde das lebendige, freundliche Gold von Sonnenstrahlen auf ihn fallen. Man mußte nur kleine Wortrinnen unter diese Strahlen halten, damit sie sich sogleich bis zum Rand mit Zauberkraft füllten.

696

Rachiel! Rachiel!
Scheuche Schatten,
Rachiel!
Zorath, Cazel, Remedel,
sinket hin im Licht so hell!

Die Farben und Schatten wurden von einem weißen Glanz aufgesogen. Es herrschte keine Finsternis mehr. Die Töne lösten sich in Musik auf. Es gab keinen vernichtenden Lärm mehr, kein entsetzliches Wehgeschrei. Seine zu Eisblöcken erstarrten Gefühle begannen in der sanften Hitze zu verdampfen und zu schmelzen. Wege öffneten sich vor ihm in alle Richtungen gleich den Strahlen, die vom Mittelpunkt der Sonne ausgehen. All die Gestalten, die aus den Gräbern stiegen und sich aus den Ruinen erhoben, spürte er nun als leichten Luftstrom, der aufwirbelte und hinter ihn glitt. Er wußte, daß er nicht auf sie zurückblicken konnte. Noch nicht. Er schaute vorwärts in den Glanz, wo es keine Konturen gab und nichts einen Schatten warf.

Er konnte diejenigen, die sich hinter seinem Rücken verbargen, nicht sehen, weil einer, der im Feuer nicht verbrannt, der am Leben geblieben war, nicht auf seine Toten zurückblicken kann.

Zwei Wochen lang wurde er in dem fremden Keller gepflegt und gefüttert, von fremden Menschen, die ohne jede Bindung, ohne jeden Schwur zu seinen Verbündeten geworden waren.

Als er dann zum erstenmal schwach und schwindlig wieder an die frische Luft taumelte, füllten sich im sprühenden Märzsonnenschein seine Augen mit Tränen.

Sein Weg zurück zum Schloß dauerte dreimal so lange wie sein Weg in die Stadt, weil nur das winzige Kerzenlicht einer resignierten, ausgekühlten Kraftlosigkeit als Treibstoff in ihm blinkte, nicht der feurige Raketenmotor eines hoffnungsvollen Schmerzes.

Das Negativ des gespenstischen, hämmernden Dreitakts blieb auf mysteriöse Weise in ihm erhalten, gleich einer von verborgenen Viren verseuchten Narbe, die gelegentlich zu jucken und zu schmerzen begann wie eine Entzündung. Nicht im Ohr, nicht in der Gegenwart empfand er diesen Takt, vielmehr wurde er durch die Erinnerung in seine Träume und auf die manchmal für Sekunden leere Leinwand seines ermatteten Nachsinnens projiziert: Hilf mir doch! Hilf mir doch! Es ist aus! Es ist aus!

Lange, sehr lange ließen seine Nerven dieses eingebrannte, entsetzliche Morsezeichen pulsieren — bis dann endlich im Zug, auf dem Weg zu Raguel, die Lösung des Dreitakträtsels klar wurde: *E-wig-keit!*

Einige Monate verbrachte er noch im Schloß. Erst im Herbst zog er in die Stadt, in eine unversehrte Wohnung jenes Hauses, in dem er vor der Belagerung gewohnt hatte. Dort erreichte ihn Denstahls Botschaft durch einen amerikanischen Offizier, der nach langem Bemühen endlich seine Adresse herausgefunden hatte.

›Es wäre richtig und zeitgemäß, wenn Sie einige französische, englische und deutsche Exemplare der Abhandlungen in die Schweiz bringen würden, zu A. Raguel. Ich bitte Sie, so bald wie möglich zu reisen. Sie brauchen kein Telegramm zu schicken. Sie müssen in Brunnen aussteigen. Von dort führt eine Autostraße nach Mythenburg.‹

Wegen verschiedener Hindernisse verzögerte sich seine Abreise um Monate. Und als er endlich aufbrach, dachte er gar nicht mehr daran, sein Kommen anzukündigen. Er fühlte sich wie ein Beauftragter, der jedoch nirgendwo erwartet wurde. Seine Rolle war die des Kuriers.

Er begann, verschwommene Pläne zu schmieden, was er in der Schweiz anfangen würde, nachdem er sich seines Auftrags entledigt hatte. Er dachte daran, alte Kontakte neu zu knüpfen, und vielleicht dort zu bleiben und wieder zu arbeiten. Doch seinen Vorstellungen mangelte es an der Authentizität der Wirklichkeit. Raguels Name und die Adresse Mythenburg wirkten in ihm wie ein spannungsgeladener Magnet. Zwar hielt er seine Neugier für unwürdig, dennoch wurde er von Lampenfieber erfaßt, wenn er daran dachte.

Vielleicht, hoffte er, und sein Herz begann mit einer Gefühlsaufwallung zu rasen, die einer feierlichen Vorahnung glich, vielleicht darf ich nach all den vielen Reisen und provisorischen Wohnorten endlich wieder nach Hause zurückkehren!

Diese Vorahnung wurde auf dem Bahnhof in Brunnen zur transzendentalen Gewißheit, als der hagere, weißhaarige Vincent zu ihm trat und ihn höflich fragte:

»Möchten Sie nach Mythenburg, mein Herr?«